사랑의 한 페이지

일러두기

- 『Une Page d'Amour』(Livre de Poche, 1975)를 저본으로 번역했습니다.
- 인명, 작품명, 지명은 국립국어원 외래어표기법을 따르되 일부 명칭은 일반적으로 널리 쓰이는 표기를 따랐습니다.
- 단행본 및 정기간행물은 『 』, 논문 및 기사는 「 」, 그림, 영화, 희곡의 제목은 〈 〉로 구분했습니다.
- 주석은 모두 옮긴이 주입니다.

사랑의 한 페이지

Une page d'amour

에밀 졸라 지음

이미혜 옮김

B:

목차

사랑의 한 페이지

1부   7
2부   85
3부   165
4부   253
5부   341

옮긴이의 말 424
작가 연보 429

사랑의 한 페이지

1부

1

푸르스름한 갓을 쓴 등잔이 벽난로 위, 한 권의 책 뒤에서 타오르고, 그 그림자에 방이 반나마 잠겨 있었다. 차분한 빛이 작은 원탁과 긴 의자를 비추고 벨벳 커튼의 굵은 주름으로 흘러내린 다음 두 창문 사이에 놓인 자단목 장의 거울을 푸르게 빛나게 했다. 벽지와 가구, 양탄자를 푸른색으로 통일시킨 방은 호사스러운 조화를 이루고, 밤이 되자 구름처럼 흐릿한 부드러움을 띠었다. 창문 맞은편 어두운 쪽, 역시 벨벳 휘장을 친 침대는 시트의 창백한 빛에 싸여 커다란 검은 덩어리같이 놓여 있었다. 엘렌은 어머니이자 미망인다운 고요한 모습으로 팔을 포개고 가볍게 숨을 내쉬고 있었다.

고요한 가운데 시계가 1시를 쳤다. 시내의 소음은 꺼졌다. 파리는 아득한 웅웅거림을 트로카데로 언덕 위로 보낼 뿐이었다. 엘렌의 여린 숨결은 부드러워서 가슴의 정숙한 선을 들썩이게 하지 않았다. 그녀는 평화롭고 깊은 단잠에 빠져 있었는데, 단정한 옆모습과 단단히 잡아 묶은 밤색 머리카락, 기울어진 머리는 무엇엔가 귀를 기울이다가 잠에 빠진 것 같았다. 방구석에는 활짝 열린 옆방의 문이 벽에 어두침침한 사각 구멍을 뚫어 놓고 있었다.

아무 소리도 나지 않았다. 시계가 30분을 쳤다. 시계추는 방 전체를 망각의 세계로 빠져들게 만든 잠의 힘에 눌려 희미하게 똑딱거렸다. 등잔도 가구들도 자고 있었다. 원탁 위 불 꺼진 램프 옆에는 일감이 자고 있었다. 엘렌은 잠자는 모습조차 진지하고 선량한 표정을 띠고 있었다.

시계가 2시를 쳤을 때, 이 평화는 깨졌다. 어두운 옆방에서 한숨이 흘러나왔다. 이불깃이 바스락거리는 소리, 다시 조용해지고 이제는 짓눌린 듯한 헐떡거림이 들렸다. 엘렌은 움직이지 않았다. 그러다가, 그녀는 벌떡 몸을 일으켰다. 괴로워하는 어린아이의 알아들을 수 없는 중얼거림이 그녀를 깨웠다. 아직 잠에 취해서 관자놀이에 손을 대고 있다가 둔탁한 비명에 그녀는 화들짝 놀라 양탄자 바닥으로 뛰어내렸다.

"잔……! 잔! 왜 그러니? 말해봐!"

그녀는 물었다. 아이가 아무 대답이 없자 그녀는 등잔을 잡으러 달려가면서 중얼거렸다.

"맙소사! 얘가 몸이 좋지 않았던 모양이야. 내가 드러눕는 게 아니었어."

그녀는 무거운 침묵이 깔린 옆방으로 급히 들어갔다. 그러나 기름에 푹 젖은 등불은 천장에 둥근 반점을 만들 정도의 가물가물한 빛을 낼 뿐이었다. 엘렌은 쇠침대 위를 굽어보았으나 처음에는 아무것도 분별할 수 없었다. 잠시 후 걷어찬 이불 위로 고개를 젖히고 목 근육이 뻣뻣하게 굳어져 경직된 잔이 희끄무레한 빛을 받아 보였다. 근육 수축이 일어나 가련한 귀여운 얼굴이 비뚤어졌고, 동공이 열린 눈은 늘어진 커튼을 뚫어져라 응시하고 있었다.

"이런, 세상에!"

그녀는 외쳤다.

"세상에! 얘가 죽는구나!"

그녀는 등잔을 놓고 떨리는 손으로 딸을 어루만졌다. 맥박이 느껴지지 않았다. 심장이 멎은 것 같았다. 가는 팔다리가 몹시 팽팽해졌다. 그녀는 질겁하여 혼이 나간 채 더듬거렸다.

"아이가 죽어가요! 도와줘요! 애야! 애야!"

그녀는 어디로 가야 할지 모르고 여기저기 부딪히면서 빙빙 돌다가 자기 방으로 돌아왔다. 그러고는 다시 옆방으로 돌아가 계속 살려달라고 외치면서 침대 앞으로 달려들었다. 그녀는 팔로 잔을 감싸고 대답해 보라고 애원하면서 손으로 몸을 어루만지고 머리카락에 입을 맞췄다. 한 마디도, 한 마디도 없었다. 도대체 어디가 아픈가? 전에 쓰던 약을 조금 먹여볼까? 바깥 공기가 아이를 흥분시켰나? 그녀는 아이가 무슨 말을 하나 들으려고 애를 썼다.

"말해봐, 잔. 아! 말 좀 해봐, 제발!"

세상에! 어찌 하나! 이렇게 한밤중에 갑작스럽게. 불빛 하나 없는데. 머릿속이 혼란스러웠다. 그녀는 스스로 묻고 대답하면서 딸에게 이야기를 계속했다. 배가 아파서 그런 거야. 아니, 목이 아파서 그런 거야. 별일은 아니야. 진정해야 해. 그녀는 정신을 차리려고 애를 썼다. 그러나 팔 안에 딸아이가 뻣뻣해져 있다고 생각하자 애간장이 뒤집어졌다. 그녀는 경련을 일으켜 숨도 쉬지 않는 아이를 바라보았다. 정신을 가다듬으려고 애쓰면서 터져 나오려는 비명을 꾹 참았다. 그러나 돌연, 자기도 모르게 비명을 질러댔다.

"로잘리! 로잘리……! 빨리 의사 좀 불러! 아이가 죽어가!"

그녀는 식당과 부엌을 가로지르며 외쳤다.

부엌 뒤에 붙은 작은 방에서 자고 있던 하녀는 놀라서 소리를 지르며 깼다. 엘렌이 뛰어 들어왔다. 얼음장 같은 2월 밤의 추위도 느끼지 못하는 듯, 그녀는 속옷 바람으로 동동거렸다. 저 애는 우리 아이를 죽게 만들 참인가! 1분이 기나긴 시간처럼 흘렀다. 그녀는 부엌으로 갔다가 방으로 되돌아왔다. 그리고 손으로 더듬어서 아무렇게나 치마를 걸치고 어깨에 숄을 둘렀다. 그녀는 가구들을 손에 닿는 대로 어지르며 정돈된 평화가 감돌고 있던 방 안을 절망적인 몸부림으로 채웠다. 그러고는 슬리퍼를 꿰찬 후 문을 열어젖히고 '내가 가야 의사를 데려올 수 있을 거야.' 하고 생각하면서 4층을 뛰어 내려갔다.

문지기 아주머니가 줄을 잡아당겨 문을 열어주자 엘렌은 윙윙거리는 귀를 감싸며 정신없이 밖으로 나갔다. 그녀는 빠른 걸음으로 비뇌즈 가[1]를 내려가, 전에 잔을 봐준 적이 있는 보댕 의사네 초인종을 눌렀다. 영겁 같은 기다림 끝에 하인이 나타나더니 선생께서는 해산하는 부인을 돕기 위해 나갔다고 대답했다. 엘렌은 보도 위에 멍하니 서 있었다. 그녀는 파시 지구에 다른 의사가 있는지 알지 못했다. 그녀는 잠시 집들을 쳐다보며 길을 헤맸다. 얼음 같은 바람이 한 줄기 불었다. 저녁에 가볍게 내려 쌓인 눈 위를 그녀는 슬리퍼 바람으로 걸었다. 당장 의사를 찾지 못하면 딸을 죽이고 말 것이라는 고통스러운 생각과 함께 딸의 모습이 눈앞에 아른거렸다. 그녀는 비뇌즈 가로 다시 올라가 아무 초인종이나 눌렀다. 물어볼 수는 있겠지. 그러면 아마 주소를 가르쳐줄 거야. 아무도 서둘러 나와주지 않아서 그녀는 또 초인종을 울렸다. 겨울바람에 얇은 치마가 다리에 감겼고, 머리는 산발이 되었다.

마침내 하인이 문을 열고 나와서 드베를 선생님은 잠자리에 들었다고 말했다. 마침 의사가 사는 집의 초인종을 누른 것이었다. 하늘이 나를 버리지 않는구나! 그녀는 안으로 들어가려고 하

---

1 현재 파리 16구에 속하는 트로카데로 광장과 파시 묘지 부근의 거리.

인을 떠밀었다.

"우리 아이가, 우리 아이가 죽어요! 선생님이 오셔야 한다고 전해주세요."

그녀는 같은 소리를 계속 반복했다.

그곳은 온통 벽지를 바른 작은 건물이었다. 그녀는 하인을 뿌리치고 뭐라고 잔소리하든 간에 아이가 죽어간다는 말만 되뇌며 위층으로 올라갔다. 한 방 앞에 이르러 그녀는 잠시 머뭇거렸다. 마침 옆방에서 의사가 일어나는 소리가 들리자 그녀는 다가가서 문에 대고 소리쳤다.

"서둘러주세요, 선생님. 제발. 우리 아이가 죽어가요!"

넥타이도 매지 않은 채 윗옷만 걸치고 의사가 나타나자, 그녀는 그를 잡아당기며 더 이상 지체하게 놔두지 않았다. 그는 이 여인을 알고 있었다. 여인은 옆집에 살고 있었고 그곳은 자기가 세놓은 집이었다. 그가 빨리 질러가기 위해 두 집 사이에 난 통로 문을 지나 정원을 통과하자 그녀는 문득 기억이 살아났다.

"그렇군요, 의사 선생님이신 걸 알고 있었는데. 정신이 나갔나 봐요……. 어서 가시지요."

그녀가 속삭였다.

계단에서 그녀는 의사를 먼저 오르게 했다. 신이라도 그보다 더 정중히 집에 모시진 않았을 것이다. 위층에는 로잘리가 잔 옆에 있었고, 탁자 위에 놓인 램프에 불을 붙여놓았다. 의사는 방에 들어서자 램프를 집어 들고 황급히 아이를 비추었다. 아이는 아직도 고통에 뻣뻣이 굳어 있었다. 다만 고개만 옆으로 기울어 있었고, 짧은 경련이 얼굴을 스치곤 했다. 그는 잠시 입을 다물고 아무 말도 하지 않았다. 엘렌은 불안하게 그를 바라보았다. 그는 애원하는 듯한 어머니의 눈길을 의식하자 중얼거렸다.

"별일은 아닙니다. 그러나 이렇게 놔두어선 안 됩니다. 바깥 공기를 쐬어야 해요."

엘렌은 힘찬 동작으로 아이를 안아 올렸다. 괜찮다는 말에 의사의 손에 입이라도 맞출 지경이었다. 안도감이 그녀를 감쌌다. 그러나 그녀가 잔을 자신의 큰 침대에 내려놓자 어린 소녀의 가련한 육체는 심한 경련으로 푸들거렸다. 의사는 램프 갓을 벗겨 밝은 빛이 방 안을 채우게 했다. 그는 창문을 활짝 연 다음 로잘리에게 침대를 휘장 밖으로 끌어내라고 일렀다. 엘렌은 다시 고통에 휩싸인 채 중얼거렸다.

"하지만 아이가 죽어가고 있어요, 선생님! 이것 보세요……! 아이를 알아볼 수가 없어요."

의사는 대답하지 않고 주의 깊게 그 과정을 지켜보았다. 그러고는 말했다.

"저쪽 구석으로 가셔서 아이가 제 몸에 생채기를 내지 않도록 손을 잡아주세요. 자, 가만히, 부드럽게, 걱정하지 마십시오. 발작에는 과정이 있는 법입니다."

두 사람은 침대 위에 몸을 굽히고 급작스러운 발작 끝에 사지를 늘어뜨리고 있는 잔을 붙들었다. 의사는 드러난 목을 감추기 위해 상의의 단추를 채웠다. 엘렌은 아까 어깨 위에 걸친 숄을 자꾸 끌어올렸다. 그러나 잔이 몸부림치면서 숄 끄트머리를 잡아당기고 상의 윗단추를 풀어놓았다. 그들은 그것을 서로 알아차리지 못했다. 둘 다 상대방을 쳐다보지 않았다.

그러는 동안 발작이 진정되었다. 소녀는 심한 쇠약 상태에 빠진 것 같았다. 발작의 결과에 대해 어머니에게 안심하라고 했음에도 불구하고, 의사는 환자에 열중해 있었다. 여전히 환자를 바라보면서 그는 좁은 통로에 서 있는 엘렌에게 짤막한 질문을 던졌다.

"아이가 몇 살이죠?"

"열 살 반이에요, 선생님."

침묵이 흘렀다. 그는 고개를 끄덕였고, 잔의 감긴 눈꺼풀을 뒤집어 점막을 살펴보려고 몸을 숙였다. 그러고는 엘렌은 쳐다보지도 않고 질문을 계속했다.

"어릴 때 경련을 일으킨 적이 있나요?"

"네, 하지만 여섯 살이 되면서 경련을 일으키지 않게 되었지요. 이 아이는 아주 민감해요. 며칠 전부터 어딘지 불편해 보였어요. 경련과 실신을 한 적도 있어요."

"집안에 신경계통의 질환을 앓은 사람이 있습니까?"

"모르겠어요. 어머님이 폐병으로 돌아가셨죠."

그녀는 수치심 때문에 망설였다. 격리 수용소에 감금되었던 할머니[1] 얘기는 하고 싶지 않았다. 그녀의 집안은 대대로 비참했다.

"주의하세요. 다시 발작이 오는군요."

의사가 급히 말했다.

잔은 눈을 뜨고 말없이 초점 잃은 눈으로 잠시 주위를 바라보았다. 그리고 한 곳을 응시하더니 뻣뻣해진 사지를 뻗으면서 몸을 뒤집었다. 아이는 새빨개지더니 한순간 납빛으로 창백해지며 경련을 일으켰다.

"아이를 놓치면 안 됩니다. 그쪽 손을 잡으세요."

의사가 말했다. 그는 원탁으로 달려갔다. 들어오면서 그 위에

---

1 아델라이드 푸크, 일명 디드 아주머니. 남편 루공과 애인 마카르에게서 세 자녀를 두며 그 자손들인 루공과 마카르 두 집안의 이야기가 졸라의 유명한 '루공 마카르 총서'를 이룬다. 우리의 주인공 엘렌은 아델라이드의 딸 위르실 마카르가 모자 제조공 무레와 결혼하여 낳은 세 자녀 중 하나이다.

작은 약품 상자를 놓아두었던 것이다. 그는 작은 병을 가지고 돌아와 아이가 들이켜도록 했다. 잔은 강한 채찍을 맞은 듯이 경련하며 어머니에게 잡힌 손을 빼냈다.

"안 돼요, 에테르는 안 돼요! 에테르를 마시면 정신을 잃어요."

어머니는 냄새로 그걸 알아차리고 외쳤다.

두 사람은 간신히 아이를 붙들 수 있었다. 아이는 반으로 접힌 것처럼 발꿈치와 목덜미로 버티고서 심한 경련을 일으켰다. 그리고 툭 떨어져서 침대 가장자리까지 내던져진 것처럼 몸부림을 쳤다. 엄지를 손바닥 쪽으로 하고 주먹을 꽉 쥐고 있었다. 아이는 때때로 손을 쫙 펴고 무언가를 허공에서 잡아 비틀려고 했다. 그러다가 어머니의 숄이 손에 닿자 그걸 꽉 붙들었다. 그러나 어머니를 특히 고통스럽게 한 것은 그녀가 말했듯이 더 이상 딸을 알아볼 수 없다는 것이었다. 가엾은 어린아이의 상냥한 얼굴은 윤곽이 뒤틀리고 눈을 희멀겋게 까뒤집고 있었다.

"어떻게 좀 해보세요. 더 이상 견딜 수 없어요, 선생님."

그녀가 속삭였다.

그녀는 비슷한 발작을 일으키다가 질식해 죽은 마르세유의 이웃집 딸이 생각났다. 의사가 그녀를 안심시키려고 속인 건지도 몰랐다. 아이의 불규칙한 호흡이 멈출 때마다 잔의 마지막 숨결이 얼굴에 스치는 것 같았다. 그녀는 연민과 공포로 제정신을 잃고 상심하여 울었다. 이불을 발로 차서 드러난 아이의 순결한 벗은 몸에 눈물이 떨어졌다.

그동안 의사는 길고 유연한 손가락으로 목 아래 부분을 가볍게 압박했다. 발작의 강도는 완화되었다. 경련이 약해지면서 잔은 움직이지 않게 되었다. 아이는 팔을 벌린 채 베개에 눕힌 머리를 가슴께로 숙이고 침대 가운데 축 늘어졌다. 그 모습은 마치 어린 예수 같았다. 엘렌은 허리를 굽혀 그 이마에 오랫동안 키스했다.
"끝났나요? 발작은 또 안 올까요?"
그녀가 나지막하게 물었다.
그는 잘 모르겠다는 몸짓을 하고는 대답했다.
"어쨌든 심하지는 않을 겁니다."
그는 로잘리에게 물병과 컵을 가져오라고 말했다. 그는 물로 컵을 반쯤 채우고 약병 두 개를 꺼내 몇 방울 떨어뜨렸다. 엘렌이 아이의 머리를 받쳐주자 그는 약 한 숟가락을 아이의 꽉 다문 잇새로 흘려 넣었다. 램프의 흰 불꽃이 높게 타올라 가구가 넘어져 있는 어지러운 방 안을 비추었다. 엘렌이 잠자리에 들면서 안락의자 등받이에 걸쳐놓았던 옷가지는 바닥에 흘러내려 양탄자 위에 흩어져 있었다. 의사는 코르셋을 밟고 다니다가 더 이상 발길에 채지 않도록 주워놓았다. 어질러진 침대와 흐트러진 옷에서는 마편초 냄새가 났다. 여인의 은밀한 사생활이 갑작스럽게 드러난 광경이었다. 의사는 손수 대야를 찾아다 수건을 담가 잔의 이마에 올려놓았다.
"마님, 감기 걸리시겠어요. 창문을 닫으면 안 될까요? 바람이 너무 차요."
로잘리가 이를 덜덜 떨면서 말했다.
"아니, 아니야, 그대로 놔둬……. 그렇죠, 선생님?"
엘렌이 외쳤다.
미풍이 불어 들면서 커튼이 흔들렸다. 그녀는 그것을 느끼지 못했다. 숄은 거의 가슴이 드러나도록 어깨에서 벗겨졌고, 틀어 올린 머리가 풀어져서 헝클어진 머리칼이 허리까지 흘러 내려와 있었다. 그녀는 아이에게 열중하는 일 말고는 다 잊어버리고,

빨리 움직일 수 있도록 벗은 팔을 드러내놓고 있었다. 바삐 움직이는 여인 앞에서 의사는 자신의 풀어헤쳐진 윗도리라든지 잔이 잡아챈 셔츠 깃 따위는 더 이상 염두에 두지 않았다.

"아이를 좀 일으켜 보십시오. 아니, 그게 아니고 제 손을 잡으세요."

그가 말했다.

그는 여자의 손을 잡아 아이의 머리를 받치게 하고는 약을 한 숟갈 더 먹이려고 했다. 그러고는 여자를 자기 곁으로 불렀다. 딸이 안정을 많이 되찾은 걸 보며 어머니는 믿음을 갖고 복종했다.

"자, 청진하는 동안 머리를 어깨로 받쳐주세요."

엘렌은 시키는 대로 했다. 의사는 잔의 가슴에 귀를 대기 위해 몸을 숙였다. 그의 뺨이 여인의 드러난 어깨를 스쳤다. 아이의 심장이 뛰는 소리를 들으면서 어머니의 심장이 뛰는 소리도 들었을 것이다. 몸을 일으키자 그의 숨결이 엘렌의 숨결과 섞였다.

"아무 이상 없습니다."

그녀가 기뻐하는 동안 의사는 차분하게 말했다.

"아이를 다시 눕히십시오. 이제 가만 놔두어야 합니다."

또 발작이 일어났으나 그리 심하진 않았다. 잔은 더듬더듬 무슨 말인가를 했다. 짧은 간격을 두고 두 번 발작이 일어났다. 아이는 탈진 상태에 빠졌고, 의사는 다시 걱정되는 모양이었다. 그는 아이의 머리를 높이 기대어주고, 이불을 턱 밑까지 덮어주었다. 그리고 한 시간 가까이 아이의 호흡이 정상적으로 돌아오기를 기다리면서 지켜보았다. 침대 맞은편에는 엘렌이 움직이지 않고 마찬가지로 지키고 있었다.

조금씩 잔의 얼굴에는 평화가 감돌았다. 램프의 뿌연 빛이 아이를 비추었다. 약간 긴 듯한 아이의 보기 좋은 타원형 얼굴이 어린 염소 같은 가냘픔과 우아함을 회복했다. 아름다운 감은 눈은 깊은 빛을 발하는 눈동자가 비쳐 보일 정도로 투명하고 푸르스름한 눈꺼풀로 덮여 있었다. 갸름한 코는 가볍게 벌름거렸고, 조금 큰 듯한 입은 희미한 미소를 띠고 있었다. 먹물처럼 검은 머리카락을 활짝 펼치고 아이는 자고 있었다.

"이제 됐습니다."

의사가 나지막이 말했다.

그는 돌아서서 약병을 챙기고 돌아갈 준비를 했다. 엘렌은 다가가 사정했다.

"선생님, 가지 마세요. 잠깐만 기다려주세요. 발작이 또 일어나면……. 선생님께서 아이를 구해주신 거예요."

그는 더 이상 두려워할 것 없다는 몸짓을 했다. 그러나 그는 어머니를 안심시키기 위해 머물렀다. 그녀는 로잘리에게 가서 자라고 일렀다. 지붕을 하얗게 덮은 눈 위로 곧 희미하고 뿌연 해가 떠올랐다. 의사는 창문을 닫으러 갔다. 적막이 감도는 가운데 두 사람은 아주 낮은 목소리로 간간이 말을 주고받았다.

"심각한 병은 분명 아닙니다만 이 나이에는 많은 보살핌이 필요하죠. 특히 아이가 발작을 일으키지 않고 행복하고 규칙적인 생활을 하도록 돌봐주셔야 합니다."

의사가 말했다.

잠시 사이를 두고 엘렌이 말했다.

"이 아이는 아주 민감하고 신경질적이에요. 제가 한결같이 아이를 다스릴 수 있는 것도 아니고요. 가엾게도 이 아이는 너무 예민해서 사소한 일에도 우려될 만큼 기뻐하거나 슬퍼하지요. 이 아이는 저를 몹시 좋아해요. 다른 애들을 귀여워하면 눈물을 흘릴 정도로 샘을 내요."

그는 고개를 끄덕이며 어머니의 말을 되뇌었다.

"그래요, 예민하고 신경질적이고 샘이 많군요……. 보댕 선생이 이 아이를 치료하셨지요? 제가 그분과 상의해 보조. 충격요법은 멈춰야겠어요. 이제 성인 여성이 될 민감한 시기에 이르렀으니까요."

그렇게 헌신적인 의사를 보자 엘렌은 감사하는 마음이 솟구쳤다.

"선생님, 여러 가지로 보살펴 주셔서 뭐라고 감사의 말씀을 드려야 할지 모르겠어요!"

그러고는 목소리가 높아진 것을 깨닫고, 잔을 깨울까 두려워 침대 위로 몸을 숙였다. 아이는 입술에 희미한 미소를 머금고 발그레한 얼굴로 자고 있었다. 조용한 방에는 나른한 기운이 감돌았다. 벽지와 가구, 흩어진 옷가지는 진정된 듯 원래의 자리를 찾아갔다. 두 창문으로 들어오는 희미한 빛에 모든 것이 잠긴 채 휴식을 취하고 있었다.

엘렌은 아까처럼 좁은 통로에 서 있었고, 의사는 침대 맞은편에 있었다. 두 사람 사이에는 가벼운 숨을 내쉬며 잠들어 있는 잔이 있었다.

"아이 아빠는 자주 아프곤 했지요. 하지만 저는 늘 건강해요."

엘렌은 다시 부드러운 어조로 말을 이었다.

여태 그녀를 쳐다보지 않았던 의사는 눈을 들었다. 그러고는 미소 짓지 않을 수 없었다. 그녀는 흠잡을 데 없이 튼튼했다. 여자도 가만히 선량한 미소를 지었다. 건강하다는 사실이 그녀를 행복하게 했다.

한편 의사는 여자에게서 눈길을 뗄 수 없었다. 이렇게 균형 잡힌 아름다움은 본 적이 없었다. 그녀는 키가 크고 당당해서, 금빛 감도는 밤색 머리의 헤라 여신 같았다. 천천히 고개를 돌리자 조각같이 엄숙하고 단정한 옆모습이 드러났다. 잿빛 눈과 흰 이는 얼굴 전체를 환히 빛나게 했다. 약간 억센 듯한 둥근 턱은 분별 있고 진지한 인상을 주었다. 그러나 의사를 놀라게 한 것은 눈부시게 드러난 어머니의 몸이었다. 숄은 흘러내려 가슴을 노출했고 팔도 드러나 있었다. 갈색을 띤 금빛 머리카락은 어깨 위로 흘러내려 가슴 속으로 사라졌다. 되는대로 비끄러맨 구겨지고 헝클어진 치마를 입고 있었지만 그녀는 당당함을 간직하고 있었다. 그것은 마음이 흔들리고 있는 남자의 눈길 앞에서도 그녀를 고상하게 지켜주는, 정숙하고 바른 몸가짐에서 나오는 품위였다.

여자도 잠시 남자를 관찰했다. 드베를 의사는 서른다섯쯤의 나이로 수염을 기르지 않은 갸름한 얼굴, 잿빛 눈, 얇은 입술을 가지고 있었다. 여자는 그를 바라보면서 목이 드러나 있음을 깨달았다. 그들은 이렇게 잠든 어린 잔을 사이에 두고 마주 보고 있었다. 조금 전에는 넓었던 공간이 좁아진 것 같았다. 아이의 호흡은 너무 얕았다. 엘렌은 천천히 숄을 끌어 올려 몸을 감쌌고, 의사는 상의 단추를 채웠다.

"엄마, 엄마."

잔이 잠결에 중얼거렸다.

아이가 잠에서 깨어나고 있었다. 눈을 뜨고 의사가 보이자 불안해했다.

"누구야? 누구야?"

아이가 물었다.

어머니는 아이에게 키스했다.

"자거라, 얘야, 네가 좀 아팠단다. 이분은 친구야."

아이는 아무 기억이 나지 않아서 놀란 듯했다. 졸음이 다시 아이를 덮치고 아이는 안심한 기색으로 속삭이면서 다시 잠들어 버렸다.

"아이, 졸려! 안녕, 엄마……. 그분이 엄마 친구라면 내 친구이기도 하지."

의사는 약품 상자를 넣었다. 그리고 조용히 인사를 한 뒤 가버렸다. 엘렌은 잠시 아이의 호흡을 살폈다. 그녀는 침대 가장자리에 초점 없이 멍하니 앉아 있었다. 타고 있는 채 내버려둔 램프가 밝아온 햇빛에 점차 빛을 잃고 있었다.

2

다음 날, 엘렌은 드베를 의사에게 감사 인사를 하러 가는 게 옳을지 생각해 보았다. 자기가 의사를 마구잡이로 끌고 온 일이나 그가 잔 곁에서 밤새도록 지내준 일은 의사가 보통 왕진해서 하는 일을 넘어선 것이었기 때문에 그녀는 부담을 느꼈다. 그렇지만 그녀는 표현할 수 없는 이유로 내키지 않아서 이틀 동안 망설였다. 망설이면서 그녀는 의사를 생각했다. 어느 날 아침에는 의사와 마주쳤으나 그녀는 아이처럼 몸을 숨겼다. 그러고는 자신의 소심한 행동을 몹시 언짢게 여겼다. 그녀의 차분하고 곧은 품성은 삶에 끼어든 혼란에 항의했다. 그래서 그녀는 그날로 의사에게 감사 인사를 하러 가야겠다고 작정했다.

아이가 발작을 일으킨 것은 화요일과 수요일 사이의 밤이었는데, 어느덧 토요일이 되어 있었다. 잔은 완전히 회복했다. 몹시 당황하여 달려 온 보댕 의사는 벌써 명성과 부를 쌓은 젊은 동료 의사 드베를에 대해 늙고 가난한 동네 의사가 갖는 존경심을 담아 말했다. 그럼에도 그는 야릇한 미소를 지으면서, 그의 행운은 온 파시 사람들이 존경하던 아버지 드베를이 물려준 것이라고 말했다. 아들은 150만이라는 재산과 상류층 고객들을 물려받는 수고를 했을 뿐이라는 것이었다. 그럼에도 그는 아주 실력 있는 의사이며 그와 함께 우리 어린 잔의 소중한 건강에 관해 의견을 나누게 되다니 좋은 일이라고 서둘러 덧붙였다.

3시쯤 되었을 때 엘렌은 딸과 함께 내려갔다. 옆집 초인종을 누르기 위해서는 비뇌즈 가에서 몇 걸음만 내려가면 되었다. 두 사람은 아직 상복을 입고 있었다. 문을 열어준 사람은 정장과 넥타이 차림의 집사였다. 엘렌은 동양풍 장막이 달린 커다란 전실을 기억할 수 있었다. 양쪽으로 활짝 핀 꽃이 화분에 담겨 있는 것이 새로 눈에 띌 뿐이었다. 하인은 회녹색 가구가 딸린, 벽지 바른 작은 살롱으로 모녀를 안내한 뒤 서서 기다렸다. 엘렌은 그에게 이름을 말해주었다.

"그랑장 부인이에요."

하인은 노란색과 검은색으로 장식된 몹시 화려한 살롱 문을 열었다. 그리고 한쪽으로 비켜서서 되풀이했다.

"그랑장 부인이십니다."

엘렌은 문턱에서 멈칫했다. 저쪽 끝 벽난로 앞에 젊은 여인이 넓은 치마폭으로 좁다란 긴 의자를 온통 차지하고 앉아 있는 것이 얼핏 보였다. 여인의 맞은편에는 모자를 쓰고 숄을 두른 나이든 부인이 와 있었다.

"실례합니다. 드베를 선생님을 뵙고 싶은데요."

엘렌이 작은 소리로 말했다.

그녀는 잔의 손을 잡고 먼저 들어가게 했다. 젊은 부인과 이렇게 맞닥뜨리자 놀라고 당황했다. 무엇 때문에 의사 선생을 뵙겠다고 했을까? 하지만 그녀는 그가 결혼했음을 알고 있었다.

마침 드베를 부인은 빠르고 다소 날카로운 목소리로 이야기를 끝맺는 중이었다.

"오! 근사해요, 근사해! 그녀는 진짜같이 죽었어요! 자, 이렇게 가슴을 움켜쥐고 고개를 떨어뜨리고 파랗게 변해버렸지요…….오렐리 양, 정말이지 꼭 보러 가셔야 해요."

그리고 그녀는 일어서서 옷이 사각거리는 소리를 요란하게 내며 문까지 와 아주 상냥하게 말했다.

"들어오시지요, 부인. 남편은 집에 없어요. 전날 밤 그렇게 아팠던 게 이 예쁜 아가씨인가 보죠. 좀 앉으세요."

잔은 수줍어하며 의자 모퉁이에 앉고 엘렌은 안락의자에 앉았다. 드베를 부인은 예쁜 웃음을 지어 보이며 자그마한 긴 의자에 다시 몸을 파묻었다.

"오늘은 제 날이에요. 저는 토요일에 손님을 초대하거든요. 그런데 피에르는 누구든 이리로 맞아들이지요. 지난 토요일에는 콧물 흘리는 대령을 데려왔지 뭐예요."

"무슨 그런 말을, 쥘리에트!"

그녀를 태어날 때부터 봐왔으며 지금은 가난한 옛 친구인 노처녀 오렐리 양이 중얼거렸다.

짧은 침묵이 흘렀다. 엘렌은 살롱의 호화스러움과 커튼, 별처럼 반짝이는 검은색과 황금색 의자에 시선을 보냈다. 벽난로와 피아노, 탁자 위에는 꽃들이 활짝 피어 있었다. 유리창을 통해 정원의 밝은 빛이 들어왔다. 정원에는 잎 떨어진 나무와 드러난 흙바닥이 보였다. 난방 장치가 뿜어내는 고른 열로 방은 몹시 더

왔다. 벽난로에는 장작개비 하나가 벌건 숯으로 변하고 있었다. 엘렌은 살롱에서 타오르는 불꽃이 행복한 분위기를 위해 꾸며진 것임을 깨달았다. 드베를 부인은 먹물처럼 검은 머리와 우유처럼 흰 살결을 지니고 있었다. 그녀는 자그마하고 통통했으며, 동작은 느리고 우아했다. 방 안의 황금빛을 받아서 짙고 숱 많은 머리카락이 그녀의 창백한 피부에 왁스를 입힌 듯한 광택을 띠게 했다. 엘렌은 그녀가 정말 반할 만한 여인이라고 생각했다.

"경련은 정말 끔찍해요."

드베를 부인이 말을 이었다.

"우리 뤼시앵도 그런 적이 있었어요. 아주 어렸을 때이긴 하지만……. 그래, 얼마나 걱정이 되셨어요! 어쨌든 저 아이는 이제 완전히 나은 것 같군요."

이야기를 끄집어내면서 부인 쪽에서도 엘렌이 몹시 아름다운데 놀라고 매혹되어 그녀를 바라보았다. 고상하고 엄숙한 자태를 검은 옷으로 휘감고 여왕 같은 표정을 한 이런 여인은 본 적이 없었다. 오렐리 양과 눈짓을 주고받으며, 부인은 자신도 모르게 찬탄의 미소를 지었다. 두 사람은 순진하게 매혹되어 엘렌을 훑어보았고, 엘렌도 따라서 미소를 지었다.

드베를 부인은 허리에 매달린 부채를 집으며 긴 의자 위에 천천히 몸을 눕혔다.

"부인, 어제 보드빌[1] 첫 공연에 가지 않으셨어요?"

"저는 연극을 보러 가지 않아요."

엘렌이 대답했다.

"오! 노에미는 정말 멋졌어요! 그녀는 진짜같이 죽더군요! 이

---

[1] 1792년 극작가 피스에 의해 설립된 극장. 부르스 광장에 있었으며 제2제정기에 뒤마 피스, 에밀 오지에 등의 현대극을 상연했다. 1925년에 폐관되었다.

렇게 가슴을 움켜쥐면서 고개를 떨어뜨리고 온통 파래지더라고요. 굉장한 반향을 일으켰지요."

잠시 그녀는 아까 칭찬했던 여배우의 연기를 평했다. 그러고는 신인의 작품이 출품된 전람회, 떠들썩하게 광고는 하지만 대단찮은 소설, 위험한 연애 사건 같은 파리의 다른 소문들로 옮겨 가 오렐리 양과 소곤소곤 얘기했다. 그녀는 지칠 줄 모르는 빠른 어조로, 늘 숨 쉬는 공기처럼 거기 싸여서 이 얘기 저 얘기로 옮겨 갔다. 엘렌은 그 세계에서 낯선 존재였기 때문에 듣는 데 만족하면서 간간이 짤막하게 대답했다.

문이 열리고 하인이 방문을 알렸다.

"셰르메트 부인과 티소 부인이 오셨습니다."

화려한 차림을 한 두 부인이 들어섰다. 드베를 부인은 급히 그쪽을 향했다. 장식이 너무 많이 달린 검은 비단옷 자락이 길게 끌려 그녀는 몸을 돌릴 때마다 옷자락을 발로 차내야 했다. 잠시 날카로운 목소리들이 빠르게 뒤섞였다.

"정말 멋지군요! 이렇게 차려입으신 걸 본 적이 없는데요."

"이래서 여기 오게 된다니까!"

"정말 흠잡을 데 없군요."

"오! 좀 앉고 봅시다. 우리는 아직도 스무 집이나 방문해야 해요."

"금방 가시면 안 되지요."

두 부인은 긴 의자에 걸터앉았다. 더욱 뾰족한 피리 같은 목소리가 다시 흘러나왔다.

"어제 보드빌에 가셨어요?"

"오! 멋졌어요!"

"그녀가 단추를 끄르고 머리칼을 풀어헤치던 모습 보셨죠? 대단한 장면이에요."

"얼굴빛이 파래지는 무슨 약을 먹었다고 하던데요."

"아니에요, 연기 동작은 계산된 거예요. 그걸 먼저 보셔야지요."

"경탄할 만해요."

두 부인은 일어서서 사라졌다. 살롱에는 다시 훈기를 머금은 평화가 찾아왔다. 벽난로 위에서 히아신스가 강한 향기를 내뿜고 있었다. 순간 잔디 위에서 자리다툼을 하는 참새 떼의 요란한 소리가 정원으로부터 들려왔다. 다시 자리에 앉기 전에 드베를 부인은 맞은편 창문의 수놓인 망사 발을 내렸다. 살롱의 금빛이 더 부드러워지고 부인은 자리에 앉았다.

"미안합니다. 예고치 않은 방문객 때문에……."

그녀는 말했다.

그녀는 엘렌에게 호의를 가지고 침착하게 말했다. 그녀는 틀림없이 세준 집에 관해 떠도는 이야기를 들어서 엘렌의 사정을 다소 아는 듯했다. 호의를 표시하는 듯하면서 그녀는 아주 교묘하고 대담하게 리슐리외 가에 있는 바르 호텔에서 일어난 엘렌 남편의 끔찍한 죽음에 대해 말을 꺼냈다.

"부인께서는 파리에 막 도착하셨었지요? 파리에 오셨던 적도 없고요. 긴 여행 끝에 어디가 어딘지도 모르는데, 남의 집에서 상을 당하다니 정말 무서운 일이에요."

엘렌은 느리게 고개를 끄덕였다. 그렇다, 그녀는 정말 끔찍한 시간을 보냈었다. 도착한 다음 날, 함께 외출하려는데 남편을 앗아가게 될 병이 갑작스럽게 찾아왔다. 그녀는 길을 몰랐고 자신이 어느 동네에 있는지도 몰랐다. 일주일 동안 그녀는 온 파리가 창 밑에서 으르렁거리는 소리를 들으며 고독의 밑바닥에 혼자 내버려져 어찌할 바를 모르며 죽어가는 사람과 방 안에 갇혀 있었다. 그리고 처음으로 밖에 나왔을 때 그녀는 미망인이 되어 있었다. 약병으로 가득 찬 큰 방, 짐조차 풀지 못했던 그 방을 생각하면 소름이 끼쳤다.

"사람들이 그러는데 남편께서는 부인 나이의 곱절이셨다고요?"

오렐리 양은 한 마디도 놓치지 않으려는 듯 귀를 기울이고, 드베를 부인은 깊은 관심을 표시하면서 물었다.

"아니에요. 그는 저보다 고작 여섯 살 더 많았는걸요."

엘렌이 대답했다.

그리고 그녀는 간단하게 자신의 결혼에 관해 이야기했다. 그녀가 마르세유의 프티마리 가에서 '무레' 모자 공장을 경영하던 친정에 살 때 남편이 그녀에게 품은 열렬한 사랑, 부유한 제당업자인 그랑장 가문이 가난한 처녀의 신분을 못마땅해하며 끈질기게 반대했던 일, 끝내 허락을 얻지 못하고 치른 슬픈 비밀 결혼, 한 친척 아저씨가 죽으면서 1만 프랑 정도의 연금을 상속해 줄 때까지 불안했던 생활을 이야기했다. 결국 그랑장은 마르세유에 대해 반감을 가지게 되었고 부부는 파리에 가서 정착하기로 결심했다.

"그러면 몇 살에 결혼하셨나요?"

드베를 부인이 또 물었다.

"열일곱이었어요."

"무척 아름다웠겠군요."

대화는 끊어졌다. 엘렌이 그 말을 들은 것 같지 않았다.

"망겔랭 부인이 오셨습니다."

하인이 알렸다.

한 젊은 여인이 조심스럽게 거북해하며 나타났다. 드베를 부인은 눈에 보일 듯 말 듯 몸을 일으켰을 뿐이었다. 그녀가 돌봐주는 사람들 가운데 하나로 부인에게 감사를 전하러 온 것이었다. 여인은 고작 몇 분 머무르더니 절을 하고 물러갔다.

그러자 드베를 부인은 함께 알고 있는 주브 사제 이야기를 꺼내면서 말을 다시 이었다. 그는 파시 지구의 본당인 노트르담드그라스의 초라한 임시 주임사제였다. 그러나 자애로운 성품으로 이 구역에서 가장 사랑받고 존경받는 성직자였다.

"오! 정말 자비로운 분이지요."

그녀는 경건한 표정으로 속삭였다.

"신부님은 우리에게 아주 잘해주셨어요."

엘렌이 말했다.

"남편은 전에 마르세유에서 그분을 알고 지냈지요. 그분은 제 불행을 듣고 모든 일을 맡아주셨어요. 그분이 우리를 파시에 자리 잡게 해주셨답니다."

"신부님은 형제분이 있으시지요?"

쥘리에트가 물었다.

"네, 어머님이 재혼을 하셨어요……. 랑보 씨라고…… 그분도 남편과 알고 지냈죠. 랑뷔토 가에 남부지방 산물과 기름을 취급하는 큰 가게를 내셨는데, 돈을 많이 버시는 것 같아요."

그리고 그녀는 명랑하게 덧붙였다.

"신부님과 그 동생분 모두 저와 친하게 지내지요."

잔은 의자에 걸터앉아 지루해하면서 조바심 나는 표정으로 어머니를 바라보고 있었다. 염소처럼 가냘픈 얼굴은 사람들이 나누는 얘기가 마땅치 않은 듯 괴로워 보였다. 아이는 때때로 가구를 곁눈질하면서 섬세한 감수성으로 막연한 위험을 예감하고 경계심을 품으며 살롱의 무겁고 강한 향기를 맡고 있었다. 그러고는 폭군 같은 애착을 품은 시선을 어머니에게로 옮기곤 했다.

드베를 부인은 아이의 불편한 기색을 알아차렸다.

"어른처럼 점잖던 꼬마 아가씨가 싫증이 나셨네………. 어디 보자, 탁자 위에 그림책이 있네."

잔은 그림책을 가지러 갔다. 그러나 아이의 시선은 애원하듯 책 너머의 어머니에게로 향해 있었다. 엘렌은 환대를 받는 게 좋았고 떠날 생각이 없었다. 그녀는 침착한 성질이었고, 몇 시간이라도 아무렇지 않게 앉아 있을 수 있었다. 그렇지만 하인이 계속해서 베르티에 부인, 기로 부인, 르바쇠르 부인의 방문을 알렸기 때문에 그녀도 일어서야겠다고 생각했다. 그러나 드베를 부인은 외쳤다.

"좀 계세요. 우리 아들을 보여드려야겠어요."

사람들은 벽난로 앞에 큰 원으로 둘러앉았다. 부인들은 모두 한꺼번에 이야기했다. 어떤 부인은 머리가 부서지는 듯하다고 말했다. 닷새 전부터 새벽 4시 전에는 잠들지 못했다는 것이었다. 다른 한 부인은 유모들에 대해 신랄한 불평을 늘어놓았다. 정직한 유모를 발견할 수 없다는 것이었다. 대화는 재봉사들에 관한 이야기로 옮겨 갔다. 드베를 부인은 괜찮은 옷을 만드는 여자 재봉사는 없고 남자라야 한다고 주장했다. 그동안 두 부인은 낮은 목소리로 소곤거렸다. 이야기가 끊긴 사이에 새어 나오는 서너 마디에 다들 나른한 손으로 부채질하면서 웃기 시작했다.

"말리농 씨가 오셨습니다."

하인이 알렸다.

단정하게 차려입은 키 큰 청년이 들어섰다. 가벼운 탄성이 그를 맞이했다. 드베를 부인은 일어서지 않은 채 말을 건네며 손을 내밀었다.

"어제 보드빌에 가셨나요?"

"지독했어요!"

그가 소리쳤다.

"지독하다니요……! 그녀는 대단하던걸요. 가슴을 움켜쥐며 고개를 떨구고…….”

"그만두십시오! 구역질 나는 사실주의예요."

그러자 논쟁이 일어났다. 사실주의가 단칼에 날아갔다. 청년은 사실주의를 전혀 바라지 않았다.

"아무것도 아닙니다. 아시겠어요!"

그는 목청을 높이며 말했다.

"아무것도! 그것은 예술의 품위를 떨어뜨릴 뿐입니다."

사람들은 무대 위에서 그럴듯한 것들을 보는 것으로 끝나게 되고 만다. 어째서 노에미는 연기를 끝까지 밀고 나가지 않았는가? 그는 부인들에게 충격을 줄 만한 동작을 대충 흉내 내 보였다. 어머! 끔찍하기도 해라! 그러나 드베를 부인은 여배우가 불러일으킨 굉장한 반향을 강조했고, 르바쇠르 부인이 한 여자가 발코니에서 기절한 사건을 강조함으로써 그것은 굉장한 성공이었다는 사실이 인정되었다. 성공이라는 말로 논의는 깨끗이 결론지어졌다.

청년은 치마폭을 활짝 펼친 부인들 한가운데에서 안락의자에 몸을 파묻고 있었다. 그는 의사 집안과 아주 친밀한 듯했다. 그는 무의식적으로 화병에서 꽃 한 송이를 집어 들고 자근자근 씹었다. 드베를 부인이 물었다.

"그 소설 읽었어요?"

그러나 그는 부인이 말을 맺도록 놔두지 않고 거만하게 대답했다.

"저는 1년에 두 권밖에는 읽지 않습니다."

예술가협회 전시회로 말할 것 같으면 관심을 쏟을 가치도 없었다. 그리하여, 이날의 모든 이야깃거리가 떨어지자 그는 쥘리에트의 긴 의자로 가서 팔을 기대더니 낮게 몇 마디 말을 주고받았다. 그동안 다른 부인들은 자기들끼리 활발히 얘기했다.

"저런! 그 청년이 갔군요."

베르티에 부인이 돌아보더니 외쳤다.

"1시간 전에 로비노 부인 댁에서 그를 만났었는데요."

"그래요. 그리고 지금은 르콩트 부인 댁으로 가는 거예요."

드베를 부인이 말했다.

"그 사람은 파리에서 제일 바쁘답니다."

그리고 그 광경을 지켜보던 엘렌을 바라보며 말을 이었다.

"모두 아주 좋아하는 뛰어난 청년이지요. 그는 외환 업무에 손을 대고 있어요. 게다가 부자이고 다방면에 재주가 있지요."

부인들이 일어섰다.

"안녕히 계세요, 부인. 수요일을 기대하겠어요."

"네, 그래요, 수요일에."

"오늘 밤에 오실 건가요? 나는 누구와 있어야 할지 모르겠다고요. 당신이 가면 나도 갈 거예요."

"물론이죠! 가겠어요, 약속해요. 기로 씨에게 안부 전해주세요."

드베를 부인이 돌아왔을 때, 그녀는 엘렌이 살롱 한가운데 서 있는 것을 발견했다. 잔은 어머니에게 꼭 매달려 있었고 어머니는 아이의 손을 잡고 있었다. 아이는 떨리는 손으로 어머니를 어루만지면서 조금씩 문 쪽으로 잡아당겼다.

"아! 맞아."

여주인이 중얼거렸다. 그녀는 하인을 부르는 벨을 울렸다.

"피에르, 스미스슨 양에게 뤼시앵을 데려오라고 하세요."

기다리는 동안 아무 예고도 없이 문이 다시 열렸다. 열여섯쯤 된 아름다운 아가씨가 볼이 포동포동하고 안색이 발그레한 노인네를 이끌고 들어왔다.

"언니, 잘 있었어요?"

아가씨는 드베를 부인을 껴안으며 말했다.

"안녕, 폴린……. 안녕하셨어요? 아버지……."

부인이 대답했다. 벽난로 모퉁이에서 까딱 않고 있던 오렐리 양은 르텔리에 씨에게 인사하려고 일어섰다. 그는 카퓌신 로에 커다란 견직물 상점을 소유하고 있었다. 부인과 사별한 후 그는 훌륭한 신랑감을 구해주려고 막내딸을 어디에나 데리고 다녔다.

"언니, 어제 보드빌에 갔었어요?"

폴린이 물었다.

"오! 멋있었지!"

쥘리에트는 거울 앞에서 삐져 나온 고수머리를 매만지며 기계적으로 되풀이했다.

폴린은 응석받이처럼 뾰로통했다.

"어리다는 것은 따분한 일이에요. 아무것도 볼 수가 없어요……! 어제 자정에 아빠하고 연극이 어떻게 되어가는지 알아보려고 입구까지 갔었어요."

"그래, 우리는 말리농을 만났단다. 그 젊은이는 아주 좋았다고 하던데."

아버지가 말했다.

"저런! 그 사람이 좀 전에 여기 왔었는데 별로라고 하던데요.

그 사람은 종잡을 수가 없다니까."

"손님이 많았어요?"

폴린이 갑자기 주제를 바꾸며 물었다.

"그래! 한심한 부인네들이지! 언제나 만원이라니까……. 죽을 지경이야."

그러고는 자신이 예절을 갖춰 소개하지 않았음을 떠올리며 말을 멈췄다.

"저희 아버님, 그리고 여동생이에요……. 이쪽은 그랑장 부인이세요……."

영국인 가정교사 스미스슨 양이 어린 소년의 손을 잡고 나타났을 때, 사람들은 아이들 얘기, 어머니를 걱정시키는 잔병치레 얘기를 시작하고 있었다. 드베를 부인은 기다리게 한 걸 나무라며 영어로 뭐라고 쏘아붙였다.

"아! 우리 뤼시앵이 왔구나!"

폴린이 치마폭으로 요란한 소리를 내면서 아이 앞에 무릎을 꿇고 외쳤다.

"아이를 놔둬."

쥘리에트가 말했다.

"이리 오너라, 뤼시앵. 이리 와서 이 아가씨에게 인사하거라."

어린 소년은 머뭇거리며 다가왔다. 아이는 기껏해야 일곱 살 정도였는데 뚱뚱하고 키가 작았으며 인형처럼 앙증맞게 꾸며져 있었다. 모두가 미소를 띠고 자신을 바라보자 아이는 멈췄다. 그러고는 놀란 듯한 푸른 눈으로 잔을 살펴보았다.

"자, 어서."

어머니가 재촉했다.

소년은 어머니의 눈치를 살피면서 한 걸음 떼어놓았다. 어깨에 파묻힌 목, 부루퉁한 입술, 살짝 찌푸린 음울한 눈썹을 지닌, 둔해 보이는 소년이었다. 잔이 그 아이를 겁먹게 만든 게 분명했다. 소녀는 심각하고 창백했으며 온통 검은색으로 몸을 싸고 있었기 때문이다.

"애야, 너도 상냥하게 대해야지."

엘렌이 딸의 뻣뻣한 태도를 보고 말했다.

소녀는 어머니의 손목을 놓지 않고 장갑과 소맷부리 사이의 맨살을 손가락으로 더듬었다. 소녀는 고개를 숙이고 포옹 앞에서 도망칠 태세를 갖추고 있는 까다로운 야성의 처녀처럼 불안한 낯으로 뤼시앵을 기다렸다. 하지만 어머니가 부드럽게 밀자 소녀 쪽에서도 한 걸음 떼어놓았다.

"꼬마 아가씨, 그 아이를 안아줘야 해요."

드베를 부인이 웃으며 다시 말했다.

"그 아이는 항상 여자 쪽에서 먼저 해줘야 해요……. 아! 바보 같은 녀석이라니까!"

"안아주거라, 잔."

엘렌이 말했다.

아이는 눈을 들어 어머니를 바라본 다음, 소년의 당황한 모습에 마음을 누그러뜨리고 그 어설픈 표정에 힘을 얻은 듯 상냥하게 웃었다. 소녀의 얼굴은 마음속에 불현듯 일어난 호의로 밝아졌다.

"그럴게, 엄마."

소녀가 속삭였다.

그러고는 뤼시앵의 어깨를 잡아 거의 들어 올리듯 붙잡고, 소년의 두 볼에 힘주어 입 맞췄다. 소년도 소녀를 기꺼이 포옹했다.

"잘했어!"

둘을 부추긴 사람들이 외쳤다.

엘렌은 인사를 하고 드베를 부인의 배웅을 받으며 문으로 향했다. 그녀가 말했다.

"의사 선생님께 깊은 감사의 말씀을 전해주세요. 선생님은 전날 밤 저를 죽을 것 같은 불안에서 구해주셨어요."

"그런데 앙리는 집에 없나?"

르텔리에 씨가 참견했다.

"네, 늦을 거예요."

쥘리에트가 대답했다.

오렐리 양이 그랑장 부인과 함께 일어서는 것을 보고 그녀는 덧붙였다.

"우리와 식사하게 남아 계세요. 그러기로 되어 있잖아요."

매주 토요일마다 이 초대를 기다리는 노처녀는 마침내 모자와 숄을 벗고 눌러앉기로 했다. 숨이 막힐 만큼 살롱의 공기는 무거웠다. 르텔리에 씨는 창문을 열러 갔으나 벌써 꽃망울이 터지고 있는 라일락을 열심히 들여다보느라고 그 앞에 계속 서 있었다. 폴린은 뤼시앵과 함께 방문객들이 어질러놓은 의자들 사이를 뛰어다니며 놀고 있었다.

문턱에서 드베를 부인은 탁 터놓고 호의 어린 태도로 악수를 청했다.

"언짢게 생각하지 않으시겠지요? 남편이 부인에 대해 얘기해주었어요. 왠지 마음이 끌리더군요. 당신의 불행, 외로움……. 어쨌든 만나게 돼서 정말 기뻐요. 또 뵙게 되리라 믿어요."

"그럼요, 고맙습니다."

조금 제정신이 아닌 듯 보이던 여인이 이렇게 열심히 호의를 보이는 데 감동해서 엘렌은 대답했다. 두 여인은 손을 잡고 마주 보며 웃었다. 쥘리에트는 정다운 표정으로 이 갑작스러운 우정의 이유를 고백했다.

"부인은 아름다워서 누구라도 부인을 좋아하지 않을 수 없을 거예요!"

엘렌이 명랑하게 웃기 시작했다. 그녀는 아름다웠고 그것이 마음을 평온하게 했다. 그녀는 뤼시앵과 폴린이 장난치는 모습에 시선을 고정하고 있는 잔을 불렀다. 드베를 부인이 재차 말을 걸며 잠시 소녀를 붙잡았다.

"너희들은 이제 친구니까 작별 인사를 해야지."

두 아이는 서로 손끝 키스를 보냈다.

3

화요일마다 엘렌은 랑보 씨, 주브 신부와 함께 저녁 식사를 하기로 되어 있었다. 엘렌이 처음 상을 당했을 때 두 사람은 일주일에 한 번이라도 그녀를 외로움에서 끌어내기 위해 허물없이 문을 두드리고 상을 차리게 했다. 그래서 화요일의 저녁 식사는 하나의 관습이 되고 말았다. 손님들은 정확히 7시가 되면 어김없이 똑같은 조용한 기쁨을 띠고 나타났다.

화요일에 엘렌은 창가에 앉아 손님을 기다리면서 석양빛 아래 바느질을 하고 있었다. 그녀는 그 자리에 앉아 부드러운 평화 속에서 낮 시간을 보내곤 했다. 이 고지대에서는 소음이 들리지 않았다. 그녀는 꽤 돈을 들여 자단목과 푸른 벨벳으로 치장한 이 넓은 방이 마음에 들었다. 엘렌은 아무 신경을 쓰지 않았고 친구들이 모든 걸 준비해 이 집에 살게 되었을 때, 처음 몇 주 동안은 마음이 다소 불편했다. 랑보 씨가 자신의 예술적 취향과 안락에 대한 이상을 쏟아부은 이 지나친 호화스러움이 부담스러웠던 것이다. 주브 신부는 크게 감탄하면서도 직접 관여하지는 않았는데, 시간이 지나면서 엘렌은 이 공간이 자기 마음처럼 단단하고 소박하다고 느끼며 점점 행복해졌다. 두툼히 드리운 커튼과 어둡고 견고한 가구들이 그녀의 마음을 한층 더 고요하게 했다. 긴 시간 일하는 동안 그녀의 유일한 휴식은, 눈앞에 파도치는 바다처럼 지붕이 펼쳐진 거대한 파리를 넓은 지평선까지 바라보는 것이었다. 마음속 외로운 구석이 넓은 곳을 바라보면 탁 트이는 듯했다.

"엄마, 이제 잘 보이지 않아."

그녀 옆 낮은 의자에 앉아 있던 잔이 말했다.

아이는 어둠에 잠긴 파리를 보며 책을 떨어뜨렸다. 아이는 평소 거의 말이 없었다. 아이를 나가 놀게 하려면 화를 내야 할 지경이었다. 보댕 의사의 지시로 어머니는 아이를 매일 두 시간씩 불로뉴 숲으로 데려갔다. 그것이 유일한 외출이었고, 열여덟 달 동안 모녀는 파리 시내에 세 번도 채 내려가지 않았다. 아이는 그 커다란 푸른 방 외에는 어디에서도 즐거워 보이지 않았다. 엘렌은 아이에게 음악을 가르치려다 단념해야 했다. 고요한 동네에서 울리는 오르간 소리에 아이는 울먹거리며 몸을 떨었다. 대신 아이는 주브 신부가 돌보는 가난한 사람들에게 보낼 배내옷을 바느질하는 어머니를 도왔다.

로잘리가 램프를 가지고 들어왔을 때는 완전히 밤이 내려 있었다. 로잘리는 부엌일로 한창 부산스러워 얼굴이 달아올라 있었다. 화요일의 저녁 식사는 그 집에 생기를 불어넣는, 유일하게 큰일이었다.

"마님, 오늘 저녁에는 신사분들이 오시지 않나요?"

하녀가 물었다.

"아직 7시 15분 전이야. 곧 오실 테지."

로잘리는 신부의 선물이었다. 로잘리가 생판 아는 것 없이 파리에 당도하던 날, 신부는 그녀를 오를레앙 역에서 데려왔다. 그녀를 신부에게 보낸 이는 보스 지방의 신부로, 그와는 신학교 동창이었다. 그녀는 키가 작고 뚱뚱했으며 꼭 끼는 보닛을 쓴 둥근 얼굴과 검고 뻣뻣한 머리, 주저앉은 코와 붉은 입술을 지니고 있었다. 그녀는 신부의 하녀였던 대모와 함께 사제관에서 자랐기 때문에 요리를 썩 잘했다.

"아! 랑보 씨예요!"

그녀는 초인종이 울리기도 전에 문을 열어 가면서 말했다.

키가 크고 단정한 랑보 씨가 시골 공증인 같은 넓적한 얼굴을 드러냈다. 마흔다섯 살인데 머리는 벌써 잿빛이었다. 그러나 그의 커다란 푸른 눈은 어린아이의 놀란 듯한 순진하고 부드러운 기색을 간직하고 있었다.

"신부님이세요. 이제 모두 오셨네!"

로잘리가 또 문을 열며 말했다. 랑보 씨는 엘렌과 악수를 하고, 제 집에 온 것처럼 미소를 지으며 말없이 앉았다. 잔은 신부의 목에 매달렸다.

"안녕하세요, 신부님! 저 많이 아팠어요."

아이가 말했다.

"많이 아팠다고!"

두 사람은 걱정스러운 눈빛을 보냈다. 신부는 작고 깡말랐으며 머리가 크고 맵시가 없는 데다 옷은 되는대로 입고 있었으나 그 말에 평소 반쯤 감긴 눈이 크게 뜨였고 자애로운 빛으로 가득 찼다. 잔은 한 손은 신부에게 한 손은 랑보 씨에게 맡기고 있었다. 두 사람 모두 아이의 손을 잡은 채 걱정스러운 눈으로 들여다보았다. 엘렌은 발작이 일어난 일을 이야기해야 했다. 신부는 그녀가 미리 알리지 않은 것에 화를 낼 뻔했다. 그리고 별일 없이 지나갔는지, 또 발작하지는 않았는지 질문을 해댔다. 어머니는 미소를 지었다.

"두 분이 저보다 아이를 더 사랑하시네요. 너무 그러시면 제가 기죽잖아요."

그녀는 말했다.

"아니에요, 팔다리가 좀 아프고 머리가 무겁다고 했지만 그것 말고는 아무 일 없어요. 그렇지만 그런 것쯤은 강하게 이겨낼 수 있지요."

"식사가 준비되었습니다."

하녀가 알리러 왔다.

식당에는 마호가니로 된 식탁, 찬장, 여덟 개의 의자가 놓여 있었다. 로잘리는 붉은 모직 커튼을 치러 갔다. 아주 단순한 형태의 샹들리에, 즉 구리 테가 달린 흰 자기 램프가 식기와 짝을 이룬 접시, 김이 나는 수프를 비추고 있었다. 화요일마다 저녁 식사에서는 똑같은 대화가 오고 갔다. 그러나 그날은 자연히 드베를 의사가 화제에 올랐다. 의사는 독실한 신자가 아니었지만 신부는 그를 몹시 칭찬했다. 성품이 곧고 너그러운 마음씨를 가졌으며, 아주 모범적인 아버지요 남편이라고 평했다. 드베를 부인은 독특한 파리식 교육을 받았기 때문에 외양은 다소 요란해 보이지만 훌륭한 부인이라고 했다. 한마디로 그림 같은 부부였다. 엘렌은 만족해 보였다. 그녀도 그 부부를 그렇게 생각하고 있었고, 신부가 그렇게 말하자 지난번에 그녀를 다소 겁에 질리게 했던 교제를 계속 이어갈 용기를 갖게 되었다.

"당신은 너무 갇혀 지내고 있어요."

신부는 잘라 말했다.

"옳은 말씀이에요."

랑보 씨도 거들었다.

엘렌은 '두 분이 계시는 것으로 충분해요'라고 말하는 듯, 그리고 새로 누군가와 사귀는 것이 두렵다는 듯 조용한 미소를 지으며 그들을 바라보았다. 시계가 10시를 치자 신부와 그 동생은 모자를 집어 들었다. 잔은 방 안 안락의자에서 막 잠이 들었다. 그들은 아이를 잠시 굽어보고 평화롭게 잠든 모습에 만족스러운 표정으로 고개를 끄덕였다. 그러고는 발끝을 세워 걸으면서 현관에서 소리를 죽여 말했다.

"다음 화요일에 만납시다."

"잊고 있었는데……."

신부는 두 계단을 다시 올라와 속삭였다.

"페튀 할멈이 병이 났어요. 가서 한번 보셔야겠어요."

"내일 가볼게요."

엘렌이 대답했다.

신부는 일부러 그녀를 가난한 교구민에게 보냈다. 두 사람은 가만가만 모든 문제를 함께 이야기했고, 그런 일에 대해서는 서로 척하면 알아듣고 남들 앞에서는 이야기하지 않았다. 다음 날 엘렌은 홀로 외출했다. 아이가 중풍 들린 노인 댁에 자선 방문을 다녀와서 이틀간 오한을 일으킨 후로 그녀는 잔을 데려가는 것을 피했다. 밖에서 그녀는 비뇨즈 가를 따라 내려가다 레누아르 가로 접어들었다. 오Faux 골목에서 그녀는 인접한 정원의 벽 사이에 끼인 듯한 이상한 계단을 통해 파시 고지대에서 강가로 내려가는 가파른 소로를 택했다. 그 비탈 아래 허물어져 가는 집의 지붕 밑 방에 페튀 할멈이 살고 있었다. 둥근 천창으로 빛이 들어오고 초라한 침대와 망가진 식탁, 속에 넣은 짚이 삐져나온 의자가 있었다.

"아! 부인이세요?"

할멈은 엘렌이 들어오는 것을 보자 신음하기 시작했다.

페튀 할멈은 누워 있었다. 할멈은 가난에도 불구하고 부은 것처럼 살이 찌고 부푼 얼굴이었으며, 마비된 손으로 덮고 있는 누더기 이불을 끌어당겼다. 그녀는 가느다란 작은 눈과 징징 우는 목소리로 끊임없이 사설을 늘어놓으며 부산하게 겸손을 떨었다.

"아! 부인, 고마워요……! 이거 몸이 아파서! 개들이 옆구리를 물고 늘어지는 것 같다우……. 아이고, 아이고……. 뱃속에도 확실히 뭐가 있어요. 자, 거기. 보세요. 겉은 멀쩡하지만 속에 병이 있는걸요. 아이고! 이틀 전부터 멈추질 않아요. 세상에! 이렇게 아플 수가……. 아……! 부인, 고맙습니다! 불쌍한 사람들을 잊지 마세요. 복을 받으실 거예요. 그럼요, 복을 받고말고요……."

엘렌은 앉아 있다가 식탁 위에 김이 오르는 찻주전자가 있는 것을 보고 옆에 있는 찻잔에 따라 환자에게 내밀었다. 주전자 옆에는 설탕 봉지와 오렌지 두 개, 과자가 있었다.

"누가 왔었나요?"

그녀가 물었다.

"네, 어떤 부인이요. 그렇지만 필요한 게 그것뿐이 아니에요. 아! 고기가 좀 있다면 얼마나 좋겠어요! 옆집 색시가 고깃국을 끓여줄 텐데……. 아이고, 아야……! 점점 더 쑤시는구먼. 정말 물어뜯는 것 같다니까요……. 뜨끈한 국물이라도 먹었으면……."

쥐어짜는 듯한 고통에도 불구하고 할멈은 가느다란 눈으로 엘렌이 호주머니를 뒤지는 모습을 살폈다. 식탁 위에 10프랑짜리 동전이 놓이는 것을 보자 할멈은 앉으려고 끙끙거리면서 더욱 푸념을 늘어놓았다. 푸념을 되풀이하는 동안 할멈이 발버둥을 치면서 팔을 뻗자 동전은 사라졌다.

"세상에! 또 발작이에요. 이렇게는 견딜 수 없어요……. 하느님이 복을 내리실 거예요, 부인……. 아이고, 온 몸을 뒤흔드는 통증이에요……. 신부님께서 부인이 오실 거라고 약속했지요. 부인은 말 안 해도 금방 아시네요. 고기를 좀 사러 가야겠어요. 아픈 게 허벅다리로 내려가는군요. 도와주시겠어요? 참을 수가 없어요. 참을 수가……."

그녀는 돌아누우려고 했다. 엘렌은 장갑을 벗고 최대한 부드럽게 노파를 부축해 다시 눕혔다. 엘렌이 아직 몸을 굽히고 있는데 문이 열렸다. 드베를 의사가 들어오는 것을 보고 그녀는 놀라서 얼굴이 빨개졌다. 그도 남몰래 이런 방문을 하고 있구나!

"의사 선생님이시군요"

노파가 입 속에서 중얼거렸다.

"당신들은 착한 분들이에요. 하느님이 축복을 내려주시기를!"

의사는 엘렌에게 조심스럽게 인사했다. 그가 들어오자 페뤼 할멈은 더 이상 그렇게 신음하지 않았다. 단지 앓는 어린애처럼 계속 바람 새는 소리로 조그맣게 신음했다. 부인과 의사가 서로 아는 사이인 것을 알아차리자 할멈은 주름으로 쪼글쪼글한 얼굴에 음험한 표정을 담고 둘을 번갈아 바라보며 시선을 떼지 않았다. 의사가 몇 가지 질문을 던진 다음, 오른쪽 옆구리를 타진했다. 그리고 막 자리에 앉은 엘렌에게 돌아서서 속삭였다.

"간으로 인한 복통이에요. 며칠 있으면 걸어다니게 될 겁니다."

의사는 수첩 한 장을 찢어 그 위에 몇 줄 적고 페튀 할멈에게 말했다.

"자, 이것을 파시 가에 있는 약국에 가져가세요. 약을 받아서 두 시간마다 한 숟갈씩 드세요."

할멈은 다시 축원을 했고 엘렌은 앉은 채였다. 눈이 마주치자 의사는 그녀를 바라보며 머뭇거렸으나 이내 인사를 하고 신중하게 물러났다. 그가 한 층도 채 내려가지 않아서 페튀 할멈은 다시 앓는 소리를 내기 시작했다.

"아! 정말 친절한 의사 선생님이세요……! 처방이 좀 효과가 있으면 좋겠는데! 줄줄 흐르는 콧물 때문에 죽을 지경이라우. 몸 안의 물이 다 마를 지경이라니까……. 아! 그 친절한 의사 선생님을 안다고 말씀하시지! 선생님을 아신 지 오래되셨지요, 아마……? 아이고! 목말라! 핏속에 불덩이가 있는 것 같다우……. 선생님은 결혼하셨지요? 그분은 좋은 아내와 예쁜 어린아이들을 가질 만해요……. 친절한 사람들끼리 서로 아는 것을 보면 기쁘답니다."

엘렌은 환자에게 마실 것을 주려고 일어섰다.

"그럼 이만 가보겠어요! 안녕히 계세요. 내일 올게요."

그녀는 말했다.

"그래요……. 상냥도 하시지……! 그런데 내의가 좀 있었으면……. 내 잠옷을 보시구려. 두 쪽이 됐지 뭐예요. 걸레 위에서 자는 거지요. 하지만 아무래도 괜찮아요. 하느님께서 이 모든 것을 갚아주실 거예요."

다음 날 엘렌이 도착했을 때, 드베를 의사는 페튀 할멈 집에 있었다. 노파가 입심 좋게 징징거리고 있는 동안 그는 의자에 앉아 처방을 쓰고 있었다.

"이제는, 선생님, 납덩이나 다름없어요. 확실히 옆구리에 납이 들어 있어요. 그게 1백 파운드는 나가서 돌아누울 수가 없어요."

그녀는 엘렌을 보고도 말을 멈추지 않았다.

"아! 부인이시군요……. 나는 친절하신 선생님께 말씀드렸어요. '부인은 오실 거예요. 하늘이 무너져도 부인은 오실 거예요'라고……. 진짜 성녀예요. 낙원의 천사고요. 게다가 아름다우시고. 정말 아름다워서 부인이 지나가는 것을 보면 사람들은 길에 무릎을 꿇을 거예요……. 부인, 병이 전혀 나아지지가 않았어요. 지금은 여기 납이 있는 것 같아요……. 나는 부인이 내게 해준 걸 전부 선생님께 말씀드렸어요. 임금님이라도 그 이상은 못할 거예요……. 부인을 좋아하지 않으려면 아주아주 심술이 사나워야겠지요……."

그녀가 작은 눈을 반쯤 감고 긴 베개 위에서 머리를 흔들며 이야기를 늘어놓는 동안, 의사는 몹시 거북해하는 엘렌에게 미소를 지었다.

"페튀 할머니, 내의를 좀 가져왔어요……."

그녀가 중얼거렸다.

"고마워요, 고마워요, 복을 받으실 거예요……. 친절하신 의사 선생님은 찾아오는 손님보다 불쌍한 사람들에게 더 힘을 쏟고 계신답니다. 부인은 선생님께서 나를 넉 달 동안 돌봐주신 걸 모르시지요? 약이며 국이며 포도주까지. 누구한테나 이렇게 친절히 대해주는 부자는 많지 않아요. 이분도 착한 천사예요……. 아이고! 뱃속에 집채만 한 게 들어앉았어요……."

이번에는 의사도 어쩔 줄 몰라 했다. 그는 일어서서 엘렌에게 의자를 권하려고 했다. 그녀는 거기 15분 정도 머물 생각으로 왔지만, "괜찮습니다, 선생님, 너무 바빠서요"라고 말하면서 사양했다.

그동안 페튀 할멈은 여전히 머리를 흔들며 팔을 뻗쳤다. 내의 꾸러미는 침대 밑으로 자취를 감췄다. 그러고는 계속 주절댔다.

"아! 두 분은 잘 어울려요……. 내가 그런다고 언짢게 여기지는 마세요. 그게 사실이니까……. 이쪽을 보면 저쪽을 보는 것 같다니까……. 착한 사람들끼리는 서로 이해하는 법이지요……. 아이고! 손 좀 빌려주시겠수? 돌아누워야겠어요……! 그럼요, 서로 이해하고말고요."

"안녕히 계세요, 페튀 할머니. 내일 올 수 있을지 모르겠네요."

엘렌은 의사에게 자리를 내주며 말했다.

하지만 그녀는 그다음 날 또 올라왔다. 노파는 잠들어 있었다. 잠이 깬 뒤 검은 옷을 입고 의자 위에 앉아 있는 여인을 보자 노파가 외쳤다.

"선생님은 왔다 가셨어요……. 그런데 나한테 무슨 약을 먹게 했는지 모르겠어요. 몸이 막대기처럼 뻣뻣해요……. 아! 우리는 부인에 대해 얘기했다우. 선생님은 여러 가지를 물으셨어요. 당신이 항상 슬퍼 보이는지, 항상 같은 표정인지……. 정말 좋은 분이세요!"

할멈은 잠시 말을 늦추고, 사람들 마음에 들려고 눈치 보며 아양 떠는 가난뱅이의 표정으로 엘렌의 얼굴에서 자기 말의 효험을 살폈다. 그녀는 부인의 이마가 불쾌함으로 찡그려진 것을 본 게 틀림없었다. 왜냐하면 팽팽하게 빛나던 부은 얼굴이 문득 시무룩해졌기 때문이다. 그녀는 더듬거리며 말을 이어갔다.

"계속 잤어요. 아마 약을 잘못 먹은 것 같아요……. 아눙시아시옹 가에 한 여자가 있었는데 약사가 딴 사람 약을 잘못 줘서 죽게 했다지요."

그날 엘렌은 페튀 할멈 곁에서 거의 반 시간이나 머물며, 할멈이 자신이 태어난 노르망디에 대해, 그곳에서는 얼마나 맛있는 우유를 마실 수 있는지에 대해 떠드는 이야기를 들었다. 말이 없던 엘렌이 지나가는 말로 물었다.

"오래전부터 의사 선생님을 아셨나요?"

노파는 몸을 길게 뻗고 눈꺼풀을 반쯤 떴다 감았다.

"그렇다고 할 수 있지요!"

그녀는 거의 꺼져가는 목소리로 대답했다.

"그의 아버지가 48년에[1] 나를 치료해 주셨을 때 선생을 데리고 왔었죠."

"그분 아버님은 성자 같았다고 하던데요."

"그럼, 그럼……. 좀 유별나긴 했지요. 외려 아들이 낫죠. 진찰할 때면 꼭 벨벳 손으로 만지는 것 같다우."

다시 침묵이 깔렸다.

"선생님께서 지시하신 대로 하는 게 좋을 거예요. 그분은 아는 게 아주 많으시지요. 제 딸도 구해주셨어요."

"그럴 거예요!"

기운을 되찾은 듯 페튀 할멈이 외쳤다.

"믿음직하고말고요. 다 죽어가는 남자아이를 고치신 적도 있지요……. 이렇게 말하는 걸 말리지 마세요. 그런 의사는 둘도 없지요. 나는 팔도 시원찮고 아무 데서나 자빠지곤 한다우……. 그래도 나는 매일 저녁 하느님께 감사해요. 그래요, 나는 당신들 두 분을 잊지 않고 두 분을 위해 기도하지요……. 하느님께서 보호해 주시고 소원을 들어주실 거예요! 하느님께서 복을 내려주

---

1 1848년은 혁명이 일어난 해라서 연도를 정확하게 기억하는 것 같다.

시기를! 그리고 천국에 당신들 자리를 마련해 주시기를!"

할멈은 몸을 일으키고 손을 모으고서 아주 열심히 비는 것 같았다. 엘렌은 한참이나 그녀를 그대로 내버려두었고 미소를 짓기까지 했다. 노파의 아첨 섞인 떠벌림은 결국 엘렌을 달래서 누그러지게 했다. 그녀는 떠나면서 할멈이 자리에서 일어나면 입을 수 있게 옷과 모자를 가져다주겠다고 약속했다.

한 주 내내 엘렌은 페튀 할멈을 돌보았다. 매일 오후 할멈을 방문하는 것이 일과가 되었다. 그녀는 특히 오 골목에 이상한 친근감을 느꼈다. 이 가파른 소로는 조용하고 시원했으며, 비 오는 날이면 고지대에서 흘러내리는 세찬 물줄기에 포석이 늘 깨끗하게 씻겨 마음에 들었다. 그곳에 이르러, 그녀는 위쪽에서 아래로 깊이 꺼져 내려가는 가파른 비탈길을 바라보며 이상한 느낌을 받곤 했다. 이 길은 대개 텅 비어 있었고, 이웃한 몇몇 거리의 주민들조차 거의 알지 못하는 길이었다. 그녀는 대담하게 레누아르 가에 면한 집 밑으로 난 아치형 통로로 들어갔다. 그녀는 7층 높이의 완만한 계단을 잰걸음으로 내려갔다. 계단을 따라 좁은 통로를 반이나 차지한 자갈 깔린 도랑이 나 있었다. 양쪽 정원 벽은 회색 곰팡이로 침식되어 부풀어 있었다. 가지를 드리운 나무에서 잎이 우수수 떨어졌다. 송악이 두꺼운 코트처럼 막을 드리우고 있었다. 녹음이 우거져 드문드문 푸른 하늘이 보일 뿐이었으며 햇빛은 아주 부드럽고 은근한 푸른빛을 띠고 있었다. 내려가는 도중 그녀는 거기 드리워진 가로등에 주의를 기울이거나, 한 번도 열려 있는 것을 본 적이 없는 문 뒤의 정원에서 나는 웃음소리를 들으며 숨을 돌리기 위해 멈추곤 했다. 때로 한 할머니가 오른쪽 벽에 붙은 검게 빛나는 철제 난간에 의지해 올라오거나 한 부인이 우산을 지팡이처럼 짚고 올라왔다. 한 무리 아이들이 구두 굽 소리를 내면서 뛰어 내려가기도 했다. 그러나 대개는 그녀 혼자였고 그것이 숲속의 오솔길처럼 그늘지고 조용한 이 계단의 커다란 매력이었다. 밑에서 그녀는 눈을 들었다. 방금 그녀가 위태롭게 내려온 가파른 비탈은 가벼운 공포를 일으켰다.

그녀는 옷자락에 오 골목의 평화와 신선함을 간직한 채 페튀 할멈 집에 들어서곤 했다. 이 비참과 고통의 구렁텅이도 그녀의 기분을 상하게 하지 못했다. 그녀는 환기하기 위해 천창을 열고 걸리적거리는 식탁을 치우기도 하며 제 집에 있는 것처럼 행동했다. 헐벗은 다락방과 흰 회벽, 찌그러진 가구는 젊은 시절에 가끔 꿈꾸었던 단순한 삶을 떠올리게 했다. 그러나 특히 마음에 든 것은 그곳에서 숨 쉬며 느끼는 연민의 정이었다. 환자를 돌보는 역할, 노파의 계속되는 징징거림, 주변에서 보고 느끼는 전부가 그녀를 무한한 동정심으로 떨게 했다. 그녀는 눈에 띄게 조바심 내며 드베르 의사의 방문을 기다리게 되었다. 그녀는 의사에게 페튀 할멈의 상태를 묻고 잠시 나란히 서서 얼굴을 마주 보며 다른 이야기를 나눴다. 두 사람은 친밀해졌다. 그들은 자신들이 비슷한 취향을 갖고 있음을 알고 놀라워했다. 그들은 자주 말없이도 서로를 이해했고, 마음속에는 불현듯 똑같은 자비심이 넘치는 것이었다. 일상적인 경우를 넘어서 맺어지는 이러한 공감, 즉 연민으로 부드러워져 저항하지 못하고 굴복하게 되는 이러한 공감이야말로 엘렌에게는 그 무엇보다도 감미로웠다. 그녀는 처음에는 의사를 두려워했다. 그의 집 살롱에서라면 그녀는 본성을 누르면서 냉정함을 유지했을 것이다. 그러나 여기서는 한 의자에 같이 앉아, 그들의 사이를 좁혀주고 마음을 풀어주는 가난하고 누추한 환경을 은근히 기뻐하면서 세상과 멀리 떨어져 있었다.

일주일이 지나자 그들은 나란히 몇 년을 산 것처럼 서로를 이해하게 되었다. 페튀 할멈의 누추한 방은 그들의 선량함으로 환해졌다. 한편 할멈은 아주 느리게 회복되어 갔다. 할멈이 지금은 종아리에 납덩어리가 있는 것 같다고 하자, 의사는 놀라면서 누워만 있으면 안 된다고 나무랐다. 할멈은 늘 신음했고 머리를 흔들면서 드러누워 있었다. 또 그들을 자유롭게 놔두려는 듯 눈을 감고 있었다. 어느 날은 진짜 잠든 듯 보이기도 했다. 그러나 눈꺼풀 밑에서 가느다란 눈꼬리로 그들을 엿보고 있었다. 결국, 엘렌은 일어서야 했다. 다음 날 엘렌은 약속했던 옷과 모자를 가져왔다. 의사가 오자 할멈이 갑자기 외쳤다.

"저런! 옆집 색시가 고깃국을 봐달라고 했는데!"

할멈은 나가면서 둘만 남겨놓고 문을 닫아버렸다. 의사는 엘렌에게 비뇌즈 가의 자기 집 정원에서 오후를 보낼 겸 때때로 내려오라고 권했다.

"아내가 부인의 방문에 답례할 겁니다. 그리고 부인을 다시 초대할 거예요……. 따님에게도 대단히 좋을 겁니다."

그가 말했다.

"사양하지 않겠어요. 저는 사람들이 격식을 갖춰서 찾아오길 기다리는 건 아니에요. 다만 제가 괜히 폐를 끼치지 않을까 걱정돼서요……. 어쨌든 다시 뵙겠지요."

여자가 웃으며 말했다.

그들은 이야기를 계속했다. 그러다가 의사는 놀랐다.

"할머니는 도대체 어딜 간 거죠? 국을 본다고 간 지가 15분이나 됐는데."

엘렌은 그제야 문이 닫힌 것을 보았다. 처음에는 그것이 별로 대수롭지 않았다. 그녀는 의사에게 드베를 부인에 대해 칭찬했다. 그러나 의사가 계속 문 쪽으로 고개를 돌렸기 때문에 그녀도 거북해졌다.

"할머니가 왜 안 오는지 이상하군요."

이번에는 그녀가 중얼거렸다.

대화는 끊겼다. 엘렌이 어찌할 바를 모르고 천창을 열었다. 그녀가 자리로 돌아왔을 때 그들은 서로 눈길을 피했다. 아이들의 웃음소리가 하늘에 높이 뜬 푸른 달 같은 천창으로 들어왔다. 그들을 보고 있는 것은 그 둥근 구멍 말고는 없었으며, 그들은 사람들의 눈길이 닿지 않는 곳에 단둘이 있었다. 아이들이 멀리 사라져 가면서 조용해졌다. 사람을 긴장하게 만드는 적막이 감돌았다. 아무도 이 외딴 지붕 밑 방에 그들을 찾으러 올 리 없었지만 그들의 당황스러움은 점점 더 커졌다. 엘렌은 스스로 불안을 느끼며 의사를 뚫어지게 바라보았다.

"왕진이 밀려 있어요."

그가 곧 말했다.

"할머니가 오지 않으니 가야겠습니다."

그리고 그가 떠났다. 엘렌은 앉아 있었다. 페튀 할멈은 곧 수다를 늘어놓으며 돌아왔다.

"아! 도저히 몸을 끌고 올 수가 없네 뭐예요. 무력증에 빠져서요……. 그래, 의사 선생님은 떠나셨나요? 물론 여기는 편한 데가 아니죠. 나같이 불행한 사람에게 시간을 내주시다니 당신들은 하늘의 천사 같은 분들이에요. 그렇지만 하느님께서 모두 갚아주실 거예요. 오늘은 아픈 게 발까지 내려가서 계단에 앉아야 했어요. 아무 소리도 안 들렸고 나는 아무것도 몰라요……. 그런데 의자가 있으면 좋겠어요. 안락의자만 하나 있어도! 매트리스가 너무 형편없어요. 당신들이 오면 부끄럽다니까요……. 이 집은 당신들 거예요. 필요하다면 나는 무슨 일이라도 하겠어요. 내가 자주 이렇게 기도하는 걸 하느님은 아시지요……. 하느님! 이 착한 신사분과 부인이 원하시는 걸 이루게 해주십시오. 성부와 성자와 성신의 이름으로, 아멘!"

엘렌은 그 말을 듣고 이상하게 거북함을 느꼈다. 페튀 할멈의 부은 얼굴이 그녀를 불안하게 했다. 이 좁은 방에서 이런 불안을 느낀 적은 없었다. 불결한 가난이 눈에 들어왔다. 공기의 부족과 거기 갇혀 있는 비참한 타락상들로 숨이 막혔다. 그녀는 페튀 할멈이 늘어놓는 덕담에 오히려 기분이 언짢아져서 서둘러 떠났다.

오 골목에는 또 다른 슬픈 일이 그녀를 기다리고 있었다. 그 길의 한가운데, 내려가는 쪽 오른편 벽에는 버려진 우물이 있었고 철창으로 막혀 있었다. 이틀 전부터 그 옆을 지나갈 때 구덩이 밑에서 고양이가 야옹거리는 소리를 들었다. 그녀가 다시 올라갈 때 우는 소리가 또 한 번 들렸다. 그런데 이번에는 죽어가는 듯 너무나 애처로운 소리였다. 못 쓰는 우물에 던져진 불쌍한 고양이가 굶주린 채 천천히 죽어가고 있다는 생각이 불현듯 들자 엘렌의 가슴이 찢어졌다. 죽어가면서 내는 그 고양이 울음소리가 무서워 앞으로 한참은 그 계단을 감히 내려오지 못할 것 같다는 생각을 하면서 엘렌은 걸음을 재촉했다.

그날은 벌써 화요일이었다. 저녁 7시, 엘렌이 아이의 작은 조끼를 완성했을 때 익숙한 초인종 소리가 짧게 두 번 울렸다.

"오늘은 신부님께서 먼저 오셨네요……. 아! 랑보 씨도 함께 오셨군요."

로잘리가 문을 열며 말했다.

저녁 식사는 아주 명랑했고 잔의 상태는 훨씬 좋았다. 아이의 응석을 받아주곤 하는 두 형제는 보댕 의사의 금지에도 불구하고 아이가 좋아하는 샐러드를 먹도록 내버려두었다. 그래서 기가 난 아이는 사람들이 방으로 갈 때 어머니에게 속삭이면서 목에 매달렸다.

"엄마, 내일 할머니 집에 갈 때 나도 데려가, 응?"

그러나 신부와 랑보 씨가 먼저 나서서 아이를 야단쳤다. 아이는 아직 불쌍한 사람 집에서 어떻게 행동해야 하는지 몰랐기 때문에 아이를 거기 데려갈 수는 없었다. 지난번에 아이는 두 번이나 기절했고, 사흘 내내 자는 동안 부은 눈에서 눈물이 흘러내렸다.

"아니야, 울지 않을게. 약속해."

아이가 되풀이했다.

"소용없단다, 얘야. 할머니는 이제 좋아지셨어……. 엄마는 이제 나가지 않아. 너랑 하루 종일 있을 거야."

어머니는 이렇게 말하면서 아이를 껴안았다.

4

그다음 주에 드베를 부인이 그랑장 부인에게 답례 방문을 했고, 몹시 다정하고 상냥하게 굴었다. 떠날 때 그녀가 입구에서 말했다.

"제게 약속하신 거예요……. 날이 좋아지면 잔을 데리고 정원에 내려오시겠다고요. 이건 의사의 지시예요."

엘렌이 웃었다.

"네, 네, 알겠어요. 믿으셔도 돼요."

사흘 뒤 2월의 맑은 오후, 그녀는 정말 딸을 데리고 내려갔다. 문지기 아주머니가 연결된 문을 열어주었다. 정원 한구석, 일본식 정자를 개조해 만든 온실 안에서 그녀는 드베를 부인과 여동생 폴린을 발견했다. 두 사람 다 작은 탁자 위에 자수거리를 놔둔 채 잊어버리고 손을 놓고 있었다.

"아! 이렇게 와주시다니 정말 상냥하세요!"

쥘리에트가 말했다.

"자, 이리 앉으세요……. 폴린, 탁자를 밀어라. 앉아 있으면 아직 좀 추워요. 이 정자 안에 있으면 아이들을 잘 볼 수 있답니다……. 가서 놀아라, 얘들아. 넘어지지 않게 조심해."

정자의 넓은 출입구는 열려 있었고, 양옆으로는 잡아당겨 열 수 있는 유리 창틀이 끼워져 있어서 정원이 마치 천막 문턱에서 이어지는 것처럼 바로 펼쳐졌다. 중앙에 잔디가 있고 양쪽 가장자리에 화단이 있는 부르주아식 정원이었다. 비뇌즈 가와는 창살로만 막혀 있었지만 녹음의 커튼이 하도 짙게 드리워져 길 쪽에서는 시선이 뚫고 들어올 수 없었다. 송악, 참으아리, 인동덩굴이 얽힌 채 창살을 휘감고 있었다. 이파리로 만들어진 첫 번째 벽 다음에는 라일락과 양골담초가 자라고 있었다. 겨울철에도 송악의 끈질긴 잎과 뒤엉킨 가지들이 시선을 차단했다. 그러나 이 정원의 가장 큰 매력은 안쪽에 있는 아름드리나무들이었다. 근사한 느릅나무가 5층 집의 검은 벽을 가리고 있었다. 그 나무들은 이웃 건물들 틈바구니에서도 공원 한 모퉁이에 온 것 같은 착각을 들게 했으며, 살롱처럼 쓸고 닦은 이 조그만 파리식 정원을 훨씬 넓어 보이게 했다. 두 느릅나무 사이에는 습기 때문에 널빤지가 초록색으로 변한 그네가 매달려 있었다.

엘렌은 구경을 하면서 더 자세히 보려고 몸을 기울였다.

"아! 너무 좁은 곳이지요."

드베를 부인이 나른하게 말했다.

"하지만 파리에는 나무가 드물어서요……. 자기 집에 대여섯 그루라도 있다면 큰 행운이지요."

"아니에요, 정말 좋겠어요."

엘렌이 중얼거렸다.

"멋있어요."

그날은 창백한 하늘 위로 태양이 금빛 먼지 같은 빛을 흩뿌리고 있었다. 잎이 떨어진 가지 사이로 빛이 천천히 쏟아졌다. 나무들은 불그레했고, 보랏빛 도는 새순이 회색 나무껍질을 부드럽게 덮고 있었다. 잔디 위의 오솔길을 따라 자갈과 풀이 명확한 구획을 짓고, 지면에는 가벼운 아지랑이가 떠올라 흩어졌다. 꽃은 피지 않았으나 대지를 비추는 태양의 명랑함이 봄을 알리고 있었다.

"지금은 아직 쓸쓸해요."

드베를 부인이 다시 말했다.

"6월이 되면 정말 아늑하지요. 나무들은 이웃 사람들이 엿보는 걸 막아주고, 완전히 우리만의 집이 된답니다……."

그러다가 그녀가 말을 멈추고 소리쳤다.

"뤼시앵, 분수를 건드리지 말아라!"

잔에게 정원을 자랑하던 소년은 소녀를 현관 계단 아래 분수 앞으로 데려가 수도꼭지를 열고 장화 끝이 젖도록 내밀고 있었다. 그가 아주 좋아하는 놀이였다. 잔은 아주 진지한 얼굴로 발이 젖는 것을 바라보고 있었다.

"기다려요."

폴린이 일어서면서 말했다.

"내가 저 아이를 얌전하게 만들겠어요."

쥘리에트가 말렸다.

"아니, 넌 저 아이보다도 철이 없어. 전에 너희 둘 다 물에 빠질 뻔하지 않았니……. 다 큰 처녀가 잠시도 가만히 있지를 못하니 별나기도 하지……."

그러고는 몸을 돌리고 말했다.

"듣고 있니? 뤼시앵, 당장 수도꼭지 잠가!"

겁에 질린 아이는 고분고분 따르려 했으나 꼭지를 더 돌려버렸고, 물은 아이가 기겁할 만큼 세찬 소리를 내며 뿜어져 나왔다. 아이는 어깨까지 물을 뒤집어쓰고 뒤로 물러났다.

"수도꼭지를 당장 잠가!"

어머니는 얼굴이 빨개지도록 열이 올라서 되풀이했다.

뤼시앵이 성난 물줄기 앞에서 겁을 먹고 멈출 방도를 모르는 채 울먹이고 있는데, 그때까지 말없이 있던 잔이 아주 조심스럽게 분수로 다가갔다. 소녀는 치마를 다리 사이에 끼우고 소매를 적시지 않도록 걷어 올린 다음 손목을 뻗어 물 한 방울 튀지 않게 수도꼭지를 잠갔다. 뤼시앵은 놀라움에 사로잡혀 눈물이 뚝 멈췄고, 존경이 담긴 마음으로 커다란 눈을 들어 소녀를 올려다보았다.

"정말 저 애 때문에 돌겠다니까요."

낯빛이 다시 하얘진 드베를 부인이 이렇게 말하며 지친 듯 몸을 뻗었다.

엘렌은 한마디 해야겠다고 생각했다.

"잔, 손잡고 산책하면서 놀아라."

잔은 뤼시앵의 손을 잡았다. 두 아이는 진지하게 종종걸음으로 오솔길로 사라졌다. 소녀가 훨씬 키가 커서 소년의 팔이 공중에 매달렸다. 그러나 격식을 갖춰서 잔디 주위를 도는 이 점잖은 놀이에 둘 다 정신이 팔린 듯했으며, 자기들이 중요한 인물이 되었다고 생각하는 듯했다. 잔은 진짜 숙녀처럼 초점이 없는 나른한 시선을 하고 있었다. 뤼시앵은 가끔 그의 동반자를 흘끔흘끔 곁눈질하지 않을 수 없었다. 둘은 한 마디도 나누지 않았다.

"우습지요?"

침착을 되찾은 드베를 부인이 미소를 띤 채 속삭였다.

"잔은 정말 예쁜 아이로군요······. 얌전하고 영리하고······."

"남 앞에 있을 때는 그렇지요."

엘렌이 대답했다.

"저 아이도 어찌할 도리가 없을 때가 많아요. 하지만 저를 몹시 사랑해서 제가 힘들지 않게 말을 잘 들으려고 애를 쓰죠."

부인들은 아이들 이야기를 나눴다. 여자아이들은 사내아이들보다 훨씬 조숙하다. 하지만 뤼시앵의 어리숙한 표정을 믿으면 안 된다. 1년 전만 해도 좀 풀어놓으면 장난꾸러기가 되곤 했다. 모르는 새에 화제는 맞은편 작은 집에 사는 여자에게로 옮겨 갔다. 그 집에서는 참으로 별의별 일이 벌어진다는 것이었다. 드베를 부인이 얘기를 멈추고 동생에게 말했다.

"폴린, 잠깐 정원에 가보겠니."

어린 아가씨는 조용히 나가서 나무 밑에 앉았다. 그녀는 대화 중 나이 어린 여성 앞에서 차마 할 수 없는 이야기가 나오면 언제나 이렇게 내보내진다는 사실에 이미 익숙해 있었다.

"어제 창문을 내다보고 있었는데······."

쥘리에트가 말을 이었다.

"그 여자가 완전히 벗은 모습을 보고 말았어요. 커튼조차 치지 않고 있더군요. 창피한 일이죠! 애들이 볼 수도 있잖아요."

그녀는 수치스럽다는 표정으로, 하지만 입가에는 옅은 웃음을 띠고 아주 낮은 소리로 말했다. 그리고 목소리를 높여 외쳤다.

"폴린! 돌아와도 좋아."

나무 아래서 폴린은 무관심한 표정으로 언니의 이야기가 끝나기를 기다리며 허공을 쳐다보고 있었다. 쥘리에트가 엘렌에게 얘기를 계속하는 동안, 소녀는 정자 안으로 들어와 의자에 앉았다.

"부인은 아무것도 보지 못했나요?"

"아니요, 우리 집 창문은 그 집 쪽으로 나 있지 않아요."

엘렌이 대답했다.

소녀는 제가 듣지 못한 부분이 있음에도 이해한다는 듯이 천사 같은 흰 얼굴로 듣고 있었다.

"어머!"

그녀는 문으로 바깥을 내다보며 말했다.

"나무에 신기하게도 새 둥지가 있어요!"

한편 드베를 부인은 체면치레로 자수를 집어들었지만 1분에 두 땀밖에 뜨지 않았다. 엘렌도 그냥 있을 수 없어서 다음에는 일감을 가져와도 되겠느냐고 물었다. 그러고는 약간 지루함을 느끼며 몸을 돌려 일본식 정자를 살펴보았다. 벽과 천장은 날아오르는 황새와 나비, 활짝 핀 꽃, 푸른 배가 누런 강 위에 떠 있는 경치가 금실로 짜인 천으로 장식되어 있었다. 고운 돗자리가 깔린 바닥에는 단단한 목재로 만든 의자와 화분대가 있었고, 옻칠한 가구들 사이는 온갖 잡동사니들로 가득했다. 작은 청동상들, 작은 도자기 항아리들, 원색으로 알록달록 칠해진 기묘한 장난감들……. 구석에는 다리를 포개 앉아 벌거벗은 배가 불룩 튀어나온 작센산 자기 인형이 있었는데, 조금만 밀어도 미친 듯이 머리를 흔들면서 마치 우렁찬 웃음을 터뜨리는 듯했다.

"그거 정말 못생겼지요?"

엘렌의 눈길을 좇던 폴린이 외쳤다.

"봐요, 언니. 언니가 사들이는 것은 모두 싸구려라는 걸 알아요? 말리뇽은 언니의 일본 취향을 '13수짜리 잡동사니'라고 부르지요……. 아참, 그 잘난 말리뇽을 만났는데 어떤 여자와 같이 있더라고요. 그러니까 바리에테 극장[1]의 플로랑스하고요."

"어디라고? 내가 약 좀 올려줘야지!"

쥘리에트가 귀가 번쩍 뜨여 물었다.

"그러니까 그게 어디냐 하면……. 그런데 그가 오늘 오지 않는 게 확실해요?"

그러나 그녀는 대답을 듣지 못했다. 부인들은 아이들이 보이지 않아 걱정하고 있었다. 아이들이 어디 갔을까? 두 어머니가 아이들을 부르자 뾰족한 두 목소리가 대답했다.

"우리 여기 있어요!"

아이들은 정말 잔디밭 한가운데 참빗살나무에 반쯤 가려져 풀 속에 앉아 있었다.

"너희들 뭐 하는 거니?"

"우리는 여관에 왔어요!"

뤼시앵이 외쳤다.

"방에서 쉬는 거예요."

부인들은 즐거운 표정으로 잠시 아이들을 바라보았다. 잔은 능숙하게 놀이를 지어내곤 했다. 소녀는 밥을 짓기 위해 주위의

---

[1] 1807년부터 몽마르트르에 있던 극장으로 통속희극을 상연했다.

풀을 잘랐다. 여행 가방은 나뭇더미에서 주워 온 널빤지 끄트머리였다. 지금은 이야기를 나누고 있었다. 잔은 우리가 스위스에 와 있으며 곧 빙하 계곡을 구경하러 갈 거라고 열을 올리며 되풀이했고, 뤼시앵은 어리둥절해했다.

"어머! 그가 와요!"

갑자기 폴린이 말했다.

드베를 부인은 고개를 돌려 현관 계단을 내려오는 말리뇽을 보았다. 그가 인사하고 자리에 앉자마자 그녀는 말했다.

"친절도 하셔라! 우리 집에 싸구려만 있다고 사방 외치며 돌아다니신다고요!"

"그렇고말고요."

그는 침착하게 대답했다.

"이 작은 살롱은…… 확실히 싸구려투성이예요. 볼 만한 것은 하나도 없지요."

그녀는 몹시 언짢아했다.

"자기 인형은 어때요?"

"그것도요. 모든 게 소시민적이에요……. 취향이 있어야지요. 꾸미는 걸 나한테 맡기지 않았으니 이렇게 된 거예요."

그러자 그녀는 정말 화가 난 듯 얼굴이 빨개지며 말을 끊었다.

"당신 취향 얘기 좀 해보죠. 취향이 근사하던데! 당신이 어떤 여자와 같이 있는 것을 사람들이 봤다더군요……."

"어떤 여자요?"

그는 그 무례한 공격에 놀라서 물었다.

"훌륭한 선택이에요. 당신에게 찬사를 보내지요. 온 파리에 얼굴이 팔린 여자를……."

그러나 그녀는 폴린을 보자 입을 다물었다. 폴린을 잊고 있었던 것이다.

"폴린, 잠깐 정원에 나가 있어."

"싫어요, 정말 지겨워요! 항상 나만 쫓아내잖아요."

소녀는 대들면서 잘라 말했다.

"정원으로 가."

쥘리에트가 좀 더 엄하게 되풀이했다.

소녀는 마지못해 가면서 몸을 돌려 덧붙였다.

"하지만 서둘러서 끝내주세요."

폴린이 자리를 피하자 드베를 부인은 다시 말리뇽에게 덤벼들었다. 말리뇽처럼 뛰어난 젊은이가 어떻게 플로랑스 같은 여자와 사람들 앞에 나타날 수 있단 말인가? 그 여자는 적어도 마흔은 먹었으며 끔찍하게 못생겼고, 첫 공연 때부터 오케스트라 단원들 전부와 너나들이하며 지내지 않는가.

"끝났어요?"

뾰로통한 얼굴로 나무 밑을 거닐며 폴린이 외쳤다.

"심심하다고요."

그러나 말리뇽은 변명을 이어갔다. 나는 플로랑스를 알지 못한다, 그리고 그녀에게 말을 건넨 적조차 없다, 자신이 어떤 여인과 함께 있는 게 사람들 눈에 띄었을 수는 있다, 가끔 친구 부인과 동행하는 일이 있으니까. 그렇다면 누가 날 봤는지? 증거나 증인을 대야 하지 않느냐.

"폴린!"

드베를 부인이 다짜고짜 목청을 높여서 물었다.

"너 이분이 플로랑스와 있는 것을 보았지?"

"그럼요."

아가씨가 대답했다.

"비농[1] 맞은편 길에서요."

드베를 부인은 말리뇽의 어색한 웃음 앞에 의기양양해져서 외쳤다.

"폴린, 돌아와도 돼. 끝났어."

말리뇽은 폴리-드라마티크[2]의 다음 날 표를 가지고 있었다. 그는 드베를 부인에게 악감정을 품지 않은 양 그것을 점잖게 내밀었다. 두 사람은 늘 아옹다옹하곤 했다. 폴린은 자신도 그 연극을 보러 갈 수 있는지 물었다. 말리뇽이 고개를 흔들며 웃자, 그녀는 작가들이 젊은 아가씨들을 위한 희곡을 쓸 수도 있을 텐데 그러지 않으니 정말 바보 같다고 투덜거렸다. 그녀가 봐도 괜찮은 것은 〈흰 옷의 부인_La Dame blanche_〉[3]과 고전극뿐이었다.

그동안 부인들은 아이들에게 주의를 기울이지 않고 있었다. 갑자기 뤼시앵이 찢어지는 비명을 질렀다.

"잔, 무슨 짓을 한 거니?"

엘렌이 물었다.

"아무 짓 안 했어, 엄마. 얘가 땅바닥에 자빠졌어."

사실 아이들은 그때 막 '유명한 빙하 계곡으로' 길을 떠난 참이었다. 잔이 이제 산에 당도했다고 말했기 때문에 아이들은 바위를 넘기 위해 다리를 높이 들어 올렸다. 그러나 뤼시앵은 이 동작으로 몹시 숨이 가빠져 발을 헛디디고 화단 가운데로 벌렁 넘어지고 말았다. 땅에 넘어진 소년이 심술을 부리며 와락 울음

---

1 제2제정기 파리에서 가장 유명한 레스토랑 중의 하나였다. 이탈리앵 로에 있었으며 여기서 예술가, 소설가, 기자 등 당대 유명 인사들이 만찬 모임을 갖곤 했다.
2 1831년 탕플 가에 문을 연 극장. 1862년 봉디 가로 이전했으며, 오페레타와 통속희극을 공연했다.
3 월터 스콧의 영향을 받아 외젠 스크리브가 대본을 쓴 3막 희가극. 명랑하고 도덕적으로 무난한 내용이었으며 1825년에 초연되었다.

을 터뜨린 것이었다.

"그 애를 일으켜 줘."

엘렌이 다시 소리쳤다.

"일어나려고 하질 않아, 엄마. 뒹굴고 있어."

잔은 버릇없이 자란 소년을 보고 화가 나고 마음도 상해 뒤로 물러섰다. 이 아이는 놀 줄도 몰랐고, 일으키려 하다간 저도 더러워질 게 뻔했다. 소녀는 체면 깎인 공작부인처럼 토라져 있었다. 뤼시앵의 비명 때문에 조급해진 드베를 부인은 동생에게 아이를 일으켜 주고 조용히 시키라고 일렀다. 폴린은 더 묻지 않고 바로 달려가서는 아이 옆 땅바닥에 몸을 던지고 잠시 같이 뒹굴었다. 아이는 발버둥을 치며 붙잡히지 않으려고 했다. 하지만 그녀는 아이의 겨드랑이를 붙잡아 일으켜 세웠고 아이를 달랬다.

"그쳐, 울보야! 우리 그네 타러 가자."

뤼시앵은 울음을 뚝 그쳤고, 잔의 얼굴도 심각한 기색이 사라지고 강렬한 기쁨으로 밝아졌다. 셋은 그네로 뛰어갔다. 그러나 그네에 앉은 것은 폴린이었다.

"밀어봐."

폴린이 아이들에게 말했다.

아이들은 작은 손으로 온 힘을 다해 밀었다. 그러나 너무 무거워서 아이들은 그녀를 간신히 움직이게 할 수 있을 뿐이었다.

"밀어!"

그녀는 되풀이했다.

"아! 바보들, 밀 줄도 모르는군."

정자 안에서 드베를 부인은 가벼운 오한을 느꼈다. 그녀는 밝은 햇빛에도 불구하고 날이 따뜻하지 않음을 깨달았다. 그녀는 말리농에게 에스파냐식 옷걸이에 걸려 있는 두건 달린 흰 캐시

미어 겉옷을 가져다 달라고 부탁했다. 말리뇽은 어깨에 걸칠 겉옷을 가져다주기 위해 일어섰다. 두 사람은 엘렌의 관심을 거의 끌지 못하는 화제들을 가지고 친근하게 이야기했다. 그래서 엘렌은 혹시라도 폴린이 아이들을 부주의하게 넘어뜨리지 않을까 걱정이 되어 쥘리에트와 그 젊은이가 열을 올려 모자 유행 이야기를 나누는 자리를 뒤로하고 정원으로 나갔다.

잔은 어머니를 보자마자 애원하듯 어리광스러운 표정으로 다가왔다.

"엄마, 엄마."

아이가 속삭였다.

"안 돼."

그 뜻을 짐작한 어머니가 대답했다.

"너는 그네 타면 안 되는 거 알지?"

잔은 그네 타기를 무척 좋아했다. 그네를 타면 마치 새가 되는 것 같다고 말하곤 했다. 얼굴에 스치는 바람과 갑작스러운 비상, 날갯짓하듯 율동적이고 끊임없는 진동은 구름을 향해 날아오르는 것처럼 감미로웠다. 아이는 자신이 진짜 높이 날아오르고 있다고 믿곤 했다. 하지만 그것은 항상 좋지 않은 결과를 가져왔다. 한번은 그네 줄에 매달린 채 발견되었는데, 질겁한 채 두 눈을 크게 뜨고 혼이 나가 있었다. 또 한번은 그네에서 떨어져 새총을 맞은 제비처럼 뻣뻣하게 쓰러진 적도 있었다.

"엄마, 조금만 타면 괜찮을 거야. 아주 조금만."

아이가 계속 졸랐다.

어머니는 시끄럽게 하지 않으려고 아이를 그네 위에 앉혔다. 아이는 기도가 통한 신자처럼 기쁨으로 환해졌고 줄을 잡은 주먹은 기쁨으로 가볍게 떨렸다. 엘렌이 너무 천천히 밀자 아이는

"더 세게, 더 세게." 하고 속삭였다.

그러나 엘렌은 그 말을 듣지 않았다. 그녀는 계속 줄을 잡고 있었다. 그러자 그녀 자신이 신이 나서 얼굴이 발그레해졌고 나무판자를 점점 힘껏 밀어 올렸다. 평소 지녔던 신중함은 딸과 한 덩이가 되어 노느라고 사라져 버렸다.

"이젠 됐다."

그녀는 잔의 겨드랑이를 들어 올리면서 잘라 말했다.

"그러면 엄마가 타봐. 응?"

아이가 목에 매달린 채 말했다.

잔은 엄마가 '날아오르는' 모습을 보는 걸 무척 좋아했는데, 스스로 그네를 타는 것보다 엄마가 하늘로 오르는 걸 바라볼 때 더 큰 기쁨을 느끼곤 했다. 엘렌이 웃으면서 "누가 나를 밀어주겠니?" 하고 물었다. 그녀는 나무꼭대기를 훌쩍 넘길 만큼 그네를 높이 탈 줄 알았다. 바로 그때, 랑보 씨가 문지기 아주머니의 안내를 받아 나타났다. 그는 엘렌의 집에서 드베를 부인을 만난 적이 있었다. 그래서 엘렌이 집에 없자 자신도 여기 들러도 되리라 생각했던 것이었다. 드베를 부인은 이 점잖은 사람의 고지식한 태도에 마음이 움직여 아주 상냥하게 맞아주었다. 그러고는 말리농과 나누던 재치 있는 대화로 다시 돌아갔다.

"아저씨가 밀어주면 되지! 아저씨가 밀어주면 되지!"

잔은 어머니의 주위를 팔짝팔짝 뛰면서 말했다.

"입 좀 다물지 못하겠니! 우리는 지금 집에 있는 게 아니야."

엘렌이 짐짓 엄격하게 말했다.

"저런!"

랑보 씨가 중얼거렸다.

"원하신다면 제가 밀어드리겠습니다. 시골에 온 것처럼……."

엘렌은 갑자기 마음이 끌렸다. 처녀 시절에는 몇 시간이고 그네를 타곤 했는데, 그 아련한 추억이 그녀를 고집스러운 욕망으로 채웠다. 잔디밭 가장자리에 뤼시앵과 앉아 있던 폴린이 자유분방한 아가씨답게 거리낌 없는 태도로 끼어들었다.

"그래요, 신사분이 밀어주실 거예요……. 그다음에는 저를 밀어주실 거고요. 그렇죠, 저도 밀어주실 거죠?"

이 말에 엘렌은 결심했다. 뛰어난 미모가 지닌 차가운 단정함 아래 숨어 있는 그녀의 젊음은 매혹적인 순진성을 발산했다. 그녀는 여학생처럼 단순하고 명랑해 보였다. 특히 그녀는 숙녀인 듯 내숭을 떨지 않았다. 그녀는 웃으며 다리를 드러내고 싶지 않다고 말하더니 끈을 달라고 해서 발목 위로 치맛자락을 묶었다. 그리고 그네에 올라서서 팔을 벌려 줄을 잡고 명랑하게 외쳤다.

"됐어요, 랑보 씨. 처음에는 살살 밀어주세요."

랑보 씨는 나뭇가지에 모자를 걸었다. 넓적하고 선량한 얼굴에 인자한 미소가 번졌다. 그는 줄이 튼튼한지 확인하고 나무들을 한번 둘러본 다음 살짝 등을 밀었다. 엘렌이 상복을 벗은 것은 처음이었다. 그녀는 연보랏빛 리본이 달린 회색 치마를 입고 있었다. 똑바로 선 채 요람에 흔들리는 듯 땅을 쓸면서 그녀는 천천히 올라가기 시작했다.

"밀어주세요! 더!"

그녀가 말했다.

랑보 씨는 팔을 내밀어 움직이는 널을 잡고 좀 더 세게 밀었다. 엘렌은 올라갔다. 날아오를 때마다 그녀는 더 높은 공중으로 올라갔다. 그러나 박자는 느렸다. 말없이 아름다운 얼굴에 맑은 눈을 지닌 그녀는 다소 심각하고 여전히 단정해 보였다. 콧방울만이 바람을 들이마시려는 것처럼 부풀어 올랐다. 치맛주름 하나 흐트러지지 않았지만 틀어 올린 머리 한 가닥이 풀어져 흘러내렸다.

"더요! 더!"

힘껏 미는 힘에 그녀는 날아가듯 떠올랐다. 태양을 향해, 더더욱 높이 솟구쳤다. 그녀에게서 가벼운 바람이 일어 정원으로 불어갔다. 이제 그녀는 웃음을 참지 못했고 얼굴은 발그레해졌으며, 눈은 그네의 흔들림에 따라 별처럼 흘렀다. 흘러내린 머리카락 다발이 목 위에서 흔들렸다. 치마는 묶고 있는 끈에도 불구하고 말려 올라가 발목의 흰 살결이 드러났다. 그 모습을 본 사람들은 그녀가 자기 고향인 듯 공중을 날면서 탁 트인 가슴으로 거침없어진 것을 느낄 수 있었다.

"미세요! 미세요!"

랑보 씨는 땀에 젖은 채 얼굴이 빨개질 정도로 있는 힘을 다해 밀었다. 비명이 일었다. 엘렌은 계속 높이 솟구쳤다.

"오, 엄마! 오, 엄마!"

잔은 환희에 차서 되풀이했다.

아이는 잔디밭에 앉아 있었다. 가볍게 이는 바람을 전부 들이마신 듯 가슴을 손으로 움켜쥐고 어머니를 바라보고 있었다. 아이는 숨을 죽이고 어깨로 박자를 맞추며 그녀의 긴 진동을 눈으로 좇았다. 아이가 소리 질렀다.

"더 세게! 더 세게!"

어머니는 계속 올라가고 있었다. 저 높은 곳에서 그녀의 발이 나뭇가지를 스쳤다.

"더 세게! 더 세게! 오! 엄마, 더 세게!"

이제 엘렌은 공중 한가운데에 있었다. 나무들은 바람에 휘청이는 듯 흔들리고 삐걱거렸다. 보이는 것은 치맛자락의 소용돌이뿐이었는데, 폭풍 같은 소리를 내며 펄럭였다. 내려올 때 그녀는 두 팔을 벌리고 가슴을 내밀며 잠시 고개를 숙이고 떠 있는 듯했으나 곧 다시 도약에 실려 올라가서는 머리를 뒤로 젖히고 눈을 감은 채 뒤로 기울어진 자세로 내려왔다. 그것은 오르내림의 쾌락이었고, 그 현기증이 바로 그녀의 기쁨이었다. 가장 높은 곳에서는 햇빛 속으로, 2월의 금빛 햇살 속으로 들어갔다. 그 햇살은 금빛 가루처럼 흩날렸다. 밤색 머리칼은 호박빛을 머금어 타오르는 듯 빛났고, 그녀의 몸 전체가 타오르는 것처럼 보였다. 연보랏빛 리본들은 불꽃 송이처럼 하얗게 빛나는 치마 위에서 반짝였다. 그 주위에서 봄이 피어났고, 보랏빛 어린싹들은 하늘빛 위에 고운 옻칠 같은 색조를 더하고 있었다.

잔은 손을 모았다. 어머니는 금빛 후광을 달고 천국으로 날아오르는 성녀처럼 보였다. 아이는 아직도 "오! 엄마, 오! 엄마……." 하고 갈라진 목소리로 종알거렸다. 그동안 드베를 부인과 말리뇽도 흥미를 느끼고 나무 아래로 다가왔다. 말리뇽은 이 부인이 상당히 대담하다고 생각했다. 드베를 부인은 겁에 질린 표정으로 말했다.

"나라면 어지러울 거예요."

엘렌도 그 말을 들었는지, 나뭇가지들 사이에서 이렇게 외쳤다.

"아! 저는 심장이 강해요……! 랑보 씨, 더 밀어주세요, 괜찮아요."

정말 그녀의 목소리는 차분했다. 거기 있는 두 남자는 신경 쓰지 않는 듯했다. 확실히 그들은 중요하지 않았다. 그녀의 머리칼은 헝클어지고 치마를 묶었던 끈은 느슨해져서 치맛자락이 깃발처럼 소리를 내며 펄럭였다. 그녀는 계속 올라갔다.

갑자기 그녀가 외쳤다.

"됐어요, 랑보 씨, 됐어요."

드베를 의사가 현관 계단 위에 막 나타난 참이었다. 그는 다가와서 아내를 부드럽게 포옹하고 뤼시앵을 들어 올려 이마에 키스했다. 그리고 웃으면서 엘렌을 바라보았다.

"됐어요, 됐어요."

엘렌은 계속 말했다.

"왜 그러십니까? 제가 방해되었나요?"

그가 물었다.

엘렌은 대답하지 않았다. 그녀의 얼굴은 심각해졌다. 그러나 있는 대로 움직이던 그네는 멈추지 않았고 여전히 엘렌을 높이 밀어 올리면서 규칙적인 진동을 계속했다. 의사는 놀라움과 매혹을 느끼며 그녀를 바라보았다. 햇살 가득한 봄날, 부드럽게 흔들리고 있는 그녀의 모습은 고대의 조각상처럼 장엄하고도 순수한 아름다움을 발했다. 그러나 그녀는 흥분한 듯했다. 그녀가 갑자기 그네에서 뛰어내렸다.

"저런! 저런!"

모두 소리쳤다.

엘렌이 둔한 신음 소리를 냈다. 그녀는 오솔길의 포석 위에 떨어져서 일어나지 못했다.

"저런! 무모하게도!"

의사가 창백한 얼굴로 말했다.

모두 그녀 주위로 몰려들었다. 랑보 씨는 자신도 몹시 놀랐지만 잔이 너무 심하게 울어 아이를 팔로 감싸안아야 했다. 한편 의사는 엘렌에게 다급히 물었다.

"오른쪽 다리로 떨어지신 거지요? 일어설 수 없겠어요?"

그녀가 대답 없이 넋을 잃고 있자 그가 다시 물었다.

"통증이 있습니까?"
"무릎이 묵직하게 아파요."
그녀가 괴로운 듯 말했다.
그는 붕대와 약상자를 가져오라고 아내에게 이르고 거듭 말했다.
"한번 살펴봐야 해요, 한번······. 별일은 아닐 테지만."
그는 포석 위에 무릎을 꿇었다. 엘렌은 그를 내버려두었다. 그러나 그가 손을 내밀자 애를 써서 몸을 일으키며 발 주위를 치마로 감쌌다.
"싫어요, 싫어요."
그녀가 속삭였다.
"그래도 제대로 봐야 합니다······."
그가 말했다.
그녀는 가볍게 몸을 떨었다. 그리고 더욱 낮은 목소리로 말을 이었다.
"싫어요······. 아무렇지도 않아요."
그는 놀란 듯 그녀를 바라보았다. 여자는 목까지 빨개져 있었다. 잠깐 두 눈이 마주쳤고, 그들은 서로의 마음속을 읽을 수 있었다. 그러자 이번에는 남자가 당황하여 천천히 몸을 일으키고는, 더 이상 진찰하겠다고 우기지 않고 옆에 서 있었다.
엘렌이 눈짓으로 랑보 씨를 불러 그의 귀에다 대고 말했다.
"보댕 선생님을 모셔 오세요. 제가 다리를 좀 다쳤다고 말씀드리고요."
10분쯤 뒤에 보댕 의사가 오자 그녀는 일어서기 위해 초인적인 힘을 발휘했다. 그리고 노의사와 랑보 씨에게 의지한 채 자기 집으로 올라갔다. 잔은 눈물을 흘리며 뒤따랐다.

드베를 의사가 동료에게 말했다.

"선생님을 기다리고 있겠습니다. 진찰 후 결과를 알려주세요."

정원에서는 열띤 이야기가 오갔다. 말리뇽은 여자들이란 정말 이상하다고 소리쳤다. 도대체 그 부인은 왜 뛰어내릴 마음을 먹었을까? 폴린은 이 사고로 그네 타는 재미를 보지 못하게 되었기 때문에 화가 나서는 그렇게 그네를 높이 타는 것은 무모하다고 말했다. 의사는 말이 없었고, 걱정스러워 보였다.

"심각하지는 않습니다."

보댕 의사가 다시 내려오면서 말했다.

"그냥 접지른 거예요. 한 보름은 가만히 앉아 있어야 할 겁니다."

그러자 드베를 의사는 말리뇽의 어깨를 친근하게 툭 쳤다. 그는 날이 너무 쌀쌀하다면서 아내가 집 안에 들어가기를 바랐다. 자신은 뤼시앵을 안고 키스를 퍼부으면서 안으로 들어갔다.

5

방의 두 창문은 활짝 열려 있었다. 파리는 고지대 정상에 지어진 집 아래로 움푹 꺼진 심연 속에 평평하고 넓게 펼쳐져 있었다. 시계가 10시를 알렸다. 2월의 아름다운 아침은 봄의 부드러움과 향기를 품고 있었다.

엘렌은 긴 의자 위에 몸을 뻗고 무릎에는 아직 붕대를 감은 채 창문 앞에서 독서를 하고 있었다. 이제 통증은 없었다. 그러나 그녀는 매일 하던 바느질도 하지 않고 일주일 전부터 거기 붙어 있었다. 무엇을 해야 할지 모르던 그녀는 원탁 위에 굴러다니던

한 번도 읽은 적이 없는 책을 집어 들었다. 그녀는 밤마다 그 책으로 등잔을 가렸는데, 그것은 랑보 씨가 '건전한 도서'로만 채워준 작은 서가에서 지난 18개월 동안 그녀가 꺼낸 유일한 책이었다. 평소 그녀는 소설이란 거짓되고 유치한 것이라고 여겨왔다. 그 책은 월터 스콧의 『아이반호』로, 처음에는 몹시 지루했다. 그런데 야릇한 호기심이 고개를 들었다. 그녀는 지루했지만 때로 감동하면서 그 책을 다 읽었다. 그리고 손에서 책이 흘러내리는 것도 모르고 몇 분 동안 광활한 지평선에 눈길을 주었다.

그날 아침, 파리는 미소 짓는 나른함 속에서 깨어나고 있었다. 센 강 계곡을 따라 올라온 수증기에 강 양안이 잠겨 있었다. 점점 커지는 태양이 우윳빛 얇은 아지랑이를 비추었다. 계절의 빛깔인 듯 둥둥 떠다니는 모슬린에 감싸인 도시에서는 아무것도 선명히 보이지 않았다. 저지대는 두꺼운 구름이 푸르스름한 색조로 짙게 드리워진 반면, 평지는 아주 고운 금빛 먼지 같은 투명함에 싸여 있어서 길이 뻗어 있는 형세를 어렴풋이 드러냈다. 고지대에는 성당의 돔과 첨탑이 안개 속에 구멍을 뚫고 너덜너덜한 구름으로 싸인 잿빛 실루엣을 드러내며 하늘을 찢어놓고 있었다. 때때로 노란 연기 뭉치가 거대한 새의 무거운 날개처럼 날아올라 공기 속으로 삼켜지듯 흩어졌다. 파리 위에 내려와 잠든 거대한 운무 너머로 거의 흰색에 가까운, 바랜 듯한 푸른색 맑은 하늘이 깊은 궁륭처럼 펼쳐졌다. 태양이 부드러운 빛의 먼지 속에서 떠올랐다. 어린아이의 연한 금색 머리카락 같은 빛이 산산이 부서져 허공을 온통 따스하게 반짝이게 했다. 그것은 축제이며 지고한 평화, 무한히 부드러운 기쁨이었으며, 그동안 도시는 나른하고 졸린 듯한 금빛 화살투성이가 되어 아른거리는 레이스 아래 가려져 있었다.

엘렌은 일주일 동안 눈앞에 펼쳐지는 거대한 파리를 보며 무료함을 달랬다. 그러나 전혀 싫증이 나지 않았다. 그것은 대양처럼 깊이를 알 수 없고 변화무쌍했으며, 아침에는 말쑥하고 저녁에는 타오르는 듯했고, 하늘빛에 따라 슬프기도 명랑하기도 했다. 햇빛은 그곳에 금물결을 흐르게 했고, 구름은 그곳 위를 어둡게 드리우며 돌풍을 불러일으켰다. 그것은 항상 새롭게 변했다. 오렌지빛의 고요한 접시였다가 시시각각 납빛이 번져가는 바람이기도 했으며, 맑고 생기 있는 날씨가 지붕마루마다 빛나기도 하고 소나기가 지평선을 마구잡이 혼돈 속으로 집어삼키면서 하늘과 땅을 잠기게도 했다. 엘렌은 거기서 향수와 넓은 세상에 대한 희망을 맛보았다. 심지어 자신의 얼굴 위로 바다의 강한 숨결과 씁쓸한 향기가 와 닿는다고 느끼기도 했다. 도시의 끊임없는 소음조차도 그녀에게는 밀려드는 조수가 절벽을 두드리는 듯한 환상을 주었다.

책이 손에서 미끄러져 떨어졌다. 그녀는 초점을 잃고 몽상에 잠겨 있었다. 그렇게 책을 놓치는 것은 곧바로 읽어나가지 않을 필요, 이해와 기다림이 필요했기 때문이다. 그녀는 호기심을 당장 충족시키지 않는 데서 기쁨을 찾았다. 이야기는 그녀를 질식시킬 듯한 감동으로 부풀게 했다. 그날 아침, 마침 파리는 그녀의 마음속에 있는 것과 같은 기쁨과 막연한 흔들림을 지니고 있었다. 알지 못한 채, 어렴풋한 짐작이지만 자신이 다시 젊음을 시작하고 있다는 막연한 기분에 천천히 빠지는 것은 무척 매력적이었다.

소설들은 얼마나 거짓투성이인가! 소설을 읽지 않은 것은 현명한 일이었다. 그것은 삶에 대해 정확한 느낌을 가져본 적 없는 텅 빈 머리를 위해 지어낸 달콤한 이야기였다. 그럼에도 그녀는 매혹되었고, 아름다운 유대인 레베카와 귀족 로웨나, 이 두 여인이 그렇게도 열렬히 사랑했던 기사 아이반호를 생각하지 않을 수 없었다. 자기라면 로웨나의 참을성 있는 고요함과 성실함으로 사랑했을 것 같았다. 사랑해요! 사랑해요! 그녀가 입 밖에 내지 않았는데도 그녀의 내부에서 울리는 그 말은 그녀를 놀라게 하고 미소 짓게 했다. 멀리 뿌연 솜털 구름이 미풍에 날려 백조 떼처럼 파리 위를 헤엄쳐 다니고 있었다. 넓은 안개 장막이 걷혔다. 그러자 좌안이 꿈속에 보이는 요정 마을처럼 흔들거리며 베일을 쓰고 나타났다. 그러나 거대한 수증기가 몰려와 도시는 넘쳐흐르는 홍수에 집어삼켜졌다. 이제는 모든 지역에 골고루 퍼진 수증기가 잔잔한 흰 물이 담긴 아름다운 호수를 이루고 있었다. 좀 더 진한 한 줄기 흐름이 잿빛 곡선을 그리며 센 강 줄기임을 말해주고 있었다. 그렇게도 고요한 흰 물 위로 천천히 지나가는 그림자들은 자신이 처녀 시절에 꿈꾸는 시선으로 좇곤 했던 장밋빛 돛을 단 배들로 보였다. 사랑해요! 사랑해요! 그녀는 둥둥 떠다니는 꿈을 꾸면서 미소 지었다.

그러다가 그녀는 책을 다시 집어 들었다. 그녀는 성을 공격하는 장면에 와 있었다. 레베카는 상처를 입은 아이반호를 보살피고 창문으로 지켜본 전투 상황을 그에게 알려준다. 그녀는 아름다운 거짓말 속에 잠겨, 황금 과실이 열리는 낙원에 있는 듯 그곳을 거닐며 온갖 환상을 들이마셨다. 그 장면의 끝에 이르러 베일로 몸을 감은 레베카가 잠든 기사 옆에서 부드러운 애정을 내비칠 때, 엘렌은 다시 책을 떨어뜨렸다. 가슴이 감동으로 부풀어 올라 계속 읽을 수 없었다.

세상에! 이 모든 것이 사실일까? 의사가 시킨 대로 움직이지 않고 마비된 것처럼 긴 의자 위에 누워, 그녀는 불그레한 금빛 태양 아래 신비스럽게 잠긴 파리를 굽어보았다. 소설에서 읽은 몇 페이지로 인해 내면의 존재가 고개를 들고 일어섰다. 그녀는 처녀 시절 마르세유에서 '무레'라는 모자점을 하던 친정에서 살았다. 프티마리 가는 어두컴컴했고, 모자 만드는 데 쓰는 펄펄 끓는 물통이 있던 집은 날씨가 좋은 날에도 습기로 가득 찬 눅눅한 냄새를 내뿜었다. 또 병치레만 하던 어머니가 창백한 입술로 말없이 자기에게 키스해 주던 것도 떠올랐다. 어린 시절, 그녀는 방에서 햇빛을 본 적이 한 번도 없었다. 그녀 주위 사람들은 모두 일을 많이 했고, 뼈 빠지게 일하는 것을 당연하게 생각했다. 그게 전부였다. 결혼할 때까지 아무 일도 끼어들지 않고 그런 날들이 계속되었다. 어느 날 아침, 어머니와 함께 시장에서 돌아오다가 그녀는 채소가 가득 담긴 바구니를 그랑장네 아들과 부딪혔다. 샤를은 가던 길을 돌아서서 두 사람을 따라왔다. 그녀의 사랑 이야기는 그렇게 시작되었다. 석 달 동안 그녀는 용기가 없고 서툴러 감히 다가오지 못하는 그를 끊임없이 만났다. 그녀는 열여섯이었고, 이 숭배자를 부잣집 아들로 여겨 다소 자랑스러워했다. 그러나 그녀는 못생긴 그를 비웃으며, 그 눅눅하고 큰 집의 어두움 속에서 태평한 밤들을 보냈다. 그리고 그들은 결혼했다. 그 결혼은 아직도 그녀에게는 놀라운 일이었다. 샤를은 그녀를 몹시 사랑해서 저녁마다 그녀가 잠자리에 들면 맨발에 키스하기 위해 무릎을 꿇곤 했다. 그녀는 그를 어린아이 같다고 야단치면서 애정 어린 미소를 짓곤 했다. 그러고는 다시 회색빛 삶이 시작되었다. 12년 동안 그녀는 풍파라곤 모르고 지냈다. 그녀는 가난한 살림을 꾸리느라 매일매일 사소한 근심에 싸여서 육체적으로나 정신적으로나 들뜨는 일 없이 아주 조용하고 행복했다. 그녀는 샤를에게 관대한 어머니 같았고, 샤를은 항상 대리석 같은 아내의 발에 키스했다. 그 이상 아무것도 없었다. 그리고 그녀는 갑자기 바르 호텔의 방과 죽어 누운 남편과 의자에 걸린 상복을 보았다. 그녀는 어머니가 돌아가신 어느 겨울날처럼 울었다. 그다음에 또 여러 날이 지나갔다. 두 달 전부터 그녀는 딸과 함께 다시금 아주 행복하고 고요해진 것을 느꼈다. 맙소사! 그게 전부란 말인가? 그러면 이 책이 온 존재를 환히 밝혀주는 지고한 사랑에 대해 이야기할 때 그것은 도대체 다 뭐란 말인가?

지평선에 잠든 듯한 호수 위에 순간 기다란 균열이 생겼다. 문득 호수는 갈라진 것처럼 보였다. 틈새가 생기고 이 끝에서 저 끝까지 혼란을 예고하는 와지끈 소리가 났다. 더 높이 뜬 태양은 승리의 영광처럼 빛을 내뿜으며 의기양양하게 안개를 공격했다. 보이지 않는 수문이 수조를 비우듯 조금씩 큰 호수가 말라 들어갔다. 조금 전까지 그렇게 짙었던 수증기는 엷어져 무지개처럼 발랄한 빛을 띠며 투명해졌다. 부드러운 푸른빛이었던 좌안 전체가 천천히 짙어져, 식물원 쪽 구석은 보랏빛을 띠었다. 우안의 튈르리 궁 쪽은 살구색 천 같은 창백한 장밋빛이었고, 몽마르트르 쪽으로 가면서 금빛에 둘러싸여 타오르는 진홍색 잉걸 불빛이 되었다. 한편 저 멀리 공장 지대는 벽돌색으로 어두침침해지면서 불꽃이 점점 꺼져가듯 석판의 푸르스름한 회색으로 변했다. 떨리는 듯 달아나는 도시는 맑은 물을 통해 들여다보이는 바다 밑바닥처럼 아직도 분별되지 않았다. 거기에는 키 큰 풀이 무성한 무시무시한 숲이 있었고 끔찍스러운 것들이 우글거리며 괴물들도 언뜻 보이는 것 같았다. 그동안 물은 계속 줄어갔다. 이제는 그저 얇디얇은 모슬린 천 조각처럼 펼쳐져 있었다. 그 천 조각들이 하나씩 사라지고 파리의 모습이 점점 뚜렷해지며 꿈속에서 빠져나오듯 떠올랐다.

 사랑해요! 사랑해요! 안개가 물러가는 것을 지켜보고 있는 동안 그 말이 왜 그렇게 부드럽게 다가온 것일까? 그녀는 남편을 사랑하지 않았던가, 마치 어린아이처럼 보살펴 주었던 그를? 가슴을 찌르는 기억이 고개를 들었다. 어머니가 돌아가신 지 3주 만에 그녀의 옷이 아직 걸려 있는 옷장 안에서 목매단 채 발견된 아버지의 모습이. 늘 사랑했던 여인의 체취를 미미하게 발산하고 있는 옷에 싸여서, 아버지는 치마 하나에 얼굴을 묻고 뻣뻣하게 죽어가고 있었다. 그녀의 몽상은 다른 쪽으로 훌쩍 뛰어넘었다. 그녀는 그날 아침 로잘리와 결산한 이번 달치 지출 내역을 생각해 보았다. 자신의 규모 있는 살림에 자부심이 느껴졌다. 그녀는 30년 이상 꿋꿋하게 품위를 지키면서 살아왔다. 정당한 것만을 따랐고 과거를 돌아볼 때 한순간이라도 약했던 적은 없었다. 그녀는 똑바르고 평탄한 길을 변함없는 걸음으로 걸어왔다. 틀림없이 세월은 또 흐를 것이고 그녀의 발은 장애물에 부딪히지 않고 고요한 걸음을 계속할 것이었다. 그러한 생각은 영웅 숭배로 마음이 들뜬 거짓된 존재들에게 분노와 경멸을 느끼게 했으며, 그녀를 엄격하게 만들었다. 유일한 진짜 삶은 넓은 평화 한가운데를 흘러가는 자신의 삶이었다. 파리 위에는 곧 날려 올라갈 듯 하늘하늘한 망사 같은 가느다란 한 줄기 연기만 남았다. 불현듯 마음이 누그러졌다. 사랑해요! 사랑해요! 모든 것, 정숙함에 대한 자부심까지 모든 것이 그 애무하는 듯한 말로 그녀를 이끌어갔다. 몽상은 아주 엷어졌고, 그녀는 젖은 눈으로 봄에 물든 채 더 이상 아무 생각도 하지 않았다.

 파리가 천천히 모습을 드러낼 무렵, 엘렌은 책을 다시 집어 들 참이었다. 망령을 불러내려는 것처럼 바람 한 줄기 불지 않았다.

마지막 망사가 벗겨져 날아올라 공중으로 흩어졌다. 도시는 정복자 태양 아래 그늘이라곤 없이 펼쳐졌다. 엘렌은 그 거대한 기지개를 보면서 손으로 턱을 괴었다.

 끝 간 데 없는 계곡에 건물들이 겹쳐 있었다. 아득한 능선 위에는 첩첩이 겹친 지붕들이 드러나 보였으며, 굴곡진 대지 저편 보이지 않는 교외까지 멀리 집들의 물결이 펼쳐져 있음이 느껴졌다. 그것은 무한한 미지의 파도를 숨긴 바다였다. 파리는 하늘만큼 넓게 펼쳐져 있었다. 눈부신 아침 햇살을 받고 노랗게 물든 도시는 익은 보리밭 같았다. 거대한 화폭은 단순해서, 하늘의 창백한 푸른색과 지붕의 황금빛 두 가지 색조뿐이었다. 출렁거리는 봄빛은 사물에 어린아이 같은 부드러움을 내려주었다. 아주 사소한 것까지 확실하게 알아볼 수 있을 정도로 빛이 투명했다. 돌무더기로 정신없이 뒤엉킨 파리는 수정처럼 빛났다. 꼼짝 않고 반짝거리는 이 고요함 속으로 가끔 숨결이 스쳐 갔다. 그러면 보이지 않는 불꽃을 통해 본 것처럼 부드럽고 떨리는 선을 이룬 동네들이 보였다.

 엘렌은 우선 트로카데로 언덕을 따라 강둑까지 창문 아래 펼쳐진 넓은 공간에 흥미를 느꼈다. 사관학교의 칙칙한 건물 안쪽 구석에 갇혀 있는 벌거벗은 사각형의 샹드마르스[1]를 보려면 고개를 빼야 했다. 아래쪽 센 강 양안의 보도와 광장을 지나는 행인들은 벌레처럼 꼬물거리며 움직이는 수많은 검은 점으로 보였다. 노란 합승마차의 몸체가 빛을 발했다. 짐수레와 마차가 기계 장치를 닮은 섬세한 말들을 달고 아이들 장난감만 한 크기로 다리를 건너갔다. 잔디가 덮인 비탈을 따라 걷고 있는 사람들 가

---

[1] 파리 7구에 위치한 광대한 공원으로, 본래 군사 훈련장이었으나 지금은 에펠탑과 맞닿아 시민과 관광객이 즐겨 찾는 대표적 휴식 공간이다.

운데 흰 앞치마를 두른 한 하녀는 빛나는 풀처럼 보였다. 엘렌은 눈을 들었다. 군중들은 가루가 되어 보이지 않게 되고, 지붕들은 모래 알갱이만 해졌다. 도시는 버려지고 빈 것처럼 거대한 뼈대만 남아 있을 뿐이었다. 오직 그것을 울리는 둔한 진동만이 살아 있다는 신호였다. 거기서 맨 앞 왼쪽으로는 붉은 지붕들이 빛나고 있었고 마뉘탕시옹[2]의 높은 굴뚝은 천천히 연기를 내뿜었다. 강 맞은편 광장과 샹드마르스 사이에는 커다란 느릅나무들이 공원 한구석을 차지하고 있었는데, 빈 가지와 벌써 뾰족한 푸른 순이 돋아나기 시작한 둥그런 꼭대기가 분명하게 보였다. 중앙에서 센 강이 넓어지면서 회색 제방으로 둘러싸인 채 당당하게 흐르고, 하역된 통들과 기중기의 윤곽, 줄지어 선 무개화차들로 항구 같은 분위기를 자아내고 있었다. 엘렌은 먹빛 새를 닮은 작은 배들이 지나가는 빛나는 수면으로 눈길을 돌리곤 했다. 그녀는 참지 못하고 시선을 길게 끌며 그 당당한 흐름을 거슬러 올라갔다. 그것은 파리를 둘로 나누는 은으로 된 리본 같았다. 그날 아침, 물은 태양에서 흘러나오는 듯했고 수평선은 빛으로 더할 나위 없이 반짝였다. 젊은 여인의 눈길은 먼저 앵발리드 교에 머물렀다가 콩코르드 교로, 루아이얄 교로 옮겨갔다. 다리들은 계속 이어지고 서로 가까워지다가 포개져서, 여러 모양의 난간을 가진 대여섯 층짜리 육교처럼 보였다. 이 덧없는 건축물 사이로 강이 푸른 옷자락을 내비쳤다. 그녀는 눈을 더 들었다. 저편 강물의 흐름은 집들이 뒤죽박죽 흩어져 있는 틈새로 갈라져 들어갔다. 시테 섬 양쪽의 다리는 이쪽 강둑에서 저쪽 강둑으로 드리워진 실 같았다. 황금빛으로 완전히 물든 노트르담 대성당의 탑

---

[2] 현재 도쿄 가로 불리는 '드비이 나루터'에 있던 군수품 창고의 옛 이름.

이 지평선의 표지처럼 솟아 있었고, 그 너머로 강과 건물, 거대한 나무둥치들은 빛나는 먼지일 따름이었다. 그녀는 눈이 부셔서 이 의기양양한 파리 중심부에서 시선을 거두었다. 도시의 모든 영광이 활활 타오르는 듯했다. 우안에는 샹젤리제의 높은 숲 한가운데 산업박물관[1]의 커다란 유리들이 눈처럼 희게 펼쳐졌다. 더 멀리 묘석을 닮은 마들렌느의 허물어진 지붕 뒤로는 거대한 오페라 건물[2]이 솟아 있었다. 그리고 다른 건축물들, 둥근 지붕들, 탑이 있었다. 방돔 기둥, 생뱅상 드 폴, 생자크 탑이 있고 훨씬 가까이에는 마로니에 숲에 반쯤 가려진 튈르리 궁과 루브르 신관[3]의 육중한 사각 건물이 있었다. 좌안에는 앵발리드의 돔이 금박을 철철 흘리고 있었고, 그 너머로는 생쉴피스의 짝짝이 두 탑이 빛을 받아 뿌예져 있었다. 뒤쪽 생클로틸드의 새 뾰족탑 오른쪽에는 언덕 위에 확고하게 자리 잡은 푸르스름한 팡테옹이 도시를 압도하고 있었다. 팡테옹은 가느다란 열주들을 드넓은 하늘에 펼치고, 비끄러맨 풍선처럼 매끈하게 허공에서 꼼짝하지 않았다.

엘렌은 나른하게 스치는 눈길로 파리를 전부 훑어보았다. 펼쳐진 지붕의 굴곡으로 보아 계곡이 움푹함을 알 수 있었다. 물랭 언덕은 낡은 석판들로 들끓는 물결을 이루며 높아지고, 대로의

---

1 센 강과 샹젤리제 사이의 오늘날 프티 팔레(미술관) 자리. 1855년의 만국박람회를 위해 건설되었다.
2 제2제정기를 대표하는 기념비적 건물. 샤를 가르니에의 설계로 1862년에서 1875년까지 건축되었다. 그런데 문제는 이 소설이 펼쳐지는 제2제정기 초기에는 아직 이 건물이 존재하지 않았다는 사실이다. 졸라는 원래 잡지에 연재되었던 소설을 단행본으로 출판하면서 생긴 이 착오가 자신의 잘못이라고 서문에서 해명했다.
3 루브르를 완성한 이는 나폴레옹 3세이다. 그는 1852년 이 공사를 위해 2천 5백만 프랑의 예산을 통과시켰다. 튈르리 궁은 왕가가 살던 곳이었는데 1871년 코뮌 때 소실되었다.

선은 시내처럼 급히 흘러내리면서 기왓장조차 보이지 않는 올망졸망한 집들을 집어삼켰다. 아침 이맘때면 비스듬히 떠오른 해는 트로카데로 쪽을 향한 건물 외벽들을 전혀 비추지 않았다. 환한 창문은 하나도 없었다. 지붕 위에 있는 유리창들만이 붉게 물든 기왓장 틈새에서 운모처럼 날카롭게 반짝거리는 빛을 던지고 있었다. 집들은 회색, 반사된 빛으로 데워진 회색이었다. 그러나 빛이 동네 깊숙이 파고들어, 엘렌 앞에 똑바로 뻗어 있는 긴 거리들은 햇살로 그늘에 금을 그어놓은 듯했다. 오직 왼쪽에 있는 몽마르트르 언덕과 페르라셰즈 묘지의 고지대만 불룩 솟아 한없이 펼쳐진 납작한 지평선 위에 매끄럽게 둥근 윤곽을 그리고 있었다. 맨 앞쪽에 그렇게 선명해 보였던 세세한 부분들, 톱니 모양의 셀 수 없는 굴뚝과 작은 바둑판무늬를 이루던 수천 개의 창문은 사라져 버리고 노랑과 파랑으로 뒤섞여 끝없는 도시의 뒤죽박죽 속에 혼합되어 버렸다. 시선이 닿지 않는 변두리 지역은 떨리면서 퍼져가는 해맑은 하늘 아래, 보랏빛 안개에 잠긴 조약돌 해변이 펼쳐진 듯 보였다.

잔이 명랑하게 들어왔을 때, 엘렌은 몹시 심각한 얼굴로 바라보고 있었다.

"엄마, 엄마, 이거 봐!"

아이는 커다란 노란색 꽃무 다발을 들고 있었다. 웃고 있는 아이는 로잘리가 뭘 사오는지 보려고 시장에서 돌아오는 길목을 지켰노라고 이야기했다. 바구니를 들쑤시는 것은 아이의 즐거움이었다.

"이것 봐, 엄마! 밑에 이게 있었어……. 향기 좀 맡아봐. 아! 좋은 냄새."

자줏빛 무늬로 얼룩진 야생화에서 풍기는 찌르는 듯한 향내가 방 안을 가득 채웠다. 엘렌은 잔을 격렬하게 끌어안았고, 꽃무 다발은 무릎에 떨어졌다. 사랑해요! 사랑해요! 그렇다, 그녀는 아이를 사랑했다. 이제까지 나의 삶을 채워온 이 커다란 사랑으로 충분하지 않은가? 부드럽고 고요하고, 어떠한 권태도 스며들 수 없는 이 영원한 사랑으로 충분했다. 자신을 딸과 갈라놓으려는 위협적인 생각을 물리치려는 것처럼 그녀는 아이를 더욱 꼭 껴안았다. 한편 딸아이는 난데없는 키스의 행운에 몸을 맡기고 있었다. 아이는 젖은 눈으로 어머니의 어깨에 어리광 부리듯 가는 목을 비볐다. 그리고 어머니의 허리에 팔을 감고 가슴에 볼을 댄 채 아주 얌전하게 있었다. 두 사람 사이에서 꽃무가 향기를 뿜고 있었다.

오랫동안 두 사람은 아무 말도 하지 않았다. 드디어 잔이 움직이지 않은 채 낮은 목소리로 물었다.

"엄마, 저기 강 쪽에 아주 빨갛고 둥근 지붕 보이지……. 저게 뭐야?"

그것은 연구소의 돔이었다. 엘렌은 잠시 바라보며 생각하는 듯했다. 그리고 부드럽게 말했다.

"모르겠구나, 얘야."

소녀는 그 대답에 만족했고 다시 침묵이 깔렸다. 그러나 아이는 곧 다른 질문을 했다.

"저기, 아주 가까이에 있는 저 예쁜 숲은?"

아이가 손가락으로 튈르리 공원 한 켠을 가리키며 물었다.

"저 아름다운 숲 말이니?"

어머니가 속삭였다.

"저 왼쪽에 말이지……? 모르겠구나, 얘야."

"아!"

잔이 말했다.

그리고 잠시 몽상에 잠긴 후, 아이는 시무룩하게 덧붙였다.

"우리는 아무것도 몰라."

정말 두 사람은 파리에 대해 전혀 몰랐다. 18개월 전부터 그들은 언제나 눈 아래 파리를 보고 있었지만 돌 한 조각 아는 바가 없었다. 모녀는 딱 세 번 시내에 내려갔을 뿐이었다. 그러나 각 구역이 엄청나게 뒤죽박죽 섞여 있어서 아무것도 알아보지 못했고, 소란 때문에 머리가 아파져서 다시 집으로 올라와 버렸다.

그렇지만 잔은 가끔 고집을 피웠다.

"아! 엄마, 말해줘!"

아이가 물었다.

"저 새하얀 유리로 된 것은 뭐야……? 저건 너무 커. 엄마는 알아야지."

아이는 산업박물관을 가리켰다. 엘렌은 망설였다.

"역인가……? 아니야, 극장인가 봐."

그녀는 웃었다. 그리고 늘 하는 대답을 되풀이하면서 잔의 머리카락에 입을 맞췄다.

"모르겠구나, 애야."

그들은 더 이상 알려고 하지 않은 채 파리를 바라보았다. 파리가 거기 있으며 그것을 모른다는 사실은 아주 달콤했다. 그것은 무한과 미지의 세계로 남아 있었다. 그들은 한없는 볼거리가 있는 세계의 문턱에 멈춰 서서 내려가기를 거부하고 있는 것 같았다. 때때로 파리는 뜨겁고 요동치는 숨결을 내뿜어 그들을 불안하게 했다. 그러나 그날 아침 파리는 명랑하고 어린아이같이 순진했으며, 그 신비함은 애무하듯 얼굴을 간지를 따름이었다.

잔은 붙어 앉아 어머니를 계속 바라보고, 엘렌은 책을 다시 들었다. 빛나고 고요한 하늘에는 미풍조차 일지 않았다. 마뉘탕시옹의 연기는 똑바로 하늘로 올라가 아주 높은 데서 가벼운 솜털처럼 흩어졌다. 잔물결이 집에 닿을락 말락, 거기 갇힌 모든 인생이 만들어낸 삶의 울림처럼 도시 위를 쓸고 지나갔다. 거리의 높은 목소리는 햇빛 속에서 행복한 유순함을 담고 있었다. 그러나 시끄러운 소리가 잔의 주의를 끌었다. 그것은 근처 비둘기 집을 빠져나온 흰 비둘기들의 날갯짓 소리였다. 비둘기들은 창문 맞은편에서 공중을 날고 있었다. 새들이 지평선을 가득 메우고 그 날개는 눈발처럼 넓은 파리를 가렸다.

다시 멍한 눈을 들고, 엘렌은 깊은 몽상에 빠져들었다. 자신은 레이디 로웨나였다. 그녀는 고귀한 사람답게 깊이 있고 평화롭게 사랑했다. 이 봄의 아침과 그렇게도 온화한 큰 도시, 무릎 위에서 향기를 뿜는 새로 핀 꽃무는 그녀의 마음을 조금씩 조금씩 녹였다.

사랑의 한 페이지

2부

1

어느 날 아침, 잔이 손뼉을 치며 팔짝팔짝 뛰어 들어왔을 때 엘렌은 며칠 동안 흩어놓은 책장을 정리하고 있었다.

"엄마, 군인이야! 군인!"

아이가 외쳤다.

"뭐? 군인?"

젊은 여인은 말했다.

"군인이라니 무슨 소리야?"

그러나 아이는 지나치게 좋아하며 흥분해 있었다. 아이는 더욱 팔짝팔짝 뛰며 더 이상 설명은 하지 않고 "군인이라니까! 군인!" 하고 되풀이했다. 방문을 열어둔 채였기 때문에 엘렌이 일어섰다. 그리고 현관에 키 작은 군인이 한 명 서 있는 것을 보고는 몹시 놀랐다. 로잘리는 외출 중이었다. 어머니가 그러지 말라고 일렀는데도 잔이 층계에서 놀았던 것이 틀림없었다.

"저기, 무슨 일이지요?"

엘렌이 물었다.

키 작은 군인은 레이스가 달린 실내복 차림을 한 매우 아름답고 피부가 흰 부인의 등장에 몹시 당황해서 발로 바닥을 문지르며 인사를 하고는 서둘러 더듬더듬 말했다.

"실례합니다……. 죄송합니다……."

그리고 다른 할 말을 찾지 못한 채 발을 끌며 벽까지 물러났다. 그러나 더 이상 물러설 수 없는 데다가 그 부인이 저도 모르게 미소를 띠고 기다리는 것을 보자, 재빨리 오른쪽 주머니를 뒤져 거기서 푸른 손수건과 나이프, 빵 조각을 끄집어냈다. 그는 물건들을 하나하나 살피고는 다시 집어넣어 버렸다. 그리고 왼쪽 주머니로 옮겨갔다. 거기에는 끄나풀, 녹슨 못 두 개, 반쪽짜리 신문으로 싼 그림들이 들어 있었다. 그는 그것들을 전부 쑤셔넣고 근심스러운 낯으로 제 허벅지를 쳤다. 그리고 어쩔 줄 몰라 하며 더듬거렸다.

"죄송합니다……. 용서하세요……."

그러다가 갑자기 사람 좋은 웃음을 터뜨리며 코에 손가락을 얹었다. 멍청이! 마침내 기억해 낸 것이다. 그는 외투 단추를 두 개 끄르고 팔꿈치까지 가슴 안으로 깊숙이 집어넣었다. 드디어 편지 한 통을 꺼냈고 엘렌에게 건네기 전에 먼지를 털려는 듯 마구 흔들었다.

"제게 온 편지가 확실해요?"

그녀가 말했다.

봉투에는 분명히 그녀의 이름과 주소가 적혀 있었다. 거칠고 투박한 농부의 글씨체였는데, 글자의 긴 꼬리들은 마치 카드의 곡예사들처럼 서로 뒤엉켜 있었다. 이상한 표현과 철자법에 떠듬떠듬 읽기를 마치자 그녀는 다시금 미소를 지었다. 그것은 로잘리의 이모가 보낸 편지로, '신부님이 두 번이나 미사를 드렸는데도 불구하고' 군대에 가게 된 제피랭 라쿠르를 보낸다는 내용이었다. 그러면서 아주머니는 제피랭이 로잘리의 애인이므로 두 젊은이를 일요일에 만나게 해달라고 부탁했다. 이 똑같은 부탁을 혼란스럽게 되풀이한 것이 석 장이나 되었는데, 마치 하고 싶은 말이 있으면서 끝내 하지 못한 듯한 인상이었다. 그러다 편지를 맺으려고 할 때 문득 그 말을 생각해 낸 것 같았다. '신부님께서도 좋다고 하셨습니다.' 이모는 잉크의 얼룩이 번지도록 펜을

꾹꾹 눌러서 이렇게 썼다.

엘렌은 천천히 편지를 접었다. 그녀는 속뜻을 알아내려 하면서 두세 번 고개를 들어 군인을 힐끗 바라보았다. 그는 여전히 벽에 붙어 서 있었고, 입술이 달싹거렸다. 가볍게 턱을 움직이면서 편지의 문장을 따라 읽는 듯했다. 분명 그는 편지를 외우고 있었다.

"그러면 댁이 제피랭 라쿠르예요?"

부인이 말했다.

그는 웃기 시작했고 고개를 끄덕였다.

"거기 있지 말고 들어와요, 젊은이."

그는 마침내 따라 들어왔으나, 엘렌이 자리에 앉는 동안 문 옆에 서 있기만 했다. 현관이 어두워서 그녀는 그를 잘 보지 못했었다. 그의 키는 딱 로잘리만 했다. 단 1센티미터만 더 작았더라면 병역을 면제받았을 것이다. 짧게 깎은 적갈색 머리에 수염은 한 오라기도 없었고, 동그란 얼굴은 주근깨로 덮여 있으며 송곳 구멍처럼 작은 두 눈을 깜박이고 있었다. 너무 큰 새 외투는 그를 더 통통해 보이게 했다. 붉은 바지에 싸인 양다리를 벌리고 넓은 챙이 달린 모자를 흔들면서 서 있었는데, 어리둥절해서 작은 몸을 둥글게 움츠리고 군복 아래 땀 냄새를 풍기며 서 있는 모습은 우스꽝스럽고도 측은한 마음을 불러일으켰다.

엘렌은 몇 가지 알아보려고 그에게 질문했다.

"일주일 전에 보스 지방을 떠났나요?"

"그렇습니다, 부인."

"파리에 온 후로 불편하진 않았나요?"

"아닙니다, 부인."

그는 대담해져서 푸른 벨벳 벽지에 인상을 받은 듯 방 안을 둘러보았다.

"로잘리는 지금 없어요."

엘렌이 말을 이었다.

"하지만 곧 돌아올 거예요. 아주머니는 댁이 로잘리와 교제 중이라고 하시더군요."

작은 군인은 대답하지 않았다. 그는 어색한 표정으로 웃으며 고개를 숙였다. 그리고 발끝으로 양탄자를 긁기 시작했다.

"그렇다면 제대하고 결혼해야겠네요."

젊은 여인이 말했다.

"물론입니다."

그는 몹시 빨개지며 말했다.

"맹세코…… 확실합니다."

그는 부인의 친절한 표정에 힘을 얻어, 손가락 사이로 모자를 돌리며 마침내 입을 열었다.

"좋은 날씨예요……. 꼬마일 때 우리는 같이 남의 밭 서리를 갔습니다. 그래서 회초리로 한바탕 얻어맞았지요, 정말입니다……. 라쿠르 집안과 피숑 집안은 나란히 살아왔다고 말할 수 있습니다. 로잘리와 저는 거의 한솥밥을 먹으며 자랐어요……. 그런데 로잘리네 식구들은 다 죽었어요. 마르그리트 아주머니가 그 애를 먹여 살렸지요. 그런데 그 앤 정말 말괄량이예요. 벌써 팔 힘도 엄청나죠."

그는 흥분한 것 같다고 느끼며 말을 멈췄다. 그리고 주저하는 목소리로 물었다.

"아마 그 애가 다 얘기했을 테지요?"

"네, 하지만 계속 얘기하세요."

엘렌은 재미있어하며 대답했다.

"드디어……."

그는 말을 이었다.

"그 애는 종달새보다 살이 찌진 않았지만 아주 튼튼해졌어요. 팔을 걷어붙이고 일을 했지요. 그걸 보셨어야 하는데! 하루는 그 애가 저도 아는 어떤 사람을 한 방 먹였지요. 그래요, 한 방 먹였어요. 제가 알기론 시커먼 멍이 일주일은 갔어요. 그 정도지요. 고향에서는 모두 우리가 결혼할 거라고 알고 있습니다. 우리는 열 살도 안 되어서 그러기로 했죠……. 이상입니다, 부인, 이상입니다……."

그는 손가락을 편 손바닥을 가슴 위에 올려놓았다. 하지만 엘렌은 심각해졌다. 제 집 부엌에 군인을 들여놓는다는 생각은 그녀를 불안하게 했다. 신부님이 허락했다 할지라도 그녀에게는 좀 위태롭게 여겨졌다. 시골 사람들은 그런 문제에 아주 관대하고 연인들은 빨리 진도를 나간다. 그녀는 불안한 기색을 보였다. 제피랭이 그걸 눈치채고 우스워 죽으려고 했다. 그러나 그는 예절을 지키느라고 진정했다.

"아! 부인, 아! 부인……. 부인은 그 애를 잘 모르시는군요. 저는 따귀를 맞을 거예요……! 맙소사! 사내아이들은 놀리는 걸 좋아하지 않습니까? 저는 때때로 그 애를 꼬집었지요. 그러면 그 애는 입을 내밀고 휙 돌아서 버린답니다……. 아주머니께서 그 애에게 거듭 말씀하셨지요. '얘, 찝쩍거리도록 놔두지 말아라. 그러면 네게 좋을 게 없단다.' 신부님도 참견하셨고요. 그런 식으로 우리의 우정은 늘 유지되고 있지요……. 사람들은 군대 가는 제비뽑기가 끝난 다음 우리를 결혼시키려고 했습니다. 그러니 제대로 될 리가 있습니까! 일이 틀어지고 말았지요. 로잘리는 저를 기다리며 시집갈 돈을 모으기 위해 파리에서 일하겠다고 했습니다. 그래서 이렇게 된 거예요······."

그는 몸을 좌우로 흔들고 한 손에서 다른 손으로 모자를 옮겨 쥐었다. 그러나 엘렌이 침묵을 지키고 있었기 때문에 부인이 자기의 성실성을 의심한다고 생각했다. 그것은 그의 마음을 몹시 상하게 했다. 그는 열이 올라 소리쳤다.

"제가 그 애를 속일 거라고 생각하십니까······? 제가 맹세한다고 말씀드렸는데도! 저는 그 애와 결혼할 겁니다. 그건 우리를 비추는 햇빛처럼 분명합니다. 저는 서약할 준비가 되어 있어요······. 그래요, 부인께서 원하신다면 종이에 서명을 해서 드리겠어요······."

그는 흥분해서 일어섰다. 그리고 펜과 잉크가 어디 없을까 두리번거리면서 방 안을 왔다 갔다 했다. 엘렌이 급히 그를 진정시키려 했다. 그가 되풀이했다.

"서명을 해드리는 게 좋겠어요······. 어떻습니까? 그러면 훨씬 편안해지실 겁니다."

바로 그때, 사라졌던 잔이 손뼉을 치며 춤추듯 방으로 들어왔다.

"로잘리! 로잘리! 로잘리!"

아이는 경쾌하게 곡조를 붙여 노래했다.

열린 문으로 정말 바구니를 들고 올라오는 하녀의 씩씩거리는 소리가 들렸다. 제피랭은 방구석으로 피했다. 소리 없는 웃음으로 입이 귀까지 찢어졌다. 송곳 구멍 같은 눈은 시골 사람다운 악의 없는 교활함으로 빛났다. 로잘리는 평소처럼 그날 아침 장 본 것을 주인마님에게 보이려고 곧장 방으로 들어왔다.

"마님."

하녀가 말했다.

"꽃양배추를 샀어요……. 자, 보세요……! 18수에 두 포기예요. 비싸지 않죠……."

고개를 들어 히죽히죽 웃고 있는 제피랭을 보았을 때, 그녀는 반쯤 열린 바구니를 내미는 중이었다. 그녀는 너무 놀라 양탄자에 못 박힌 것처럼 굳어버렸다. 이삼 초가 흘렀다. 그가 군복을 입고 있어서 바로 알아보지 못한 것이 틀림없었다. 그녀의 둥근 눈이 커졌고, 작고 통통한 얼굴은 창백해졌다. 검고 뻣뻣한 머리카락만이 흔들렸다.

"오!"

그녀는 외마디를 내지르고 놀라서 바구니를 놓쳤다. 꽃양배추, 양파, 감자 같은 식료품이 바닥에 굴렀다. 신이 난 잔은 소리를 질렀고, 의자며 거울 달린 장롱 아래까지 굴러가는 감자를 따라 뛰어가다가 방 한가운데 넘어졌다. 그럼에도 로잘리는 여전히 굳어버린 채 움직이지 못하고 "세상에! 너구나……! 여기 웬일이야? 여기 웬일이야?" 하고 되풀이할 따름이었다.

그녀는 엘렌을 향해 물었다.

"마님께서 이 사람을 들여보내셨어요?"

제피랭은 아무 말 없이 장난꾸러기 같은 표정으로 눈꺼풀을 깜박이는 데 만족했다. 로잘리의 눈에 반가움의 눈물이 번졌다. 그녀는 다시 만난 기쁨을 표현하기 위해 그를 놀리는 것보다 나은 방법을 발견하지 못했다.

그녀가 다가서며 말했다.

"야! 이것 보라지. 그 옷을 입으니까 참 멋지다, 멋져……! 내가 네 옆을 지나가게 되더라도 '신께서 축복하시길.' 같은 인사조차 안 했을 거야……! 이게 뭐야! 등에다 초소를 지고 다니는 것 같다. 머리도 근사하게 밀었는데, 성당지기의 푸들 강아지를 닮았구나……. 맙소사! 정말 못났다, 못났어!"

화가 난 제피랭도 한마디 하려고 결심했다.

"이게 물론 내 잘못은 아니야. 너라도 군대에 가면 볼 만할걸."

그들은 저희가 어디 있는지, 방도 엘렌도 감자를 줍고 있는 잔도 완전히 잊어버렸다. 하녀는 앞치마 위에 손을 포개고 작은 군인 앞에 심어놓은 듯 서 있었다.

"그런데, 그쪽은 다들 별일 없어?"

그녀가 물었다.

"물론이지, 기냐르네 암소가 아픈 걸 빼고는 말이야. 수의사가 왔었는데, 소에 물이 꽉 찼다고 하더라고."

"소가 물이 찼으면 끝이지. 그거 말고는 별일 없어?"

"응, 응……. 밭 감시인이 팔을 부러뜨렸고, 카니베 영감님이 돌아가셨고……. 신부님께서는 그랑발에서 돌아오시다가 30수가 든 지갑을 잃어버리셨지……. 말하자면 별일 없어."

그들은 말을 그쳤다. 그리고 빛나는 눈으로 마주 보았다. 입술을 오므렸다가 천천히 일그러뜨리며 애정 어린 웃음을 주고받았다. 서로 손조차 내밀지 못했기 때문에, 그것이 그들에게는 포옹 대신이었을 것이다. 그러나 로잘리는 갑자기 눈싸움을 그치고, 자기가 사 온 채소가 나뒹구는 것을 보고 시무룩해졌다. 무슨 난장판이람! 나한테 이런 일을 저지르게 하다니! 마님은 그를 계단에서 기다리게 하셨어야 했어. 잔은 도와주는 것을 못마땅해하며 앙탈을 부렸지만 로잘리는 아랑곳하지 않고 투덜투덜 쭈그리고 앉아 바구니에 감자며 양파며 꽃양배추를 도로 주워 담았다. 그리고 더 이상 제피랭을 쳐다보지도 않고 부엌으로 가려는데, 두 연인이 순진하고 밝은 데 용기를 얻은 엘렌이 하녀를 불러 세웠다.

"들어봐. 네 이모님이 일요일에 이 총각이 너를 보러 오는 걸 허락해 주라고 나한테 부탁하셨어. 이 총각은 오후에 오면 될 테고, 너는 무리가 안 되도록 시간을 맞춰봐."

로잘리는 멈춰 서서 고개만 돌렸다. 대단히 만족했지만 뿌루퉁한 표정은 여전했다.

"오! 마님, 이 사람은 정말 저를 귀찮게 하네요!"

그녀는 소리쳤다.

그리고 어깨 너머로 제피랭에게 눈길을 주고 다시 정답게 찡그려 보였다. 작은 군인은 잠시 가만히 있다가 말 없는 웃음으로 입이 벌어졌다. 그는 가슴에 모자를 얹고, 고맙다고 말하며 뒷걸음질로 물러났다. 문이 닫혔으나 그는 계단에서 아직도 경례를 했다.

"엄마, 저 사람이 로잘리 오빠야?"

잔이 물었다.

엘렌은 그 물음에 완전히 당황했다. 그녀는 저도 모르게 갑작스러운 호의가 발동하여 그런 허락을 내린 일을 후회했다. 그녀는 잠시 궁리 끝에 대답했다.

"아니, 사촌이야."

"아하!"

아이가 의젓하게 말했다.

로잘리가 일하는 부엌은 햇빛이 환한 드베를 의사네 정원을 향해 있었다. 여름이면 널따란 창문으로 느릅나무 가지가 뻗어 들어왔다. 집 안에서 가장 즐겁고 밝은 방은 바로 이 부엌이었는데, 햇빛이 너무 강하게 들어와서 로잘리는 오후가 되면 파란 무명 커튼을 쳐야 했다. 그녀는 부엌이 좁은 데 대해 불평하지 않았다. 창자처럼 기다란 공간이었는데, 오른쪽에 화덕이 있고 왼쪽에 식탁과 찬장이 있었다. 그녀는 가구와 그릇을 잘 정돈하여 저녁에 일할 수 있는 작은 구석을 창문가에 마련해 놓았다. 또한 냄비, 주전자, 접시를 윤이 나게 닦아두는 데 자부심을 가졌다. 해가 들면 환한 빛이 벽을 비추었다. 놋그릇은 황금빛을 던졌고, 양철그릇은 은빛 달처럼 둥글게 빛났으며, 그 번쩍거리는 빛 속에 푸르고 흰 도기 화덕은 창백한 음영을 더했다.

다음 토요일, 저녁나절에 엘렌은 가구라도 옮기는 것 같은 소리를 듣고는 내려가 보기로 마음먹었다.

"무슨 일이지? 가구와 씨름이라도 하고 있니?"

그녀는 물었다.

"닦고 있어요."

로잘리는 머리카락이 헝클어지고 땀에 젖은 채 대답했다. 짧은 팔로 있는 힘을 다해 바닥 타일을 문지르고 있었다.

그 일이 끝나자 그녀는 걸레질을 했다. 그녀가 이렇게 부엌을 반지르르하게 청소한 적은 없었다. 신혼집처럼 말쑥해서 새색시가 자도 될 것 같았다. 식탁과 찬장은 손톱이 닳도록 새것같이 닦아놓았다. 또 얼마나 잘 정리해 놓았는지 냄비며 단지는 크기 순서대로 정돈되어 있었고, 그을음 하나 없이 반짝이는 프라이팬과 석쇠까지 제자리에 걸려 있었다. 엘렌은 잠시 말없이 서 있다가 웃으며 물러났다.

로잘리는 매주 토요일마다 먼지와 물을 뒤집어쓰고 4시간이나 그렇게 청소했다. 그녀는 일요일에 제피랭에게 자신의 깔끔함을 보이고 싶어 했다. 그녀는 그렇게 그날을 맞이했다. 거미줄 하나라도 있으면 부끄러운 일이었다. 주위의 모든 것이 반짝반짝해지면 그녀는 유쾌해져서 노래를 불렀다. 3시가 되어서야 그녀는 손을 닦고 리본 달린 모자를 썼다. 그리고 무명 커튼을 반쯤 잡아당겨 방 안에 빛이 적당히 들어오게 하고, 모든 것이 잘 정돈된 가운데 백리향과 월계수 잎 향기에 싸여서 제피랭을 기다렸다. 정확히 3시 반이 되면 제피랭이 나타났다.

그는 동네의 시계들이 30분을 알릴 때까지 길에서 서성거렸다. 로잘리는 투박한 신발이 계단을 울리는 소리를 듣고 있다가 그가 층계참에서 딱 멈추면 문을 열었다. 군인의 손이 초인종에 채 닿기도 전이었다. 그들은 언제나 같은 말을 주고받았다.

"너니?"

"응, 나야."

그들은 반짝이는 눈과 새침한 입으로 잠시 마주하고 있었다. 그리고 제피랭은 로잘리의 뒤를 따랐다. 로잘리는 들어가기 전에 군모와 칼을 벗게 했다. 자기 부엌에 그런 게 있는 걸 원하지 않았기 때문에 칼과 군모를 선반 구석에 숨겼다. 그런 다음 그녀는 애인을 창가에 마련된 구석 자리에 앉히고 움직이지 못하게 했다.

"얌전하게 있어……. 내가 마님 저녁을 준비하는 걸 구경해도 좋아."

그는 대개 빈손으로 오지 않았다. 보통 오전에는 왠지 고향이 그리워서 친구들과 함께 뫼동 숲을 이리저리 거닐며 한가하게 바깥 공기를 마시면서 보냈다. 손이 심심하면 나뭇가지를 꺾어 다듬은 다음, 걸어 다니면서 갖가지 복잡한 모양으로 장식했다. 그의 걸음은 느려졌고, 모자를 목에 건 채 눈은 나무를 깎는 칼에서 떼지 않으면서 도랑가에 멈추기도 했다. 그는 그 나뭇조각들을 버리지 않고 오후에 로잘리에게 가져다주었다. 로잘리는 부엌을 더럽힐까 봐 조그맣게 외마디를 지르며 그것을 남자의 손에서 채갔지만 실은 그것들을 모으고 있었다. 그녀의 침대 밑에는 길이도 모양도 제각각인 꾸러미가 한 무더기 있었다.

어느 날, 그는 알이 든 새 둥지를 모자에 담아 손수건으로 덮어 가져왔다. "새알로 오믈렛을 만들면 아주 맛있지." 그가 말했다. 로잘리는 그 끔찍한 생각은 받아들이지 않았지만 둥지만은 놔뒀다가 나뭇조각과 함께 모아두었다. 제피랭의 호주머니는 항상 터질 지경이었다. 센 강가에서 주워 온 투명한 조약돌, 낡은 편자, 쪼그라진 야생 귤, 넝마주이도 줍지 않는 잡동사니 같은 별난 것들을 그는 거기서 끄집어냈다. 그는 특히 그림을 좋아했다. 길을 걸으면서 초콜릿이나 비누를 포장했던 종이들을 모았는데, 그 종이에는 흑인과 야자나무, 이집트의 무희, 장미 꽃다발 등이 그려져 있었다. 꿈꾸는 듯한 금발 여인이 그려진 찌그러지고 낡은 상자 거죽, 채색 판화, 사탕을 쌌던 은박지 등 근처 시장에서 버려진 것들이 그에게는 가슴을 부풀게 하는 소중한 발견이었다. 그 모든 노획품은 호주머니로 빨려 들어갔다. 가장 귀한 것은 신문지 조각으로 쌌다. 일요일, 로잘리가 소스와 구이를 요리하는 사이에 틈이 나면 그는 그림을 보여주었다. 그리고 그녀가 원하면 그것을 주었다. 종이 가장자리가 깨끗하지 못하면 그림만 따로 오려냈는데, 그 일을 그는 몹시 재미있어했다. 종이 부스러기가 접시 속으로 날아들면 로잘리는 화를 냈다. 촌사람의 짓궂은 장난이 심해지면 그는 결국 가위를 뺏기곤 했다. 때로는 그녀가 귀찮은 나머지 갑자기 가위를 돌려주기도 했다.

그러는 동안 소스가 작은 냄비에서 보글거렸다. 견장 때문에 어깨가 넓어진 듯한 제피랭이 고개를 숙이고 그림을 오리는 동안, 로잘리는 나무 주걱을 손에 들고 소스를 지켜보았다. 제피랭의 머리칼은 하도 짧게 깎아서 두피가 그대로 보일 지경이었으며, 뒤쪽으로 벌어진 노란색 칼라 틈으로는 햇볕에 그을린 목덜미가 보였다. 15분 내내 둘은 아무 말도 나누지 않았다. 제피랭은 고개를 들어 로잘리가 아주 주의를 기울여 밀가루를 넣고, 파슬리를 다지고, 소금과 후추로 간을 맞추는 모습을 바라보았다. 그러다 가끔 들릴 듯 말 듯 감탄사가 흘러나왔다.

"야! 되게 좋은 냄새가 나는데!"

한창 열중하고 있는 요리사 아가씨는 바로 대답하지 않았다. 한참 침묵이 흐른 뒤에야 이렇게 말했다.

"그래, 뭉근히 끓여야 해."

그들의 대화는 거기서 더 나아가지 않았다. 그들은 고향에 대해서도 더 얘기하지 않았다. 어떤 추억이 되살아나면 단 한 마디만으로도 서로 모든 걸 이해했고, 오후 내내 쿡쿡거리며 웃었다. 그들은 그걸로 충분했다. 로잘리가 문에서 제피랭을 배웅할 때면, 둘 다 아주 즐거운 시간을 보냈다고 생각했다.

"그럼 가봐! 나는 마님께 저녁을 차려드려야 해."

그녀는 군모와 검을 돌려주고는 그를 앞세워 밀어냈다. 그리고 볼에 기쁜 빛을 띠고 저녁을 차렸다. 한편 그는 팔을 흔들면서 몸에 묻은 백리향과 월계수 잎의 향기로 뱃속이 근질거리는 것을 느끼며 병영으로 돌아갔다.

처음에 엘렌은 그들을 감시해야겠다고 생각했다. 그래서 불시에 내려와 무슨 지시를 하곤 했다. 그리고 제피랭이 한결같이 창문과 식탁 사이의 구석, 사암으로 된 물동이 근처에 다리를 구겨 넣고 앉아 있는 모습을 발견했다. 부인이 나타나면 그는 위병소에서처럼 벌떡 일어나 선 채로 있었다. 부인이 말을 붙이면 인사와 존경 어린 기색으로 뭐라고 우물거리는 것 외에는 대답하지 못했다. 시간이 흐르면서 엘렌은 그들을 더 이상 경계하지 않았다. 그녀가 나타나도 그들은 전혀 흐트러지지 않았고, 언제나 인

내심 강한 연인들의 평온한 표정을 간직하고 있었기 때문이다.

그래도 로잘리는 제피랭보다는 훨씬 약은 듯했다. 파시 가와 프랭클랭 가, 비뇌즈 가, 이렇게 세 길밖에는 몰랐지만 그녀가 벌써 몇 달을 파리에서 살며 쓴맛을 보았는 데 비해 그는 군대에서도 여전히 어리숙했다. 그녀는 부인에게 제피랭이 '어벙해졌다'고 단언했다. 고향에서는 확실히 더 영악했다는 것이었다. 그녀는 군복을 입어서 그런 거라고 말했다. 군대에 간 사내들은 구제할 수 없는 멍청이가 된다는 것이었다. 실제로 제피랭은 새로운 생활에 얼이 빠져서 눈은 둥그레지고 걸음걸이는 마치 거위처럼 뒤뚱거렸다. 그의 견장 밑에는 시골사람의 둔함이 남아 있었고, 병영은 아직 그에게 파리 출신 보병의 의기양양한 태도라든지 말투를 가르치지 못했다. 부인은 안심할 수 있었다! 그는 처녀와 시시덕거릴 사람이 아니었다.

게다가 로잘리는 모성을 드러냈다. 그녀는 꼬치를 구우면서 설교를 늘어놓고, 피해야 할 위험에 대해서도 충고를 해댔다. 그러면 그는 힘차게 고개를 끄덕이면서 복종했다. 일요일마다 그는 미사에 참석했고 아침저녁으로는 경건하게 기도드린다는 것을 맹세해야 했다. 또 그녀는 청결 상태에 대해 잔소리를 늘어놓고 그가 갈 때면 솔질을 하고 윗옷 단추를 다시 달아준 뒤 잘못된 것이 없나 머리끝부터 발끝까지 검사했다. 건강을 염려하면서 온갖 병을 예방하는 식이요법들을 지시했다. 어느 날 제피랭은 그녀의 마음에 들기 위해 물동이를 채워주겠다고 제안했다. 하지만 그가 물을 엎지르지나 않을까 걱정되어 그녀는 오랫동안 거절했다. 그러나 그가 계단에 물을 한 방울도 흘리지 않고 양동이 두 개를 들고 올라왔고, 그다음부터 물동이 채우는 일을 도맡게 되었다. 그는 다른 사소한 일과 힘쓰는 일을 했으며, 로잘리가 깜박 잊어버린 버터를 사러 기꺼이 잡화상으로 달려가기도 했다. 결국에는 요리까지 하게 되었다. 처음에는 채소를 다듬었다. 그다음에 그녀는 채소 다지는 일을 허락했다. 여섯 주가 지날 때까지 소스에는 손을 대지 못했지만 나무 국자를 손에 들고 지켜보았다. 로잘리는 그를 조수로 삼았으며, 빨간 바지를 입고 노란 칼라를 단 남자가 부엌데기처럼 손에 행주를 들고 화덕 앞에서 움직이는 모습을 보고 가끔 웃음을 터뜨렸다.

어느 일요일, 엘렌은 부엌에 가보았다. 슬리퍼를 신어서 발소리가 나지 않았기 때문에 부엌 문턱에 다다랐는데도 하녀나 군인은 그녀가 온 것을 몰랐다. 구석에서 제피랭은 김이 나는 수프 그릇 앞에 앉아 있었다. 문 쪽으로 등을 돌린 로잘리가 기다란 빵조각을 잘라주고 있었다.

"좀 먹어! 너무 걸어서 배고플 거야. 자! 다 먹은 거야? 더 먹을 거야?"

그녀는 다정하면서도 염려하는 눈길로 그를 바라보았다. 그는 통통한 몸을 그릇 위로 웅크린 채 빵조각을 국물에 적셔 한입에 하나씩 삼켰다. 주근깨로 누런 얼굴이 그릇에서 올라오는 김으로 빨개졌다. 그가 중얼거렸다.

"야! 정말 맛있는데! 이 안에 뭘 넣었지?"

"잠깐."

그녀가 다시 말했다.

"파를 좋아하면……."

그러나 몸을 돌리다가 부인을 보았다. 그녀는 조그맣게 외마디 소리를 질렀다. 두 사람은 놀라서 얼어붙었다. 로잘리가 급히 말을 쏟아내며 변명하기 시작했다.

"제 잘못이에요. 마님, 정말이에요……. 저는 수프를 먹지 않거든요……. 그러니까, 어찌 된 일이냐 하면, 제가 이렇게 말했지요. '혹시 내 몫의 수프를 먹고 싶으면 좀 줄게…….' 그렇지? 말해봐, 응. 그래서 이렇게 되었잖아."

주인마님이 침묵을 지키자 불안해진 그녀는 부인이 화가 났다고 생각해 갈라진 목소리로 계속 말했다.

"이 사람은 배가 고파 죽을 지경이었어요, 마님. 그래서 생당근 하나를 훔쳐 먹었지요……. 군인들은 정말 못 먹어요! 그런데다 그는 멀리 강을 따라서 어딘지도 모를 곳으로 떠돌아다녔대요……. 마님이라도 그렇게 말씀하셨을 거예요. '로잘리, 그 사람한테 수프 좀 주어라…….'"

엘렌은 입안 가득 든 것을 감히 삼키지 못하고 있는 작은 군인 앞에서 엄하게 굴 수가 없었다. 그녀는 부드럽게 대답했다.

"그래! 이 사람이 배고프면 저녁을 먹고 가게 해야겠구나. 그것뿐이야……. 그렇게 해도 괜찮아."

그녀는 벌써 전에도 한 번 평소의 엄격함을 잊어버렸듯이 두 사람 앞에서 또 마음이 누그러지는 것을 느꼈다. 두 사람은 이 부엌에서 얼마나 행복할까! 반쯤 쳐진 무명 커튼 사이로 노을빛이 들어오고 있었다. 놋그릇은 방 안의 어슴푸레한 빛을 받아 장밋빛으로 빛나며 안쪽 벽을 물들였다. 이 황금빛 어스름 속에서 두 사람은 달처럼 고요하고 맑게, 작고 둥근 얼굴을 맞대고 있었다. 두 사람의 사랑은 고요하고 확실해서 단정히 정리된 그릇들의 질서를 어지럽히지 않았다. 그들은 화덕에서 나는 좋은 냄새에 식욕이 왕성해지고 마음을 살찌우면서 피어나고 있었다.

"엄마, 있잖아."

그날 저녁 잔은 한참 생각한 끝에 물었다.

"로잘리의 사촌은 절대 로잘리를 안아주지 않아. 그런데 왜 그러지?"

"왜 그들이 포옹하기를 바라니?"

엘렌이 대답했다. 그들은 결혼하는 날 포옹하리라.

2

화요일, 수프가 나온 후 엘렌은 이렇게 말하며 귀를 기울였다.

"비가 너무 많이 오는데요, 빗소리 들리세요? 두 분 오늘 저녁 흠뻑 젖으시겠어요."

"내 낡은 옷은 벌써 어깨가 좀 젖었다오."

신부가 중얼거렸다.

"저는 갈 길이 멀지만……."

랑보 씨가 말했다.

"그래도 걸어갈 겁니다. 저는 그게 좋아요……. 그리고 우산이 있거든요."

잔은 심각하게 마지막 남은 한 숟가락의 국수를 보며 생각에 잠겼다. 그리고 천천히 말했다.

"로잘리는 날씨가 나빠 두 분이 안 오실 거라고 했어요. 엄마는 오실 거라고 했고요……. 정말 친절하세요. 이렇게 늘 오시니까요."

식탁 둘레에 앉은 사람들이 웃었다. 엘렌은 두 형제를 향해 다정하게 고개를 끄덕였다. 바깥에서는 귀가 먹먹하도록 계속 폭우가 쏟아지고 갑작스러운 돌풍이 덧창을 뒤흔들었다. 겨울이 다시 온 듯했다. 로잘리는 조심스럽게 붉은 커튼 줄을 잡아당겼다. 줄에 매달린 새하얀 전등의 차분한 빛이 밝혀주고 있는 아늑한 작은 식당은 요란한 폭풍 속에서 마음을 녹이는 부드러운 친밀감을 지니고 있었다. 마호가니 찬장 위에서 도자기가 부드러운 빛을 반사했다. 평화롭게 식탁에 앉은 네 사람은 소시민다운 청결함을 지닌 식기 앞에서 하녀가 가져올 맛있는 음식을 기다리며 서두르지 않고 이야기를 나누었다.

"저런! 기다리고 계셨군요!"

접시를 들고 들어오면서 로잘리가 허물없이 말했다. 그것은 랑보 씨를 위한 요리로, 살을 떠서 오븐에 구운 가자미였다. 맨 마지막에 강한 불로 익혀야 제맛이 나는 요리였다.

랑보 씨는 잔을 즐겁게 해주고 또 요리 솜씨에 대단한 자부심을 갖고 있는 로잘리를 기쁘게 하기 위해 미식가인 척했다. 그는 로잘리를 돌아보며 물었다.

"봅시다, 오늘은 무엇을 먹게 되나……? 언제나 배가 다 찬 다음에 깜짝 놀랄 만한 것을 가져온단 말이지요."

"오!"

하녀가 대답했다.

"언제나처럼 세 가지예요. 더는 없어요……. 가자미살 다음에는 작은 양배추를 곁들인 양고기를 드시게 될 거예요……. 정말로 더는 없어요."

그러나 랑보 씨는 곁눈질로 잔을 보았다. 아이는 손을 모아 터지는 웃음을 틀어막으며, 거짓말이라고 말하듯 고개를 저으며 매우 좋아하고 있었다. 그는 의심하는 표정으로 혀를 찼고, 로잘리는 짐짓 화내는 체했다.

"아가씨가 웃으니까 믿지 않으시는군요……."

그녀가 다시 말했다.

"좋아요! 내기해요. 지금 드시고 싶은 걸 참으면 집에 돌아갔을 때 또 식탁에 앉으셔야 할걸요."

하녀가 나가자 아이는 더 심하게 웃었고, 하고 싶은 말 때문에 입이 근질근질했다.

"아저씨는 너무 먹보예요."

아이가 말을 꺼냈다.

"제가 부엌에 갔었는데요……."

그러나 아이는 말을 끊었다.

"아! 아니야, 말하면 안 되지, 엄마……? 아무것도 없어요. 아무것도요. 제가 웃은 건 아저씨를 놀리려고 그런 거예요."

이런 장면은 화요일마다 되풀이되었고, 언제나 사람들을 재미있게 했다. 엘렌은 랑보 씨가 이런 놀이에 기꺼이 응해주는 데 고마웠다. 랑보 씨가 오래도록 프로방스식으로 검소하게 하루에 올리브 몇 개와 앤초비 한 마리로 살아왔다는 것을 모르지 않았기 때문이다. 한편 주브 신부는 자신이 뭘 먹는지도 몰랐다. 사람들은 종종 신부가 뭘 먹는지도 모르고, 관심도 없는 것을 보고 놀렸다. 잔은 반짝이는 눈으로 신부를 훔쳐보았다. 요리가 각자의 접시에 놓이자 아이는 "대구가 맛있는데요." 하고 신부를 향해 말했다.

"그렇구나, 애야."

신부가 중얼거렸다.

"가만있자, 대구가 맞는구나. 나는 가자미인 줄 알았지."

모두 웃음을 터뜨리면 그는 순진하게 왜 그러느냐고 물었다. 다시 식당에 온 로잘리는 몹시 기분이 상했다. 고향의 신부님은 요리에 대해 썩 잘 알고 있었다. 일주일에 한 번 오르는 닭을 자르는 순간 그 나이를 알아맞혔고, 저녁 메뉴를 알려고 미리 부엌에 들어올 필요도 없었다. 냄새면 충분했다. 맙소사! 그녀가 주브 신부 같은 사람 밑에서 일을 했다면 지금쯤 오믈렛을 뒤집을 줄도 몰랐을 것이다. 음식 맛을 아는 감각이 전혀 없는 게 어찌해볼 도리 없는 결점이기나 한 듯 신부는 당황한 빛으로 변명했다. 그러나 실은 그의 머릿속은 다른 생각들로 이미 가득 차 있었다.

"이건 양의 넓적다리예요."

로잘리는 양고기 요리를 식탁에 놓으며 못을 박았다.

주브 신부를 위시해 모든 사람이 또 웃음을 터뜨렸다. 그는 가느다란 눈을 깜박거리며 큰 머리를 앞으로 내밀었다.

"그럼, 양의 넓적다리지, 그렇고말고. 나도 그건 알 수 있어요."

그가 말했다.

그런데 그날 신부는 평소보다도 더욱 딴 데 정신이 팔려 있는 것 같았다. 밥 먹기 귀찮은 사람이 집에서 선 채로 후딱 식사를 해치우듯 빨리 먹었고 다른 사람이 식사를 끝내기를 기다리며 대화에는 단지 미소로만 답했다. 그는 격려와 염려가 담긴 시선을 동생에게 자꾸 던졌다. 랑보 씨 역시 평소의 침착함을 잃은 듯했다. 그는 자꾸 얘기를 하려 했고 의자에서 몸을 들썩거리며 불안감을 감추지 못했는데, 평소의 침착한 성질에 어울리지 않는 행동이었다. 작은 양배추를 먹었으나 로잘리는 아직 후식을 가져오지 않고 있었다. 침묵이 흘렀다. 밖에서는 폭우가 더욱 거세졌고 철철 흐르는 물줄기가 집을 요란하게 때렸다. 식당 안은 다소 숨이 막혔다. 엘렌도 분위기가 심상치 않다는, 두 형제가 뭔가 말하지 않고 있다는 느낌을 받았다. 그녀는 걱정스레 그들을 바라보다가 마침내 중얼거렸다.

"세상에! 정말 비가 많이 오네……! 그렇지요? 걱정이 되시나 봐요. 두 분 모두 고민하는 낯빛이에요."

그들은 아니라고 하면서 그녀를 안심시켰다. 로잘리가 커다란 접시를 들고 나타나자 랑보 씨는 마음의 동요를 감추려고 탄성을 뱉었다.

"내가 뭐라고 했어요! 깜짝 요리가 더 있잖아요!"

그날의 깜짝 요리는 로잘리의 특기 중 하나인 바닐라 크림이었다. 그녀가 접시를 테이블 위에 놓으며 말없이 빙긋 웃는 걸 보면 요리가 성공적인 게 분명했다. 잔이 손뼉을 치며 소리쳤다.

"나는 알았어요, 알았어요! 부엌에 달걀이 있는 걸 봤거든요."

"하지만 나는 배가 부른걸!"

랑보 씨가 낙심한 표정으로 대답했다.

로잘리는 의젓하게, 그러나 화를 누르는 듯 심각한 표정으로 말했다.

"저런! 랑보 씨를 위해 만든 건데요……! 좋아요! 그러면 드시지 말아요……. 그래요, 그럴 수 있으시다면요……."

그는 포기한 듯 크림을 한 조각 크게 떴다. 신부는 여전히 정신이 다른 데 팔린 채 냅킨을 돌돌 말고는, 그런 일이 종종 있긴 했지만 후식이 미처 끝나기도 전에 일어섰다. 그는 잠시 고개를 숙이고 거닐다가 엘렌이 자리에서 일어서자 랑보 씨에게 의미심장한 눈짓을 찡긋 보내고는 젊은 여인을 침실로 데려갔다. 그들 뒤에는 문이 열려 있었다. 곧바로 그들의 느린 목소리가 들려왔지만 무슨 말을 하는지는 분간할 수 없었다.

"빨리 드세요."

잔은 과자 하나를 좀처럼 다 먹지 못하는 랑보 씨에게 말했다.

"제가 만든 것을 보여드릴게요."

그는 서두르지 않았다. 하지만 로잘리가 상을 치우기 시작하자 그도 일어서야 했다.

"그래, 잠깐만, 잠깐만 기다려라."

아이가 그를 방으로 끌고 가려 하자 그는 중얼거렸다.

그는 당황하며 걱정스러운 낯빛으로 문에서 멀어졌다. 그때 신부의 목소리가 갑자기 높아지자 그는 힘이 빠져 식기를 치운 식탁 앞에 도로 주저앉아야 했다. 그는 주머니에서 신문지를 꺼냈다.

"내가 작은 마차를 만들어줄게."

그러자 잔은 더 이상 방에 가자는 말을 하지 않았다. 랑보 씨는 종이를 가지고 여러 가지 장난감을 만드는 재주가 있어 아이를 놀라게 했다. 그는 말과 배, 수도원장 모자, 짐마차, 새장을 만들었다. 그런데 그날은 종이를 접는 손이 떨렸고 세밀한 부분을 잘 접지 못했다. 옆방에서 나는 조그만 소리에도 그는 고개를 움츠렸다. 그런데도 잔뜩 재미가 난 잔은 랑보 씨 옆에 붙어 식탁에 몸을 기대고 있었다.

"그다음엔 마차에 묶을 꼬꼬닭을 만들어주세요."

아이가 말했다.

주브 신부는 방 안쪽, 전등갓이 방에 던지고 있는 선명한 그림자 속에 서 있었다. 엘렌은 언제나 제 자리인 원탁 앞에 앉아 있었다. 그녀는 화요일마다 찾아오는 이 손님들을 별반 어렵게 여기지 않았기 때문에 일감을 손에 들고 있었다. 둥글고 밝은 빛 속에서 작은 아기 모자를 꿰매는 그녀의 흰 손만 보였다.

"잔은 이제 염려스럽지 않습니까?"

신부가 물었다.

대답하기 전에 그녀는 머리부터 끄덕였다.

"드베를 선생님은 이제 걱정 안 해도 된다고 하세요."

그녀가 말했다.

"그렇지만 저 어린것은 아직도 신경이 너무 섬약해요……. 어제도 의자에서 정신을 잃고 있는 걸 발견했어요."

"잔은 운동이 부족해요."

신부가 대답했다.

"둘 다 너무 갇혀 있어요. 바깥나들이도 많이 하지 않고요."

신부는 입을 다물었다. 침묵이 흘렀다. 그는 분명 어떻게 다음 얘기로 옮겨가야 할지 알았을 테지만 말을 꺼내기 전에 심사숙고했다. 그는 의자를 당겨서 엘렌 옆에 앉았다.

"이봐요, 얼마 전부터 나는 부인과 진지하게 얘기를 나누고 싶었어요……. 이런 생활은 바람직하지 않아요. 이렇게 숨어 사는 것은 부인 나이에는 맞지 않아요. 세상과 관계를 끊고 사는 것은 부인에게나 아이에게나 나쁘지요……. 많은 위험이 있어요. 건강상의 위험도 있고 다른 것도 있고……."

엘렌은 놀란 표정으로 고개를 들었다.

"무슨 말씀을 하시려는 거지요, 신부님?"

그녀가 물었다.

"아! 내가 세상에 대해서 잘 아는 건 아니지만."

신부는 약간 당황한 채 말을 이었다.

"그렇지만 바람을 막아줄 벽 없이 여자 혼자 있으면 극히 위험하다는 것은 알지요……. 요컨대 부인은 너무 외롭습니다. 부인이 빠져 있는 고독은 건강에 해로워요. 내 말을 들어요. 언젠가는 그 때문에 괴로워할 날이 올 거예요."

"하지만 저는 불만이 없어요. 이대로 좋은걸요."

그녀는 다소 성급하게 외쳤다.

노신부는 큰 머리를 천천히 흔들었다.

"확실히 이런 생활은 평온하지요. 부인이 완전히 행복하다는 걸 나도 이해할 수 있어요. 다만 외로움이나 몽상이 점점 더 심해지면 어디까지 갈지 모르는 법입니다……. 오! 나는 부인을 잘 알아요. 부인은 잘못을 저지를 사람이 아니지요……. 그러나 그러다가 평정을 잃어버릴지도 몰라요. 어느 날 아침, 갑자기 가슴 속에 빈 채로 놔둔 그 자리가 고통스럽고 말하기 어려운 감정으로 차 있는 것을 발견한다면 때는 늦은 거지요."

어둠 속에서 엘렌의 얼굴에 홍조가 피어올랐다. 그렇다면 신부님은 내 마음을 읽으신 걸까? 마음속에 자라고 있는 혼란을, 나의 삶을 채우고 있지만 아직 묻고 싶지 않은 마음속 동요를 알고 계신 걸까? 일감이 무릎 위로 떨어졌다. 그녀는 마음이 약해져, 존재 깊은 곳에 눌러놓은 막연한 것들을 명확하게 설명하고 소리 내어 고백하는 것을 허락해 줄 신앙심 깊은 공범자를 신부로부터 기대했다. 아마 신부님은 모든 것을 알고 내게 물어본 것이리라. 그녀는 대답하려고 했다.

"저는 신부님의 손안에 있습니다."

그녀는 속삭였다.

"제가 항상 신부님 말씀에 귀 기울인다는 것을 잘 아시지요?"

신부는 잠시 침묵을 지켰다. 그는 천천히 신중하게 말했다.

"부인은 재혼하셔야 합니다."

그녀는 그 말을 듣자 어안이 벙벙해서 팔을 늘어뜨린 채 말이 없었다. 그녀는 다른 말을 기대했고 그 말을 이해할 수 없었다. 그러나 신부는 결혼을 결심해야 하는 이유를 설명하면서 말을 이었다.

"부인은 아직 젊어요……. 더 이상 그 나이에 외출도 안 하고 세상일을 아무것도 모르면서 파리 한구석에 이렇게 있을 수는 없어요. 나중에 혼자 사는 것을 쓰디쓰게 후회하지 않으려면 보통의 삶으로 되돌아가야 합니다……. 부인은 이렇게 은둔해 사는 것이 서서히 어떤 결과를 가져올지 모를 겁니다. 그러나 우리는 부인이 눈에 띄게 창백해지는 게 보여서 걱정스러워요."

신부는 그녀가 중간에 자신의 입장을 얘기하기를 바라며 한 문장 말할 때마다 틈을 두었다. 그러나 그녀는 놀라서 얼어붙기라도 한 듯 차갑게 앉아 있었다.

"그래요, 부인은 아이가 있지요."

그가 말을 이었다.

"그 때문에 항상 조심스럽지요……. 다만 잔도 잘되려면 아버지의 힘이 많이 필요하다는 것을 생각해 보세요……. 오! 나는 진짜 아버지 노릇을 할 만한 아주 좋은 사람이 있어야 한다고 생각해요……."

그녀는 그가 말을 마치도록 놔두지 않았다. 그녀는 예상 외로 반발하고 반항하면서 갑자기 외쳤다.

"아니요, 아니요, 싫습니다……. 무슨 말씀을 하시는 거예요, 신부님……! 절대 안 해요. 아시겠어요? 절대!"

속이 뒤집혔다. 격렬하게 거부하느라고 그녀 자신이 정신을 잃고 있었다. 신부의 제안은 알고 싶지 않은 마음속 어두운 구석을 흔들어 놓았다. 그녀는 고통을 맛보자 비로소 제 병이 깊음을 깨달았고, 가리고 있던 마지막 옷이 벗겨진 여인처럼 수치심으로 당황했다.

늙은 신부의 웃음 띤 맑은 눈길 아래 그녀는 발버둥 쳤다.

"저는 싫어요! 저는 아무도 좋아하지 않아요!"

그래도 신부가 바라보기만 하자, 그녀는 그가 제 얼굴에서 거짓말을 읽었다고 생각했다. 그녀는 얼굴이 빨개진 채 더듬거렸다.

"생각해 보세요. 상복을 벗은 지 보름 되었어요……. 그건 불가능해요……."

"부인."

신부가 차분하게 말했다.

"말을 꺼내기 전에 많이 생각했어요. 나는 부인의 행복이 거기 있다고 생각했지요. 진정해요. 부인이 원하는 대로 하세요."

이야기가 끊겼다. 엘렌은 입술까지 올라온 항의의 말을 쏟아붓지 않으려고 노력했다. 그녀는 일감을 다시 잡고 고개를 숙인 채 몇 바늘을 꿰맸다. 조용한 가운데 식당에서 말하는 잔의 높은 목소리가 들렸다.

"마차에는 꼬꼬닭을 매다는 게 아니라 말을 매다는 거예요……. 그런데 말을 만들 줄 모르세요?"

"몰라. 말은 너무 어렵단다."

랑보 씨가 대답했다.

"그렇지만 원한다면 너한테 마차 만드는 법을 가르쳐줄게."

놀이는 항상 그렇게 끝났다. 잔은 매우 주의 깊게 제 친구가 종이로 여러 개의 작은 네모를 접는 것을 보고 따라 해보았다. 그러나 잘 되지 않자 발을 굴렀다. 그렇지만 잔도 벌써 배와 수도원장 모자는 접을 줄 알았다.

"자, 봐라."

랑보 씨가 참을성 있게 되풀이했다.

"네 귀를 접은 다음에 뒤집어서……."

조금 전에 그는 귀를 기울여 옆방에서 하는 이야기를 몇 마디 주워들은 것 같았다. 그의 가엾은 손은 더 떨렸고, 그의 혀는 꼬여서 단어를 반쯤 삼켜버렸다.

엘렌은 진정하지 못하고 다시 말을 이었다.

"재혼하다니 누구하고요?"

일감을 작은 탁자 위에 올려놓으며 그녀는 갑자기 신부에게 물었다.

"누구 생각해 둔 사람이 있으신 거죠?"

주브 신부가 일어서서 천천히 걸음을 옮기며 그렇다는 표시로 고개를 끄덕였다.

"좋아요! 그 사람이 누군가요?"

그녀가 대답했다.

그는 잠시 그녀 앞에 서 있었다. 그러고는 이렇게 말하면서 천천히 어깨를 으쓱했다.

"무슨 상관이오! 거절한 마당에."

"어쨌든 알고 싶어요."

그녀가 말했다.

"누군지도 모르고 어떻게 결정을 할 수 있겠어요?"

신부는 여전히 선 채로 그녀의 얼굴을 바라보며 금방 대답하지 않았다. 다소 서글픈 웃음이 그의 입술에 떠올랐다. 결국 그는 거의 꺼질 듯한 소리로 말했다.

"세상에! 그게 누군지 짐작 못 하겠소?"

아니, 짐작할 수 없었다. 그녀는 생각해 보다가 깜짝 놀랐다. 그는 식당을 가리키며 단지 고개를 까딱했다.

"저분이라고요!"

그녀가 소리를 죽여 부르짖었다.

그러고는 몹시 심각해졌다. 그녀는 더 이상 격하게 항의하지 않았다. 그녀의 얼굴에는 놀라움과 슬픔만이 감돌고 있었다. 그녀는 오래도록 생각에 잠겨 눈을 내리깔고 있었다. 그렇다, 그녀는 전혀 짐작하지 못했다. 그렇지만 그녀는 어떤 항변도 떠올릴 수 없었다. 랑보 씨는 그녀가 두려움 없이 믿고 손을 맡길 수 있는 유일한 사람이었다. 그녀는 그의 선의를 알았기 때문에 그의 소시민적인 둔함을 우스개로 여기지 않았다. 그러나 그에 대한 호감에도 불구하고 그가 저를 사랑한다는 생각은 그녀를 오싹하게 했다.

그동안 신부는 방 이 끝에서 저 끝으로 거닐었다. 식당 문 앞을 지나며, 그는 엘렌을 부드럽게 불렀다.

"자, 이리 와보세요."

그녀는 일어나서 바라보았다.

랑보 씨는 잔을 제 의자에 앉힌 참이었다. 자신은 식탁에 기대어 소녀의 발치에 몸을 굽혔다. 아이 앞에 무릎을 꿇고, 그는 아이를 팔로 감쌌다. 식탁 위에는 닭을 비끄러맨 마차, 배, 상자, 수도원장 모자가 있었다.

"그런데 너는 나를 좋아하니? 나를 좋아한다고 말해줄래?"

그가 말했다.

"그래요, 나는 아저씨가 좋아요. 아시잖아요."

그는 위험을 무릅쓰고 사랑을 고백하는 것처럼 떨면서 망설였다.

"그러면 내가 여기서 너하고 언제나 같이 있을까, 하고 물으면 뭐라고 대답할래?"

"아! 나는 좋아요. 그러면 같이 놀 수 있겠네요, 그렇죠? 그러면 재미있을 거예요."

"언제나, 알겠니, 내가 언제나 같이 있는 거란다."

잔은 배를 집어 순경 모자로 만들었다. 그러고는 중얼거렸다.

"아! 엄마가 허락해야지요."

그 대답은 그를 완전히 걱정 속에 빠뜨린 것 같았다. 그의 운

명은 결정되었다.

"물론이지."

그가 말했다.

"그런데 엄마가 좋다고 하시면 너는 안 된다고 하지 않을 거지, 그렇지?"

순경 모자를 다 접은 잔은 신이 나서 제가 붙인 곡조로 노래하기 시작했다.

"네, 네, 네, 라고 하지요. 네, 네, 네, 라고 하지요. 그런데 이거 얼마나 예쁜지 보세요. 내가 만든 모자!"

랑보 씨는 눈물이 글썽글썽해진 채 무릎으로 일어서 아이를 껴안았고, 아이도 그의 목에 팔을 감았다. 그는 형에게 엘렌의 의사를 묻게 하고, 자신은 잔의 동의를 구했던 것이다.

"저것 보세요."

신부가 웃음을 띠고 말했다.

"아이가 좋아하잖아요."

엘렌은 심각한 채였다. 그녀는 더 이상 논박하지 않았다. 신부는 다시 변론을 시작했고 랑보 씨의 좋은 점을 늘어놓았다. 그는 잔에게 딱 맞는 아빠가 아니겠는가? 부인은 그를 잘 알고, 자신을 그에게 맡긴다 해도 무모한 모험이 될 리 없었다. 그런데도 엘렌이 침묵을 지키자 신부는 감동적이고 위엄 있는 어조로 동생을 위해서가 아니라 부인의 행복을 위해서 이런 말을 하는 것이라고 덧붙였다.

"저는 신부님을 믿고, 신부님께서 저를 좋아하시는 것도 알아요."

엘렌이 급히 말했다.

"저는 신부님 앞에서 동생분께 대답하고 싶습니다."

시계가 10시를 쳤다. 랑보 씨가 침실로 들어왔다. 그녀는 그를 향해 걸어가며 손을 내밀었다.

"청혼에 감사드립니다. 정말 고맙게 생각해요. 잘 말씀하셨어요……."

그녀는 차분하게 그의 얼굴을 바라보며 그의 커다란 손을 잡고 있었다. 그는 온몸을 떨며 감히 눈을 들지 못했다.

"다만 저는 잘 생각해 봐야겠어요. 아마 오랜 시간이 필요할 것 같아요."

그녀가 말을 이었다.

"오! 부인께서 원하신다면 여섯 달, 일 년, 아니 그 이상이라도 좋습니다."

그는 당장 내쫓기지 않는 데 만족해서 마음을 놓고 더듬거리며 말했다.

그녀는 보일 듯 말 듯 미소를 지었다.

"그렇지만 우리는 친구로 있는 거예요. 여태까지와 마찬가지로 우리 집에 와주세요. 다만 제가 이 일을 다시 말씀드릴 때까지 기다려주신다고 약속하세요……. 괜찮겠어요?"

그는 손을 빼고 계속 고개를 끄덕여 조건을 받아들이며 열에 들뜬 채 모자를 찾았다. 막 나가려는 순간, 그는 할 말을 찾아냈다.

"들어보세요."

그가 중얼거렸다.

"부인은 지금 제 마음이 어떤지 아셨지요? 그래요, 어떤 일이 있더라도 제 마음은 항상 똑같다고 생각하십시오. 그것이야말로 신부님이 설명하고 싶어 하던 전부입니다……. 10년 후라도 마음이 내키면 눈치만 주세요. 부인이 하자는 대로 하겠습니다."

끝으로 그는 엘렌의 손을 잡고 부서져라 꽉 쥐었다. 계단에서 두 형제는 평소처럼 "화요일에 만납시다." 하고 말하며 뒤를 돌아보았다.

"네, 화요일에 또 뵙겠어요."

엘렌이 대답했다.

방으로 돌아오자 덧문을 때리는 폭우 소리가 그녀를 가슴 아프게 했다. 세상에! 비가 어찌 이리도 집요하게 내리는지. 불쌍한 두 사람은 완전히 젖어버릴 거야! 그녀는 창문을 열고 길을 내려다보았다. 갑작스러운 바람이 가스등을 쓸고 지나갔다. 반짝이는 빗방울 자국과 희미한 물웅덩이 한가운데로 홍수에도 아랑곳하지 않고 기뻐서 춤을 추며 걸어가는 랑보 씨의 검은 옷을 입은 둥그런 등이 보였다.

하지만 잔은 제 친구의 마지막 말 몇 마디를 다시 생각하면서 몹시 심각해져 있었다. 아이는 짧은 장화를 벗고 속옷 바람으로 깊은 생각에 잠겨 침대맡에 앉아 있었다. 어머니가 잘 자라는 키스를 해주려고 들어왔을 때, 아이는 그 모습 그대로 있었다.

"잘 자, 잔. 엄마한테 뽀뽀해야지."

그런데도 들은 기색이 없어 엘렌은 아이의 허리를 감싸며 그 앞에 쪼그리고 앉았다. 그리고 가만히 물었다.

"그 아저씨가 우리하고 같이 살면 좋겠니?"

잔은 그 물음에 놀란 것 같지 않았다. 아이는 틀림없이 그 일을 생각하고 있었다. 그러고는 천천히 고개를 끄덕였다.

"그런데, 알지?"

어머니가 말을 이었다.

"그러면 밤이나 낮이나, 식탁이나 어디서나 항상 같이 있는 거야."

소녀의 맑은 눈에 불안감이 떠올랐다. 아이는 어머니의 어깨에 뺨을 대고 목에 키스하고는 몸을 떨며 귀에다 속삭였다.
"엄마, 아저씨가 엄마를 껴안나요?"
엘렌의 이마에 홍조가 번졌다. 그녀는 처음에 아이의 물음에 어떻게 대답해야 좋을지 몰랐다. 그러다가 대답했다.
"네 아버지와 같을 거야, 아가."
그러자 잔의 작은 팔이 뻣뻣해지더니 갑자기 호박 같은 눈물을 떨어뜨렸다. 아이는 더듬거렸다.
"오! 안 돼, 안 돼, 난 싫어……. 엄마, 제발, 아저씨한테 내가 싫어한다고 말해. 가서 싫다고 해……."
아이는 흐느끼며 어머니의 품에 몸을 던지고 눈물과 키스를 퍼부었다. 엘렌은 잘될 거라고 되풀이하며 아이를 달래려고 했다. 그러나 잔은 당장 단호한 대답을 듣기를 원했다.
"안 된다고 해, 엄마. 안 된다고……. 나는 죽을지도 몰라. 오! 절대 안 돼, 그렇지? 절대 안 돼!"
"그럼! 안 되지. 약속할게. 이제 얌전히 자자."
아이는 몇 분 동안 더 말없이 그러나 격렬하게 어머니를 끌어안고, 마치 결코 그녀를 놓아주지 않겠다는 듯, 또 마치 누군가가 어머니를 빼앗아 갈까 두려워 지켜내려는 듯 매달렸다. 그런 다음에야 아이를 눕힐 수 있었다. 그러나 그녀는 아이 옆을 얼마 동안 지켜야 했다. 잔은 잠결에도 몸을 떨었고, 반 시간마다 눈을 떠 어머니가 거기 있는지 확인했다. 그리고 어머니의 손에 입을 대고서야 다시 잠들었다.

3

 기분 좋게 포근한 달이었다. 4월의 해는 레이스처럼 부드럽고 가벼우며 고운 연둣빛으로 정원을 물들였다. 창살에는 헝클어진 참으아리 덩굴이 가느다란 새순을 내밀고, 망울진 인동덩굴은 달착지근하고 미묘한 향기를 내뿜었다. 단정하게 깎은 잔디 양쪽 가장자리에는 붉은 제라늄과 흰 꽃무가 화단을 장식하고 있었다. 이웃 건물들의 좁은 틈새에는 몇 그루 느릅나무가 가지로 푸른 장막을 드리우고 있었는데, 그 작은 잎들이 미풍에도 살랑거리곤 했다.
 3주가 넘도록 하늘은 구름 한 점 없이 파랬다. 엘렌의 마음속에 간직된 환희, 새로운 젊음을 축하하려는 봄의 기적이었다. 매일 오후 그녀는 잔과 정원에 내려갔다. 그녀의 자리는 오른쪽에서 첫 번째 느릅나무로 정해져 있었다. 의자가 그녀를 기다리고 있었다. 보도의 포석 위에서 전날 흘린 실밥들을 발견하곤 했다.
 "내 집이라 생각하세요."
 저녁마다 드베를 부인은 되풀이했다. 그녀는 지난 여섯 달 동안 엘렌에게 열중하면서 살아왔다.
 "그럼 내일 봐요. 더 일찍 오시면 안 되나요?"
 실제로 엘렌은 제 집에 있는 듯했다. 점차 그녀는 그늘진 구석 자리에 익숙해졌고 어린아이처럼 조바심 치며 거기 내려갈 시간을 기다렸다. 그 부잣집 정원에서 특히 마음에 드는 것은 말끔한 잔디와 관목이었다. 풀 한 포기도 정돈된 나뭇가지들의 균형을 흩어놓지 않았다. 아침마다 갈퀴질로 정리한 산책길은 발밑에서 융단처럼 폭신했다. 그녀는 거기서 지나친 흥분으로 괴로워할 염려 없이 조용하고 안온하게 지냈다. 말끔하게 다듬어진 화단,

정원사가 누레진 잎을 하나하나 뜯어낸 송악 덩굴에서는 마음을 어지럽힐 어떤 일도 생기지 않았다. 느릅나무로 둘러싸인 그늘, 드베를 부인이 남기고 간 한 줄기 강한 사향 냄새를 머금은 은밀한 구석에서 엘렌은 마치 거실 안에 있는 듯했다. 고개를 들면 보이는 하늘만이 여기가 밖이라는 사실을 깨우쳐 주었고, 그러면 그녀는 깊게 심호흡하곤 했다.

종종 두 여인은 둘이서만 오후를 보내곤 했다. 잔과 뤼시앵은 그들의 발치에서 놀고 있었고, 긴 침묵이 이어지곤 했다. 그러면, 몽상이라면 질색인 드베를 부인은 엘렌이 말없이 들어주는 데 만족해서 몇 시간이고 얘기를 늘어놓았고, 엘렌이 머리라도 살짝 끄덕일라치면 그 부분을 되풀이하곤 했다. 가까운 부인들에 대한 그칠 줄 모르는 이야기, 다가올 겨울에 있을 연회 계획, 그날그날 일어난 일들에 대한 소박한 감상 등, 하여튼 이 예쁜 여인의 좁은 이마 속에는 모든 세상 잡사가 부딪히고 있었다. 이야기 도중 아이들에 대한 갑작스러운 사랑의 표출이나 우정을 찬미하는 감동 어린 문장들이 섞여 들었다. 엘렌은 그녀가 손을 꽉 쥐도록 내버려두었다. 그녀가 늘 귀 기울이는 건 아니었다. 그러나 꾸준히 마음을 풀어주는 부드러운 분위기 속에서 그녀는 쥘리에트의 다정한 몸짓에 몹시 감동했고, 쥘리에트에게 아주 친절하다고, 천사처럼 친절하다고 말해주었다.

가끔 방문객이 있었는데, 그러면 드베를 부인은 기뻐서 어쩔 줄 몰라 했다. 매년 그녀는 적당하다고 생각되는 시기인 부활절 이후로 토요일 모임을 중단했다. 그러나 그녀는 외로움을 두려워해서 누군가가 격식을 차리지 않고 제 집 정원으로 찾아오면 몹시 기뻐하곤 했다. 그즈음 그녀의 최대 관심사는 8월에 어느 해변에서 지낼지 정하는 일이었다. 방문할 때마다 그녀는 같은 얘기를 또 시작했다. 사람들에게 이것저것 물어보았지만 마음을 정할 수 없었다. 그것은 그녀를 위해서가 아니라 뤼시앵을 위해서였다. 잘생긴 말리농은 언제나 와서는 투박한 의자에 말 타듯 걸터앉곤 했다. 그는 시골을 혐오했다. 해변에 가면 감기에 걸린다면서 파리를 떠나는 것은 미친 짓이 틀림없다고 말했다. 그러면서도 그는 해변에 대한 이야기를 늘어놓곤 했다. 어디든 지저분하다고, 트루빌[1] 말고는 조금이라도 깨끗한 곳은 없다고 단언했다. 엘렌은 매일 똑같은 얘기를 들었지만 싫증내지 않았을 뿐 아니라 오히려 가만가만 흔들어 잠재우는 듯한 단조로운 나날에 행복해했다. 한 달이 다 가도록 드베를 부인은 어디로 가야 할지 정하지 못했다.

어느 날 저녁, 엘렌이 돌아가려고 하는데 쥘리에트가 말했다.
"나는 내일 외출해야 해요. 그렇다고 내려오는 걸 꺼리실 필요는 없어요……. 기다리세요, 늦지 않게 돌아올 테니까."

엘렌은 그렇게 했다. 그녀는 정원에서 홀로 감미로운 오후를 보냈다. 그녀의 머리 위, 나무들 사이에서 날아오르는 참새의 날갯짓 소리만이 들렸다. 이 양지바른 작은 구석의 모든 매력이 그녀를 사로잡았다. 그날부터 가장 행복한 오후는 드베를 부인이 그녀를 내버려둔 날이 되었다.

그녀와 드베를 집 사이에는 점차 친밀한 관계가 맺어졌다. 어떨 때는 식사 시간이 됐는데 붙잡는 바람에 엘렌이 그 집에서 저녁을 먹기도 했다. 그녀가 느릅나무 아래에 머물러 있으면 피에르가 현관 계단을 내려와 "부인, 식사 준비되었습니다"라고 알렸고, 쥘리에트는 엘렌에게 남아달라고 간청했다. 그녀는 때로

---

[1] 노르망디 지방 해안. 각광받는 피서지로 사교계 인사들이 해수욕을 즐기러 모여들었다.

그 청을 받아들였다. 어린아이들이 시끌벅적 명랑하게 떠드는 가족적인 저녁 식사였다. 드베를 의사와 엘렌은 좋은 친구처럼 보였는데, 두 사람의 다소 냉정한 듯한 이성적인 성격은 서로 잘 맞아떨어졌다. 쥘리에트조차 종종 이렇게 외치곤 했다.

"오! 당신들은 서로 잘 통하는 것 같군요. 나한테는 그게 성가셔요. 당신들의 침착함 말이에요."

매일 오후 6시경 의사는 왕진에서 돌아왔다. 그는 정원에서 부인들을 보고 다가와 앉곤 했다. 처음에 엘렌은 부부끼리만 있도록 곧 물러나려고 했다. 그러나 쥘리에트가 그렇게 갑자기 돌아가면 몹시 싫어했기 때문에 머물러 있게 되었다. 그녀는 늘 화목해 보이는 이 가정의 친밀한 삶 속에 절반쯤 들어와 있는 셈이었다. 의사가 돌아오면 아내는 언제나 다정하게 볼을 내밀었고, 그는 볼에 입을 맞췄다. 이어 뤼시앵이 다리에 매달리면, 그는 아이를 무릎 위에 올려 앉히고 이야기를 나누었다. 아이가 작은 손으로 아빠의 입을 막고 이야기 도중 머리카락을 잡아당기기도 하면서 몹시 버릇없이 굴었고, 그는 결국 잔과 놀라고 하면서 아이를 땅에 내려놓곤 했다. 엘렌은 그러한 장난을 보면 미소를 지었으며, 조용한 눈길로 그들 아빠와 엄마, 아이를 바라보기 위해 잠시 일감을 내려놓곤 했다. 남편의 입맞춤은 그녀를 거북하게 하지 않았으며, 뤼시앵의 장난질은 가슴을 뭉클하게 했다. 그녀는 행복한 가정의 평화 속에서 안식을 얻었다.

그러는 동안 높은 가지를 노랗게 물들이며 해가 지곤 했다. 창백한 하늘에서 고요함이 내리깔렸다. 조금이라도 아는 사람에 관해서라면 뭐든지 궁금해하는 쥘리에트는 종종 채 대답할 새도 없이 남편에게 물음을 던졌다.

"당신 어디 갔었어요? 뭘 했어요?"

그러면 의사는 왕진한 일을 이야기했고, 아는 사람의 안부를 전해주거나 다른 집에서 눈에 띈 가구나 직물에 대한 이야기를 간단히 하기도 했다. 이야기 도중 그의 눈길이 종종 엘렌의 눈길과 마주쳤다. 둘 다 외면하지 않았다. 그들은 서로의 마음을 읽으려는 것처럼 잠시 진지하게 얼굴을 마주 보았다. 그리고 천천히 눈꺼풀을 내리깔고 미소 지었다. 애써 나른한 태도를 취하고 있었지만 쥘리에트는 마음이 들떠 있어서 두 사람이 오래 얘기하도록 놔두지 않았다. 젊은 여인은 모든 대화에 끼어들었다. 그럼에도 그들은 몇 마디 말 또는 평범한 문장을 느릿느릿 나누었는데, 그 말들은 마치 깊은 의미를 지니는 듯 이어졌고 그 울림은 음성이 사라진 뒤에도 오래 남았다. 그들은 완전히 같은 생각을 공유하는 듯 가벼운 몸짓으로도 서로의 뜻을 알아차렸다. 존재 깊은 곳에서 우러나오는 친밀하고 절대적인 일치이자 말하지 않아도 두 사람을 긴밀하게 이어주는 것이었다. 때때로 쥘리에트는 늘 혼자만 계속 떠드는 데 다소 부끄러움을 느끼고 까치처럼 수다 떠는 것을 멈추곤 했다.

"어머, 내가 너무 지루하게 하죠?"

그녀가 말했다.

"우리 얘기가 부인에게는 아무 재미가 없을 거예요."

"아니에요, 절 신경 쓰지 마세요."

엘렌은 명랑하게 대답했다.

"지루하지 않아요. 저는 얘기하지 않고 듣는 게 더 좋답니다."

그것은 거짓이 아니었다. 오래도록 입을 다물고 있으면 거기 있는 즐거움을 더 잘 맛볼 수 있었다. 일감에 고개를 숙이고 있다가 가끔 고개를 들어 의사와 서로를 묶는 긴 시선을 교환하며 그녀는 기꺼이 자기중심적인 감정에 빠져들었다. 그녀와 그 남자 사이에는 숨겨진 감정, 이 세상 누구와도 나눌 수 없는 것이라서 더욱 달콤한 무엇이 있음을 그녀는 이제 인정했다. 그러나 정숙함에 흠가는 일 없이 그녀는 평화롭게 비밀을 간직했다. 왜냐하면 그 속에 아무런 악의도 없었기 때문이다. 그는 아내와 아이에게 얼마나 잘하는가! 그가 뤼시앵을 잡고 팔짝팔짝 뛰어오르게 하거나 쥘리에트에게 입을 맞추면 그녀는 그가 더 좋아졌다. 가족들에게 둘러싸여 있는 그를 보면서 그들의 우정은 더욱 깊어졌다. 이제 그녀는 그들과 가족같이 되었고, 떨어질 수 없다고 느꼈다. 쥘리에트가 그를 '앙리'라고 부르는 걸 들으면서, 그녀도 마음 깊은 곳에서 그를 자연스럽게 '앙리'라고 불렀다. 그녀의 입술이 '선생님'이라고 말하면, 그녀의 몸속에서는 '앙리'라는 메아리가 울렸다.

어느 날, 의사는 느릅나무 아래 홀로 있는 엘렌을 발견했다. 쥘리에트는 거의 매일 오후 외출했다.

"저런! 아내는 여기 없습니까?"

그가 말했다.

"네, 부인은 저를 내팽개쳤어요."

그녀가 웃으면서 대답했다.

"좀 일찍 돌아오셨군요."

아이들은 정원 저쪽 끝에서 놀고 있었다. 그는 그녀 옆에 앉았다. 그렇게 가까이 마주 앉아 있어도 전혀 동요가 일지 않았다. 마음을 부풀게 하는 다정한 감정을 암시하고픈 생각을 일순간도 하지 않고 그들은 한 시간 동안이나 여러 이야기를 나눴다. 굳이 말할 필요가 있을까? 서로 무슨 말을 해야 할지 몰랐던 것일까? 그들에겐 고백해야 할 게 없었다. 함께 있다는 것, 모든 주제에 마음이 통한다는 것, 그 평온한 고독을 방해받지 않고 누리는 것만으로도 충분했다. 바로 이 자리, 그가 매일 저녁 아내에게 입을 맞추는 그 자리에서 말이다.

그날 의사는 그녀가 정신없이 일에 몰두하는 것을 두고 농담하듯 말했다.

"부인은 제가 부인의 눈 색깔도 모른다는 걸 아세요?"

그가 말했다.

"부인은 늘 바늘에만 눈길을 주고 계시잖아요."

그녀는 고개를 들고 평소처럼 그를 똑바로 바라보았다.

"저를 놀리시나요?"

그녀가 부드럽게 물었다. 그러나 그는 말을 이어갔다.

"아! 부인의 눈은 회색이에요……. 푸른빛이 도는 회색, 그렇지요?"

그들이 한 일은 그 정도가 전부였다. 그러나 처음 나눈 그 말들은 한없는 달콤함을 띠었다. 그날부터 그는 종종 황혼 속에 여자가 홀로 앉아 있는 모습을 발견했다. 의식하지도 않았고 그러려는 생각도 없었지만, 둘의 친밀함은 커져갔다. 사람들이 듣고 있을 때는 할 수 없었던 다정한 목소리로 그들은 이야기를 나누었다. 그러는 동안 파리 시내를 종일 돌아다니며 쇼핑하다가 수다스러운 열기를 안고 되돌아오는 쥘리에트가 나타나도, 두 사람은 여전히 방해받지 않았다. 대화를 멈추거나 의자를 뒤로 물릴 필요도 없었다. 아름다운 봄, 라일락이 만발한 정원은 그들이 품고 있는 첫 열정의 황홀경을 훨씬 더해주는 것 같았다. 그달이 다 갈 무렵 드베를 부인은 커다란 계획으로 들떠 있었다. 그녀는 불현듯 어린이 무도회를 열어야겠다는 생각을 한 참이었다. 계절이 지난 감이 있었지만, 그 생각으로 머리가 꽉 찬 그녀는 곧장 부산스레 준비에 뛰어들었다. 아주 근사하게 치르고 싶었다.

가장무도회를 열리라. 그녀는 집에서나 밖에서나, 어딜 가든 무도회 얘기밖에 하지 않았다. 정원에서는 끊이지 않고 의견이 이어졌다. 멋쟁이 말리농은 그 계획이 '유치한 짓'이라고 했다. 그럼에도 결국 관심을 표시하면서, 알고 지내는 희극 가수를 데려 오겠다고 약속했다.

어느 날 오후, 모두 나무 아래 있는데 쥘리에트는 뤼시앵과 잔에게 어떤 의상이 좋을지 진지하게 물었다.

"정말이지 어떤 게 좋을까요?"

그녀가 말했다.

"흰 비단으로 된 피에로 옷이 어떨까 하는데요."

"그건 너무 평범해요."

말리농이 잘라 말했다.

"피에로가 한 다스는 될걸요. 잠깐만, 뭐 좋은 게 있을 텐데."

그는 가느다란 지팡이 꼭지를 빨면서 곰곰 생각하기 시작했다. 그때 어떤 생각이 떠오른 듯 폴린이 외쳤다.

"나는 희극에 나오는 하녀 복장을 하고 싶은데요……."

"뭐라고!"

드베를 부인이 놀라며 말했다.

"네가 변장을 왜 해! 네가 어린애인 줄 아니? 바보……. 너는 흰 드레스를 입고 오면 좋겠다."

"어머! 재미있을 것 같은데."

열여덟 살이라는 나이와 제법 숙녀 태가 나는 몸매에도 불구하고 어린아이들과 함께 뛰노는 것을 무척 좋아하는 폴린이 중얼거렸다.

그동안 엘렌은 나무 아래에 앉아 바느질을 하며, 가끔 고개를 들어 의사와 랑보 씨에게 미소를 보냈다. 두 사람은 그녀 앞에

서서 이야기를 나누고 있었다. 랑보 씨도 드디어 드베를가의 친밀한 모임에 끼어들게 된 것이었다.

"잔, 너는 뭘 입고 싶지?"

의사가 물었다.

그러나 말리농의 감탄사가 그의 말을 가로막아 버렸다.

"생각났어요……! 루이 15세 때의 후작이요!"

그는 의기양양한 표정으로 가는 지팡이를 흔들었다. 그러나 주위에 있는 사람들이 전혀 감격하지 않자 놀란 것 같았다.

"저런! 모르겠어요……? 뤼시앵이 어린 손님들을 맞게 되지요? 그러려면 그 애를 후작같이 입혀서 살롱 문에 서 있게 해야 합니다. 옆에는 커다란 장미 다발을 놓고요. 숙녀들에게 인사를 하는 거지요."

"그렇지만……."

쥘리에트가 반박했다.

"후작이 한 다스는 될 텐데요."

"그게 어때서요?"

말리농이 침착하게 말했다.

"후작이 많을수록 재미있을 거예요. 이 아이디어야말로 참신하다는 것을 말씀드리지요……. 집주인은 후작이어야 해요. 그렇지 않으면 무도회에 흠이 되죠."

그는 신념에 차 있어서 쥘리에트도 결국 덩달아 열을 내게 되었다. 작은 꽃다발을 수놓은 흰 비단 퐁파두르풍[1] 후작 의상은 정말 매혹적일 것이었다.

---

1 루이 15세의 후궁이었던 퐁파두르 후작부인이 주도한 18세기 프랑스 궁정의 화려하고 섬세한 양식을 가리킨다. 주로 흰색 새틴이나 수놓은 직물, 장식적이고 우아한 색채·디자인을 특징으로 한다.

"그럼 잔은?"

의사가 또 물었다.

늘 그렇듯 아양 부리는 태도로 소녀는 어머니의 어깨에 기대어 있었다. 어머니가 입을 열려고 하자 아이는 속삭였다.

"엄마, 나한테 약속한 거 알지?"

"그게 뭐지?"

주위에서 물었다.

딸이 눈짓으로 사정하자 엘렌이 웃으며 대답했다.

"잔은 자기 의상을 미리 말하는 게 싫다는군요."

"그래요!"

아이가 외쳤다.

"어떤 의상인지 말해버리면 효과가 다 없어지잖아요."

사람들은 잠시 그 깜찍함 때문에 즐거워했다. 랑보 씨는 짓궂게 굴었다. 얼마 전부터 잔이 그에게 뾰로통했는데, 이 불쌍한 사람은 낙심천만해서 어린 친구의 호의를 어떻게 회복해야 좋을지 알지 못한 채 아이와 가까워지려고 놀리곤 했다. 그는 아이를 바라보며 몇 번이나 되풀이했다.

"내가 말할 거야. 말해야지……."

아이는 완전히 창백해졌다. 아이의 유순한 얼굴은 괴로움에 사납게 굳어졌고, 이마에는 두 줄의 굵은 주름이 잡혔으며, 턱은 신경질적으로 시무룩해졌다.

"아저씨……."

아이가 더듬거렸다.

"아무 말도 하면 안 돼요."

그가 계속 말하겠다는 표정을 짓자 아이는 미친 듯이 소리를 지르며 그에게 달려들었다.

"입 다물어요! 말하지 마세요……! 말하지 말란 말예요……!"

엘렌은 때로 아이를 무시무시하게 뒤흔드는 맹목적인 분노의 발작을 예감할 시간적 여유가 없었다. 그녀는 엄하게 말했다.

"잔, 주의해라. 버릇을 고쳐야겠구나!"

그러나 잔에게는 그 말이 들리지 않았고 들으려고 하지도 않았다. 아이는 머리에서 발끝까지 몸을 떨고 발을 구르며 목멘 소리로 외쳤다.

"하지 마요……! 하지 마요……!"

목소리는 점점 더 쉬고 갈라졌다. 아이는 경련을 일으킨 손으로 랑보 씨의 팔을 움켜쥐고 굉장한 힘으로 그 팔을 비틀었다. 엘렌이 아이를 위협해 보았지만 아무 소용 없었다. 엄하게 꾸짖어도 아이가 수그러들지 않자 여러 사람 앞에서 벌어진 그 장면에 그녀는 몹시 마음이 상해 힘없이 중얼거렸다.

"잔, 엄마를 몹시 힘들게 하는구나."

아이는 곧 잡았던 팔을 놓고 고개를 돌렸다. 상심한 얼굴로 눈물을 참고 있는 제 어머니를 보자 아이는 울음을 터뜨리고 더듬거리며 어머니의 목에 매달렸다.

"아니야, 엄마……. 아니야, 엄마……."

아이는 어머니가 울지 못하게 하려는 듯 얼굴을 손으로 쓰다듬었다. 어머니는 천천히 아이를 밀어냈다. 가슴이 무너지며 제정신을 잃은 아이는 몇 발짝 떨어진 벤치에 털썩 주저앉아 더욱 심하게 흐느꼈다. 항상 잔을 본받으라는 소리를 들어왔던 뤼시앵은 놀라고 다소 당황한 듯 잔을 주시했다. 엘렌이 일감을 정리하면서 이런 일이 벌어진 것을 사과하자, 쥘리에트는 아이들이 저지른 잘못은 모두 용서해 주어야 한다고, 오히려 잔은 아주 착한 마음씨를 가지고 있고 불쌍하게도 너무나 비탄에 빠져 있으므로 벌써 충분히 벌을 받은 셈이라고 위로했다. 쥘리에트가 아이를 안아주려고 불렀지만, 잔은 용서받으려고 하지 않고 숨이 막히도록 울면서 벤치 위에 그대로 앉아 있었다.

그러는 동안 랑보 씨와 의사가 다가왔다. 랑보 씨가 몸을 굽히고 놀란 듯한 선량한 목소리로 물었다.

"보자, 아가야, 왜 화가 났지? 내가 뭘 잘못했니?"

"오!"

아이가 얼굴에서 팔을 떼고 엉망이 된 얼굴을 들며 말했다.

"엄마를 빼앗아 가려고 했어요."

듣고 있던 의사가 웃기 시작했다. 랑보 씨는 그 말을 금방 이해하지 못했다.

"그게 무슨 소리지?"

"그랬잖아요. 저번 화요일에……. 오! 잘 알잖아요. 무릎을 꿇고 아저씨가 늘 집에 있으면 어떻겠느냐고 나한테 물었지요."

의사는 더 이상 웃지 않았다. 핏기를 잃은 그의 입술이 떨렸다. 반대로 랑보 씨의 뺨에는 홍조가 떠올랐다. 그는 낮은 목소리로 더듬거리며 말했다.

"너는 우리가 같이 놀 수 있을 거라고 말했잖니."

"아니에요, 아니에요, 나는 몰랐어요."

아이가 격하게 말했다.

"나는 싫어요, 아시겠어요……! 이제 그 얘기는 절대 하지 마세요, 절대로. 그래야 친구로 남을 거예요."

엘렌은 일감이 담긴 바구니를 들고 서 있다가 대화의 끝부분을 들었다.

"자, 올라가, 잔."

그녀가 말했다.

"울더라도 사람들을 난처하게는 하지 말아야지."

아이를 앞으로 밀면서 그녀는 인사했다. 의사는 몹시 창백해져서 여자를 뚫어질 듯 바라보았다. 랑보 씨는 어쩔 줄 몰라 했다. 드베를 부인과 폴린은 말리농의 응원을 받아 뤼시앵이 입을 퐁파두르풍 후작 의상에 대해 활발히 의논하면서 가운데 서 있는 아이를 이리저리 돌리고 있었다.

다음 날, 엘렌은 느릅나무 아래 혼자 있었다. 드베를 부인은 무도회 준비를 위한 쇼핑을 가면서 뤼시앵과 잔을 데리고 갔다. 의사는 평소보다 일찍 돌아와 급히 계단을 내려왔다. 그러나 그는 앉지 않고 나무에서 흠집이 난 잔가지를 꺾으면서 젊은 여인의 주위를 맴돌았다. 그녀는 그가 움직이는 것이 불안한 듯 잠시 눈을 들었다. 그리고 다소 떨리는 손으로 다시 바늘을 꽂았다.

"날씨가 나빠지는데요."

침묵이 흐르자 불편해진 여자가 말했다.

"오늘 오후는 거의 쌀쌀해요."

"아직 4월이잖아요."

남자는 목소리를 가라앉히려고 애쓰며 말했다.

그는 가려는 듯 보였다. 그러나 다시 다가와 갑자기 물었다.

"정말 결혼하실 겁니까?"

그의 거친 물음은 일감을 떨어뜨릴 정도로 그녀를 놀라게 했다. 그녀는 새하얘졌다. 극단적인 의지의 힘으로 크게 뜬 눈을 남자에게 고정한 채 대리석 같은 얼굴을 유지하고 있었다. 여자가 대답하지 않자 남자는 애원조로 말했다.

"오! 부탁이오. 단 한 마디만……. 결혼하실 겁니까?"

"아마도요. 그게 당신에게 중요한가요?"

마침내 여자는 냉랭한 어조로 말했다.

그가 격한 몸짓을 하며 외쳤다.

"있을 수 없는 일이오!"

"왜 그렇죠?"

그에게서 시선을 떼지 않고 여자가 다시 말했다.

그 시선은 입술까지 올라온 말을 못 박아버렸고, 그는 입을 다물어야 했다. 그는 관자놀이에 손을 얹고 잠시 그대로 있었다. 숨이 막히는 듯, 어떤 격렬한 행동을 하게 될까 두려운 듯 멀어져 갔고, 여자는 고요하게 일감을 다시 잡는 체했다.

그러나 달콤했던 오후의 매력은 깨져버렸다. 그다음 날부터 남자가 다정하고 친절하게 대하려 해도, 엘렌은 단둘이 남게 되면 불편해 보였다. 두 사람이 같이 있다는 데 순수한 기쁨을 느끼면서 마음의 혼란 없이 가까이 있도록 해준 평화로운 믿음과 친근함은 이제 존재하지 않았다. 그녀를 놀라게 하지 않으려고 조심했으나, 그는 문득 몸을 떨고 얼굴이 화끈 달아오른 채로 그녀를 바라보았다. 그녀도 평소의 침착함을 잃고 있었다. 오한이 엄습해서 그녀는 손을 늘어뜨리고 아무것도 하지 않은 채 힘없이 있었다. 갖가지 분노와 욕망이 일고 있는 듯했다.

엘렌은 잔이 떨어져 있는 것을 더 이상 견디지 못했다. 의사는 언제나 자신과 여자 사이에 커다랗고 투명한 눈으로 지켜보고 있는 꼬마 증인을 발견했다. 그러나 엘렌을 특히 괴롭힌 것은 드베를 부인 앞에서 갑자기 당황하게 되는 것이었다. 부인이 머리칼을 휘날리며 돌아와 외출에서 들은 이야기를 늘어놓으며 엘렌을 '마 셰르'[1]라고 부를 때면 더 이상 전처럼 미소 어린 평온한 낯으로 듣고 있을 수 없었다. 엘렌의 존재 깊은 곳에서 명확히

---

1 친한 사람을 부르는 호칭.

밝히고 싶지 않은 감정의 소용돌이가 일어났다. 그것은 수치심 같기도 하고 원한 같기도 했다. 그러면 그녀의 정직한 본성은 반항했다. 그녀는 쥘리에트에게 손을 내밀었지만, 친구의 손이 피부를 스치면 움찔하고 떨리는 것을 어쩌지 못했다.

그동안 날씨가 나빠졌다. 부인들은 폭우 탓에 일본식 정자 안으로 피신해야 했다. 단정했던 정원은 물바다로 변했고 사람들은 신발이 젖을까 봐 감히 오솔길로 나서지 못했다. 구름 사이로 햇빛이 다시 빛나자 물에 젖은 초록 잎들은 씻긴 듯했고 라일락은 작은 꽃망울마다 진주를 달고 있었다. 느릅나무 아래 굵은 물방울이 뚝뚝 떨어졌다.

"드디어, 토요일이 다가왔어요!"

어느 날 드베를 부인이 말했다.

"아! 할 수 있는 일은 다 했어요……. 안 그래요? 2시에 오세요. 잔은 뤼시앵과 같이 손님을 맞게 될 거예요."

무도회 준비로 들떠 다정한 감정에 휩싸인 부인은 두 아이를 껴안은 다음 웃으면서 엘렌의 팔을 잡고 양 볼에 가볍게 입을 맞추었다.

"이건 나를 위한 거예요."

부인은 명랑하게 말을 이었다.

"그래도 되겠지요. 실컷 뛰어다녔거든요. 무도회가 얼마나 성공적일지 두고 보세요."

엘렌은 차갑게 굳어 있었다. 의사는 목에 매달린 뤼시앵의 금발 너머로 부인을 바라보고 있었다.

4

 작은 저택의 현관에 피에르가 정장에 흰 넥타이를 매고 서 있다가 마차 바퀴 소리가 나면 문을 열었다. 축축한 공기가 확 끼쳤고 습기를 머금은 오후의 노란 광선이 휘장과 관엽식물로 꽉 찬 좁은 현관방을 비추었다. 2시인데도 겨울의 침울한 낮처럼 해가 기울어져 있었다.

 그러나 하인이 첫 번째 살롱의 문을 열자마자 강렬한 빛이 손님들을 압도했다. 덧문을 닫고 조심스럽게 커튼을 쳐서 희끄무레한 자연광은 조금도 스며들지 않았다. 가구 위에 놓인 램프와 촛대에서 타고 있는 초, 수정 장식들이 살롱을 휘황찬란한 예배당처럼 밝혔다. 회녹색 벽지 때문에 조명에서 나오는 빛이 다소 죽은 듯한 작은 살롱 안쪽에, 검은색과 황금색 장식의 큰 살롱이 해마다 정월이면 드베를 부인이 여는 무도회 때처럼 꾸며져 빛나고 있었다.

 그동안 아이들이 도착하기 시작했다. 폴린은 분주히 살롱 안에서 의자들을 줄 맞춰 세우고 있었다. 식당 문짝은 떼어내고 그 자리에 붉은 커튼이 드리워져 있었다.

 "아빠……."

 그녀는 소리 질렀다.

 "좀 도와주세요. 우리끼리는 다 못 하겠어요."

 뒷짐을 지고 촛대를 살펴보던 르텔리에 씨가 도와주려고 허둥대며 달려왔다. 폴린 자신도 의자를 날랐다. 그녀는 언니의 명령대로 흰 드레스를 입고 있었다. 하지만 네모나게 파인 가슴 부분이 살짝 드러나 있었다.

 "자, 됐어요."

그녀는 다시 말했다.

"이제 사람들이 와도 되겠어요. 그런데 쥘리에트는 어디다 정신을 팔고 있는 걸까? 뤼시앵에게 아직 옷도 입히지 않았나 봐."

바로 그때 드베르 부인이 어린 후작을 데리고 왔다. 거기 있던 모든 사람이 탄성을 질렀다. 아이! 사랑스러워라! 꽃다발을 수놓은 흰 비단옷 위에 금실로 수놓은 헐렁한 조끼를 겹쳐 입고 앵두색 비단 반바지를 입은 아이는 정말 귀여웠다. 아이의 턱과 조그만 손은 레이스에 파묻혀 있었다. 커다란 장밋빛 리본을 단 장난감 검이 엉덩이께에서 흔들렸다.

"자, 정중하게 인사를 해야지."

아이를 첫 번째 방으로 끌고 가면서 어머니가 말했다.

아이는 일주일 전부터 연습한 대로 작은 장딴지로 기사처럼 버티고 서서 분칠한 머리를 약간 젖히고 왼쪽 팔 아래 삼각모를 가져다 댔다. 초대받은 소녀들이 나타날 때마다 그렇게 절을 하고 팔을 빌려준 다음 인사하고 다시 돌아왔다. 시침을 떼고 진지한 그 모습이 주위의 웃음을 자아냈다. 이렇게 뤼시앵은 앙증맞게 소젖 짜는 아가씨 복장을 하고 허리띠에는 우유 통을 매단 다섯 살짜리 마르그리트 티소를 안내했다. 또 베르티에가의 꼬마들 블랑슈와 소피도 안내했다. 하나는 광대 옷을 입었고 다른 하나는 말괄량이 하녀 옷을 입고 있었다. 또 어머니가 늘 스페인풍으로 입히길 좋아하는 다 큰 처녀가 된 열네 살짜리 발랑틴 드 셰르메트도 맞이했다. 하지만 제일 어린 두 살배기부터 열 살 먹은 맏이까지 키 순서대로 서서 나타난 르바쇠르가의 다섯 아가씨 앞에서는 극도로 당황했다. 다섯 명 모두 '빨간 모자'로 변장했는데, 챙 없는 작은 모자를 쓰고 검은 벨벳 장식을 두른 진홍빛 비단 드레스를 입은 다음 그 위에 레이스로 된 넓은 앞치마를 덧입고 있었다. 아이는 용감하게 마음먹고 모자를 내던졌다. 그리고 제일 큰 두 명을 왼쪽 팔과 오른쪽 팔에 끼고, 나머지 셋은 뒤따르게 해 살롱으로 들어갔다. 그는 어린 신사로서의 멋진 태연함을 조금도 잃지 않아서 사람들을 매우 즐겁게 했다.

한편 드베를 부인은 한쪽 구석에서 동생과 다투고 있었다.
"이럴 수가! 이렇게 가슴이 드러난 옷을 입다니!"
"흥! 이게 어때서! 아빠도 아무 말 안 하셨는걸."
폴린이 침착하게 대답했다.
"그렇다면 꽃다발이라도 달면 되잖아."

그녀는 화분에 핀 생화를 한 줌 꺾어 가슴에 쑤셔 넣었다. 잠시 후 몇몇 숙녀들, 도시적이고 세련된 차림을 한 어머니들이 드베를 부인을 둘러쌌고, 벌써 무도회에 대한 칭찬을 늘어놓기 시작했다. 뤼시앵이 지나가자 어머니는 분칠한 고수머리를 바로잡아 주었다. 아이가 발돋움하고 물었다.

"그런데, 잔은?"
"곧 오겠지, 아가. 넘어지지 않게 조심해라……. 빨리 가봐. 기로네 꼬마가 왔어……. 아! 알자스 아가씨처럼 입었네."

살롱은 꽉 찼고 붉은 커튼 맞은편에 줄지어 놓은 의자도 거의 다 찼다. 아이들 목소리로 떠들썩했다. 사내아이들은 떼를 지어 나타났다. 벌써 아를르캥[1] 광대 셋, 어릿광대 넷, 피가로 하나, 티롤과 스코틀랜드 복장을 한 여러 아이들이 있었다. 베르티에댁 도령은 시동 차림이었고, 젖내 나는 두 살 반짜리 기로댁 도령은 피에로 의상을 아주 우스꽝스럽게 입고 있어서 지나치는 사람마다 아이를 안아주려고 들어 올렸다.

---

1 이탈리아 희극에서 유래한 전통적인 익살꾼 캐릭터.

"잔이 왔네."

갑자기 드베를 부인이 말했다.

"오! 정말 사랑스러워."

잔이 등장하자 술렁임이 일고, 여기저기서 머리를 내밀며 가벼운 탄성이 터져 나왔다. 잔은 첫 번째 살롱 문턱에 있었고, 어머니는 아직 현관에서 외투를 벗는 중이었다. 아이는 위엄 있고 기발한 일본식 의상을 입고 있었다. 기이한 새와 꽃이 수놓인 기다란 옷이 작은 발까지 덮었고, 넓은 허리띠 아래 벌어진 자락으로 노란 물결무늬가 그려진 초록빛 치마가 보였다. 염소같이 빛나는 가는 눈과 턱, 긴 핀을 찔러 틀어 올린 높은 머리 아래 가냘픈 얼굴은 차 향기와 안식향 향기를 풍기며 걷는 진짜 에도[2] 소녀 같은 인상을 주었고, 무엇과도 견줄 수 없는 이상한 매력을 발했다. 소녀는 고향을 그리워하는 이국의 꽃처럼 병적인 우울을 풍기며 문턱에 주저하듯 서 있었다.

아이의 뒤로 엘렌이 나타났다. 두 사람은 거리의 희끄무레한 빛에서 갑자기 강한 조명 불빛 아래로 들어온 탓에 눈이 부셔서 아무것도 보이지 않았지만, 웃으면서 눈꺼풀을 깜빡거렸다. 따뜻한 공기, 바이올렛 향이 감도는 살롱의 숨 막히는 분위기가 두 사람의 갓 상기된 뺨을 붉게 물들였다. 이곳에 들어오는 모든 손님이 그렇게 놀라고 주저하는 표정을 했다.

"아, 그런데 뤼시앵은 어디 있지?"

드베를 부인이 말했다.

아이는 잔을 알아보지 못했다. 그는 급히 달려와 절하는 것을 잊어버리고 소녀의 팔을 잡았다. 꽃다발을 수놓은 옷을 입은 어

---

2 도쿄의 옛 이름. 1860년경부터 일본 예술이 프랑스에 퍼지기 시작하여 젊은 화가들에게 영향을 미쳤다.

린 후작이나 자줏빛으로 수놓은 긴 옷을 입은 일본 아가씨나 둘 다 예민하고 부드러워서, 섬세하게 칠하고 금박을 입힌 두 개의 작센 도기 인형이 갑자기 살아 움직이는 것 같았다.

"알지? 널 기다리고 있었어."

뤼시앵이 속삭였다.

"지겨워. 팔 빌려주는 것 말야……. 응? 우리 같이 있자."

아이는 의자 맨 앞줄에 소녀와 함께 앉았다. 그는 집주인으로서 해야 할 일을 완전히 잊은 듯했다.

"정말 걱정했어요."

쥘리에트는 엘렌에게 연거푸 말을 걸었다.

"잔이 몸이 불편한 건 아닐까 해서요."

엘렌은 아이 뒤치다꺼리가 끝이 없다고 미안해했다. 의사가 뒤에서 다가오는 것을 느꼈을 때, 그녀는 아직 살롱 한쪽 구석에 서 있는 부인들 틈에 있었다. 그는 붉은 커튼을 젖히고 들어오다가, 다시 머리를 내밀고 마지막 지시를 내린 뒤 들어온 참이었다. 그러나 그는 갑자기 멈췄다. 그쪽으로 돌아서 있지 않았는데도 남자 역시 젊은 여인을 알아보았다. 검은 명주 드레스를 입은 그녀는 어느 때보다도 여왕처럼 아름다웠다. 마치 그녀의 어깨와 얇은 옷감 아래 드러난 팔에서 그대로 흘러나오는 듯한 서늘한 기운에 전율이 일었다.

"형부한테는 아무도 보이지 않는군요."

폴린이 웃으며 말했다.

"안녕하세요, 형부?"

그는 다가가서 부인들에게 인사했다. 거기 있던 오렐리 양은 자신이 데려온 먼 사촌을 소개하기 위해 잠시 그를 붙들었다. 그는 인사를 한 후 남아 있었다. 엘렌은 말없이 검은 장갑에 싸인 손을 내밀었고, 그는 차마 그 손을 세게 쥐지 못했다.

"아! 당신 거기 있었군요!"

드베를 부인이 다시 나타나 소리쳤다.

"당신을 찾으러 온통 돌아다녔어요……. 3시 가까이 됐는데, 시작해야 하지 않겠어요?"

"물론이지. 곧 시작합시다."

이제 살롱은 꽉 차 있었다. 방 가장자리, 샹들리에의 휘황한 불빛 아래 부모들이 도회풍의 어두운 옷차림으로 빙 둘러앉아 마치 어두운 테두리가 쳐진 듯했다. 부인들은 의자를 당겨서 한쪽에 무리 짓고 있었고, 벽을 따라 꼼짝 않고 서 있는 남자들이 그 틈새를 메웠다. 옆에 붙은 살롱 문에는 외투가 점점 더 많이 겹쳐 쌓였다. 모든 빛이 넓은 방 가운데에서 움직이는 어린이들을 향하고 있었다. 거기에는 백 명가량 되는 아이들이 밝고 화려한 옷을 입고 뒤엉켜 있었다. 파란색과 분홍색이 환하게 두드러졌다. 그것은 금발 머리들의 물결 같았는데, 미묘한 잿빛에서부터 불그스름한 금빛까지 모든 빛깔의 금발이 한데 어우러져 있었고 리본과 꽃 장식들이 그 사이사이에 빛났다. 웃음소리가 이는 데 따라 금발의 물결은 수확기의 곡식이 산들바람에 흔들리듯 출렁거렸다. 때때로 리본과 레이스, 비단, 벨벳이 뒤섞인 가운데 얼굴 하나가 이쪽을 향했다. 장밋빛 코와 푸른 두 눈, 정신을 잃고 웃고 있거나 뾰로통한 입술. 개중 어떤 아이들은 키가 긴 장화보다도 크지 않아서 열 살짜리 사내아이들 틈에 파묻혔고 어머니들은 멀리서 보면 아이를 좀처럼 찾을 수 없었다. 치마를 부풀리며 장난치는 여자아이들 옆에서 사내아이들은 어리둥절한 얼굴로 어색해했다. 어떤 아이들은 알지 못하는 옆자리 여자아이를 팔꿈치로 찌르고 얼굴을 마주 보고 웃으면서 벌써 이

성에 대한 대담함을 드러냈다. 소녀들은 여왕처럼 있거나 아니면 서너 명씩 무리를 지어 아무도 알아들을 수 없을 만큼 큰 소리로 얘기하면서 앉아 있는 의자를 부술 듯 몸을 흔들었다. 모든 눈동자는 붉은 커튼에 박혀 있었다.

"잠깐!"

식당 문을 가볍게 세 번 두드리면서 의사가 말했다.

붉은 커튼이 천천히 열렸다. 문가에 인형 극장이 나타났다. 그러자 조용해졌다. 어릿광대가 무대 뒤에서 갑자기 꽥 사나운 소리를 지르며 뛰어나왔고, 어린 기로는 놀라고 신이 나서 탄성을 질렀다. 어릿광대가 단장을 두들겨 패고 순경을 죽이며 인간의 모든 신성한 법규를 짓밟는 끔찍한 연극이었다. 막대기가 나무로 된 머리를 쪼개놓을 때마다 무자비한 관람석에서는 자지러질 듯한 웃음이 터졌다. 꼬챙이가 가슴을 뚫고, 결투의 탄환이 적수의 두개골을 속 빈 호박처럼 깨부수고, 팔다리가 뒤죽박죽 포개지고 사람들이 곤죽이 되면, 꺼질 줄 모르고 사방에서 일어나는 왁자지껄한 웃음소리가 배로 커졌다. 어릿광대가 무대 가장자리에서 순경의 목을 톱으로 켜자 웃음은 절정에 달했다. 그 장면은 엄청난 즐거움을 불러일으켜서 관객들의 줄은 서로 밀치며 넘어지고 헝클어졌다. 장밋빛 볼과 흰 피부를 지닌 네 살짜리 여자아이는 행복한 듯 가슴에 고사리 손을 대고 있었는데, 아주 굉장한 공연이라고 생각하고 있었다. 어떤 아이들은 박수를 치고, 소년들은 피리처럼 높은 여자아이들의 목소리에 반주를 넣듯 묵직한 목소리로 입을 벌리고 웃었다.

"정말 재미있어하는군요."

의사가 속삭였다.

그는 다시 돌아와서 엘렌 가까이에 자리를 잡았다. 여자는 아이처럼 즐거워하고 있었다. 그는 여자의 뒤에서 머리카락에서 풍겨오는 향기에 취했다. 아까보다 더욱 세게 막대기를 내리치자 그녀는 남자에게로 몸을 돌렸다.

"정말 우스워요!"

흥분한 어린아이들은 이제 연극과 뒤섞여 버렸다. 배우들의 대사를 받아치기도 하고, 어떤 소녀는 극의 줄거리를 아는 듯 앞으로 닥칠 일을 설명해 주었다. "조금 있으면 저 사람은 자기 아내를 죽일 거야. 이제 저 사람은 붙잡혀." 르바쇠르가의 두 살짜리 막내가 갑자기 소리쳤다.

"엄마, 저 사람을 마른 빵에 넣어?"

그것은 깊이 생각한 끝에 나온 감탄의 말이었다. 한편 엘렌은 아이들 틈에서 딸을 찾고 있었다.

"잔이 보이지 않는군요. 그 애도 재미있어할까요?"

의사는 허리를 굽혀 머리를 엘렌에게 가까이 하고 속삭였다.

"자, 저기 어릿광대와 노르망디 아가씨 사이에 머리핀이 보이지요? 좋아서 웃고 있는데요."

그는 엘렌의 얼굴에서 전해지는 미지근한 온기를 볼에 느끼며 몸을 굽힌 채 있었다. 지금까지 두 사람 사이에서 어떤 고백도 새어 나온 적이 없었고, 그러한 침묵은 두 사람을 친밀한 상태로 유지시켰다. 다만 얼마 전부터 알지 못할 동요가 그것을 방해하고 있었다. 그러나 꾸밈없는 웃음 속에서 장난꾸러기들과 마주하자 여자는 다시 어린아이가 되었고, 앙리의 숨결이 목덜미에 후끈하게 느껴졌으나 내버려두었다. 막대기를 내리칠 때 나는 쾅쾅 소리에 그녀는 숨을 들이쉬며 부르르 떨었다. 그녀는 빛나는 눈으로 남자를 향해 몸을 돌렸다.

"맙소사! 정말 어리석군요!"

그녀는 여러 번 말했다.

"아! 저렇게 때리다니!"

그는 전율하면서 대답했다.

"아! 머리가 딱딱한가 보죠."

그것이 그의 느낌 전부였다. 둘 다 어린이가 되어서 얼토당토않은 어릿광대의 삶 속으로 가라앉았다. 연극이 마지막에 이르러 악마가 나타나고 일대 싸움이 벌어져 무분별한 살육이 벌어지자 엘렌은 몸을 젖히다가 안락의자 등받이에 놓인 앙리의 손을 눌러버렸다. 한편 아래 있는 어린이들이 소리를 지르고 손뼉을 치자, 의자들은 열광의 무게에 눌려 삐걱거렸다.

붉은 커튼이 다시 내려졌다. 소란스러운 가운데 폴린이 평소와 같은 방식으로 말리뇽의 도착을 알렸다.

"아! 멋쟁이 말리뇽이에요."

그가 헐떡거리면서 의자를 밀어젖히고 나타났다.

"세상에! 뭘 하느라고 이렇게 꽉꽉 닫아놓은 거예요!"

그는 놀라움에 주저하듯 외쳤다.

"무덤에 들어오는 것 같았다고요."

그리고 다가오고 있는 드베를 부인 쪽으로 돌아서며 말했다.

"저를 뛰어다니게 만드셨으니 자부하셔도 좋을 겁니다! 오늘 아침부터 페르드게를 찾아다녔어요. 아시죠? 제가 말한 가수…… 하지만 그를 만날 수 없어서 키다리 모리조를 데리고 왔습니다……"

키다리 모리조는 작은 공들을 감추는 재주로 살롱을 유쾌하게 만드는 재주꾼이었다. 사람들은 원탁을 내주었고 그는 가장 근사한 재주를 선보였으나 관중들은 조금도 흥미를 갖지 않았다. 불쌍한 어린아이들은 아주 심각해졌다. 젖내 나는 어린아이들은 손가락을 빨며 잠이 들었다. 좀 더 큰 아이들은 무심결에 하품을 하는 부모들에게 고개를 돌리고 웃어 보였다. 키다리 모리조가 원탁을 치우려 하자 모두 안도했다.

"오! 아주 잘하지요."

말리농이 드베를 부인의 귓가에 속삭였다.

그러나 붉은 커튼이 다시 열리며 마법 같은 광경이 펼쳐져 모든 아이들이 벌떡 일어섰다.

중앙의 샹들리에와 양쪽의 열 구짜리 촛대에서 쏟아지는 밝은 빛 아래 식당이 펼쳐졌다. 만찬 때처럼 장식된 긴 식탁이 차려져 있었다. 50벌의 식기가 놓여 있었다. 가운데와 양 끝에 놓인 야트막한 바구니 안에는 꽃이 활짝 피어 있었고, 그 사이사이에 놓인 높은 굽이 달린 그릇들 안에는 깜짝 선물들이 금박과 오색 종이를 반짝이며 쌓여 있었다. 쌓아 올린 케이크, 설탕 입힌 과일 피라미드, 수북한 샌드위치, 그 아래에 사탕과 과자가 가득 담긴 여러 개의 접시들이 대칭을 이루며 놓여 있었다. 럼주에 적신 건포도를 넣은 카스텔라, 슈크림, 브리오슈가 비스킷과 크로키뇰,[1] 아몬드를 넣은 과자와 엇갈려 있었고 젤리가 수정 그릇 안에서 흔들거렸다. 자기 그릇에는 각종 크림이 담겨 있었다. 식탁을 빙 둘러 아이들의 허리 높이, 손 닿는 데에는 샴페인 병의 은빛 마개가 빛났다. 아이들이 꿈속에서나 그릴 법한 굉장한 티 테이블로, 만찬 식탁처럼 엄숙하게 차려져서 어른들의 식탁을 동화적으로 암시하고 있었으며 과자점과 장난감 가게를 그 위에 있는 대로 들이부은 것 같았다.

"자, 숙녀들과 팔을 끼세요."

---

1 과자의 일종.

아이들의 환호에 웃음을 띠면서 드베를 부인이 말했다.

그러나 행진은 질서정연하지 못했다. 뤼시앵은 의기양양해서 잔의 팔을 끼고 맨 먼저 걸어갔다. 그 뒤로 다른 아이들이 다소 밀치며 몰려들었다. 엄마들이 제자리를 찾아주러 와야 했다. 엄마들은 거기 머무르며 아주 어린 꼬마들 뒤에 서서 사고가 나지는 않을지 감시했다. 연회에 참가한 꼬마 손님들은 처음에는 몹시 쭈뼛거렸다. 아이들은 서로 눈치를 보고, 자기들이 자리에 앉아 있고 어른들은 서 있는 이 뒤바뀐 상황을 막연히 불안해하면서 이 모든 맛난 것들을 감히 건드리지 못했다. 마침내 제일 큰 아이들이 용기를 내 손을 뻗었다. 이윽고 엄마들이 장식 케이크를 잘라 이곳저곳에 나눠주며 합세하자 아이들은 활발하게 테이블로 달려들었고 곧 몹시 소란스러워졌다. 식탁의 완벽한 대칭은 돌풍이 쓸고 간 것처럼 허물어졌다. 모든 접시가 길게 뻗은 팔 사이로 한꺼번에 돌아다녔고, 그 팔들이 스치면서 접시를 비웠다. 베르티에가의 어린 두 딸 블랑슈와 소피는 접시를 들고 웃고 있었는데 그 접시에는 잼이며 크림, 케이크, 과일 등이 전부 담겨 있었다. 르바쇠르가의 다섯 딸들은 온갖 달콤한 것들이 놓인 한 모퉁이를 차지했고, 발랑틴은 열네 살이라는 나이에 걸맞게 옆의 아이들을 돌보며 철든 숙녀처럼 행동했다. 한편 뤼시앵은 신사다움을 뽐내기 위해 샴페인 병마개를 땄다. 그러나 몹시 서툴러서 내용물을 앵두색 비단 반바지에 엎지르고 말았다. 소동이 일었다.

"병을 가만 둬둬!"

폴린이 소리 질렀다.

"샴페인은 내가 따줄게."

그녀는 나름 재미 삼아 별난 행동을 하고 있었다. 하인이 나타나자 그녀는 초콜릿 주전자를 빼앗아 들고는 카페의 급사처럼 민첩하게 잔에 따르며 흥겨워했다. 그리고 유리잔과 시럽이 든 유리병 사이를 다니면서 그것들을 전부 열어놓고는 어른들이 잊고 있는 여자아이들에게 잔뜩 먹이기 위해 이 아이 저 아이한테 자꾸 물어댔다.

"너 뭐 좀 먹을래, 거기 통통한 애? 응? 브리오슈……? 잠깐만, 예쁘지, 너에겐 오렌지를 줄게……. 먹어봐, 바보야, 노는 건 이 다음에 하고!"

한편 드베를 부인은 좀 차분해져서 그냥 두면 아이들이 알아서 잘할 거라고 거듭 되풀이했다. 방 한쪽에서는 엘렌과 몇몇 부인들이 식탁의 광경을 보며 웃고 있었다. 모든 장밋빛 주둥이들이 예쁜 흰 이를 드러내고 와작와작 먹고 있는 모습은 우스꽝스러우면서도 사랑스러웠다. 예의 바르게 먹다가도 불쑥 어린 야생마 같은 장난기가 튀어나와 잔을 두 손으로 붙들고 바닥까지 들이켜거나, 얼굴에 묻히고 옷을 더럽히기도 했다. 떠드는 소리가 점점 커졌다. 아이들은 마지막 접시까지 휩쓸었다. 잔조차도 살롱에서 흘러나오는 카드리유[1] 음악에 맞춰 의자 위에서 춤을 추고 있었다. 어머니가 다가가 너무 먹는다고 나무라자 잔이 환하게 웃으며 말했다.

"오! 엄마, 오늘은 정말 기분이 좋아요!"

음악은 다른 아이들까지 일어서게 했다. 식탁 주위는 점점 텅 비어서 이윽고 한가운데 살찐 아기밖에 남지 않았다. 아기는 피아노 소리를 무시하는 듯했다. 목에 냅킨을 두르고 턱이 식탁보에 닿을 정도로 키가 작았는데, 눈을 동그랗게 뜨고 어머니가 초

---

[1] 네 사람이 한 조가 되어 사방에서 서로 마주 보며 추는 프랑스 춤.

콜릿 담긴 숟갈을 갖다 댈 때마다 입을 내밀었다. 잔이 비었는데도 아기는 눈을 더 크게 뜨고 계속 삼키며 입술을 핥았다.

"이런, 이 녀석 좀 보게! 잘도 먹는구나!"

말리농이 꿈꾸는 듯한 표정으로 바라보며 말했다.

그때, '깜짝 선물'이 나눠졌다. 아이들은 식탁을 떠나면서 각자 얇은 황금빛 종이에 싸인 선물을 들고 와 황급히 포장을 뜯었다. 어린이들은 거기서 장난감과 얇은 종이로 만든 기묘한 머리장식, 새, 나비 따위를 끄집어냈다. 그러나 가장 신나는 것은 폭죽이었다. '깜짝 선물'마다 폭죽이 들어 있었는데, 사내아이들은 폭발음에 신이 나서 용감하게 쏘아댔고, 여자아이들은 눈을 꼭 감은 채 여러 번 시도하다가 간신히 성공했다. 잠시 일제사격의 건조한 폭발음만이 들렸다. 이러한 소동 속에서 아이들은 피아노가 끊임없이 카드리유 곡조를 연주하는 살롱으로 돌아갔다.

"브리오슈를 하나 먹어야겠어."

오렐리 양이 앉으며 중얼거렸다.

아직도 많은 후식이 흩어져 있는 빈 식탁에 부인들이 자리를 잡았다. 이때를 점잖게 기다려온 열 명가량의 부인이었다. 하인이 눈에 띄지 않았기 때문에 바빠진 것은 말리농이었다. 그는 초콜릿 주전자를 비우고, 병 속을 살펴보고, 컵을 찾아오기도 했다. 그러나 부인들에게 계속 친절을 베풀면서도 그는 덧창이 닫혀 있는 데 여전히 집착했다.

"정말 굴속에 있는 거나 마찬가지입니다."

엘렌은 드베를 부인과 이야기하면서 서 있었다. 뒤에서 누군가가 건드리는 것을 느꼈을 때, 부인은 살롱으로 돌아가는 중이었고 엘렌은 그 뒤를 따르려 하고 있었다. 의사가 그녀에게 웃어 보였다. 그는 여자를 떠나지 않고 있었다.

"아무것도 안 드십니까?"

그가 물었다.

이 평범한 질문 속에 너무나 간절한 애원이 담겨 있어 여자는 큰 혼란을 느꼈다. 남자가 제게 다른 이야기를 하고 있음을 그녀는 깨달았다. 주위를 둘러싼 흥겨움 속에서 그녀도 차차 흥분되었다. 소리치고 팔짝팔짝 뛰는 작은 아이들은 여자에게 열기를 옮겨주었다. 여자는 발그레한 뺨과 빛나는 눈으로 처음에는 거절했다.

"고맙지만, 아무것도 먹고 싶지 않아요."

그러나 조바심에 사로잡힌 남자가 고집을 부리자, 그에게서 벗어나기 위해 그녀가 대답했다.

"좋아요! 차 한 잔 주세요."

남자는 달려가서 차를 가져왔다. 차를 내미는 남자의 손은 떨리고 있었다. 여자가 마시는 동안 남자는 가슴속에 치미는 고백으로 부풀어 올라 떨리는 입술로 그녀에게 다가왔다. 여자는 빈 잔을 내밀고 물러섰다. 남자가 잔을 이동식 찬장에 올려놓는 동안 그녀는 도망치듯 거실로 사라졌다. 남은 건 오렐리 양뿐으로, 그녀는 느릿느릿 씹으며 접시들을 꼼꼼히 살펴보고 있었다.

살롱 안쪽에서 피아노가 크게 연주되고 있었다. 이 끝에서 저 끝까지 사랑스럽고도 우스꽝스러운 무도회가 시작되었다. 잔과 뤼시앵이 카드리유를 추고 있는 둘레에 원이 만들어졌다. 어린 후작은 다소 얼굴이 흐려져 있었다. 소년은 잔을 잡을 때만 기분이 좋았다. 아이는 잔을 양팔로 껴안고 돌았다. 잔은 소년이 옷을 구기는 것이 싫어 숙녀처럼 이쪽저쪽으로 몸을 틀었다. 꽃다발을 수놓은 흰 비단옷이 기이한 새와 꽃을 수놓은 긴 옷과 섞였고, 두 개의 고풍스러운 작센 자기 인형은 진열장에 놓인 장식

품처럼 기묘한 우아함을 풍겼다.

카드리유가 끝나자 엘렌은 옷을 바로잡아 주려고 잔을 불렀다.
"그 애가 그랬어, 엄마."
어린 소녀가 말했다.
"그 애가 비벼대서 그래. 참을 수 없어."

살롱 둘레에서는 부모들이 미소 짓고 있었다. 피아노가 다시 연주되자 꼬마들은 다시 팔짝팔짝 뛰기 시작했다. 그러나 자신들을 지켜보고 있다는 걸 의식하자 약간은 주저하며 진지한 얼굴로 점잖게 보이려 애썼다. 몇 명은 춤출 줄 알았지만 곡을 모르는 대부분은 팔다리를 어색하게 흔들면서 마루 위를 왔다 갔다 했다. 그러자 폴린이 끼어들었다.

"참견 좀 해야겠네…… 아휴! 얼간이들!"

그녀는 카드리유 한가운데 뛰어들었는데, 오른손과 왼손에 한 아이씩 붙들고 춤추면서 어찌나 흔들었는지 마룻장이 삐걱댈 정도였다. 이제는 제각기 뒤축을 부딪히는 무수한 작은 발소리밖에는 들리지 않았고, 피아노는 저 혼자 박자를 맞추어 연주했다. 어른들도 합세했다. 드베를 부인과 엘렌은 소녀들이 감히 뛰어들지 못하고 부끄러워하는 것을 보자 그 애들을 사람이 가장 많은 데로 데려갔다. 두 부인은 대오를 짓고 소년들을 부추겨서 원을 만들게 했다. 어머니들이 아주 어린 아기들을 그리로 보냈기 때문에 한동안 두 부인은 아기들의 손을 잡고 뛰게 해주었다. 그리하여 무도회는 한창 무르익었다. 춤추는 아이들은 사감 선생이 없는 틈을 타 장난하며 좋아 죽는 기숙사생처럼 웃고 서로 밀면서 마음껏 놀았다. 축소된 세계 속에서, 소설이나 연극에 나오는 환상적인 옷과 모든 민속의상을 입고 꼬마 신사와 꼬마 숙녀가 뒤섞여 있는 이 카니발처럼 더 꾸밈없는 기쁨은 없었다. 장밋빛 입술과 푸른 눈, 몹시 부드러운 표정 덕분에 장식 같은 의상들도 아이들다운 신선함을 띠었다. 그래서 어느 잘생긴 왕자의 결혼식에 큐피드들이 변장하고 나타나는 요정 이야기 속의 축제 같았다.

"숨이 막히네요."

말리농이 말했다.

"바람을 쐬러 가야겠어요."

그는 살롱의 큰 문을 열고 나갔다. 한낮의 거리에서 한순간 희끄무레한 빛이 들어와 램프와 촛대의 휘황한 빛을 쓸쓸히 뒤덮었다. 15분마다 말리농은 문을 들락거렸다. 그러나 피아노는 멈추지 않았다. 기로맥 어린 아가씨는 금발에 알자스풍 검은 나비를 달고 저보다 두 배는 큰 어릿광대의 팔에 매달려 춤을 추었다. 스코틀랜드 도령은 마르그리트 티소를 너무 빨리 돌려 소녀는 그 와중에 우유 통을 잃어버리고 말았다. 서로 꼭 붙어 있는 베르티에댁 두 아가씨 블랑슈와 소피는 함께 뛰어올랐고 광대의 팔에 매달린 하녀는 방울을 짤랑거렸다. 하지만 르바쇠르 아가씨들을 안 보고 지나칠 수는 없었다. '빨간 모자'들은 수가 늘어난 것 같았다. 도처에 검은 벨벳 테를 두른 진홍색 비단 드레스와 챙 없는 작은 모자가 있었다. 한편 좀 큰 소년 소녀들은 편하게 춤추려고 다른 살롱 구석으로 피신해 있었다. 스페인식 머릿수건을 쓴 발랑틴 드 셰르메트는 정장 차림을 한 어린 신사 앞에서 제법 스텝을 밟고 있었다. 갑자기 웃음이 터져 나오더니 다른 이들을 부르는 소리가 들렸다. 문 뒤 구석에서 두 살짜리 피에로 기로 도령과 시골 아가씨 차림을 한 동갑내기가 넘어질까 두려워 서로 꼭 끌어안고는 엉큼하게 뺨을 맞대고 단둘이 돌고 있었기 때문이다.

"이제 더 못 하겠어요."

식당 문에 기대며 엘렌이 말했다.

그녀는 뛰느라고 얼굴이 빨개져 부채질을 했다. 속이 비치는 명주 블라우스 아래서 가슴이 크게 오르내렸다. 그녀는 또다시 어깨에 앙리의 입김을 느꼈다. 그는 여전히 그녀의 등 뒤에 있었다. 그러자 그녀는 그가 곧 고백할 것임을, 그러나 이제는 더 이상 그 고백을 피할 힘이 자신에게 없음을 깨달았다. 그는 다가와 그녀의 머리칼 사이로 아주 낮게 속삭였다.

"사랑하오! 오, 사랑하오!"

그 말은 이글이글 달아오른 숨결처럼 여자를 머리끝에서 발끝까지 태웠다. 맙소사! 그는 결국 말을 해버렸고, 여자는 더 이상 모르는 척 감미로운 평화를 누릴 수 없게 되었다. 그녀는 부채 뒤에 붉어진 얼굴을 숨겼다. 아이들은 마지막 카드리유에 열광하여 발뒤축을 더욱 세게 두드렸다. 은을 부딪는 듯한 웃음소리가 울리고 새소리 같은 가벼운 기쁨의 비명을 질렀다. 천진한 무리의 원무 속에서, 작은 악마들이 날뛰는 듯한 흥분이 신선한 바람처럼 솟아올랐다.

"사랑하오! 오, 당신을 사랑하오!"

앙리는 되풀이했다.

그녀는 또 한 번 몸을 부르르 떨며 더 이상 듣지 않으려 했다. 그러고는 고개를 숙이고 식당 안으로 피신했다. 그 방은 비어 있었고, 오직 르텔리에 씨만이 의자 위에서 평화롭게 자고 있었다. 앙리는 여자를 쫓아갔다. 그는 추문의 위험을 무릅쓰고 여자의 손을 쥐었다. 그 얼굴이 정열로 일그러져 있어, 여자는 떨었다. 그는 계속 되풀이했다.

"사랑하오······. 사랑하오······."

"저를 내버려두세요."

여자는 힘없이 중얼거렸다.

"저를 내버려두세요. 당신은 미쳤어요."

옆에서는 작은 발자국 소리와 함께 어지러운 무도회가 계속되고 있는데! 소음에 파묻혀 잘 들리지 않는 피아노 음에 맞춰 블랑슈 베르티에가 떠드는 소리가 들렸다. 드베를 부인과 폴린은 박자를 맞추기 위해 손뼉을 쳤다. 폴카의 박자였다. 엘렌은 잔과 뤼시앵이 서로 손을 허리에 감고 웃으며 지나가는 모습을 볼 수 있었다.

그녀는 돌발적으로 몸을 빼서 옆방으로 피했다. 환한 빛이 들어오는 식품 저장실이었다. 갑작스럽게 밝아져 앞이 보이지 않았다. 그녀는 두려웠다. 누구나 분명히 읽을 수 있는 열정을 얼굴에 담고 살롱으로 되돌아갈 수는 없었다. 그녀는 무도회의 춤추는 소리를 뒤로하고 정원을 가로질러 집으로 돌아갔다.

5

제 방으로 올라와 다시 감미로운 고립 속에 있게 되자 엘렌은 질식할 것 같았다. 그녀를 뒤흔드는 감정의 열렬하고 급박한 숨결에도 불구하고 이토록 조용히 외따로 떨어져 푸른 벨벳 벽지 아래 잠든 듯한 방은 그녀를 놀라게 했다. 이것이 내 방이던가? 이 답답하고 죽은 듯이 외로운 구석이? 그녀는 거칠게 창문을 열고 팔꿈치를 괴고는 파리를 바라보았다.

비가 멈추고 괴물의 무리 같은 구름이 물러가고 있었다. 흐트러진 구름들이 지평선을 안개에 잠긴 듯 흐릿하게 물들였다. 도시 위로 푸른 틈새가 생겨나 차츰 넓어졌다. 너무 급히 올라오느라 아직도 창틀에 떨리는 팔꿈치를 받친 채 숨을 몰아쉬는 엘렌에게는 아무것도 보이지 않았다. 심장이 가슴을 두드리면서 쿵쿵 부딪는 소리만 들렸다. 그녀는 길게 한숨을 내쉬었다. 강물과 넓은 계곡, 거기 살고 있는 2백만의 삶, 거대한 주거지와 멀리 보이는 산비탈에는 그녀의 가쁜 숨결을 평화롭고 고르게 해줄 공기가 충분할 것 같지 않았다.

몇 분 동안 그녀는 완전히 위기감에 사로잡혀 정신을 놓고 그렇게 있었다. 혼란한 생각과 감각이 거대한 흐름처럼 내부에 일어 그 소리가 자신의 목소리를 듣고 이해하는 걸 방해했다. 귀는 윙윙거렸고 눈은 천천히 이동하는 넓고 밝은 얼룩을 보고 있었다. 그녀는 장갑 낀 손을 살펴보다가 왼쪽 장갑의 단추를 새로 다는 것을 잊은 걸 깨닫고 놀랐다. 그녀는 크게 말해보았다. 그리고 점점 낮은 목소리로 몇 번 되풀이했다.

"사랑하오······. 사랑하오······. 맙소사! 사랑하오······."

그녀는 무의식적으로 깍지 낀 손안에 얼굴을 파묻었고, 둘레의 어둠을 더 깊게 만들려는 듯 감긴 눈꺼풀을 손가락으로 눌렀다. 꺼져버리고 싶은 욕망, 아무것도 보지 않고 암흑 밑바닥에 홀로 있고 싶은 욕망이 그녀를 덮쳤다. 호흡이 차분해졌다. 파리는 그녀의 얼굴로 강한 숨결을 불었다. 그녀는 보지 않고도 파리가 거기 있음을 느꼈고, 창문을 떠나면 그 무한함으로 자신을 진정시켜 주는 도시를 보지 못하게 될까 봐 두려웠다.

곧 그녀는 모든 것을 잊어버렸다. 자기도 모르게 고백의 장면이 다시 떠올랐다. 먹물처럼 깜깜한 바탕에 앙리가 유난히 선명하고 생생하게 나타나 그 입술의 안절부절못하는 작은 떨림까지도 알아볼 수 있었다. 그가 다가와 몸을 굽혔다. 그녀는 필사적으로 그다음을 물리쳤다. 그럼에도 불구하고 그녀는 어깨를 스치는 열기를 느꼈고, 목소리를 들었다. "사랑하오……. 사랑하오……." 그녀가 있는 힘껏 그 영상을 쫓아내면 멀리서부터 그것이 다시 떠올라 점점 부풀었다. 또다시 앙리였다. 그는 같은 말을 하며 식당으로 쫓아왔다. "사랑하오……. 사랑하오……." 그 말의 반복이 그녀 안에서 종소리처럼 낭랑하게 울렸다. 전신을 뒤흔드는 그 말밖에는 더 이상 들리지 않았다. 그 말은 가슴을 찢어놓았다. 그럼에도 그녀는 생각하려고, 여전히 앙리의 영상을 몰아내려고 애썼다. 그가 말해버린 이상 다시는 감히 그를 대면하지 못하리라. 남자의 맹렬함이 그들의 다정함을 망가뜨려 버린 것이다. 남자가 그것을 무자비하게 내뱉지 않았을 때의 다정했던 시간들이 떠올랐다. 피어나는 봄의 고요함 속 정원 한구석에서 흘러간 시간들을. 맙소사! 그가 말해버리다니! 그 생각은 끈질겼으며 너무 크고 무거워져 눈앞에서 벼락이 파리를 쪼개놓는다 하더라도 그녀에게는 그만큼 중요하게 여겨지지 않았을 것이다. 분노에 찬 항의, 상처받은 자존심이 뱃속 깊은 데서 올라와 그녀를 어지럽게 만드는 물리칠 수 없는 집요한 욕망과 뒤엉켰다. 그는 말했고 계속 말하고 있었다. 어머니와 아내로서의 지난 삶을 모조리 휩쓸어 버리는 타는 듯한 말과 함께 그가 집요하게 떠올랐다.

"사랑하오……. 사랑하오……."

그러나 이 상념 속에서도, 엘렌은 자신이 눈을 가리고 보지 않으려 애쓰는 그 밤의 뒤편에 펼쳐진 광활한 공간을 여전히 의식하고 있었다. 높은 목소리가 치솟아 오르는 것 같았다. 생생한 파동이 퍼지며 그녀를 둘러쌌다. 신경질적으로 얼굴을 감싼 손에도 불구하고 소음과 냄새, 빛까지 얼굴을 때렸다. 때로 갑작스러운 섬광이 감긴 눈꺼풀을 뚫고 들어오는 듯했다. 순간 꿈속처럼 용해된 햇빛 위에 건물과 첨탑, 돔이 떠오르는 것이 보인 듯했다. 그녀는 손을 떼고 눈을 떴다. 눈이 부셨다. 하늘이 움푹 꺼지면서 앙리는 사라졌다.

저 맞은편에 한 줄의 구름만 보였다. 백묵 같은 돌 더미가 굴러내려 쌓였다. 지금은 맑은 남색 하늘에 가벼운 흰 구름이 바람에 부푼 돛을 단 작은 선대처럼 천천히 떠가고 있을 뿐이었다. 북쪽, 몽마르트르 위에는 빛바랜 비단 폭을 펼친 듯한 고요한 바다 한 모퉁이에 고기잡이배 몇 척이 펼쳐놓은 아주 고운 그물이 보였다. 해 질 녘 창문에서 보이지 않는 뫼동 언덕 쪽은 아직도 소나기 줄기에 해가 잠겨 있는 것이 분명했다. 날이 갠 쪽의 파리도 어두침침해 보이긴 마찬가지였는데, 지붕이 젖었다 마르면서 피어오르는 김 때문에 흐릿했기 때문이다. 석판의 푸르스름한 회색이 도시의 유일한 색조였고, 수천 개의 창문과 뾰족한 용마루, 나무들은 아주 선명한 까만 점을 이루고 있었다. 센 강은 낡은 은괴처럼 변색된 빛을 발했다. 양안의 건물들은 그을음을 칠해놓은 듯했다. 녹슨 생자크 탑은 박물관의 고물처럼 서 있고, 팡테옹은 어둑한 부근 지역 위로 거대한 영구차 같은 윤곽을 드러냈다. 앵발리드의 돔만이 금박에 싸여 빛을 발했다. 도시에 드리워진 어슴푸레한 장막 가운데 꿈꾸는 듯한 애수를 띠고 환하게 빛나는 램프불이라고 할 만했다. 거리는 분별할 수 없었다. 파리는 구름에 덮여 있었고, 지평선만 투명한 하늘 아래 거대하고 섬세한 참빗살나무처럼 활활 타고 있었다.

엘렌은 침울한 도시를 내려다보며 자신이 앙리를 알지 못한다는 사실을 생각했다. 이제 그의 영상은 그녀를 따라다니지 않았고, 그녀는 몹시 강해졌다. 몇 주 동안 홀린 듯 자신을 가득 채워버린 그 남자의 존재를 거부하고 싶은 저항감에 사로잡혔다. 그렇다, 나는 그를 알지 못한다. 그의 행동이나 생각, 그 무엇도 알지 못했다. 그녀는 그가 훌륭한 지성을 갖추었는지조차 말할 수 없었다. 지성보다도 감정이 모자라는 것은 아닐까? 그녀는 그에 대해 상상할 수 있는 모든 추측을 다 쏟아내며 그때마다 그 밑바닥에서 쓰디쓴 맛을 발견했고, 그 쓴맛에 가슴이 벌렁거렸다. 그러나 언제나 그녀는 그에 대한 무지, 자기 자신과 앙리를 가로막는 벽에 부딪쳤다. 그녀는 아무것도 알지 못했다. 그리고 아무것도 알지 못할 것이다. 그는 불타는 듯한 말을 쏟아놓아 지금까지 행복하고 평화로웠던 제 삶에 파란을 가져온 난폭한 인간일 뿐이었다. 그런데 도대체 무엇 때문에 이렇게 괴로울까? 갑자기, 그녀는 불과 6주 전만 해도 그가 자신의 존재조차 몰랐다는 사실을 생각해 냈다. 그 생각을 그녀는 견딜 수 없었다. 세상에! 서로에게 존재하지도 않았고, 서로 쳐다보지도 않았고, 만나지도 않았지! 그녀는 절망적으로 두 손을 마주 잡았고, 눈에 눈물이 고였다.

엘렌은 저 멀리 노트르담의 탑을 뚫어지게 바라보았다. 구름 사이로 한 줄기 빛이 뻗쳐 탑을 금빛으로 물들였다. 수많은 복잡한 생각들이 서로 부딪치고 있는 것처럼 머리가 무거웠다. 고통스러웠다. 그녀는 평소처럼 고요한 눈길로 지붕의 바다 위를 산책하며 고요함을 회복하고 파리에 흥미를 느낄 수 있기를 바랐으리라. 이맘때면 그 커다란 도시의 알 수 없는 많은 것들이 부드러운 꿈처럼 얼마나 자주 그녀를 달래주었던가! 그동안 눈앞의 파리는 햇빛에 환해졌다. 노트르담 위를 비춘 첫 번째 빛에 이어 다른 빛들이 도시를 비추었다. 천체가 기울면서 구름을 쪼개놓았다. 그러자 어둠과 밝음으로 얼룩덜룩해진 시내가 펼쳐졌다. 좌안은 잠시 납 같은 회색이 되었고, 커다란 짐승 가죽처럼 강을 따라 펼쳐진 우안에는 둥근 빛이 호랑이 무늬를 수놓았다. 바람이 구름을 흩어놓자 그 형태가 변하며 움직였다. 금빛 색조의 지붕 위를 검은 조각들이 한 방향으로 계속 부드럽게 조용히 미끄러져 날아가고 있었다. 그중에는 전열을 갖추고 대칭으로 함대를 이룬 훨씬 작은 구름들에 둘러싸여 해군 제독의 배처럼 위풍당당하게 항해하는 거대한 구름들도 있었다. 한순간 길게 뻗은 넓은 그늘이 파충류처럼 아가리를 벌리고 집어삼킬 듯 파리를 내달렸다. 그 그늘은 지평선 속으로 기어다니는 벌레처럼 작아지다가 사라져 버리고, 한 줄기 빛이 갈라진 구름 사이로 쏟아져 나와 그것이 남긴 빈 구멍에 떨어졌다. 거기서 금빛 먼지가 고운 모래처럼 피어나 커다란 원추형으로 퍼지고, 춤추듯 빛을 튀면서 쉬지 않고 샹젤리제 쪽에 내리는 것이 보였다. 이 반짝이는 소나기가 계속 피어오르는 빛 먼지와 함께 한참 지속되었다.

그렇다! 열정은 치명적이었다. 엘렌은 이제 자신을 방어하지 않았다. 그녀는 제 마음을 거스르는 데 힘이 다했음을 느꼈다. 앙리는 그녀를 안을 수 있으리라. 그녀는 자신을 포기했다. 더 이상 발버둥 치지 않자 무한한 행복이 느껴졌다. 무엇 때문에 더 이상 거부하겠는가? 나는 충분히 기다리지 않았던가? 지난 삶의 기억이 그녀를 경멸감과 격렬함으로 꽉 채웠다. 전에는 어떻게 그리도 자부심을 갖고 냉랭한 삶을 살 수 있었을까? 마르세유의 프티마리 가, 항상 덜덜 떨고만 있던 그 거리의 젊은 처녀가 다시 보였다. 결혼한 자신이, 벗은 발에 키스하던 덩치 큰 어린아이 옆에서 자잘한 살림 걱정 속에 파묻혀 얼어 있는 자신이 다시 보였다. 고요함을 흩어놓을 아무런 감동도 없이 똑같은 발걸음으로 똑같은 길을 따라온 지난 삶의 모든 순간이 다시 보였다. 지금 그러한 무사함, 사랑 없이 잠들어 있음에 그녀는 분노했다. 삶의 빈자리를 메꿀 것이라고는 정숙한 아내로서의 자존심밖에 없었다. 마음을 닫고 남은 30년을 지내는 것이 행복하리라고 생각하다니! 아! 경건한 여인들의 메마른 기쁨 속에 사람을 가두는 이러한 고지식함, 정직이라는 조심성은 얼마나 큰 속임수인가! 아니야, 아니야, 이젠 됐어. 나는 살고 싶어! 이성이라고? 끔찍한 빈정거림이 올라왔다. 정말 동정심이 느껴졌다. 기나긴 지난 삶 속에서 이성은 방금 한 시간 동안 맛보았던 것만큼도 기쁨을 가져다주지 못했다. 그녀는 타락을 부정해 왔었다. 그리고 발에 돌부리 하나 걸리지 않고 끝까지 걸어갈 수 있으리라고 우둔하게 믿는 허영심을 가지고 있었다. 그렇다! 오늘 그녀에게는 타락이 필요했다. 그녀는 당장, 그리고 심각한 타락을 바랐다. 모든 반항심이 그 절대적인 욕망과 손을 잡았다. 오! 포옹 속에 꺼져버리리라. 경험해 보지 못했던 모든 것을 한순간이라도 누리리라!

하지만 마음 깊은 곳에 커다란 슬픔이 깔리고 있었다. 허망하고 막막한 느낌이 들면서 가슴이 죄어들었다. 그녀는 스스로 변명했다. 나는 자유로운 존재이지 않은가? 앙리를 사랑하더라도 누구를 속이는 것이 아니며, 그의 애무가 기쁘다면 받아들일 수 있지 않은가? 모든 것이 나를 용서해 주지 않겠는가? 근 2년 동안 내 삶은 어떠했지? 미망인이라는 입장, 완전한 해방, 외로움, 이 모든 것이 자신을 열정에 약한 존재로 만들고 그리로 향하게 했음을 그녀는 알았다. 고요히 그녀를 위로해 주는 오랜 친구인 신부와 그 동생 틈에서 지낸 기나긴 저녁 동안 열정이 마음속에 비집고 들어온 것이 틀림없었다. 세상과 떨어져 몹시 폐쇄적으로 스스로 갇혀 지냈지만, 지평선에서 웅성거리는 파리를 바라보며 그녀는 열정을 품어왔다. 창문에 팔꿈치를 괴고 전에 알지 못했던 몽상에 사로잡혀 조금씩 느슨해지며 열정을 품어왔다. 어떤 기억이 되살아났다. 도시가 수정처럼 희고 분명하던 맑은 봄날 아침의 기억이. 긴 의자에 누워 무릎에 책을 떨어뜨리고 나른하게 바라보던, 어린아이처럼 불그레한 황금빛 파리. 그날 아침, 사랑이 눈을 떴다. 이름 지을 수도 없을 만큼 가녀린 떨림으로. 그녀는 거기 맞설 만큼 자신이 강하리라 믿었다. 오늘, 그녀는 같은 자리에 있었다. 눈앞의 파리는 지는 해로 불타고, 거센 열정이 그녀를 집어삼켰다. 투명한 아침이 붉게 물든 저녁이 되는 데 한나절이면 충분한 듯했다. 가슴속이 불꽃으로 활활 타오르는 게 느껴졌다.

그러나 하늘은 변했다. 뫼동 언덕 쪽으로 기울어진 태양이 마지막 구름을 헤치며 빛을 발했다. 푸른 창공이 장엄하게 불타올랐다. 지평선 아득히 샤랑통과 슈아지르루아 부근의 먼 곳에 걸쳐 무너져 내린 듯 쌓여 있는 백묵 같은 무더기 돌은 진하게 칠한 테를 두른 진홍빛 덩어리가 되었다. 파리 위 푸른 하늘을 천천히 항해하는 작은 구름 선단이 자줏빛 돛을 펼쳤다. 몽마르트르 위에 펼쳐진 고운 비단 그물은 어느새 황금 줄로 변해 있었고, 그 규칙적인 그물코는 떠오르는 별을 잡으려 하고 있었다. 타오르는 궁륭 아래, 넓은 그늘이 줄을 긋고 있는 아주 노란 도시가 펼쳐졌다. 아래쪽 넓은 광장에는 큰길을 따라 작은 마차와 승합마차가 수많은 행인 사이로 오렌지빛 먼지를 일으키며 엇갈려 지나갔다. 까만 벌레 같던 사람들이 불그레한 금빛을 띠고 한 방울 빛처럼 빛나고 있었다. 바싹 붙어서 열을 짓고 드비이 나루터를 따라 걷고 있는 신학생 무리는 번진 듯한 빛 속에 황토색 사제복 끝자락을 끌고 있었다. 그러고는 마차고 행인이고 모두 사라져 버렸다. 더 멀리로는 군데군데 등불이 반짝이며 마차가 줄지어 있는 것밖에 짐작할 수 없었다. 왼쪽 마뉘탕시옹의 곧고 높은 장밋빛 굴뚝은 피부처럼 예민한 색조를 띤 부드러운 연기를 뭉게뭉게 토해냈다. 강 저편 오르세 나루터의 느릅나무들은 햇빛에 구멍을 뚫어놓은 듯 침침한 덩어리가 되어 있었다. 광선이 비스듬히 비껴가는 강둑 사이로 센 강에는 파랑, 노랑, 초록이 섞여 흩어지고 부서지며, 춤추듯 물결이 일었다. 동방의 바다같이 얼룩덜룩한 색은 강을 거슬러 오르면서 점점 눈부신 황금빛 색조 한 가지로 물들었다. 그것은 보이지 않는 용광로에서 지평선 위로 솟아오른 금괴처럼 점차 식어가며 강한 색채로 퍼져갔다. 이 빛나는 흐름 위에 층층이 놓인 다리들은 희미한 선처럼 가늘어 보이다가 회색 줄이 되면서 첩첩이 불타고 있는 집들 사이로 사라졌다. 그 집들 맨 꼭대기에서 노트르담의 두 탑이 횃불처럼 타올랐다. 우안이나 좌안이나 건물들이 활활 타고 있었다. 샹젤리제 수림 한가운데 산업박물관의 유리에는 이글거리는 깜부기불을 깔아놓은 듯했다. 멀리 마들렌 성당의 무너진 지붕 뒤로 보이는 거대한 덩치의 오페라 건물은 구리덩어리 같았다. 다른 건축물, 둥근 지붕, 탑, 방돔 광장의 기둥, 생뱅상 드 폴, 생자크 탑, 가까이로는 루브르와 튈르리 궁의 신관이 네거리마다 거대한 장작더미를 세워놓은 듯 화염에 둘러싸여 있었다. 앵발리드의 돔은 불길에 휩싸인 채 불똥이 튀고 있어서 활활 타는 골조가 부근을 덮치며 무너져 내리지나 않을까 매 순간 겁을 먹게 했다. 멀리 생쉴피스 성당의 짝짝이 탑 너머로 팡테옹이 하늘을 배경으로 묵중하게 빛나는 윤곽을 드러냈는데, 불길 속에 스스로를 태워 삭정이로 변해가는 왕궁 같은 모습이었다. 해는 기울어가고, 온 파리는 장작더미같이 타오르는 건물들로 환해졌다.

빛이 용마루를 달리고 골짜기에 검은 연기가 가라앉았다. 트로카데로 쪽을 향한 모든 건물의 정면이 붉게 물들면서, 거대한 용광로가 풀무질로 끊임없이 들끓어 오르듯 시내에서 올라온 반짝이는 비를 빨갛게 뒤덮었다. 인접한 곳에서 불꽃이 계속 다시 뿜어져 나왔고, 거리는 그슬린 듯 어둡게 패어 있었다. 먼 곳의 평지는 폐허가 되었지만 아직도 따스한 외곽 지역을 뒤덮고 있는 뻘건 재 속에는 갑자기 쑤석거린 화로에서 나온 것 같은 불덩이가 드문드문 빛났다. 이윽고 파리는 용광로가 되었다. 파리는 불탔다. 하늘은 더욱 뻘게졌고, 붉은빛과 금빛의 거대한 도시 위에서 구름이 피를 흘렸다.

조그만 손이 어깨에 닿아 흠칫 놀랐을 때, 엘렌은 불꽃에 몸을 담그고 자신을 다 태워버릴 것 같은 열정에 몸을 맡긴 채 불타는 파리를 바라보고 있었다. 그녀를 일깨운 사람은 잔이었다.

"엄마! 엄마!"

그녀가 돌아보자 아이는 말했다.

"아! 정말 행복해……! 그런데 안 들렸어? 엄마를 열 번은 불렀을 거야."

아직도 일본 아가씨 차림인 소녀는 기쁨으로 눈을 빛내며 볼이 빨갛게 물들어 있었다. 아이는 어머니에게 대답할 틈을 주지 않았다.

"나를 내버려두고 갔지? 끝까지 엄마를 찾아 여기저기 헤맸단 말이야. 폴린이 계단 아래까지 데려다주지 않았다면 오지 못했을 거야."

그리고 쉴 새 없이 "나를 사랑해?" 하고 물으면서 귀여운 몸짓으로 어머니의 입술에 얼굴을 가져다 댔다.

엘렌은 무심하게 아이에게 키스했다. 아이가 이렇게 빨리 돌아온 것을 보자 조바심 비슷한 놀라움이 일어났다. 무도회에서 빠져나온 지 정말 한 시간이나 되었나? 아이가 자꾸 묻는 바람에 그녀는 사실은 몸이 약간 좋지 않았으며 바깥 공기를 쐬었더니 좋아졌다고, 잠시 조용히 있고 싶었다고 말했다.

"아! 괜찮아. 나는 너무 피곤해."

잔이 속삭였다.

"이제 얌전히 있을 거야……. 그런데 엄마, 나 얘기해도 되지?"

아이는 엄마가 곧바로 옷을 갈아입히지 않는 데 기분이 좋아져서 엘렌에게 바싹 다가앉았다. 자줏빛으로 수놓은 긴 옷과 초록빛 감도는 치마는 아이를 황홀하게 했다. 틀어 올린 머리를 가로지른 긴 핀에 달린 장식에서 달그락 소리가 나도록 아이는 고개를 가만히 끄덕거렸다. 아이의 입에서 말들이 숨 가쁘게 쏟아져 나왔다.

"엄마, 있잖아, 어릿광대 역을 한 사람은 회색 수염이 난 늙은 사람이야. 커튼이 열릴 때 똑똑히 봤어……. 그런데 꼬마 기로는 울었어. 바보같이! 사람들이 순경 아저씨가 온다고 했는데도 그 애가 너무 소리를 질러서 데려가야 했어……. 다과회 시간에 마르그리트는 잼으로 우유 짜는 아가씨 옷을 죄다 더럽혔어. 그 애 엄마는 '아유! 더러워!' 하고 소리 지르면서 닦아주었지. 마르그리트는 머리카락 속까지 잼을 묻혔다니까……. 나는 가만히 있었어. 애들이 케이크에 덤벼드는 것을 보니 아주 재미있었어. 그 애들은 가정교육이 안 되어 있어. 그렇지, 엄마?"

아이는 아까 일을 돌이켜보며 몇 초간 잠자코 있다가 생각에 잠긴 듯한 표정으로 물었다.

"그런데, 엄마, 노랗고 안에 흰 크림이 들어 있는 케이크 먹어 봤어? 아! 정말 정말 맛있었어……! 나는 내 옆에 있는 접시를 계속 붙들고 있었어."

 엘렌은 아이가 재잘대는 소리를 듣지 않았다. 그러나 잔은 머릿속이 너무 가득 차서, 쏟아내듯 말하지 않고는 견딜 수 없는 상태였다. 아이는 무도회의 자잘한 것까지 무척 상세하게 되풀이했다. 아주 사소한 사실도 몹시 중대하게 여겨졌다.

 "엄마는 몰랐지? 무도회가 시작되려는데 허리띠가 풀렸어. 누군지 모르겠는데 어떤 부인이 핀을 꽂아주었어. 그래서 내가 말했지. '정말 고마워요, 부인······.' 그런데 춤을 추다가 뤼시앵이 그 핀에 찔린 거야. 그 애가 물었어. '네 앞쪽에 있는 뭔가가 계속 찌르는데 그게 뭐야?' 나는 깜박 잊어버리고 그런 게 없다고 대답했어. 폴린이 나를 살펴보더니 핀을 제대로 꽂아줬지······. 그런데 엄마는 상상도 못 할 거야. 애들이 서로 떼밀고, 어떤 커다란 남자애가 소피의 등을 밀어서 그 애는 넘어질 뻔했다고. 르바쇠르 집 애들은 발을 모아서 팔짝팔짝 뛰었지. 물론 그렇게 춤추면 안 되지······. 그런데 가장 멋진 건 맨 마지막이었어. 엄마는 거기 없었으니까 모를 거야. 모두 손을 잡고 둥글게 서서 돌았어. 우스워 죽겠어. 남자 어른들도 그렇게 같이 돌았다니까. 정말이야, 정말······. 왜 내가 말하는 걸 안 믿는 거야, 엄마?"

 엘렌의 침묵이 마침내 아이를 성나게 했다. 아이는 더 바싹 붙으면서 어머니의 손을 흔들었다. 그러나 '응, 응.' 하는 반응밖에 끌어내지 못하자 자신도 점점 입을 다물고 어린 가슴을 꽉 채우고 있는 무도회를 떠올리면서 어머니처럼 꿈속에 빠져들어 갔다. 모녀는 불타는 파리를 바라보며 둘 다 말없이 앉아 있었다. 피가 뚝뚝 떨어지는 구름으로 빛나는 파리는 쏟아지는 불에 열정의 죄를 속죄하는 전설의 도시처럼 두 사람에게는 미지의 모습을 띠고 있었다.

"원을 돌면서 춤을 췄어?"

소스라치며 깨어난 엘렌이 문득 물었다.

"응, 응."

이번에는 잔이 몽상에 잠겨서 중얼거렸다.

"그러면 의사 선생님은? 그분도 춤췄어?"

"그럼, 나하고 빙빙 돌았는걸……. 나를 들어 올리면서 물었어. '엄마 어디 계시니? 엄마 어디 계시니?' 그리고 나를 안아주었어."

엘렌은 저도 모르게 미소 지었다. 그녀 특유의 부드러운 미소였다. 앙리를 대체 왜 알아야 하는가? 그를 모르는 것이, 영원히 그를 모르는 것이, 그냥 오래전부터 기다려온 사람처럼 그를 받아들이는 것이 훨씬 감미로울 것 같았다. 무엇 때문에 그렇게 놀라고 불안해했을까? 그는 알맞은 시간에 그녀의 길 위에 나타난 참이었다. 그래 좋아, 그녀의 솔직한 본성은 모든 것을 인정했다. 사랑하며, 사랑받고 있다는 생각을 받아들이자. 고요함이 마음속에 내려앉았다. 그녀는 그 행복을 망치지 않을 만한 힘을 자신이 갖고 있으리라 생각했다.

그동안 어둠이 깔리고 바깥 공기에는 찬 기운이 실렸다. 잔은 몽상에 빠져서 진저리를 쳤다. 아이는 어머니의 가슴에 머리를 기댔다. 그 물음이 마음 깊이 남아 있는 듯 아이는 또 물었다.

"나를 사랑하지?"

엘렌은 웃음을 띤 채 두 손으로 아이의 머리를 감쌌다. 잠시 그 얼굴을 살피는 듯하다 아이의 입술 근처에 남은 작은 장밋빛 자국 위에 자신의 입술을 지그시 가져다 댔다. 바로 그곳에 앙리가 키스했음을 그녀는 잘 알았다.

동그란 원반 같은 해가 뫼동 언덕의 어두운 등성이에 걸렸다.

아직도 비스듬한 빛이 파리 위에 길게 뻗어 있었다. 어마어마하게 커진 앵발리드 돔의 그림자에 생제르맹 구역 일대가 잠겨 있었다. 오페라, 생자크 탑, 기둥, 첨탑들이 우안에 검은 줄무늬를 그렸다. 건물 정면의 선들, 그 사이로 뻗어 있는 길, 작은 섬처럼 솟아 있는 지붕들은 더욱 어둡고 강하게 타올랐다. 집들이 삭정이가 되어 무너져 내리는 것처럼, 어두워진 유리창 안에는 불타는 얇은 파편들이 꺼져가고 있었다. 먼 곳에서 종이 울렸다. 소란한 소리가 흩어지더니 점점 가라앉았다. 저녁이 다가오자 더욱 넓어진 하늘이 금빛과 자줏빛 결이 뒤엉킨 보랏빛 보자기처럼 불그레한 도시 위로 둥글게 펼쳐졌다. 불현듯 무시무시한 불길이 다시 일며, 파리는 저 멀리 아득한 외곽까지 밝히는 마지막 불길을 내뿜었다. 회색 재가 내렸다. 각 구역들이 타버린 숯처럼 가볍고 꺼멓게 우뚝 서 있었다.

사랑의 한 페이지

3부

1

5월의 어느 날 아침, 로잘리가 손에 든 행주를 채 놓지도 못하고 부엌에서 뛰어 들어와 버릇없는 하녀의 친근한 말투로 말했다.

"오! 마님, 빨리 와보세요……. 저 아래 의사댁 정원에 신부님이 오셔서 땅을 파헤치는 중이에요."

엘렌은 움직이지 않았다. 그러나 잔은 벌써 구경하려고 내달리는 중이었다. 아이가 돌아와서 외쳤다.

"로잘리는 바보야! 신부님은 땅을 파헤치는 게 아니야. 정원사랑 같이 있는데 작은 수레에 나무를 실어놓았어……. 드베를 부인은 장미를 전부 모으고 있고……."

"성당에서 쓰려는 것이란다."

벽걸이를 짜는 데 몰두한 엘렌이 조용히 말했다.

몇 분 뒤 초인종이 울리더니 주브 신부가 나타났다. 다음 화요일에는 자신을 기다리지 말라고 알리러 온 것이었다. 성모의 달 행사로 매일 저녁 할 일이 있다고, 주임신부가 주브 신부에게 성당 꾸미는 일을 맡겼다고 했다. 멋지게 장식될 거라고, 여러 부인이 꽃을 제공했다고도 말했다. 그는 제단 양쪽에 놓으려고 4미터짜리 종려나무를 기다리고 있었다.

"아! 엄마……. 엄마……."

듣고 있던 잔이 감탄하며 중얼거렸다.

"좋아요! 신부님."

엘렌이 웃으면서 말했다.

"신부님이 오실 수 없으면 저희가 뵈러 가면 되지요. 보세요, 꽃 얘기를 하시니까 잔이 완전히 넋을 잃었네요."

그녀는 전혀 독실한 신자가 아니었을뿐더러 딸이 성당에 다녀오면 늘 으슬으슬 떨곤 한다는 구실을 대며 미사를 피하곤 했다. 늙은 신부는 그녀에게 종교에 관해 얘기하는 것을 피했다. 그는 마음이 아름다우면 슬기와 정숙으로 혼자서도 마음의 평화를 얻을 수 있다고 선량한 관용으로 말할 뿐이었다. 언젠가는 하느님께서 그녀를 움직이실 것이었다.

다음 날 저녁에도 잔은 성모의 달만 생각했다. 아이는 어머니에게 거듭 물으면서, 수천 개의 초와 성스러운 합창, 그윽한 향내, 흰 장미로 꽉 찬 성당을 그려보았다. 신부가 행운을 가져다준다는 성모의 레이스 드레스에 대해 말했었는데, 아이는 그 드레스를 더 잘 볼 수 있도록 제단 근처에 앉고 싶어 했다. 그러나 엘렌은 그 전에 병이 나면 데려가지 않겠다고 으르면서 아이를 진정시켰다.

마침내 저녁이 되었고, 식사를 마친 후 두 사람은 출발했다. 아직 밤은 선선했다. 성당이 있는 아농시아시옹 가에 이르렀을 때, 아이는 떨고 있었다.

"성당 안은 따뜻할 거야."

어머니가 말했다.

"우리 난방 장치 근처에 앉자꾸나."

그녀가 육중한 문을 밀고 들어가자 문은 소리 없이 다시 닫혔고, 강한 불빛과 성가가 퍼지며 온기가 두 사람을 둘러쌌다. 의식이 시작되고 있었다. 엘렌은 중앙 홀이 벌써 꽉 찬 것을 보고 측면으로 가려 했다. 그녀는 제단으로 다가가려고 안간힘을 쓰며, 잔의 손을 잡고 참을성 있게 나아갔다. 그러다가 더 가까이

가는 것을 포기하고 맨 먼저 눈에 띈 두 개의 의자에 앉았다. 기둥이 성가대를 반이나 가리고 있었다.

"아무것도 안 보여, 엄마."

마음이 상한 소녀가 중얼거렸다.

"자리를 잘못 잡았어."

엘렌이 아이를 조용히 시켰다. 그러자 아이는 뾰로통해졌다. 아이는 앞에 앉은 한 늙은 부인의 커다란 등판밖에 볼 수 없었다. 그러다 어머니가 몸을 돌렸을 때, 아이는 이미 의자 위에 서 있었다.

"앉아!"

어머니가 목소리를 낮춰 말했다.

"너 안 되겠구나."

그러나 잔은 고집을 부렸다.

"저기 봐, 드베를 부인이야. 저기 가운데 있어. 우리한테 뭐라고 하네."

젊은 여인은 당황한 나머지 조급하게 굴었다. 그녀는 앉기 싫어하는 아이를 흔들었다. 무도회 후 사흘간 그녀는 온갖 바쁘다는 구실을 만들어 의사의 집에 가는 것을 피해온 터였다.

"엄마……."

잔은 어린아이다운 고집을 피우며 계속했다.

"부인이 엄마를 보고 있어. '안녕하세요'라고 하는걸."

엘렌은 그쪽을 보고 인사할 수밖에 없었다. 두 여인은 서로 고개를 끄덕였다. 주름이 수없이 잡힌 비단 드레스와 흰 레이스를 걸친 드베를 부인은 성가대에서 두 발짝쯤 떨어진 중앙 홀에 아주 산뜻하고 화려하게 앉아 있었다. 그녀는 동생 폴린을 데리고 왔는데, 처녀는 손을 힘차게 흔들었다. 성가는 계속되었다. 군중의 풍성한 합창이 낮게 흐르며 깔렸고, 그 사이사이로 아이들의 날카로운 고음이 성가의 느릿하고 흔들리는 리듬을 장식했다.
"엄마한테 오라고 하네. 저기 봐!"
잔이 의기양양해서 속삭였다.
"소용없어. 여기 있는 것으로 충분하단다."
"오! 엄마, 저쪽으로 가자……. 자리가 두 개 있어."
"아니야, 내려와서 앉아."
그러나 드베를 자매가 미소를 지으며 끈질기게 손짓하고 그로 인해 일어난 약간의 소란에 전혀 개의치 않으며 오히려 사람들이 자신들을 돌아보는 것을 즐거워하자, 엘렌은 마침내 굴복할 수밖에 없었다. 엘렌은 신이 난 잔을 앞세우면서, 화를 참느라고 떨리는 손으로 길을 헤치려고 애썼다. 그것은 쉬운 일이 아니었다. 신도들은 꿈쩍도 하지 않았고, 성이 나서 엘렌을 위아래로 훑어보며 입을 벌린 채 노래를 멈추지 않았다. 더욱 크게 휘몰아치는 목소리의 폭풍 가운데, 그녀는 그렇게 5분은 족히 애를 썼다. 잔은 앞으로 나아가지 못하고 시커멓게 속이 빈 입들을 보았다. 아이는 어머니에게 꼭 달라붙었다. 마침내 두 사람은 성가대 앞 빈 공간에 이르렀다. 이제 몇 걸음만 더 가면 되었다.
"이리 오세요."
드베를 부인이 속삭였다.
"신부님께서 부인이 올 거라고 말씀하셔서 두 자리를 맡아두었어요."
엘렌은 이야기를 끊으려고 바로 미사 책을 넘기며 감사 인사를 했다. 그러나 쥘리에트는 사교상의 예절을 여전히 지키고 있었다. 쥘리에트는 여기서도 제 집 살롱에 있는 듯 우아하고 수다스럽게 굴었다. 그녀는 몸을 기울여 말을 이어갔다.

"왜 안 보이셨지요? 내일 댁에 가보려고 했어요……. 어디 편찮으신 건 아니지요?"

"아니에요, 고마워요. 이런저런 일로 바빠서……."

"그런데 내일은 꼭 오셔야 해요……. 식구들 외에는 없을 거예요……."

"친절하시군요. 곧 뵙게 되겠지요……."

그녀는 더 이상 대답하지 않겠다고 마음먹었고, 경건한 표정으로 성가를 따라 부르기 시작했다. 폴린은 난방 장치에서 더운 김이 올라오는 제 옆자리에 잔을 붙들어 앉혔다. 추위를 많이 타는 그녀는 더운 김에 행복하게도 살짝 익어 있었다. 밑에서 올라오는 따스한 김 속에서 둘은 호기심에 찬 채 무늬 목판으로 나뉜 낮은 천장, 촛대가 뻗어 있고 반원형 아치로 연결된 납작한 기둥, 조각한 참나무로 된 설교단을 하나하나 살피며 목을 뺐다. 성가의 물결에 따라 흔들리는 머리 너머로 두 사람은 측면부의 어두운 구석에 금붙이들이 빛나는 외진 예배당과 큰 문 옆에 창살로 막아놓은 세례당에까지 눈길을 던졌다. 그러나 특히 눈길을 끈 것은, 강렬한 원색으로 채색되고 금빛으로 번쩍이는 찬란한 설교단이었다. 환하게 빛나는 크리스털 샹들리에가 둥근 천장에 드리워져 있었다. 거대한 촛대에는 초가 얹힌 시렁들이 줄지어 있어서 성당 안쪽 어두운 곳은 별들이 대칭으로 쏟아지는 듯했고, 화사한 중앙 제단은 마치 울창한 꽃과 잎사귀로 장식된 커다란 꽃다발 같았다. 그 위로는 장미꽃이 뒤덮인 가운데, 비단과 레이스 옷을 입고 진주관을 쓴 성모가 긴 옷을 입은 예수를 팔에 안고 있었다.

"더워?"

폴린이 물었다.

"정말 좋다."

그러나 잔은 황홀감에 젖어 꽃 더미 속에 있는 성모를 우러러 보고 있었다. 몸이 떨렸다. 소녀는 별난 행동을 하게 될까 봐 겁이 났다. 눈물을 흘리지 않기 위해 희고 검은 타일 바닥에 신경을 쓰려 하며 눈을 내리깔았다. 성가대 어린이들의 여린 목소리가 머리칼을 약하게 스치고 지나갔다.

한편 엘렌은 기도서에 얼굴을 묻고, 쥘리에트의 레이스 장식이 제 몸을 스칠 때마다 되도록 떨어져 앉으려 했다. 그녀는 이런 만남에 전혀 준비되어 있지 않았다. 앙리를 고상하게 사랑하되 결코 그의 것이 되지 않겠다는 맹세를 스스로 했음에도 이렇게 명랑하고 저를 믿어주는 부인을 배반했다는 것을 생각하면 마음이 편치 않았다. 한 가지만은 분명했다. 아까 말한 저녁 식사에는 절대 가지 않으리라. 그리고 어떻게 하면 자신의 성실한 마음에 상처를 주는 관계들을 차차 끊을 수 있을까 궁리했다. 그러나 몇 발짝밖에 떨어지지 않은 곳에서 들려오는 성가대의 우렁찬 목소리가 그녀의 집중을 방해했다. 아무 생각도 할 수 없었다. 하는 수 없이, 여태 성당에서 느끼지 못했던 충실한 신자가 되는 편안함을 맛보며 마음을 달래주는 성가에 몸을 내맡겼다.

"드 셰르메트 부인 이야기 들으셨어요?"

이야기하고 싶어서 몸이 근질근질한 쥘리에트가 참지 못하고 다시 말을 걸었다.

"아니요, 모르는데요."

"그래요! 생각해 보세요······. 열다섯 살치고는 키가 꽤 큰 그 집 딸 보신 적 있죠? 그 애를 내년에 혼인시킨다는데 상대가 제 어머니 치마폭에 늘 싸여 있던 그 조그만 갈색 머리라니 말이에요······. 그래서 말들이 많아요······."

"아!"

건성으로 듣고 있던 엘렌이 대꾸했다.

드베를 부인은 시시콜콜 이야기를 늘어놓았다. 그러다 성가가 갑자기 딱 그치고 오르간 소리가 신음하다가 멈췄다. 명상의 침묵이 흐르는 가운데 제 목소리가 두드러지자 놀란 부인은 입을 다물었다. 신부 한 명이 설교단에 모습을 나타냈다. 사람들은 한순간 긴장했다. 이내 신부가 입을 열었다. 아니야, 저녁 식사에는 절대로 가지 않겠어. 신부를 열심히 바라보며 그녀는 앙리와 다시 만나는 첫 순간을 상상해 보았다. 사흘 전부터 그녀는 그것을 두려워했다. 그녀가 집에만 틀어박혀 있다고 야단치면서 분노로 창백해지는 남자가 떠올랐다. 그러면 그녀도 충분히 냉정을 유지하지 못할까 봐 겁났다. 몽상 속에서 신부는 사라지고, 단지 높은 데서 떨어지는 듯 폐부를 찌르는 목소리와 어떤 한 구절만이 들릴 뿐이었다.

"말로 다 할 수 없는 그 순간, 동정녀께서는 고개를 숙이고 '여기 주님의 종이 있사옵니다…….' 하고 대답했습니다."

오! 용감해지리라. 이성이 온전히 돌아왔다. 사랑받는 기쁨을 맛보리라. 그리고 나의 사랑은 절대 고백하지 않으리라. 그녀는 그러한 대가를 지불해야 평화가 있으리라는 것을 분명히 알았다. 사랑한다고 말하지 않고, 먼발치에서 서로 나누는 눈길이나 앙리의 말 한마디로 만족하면서 그를 깊이 사랑하리라! 꿈은 영원에 관한 생각으로 그녀를 채웠다. 성당이 그녀 주위에서 한없이 친근하고 다정하게 느껴졌다. 신부는 말하고 있었다.

"천사는 사라졌습니다. 마리아는 빛과 사랑으로 넘쳐서 제 안에 일어나고 있는 성스러운 신비에 대한 묵상에 잠겼습니다."

"저 신부님, 말씀을 잘하시죠?"

드베를 부인이 몸을 기울이며 속삭였다.

"그런데 아주 젊은 분이에요. 기껏해야 서른쯤 되었을까요?"

드베를 부인은 감동했다. 고상한 취미에서 오는 감동처럼 종교도 그녀를 즐겁게 했다. 성당에 꽃을 바치는 일, 예의 있고 정중하고 선량한 분위기를 풍기는 신부들과 사소한 교분을 가지는 일, 가난한 사람들의 신에게 세속적인 후원을 하는 체하면서 옷을 차려입고 성당에 가는 일은 그녀에게 특별한 기쁨을 주었다. 게다가 앙리는 신앙심이 없었기에, 그녀의 경건한 행동은 마치 금단의 열매처럼 더 짜릿하게 느껴졌다. 엘렌은 그녀를 바라보며 고개를 끄덕이기만 했다. 둘 다 황홀한 듯 웃는 얼굴이었다. 그때 의자들이 끌리는 소리와 손수건이 바스락거리는 소리가 크게 일어났다. 신부가 방금 마지막 외침을 남기고 설교단을 떠난 참이었다.

"오! 여러분의 사랑을 퍼뜨리십시오. 경건한 신도들이여, 하느님께서는 여러분 가운데 계십니다. 여러분의 마음은 하느님의 존재로 가득 차 있고, 여러분의 정신은 하느님의 은총으로 넘칩니다!"

곧이어 오르간 소리가 울려 퍼졌다. 성모송이 열렬한 애정을 담은 부름과 함께 시작되었다. 성가대 어린이들의 천사 같은 목소리에 화답이라도 하듯 측면부 외진 예배당의 어둠 속에서 아득하고 희미하게 노래가 들려왔다. 숨결이 머리 위를 지나가 꼿꼿한 초의 불꽃을 눕혔고, 마지막 향기를 뿜으며 시들어 가는 꽃들 한가운데 커다란 장미 다발 속에서는 성모 마리아가 아기 예수에게 미소 지으며 고개를 숙인 듯 보였다.

엘렌은 문득 본능적인 불안에 사로잡혀 몸을 돌렸다.

"너 아프지 않니?"

그녀는 물었다.

아이는 몹시 창백해져서 젖은 눈을 하고는 성모송이 일으킨 사랑의 급류에 휩쓸린 듯 장미가 한없이 불어나 비처럼 내리는 모습을 보고 있는 것 같았다. 아이는 중얼거렸다.

"아! 아니야, 엄마……. 맹세해요. 좋아, 정말 좋아……."

그리고 물었다.

"그런데 우리 신부님은 어디 계시지?"

아이는 주브 신부를 찾고 있었다. 폴린이 신부를 알아보았다. 그는 성가대 옆 성직자석에 앉아 있었다. 잔은 일어서야 겨우 보였다.

"아! 보여. 우리를 보고 계시네. 작은 눈을 하고."

잔의 말에 따르면 신부는 속으로 웃을 때 '작은 눈을 했다'.

엘렌은 신부와 다정하게 고갯짓을 나누었다. 그것이 엘렌에게는 평화에 대한 확신이었다. 성당을 소중히 여기게 될 뿐만 아니라 그녀를 자비심에 찬 축복 속에 잠들게 해주는 고요함 같은 것이었다. 제단 앞에서 향로가 흔들리며 엷은 연기가 피어올랐다. 축도와 함께 성체현시대[1]가 태양처럼 천천히 떠올라 땅에 엎드린 이마 위로 미끄러져 갔다. 드베를 부인의 말소리가 들렸을 때, 엘렌은 행복한 마비 상태 속에서 엎드려 있었다.

"끝났어요. 갑시다."

의자 소리, 발걸음 소리가 둥근 천장 아래 울려 퍼졌다. 폴린은 잔의 손을 잡았다. 아이와 함께 앞서 걸어 나가면서 그녀가 물었다.

"너 연극 보러 간 적 없니?"

---

1 그리스도의 몸을 상징하는 성체를 눈에 보이게 모셔두는 미사 도구. 대 위에 햇살 모양 원반이 달려 있다.

"없어요. 이게 더 아름답지요?"

소녀의 가슴은 감격으로 꽉 차서는 더 아름다운 것은 없다고 선언하듯 턱을 끄덕였다. 그러나 폴린은 대답하지 않았다. 그녀는 한 신부 앞에 못 박힌 듯 멈춰 선 참이었다. 그는 사제복 위에 흰 겉옷을 걸치고 지나가는 중이었다. 그가 몇 발짝 멀어지자 그녀는 "오! 멋진 모습이야!" 하고 두 신도가 돌아볼 만큼 자신 있게 큰 소리로 말했다.

그동안 엘렌도 몸을 일으켜, 천천히 흩어지는 군중들 틈에 끼어 쥘리에트 옆에 붙어 걸었다. 그녀는 나른하고 기운이 빠진 것처럼 부드러운 감정에 젖어서 드베를 부인이 그렇게 가까이 있는 걸 느끼면서도 아무런 혼란도 맛보지 않았다. 한순간 두 사람의 맨손이 스쳤고, 마주 보고 웃었다. 숨이 막혔다. 엘렌은 쥘리에트가 저를 보호할 수 있도록 앞서가기를 바랐다. 두 사람의 친밀감이 되살아난 듯했다.

"아셨지요?"

드베를 부인이 물었다.

"내일 저녁 부인을 기다릴게요."

엘렌은 더 이상 싫다고 말할 의지력을 상실했다. 거리로 나가서 생각해 보리라 마음먹었다. 마침내 그들은 맨 마지막 무리에 섞여 성당을 빠져나왔다. 폴린과 잔은 맞은편 보도 위에서 기다리고 있었다. 그러나 징징 우는 목소리가 그녀들을 붙들었다.

"아! 부인, 부인을 뵌 지 오래되었군요!"

페튀 할멈이었다. 그녀는 성당 문 앞에서 구걸하고 있었다. 마치 아까부터 엘렌을 훔쳐보고 있었던 것처럼 길을 가로막고는 말을 이었다.

"아! 부인도 아시지만 맨날 이 배가 몹시 아팠어요……. 이제는 아주 망치로 내리치는 것 같다니까요⋯⋯. 하지만 괜찮아요, 부인. 이런 말을 전할 엄두도 못 냈답니다⋯⋯. 하느님께서 복을 내려주시길!"

엘렌은 할멈에게 도와드릴 방도를 생각해 보겠다고 약속하며 동전 한 닢을 떨어뜨렸다.

"저런!"

현관에 서 있던 드베를 부인이 말했다.

"누가 폴린하고 잔이랑 얘기하고 있네요⋯⋯. 앙리예요!"

"그렇습지요⋯⋯."

두 부인에게 가는 눈을 굴리고 있던 페튀 할멈이 다시 말했다.

"친절한 의사 선생님이지요. 저분은 미사를 드릴 동안 내내 여기 계셨어요. 틀림없이 부인을 기다리고 계셨지요. 훌륭하신 분이에요! 이건 사실이니까 우리 얘기를 듣고 계신 주님 앞에서 말할 수 있지요. 오! 나는 부인을 알고 있어요. 부인은 정말 훌륭하신 남편을 두셨어요. 하느님께서 부인의 소망을 들어주시길, 주님의 축복이 부인과 함께하길 빌겠어요! 성부와 성자와 성신의 이름으로, 아멘!"

오래된 사과처럼 쪼그라지고 수천 개의 주름이 잡힌 할멈의 얼굴에는 작은 눈이 불안하고 교활하게 계속 이리저리 구르면서 쥘리에트와 엘렌을 번갈아 쳐다보았다. 그래서 두 사람 중 누구에게 의사의 칭찬을 늘어놓고 있는 건지 정확하게 알 수가 없었다. 할멈은 우는소리를 주절주절 늘어놓는 한편 간간이 신앙심 깊은 체하는 감탄사를 섞어 계속 중얼거리면서 부인들을 따라왔다.

엘렌은 앙리의 절제된 행동에 놀라고 마음이 울렁거렸다. 그는 그녀를 한 번 쳐다보았을 뿐이었다. 그의 아내는 그가 평소의 신념 때문에 성당 안으로 들어오지 못한 것을 보고 놀렸고, 그는 시가를 피우며 부인들을 모시러 왔노라고 간단히 설명했다. 의사가 자신을 다시 보려 하는 까닭을 엘렌은 이해했다. 그가 어떤 새로운 거친 행동이라도 할까 두려워하는 그녀의 생각이 틀렸음을 보여주기 위해서였다. 그녀와 매한가지로 그도 분별 있게 행동하기로 굳게 마음먹었음이 틀림없었다. 그녀는 그가 마음먹은 바에 충실할 수 있을지 굳이 살피려 하지 않았다. 그가 불행한 것을 본다면 자기도 너무나 불행할 것 같았다. 그래서 드베를 부부와 헤어지면서 그녀는 명랑하게 말했다.

"좋아요! 알겠어요, 내일 7시에 뵙겠어요."

그 부부와의 교제는 다시금 더욱 긴밀하게 맺어졌고, 황홀한 삶이 시작되었다. 엘렌에게는 마치 앙리가 한 번도 미친 짓을 하지 않았던 것처럼 느껴졌다. 그녀는 그렇게 상상했다. 그들은 서로 사랑했다. 그러나 그것을 말로 하지는 않을 것이며, 다만 알고 있다는 사실만으로 만족할 터였다. 감미로운 시간들이었다. 그들은 부드러운 마음을 입 밖에 내지 않은 채 몸짓과 목소리의 억양, 혹은 침묵으로 끊임없이 이야기를 나누었다. 모든 것이 그들을 사랑으로 이끌어갔고, 모든 것이 그들을 열정으로 몰아넣었다. 열정은 그 속에서만 숨 쉴 수 있는 공기처럼 그들에게 붙어 다니며 주위에 떠다녔다. 그들은 흠 잡힐 일을 저지르지 않았다는 걸 변명으로 삼고, 의식적으로 마음의 유희를 즐겼다. 두 사람은 손 한 번 잡은 적이 없었으니, 오히려 서로 주고받는 단순한 인사말이 이루 말할 수 없는 황홀을 안겨주었다.

매일 저녁 부인들은 성당에 가려고 집을 나섰다. 드베를 부인은 신이 났고, 무도회며 연주회, 전람회 따위와는 다소 색다른 기쁨을 맛보았다. 그녀는 이 색다른 감동이 아주 마음에 들어서,

이제 사람들은 그녀가 늘 수녀나 신부와 함께 있는 모습만을 볼 수 있을 뿐이었다. 기숙학교에서 얻은 종교적 심성이 경솔한 젊은 여인의 머릿속에서 되살아나, 마치 어린 시절의 놀이가 떠오르듯 사소한 종교적 실천으로 드러났던 것이다. 엘렌은 종교적 교육과는 거리가 먼 분위기에서 자랐고, 잔이 좋아하니까 덩달아 좋아서 그냥 매혹적인 성모의 달 행사에 나가고 있었다. 늦게 가서 좋은 자리를 놓치지 않으려고 둘은 저녁을 일찍 먹자고 로잘리를 재촉했다. 가는 길에 쥘리에트를 데리고 갔다. 하루는 뤼시앵도 데리고 갔으나 너무 버릇없이 굴었기 때문에 다음에는 집에 남겨두어야 했다. 촛불이 반짝이는 더운 성당 안으로 들어가면 몰랑해지면서 마음이 편안해졌고, 그것은 점점 엘렌에게 없어서는 안 될 감각이 되었다. 낮 동안에는 의심과 막연한 불안이 그녀를 앙리에 대한 생각에 매어놓았고, 저녁에는 성당이 다시 그녀를 잠재우곤 했다. 성스러운 열광이 넘쳐흐르며 성가가 울려 퍼졌다. 방금 꺾어 온 꽃들은 둥근 천장 아래 흐르는 답답한 공기를 향기로 잠재웠다. 그녀는 거기서 초봄의 취기와 의식으로 승화된 여인 숭배를 들이마셨다. 그녀는 흰 장미꽃 관을 쓴 처녀이자 어머니이신 마리아 앞에서 사랑과 순결의 신비에 취했다. 매일 그녀는 아주 오래 무릎 꿇고 있었다. 때로 저도 모르게 손을 모아 쥐었다. 미사가 끝나면 감미로운 귀갓길이 이어졌다. 앙리는 문 앞에서 기다렸고, 밤공기는 미지근했으며, 그들은 드문드문 말을 나누며 파시 지구의 어둡고 조용한 거리를 지나 집으로 돌아갔다.

"부인은 이제 열성 신자가 되겠어요!"

어느 날 저녁 드베를 부인이 웃으면서 말했다.

정말 그랬다. 엘렌은 마음을 활짝 열고 신심을 가지려 하고 있었다. 그녀는 사랑한다는 것이 이렇게 좋으리라고는 생각하지 못했다. 그녀는 감동을 위한 장소인 것처럼 성당을 찾았다. 거기서는 눈물이 글썽글썽해도, 말없이 숭배하면서 넋을 잃고 멍하니 있어도 괜찮았다. 매일 저녁 한 시간 동안은 자신을 억누르지 않았다. 그녀가 품고 있는 사랑, 낮 동안 누르고 있던 사랑이 가슴에서 활짝 피어올라, 신심으로 떠는 군중들 속에서 드러내놓고 기도로 흘러넘칠 수 있었다. 떠듬떠듬 외우는 기도, 무릎 꿇기, 끊임없이 반복되는 이 모호한 몸짓들이 그녀를 가만가만 흔들어주었고, 그것들은 오직 하나의 언어, 언제나 같은 사랑, 같은 말, 같은 몸짓으로 번역된 사랑의 열정 그 자체였다. 그녀는 믿어야 할 필요가 있었고, 성스러운 자비 속에서 행복했다.

쥘리에트는 엘렌만 놀린 게 아니라 앙리도 신도가 될 거라고 주장했다. "이제는 우리를 기다리러 성당 안까지 들어오잖아요! 이 무신론자, 이교도 양반은 메스 끝에서 인간의 마음을 찾아다닌다고 하지만, 사실은 아직도 못 찾은 거라고요!" 설교단 뒤, 기둥 뒤에 서 있는 그를 보면서 쥘리에트는 엘렌의 팔꿈치를 건드렸다.

"봐요, 벌써 저기 왔어요. 저이는 결혼 때도 고해성사를 하지 않으려 했답니다……. 아니, 우스운 얼굴을 하고 아주 재미있다는 표정으로 우리를 바라보고 있네요. 저기 좀 봐요!"

엘렌은 바로 고개를 들지 않았다. 미사가 끝나가며 향이 피어오르고 오르간이 환희에 차 울렸다. 그러나 드베를 부인은 옆사람을 조용히 놓아둘 사람이 아니었기에 엘렌은 대답해야만 했다.

"네, 네, 보여요."

그녀는 쳐다보지도 않고 어물어물 말했다.

그녀는 온 성당 안에 울려 퍼지는 호산나 소리 속에서 이미 그를 알아보았다. 앙리의 숨결이 성가에 실려 목덜미에 와 닿는 것 같았다. 그의 시선이 뒤쪽 중앙 홀을 환히 비추고, 무릎 꿇고 있는 자신을 금빛으로 덮는 것이 보이는 듯했다. 그러면 그녀는 말로 다 할 수 없이 열렬하게 기도를 올렸다. 그는 아주 엄숙하게, 극장 휴게실로 부인들을 마중하러 가는 점잖은 남편처럼 단정한 모습으로 성당에 왔다. 그러나 예배가 끝난 뒤 천천히 빠져나가는 신도들 틈에 끼어 두 사람이 다시 만나게 되면, 두 사람은 꽃과 노래로 합쳐져 오히려 더욱 굳게 묶인 듯한 결속을 느꼈다. 그들은 서로 말을 삼갔다. 속마음이 이미 입술에 올라와 있었기 때문이다.

보름이 지나자 드베를 부인은 싫증이 났다. 그녀는 사람들과 똑같이 행동하는 게 참을 수 없어서 다른 열정으로 옮겨갔다. 지금은 아는 화가 집에 그림을 구하러 가느라고 오후마다 계단을 60개씩 오르면서 자선 바자회에 열중하고 있었고, 저녁에는 종을 흔들며 부인들의 후원회를 주재했다. 어느 목요일 저녁, 엘렌과 어린 딸은 자기들만 성당에 나왔다는 사실을 알게 되었다. 설교가 끝나고 성가대원들이 성모찬가를 합창할 때 젊은 여인은 마음이 뛰는 것을 느끼며 고개를 돌렸다. 앙리가 항상 있던 그 자리에 와 있었다. 그녀는 귀갓길을 기다리며 미사가 끝날 때까지 머리를 숙이고 있었다.

"아! 친절하게도 와주셨네요!"

잔이 성당을 나서면서 어린아이답게 허물없이 말했다.

"길이 깜깜해서 무서웠을 거예요."

그러나 앙리는 놀란 척했다. 아내도 왔으리라고 생각했다는 것이었다. 엘렌은 짤막하게 대답하고, 말없이 뒤를 따랐다. 세 사람이 현관을 지날 때 한 목소리가 탄식했다.

"자비를……. 하느님께서 갚아주실 거예요……."

매일 저녁, 잔은 페튀 할멈의 손에 10수짜리 동전을 떨어뜨렸다. 그런데 이날 의사와 엘렌이 단둘이 있는 것을 본 할멈은 평소처럼 시끄럽게 감사의 말을 늘어놓는 대신 다 안다는 표정으로 고개를 끄덕거렸을 뿐이었다. 성당이 한산해지자 할멈은 알아듣지 못할 말을 중얼거리며 발을 질질 끌고 그들을 뒤따르기 시작했다. 부인들은 이따금 밤이 아름다우면 평소처럼 파시 거리를 따라 집으로 가는 대신 5~10분 더 걸리더라도 레누아르 거리를 따라 돌아갔다. 그날 저녁, 엘렌은 어둡고 조용하길 바라며 레누아르 거리를 택했다. 인적 없는 이 긴 길에 매혹된 것이었다. 지나가는 사람의 그림자 하나 얼씬거리지 않았고 드문드문 가로등이 길을 밝히고 있었다.

이맘때쯤이면 시내에서 떨어진 동네인 파시는 시골 마을처럼 고요히 숨 쉬면서 벌써 잠들어 있었다. 길 양쪽에는 하숙집들이 줄지어 있어, 시커멓게 잠든 아가씨들의 방과 아직도 불이 훤한 부엌의 손님용 식탁이 보였다. 상점들은 모두 어둠에 잠겨 유리로 된 진열장 속은 들여다보이지 않았다. 이러한 적막이 엘렌과 앙리에게는 커다란 기쁨이었다. 남자는 여자에게 감히 팔도 빌려주지 못했다. 잔은 두 사람 사이에서 정원 오솔길처럼 모래가 깔린 길 중앙을 걷고 있었다. 집들이 없어지고 벽이 죽 이어졌다. 벽 위에는 참으아리 덩굴과 만발한 라일락 꽃다발이 덮여 있었다. 큰 정원들이 저택 사이사이를 차지하고 있었고, 가끔 쇠창살 사이로 짙은 초록색 어둠이 들여다보였다. 훨씬 연한 색조의 잔디가 나무들 사이에 창백하게 자라 있고, 희미하게 보이는 화분에는 붓꽃 다발이 방향을 내뿜고 있었다. 세 사람을 향기로 담뿍 적시는 봄밤의 온기 속에서 그들은 모두 발걸음을 늦추었다. 잔은 어린아이답게 장난을 치며 하늘을 향해 얼굴을 들고 되풀이했다.

"오! 엄마, 저기 좀 봐. 별이 참 많지!"

그러나 뒤에서 페튀 할멈의 발걸음 소리가 그들 발걸음 소리의 메아리처럼 들려왔다. 할멈은 점점 가까워졌다. 끊임없이 알아들을 수 없는 중얼거림이 다시 시작되면서 "Ave Maria, Gratia Plena(아베마리아, 은총이 가득하도다)"라는 라틴어 구절 한 귀퉁이가 들렸다. 페튀 할멈은 집으로 돌아가며 묵주신공을 하고 있었다.

"나한테 동전 한 닢이 남아 있는데 줘도 돼?"

잔이 어머니에게 물었다.

대답을 기다리지도 않고 아이는 몸을 돌려 할멈에게 뛰어갔다.

할멈은 오 골목으로 접어들려 하고 있었다. 페튀 할멈은 천당의 성인들을 전부 끌어다 대며 동전을 받았다. 그러면서 그녀는 아이의 팔을 붙들고 목소리를 바꾸어 말했다.

"다른 부인은 몸이 편찮으신가?"

"아니에요."

잔이 놀라서 대답했다.

"아! 하느님이 그분을 잊지 않으시기를! 그리고 부인과 남편에게 행운이 가득하게 해주시기를……! 가지 마라, 착한 꼬마 아가씨. 네 어머니를 위해 내가 '아베마리아'를 외우도록 해주겠니? 너는 '아멘'이라고 대답하면 된다. 네 엄마도 좋다고 하실 거야. 그러고 나서 엄마를 따라가면 된다."

한편 엘렌과 앙리는 길가에 줄지어 선 키 큰 마로니에 그늘 아래에서 이렇게 갑작스럽게 둘만 남게 되자 몸을 떨고 있었다. 두 사람은 천천히 몇 발짝 떼었다. 바닥에는 마로니에가 흩뿌린 작은 꽃잎들이 깔려 있었다. 그들은 이 장밋빛 양탄자 위를 걸었다. 이윽고 그들은 발걸음을 멈추었다. 가슴이 벅차 더 이상 앞으로 나아갈 수 없었던 것이다.

"용서하십시오."

앙리는 그렇게만 말했다.

"네, 네."

엘렌은 더듬거렸다.

"제발 아무 말씀 마세요."

그녀는 제 손을 스치는 남자의 손을 느꼈다. 그녀는 물러섰다. 다행스럽게도 잔이 뛰어 돌아왔다.

"엄마! 엄마!"

아이가 외쳤다.

"할머니가 나한테 '아베마리아'를 하게 했어. 그게 엄마한테 복을 가져다줄 거래요."

페튀 할멈은 묵주신공을 마치면서 오 골목의 계단을 내려갔고, 세 사람은 비뇌즈 가로 접어들었다.

그달이 지나갔다. 드베를 부인은 여전히 두세 번 더 행사에 모습을 나타냈다. 어느 일요일, 마지막으로 앙리는 엘렌과 잔을 다시 기다리기로 했다. 돌아오는 길은 감미로웠다. 그달은 유난히 포근하게 지나갔다. 작은 성당은 마치 그들의 열정을 차분하게 진정시키고 준비시키려는 은신처처럼 다가왔다. 처음에 엘렌은 종교로 도피하여 행복을 느끼며 안정되어 있었다. 거기서는 부끄럽지 않게 사랑할 수 있을 것 같았다. 그러나 일은 암암리에 진전되어 그녀가 신심이 마비된 데 놀라 정신을 차렸을 때는 어느샌가 줄에 꽁꽁 묶여 있었고, 그것을 끊으려면 살점이 떨어져

나가리라는 것을 알게 되었다. 앙리는 점잖았다. 하지만 그녀는 그의 얼굴에 떠오르는 불길을 보았다. 그녀는 미친 듯한 욕망이 휘몰아칠까 두려웠다. 갑작스러운 열병에 시달리면서, 그녀는 스스로가 두려웠다.

어느 날 오후, 잔과 산책에서 돌아오다가 그녀는 아농시아시옹 가로 접어들어 성당에 들어갔다. 소녀는 몹시 피곤하다고 불평했다. 마지막 날까지 아이는 저녁 미사 때문에 허약해졌다고 고백하기가 싫었다. 그만큼 거기서 깊은 기쁨을 맛보았기 때문이었다. 그러나 아이의 볼은 밀랍처럼 창백해져서 의사는 아이가 많이 걸어야 한다고 충고했다.

"여기 앉아."

어머니가 말했다.

"좀 쉬렴……. 10분만 있다 가자꾸나."

그녀는 아이를 한 기둥 옆에 앉게 했다. 그녀 자신은 의자 몇 개를 사이에 두고 무릎을 꿇었다. 중앙 홀 안쪽에서 인부들이 휘장을 고정했던 못을 뽑고 화분을 들어내고 있었다. 성모의 달 행사는 엊저녁에 끝났다. 엘렌은 손에 얼굴을 묻고, 자신이 겪고 있는 이 무서운 위기를 주브 신부에게 고백해야 하지 않을까 생각하면서 꼼짝하지 않고 있었다. 신부님께서는 충고를 해주시리라. 아마도 잃어버린 평정을 되찾게 해주시리라. 그러나 마음 깊은 곳에서는 고통 그 자체에서조차 넘칠 듯한 기쁨이 올라왔다. 그녀는 자신의 죄가 소중했다. 그래서, 신부가 혹시 그것을 고쳐버릴까 두려웠다. 10분이 여러 번 흘러 한 시간이 지났다. 그녀는 마음속의 싸움에 빠져 있었다.

마침내 젖은 눈으로 고개를 들었을 때, 그녀는 주브 신부가 옆에 와 슬픈 표정으로 바라보고 있음을 알아차렸다. 인부들에게 일을 지시하다가 잔을 알아보고 다가온 참이었다.

"무슨 일이 있습니까?"

그는 엘렌에게 물었고, 그녀는 얼른 몸을 세우며 눈물을 훔쳤다.

그녀는 무릎을 꿇고 눈물을 떨굴까 두려워 대답할 말을 찾지 못했다. 그는 바짝 다가와서 부드럽게 다시 말했다.

"억지로 묻고 싶지는 않아요. 그렇지만 어째서 나나 주임신부님이나 다른 누구에게라도 털어놓지 않습니까?"

"나중에 하겠어요."

그녀가 중얼거렸다.

"나중에요, 약속할게요."

한편 잔은 처음에는 색유리와 대문 옆의 성상들, 측랑을 따라 낮은 부조로 처리된 십자가 수난 장면들을 관찰하면서 얌전하게 기다리고 있었다. 성당의 냉기가 차차 아이를 수의처럼 덮쳤다. 생각조차 방해하는 피로감 속에서 예배당의 성스러운 고요함과 낭랑하게 울려 퍼지는 작은 소리들, 여기서 곧 죽을지도 모른다는 생각, 이런 것들이 아이를 불안하게 했다. 그러나 특히 마음 아픈 일은 꽃을 치우는 모습을 보는 것이었다. 커다란 장미 다발이 없어지자 제단은 아무 장식도 없이 차가워졌다. 초도 없고 향의 연기도 없는 대리석은 아이를 얼어붙게 했다. 한순간 레이스를 입은 성모가 흔들리더니 두 인부의 팔에 거꾸로 떨어졌다. 그러자 잔은 약하게 외마디 소리를 지르며 팔을 뻗었다. 며칠 전부터 조짐이 엿보였던 발작으로 몸이 뒤틀리며 아이는 뻣뻣해졌다.

질겁한 엘렌은 걱정하는 신부의 도움을 받아 가까스로 삯마차에 아이를 태웠다. 그녀는 긴장한 채 손을 떨며 성당의 입구를 돌아다보았다.

"성당 때문이야! 성당 때문이야!"

그곳에서 열렬한 애정의 시간을 맛본 데 대한 후회와 자책으로 그녀는 격렬하게 되풀이했다.

2

저녁이 되자 잔은 다소 나아져 일어날 수 있었다. 아이는 어머니를 안심시키려고 고집을 피우며 식당으로 기운 없이 걸어가 빈 접시 앞에 앉았다.

"별일 없을 거야."

아이는 웃어 보이려고 애쓰며 말했다.

"내가 허약한 걸 잘 알잖아. 먹어요, 엄마. 엄마가 먹는 걸 보는 게 좋아."

아이는 어머니가 한 입도 삼키지 못한 채 창백해져 떨고 있는 자신을 바라보는 것을 알자 저도 좀 먹고 싶은 체했다. "잼을 조금 먹을래. 정말이야." 그러자 엘렌은 서둘러 식사를 마쳤고, 아이는 여전히 웃음을 띠고 머리를 다소 신경질적으로 떨며 사랑스러운 표정으로 어머니를 바라보았다. 후식이 나오자 아이는 약속을 지키려고 했으나 눈물이 핑 돌았다.

"안 되겠어, 엄마."

아이는 중얼거렸다.

"야단치지 마."

무기력하게 만드는 끔찍한 피로감이 아이를 엄습했다. 종아리는 마비된 것 같았고, 쇠로 된 손이 어깨를 짓누르는 것 같았다.

그러나 아이는 용감하게 처신하려 했고, 목이 쑤시는 듯 아파서 절로 터지려는 낮은 비명을 참았다. 한순간 머리가 너무 무겁고 아픔으로 몸이 축 늘어지면서 자신을 의식하지 못하게 되었다. 수척하고 연약하면서도 사랑스러운 아이의 모습에 어머니는 먹고 있던 배를 끝내 삼키지 못했다. 그녀는 목이 메어 냅킨을 떨구고는 잔을 안아주러 왔다. 잔은 어머니의 팔 안에 안겼다.

"우리 아기, 우리 아기……."

엘렌은 흐느끼며 중얼거렸다. 건강할 때면 그렇게도 잘 먹어늘 이 식당을 즐겁게 밝혀주었던 아이의 모습이 떠올라 가슴이 찢어지는 듯했다.

잔은 다시 웃으려고 애쓰며 몸을 일으켰다.

"괴로워하지 마. 괜찮아, 정말이야. 밥을 다 먹은 다음 나를 눕혀줘……. 더 먹어요. 엄마는 빵을 요만큼도 먹지 않았잖아."

엘렌은 아이를 데려갔다. 그리고 작은 침대를 방 안의 제 침대 옆으로 밀고 갔다. 잔을 눕혀 턱까지 이불을 덮어주자 한결 편안해 보였다. 뒷머리에서 느껴지는 묵직한 아픔 외에는 호소하지 않았다. 아이는 몸이 아프자 마음이 약해지고 열렬한 애착은 더 커진 듯했다. 엘렌은 아이를 사랑한다고 맹세하면서 안아줘야 했고, 자는 동안에도 안아주겠다고 약속해야 했다.

"잠들면 아프지 않을 거예요."

잔은 되풀이했다.

"그래도 엄마를 느낄 수 있어요."

아이는 눈을 감고 잠이 들었다. 엘렌은 잠든 아이를 바라보며 옆에 앉아 있었다. 로잘리가 발끝을 세워 조심히 다가와 물러가도 좋은지 묻자, 그녀는 고갯짓으로 그러라고 대답했다. 시계가 11시를 쳤다. 현관 쪽에서 가볍게 두드리는 소리가 들렸을 때,

엘렌은 그대로 거기 앉아 있었다. 놀란 엘렌이 램프를 들고 문으로 갔다.

"누구세요?"

"접니다, 열어주세요."

억눌린 듯한 목소리가 대답했다.

앙리의 목소리였다. 그녀는 그 방문을 당연하게 여기고 급히 문을 열었다. 틀림없이 의사는 잔이 발작을 일으켰다는 소식을 들었으리라. 그래서, 잔이 아픈 이유의 반은 자신에게 있다고 여긴 그녀가 망설임 끝에 그를 부르지 않았음에도 달려온 것이리라.

앙리는 그녀에게 말할 틈을 주지 않았다. 그는 얼굴이 상기된 채로 몸을 떨며 그녀를 쫓아 식당으로 들어왔다.

"부탁입니다. 용서하세요."

그는 여자의 손을 잡으며 더듬거렸다.

"당신을 못 본 지 사흘이 되었습니다. 꼭 당신을 봐야겠다는 생각을 억누를 수 없었어요."

엘렌이 손을 뺐다. 그는 뒤로 물러났다. 그리고 여자를 바라보며 말을 이었다.

"두려워하지 마세요. 당신을 사랑합니다……. 당신이 열어주지 않았다면 나는 문 앞에 그대로 서 있었을 거예요. 오! 이 모든 것이 미친 짓임을 잘 압니다. 그러나 당신을 사랑해요. 사랑해요……."

엘렌은 매우 심각한 얼굴로, 말없이 단호하게 듣고 있었다. 이 냉엄한 태도 앞에서 그의 모든 열정이 홍수처럼 밀려 나왔다.

"아! 왜 우리가 이런 끔찍한 희극을 연출해야 합니까? 나는 더 이상 버틸 수 없어요. 가슴이 터질 것 같습니다. 오늘 밤보다 더

고약하고 무모한 짓을 저지를지도 몰라요. 모두 앞에서 당신을 붙잡아 데려가 버릴지도…….'

그는 격렬한 욕망으로 팔을 내밀었다. 그리고 다가와서 여자의 옷자락에 입을 맞췄다. 열에 들뜬 그의 손이 여자를 어루만졌다. 꼿꼿이 선 그녀는 얼음처럼 냉랭했다.

"그럼 아무것도 모르세요?"

그녀가 물었다.

그가 그녀의 겉옷 소매 사이로 드러난 맨 손목을 붙잡고 열렬한 키스를 퍼붓자, 그녀는 마침내 참을 수 없다는 듯 짜증 섞인 몸짓을 보였다.

"그만두세요! 당신 말은 전혀 듣고 있지 않다는 걸 모르시겠어요? 제가 지금 그런 것들을 생각할 처지인가요?"

그녀는 진정하고 다시 한번 물었다.

"그렇다면, 아무것도 모르시는 건가요……? 그래요, 딸아이가 병이 났어요. 당신이 와서 다행이에요. 저를 안심시켜 줄 수 있을 테니까요."

그녀가 램프를 들고 앞장섰다. 그러나 문턱에서 고개를 돌리고 맑은 눈으로 그를 바라보며 단호하게 말했다.

"여기서 또 그러시면 절대로 안 돼요……. 절대로, 절대로!"

그는 여전히 몸을 떨면서, 여자가 하는 말을 잘 알아듣지 못하고 뒤따랐다. 늦은 밤, 옷가지와 내의가 흩어져 있는 방 안에서 그는 엘렌을 처음 본 날 밤의 향기를 다시 맡았다. 그날 엘렌은 헝클어진 머리로 어깨에서 흘러내린 숄을 두르고 있었고, 방 안에는 그의 마음을 그토록 흔들어놓았던 마편 향내가 감돌고 있었다. 여기 다시 와서 무릎을 꿇고 방 안에 떠다니는 이 사랑의 향기를 들이마시다니! 열렬한 사랑 속에서 이날이 오기만을 기다리며 꿈에 빠져 있지 않았던가! 관자놀이가 터지는 것 같아 그는 아이의 작은 쇠침대에 몸을 기댔다.

"잠들었어요."

엘렌이 낮은 목소리로 말했다.

"좀 보세요."

그는 듣고 있지 않았다. 그의 열정은 가만히 있으려 하지 않았다. 엘렌이 몸을 굽히자 그는 그녀의 황금빛 목덜미와 거기에 잔잔히 곱슬거리는 머리칼을 보았다. 그는 당장 여자에게 키스하고 싶은 욕망을 억누르고자 눈을 감았다.

"선생님, 보세요. 아이가 불덩이예요……. 심하지는 않겠지요, 네?"

두개골을 때리는 미친 듯한 욕망 속에서도, 그는 직업상 몸에 밴 습관에 따라 기계적으로 잔의 맥을 짚었다……. 그러나 내면의 싸움이 너무도 격렬한 탓에 잠시 멍하니 서서 어린아이의 손을 쥐고 있음을 의식하지 못하는 듯했다.

"말씀해 보세요. 열이 심하지요?"

"열이 심하다고요?"

그는 무심코 되뇌었다.

작은 손이 그의 손을 덮혔다. 다시 침묵이 흘렀다. 그의 내면에서 의사가 깨어났다. 그는 맥박을 쟀다. 눈 속에서 불길이 꺼졌다. 조금씩 얼굴이 창백해지더니, 그는 잔을 주의 깊게 바라보며 걱정스러운 듯 몸을 굽혔다. 그리고 중얼거렸다.

"발작이 아주 심합니다. 당신이 옳아요……. 세상에, 가엾어라!"

그의 욕정은 사라지고, 이제는 아이를 치료해야 한다는 생각밖에 없었다. 냉정함이 완전히 돌아왔다. 소녀가 신음하며 깨어났을 때, 그는 앉아서 발작이 일어나기 전에 있었던 일들을 묻고 있었다. 아이는 끔찍한 두통을 호소했다. 목과 어깨의 통증이 어찌나 심한지 움직이려고 하자 눈물이 떨어졌다. 엘렌은 아이가 그렇게 괴로워하는 것을 보자 가슴이 무너지는 듯했지만 침대 한편에 무릎을 꿇고 아이에게 용기를 북돋워 주며 웃어 보였다.

"누가 있어, 엄마?"

아이가 고개를 돌려 의사가 있는 걸 보자 물었다.

"너도 아는 분이야."

아이는 잠시 생각에 잠겨서 주저하는 것처럼 그를 살폈다. 부드러운 기운이 아이의 얼굴을 스쳐 갔다.

"응, 알아. 내가 아주 좋아하는 분이야."

그리고 어리광 부리듯 말했다.

"나를 고쳐주셔야 해요, 선생님. 네? 엄마가 안심하게요……. 선생님이 주시는 약이면 무엇이든 먹을게요. 정말이에요."

의사가 다시 맥을 짚어보았고, 엘렌은 한쪽 손을 잡고 있었다. 두 사람 가운데서 아이는 머리를 신경질적으로 가볍게 떨며, 주의 깊은 표정으로 마치 그 두 사람을 자세히 본 적이 없었던 것처럼 번갈아 바라보았다. 그러자 불안감이 덮쳤다. 작은 손이 경련을 일으키며 두 사람을 붙잡았다.

"가지 마세요. 무서워요……. 나를 지켜줘요. 아무도 가까이 오지 못하게 해요. 엄마하고 선생님만 여기 있어요. 가까이 있어줘. 아주 가까이요. 나를 지키면서 같이 있어요……."

아이는 계속 "같이, 같이……." 하고 되풀이하면서 떨리는 손으로 두 사람을 가까이 잡아당겼다.

착란 상태가 이렇게 몇 번이나 반복되었다. 진정되면 잔은 잠에 빠졌는데 죽은 듯 숨소리조차 없었다. 잠깐 자다가 소스라쳐 깨어날 때면 소리를 듣지도 못했고, 눈이 흰 막에 가린 듯 보지도 못했다. 의사가 밤새도록 지키고 있었으나 상태는 아주 나빴다. 그는 약을 가지러 잠시 내려갔다 왔을 뿐이었다. 새벽녘에 그가 떠날 때, 엘렌은 불안한 마음으로 현관까지 따라나섰다.

"어떻지요?"

그녀가 물었다.

"아주 심각해요."

의사가 말했다.

"하지만 걱정하지 마세요. 부탁이니 나를 믿어요……. 10시쯤 다시 오겠어요."

방에 돌아오자 엘렌은 초점 잃은 시선으로 주위를 돌아보며 앉아 있는 잔을 발견했다.

"날 내버려두고 어디 갔었어. 내버려두고 어디 갔었어!"

아이가 울부짖었다.

"오! 무서워. 혼자 있기 싫어……."

어머니는 아이를 위로하려고 키스해 주었다. 그러나 아이는 계속 찾았다.

"선생님은 어디 있어? 오! 가지 말라고 해. 선생님이 여기 있었으면 좋겠어……."

"또 오실 거야. 착하지."

엘렌도 아이와 함께 울면서 계속 말했다.

"선생님은 아주 가신 게 아니야. 틀림없어. 선생님은 우리를 아주 좋아하시거든……. 자, 착하지. 다시 누워보렴. 엄마가 여기 있을게. 선생님이 오시길 기다리면서."

"정말이지? 정말이지?"

아이는 조금씩 다시 깊은 잠에 빠져들며 중얼거렸다.

끔찍한 날들이 시작되었다. 3주 동안 지독한 고통이 이어졌다. 열은 한시도 가라앉지 않았다. 잔은 의사가 와서 작은 손 한쪽을 그에게 맡기고 다른 손은 어머니가 잡고 있을 때만 다소 안정을 찾았다. 아이는 두 사람에게로 피신해서, 제가 얼마나 열렬한 애정의 보호 아래 있는지 잘 아는 것처럼 그 두 사람에게만 절대적인 애정을 나눠주었다. 아이의 신경질적인 예민한 감수성은 병으로 더욱 날카로워졌고, 사랑의 기적만이 그 아이를 구할 수 있으리라는 것을 분명히 말해주고 있었다. 아이는 진지하고 깊은 눈길로 몇 시간이나 침대 양옆에 있는 그들을 바라보았다. 빈사 상태에 있는 어린 소녀의 눈빛 속에는 인간의 모든 열정이 보일 듯 말 듯 스쳐 갔다. 아이는 말하지 않았다. 다만 멀리 가지 말라고 애원하는 듯하기도 하고, 그렇게 그들을 바라보면서 얼마나 큰 휴식을 맛보는지 알아달라고 하는 듯 심한 정신적 압박을 가해오는 것이었다. 의사가 잠시 자리를 떴다 다시 돌아오면, 아이는 행복해하면서 문에 고정했던 두 눈을 빛냈다. 그리고 고요해져서는 의사와 어머니가 제 옆에서 낮은 소리로 얘기하는 소리를 들으며 잠이 들었다.

발작 다음 날, 보댕 의사가 나타났다. 그러나 잔은 부루퉁해서 고개를 돌리고는 진찰받기를 거부했다.

"그 사람 싫어. 엄마, 그 사람 싫어. 제발······."

다음 날 그가 다시 오자, 엘렌은 아이가 진찰받기 싫어한다고 말할 수밖에 없었다. 노의사는 더 이상 방에 들어오지 않았다. 그는 이틀마다 올라와 아이의 상태를 묻고, 그의 노년에 존경을 표하는 젊은 동료 의사 드베를과 이야기를 나누었다.

무엇보다도 잔을 속이려 들면 안 되었다. 아이는 감수성이 별나게 예민했다. 신부와 랑보 씨가 매일 저녁 찾아와 괴로운 침묵

속에 한 시간가량 앉아 있곤 했다. 어느 날 저녁, 의사가 가고 없을 때 엘렌은 그가 간 것을 아이가 눈치채지 못하도록 랑보 씨에게 대신 손을 잡고 있으라고 눈짓했다. 그러나 이삼 분이 지나자 잠들었던 잔이 눈을 뜨더니 손을 확 잡아 뺐다. 아이는 울면서 심술궂은 짓이라고 말했다.

"이제 나를 좋아하지 않니? 이제 내가 싫어?"

불쌍한 랑보 씨가 눈물을 머금으며 되뇌었다.

아이는 대답하지 않고 그를 바라보았다. 더 이상 그를 알아보는 것 같지도 않았다. 이 의젓한 남자는 무거운 마음으로 조금 전에 앉아 있던 구석 자리로 되돌아갔다. 그는 소리 없이 들어와 창문 옆 움푹한 곳에 슬며시 앉게 되었다. 커튼 뒤에 반쯤 숨어서 슬픔으로 굳어진 채, 병자를 쳐다보며 저녁나절을 보냈다. 신부도 야윈 어깨 위에 몹시 창백한 큰 머리를 얹고 앉아 있었다. 그는 눈물을 감추려고 요란하게 코를 풀었다. 어린 친구에게 닥친 위험은 불쌍한 교구민들을 잊게 할 정도로 그를 혼란에 빠뜨렸다.

그러나 두 형제가 방구석에 물러나 앉아 있어도 소용이 없었다. 잔은 그들이 거기 있는 것을 알았다. 그들은 아이를 불편하게 했고, 아이는 열에 들떠 선잠이 들어 있을 때도 돌아눕곤 했다. 어머니는 아이가 더듬거리는 말을 듣고자 몸을 굽혔다.

"오! 엄마, 아파! 숨이 막혀. 사람들을 돌려보내요. 빨리, 빨리."

엘렌은 가능한 한 상냥하게 어린아이가 자고 싶어 한다고 두 형제에게 설명했다. 그들은 알아듣고, 고개를 숙인 후 가버렸다. 그들이 떠나자마자 잔은 깊이 숨을 들이마시고 방을 한번 둘러보았다. 그리고 어머니와 의사에게 한없이 다정한 눈길을 보냈다.

"안녕하세요."

아이는 속삭였다.

"나는 괜찮아요. 여기 계세요."

3주 동안 아이는 그들을 그렇게 잡아두었다. 앙리는 처음에는 하루에 두 번 왔다. 그러다가 저녁나절 내내 있게 되었다. 그는 여가 시간 전부를 아이에게 바쳤다. 처음에 그는 장티푸스가 아닌가 우려했다. 그러나 그토록 모순된 증상들이 나타나자 몹시 곤혹스러워했다. 분명 파악하기 힘든, 철결핍빈혈인 것 같았다. 그 합병증은 어린이가 여성으로 변하는 시기에 무서운 병이었다. 그다음에는 심장 질환이나 폐결핵의 초기 증상을 의심해 보았다. 그를 초조하게 한 것은 어떻게 진정시켜야 할지 알 수 없는 잔의 신경질적인 흥분과 집요한 고열이었는데, 그것은 효과적인 치료를 불가능하게 만들었다. 그는 오로지 자신의 행복과 자신의 삶 자체를 돌본다는 기분으로 아이를 치료하는 데 온 힘과 지식을 쏟았다. 엄숙히 치료에 몰두하느라 그의 마음은 아주 고요해졌다. 그 근심스러운 3주 동안 한 번도 그의 열정은 일어나지 않았다. 그는 이제 엘렌의 숨결에 부르르 떨지 않았다. 시선이 마주칠 때면, 공동의 불행으로 위협받는 두 존재의 우정 어린 슬픔만이 감돌았다.

그래도 매 순간 두 사람의 마음은 더욱 하나로 녹아들었다. 그들은 이제 같은 생각으로만 살았다. 그 집에 도착해서 여자를 보면 그는 잔이 지난밤에 어땠는지 알 수 있었고, 그녀 역시 앙리가 말 한마디 하지 않아도 아이의 상태를 그가 어떻게 진찰했는지 느낄 수 있었다. 어머니다운 훌륭한 용기로, 그녀는 의사에게 무서운 사실이라도 감추지 말고 말해줄 것을 맹세하게 했다. 20일 동안 줄곧 세 시간 이상을 잔 적이 없지만 그녀는 초인적인 힘과 침착함을 보여주었다. 눈물을 보이지 않았고, 아이의 병과 싸우는 데만 몰두하기 위해 자신의 절망을 억눌렀다. 그녀의 내부와 주위에는 넓은 공동이 생겨 주위 사람들도, 순간순간의 감정도, 자기 존재에 대한 의식조차도 모두 가라앉아 버렸다. 더 이상 아무것도 존재하지 않았다. 그녀는 오로지 꺼져가는 소중한 자식과 그 자식에게 기적을 가져다줄 그 남자에 의해서만 삶에 연결되어 있었다. 그녀는 그 남자만 보고 그 남자의 말만 들었다. 그의 가장 사소한 말도 지고의 중요성을 지녔으며, 그에게 힘을 주려면 그 말을 들어야 한다는 생각에서 조건 없이 따랐다. 알지 못하는 사이에 그녀는 돌이킬 수 없이 완전하게 그의 소유가 되었다. 거의 매일 저녁, 잔의 열이 높아지고 위험한 고비를 넘길 때면 두 사람은 단둘이 조용하게 무더운 방을 지켰다. 그리고 자신들이 무의식적으로 죽음에 맞서 싸우는 것을 확인하려는 듯 두 사람의 손은 침대맡에서 만났다. 아이의 가는 한숨과 순탄하고 규칙적인 호흡이 발작이 지나갔음을 알릴 때까지 두 사람의 손은 불안과 연민에 떨리면서 오래도록 꽉 맞잡은 채 붙어 있었다. 두 사람은 고개를 끄덕이면서 같이 안심했다. 또다시 그들의 사랑이 승리했다. 손을 더욱 굳게 잡을 때마다, 두 사람은 더욱 가깝게 결합되었다.

어느 날 저녁, 엘렌은 앙리가 무언가 감추고 있음을 눈치챘다. 10분 전부터 그는 말없이 잔을 관찰하고 있었다. 아이는 참을 수 없는 갈증을 호소했다. 목이 죄어들었고 바짝 마른 목구멍에서 계속 씩씩거리는 소리가 났다. 반수 상태가 아이를 덮쳤다. 얼굴은 벌겋게 달아올라, 너무 지쳐서 눈꺼풀조차 들 수 없었다. 그렇게 꼼짝도 하지 않아서 아이의 목구멍에서 새어 나오는 바람 소리만 아니면 죽었다고 생각될 정도였다.

"나쁜 증상을 발견하셨지요, 그렇지요?"

엘렌이 감정 없는 어조로 물었다.

그는 아니라고, 바뀐 것은 없다고 대답했다. 그러나 그는 몹시 창백했고, 무력함에 짓눌린 채 앉아 있었다. 엘렌은 있는 힘을 다하여 긴장하고 있었음에도 침대 한옆의 의자에 힘없이 주저앉았다.

"모두 말씀해 주세요. 당신은 저한테 모든 것을 얘기하겠다고 맹세하셨어요. 가망이 없나요?"

그가 입을 다물고 있자 그녀는 격렬하게 다시 말을 이었다.

"당신은 제가 강하다는 것을 아시지요……. 제가 울 것 같아요? 절망할 것 같아요? 말씀하세요. 저는 사실을 알고 싶어요."

앙리는 여자를 뚫어져라 바라보았다. 그리고 느릿느릿 말했다.

"좋아요. 지금부터 한 시간 후까지도 이 반수 상태에서 벗어나지 못하면 끝장입니다."

엘렌은 눈물을 떨구지 않았다. 그녀는 머리카락이 쭈뼛 서는 듯한 공포를 느끼며 굳어져 있었다. 그녀의 눈길이 잔을 내려다보더니, 무릎을 꿇고 어깨로 아이를 보호하려는 듯 눈부신 모습으로 아이를 품 안에 끌어안았다. 한참 동안 그녀는 아이의 얼굴을 샅샅이 훑어보면서 제 숨결을, 제 생명을 불어넣고 싶은 듯 얼굴 가까이 대고 있었다. 어린 병자의 헐떡이는 호흡이 더욱 급박해졌다.

"그러면 할 수 있는 일이 아무것도 없나요?"

그녀가 고개를 들면서 다시 말했다.

"당신은 왜 여기 있죠? 무언가 해보세요……."

그는 낙담한 몸짓을 했다.

"무언가 하세요……. 제가 알겠어요? 무엇이든지 하세요. 뭔가

할 일이 있을 테지요. 아이를 죽게 놔둬서는 안 돼요. 그럴 순 없어요!"

"최선을 다하겠어요."

의사는 단지 그렇게 말했다.

그는 일어섰다. 그리고 비장한 싸움을 시작했다. 모든 침착함과 의사로서의 결단을 동원했다. 그때까지 그는 이미 생명이 고갈된 그 작은 육체를 더 쇠약하게 만들까 봐 격렬한 방법은 감히 사용하지 못한 터였다. 그러나 그는 더 이상 주저하지 않고 열두어 마리의 거머리를 찾아오라고 로잘리를 내보냈다. 그는 그것이 아이를 살릴 수도 있고 죽일 수도 있는 필사적인 시도임을 숨기지 않았다. 거머리를 가져오자 그는 여자의 마음이 순간 약해진 것을 눈치챘다.

"오! 세상에."

그녀가 중얼거렸다.

"세상에, 아이를 죽이겠어요."

그는 동의를 얻어야 했다.

"그래요! 이걸 써야 합니다. 용기를 가져야 해요!"

그녀는 잔을 놓지 않았다. 그러고는 일어서기를 거부하고 아이 머리를 제 어깨에 기대게 했다. 의사는 굳은 얼굴로 지금 하려는 시도에 정신을 팔려서 더 이상 말하지 않았다. 처음에는 거머리들이 피를 빨지 않았다. 몇 분이 흘렀다. 어둠 속에 잠겨 있는 큰 방에서 시계추만이 무자비하고 끈질긴 소리를 냈다. 매초 희망이 사라졌다. 램프 갓에서 떨어지는 둥그스름한 노란 빛 아래, 괴로워하는 잔의 작은 벗은 몸은 어질러진 시트 한가운데서 밀랍처럼 창백했다. 엘렌은 무표정한 눈으로 목이 메어, 벌써 축 늘어진 작은 팔다리를 바라보았다. 아이의 피 한 방울을 위해서라면 그녀는 기꺼이 제 피 전부를 바쳤을 것이다. 드디어 붉은 방울이 보였다. 거머리가 피를 빨아들였다. 한 마리 한 마리, 거머리가 달라붙었다. 아이의 목숨은 정해졌다. 폐부를 찌르는 듯한 감동의 처절한 순간이었다. 잔이 내쉬는 이 한숨은 마지막 숨일까? 생명이 돌아온 것일까? 한순간 엘렌은 아이의 몸이 뻣뻣해지는 것을 느끼며 아이가 죽었다고 생각했다. 그녀는 탐욕스럽게 피를 빠는 벌레들을 떼어버리고 싶은 사나운 욕망을 느꼈다. 그러나 훨씬 강력한 힘이 그녀를 버티게 했다. 그녀는 눈이 휘둥그레진 채 굳어 있었다. 시계추는 계속 똑딱거렸고, 방 안은 걱정스럽게 기다리고 있는 듯했다.

아이가 몸부림을 쳤다. 눈꺼풀을 천천히 들어 올리더니, 놀라고 피곤한 듯 다시 눈을 감았다. 한숨과도 같은 가벼운 경련이 아이의 얼굴을 스쳐갔다. 입술이 꼼지락거렸다. 엘렌은 열망과 긴장 속에서 강한 기대감을 가지고 아이를 들여다보았다.

"엄마, 엄마."

잔이 중얼거렸다.

앙리가 침대 머리맡, 젊은 여인 곁으로 왔다.

"살아났어요."

"살아났어……. 살아났어."

엘렌은 더듬거리며 되풀이했다. 그녀는 기쁨에 넘쳐 딸을 바라보고, 넋이 나간 눈빛으로 의사를 바라보면서 침대 옆 바닥에 무릎을 꿇었다.

그러고는 거칠게 몸을 일으키더니 앙리의 목에 매달렸다.

"아! 사랑해요!"

그녀는 외쳤다.

그녀는 남자에게 키스하고 포옹했다. 그녀의 마음이 위기에

처한 순간 드디어 터져 나온, 그렇게도 오랫동안 참아왔던 고백이었다. 어머니와 연인이 그 달콤한 순간 하나가 되었다. 그녀는 고마움으로 불타는 사랑을 바쳤다.

"눈물이 나요. 보세요, 눈물이 나요."

그녀는 중얼거렸다.

"세상에! 당신을 사랑해요. 정말 행복해요!"

그녀는 훨씬 친근해진 목소리로 말하며 눈물을 흘렸다. 3주 동안 말라붙었던 눈물이 볼 위로 철철 흘러내렸다. 북받쳐 오른 다정한 감정에 완전히 휩쓸린 채 그녀는 어린아이처럼 아늑하고 편하게 그의 팔에 안겨 있었다. 그리고 다시 무릎을 꿇더니 아이를 어깨에 눕혀 재우려고 다시 안았다. 아이가 잠든 동안 그녀는 가끔 앙리에게 열정이 가득 찬 젖은 눈을 들어 보였다.

행복한 밤이었다. 의사는 늦게까지 남아 있었다. 잔은 침대에 누워 턱까지 이불을 덮고 베개에 고운 갈색 머리를 눕힌 채, 기진맥진하긴 했지만 진정되어 눈을 감고 있었다. 벽난로 가까이 끌어다 놓은 원탁 위 램프는 방 한구석만 비추고 있어서, 엘렌과 앙리는 어렴풋한 그림자 속, 좁은 침대맡 각자의 자리에 앉아 있었다. 어린아이는 두 사람을 갈라놓은 게 아니라 반대로 가까워지게 했고, 사랑의 첫날 밤에 순결함을 더해주었다. 두 사람은 긴 고통의 날들을 지나온 끝에 찾아온 평온을 맛보고 있었다. 마침내, 둘은 마음을 활짝 열고 나란히 앉게 되었다. 같이 떨면서 헤쳐나온 공포와 기쁨을 통해 그들은 서로를 더욱 사랑하게 되었음을 깨달았다. 따스하고 은밀한 분위기가 감도는 방은 공범이 되어주었다. 환자의 침대 주위에 감동 어린 침묵이 깔렸고, 방 안은 믿음으로 차 있었다. 때때로 일어선 엘렌이 발끝으로 걸어가 약을 찾거나, 램프의 불을 돋우거나, 로잘리에게 심부름을 시키러 갔다. 그러면 의사는 그녀를 눈으로 좇으며 조용히 걸으라는 눈짓을 했다. 그녀가 다시 앉으면 그들은 웃음을 교환했다. 그들은 말을 나누지 않았고, 잔이 자신들의 사랑 그 자체인 것처럼 아이에게만 관심을 쏟았다. 그러나 가끔 아이를 돌보며 이불을 끌어 올려줄 때나 머리를 제대로 괴여줄 때, 두 사람의 손은 잠시 가까이 있는 걸 잊고 서로 맞닿았다. 무의식적이고 스쳐 지나가는 그 애무는 두 사람이 괜찮다고 여기는 유일한 접촉이었다.

"나는 안 자."

잔이 중얼거렸다.

"엄마와 선생님이 여기 있는 걸 잘 알아요."

그들은 아이가 말하는 것을 들으며 즐거워했다. 그리고 손을 풀었다. 다른 욕심은 없었다. 아이는 그들을 만족스럽고 평온하게 했다.

"괜찮니, 애야?"

아이가 움직이는 것을 보며 엘렌이 물었다.

잔은 바로 대답하지 않았다. 그리고 꿈꾸듯 말했다.

"아! 응, 느낄 수가 없어. 하지만 얘기 소리는 들려. 그래서 기분이 좋아."

잠시 후 아이는 눈꺼풀을 들고 그들을 보려고 애썼다. 그리고 다시 눈을 감으며 눈부신 미소를 지었다.

다음 날 신부와 랑보 씨가 나타났을 때 엘렌은 초조한 빛을 보였다. 그들은 은밀한 행복에 잠겨 있는 그녀를 방해했다. 그들이 나쁜 소식을 들을까 봐 떨면서 안부를 묻자, 그녀는 쌀쌀맞게도 잔이 별로 나아지지 않았다고 말했다. 아이가 살아난 것을 앙리와 둘이서만 기뻐하고 싶다는 이기적인 욕구 때문에 별로 깊이 생각하지도 않고 그렇게 대답한 것이었다. 무엇 때문에 우리들의 행복을 나눠주겠는가? 그 행복은 두 사람에게 속한 것이므로, 다른 누가 안다면 행복이 줄어들 것만 같았다. 두 사람의 사랑에 이방인이 끼어드는 것과도 같았다.

신부가 침대로 다가왔다.

"잔, 우리다. 네 친구들이야. 우리를 알아보지 못하겠니!"

아이는 무겁게 도리질했다. 그들을 알아보았지만 얘기하고 싶지 않은 듯 어머니에게 근심스럽고 의미심장한 시선을 던졌다. 두 호인은 다른 날보다도 더욱 슬픔에 잠긴 채 돌아갔다.

사흘 뒤, 앙리는 환자에게 처음으로 달걀 반숙을 허락했다. 그것은 아주 큰일이었다. 잔은 문을 닫고 어머니와 의사만 있는 데서 그것을 먹고 싶어 했다. 마침 랑보 씨가 와 있었는데, 아이는 침대 위에 냅킨을 깔고 있는 어머니의 귀에 대고 살짝 속삭였다.

"잠깐만, 아저씨가 가고 나면 먹을래."

랑보 씨가 떠나자마자 아이는 재촉했다.

"빨리, 빨리…… 사람들이 없을 때 먹어야지."

엘렌은 아이를 앉혔고, 앙리는 아이가 기댈 수 있도록 베개 두 개를 받쳤다. 냅킨을 깔고 무릎 위에 접시를 놓는 동안 잔은 웃으면서 기다렸다.

"깨뜨려 줄까?"

어머니가 물었다.

"응, 그래 줘, 엄마."

"내가 세 숟갈 떠주마."

의사가 말했다.

"아! 네 숟갈이야. 네 숟갈 먹을 거야."

아이는 이제 의사에게도 반말을 했다. 의사가 첫 숟갈을 내밀자 아이가 그의 손을 잡았다. 이미 어머니의 손도 잡고 있었는데, 좋아 죽겠다는 듯이 두 손에 번갈아 입을 맞췄다.

"자, 얌전하게 굴어야지."

거의 울음이 터질 지경인 아이를 보고 엘렌이 말했다.

"우리를 기쁘게 하려면 달걀을 먹어야지."

그러자 잔은 먹기 시작했다. 그러나 너무 몸이 약해져 두 숟갈을 먹자 물리고 말았다. 아이는 이가 물렁물렁해진 것 같다면서 음식을 삼키다가 웃었다. 앙리는 용기를 북돋워 주었다. 엘렌은 눈물이 핑 돌았다. 하느님! 우리 아이가 먹는 걸 보게 되다니! 이어서 아이는 빵을 먹었다. 먼저 먹은 달걀이 뱃속을 부드럽게 해 주었다. 잔이 죽은 몸으로 뻣뻣하게 시트에 싸여 있는 광경이 갑자기 떠올라 그녀는 얼어붙었다. 그런데 이 아이가 먹고 있다니, 병이 나아 머뭇머뭇 느린 동작으로 이렇게 얌전하게 먹고 있다니!

"야단치지 마, 엄마……. 먹을 수 있는 만큼 먹었어. 세 숟갈째야……. 됐어?"

"그래, 됐다, 얘야……. 엄마가 얼마나 기쁜지 모르지?"

숨 막힐 듯한 행복감에 넘쳐 그녀는 자기도 모르게 앙리의 어깨에 기댔다. 두 사람은 아이를 보며 웃었다. 그러나 아이는 천천히 불안감에 사로잡혔다. 아이는 두 사람을 외면하면서, 더 이상 먹지 않고 고개를 떨구었다. 경계심과 분노의 그림자가 아이의 얼굴 위를 창백하게 물들였다. 결국 아이를 다시 눕혀야 했다.

3

 회복은 여러 달 걸렸다. 8월이 되어서도 잔은 침대에 누워 있었다. 아이는 저녁에만 한두 시간 일어나 있었다. 창문까지 가는 것도 아이에게는 굉장히 힘든 일이었는데, 아이는 거기서 지는 해로 타는 듯한 파리를 바라보며 안락의자에 파묻혀 있었다. 아이의 가엾은 다리는 지탱하기를 거부했다. 아이는 희미하게 웃으며 자기는 작은 새만큼도 피가 없어서 수프를 많이 먹어야 한다고 말했다. 그래서 국물에 날고기를 잘라 넣은 것을 먹였는데, 어서 정원에 놀러 가고 싶은 마음에 아이는 그것을 좋아하게 되었다.

 단조롭고 아름답게 물 흐르듯 몇 주가 지나고 몇 달이 지났다. 엘렌은 날짜를 세지 않았다. 집 밖을 나가지 않았고, 잔 곁에서 세상을 잊고 있었다. 바깥의 소식은 그녀에게까지 미치지 않았다. 연기와 소음이 지평선까지 꽉 차 있는 파리를 눈앞에 바라보면서도, 바위틈에 숨은 수도자보다 더 폐쇄적이고 외따로 떨어진 은둔 생활이었다. 아이가 살아났다는 확실한 사실로 충분했다. 그녀는 아이의 표정, 반짝이는 눈, 명랑한 몸짓에 행복을 느꼈고, 아이의 건강이 회복되는 것을 지켜보며 나날을 보냈다. 아이를 새로 낳은 것 같았다. 회복이 더딜수록 아이를 젖 먹여 기르던 옛날이 생각나면서 달콤함이 느껴졌다. 아이가 힘을 되찾아 가는 모습을 보면서, 곧 걸을 수 있을까 하고 모아 쥔 손안의 작은 발을 살펴보던 그 옛날보다도 더 생생한 감동을 느꼈다.

 그렇지만 일말의 불안감이 남아 있었다. 그녀는 여러 번 잔의 얼굴이 창백하게 그늘지며 갑자기 의심을 품고 사나워지는 것을 눈치챘다. 어째서 아이가 그렇게 명랑하다가 갑자기 변하는 걸까? 아픈 걸까? 통증이 일어났는데 숨기는 걸까?

"말해 봐, 얘, 왜 그러니……? 방금까진 웃고 있었는데 지금은 기분이 좋지 않은 모양이지. 대답해 봐, 어디가 아프니?"

그러나 잔은 홱 고개를 돌리고 베개에 얼굴을 파묻었다.

"아무렇지도 않아."

아이가 퉁명스럽게 말했다.

"제발 날 내버려둬."

오후 내내 아이는 상심한 어머니가 이해할 수 없는 슬픔에 빠져 고집을 피우고 벽만 바라보며 토라져 있었다. 의사도 뭐라고 해야 할지 알 수 없었다. 그가 오기만 하면 늘 발작이 일어났다. 그는 발작이 환자의 신경질적 상태에서 비롯되었다고 여기고는 아이의 심기를 거스르지 않도록 각별히 조심하라고 충고했다.

어느 날 오후, 잔은 자고 있었다. 앙리는 아이의 상태가 괜찮음을 확인한 뒤 창문 앞에서 전처럼 다시 바느질에 열중한 엘렌과 이야기를 나누며 방 안을 서성거렸다. 그녀가 정열적으로 사랑을 고백하던 그 무서웠던 밤 이후로 두 사람은 별일 없이 지내왔다. 두 사람은 내일을 걱정하지 않았으며 세상모른 채 서로 사랑한다는 감미로운 사실에 몸을 내맡겼다. 방 안에는 죽어가던 환자의 여운이 아직도 남아 있었고, 잔의 침대 곁에서 신중해지는 마음이 모든 감각의 충동을 막아주었다. 순진한 어린아이가 숨 쉬는 소리를 들으면 그들은 차분해졌다. 하지만 환자가 점점 힘을 회복해 갈수록 그들의 사랑도 힘을 얻었다. 혈기가 솟구쳤다. 그들은 나란히 앉아 전율하며, 오직 현재의 순간만 즐겼다. 잔이 완전히 회복해 언젠가 그들의 열정이 자유롭고 온전하게 터져 나올 날을 감히 떠올리려 하지 않았다.

몇 시간이고 그들은 아이를 깨우지 않으려고 나직한 소리로 드문드문 말을 나누면서 서로를 달랬다. 아무리 일상적인 이야기라도 두 사람에게는 깊이 와닿았다. 그날은 두 사람 모두 깊은 감동에 잠겨 있었다.

"아이는 이제 훨씬 좋아질 거예요. 장담합니다."

의사가 말했다.

"2주 안에는 정원에 내려올 수 있을 거예요."

엘렌은 힘 있게 바늘을 꽂으며 속삭였다.

"어제는 여전히 슬픈 기색이었어요……. 하지만 오늘 아침에는 웃으면서 착해지겠다고 약속했지요."

긴 침묵이 이어졌다. 아이가 자는 동안 두 사람은 평온했다. 아이가 이렇게 잠들어 있을 때면 마음을 놓은 채 한층 더 서로에게 가까워졌다.

"당신은 그 이후로 정원을 못 보았지요?"

앙리가 다시 말했다.

"지금은 꽃이 만발해 있어요."

"마거리트가 피었겠네요, 그렇지요?"

그녀가 물었다.

"그래요, 화단도 근사하지요……. 참으아리는 느릅나무 꼭대기까지 기어 올라갔는데, 꼭 잎으로 만든 둥지 같아요."

다시 침묵이 깔렸다. 엘렌은 바느질을 멈추고 미소 지으며 그를 바라보았다. 장미 꽃잎이 비 오듯 날리며 어슴푸레한 그늘이 드리운, 꿈같이 한적한 오솔길을 함께 거니는 광경이 그들의 머리에 똑같이 떠올랐다. 남자는 여자 쪽으로 몸을 숙이고 실내복에서 풍기는 희미한 마편초 향기를 들이마셨다. 그러나 이불깃이 부스럭거리는 소리가 그들을 방해했다.

"깼군요."

고개를 들고 엘렌이 말했다.

앙리는 떨어져 앉으며 역시 침대 쪽으로 시선을 던졌다. 잔은 작은 팔로 베개를 안았다. 깃털 속에 턱을 묻은 채 두 사람을 정면으로 바라보고 있었다. 그러나 눈꺼풀은 감긴 채였다. 다시금 느리고 규칙적인 호흡이 돌아오면서 아이는 잠든 것 같았다.

"당신은 그렇게 늘 바느질을 하시는군요?"

의사가 다가앉으며 물었다.

"손을 놓고 있을 수가 없어요."

그녀가 대답했다.

"무의식적으로 하는 거예요. 그러면 생각이 정리돼요⋯⋯. 몇 시간이고 지치지 않고 같은 생각을 하지요."

그는 더 이상 아무 말 하지 않았다. 그는 조그만 소리를 내면서 또박또박 옥양목 천을 찌르는 바늘을 지켜보았다. 그 실이 두 사람의 존재를 담아 묶어주고 있는 것 같았다. 그녀는 몇 시간이라도 바느질을 할 것 같았고, 그러면 그는 싫증 내지 않고 두 사람을 가만히 흔들어주듯 사각거리는 바늘 소리를 들으며 여기 있을 것만 같았다. 잠든 아이 옆에서, 아이가 깨지 않도록 조심조심 움직이며 이렇게 붙어 앉아 평화롭게 나날을 보내는 것, 이것이 그들의 바람이었다. 아! 그것은 감미로운 정체 상태였다. 조용한 가운데 가슴이 두근거리는 소리가 들렸으며, 두 사람은 한없는 달콤함 속에서 오직 사랑과 영원을 느끼며 황홀해했다.

"당신은 정말 좋은 여자입니다."

그는 여자로 인한 기쁨을 표현하는 데 그 말밖에는 할 수 없었고, 몇 번이나 반복해서 속삭였다.

그녀가 다시 고개를 들었다. 열렬히 사랑받고 있음을 느꼈지만 전혀 거북하지 않았다. 앙리의 얼굴이 가까이 있었다. 잠시 그들은 서로 바라보았다.

"일하게 놔두세요."

그녀가 아주 나지막하게 말했다.

"그러시면 끝내지를 못해요."

그 순간, 본능적인 불안감이 그녀를 돌아다보게 했다. 그리고 그녀는 잔이 몹시 창백한 얼굴로 먹물처럼 검은 눈을 크게 뜬 채 그들을 바라보고 있음을 알아차렸다. 아이는 깃털 속에 턱을 묻고 작은 팔로는 여전히 베개를 껴안고 미동 없이 있었다. 아이는 이제 막 눈을 뜨고 그들을 바라보았다.

"잔, 왜 그러니?"

엘렌이 물었다.

"어디 아파? 왜 그래?"

아이는 대답하지 않았다. 움직이지도 않았고 눈을 내리깔지도 않았다. 뚫어질 듯 바라보는 크게 뜬 눈에는 불길이 활활 타올랐다. 사나운 기색이 이마를 덮고 뺨은 창백하게 움푹 꺼졌다.

벌써 경련을 일으킬 듯 손목이 틀어지고 있었다. 엘렌은 말해 보라고 애원하며 급히 일어섰다. 그러나 아이는 고집스럽게 굳어 있었다. 아이는 어두운 눈길을 어머니에게 떼지 않았고 어머니는 결국 얼굴을 붉히며 더듬거렸다.

"선생님, 보세요. 대체 왜 이럴까요?"

앙리는 엘렌의 의자 옆에 있던 제 의자를 뒤로 밀었다. 그러고는 침대로 다가가 베개를 꽉 거머잡고 있는 작은 손을 붙잡으려 했다. 그가 손을 대자 잔은 충격을 받은 듯했다. 아이가 벽 쪽으로 홱 돌아누우며 소리쳤다.

"제발 내버려둬요. 나를 아프게 하잖아요……. 나를 내버려두세요."

엘렌은 당황하며 창문 앞으로 가 앉았다. 그러나 앙리는 그 옆에 가서 앉지 않았다. 마침내 그들은 깨달았다. 잔은 질투하고 있었다. 더 이상 할 말이 없었다. 의사는 잠깐 말없이 서성거리다가 어머니가 침대 쪽으로 근심스러운 눈길을 던지고 있는 것을 보자 물러가 버렸다. 남자가 멀어지자 그녀는 딸에게 다가가 양팔로 힘차게 안아 일으켰다. 그리고 한동안 아이에게 말을 걸었다.

"자, 착하지. 엄마 혼자야……. 나를 보고 대답해 봐……. 너 아픈 게 아니지? 그래, 내가 널 괴롭게 했니? 엄마한테 다 말해보렴……. 나한테 화났니? 무슨 생각 하는 거야?"

그러나 갖은 방법으로 물어봐도 소용이 없었다. 잔은 계속 아무것도 아니라고 잡아떼기만 했다. 그러다 갑자기 소리쳤다.

"엄마는 이제 날 사랑하지 않아……. 이제 날 사랑하지 않아……."

아이는 굵은 눈물방울을 떨어뜨렸다. 그리고 어머니의 얼굴에 열렬히 키스를 퍼부으며, 경련하는 팔로 어머니의 목을 끌어안았다. 엘렌은 가슴이 찢어지는 듯하고 형용할 수 없는 슬픔으로 숨이 막혀서 아이를 한동안 가슴에 안고 있었다. 그녀는 함께 울면서 그 누구보다 아이를 사랑한다고 맹세했다.

그날부터 잔의 말이나 시선에서 질투가 드러났다. 생명이 위기에 처해 있었을 때는 주위에 부드럽게 감도는 그 사랑이 자신을 구해주리라는 걸 본능적으로 알고 받아들였다. 그러나 이제 아이는 다시 튼튼해졌고 더 이상 어머니를 나눠 갖고 싶지 않았다. 그래서 아이는 의사에게 원한을 품었고, 그 원한은 아이가 건강해짐에 따라 모르는 새에 커져서 증오로 변했다. 그것은 의심 많고 말 없는 작은 존재인 아이의 고집스러운 머릿속에 깃들었다. 아이는 절대 그것을 명확하게 밝히려고 하지 않았으며, 제 자신도 잘 알지 못했다. 의사가 어머니에게 너무 가까이 다가가면 가슴이 아팠다. 아이는 두 손을 가슴에 가져다 댔다. 그것이 전부였다. 가슴은 타는 듯했고 거센 분노로 목이 메고 창백해졌다. 아이로서도 그것을 어찌할 수가 없었다. 왜 그렇게 못되게 구냐고 나무라기라도 하면 아이는 억울하다고 느꼈고, 몸이 더욱 뻣뻣하게 굳으며 아무 대답도 하지 않았다. 엘렌은 떨면서 아이에게 자신의 불안감을 이해시킬 엄두를 내지 못했다. 여인처럼 열정적으로 빛나는 열한 살짜리 아이의 조숙한 눈길 앞에서 슬그머니 눈을 피했다.

"잔, 엄마를 몹시 힘들게 하는구나."

아이가 미친 듯한 격정에 휩싸이는 것을 보면 그녀는 눈물이 글썽글썽해져서 말했다. 그녀는 참느라고 숨이 막혔다. 그러나 예전에는 그런 말을 하면 아이가 울면서 엘렌의 품으로 뛰어들곤 했는데, 그 말도 이제는 효력이 없었다. 아이의 성격은 변했고, 하루에도 열 번은 까탈을 부렸다. 제일 잦은 것은 로잘리에게 하듯 제 어머니에게 퉁명스럽고 명령적인 어조로 말하며, 사소한 일로 못살게 굴고 재촉하고 불평을 늘어놓는 일이었다.

"차 한 잔 줘……. 오래도 걸리네! 목말라 죽겠어."

그러고는 엘렌이 차를 가져오면 "설탕을 안 탔잖아……. 안 마실래." 하고 홱 누워버렸다. 다시 가져오면 이제는 너무 달다면서 물리쳤다. 더 이상 어머니의 마음은 생각지도 않고 일부러 그렇게 했다. 엘렌은 아이가 더 성질을 부릴까 봐 두려워 아무 대꾸도 못 하고 굵은 눈물만 뺨 위로 떨어뜨리며 바라보았다.

잔은 특히 의사가 오는 시간을 위해서 성질을 누르고 있는 것 같았다. 그가 들어오자마자 아이는 침대에 납작 엎드려 낯선 이의 접근을 경계하는 야생동물처럼 고개를 음험하게 숙였다. 어떤 날은 손목을 내주고 눈은 천장을 바라보며 꼼짝달싹 않고 진찰하도록 내버려두고는 아무 말도 하지 않았다. 또 어떤 날은 의사를 쳐다보려고도 하지 않고, 골을 내며 손으로 눈을 가렸다. 그 손을 떼어내려면 팔을 비틀어야 할 지경이었다. 어느 날 저녁, 어머니가 약을 한 숟갈 내밀자 아이가 끔찍한 소리를 했다.

"싫어, 나를 독살하려는 거지?"

날카로운 아픔이 심장을 뚫고 지나갔다. 엘렌은 그 말의 저의를 생각하기가 두려워 손을 멈췄다.

"무슨 말을 하는 거니, 애야?"

그녀가 물었다.

"네가 무슨 말을 하는지 알고 있어……? 약은 원래 맛있는 게 아니야. 그래도 먹어야 한단다."

그러나 잔은 약을 삼키지 않으려고 고개를 돌린 채 고집스럽게 침묵을 지킬 뿐이었다. 그날부터 아이는 그때그때 기분에 따라 약을 먹기도 하고 먹지 않기도 하면서 까탈을 부렸다. 아이는 침대 옆 탁자에 놓여 있는 약병의 냄새를 맡아보고 의심스럽다는 듯 살펴보았다. 그리고 한번 싫다고 한 것은 영락없이 알아보고 한 방울이라도 마실 바에는 차라리 죽으려고 했다. 의젓한 랑보 씨만이 가끔 약을 먹일 수 있었다. 아이는 이제 그를 지나친 애정으로 들볶았으며 특히 의사가 있을 때 그러했다. 그러고는 어머니 쪽을 살피며, 자신이 다른 사람에게 보이는 애정이 어머니를 괴롭게 하는지 확인하려고 반짝이는 눈을 굴렸다.

"아! 아저씨로군요!"

그가 나타나면 아이가 외쳤다.

"이리로 앉으세요……. 오렌지 가져오셨어요?"

몸을 일으킨 아이가 웃으면서 항상 군것질거리가 들어 있는 그의 호주머니를 뒤졌다. 그리고 어머니의 창백한 얼굴에 고통의 기색이 떠오르는 것을 눈치채고 복수를 했다고 생각해 만족했다. 그러고는 지나치게 좋아하는 척하면서 그를 껴안았다. 랑보 씨는 이렇게 어린 친구와 화해하게 되어 얼굴이 밝아졌다. 엘렌이 방금 현관에서 그를 맞이하며 급하게 몇 마디 귀띔한 터였다. 그래서 그는 별안간 탁자 위에서 약병을 발견한 척했다.

"자! 그러면 약을 먹을까?"

잔의 얼굴이 어두워졌다. 아이는 어물어물 말했다.

"싫어, 싫어, 맛없어. 냄새가 나. 난 안 먹을래!"

"뭐라고! 안 먹을래?"

랑보 씨는 명랑한 표정으로 되물었다.

"이건 아주 맛있는 거야. 내기를 해도 좋아……. 내가 조금 마셔봐도 되지?"

대답을 기다리지도 않고 그는 약을 한 숟가락 듬뿍 따라서 아주 맛있다는 표정을 지으며 전혀 찡그리지 않고 마셔버렸다.

"아! 맛있는데!"

그가 중얼거렸다.

"네가 틀렸어……. 자, 조금만 마시면 괜찮단다."

잔은 재미있는 듯 더 이상 싫다고 하지 않았다. 아이는 랑보 씨가 맛을 보아야만 먹으려 했는데, 그의 동작을 주의 깊게 지켜보면서 약물이 그의 얼굴에 어떤 효과를 나타내나 살피는 듯했다. 이렇게 해서 이 선량한 사람은 한 달 동안 약을 실컷 먹었다. 엘렌이 고마워할라치면 그는 어깨를 으쓱했다. 그러고는 즐겁게 아이와 약을 나눠 먹으며 자신감에 차 말하곤 했다.

"괜찮습니다! 아주 맛있다니까요!"

그는 매일 저녁 아이 옆에서 지냈다. 신부도 이틀마다 한 번씩 꼭 들렀다. 아이는 그들을 가능한 한 오래 잡아두었고, 그들이 모자를 집어 들면 골을 냈다. 이제 아이는 어머니와 의사하고만 있게 되면 싫어했으며 두 사람을 갈라놓으려고 다른 사람들이 있기를 원했다. 종종 이유도 없이 로잘리를 불렀다. 어머니와 의사만 남으면 아이의 눈은 그들을 떠나지 않았고, 방 어디를 가더라도 그들을 따라다녔다. 그들의 손이 서로 닿으면 아이는 창백해졌다. 그들이 낮은 소리로 말을 나누면 무슨 얘기를 하는지 알고 싶어 하면서 화가 난 채 몸을 일으켰다. 심지어는 양탄자 위에서 어머니의 옷자락이 의사의 발을 스치는 것도 참지 못했다. 아이가 금방 부들부들 떨기 때문에 그들은 가까이 가지도 못하고 서로 쳐다보지도 못했다. 상심한 육체, 죄 없고 병든 이 가엾은 존재는 극히 예민한 신경에 빠진 나머지, 등 뒤에서 두 사람이 마주 보고 웃는 듯한 기색이라도 느껴지면 휙 돌아보았다. 두 사람이 특별히 사랑을 느끼는 날이면 아이는 분위기에서 그것을 알아챘다. 그런 날이면 더욱 침울해져서는 격렬한 소나기가 쏟아지기 직전에 신경통이 있는 여인들이 그러듯이 괴로워했다.

엘렌의 주위 사람들 모두 잔이 살아났음을 알게 되었다. 엘렌 자신도 조금씩 그것을 기정사실로 받아들였다. 그래서 그녀는 결국 아이의 발작을 버릇없는 아이의 투정 정도로밖에 여기지 않게 되었다. 고통스러웠던 여섯 주일을 헤쳐 나온 지금, 그녀는 살고 싶다는 욕망을 느꼈다. 이제 딸은 몇 시간 동안은 돌봐주지 않아도 괜찮았다. 오랫동안 자신이 존재하는지조차 의식하지 못했던 그녀에게 그것은 감미로운 이완이자 휴식이었으며, 살고자 하는 욕망의 시간이었다. 그녀는 서랍을 뒤져 잊었던 물건들을 즐겁게 끄집어내며 일상적인 삶의 행복한 톱니바퀴를 다시 맞추기 위해 갖가지 자잘한 일에 몰두했다. 이런 새로운 기분 속에서 사랑은 커졌으며, 앙리의 존재는 그렇게 고통받은 데 대해 스스로 허락한 보상과도 같았다. 두 사람은 방 깊숙이 들어앉은 채 모든 방해물에 대한 생각을 잊어버리고 세상과 떨어져 있었다. 그들의 열정에 충격을 받은 어린아이 외에는 아무도 두 사람을 갈라놓지 않았다.

그런데 바로 잔이 그들의 욕망에 채찍을 가했다. 아이는 언제나 두 사람 사이를 엿보며 그들을 계속 압박했고, 무관심을 가장하면서 그들을 몸서리치게 했다. 아이가 말을 엿들으려 한다는 것을 알고, 그들은 여러 날 동안 아이가 반쯤 잠들어 있어도 말 한마디 나누지 못했다. 어느 날 저녁, 엘렌은 앙리를 배웅하러 따라 나갔다. 현관에서 그녀는 힘없이 꺾여 그의 품에 쓰러질 듯했다. 닫힌 문 뒤에서 잔이 성난 목소리로 외치기 시작했다.

"엄마! 엄마!"

그 외침은 의사의 뜨거운 키스가 어머니의 머리카락을 스치자마자 반동처럼 들려왔다. 엘렌은 급히 돌아가야 했다. 아이가 침대에서 뛰어내리는 소리가 들렸다. 흥분한 채 덜덜 떨면서 속옷 바람으로 뛰어오고 있는 아이가 보였다. 잔은 사람들이 제 옆을 떠나는 것을 싫어했다. 그날부터 두 사람에게 남은 건 오며 가며 나누는 짧은 악수뿐이었다. 드베를 부인은 한 달 전부터 어린 뤼시앵과 함께 해수욕을 떠나 있었다. 의사는 여가 시간을 마음대로 쓸 수 있었지만 엘렌 옆에서 감히 10분 이상을 보내지 못했다. 창문 앞에서 나누던 감미로운 환담도 그만두었다. 서로 마주 볼 때면, 점점 커지는 불길이 두 사람의 눈에서 활활 타올랐다.

무엇보다도 그들을 가장 괴롭힌 것은 잔의 변덕이었다. 어느 날 아침, 의사가 들여다보자 아이는 갑자기 눈물을 흘렸다. 그날은 온종일 아이의 미움이 열에 들뜬 듯한 다정함으로 바뀌어 있었다. 아이는 의사가 제 침대 옆에 있기를 원했다. 그리고 두 사람이 나란히 앉아 감동하며 미소 짓는 것을 보려는 듯 어머니를 스무 번 넘게 불렀다. 어머니는 지극히 행복해하며 이런 날들이 오래 이어지길 꿈꿨다. 그러나 그다음 날 앙리가 오자 아이가 너무나 굳은 눈초리로 그를 맞이해, 어머니는 그에게 돌아가라고 눈빛으로 애원했다. 지난밤 잔은 의사에게 친절하게 대해준 것을 밤새도록 미칠 듯이 후회하면서 흥분에 빠져 있었던 것이다. 그리고 매번 비슷한 일이 반복되었다. 한창 기분이 좋은 아이가 황홀한 시간을 허락하고 나면 그다음에는 나쁜 시간이 채찍처럼 따라왔는데, 그것들은 항상 서로 붙어 다녔다.

그러자 엘렌에게도 차차 반발심이 고개를 들었다. 아이를 위해서라면 그녀는 분명 죽을 수도 있었다. 그러나 어째서 이 심술궂은 아이는 위험한 순간을 벗어난 지금에도 이렇게 나를 못살게 구는 걸까? 그녀가 제 마음을 어루만져 주는 몽상, 이를테면 어느 낯선 아름다운 고장을 앙리와 함께 걷고 있는 상상에 빠질라치면 갑자기 뻣뻣하게 굳어버린 잔의 모습이 떠올랐다. 그녀의 가슴과 애간장은 끊임없이 갈기갈기 찢겨 나갔다. 모성과 사랑이 싸우는 틈바구니에서 그녀는 너무나 고통스러웠다.

어느 날 밤, 그녀가 단호하게 오지 말라고 했는데도 의사가 찾아왔다. 일주일 전부터 그들은 말 한마디 나누지 못한 터였다. 그녀는 그를 받아들이지 않으려 했다. 그러나 그는 안심시키려는 듯 여자를 방 안으로 부드럽게 밀었다. 거기서는 두 사람 모두 스스로 믿을 수 있었다. 잔은 깊이 잠들어 있었다. 그들은 불빛과 떨어져 늘 앉던 창가에 앉았다. 고요한 어둠이 그들을 둘러쌌다. 두 시간 동안 그들은 소리를 낮추려고 얼굴을 가까이하고 이야기를 나누었다. 숨결 하나 겨우 더해질 정도의 낮은 소리였으므로, 잠든 듯 고요한 그 커다란 방의 정적을 거의 깨뜨리지 않았다. 가끔 그들은 고개를 돌리고 잔의 고운 옆모습에 눈길을 던졌다. 조그만 두 손이 포개진 채 이불 위에 놓여 있었다. 그러다 깜박 아이를 잊고 말았다. 소곤거리는 소리가 높아졌다. 엘렌은 별안간 소스라치면서 앙리의 키스 아래 타는 듯한 손을 빼냈다. 그녀는 자신들이 거기서 저지를 뻔한 끔찍한 짓에 싸늘한 공포를 느꼈다.

"엄마! 엄마!"

가위에 눌린 듯 아이가 갑자기 몸을 뒤척이며 중얼거렸다.

아이는 잠이 뚝뚝 떨어지는 눈으로 일어나 앉으려고 침대에서 몸부림쳤다.

"숨어요, 제발 숨어요."

엘렌은 극도로 불안해하며 되풀이했다.

"당신이 있는 걸 보면 저 애는 죽을 거예요."

앙리는 급히 창문 옆 움푹 들어간 곳의 푸른 커튼 뒤로 몸을 숨겼다. 그러나 아이는 계속 칭얼거렸다.

"엄마, 엄마, 아! 아파!"

"엄마는 여기 네 옆에 있다, 아가. 어디가 아프니?"

"모르겠어······. 여기, 여기가 타는 것 같아."

아이가 얼굴을 찡그리며 눈을 떴다. 그리고 작은 두 손으로 가슴을 눌렀다.

"갑자기 아팠어. 자는데 커다란 불덩이 같은 게 느껴졌어."

"이젠 괜찮아. 더는 아무 데도 아프지 않지?"

"아니, 아니 여전히 아파."

아이가 불안한 눈으로 방을 둘러보았다. 이제 아이는 완전히 잠에서 깨어났다. 그러다 갑자기 사나운 기색이 얼굴에 내려앉아 두 뺨이 창백해졌다.

"엄마 혼자 있어?"

아이가 물었다.

"물론이지!"

아이는 점점 흥분하며 냄새를 맡는 듯 두리번거리더니 고개를 흔들었다.

"아니야, 아니야, 난 알아. 누가 있어······. 무서워. 엄마, 무서워! 오! 나를 속이는 거지. 엄마는 혼자가 아니야······."

아이는 신경질을 부리며 이불을 뒤집어쓰고 울면서 침대를 뒹굴었다. 엘렌은 미칠 듯 놀라 앙리를 당장 내보냈다. 그는 남아서 아이를 돌보고 싶어 했지만 그녀는 그를 밖으로 밀어냈다. 엘렌이 다시 돌아와 잔을 팔에 안았다. 잔은 제 커다란 슬픔을 한마디로 압축한 듯한 투정을 되풀이했다.

"엄마는 이제 나를 사랑하지 않아. 엄마는 이제 나를 사랑하지 않아!"

"그만, 그런 말 하면 안 돼."

어머니가 외쳤다.

"엄마는 누구보다도 널 사랑한단다. 내가 너를 사랑하는 걸 잘 알잖니!"

그녀는 자기 사랑이 아이에게 이토록 비통한 반향을 일으킨 데 놀라면서, 아이에게만 마음을 쏟겠다고 결심하고 아침까지 보살폈다. 딸아이는 엄마의 사랑으로 살고 있었다. 다음 날, 그녀는 왕진을 청했다. 보댕 의사가 우연히 들른 듯 와서는 농담을 던지며 환자를 진찰했다. 그는 옆방에 있는 드베를 의사와 한참 이야기했다. 두 사람은 현재 상태가 심각한 것은 아니라는 데 의견을 모았다. 그러나 그들은 합병증을 우려했다. 그들은 아이의 병이 가족 안에 오랜 내력을 지닌 것으로, 학설을 벗어나는 신경증의 일종일 거라고 생각하면서 엘렌에게 한참 질문을 했다. 그러자 그녀는 그들이 벌써 다소간 알고 있는 사실을 얘기했다. 그녀의 할머니는 플라상에서 몇 킬로미터 떨어진 튈레트 정신병원에 감금되어 있었으며, 어머니는 신경증의 발작과 광증으로 이어지는 삶을 보낸 끝에 심한 폐병으로 숨졌다. 그녀 자신은 아버지를 닮았다. 얼굴을 닮았을 뿐 아니라 그의 온건한 균형감도 닮았다. 잔은 반대로 할머니 쪽을 꼭 빼닮았다. 게다가 몸은 더 허약했다. 결코 할머니처럼 크고 튼튼한 체구를 갖지는 못할 아이였다. 두 의사는 이구동성으로 아주 조심스러운 보살핌이 필요하다고 되풀이했다. 철결핍빈혈 증상은 여러 가지 무서운 병으로 발전할 수 있기 때문에 조심에 조심을 더해야 했다.

앙리는 늙은 보댕 의사의 말을 여태 다른 어떤 동료에게도 가진 적 없던 존경심을 가지고 들었다. 그는 제 의견에 자신이 없는 어린 학생처럼 잔에 대해서 물었다. 사실 그는 이 어린아이 앞에서 떨게 된 것이었다. 아이는 그의 의학적 지식을 벗어났다. 그는 아이가 죽으면 그 어머니를 잃게 될까 봐 두려웠다. 한 주가 흘렀다. 엘렌은 그를 더 이상 환자의 방에 들여놓지 않았다. 그러자 그 자신도 충격을 받고 병이 나 발길을 끊었다.

8월 말이 되자 잔은 드디어 일어나 집 안을 걸어 다녔다. 아이는 안심하고 웃음을 보였다. 보름 동안 한 번도 발작을 일으키지 않았다. 어머니는 완전히 아이의 것이었고 항상 옆에 있었으며 정성껏 아이를 돌보았다. 처음에 아이는 경계심을 갖고 어머니의 키스를 살폈으며 그 거동을 의심했다. 잠들 때까지 손을 잡고 있으려 했고, 자는 동안에도 어머니가 옆에 있기를 바랐다. 아이는 더 이상 아무도 오지 않고 누구와도 어머니를 나눠 가지지 않음을 알게 되었고, 예전처럼 창가에 둘이 앉아 일을 하는 행복한 생활이 다시 이어지는 데 만족해 믿음을 되찾았다. 나날이 아이는 발그레해졌다. 로잘리는 아이가 눈에 띄게 꽃피고 있다고 말했다.

하지만 때때로 날이 저물 무렵이면 엘렌은 의기소침해졌다. 딸이 아픈 후로 그녀는 우울하고 다소 창백해졌으며 전에 없던 굵은 주름살이 이마에 잡혔다. 잔은 이러한 절망적이며 공허한 시간, 권태의 순간을 눈치채고는 막연한 후회로 마음이 무거워지며 몹시 불행해졌다. 아이는 말없이 부드럽게 어머니의 목에 매달렸다. 그리고 낮은 소리로 물었다.

"엄마, 행복해?"

엘렌은 부르르 떨었다. 그리고 서둘러 대답했다.

"그럼."

아이는 자꾸 다짐을 받았다.

"엄마, 행복해? 정말이야……? 확실해?"

"물론이지……. 왜 내가 행복하지 않겠니?"

그러면 잔은 보상이라도 하려는 듯 작은 팔로 어머니를 꼭 껴안았다. 아이는 말했다. 나는 엄마를 아주 사랑해. 그래서 엄마가 파리에서 제일 행복한 엄마였으면 좋겠어.

4

8월이 되자 드베를 의사네 정원은 정말 잎으로 둘러싸인 우물 같았다. 라일락과 흑단나무가 쇠창살에 가지를 휘감고, 송악과 인동덩굴, 참으아리 같은 덩굴식물들이 사방에 가지를 뻗어 얼기설기 얽히고 쏟아지며 벽을 타고 뻗어나가 느릅나무들까지 파고들었다. 마치 한 나무에서 다른 나무로 천막을 친 것 같았고, 느릅나무는 이 초록빛 살롱의 빽빽하고 튼튼한 기둥처럼 솟아 있었다. 정원은 아주 작아서 느릅나무의 늘어진 가지 하나로 충분히 가려졌다. 가운데에 노란 점처럼 떠 있는 정오의 태양이 양쪽 가장자리에 화단이 있는 잔디 위에 둥근 원을 그리고 있었다. 현관 층계에 있는 한 그루의 커다란 장미나무에는 핑크빛 꽃이 수없이 만발해 있었다. 저녁에 더위가 수그러들면 폐부를 찌를 듯한 장미의 훈향이 느릅나무 아래 묵직하게 깔렸다. 향기가 감도는 이 구석진 곳은 정말 말할 수 없이 아름다웠다. 오르간에서 흘러나오는 폴카 곡조가 비뇌즈 가에 울려 퍼질 때면, 정원을 들여다볼 수 없는 이웃들은 원시림을 상상하곤 했다.

"마님……."

로잘리는 매일 말했다.

"왜 아가씨는 정원에 내려가지 않아요……? 나무 밑에서 편히 쉴 수 있을 텐데."

느릅나무 가지들이 로잘리의 부엌에까지 침입하여 그녀는 손으로 잎을 따곤 했다. 그녀는 안을 들여다볼 수 없는 그 거대한 꽃다발 속에서 즐겁게 지내고 있었다. 엘렌은 이렇게 대답했다.

"아직 다 낫지 않았어. 그늘은 서늘해서 아이한테 좋지 않을 거야."

하지만 로잘리는 고집을 부렸다. 그녀는 한번 좋은 생각이라고 여기면 쉽사리 포기하려 들지 않았다. "그늘이 좋지 않다고 생각하시는 건 잘못이에요. 그 댁에 폐가 될까 그러시는 거지요. 그렇다면 잘못 알고 계신 거예요. 아가씨는 아무에게도 방해되지 않아요. 왜냐하면 아무도 안 계시거든요. 의사 선생님께서는 안 보이시고, 부인께서는 9월 중순까지 해수욕장에 계실 거랍니다. 문지기 아주머니가 제피랭에게 갈퀴질을 해달라고 부탁했어요. 그래서 2주 전부터 제피랭과 저는 거기서 오후를 보냈지요. 오! 아름다워요. 정말이지 아름다워요!"

엘렌은 여전히 싫다고 했다. 잔은 정원에 몹시 가고 싶어 하는 눈치였다. 앓아누운 동안 그 얘기를 자주 했었다. 그러나 어머니 앞에서는 눈길을 피하며, 묘한 수줍음과 망설임 때문에 더 이상 조르지 못했다. 드디어, 다음 일요일이 되자 하녀가 숨을 헐떡이며 나타나더니 이렇게 말했다.

"오! 마님, 아무도 없어요. 정말이에요. 저랑 갈퀴질하는 제피랭밖에 없어요······. 아가씨를 보내세요. 얼마나 상쾌한지 몰라요. 잠깐 구경하세요. 잠깐이면 괜찮잖아요."

그녀가 하도 고집을 부려 엘렌은 지고 말았다. 그녀는 숄로 잔을 감싸주고, 로잘리에게는 두꺼운 담요를 가져가라고 일렀다. 아이는 큰 눈을 말없이 기쁨으로 반짝이며 몹시 좋아했고, 그래서 기운이 있다는 것을 보여주려고 혼자서 계단을 내려가겠다고 말했다. 그 뒤에서 어머니는 여차하면 아이를 붙잡을 준비를 하고 팔을 내밀며 따라갔다. 내려가서 정원에 발을 내딛자 두 사람은 모두 감탄의 소리를 질렀다. 정원은 알아보지 못할 정도로 변해 있었다. 뚫고 들어갈 수 없는 이 밀림은 봄에 보았던 조촐하고 부르주아적인 장소와는 닮은 데가 없어 보였다.

"제가 뭐라고 했어요!"

로잘리가 의기양양해서 다시 말했다.

관목들이 자라서 산책길은 좁은 오솔길로 바뀌었고, 그 미로로 지나갈라치면 가지에 치마가 걸렸다. 잎은 부드럽고 매혹적인 신비를 지닌 초록색 광선을 떨구고 있었고, 그 둥근 천장 아래서 깊은 숲속에 들어온 듯한 기분을 느낄 수 있었다. 엘렌은 4월에 앉곤 했던 느릅나무를 찾았다.

"하지만 잔을 여기 앉혀둘 수는 없겠어. 그늘 아래서 너무 쌀쌀해."

"그러면 이렇게 해요."

하녀가 대답했다.

"보세요."

세 걸음이면 숲을 벗어날 수 있었다. 초록색 틈새로 보이는 해가 잔디 위를 비추었다. 따스하고 고요한 황금빛이 넓게 떨어져 마치 숲속의 빈터 같았다. 고개를 들면 나뭇가지가 푸른 하늘을 배경으로 레이스처럼 가볍게 양각되어 있었다. 큰 장미나무의 핑크빛 꽃은 더위 때문에 다소 시든 채 줄기 위에서 잠들어 있었다. 맨 끝에는 붉고 흰 마거리트 꽃이 낡은 벽걸이의 가장자리 장식처럼 화단에 피어 있었다.

"자, 보세요."

로잘리는 되풀이했다.

"보세요, 제가 알아서 다 할게요."

그녀는 그늘이 끝나는 산책길 한편에 담요를 접어서 깔았다. 그리고 다리를 쭉 펴라고 말하며 어깨에 숄을 두른 잔을 앉혔다. 이렇게 해서 아이의 머리는 그늘에 있고, 발은 양지에 놓이게 되었다.

"좋니?"

엘렌이 물었다.

"아! 좋아."

아이가 대답했다.

"춥지 않아. 불을 쬐고 있는 것 같아……. 오! 정말 상쾌해. 정말 좋아!"

그러자 닫혀 있는 창을 불안한 표정으로 바라보던 엘렌이 잠시 집으로 올라가야겠다고 말했다. 그녀는 로잘리에게 신신당부를 했다. 해를 잘 지켜보아라, 잔을 여기 반 시간 이상 두지 말아라, 아이에게서 눈을 떼지 말아라.

"걱정하지 마, 엄마!"

아이가 웃으면서 소리쳤다.

"여기는 마차도 다니지 않는걸."

혼자 남게 되자 아이는 옆에서 조약돌을 한 줌 주워서는 이 손에서 저 손으로 비처럼 떨어뜨렸다. 그동안 제피랭은 갈퀴질을 했다. 그는 부인과 아가씨를 보자 나뭇가지에 걸어두었던 외투를 바삐 걸쳤다. 그는 예의를 차리려고 갈퀴질을 잠시 멈추고 서 있었다. 잔이 앓아누운 동안에도 그는 늘 하던 대로 일요일이면 들렀다. 그러나 아주 조심스럽게 부엌으로 살짝 들어왔기 때문에, 로잘리가 매번 안부를 전하면서 그가 집안의 슬픔을 함께 나누고 있다고 덧붙이지 않았던들 엘렌은 그가 있다는 걸 눈치채지 못했을 것이다. 아! 그는 이제 예절이 몸에 배어 있었다. 로잘리도 그가 촌티를 벗었다고 말했다. 그는 갈퀴에 기대어 서서 잔에게 우호적인 고갯짓을 보냈다. 아이가 그를 알아보고 미소 지었다.

"나는 아팠어요."

아이가 말했다.

"저도 압니다, 아가씨."

가슴에 손을 얹으며 그가 대답했다.

그는 무슨 친절한 말, 분위기를 즐겁게 할 만한 농담을 하고 싶었다. 그래서 덧붙였다.

"틀림없이 건강해질 거예요. 보세요, 이제 좋아질 거예요."

잔은 조약돌을 한 줌 집었다. 제피랭은 만족해서 입이 귀까지 찢어지도록 소리 없이 웃으며 있는 힘껏 갈퀴질을 시작했다. 갈퀴가 자갈 위에서 규칙적으로 새된 소리를 냈다. 잠시 후 로잘리는 아이가 행복하고 평온하게 장난에 열중하고 있는 것을 보자, 갈퀴가 긁히는 소리에 이끌리듯 점점 아이로부터 멀어졌다. 제피랭은 햇볕이 내리쬐는 잔디밭 저쪽 끝에 있었다.

"황소처럼 땀을 흘리네."

그녀가 중얼거렸다.

"어서 외투를 벗어. 아가씨가 기분 나빠하진 않을 거야!"

그는 다시 외투를 벗어 나뭇가지에 걸었다. 가죽띠로 허리를 졸라맨 붉은 바지는 잔뜩 치켜 올라가 있었고, 말총을 넣은 칼라가 달리고 표백하지 않은 거친 천으로 된 셔츠는 너무 뻣뻣해서 언제나 불룩하게 부풀어 있었다. 그는 부대에서 '영원히'라는 말과 함께 새겨 넣은 불타는 두 개의 심장 모양 문신을 보여주려고 몸을 흔들며 팔을 걷었다.

"오늘 아침 미사에 갔었어?"

매주 일요일 로잘리는 그를 심문했다.

"미사라……. 미사라……."

그는 히죽히죽 웃으며 되풀이했다.

머리를 너무 바짝 깎아 빨간 두 귀가 훤히 드러나 보였고 그의 자그마하고 둥근 몸 전체는 몹시 익살스러운 분위기를 띠고 있었다.

"미사에 갔고말고."

마침내 그가 말했다.

"거짓말!"

로잘리가 사납게 대꾸했다.

"거짓말하는 것 다 알아. 코가 움찔거리잖아……! 아! 제피랭, 종교를 갖지 않으면 몸을 망칠 거야……. 조심하라고!"

그는 대답 대신 뽐내며 그녀의 허리를 안았다. 그러나 그녀는 분개한 듯이 소리를 질렀다.

"또 무례하게 굴면 외투를 다시 입게 할 거야……! 부끄럽지도 않아? 아가씨가 보고 있는데."

그러자 제피랭은 더 신나게 갈퀴질을 했다. 사실 잔은 놀이에 좀 싫증이 나서 금방 눈을 든 참이었다. 아이는 조약돌 다음에 나뭇잎을 모으다가 풀을 뜯었다. 그러나 싫증이 나면서 아무 일도 하지 않고 야금야금 올라오는 해를 보면서 노는 것이 더 좋아졌다. 조금 전까지는 무릎 아래 종아리만 따뜻한 햇살을 받고 있었다. 지금은 햇살이 허리까지 번졌고, 그 온기가 점차 올라오고 있었다. 아이는 아주 살살 쓰다듬어 주는 것처럼 온기가 몸속에 퍼져가는 것을 느꼈다. 특히 재미있는 것은 숄 위에서 춤추는 아름다운 금빛 반점이었다. 마치 살아 있는 것 같았다. 아이는 그것이 얼굴에 가 닿도록 고개를 돌렸다. 그러다 햇빛 속에서 작은 손을 맞잡았다. 어쩜 이렇게 손이 가늘어 보일까! 그리고 어쩜 이렇게 투명해 보일까! 태양이 비스듬히 지나갔다. 그 손은 어린 예수의 손처럼 분홍 조가비 색을 띠고 있었고, 가늘고 길쭉한 게 예뻐 보였다. 바깥 공기와 주위의 큰 나무들, 따뜻함은 아이를 약간 어리둥절하게 했다. 자고 있는 것 같았지만 동시에 보고 듣고 있었다. 아주 기분이 좋고 몹시 감미로웠다.

"아가씨, 뒤로 물러나세요."

아이에게 돌아온 로잘리가 말했다.

"볕이 너무 뜨겁군요."

그러나 잔은 움직이지 않겠다고 손짓했다. 기분이 무척 좋았다. 지금은 어른들이 숨기려고 하는 일에 대한 아이다운 호기심에 굴복하여 하녀와 작은 군인에게만 신경을 집중하고 있었다. 아이는 구경하지 않는 듯 보이려고 앙큼하게 눈을 내리깔았다. 겉으로는 조는 것 같았지만 긴 속눈썹 사이로 살피고 있었다.

로잘리는 잠시 그 옆에 있었다. 하지만 그녀는 갈퀴질 소리에 가만히 있질 못하고 자기도 모르게 다시 한 걸음 한 걸음 제피랭에게로 다가갔다. 그녀는 요즘 달라진 그의 거동에 대해 잔소리했다. 그러나 속으로는 은연중에 감탄하면서 마음을 빼앗기고 있었다. 병영 근처의 식물원이나 샤토도 광장을 동료들과 하염없이 어슬렁거리는 동안, 작은 군인은 파리 병사다운 멋있고 화려한 맵시를 갖추게 되었다. 그는 여인들을 즐겁게 하는 수식어와 으스대는 명랑함, 현란한 어법을 배웠다. 그녀는 그가 어깨를 흔들며 들려주는 말들을 들으면서 숨 막힐 듯 좋아하곤 했다. 때때로 이해하지 못할 말을 들을 때면 그녀는 자존심이 상해 얼굴을 붉혔다. 군복은 더 이상 어색하지 않았다. 그는 뽐내듯 팔을 들어 단추를 끌렀다. 특히 둥근 얼굴이 드러나고 코가 솟아 보이게끔 군모를 목덜미에 매달고 다니는 법도 터득했다. 군모는 몸의 움직임에 따라 부드럽게 흔들렸다. 그는 방종해져서 술을 입에 대고 몸에 딱 달라붙는 옷을 입기도 했다. 시침을 떼면서 빈정거리는 태도로 봐서는 그녀보다 더 여러 가지에 조예가 깊어진 게 틀림없었다. 파리는 그를 너무 영리하게 만들었다. 그녀는 매혹되기도 하고 분하기도 해서 그를 할퀴어줄까 아니면 바보 같은 소리를 하도록 내버려둘까 망설이며 뻣뻣하게 서 있었다.

한편 제피랭은 갈퀴질을 하면서 산책길 모퉁이를 돌았다. 커다란 덤불 뒤에서 그는 로잘리에게 엉큼한 추파를 던졌다. 갈퀴로 처녀를 조금씩 제 옆으로 끌어당기고 있는 것 같았다. 그녀가 가까이 오자 그는 엉덩이를 세게 꼬집었다.

"소리치지 마, 이게 내가 널 사랑하는 방식이라고!"

그는 발음을 얼버무리며 속삭였다.

"자, 저쪽을 봐."

그는 희한하게 귀에다 키스했다. 이번에는 로잘리도 피가 나도록 그를 꼬집었다. 그러자 그는 코에다 또 키스했다. 그녀는 아가씨 때문에 따귀를 한 대 올려붙이지 못해 골이 났지만 속으로는 좋아서 얼굴이 새빨개졌다.

"가시에 찔렸어요."

그녀는 잔 옆으로 돌아오면서 방금 작은 고함을 지른 것을 설명하기 위해 그렇게 말했다.

그러나 아이는 덤불의 가느다란 가지 사이로 그 광경을 모두 본 터였다. 붉은 바지와 군인 셔츠가 초록빛 속에서 또렷이 보였다. 아이는 로잘리를 향해 천천히 눈을 들어 올리고 잠시 바라보았다. 입술이 촉촉하고 머리카락이 흐트러진 처녀는 더욱 빨개졌다. 아이는 다시 눈을 내리깔고 조약돌을 한 움큼 쥐었으나 장난할 기운이 없었다. 태양은 작열하고 아이는 조는 듯 따뜻한 땅 위에 손을 가져다 댔다. 힘이 물밀듯이 올라오며 숨이 막혔다. 나무는 거인처럼 튼튼해 보였고, 장미는 아이를 향기 속에 빠뜨렸다. 아이는 놀라움과 황홀 속에서 뭔지 모를 막연한 것을 생각하고 있었다.

"뭘 생각하는 거예요, 아가씨?"

로잘리가 불안해져서 물었다.

"모르겠어. 아무것도 아니야. 아! 알겠어……. 나는 아주 늙을 때까지 살고 싶어······."

아이는 그 말을 설명할 수 없었다. "그냥 그런 생각이 들었어." 하고 말할 뿐이었다. 저녁 식사 후에 아이는 생각에 잠겨 있다가 어머니가 무슨 생각을 하냐고 묻자 별안간 이렇게 물었다.

"엄마, 사촌끼리 결혼할 수 있어?"

"물론이지. 왜 그런 걸 묻지?"

"그냥······. 알고 싶어서."

엘렌은 전부터 아이의 엉뚱한 물음에 익숙해 있었다. 아이는 정원에서 보낸 시간이 좋았는지 이후로 날이 맑으면 꼭 내려갔다. 엘렌의 거부감도 점차 사라졌다. 저택은 닫힌 채였고 앙리는 모습을 드러내지 않았다. 결국 그녀도 정원에서 담요 한 귀퉁이에 잔과 앉아 있게 되었다. 그러나 다음 일요일 아침, 창문이 열려 있는 것을 보고 다시 불안해졌다.

"어머! 집 안을 환기하는 거예요."

같이 내려가려던 로잘리가 말했다.

"정말 아무도 없다니까요!"

그날은 유난히 더웠다. 잎사귀를 뚫을 듯 황금 햇살이 쏟아졌다. 기운이 나기 시작한 잔은 어머니의 팔에 기대어 10분가량 걸어 다녔다. 그리고 피곤해지자 담요로 돌아와 엘렌에게 앉을 자리를 조금 내주었다. 두 사람은 그렇게 바닥에 앉아 서로를 즐거이 바라보며 미소를 지었다. 갈퀴질을 마친 제피랭은 파슬리를 뜯는 로잘리를 도왔다. 파슬리 다발은 눈에 띄지 않게 안쪽 벽을 따라 자라 있었다.

갑자기 저택에서 커다란 소리가 났다. 엘렌이 자리를 피해야겠다고 생각하는데, 드베를 부인이 현관 계단에 나타났다. 여행 차림의 그녀는 매우 바쁜 듯 큰 소리로 말하며 당도했다. 그러나 잔디에 그랑장 부인 모녀가 앉아 있는 것을 보자 급히 달려와 얼싸안고 수다를 늘어놓으며 정신을 어지럽혔다.

"어머나, 부인……! 아! 당신을 만나서 정말 기뻐요……! 한번 안아보자, 잔. 너 아팠다며? 가엾어라! 그렇지만 좋아졌구나. 생기가 도는걸……. 부인 생각을 얼마나 많이 했는데요! 편지했는데 받으셨어요? 틀림없이 끔찍한 시간을 보내셨을 테지요. 하지만 이제 끝났어요……. 당신을 안아드려도 될까요?"

엘렌은 일어서서 양 볼에 키스를 받았고, 자기도 그렇게 해야 했다. 이러한 애정 표현에 그녀는 굳어졌다. 그러고는 중얼거렸다.

"정원에 마음대로 들어와서 죄송해요."

"무슨 그런 말씀을!"

쥘리에트가 성급하게 되받았다.

"여기는 당신의 집이나 마찬가지예요."

그녀는 잠시 모녀를 떠나 계단으로 다시 올라가, 활짝 열린 방에다 대고 소리쳤다.

"피에르, 빠뜨리면 안 돼요. 가방이 열일곱 개예요."

그러나 그녀는 곧 다시 돌아와 여행에 대해 이야기했다.

"아! 근사한 계절이었어요. 우리는 트루빌에 있었어요, 아시지요? 해변에는 서로 밟힐 정도로 사람이 많았어요. 가장 기분 좋았던 일은…… 아! 그렇지요, 방문을 받은 일이에요. 아빠가 폴린과 보름 동안 지내러 왔지요. 어쨌든 사람이란 제 집에 돌아오면 좋은가 봐요……. 아! 그 얘기를 했던가? 아니에요, 다음에 얘기할게요."

그녀는 몸을 굽혀 다시 잔을 껴안았다. 그러고는 심각한 표정이 되더니 이렇게 물었다.

"나 얼굴이 탔어요?"

"아니요, 잘 모르겠는데요."

그녀를 바라보던 엘렌이 대답했다.

쥘리에트는 맑지만 텅 빈 눈과 포동포동한 손, 사랑스러운 예쁜 얼굴을 갖고 있었다. 그녀는 늙지 않았다. 바닷바람조차도 그녀의 무심함에서 오는 평정을 훼손하지 못했다. 그녀는 파리 시내의 단골 상점을 한 바퀴 돌며 진열된 상품들의 여운을 몸에 간직한 채 쇼핑에서 돌아온 사람처럼 보였다. 그렇지만 그녀가 지나치게 친근감을 드러내자 엘렌은 점점 더 거북해지고 몸이 굳으면서 불쾌해졌다. 잔은 담요 한가운데 앉아서 꼼짝 않고 있었다. 아이는 양지에 있었지만 추운 듯 손을 맞잡고, 고통스러운 듯 고운 머리만을 처들고 있었다.

"참, 뤼시앵을 못 보셨지요."

쥘리에트가 외쳤다.

"그 애를 보셔야 해요……. 대단하다고요."

하녀가 여행의 먼지를 씻어낸 소년을 데리고 오자, 그녀는 아이를 보여주려고 살짝 밀어 한 바퀴 빙 돌게 했다. 살이 찌고 볼이 포동포동한 뤼시앵은 바닷바람을 맞으며 해변에서 놀아 완전히 검게 타 있었다. 방금 세수한 뺨 한쪽은 아직 젖어 있어 분홍빛이 감돌았다. 잔을 보자 소년은 놀라서 동작을 멈췄다. 소녀는 치렁치렁한 검은 머리카락을 어깨 위에 흐트러뜨리고 있었으며, 무명처럼 창백하고 야윈 얼굴로 소년을 뚫어져라 바라보았다. 슬프고 아름다운 눈이 더욱 커진 듯했다. 무더위 속에서도 소녀는 약간 몸을 떨었고, 추워서 불을 쬐려는 것처럼 손을 내밀고 있었다.

"자, 잔과 포옹하지 않을 거니?"

쥘리에트가 말했다.

그러나 뤼시앵은 소녀가 무서운 듯했다. 소년은 드디어 결심하고 너무 가까이 가지 않으려고 조심하면서 입을 삐죽 내밀었다. 그리고 잽싸게 뒤로 물러났다. 엘렌의 눈가에 굵은 눈물이 맺혔다. 이 아이는 이렇게 튼튼한데! 잔은 잔디밭만 한 바퀴 돌아도 숨을 헐떡이지 않는가! 복 많은 어머니도 많건만! 쥘리에트는 문득 잔인한 짓을 했다는 사실을 깨달았다. 그래서 갑자기 뤼시앵에게 성을 냈다.

"너는 바보구나……! 남들이 젊은 아가씨를 그렇게 포옹하던……? 신경 쓰지 말아요, 부인, 이 아이는 트루빌에서 구제 불능이 됐답니다."

그녀는 횡설수설했다. 다행히 의사가 나타났다. 그녀는 반갑게 외치면서 난관을 벗어났다.

"아! 앙리예요!"

그는 가족들이 저녁때나 돌아오리라고 예상했지만, 그녀는 다른 기차를 타고 서둘러 온 터였다. 그녀는 긴 변명을 늘어놓았지만 두서가 없었다. 의사는 미소를 띠고 들었다.

"어쨌든 당신은 여기 와 있지 않소. 그러면 된 거요."

그는 엘렌에게 말없이 인사를 보냈다. 그의 눈길이 잠시 잔에게 머물렀다. 그는 당황한 듯 고개를 돌렸다. 소녀는 의젓하게 그 눈길을 받아냈다. 그러고는 손깍지를 풀고 본능적으로 어머니의 옷자락을 잡아 제 옆으로 끌어당겼다.

"야! 이 녀석!"

의사가 뤼시앵을 들어 올린 다음 볼에 입을 맞추며 말했다.

"나무처럼 쑥쑥 크는구나."

"그래요! 그런데 나는 잊어버렸어요?"

쥘리에트가 물었다.

그녀는 얼굴을 내밀었다. 그는 뤼시앵을 한 팔로 안은 채, 몸을 굽혀 아내에게도 역시 입을 맞췄다. 세 사람은 서로 바라보며 웃었다.

몹시 창백해진 엘렌이 올라가자고 말했다. 그러나 잔은 거절했다. 아이는 보고 싶었다. 아이의 눈길이 천천히 드베를 가족에게 머물렀다가 어머니에게 돌아왔다. 쥘리에트가 남편의 키스를 받으려 입술을 내미는 순간, 아이의 눈에서 불꽃이 일었다.

"너무 무거운데."

뤼시앵을 땅에 내려놓으며 의사가 말을 이었다.

"그런데 날씨는 좋았소……? 어제 말리뇽을 봤다오. 그가 거기서 지낸 얘기를 하던데……. 그런데 당신은 그 사람을 당신보다 먼저 떠나게 내버려둔 거요?"

"오! 그는 참을 수 없는 사람이에요!"

쥘리에트는 심각해지더니 당황한 표정으로 중얼거렸다.

"내내 우리를 괴롭히기만 했답니다."

"당신 아버님은 그를 폴린의 신랑감으로 기대하시는 것 같던데……. 그 사람은 아무 말도 하지 않았소?"

"누구요? 말리뇽을요?"

그녀는 놀라서 모욕이라도 당한 듯이 소리쳤다.

그러고는 귀찮다는 시늉을 하며 말했다.

"아! 내버려둬요. 미친 사람이에요……! 집에 오니 얼마나 좋은지 모르겠어요!"

그러고는 난데없이, 그녀 특유의 예쁜 새 같은 성질로 봐서는 놀랄 만한 감정 표현을 했다. 다시 말해 그녀는 고개를 치켜들고 남편을 꼭 껴안았다. 그는 너그럽고 다정하게 아내를 잠시 팔 안에 안고 있었다. 그들은 둘만 있는 게 아니라는 걸 잊은 듯했다.
 잔의 눈은 그들을 떠나지 않았다. 핏기가 가신 입술이 분노에 떨었고, 아이는 질투심 많고 심술궂은 여인의 표정이 되었다. 그 고통이 하도 격렬해서 아이는 눈을 돌려야만 했다. 순간, 아이는 정원 안쪽에서 계속 파슬리를 찾고 있는 로잘리와 제피랭을 보았다. 틀림없이 사람들의 방해가 되지 않으려고 두 사람은 덤불이 가장 무성한 곳에 들어가 쪼그리고 앉아 있었다. 제피랭은 엉큼하게 로잘리의 발을 잡았고, 처녀는 말없이 사내의 뺨을 살짝 때렸다. 잔은 나뭇가지 사이로 어린아이처럼 환한 작은 군인의 얼굴이 사랑에 취한 웃음으로 몹시 빨개져 숨이 넘어갈 지경임을 알아보았다. 작은 군인과 하녀는 떠밀리는 것처럼 우거진 덤불 뒤로 굴러 들어갔다. 햇살은 정면으로 내리쬐고, 나무는 잎사귀 하나 까딱하지 않고 더운 공기 속에서 잠들어 있었다. 느릅나무 밑에 삽이 닿지 않은 땅에서는 끈적한 향기가 피어올랐다. 마지막 남은 핑크빛 장미 꽃송이들이 계단 위에 꽃잎을 점점이 흩날리고 있었다. 잔은 가슴이 터질 듯해 다시 어머니에게로 눈길을 옮겼다. 방금 일어난 광경 앞에서 미동도 없이 조용한 어머니를 보자, 아이의 눈빛에는 지극한 괴로움이 어렸다. 어른들은 감히 물어볼 수 없는, 어린아이만의 깊은 눈빛이었다.

 드베이 부인이 다가와 말했다.
 "곧 다시 뵙게 되길 바라요……. 잔이 좋아졌으니 매일 오후 내려오게 하세요."
 엘렌은 벌써 구실을 만들어놓고 있었다. 그녀는 아이를 너무 피곤하게 하고 싶지 않다고 핑계를 댔다. 그러나 잔이 갑자기 참견했다.
 "아니야, 아니야, 햇빛이 너무 좋아……. 우리는 내려올 거예요, 아주머니. 제가 여기 와도 되지요, 그렇지요?"

아이는 앞에 있는 의사에게 웃어 보였다.

"선생님, 바깥 공기가 해롭지 않다고 엄마에게 말씀해 주세요."

그가 다가왔다. 인간적인 고통으로 괴로워하고 있는 이 남자는 어린아이가 상냥하게 말하자 약간 얼굴을 붉혔다.

"맞습니다."

그는 중얼거렸다.

"바깥 공기는 회복을 돕습니다."

"아! 그것 봐, 엄마, 와야 돼."

아이는 사랑스럽고 다정한 눈빛으로 말했으나 눈물로 목이 메어 있었다.

마침 피에르가 부인의 가방 열일곱 개를 다 들여놓고 계단에 나타났다. 쥘리에트는 남편과 뤼시앵을 거느리고는 끔찍이 더러워져서 목욕을 해야겠노라고 말하며 자리를 떴다. 모녀만 남게 되자 엘렌은 잔의 목에 숄을 고쳐 매주기 위해 담요 위로 무릎을 꿇었다. 그리고 나지막이 물었다.

"이제는 의사 선생님한테 화 안 나니?"

아이가 크게 고개를 끄덕였다.

"응, 엄마."

침묵이 흘렀다. 엘렌이 떨리는 손으로 숄의 매듭을 묶으려 했지만 손이 말을 듣지 않아 단단히 여밀 수 없었다. 그러자 잔이 중얼거렸다.

"선생님은 왜 다른 사람들을 사랑하지……? 나는 싫어……."

아이의 어두운 눈빛이 단단히 굳어졌고, 작은 손은 어머니의 어깨를 쓰다듬고 있었다. 어머니는 비명을 지르고 싶었다. 그러나 그녀는 입술까지 올라온 말이 두려웠다. 해가 기울었다. 두 사람은 집으로 다시 올라갔다. 한편 제피랭은 로잘리에게 은근한 시선을 던지며 뜯어 모은 파슬리 다발을 들고나왔다. 이제 하녀는 멀찍이서 그를 경계하고 있었다. 그는 담요를 접느라 쪼그려 앉은 처녀를 꼬집었고, 처녀는 곧바로 군인의 등을 텅 빈 통 소리가 나도록 한 대 때렸다. 그는 만족스러웠다. 파슬리를 계속 뜯으며 부엌으로 돌아가는 길에 그는 여전히 속으로 웃고 있었다.

그날부터 잔은 드베를 부인의 목소리가 들리기만 하면 정원에 내려가려고 안달했다. 아이는 로잘리가 늘어놓는 옆집 험담을 열심히 듣고, 그 집에서 일어나는 일에 신경을 기울였다. 때로는 방을 빠져나가 부엌 창으로 엿보기도 했다. 정원에 내려가면 쥘리에트가 살롱에서 가져오게 한 안락의자에 파묻힌 채 뤼시앵과 한쪽에 떨어져 있었지만, 소년의 물음이나 장난은 귀찮아하면서 그 가족을 관찰하는 듯했다. 특히 의사가 있을 때면 더욱 그러했다. 아이는 눈을 크게 뜨고 바라보며 진력이 난 듯 몸을 길게 뻗었다. 이러한 오후 시간은 엘렌에게는 고통이었다. 그럼에도 그녀는 정원에 또다시 내려오곤 했다. 자신의 온 존재가 저항하는 것을 느끼면서도 그녀는 매번 그 자리를 피하지 못했다. 앙리가 쥘리에트의 머리카락에 키스할 때마다 그녀의 가슴은 찌르는 듯 아파왔다. 그때마다 동요하는 표정을 감추려고 잔을 돌보는 척하노라면, 아이는 검은 눈을 크게 뜨고 분노를 참느라고 턱에 경련을 일으키면서 엘렌 자신보다도 더 창백해져 있는 것이었다. 잔은 고통을 참았다. 어머니가 남몰래 사랑의 고통으로 탈진해 죽어갈 때면 아이도 너무나 침울하고 상심한 얼굴로 앉아 있어, 결국엔 데리고 올라가 침대에 눕혀야만 했다. 의사가 제 아내에게 가까이 가는 걸 볼 때마다, 아이의 얼굴빛이 변했다. 그러고는 몸을 떨면서 배반당한 정부처럼 활활 타는 눈길로 그를 주시했다.

"나 오늘 아침에 기침했어요."

어느 날 아이가 의사에게 말했다.

"저를 보러 오셔야 해요."

비가 내렸다. 잔은 의사가 다시 방문해 주길 바랐지만 많이 건강해진 상태였다. 아이를 만족시켜 주려고 어머니는 드베를가의 저녁 초대를 두세 번 받아들였다. 아이는 오랫동안 알 수 없는 싸움으로 가슴이 찢어졌지만 마침내 건강을 완전히 회복했고 평온해진 듯했다. 아이는 똑같은 물음을 자꾸 되풀이했다.

"행복해, 엄마?"

"그럼, 행복하지."

그러면 아이는 환해졌다. 그러고는 "옛날에 내가 심술궂게 군 것을 용서해야 돼." 하고 말했다. "그러려고 한 게 아닌데 갑자기 두통이 일어나서 그랬어." 아이의 마음은 정체를 알 수 없는 무언가로 터질 지경이었다. 말로 옮길 수도 없는 흉한 꿈과 막연한 생각이 한꺼번에 서로 충돌했다. 그러나 다 지난 일이었다. 병은 나았으며, 그런 일은 다시 일어나지 않을 터였다.

5

밤이 찾아왔다. 방금 얼굴을 내민 별들이 반짝이는 창백한 하늘에서 고운 재가 비처럼 쏟아져 천천히 끊임없이 거대한 도시를 덮어버렸다. 벌써 후미진 곳에는 어둠이 내리기 시작하고, 검은 물결 같은 줄무늬가 지평선에서 올라와 남아 있는 빛을 집어

삼켰다. 밝음은 주저하듯 서쪽으로 물러갔다. 파시 지구 아래쪽에는 몇몇 지붕들을 겨우 알아볼 수 있을 뿐, 모두 사라져 버렸다. 그리고 물결이 밀려왔다. 어둠이었다.

"정말 더운 밤이네요!"

엘렌은 창가에 앉아 파리에서 불어오는 후끈한 바람에 축 늘어진 채 중얼거렸다.

"가난한 사람들에게는 아름다운 밤이지요."

그녀의 뒤에 서 있던 신부가 말했다.

"이번 가을은 따뜻하겠어요."

화요일, 잔은 후식을 먹을 때까지 유순하게 말을 잘 들었다. 그러다 어머니는 아이가 좀 피곤해하는 걸 눈치채고 침대에 눕혔다. 아이는 작은 침대에서 잠들었고, 랑보 씨는 원탁 앞에서 장난감을 고치는 데 열중하고 있었다. 랑보 씨가 아이에게 걷기도 하고 말도 하는 자동인형을 선물해 주었었는데, 잔이 망가뜨렸던 것이다. 그는 이런 걸 고치는 데 선수였다. 엘렌은 9월의 늦더위에 시달리다 답답해서 창문을 활짝 열어 갔다. 눈앞에 펼쳐진 거대한 어둠의 바다가 그녀를 진정시켜 주었다. 그녀는 혼자 있고 싶어서 안락의자를 창가로 끌어다 앉았다. 그때 신부의 목소리가 들려와 그녀를 놀라게 했다. 그는 부드럽게 말을 이었다.

"꼬마에게 이불을 잘 덮어주었습니까? 여기는 높은 지대라 항상 바람이 세지요."

그러나 그녀는 조용히 있고 싶어서 대답하지 않았다. 그녀는 사위가 적막해지면서 사라져 가는 황혼의 아름다움을 음미하고 있었다. 야간등 같은 여명이 첨탑과 탑들 꼭대기에서 반짝였다. 생오귀스탱 교회의 불이 먼저 꺼지고 팡테옹의 푸르스름한 빛은 잠시 그대로 빛났다. 반짝이는 앵발리드의 돔은 달처럼 뭉게 구름 속에 잠겨 있었다. 밤은 광막한 어둠 속에 세상이라는 어슴푸레한 심연이 펼쳐져 있는 대양이었다. 거대하고 부드러운 숨결이 보이지 않는 도시에서 불어왔다. 요란한 소리들 속에서 강변을 소란하게 굴러가는 마차 소리, 퐁뒤주르 다리 위를 건너가는 기차의 기적 소리가 작지만 분명하게 들렸다. 최근의 폭우로 불어난 센 강은 어둠 속에 길게 드러누워 살아 있는 생명체처럼 깊고 느린 호흡을 내쉬며 흘러가고 있었다. 아직도 뜨거운 지붕들에서 후덥지근한 냄새가 끼쳤다. 낮 동안의 열기가 천천히 식어가면서 강에서 조금씩 시원한 바람이 불어왔다. 파리는 어둠에 잠긴 거인처럼 꿈꾸듯 휴식하며, 눈을 뜬 채 꼼짝 않고 있었다.

 도시의 활동이 정지해 버린 이 순간은 그 어느 때보다도 엘렌의 마음을 부드럽게 어루만져 주었다. 잔의 침대 옆을 지키며 전혀 밖에 나가지 않았던 석 달 동안, 엘렌에게 지평선까지 펼쳐진 거대한 파리 외에는 다른 친구라곤 없었다. 7, 8월의 더위 때문에 격자창은 거의 항상 열려 있었지만, 그녀는 장면이 끊임없이 펼쳐지는 파리를 보기 위해 창가로 가거나 고개를 돌릴 여유도 없었다. 파리는 언제나 옆에 있는 한결같은 친구처럼 그녀의 고통과 희망을 나눠 가졌다. 그녀는 여전히 파리를 몰랐다. 그녀에게 파리는 너무 멀었고, 그녀는 그 거리와 거기 사는 사람들에게 관심이 없었다. 그녀가 조심스럽게 문단속하는 몇 제곱미터의 답답한 이 방도 두 개의 창문을 열면 그녀에게는 아주 넓었다. 얼마나 자주 그녀는 환자에게 눈물을 보이지 않으려고 창가에 팔꿈치를 괸 채 눈물을 흘렸던가. 언제였던가, 아이가 영영 가버릴 거라 믿었던 어느 날, 그녀는 가슴이 무너지고 목이 메어 하늘로 올라가는 마뷔탕시옹의 연기를 오랫동안 바라보았다. 또 희망이 차오르는 날이면 그녀는 뛸 듯 가벼운 마음으로 아득한 외곽 지대를 바라보곤 했다. 그 어떤 건물도 그녀의 슬픔이나 기쁨과 관계되지 않은 것은 없었다. 파리는 그녀의 생활이었다. 그러나 엘렌이 그 도시에서 가장 사랑하는 순간은 황혼 녘이었다. 하루의 소란이 가라앉고 파리가 잠시 숨을 고르듯 고요해질 때, 모든 것이 잊히고 사색만이 남는 그 짧은 시간. 가스등이 켜지기 전 평화로운 한순간.

"별이 참 많군요!"

주브 신부가 중얼거렸다.

"수천 개의 별들이 반짝이고 있어요."

그는 엘렌 옆 의자에 앉았다. 그녀는 눈을 들어 여름밤 하늘을 바라보았다. 별자리들이 황금 못처럼 박혀 있었다. 창공은 지평선까지 보석처럼 빛났고, 거의 보이지 않는 먼지만 한 별들이 반짝이는 금모래처럼 깔려 있었다. 큰곰자리가 천천히 떠올랐다.

"저기……."

이번에는 그녀가 말했다.

"저쪽 구석에 있는 작고 푸른 별은 저녁마다 보이는데, 밤이 되면 없어져 버려요."

이제 신부는 그녀에게 방해되지 않았다. 그가 옆에 있자 더욱 평온한 기분이 되었다. 그들은 침묵을 지키다가 가끔 말을 주고받았다. 그녀는 두어 번 신부에게 별의 이름을 물었다. 늘 하늘을 바라보지만 도통 별의 이름을 알 수가 없었다. 그러나 그도 잘 몰라 어물거렸다.

"저쪽에 아주 맑게 빛나는 아름다운 별 보이시죠?"

그녀가 물었다.

"왼쪽에 말이오? 좀 작은 푸르스름한 별 옆에……. 너무 많아서 어딘지 모르겠군요."

신부가 말했다.

무수히 가물거리는 별들이 점점 커지는 것 같아 그들은 가벼운 전율을 느끼며 넋을 잃고 말없이 바라보았다. 무한히 깊은 하늘에는 수천 개의 별 뒤에 또 수천 개의 별이 끊임없이 나타났다. 그것은 영원한 빛남, 보석처럼 차갑게 반짝거리는 불꽃이었다. 은하수가 벌써 하얀 모습을 나타냈다. 은하수를 이루는 작고 뜨거운 별들은 너무 많고 또 너무 멀어서, 둥근 창공에 빛의 스카프처럼 펼쳐져 있을 뿐이었다.

"하늘을 보고 있으면 무서워요."

엘렌이 나지막이 말했다.

그녀는 하늘을 보지 않으려고 고개를 숙였다. 그녀의 시선은 파리를 집어삼키고 입을 벌린 어둠으로 되돌아왔다. 한 줄기 빛도 없이 완전한 어둠이 깔려 있었다. 칠흑 같은 어둠이었다. 길게 울리던 도시의 소리도 이제는 더 부드럽고 한층 다정하게 바뀌었다.

"울고 있는 겁니까?"

흐느끼는 소리를 들은 신부가 물었다.

"네."

엘렌이 짤막하게 대답했다.

그들은 서로 쳐다보지 않았다. 그녀는 들썩거리며 오래 눈물을 흘렸다. 그들 뒤에서 잔은 순진하고 고요하게 잠에 빠져 있었고, 랑보 씨는 장난감을 고치는 데 열중한 채 팔다리를 뜯어 놓은 인형 위에 희끗희끗한 머리를 숙이고 있었다. 그의 커다란 손가락은 최대한 조심스럽게 망가진 장치를 건드렸지만 가끔 용수철이 튀어나오면서 메마른 소리를 내기도 하고, 어린아이 목소리로 더듬거리는 소리가 기계에서 새어 나오기도 했다. 인형이 너무 큰 소리를 내자 그는 걱정스러운 기색으로 하던 일을 멈추고 잔을 깨운 건 아닌지 걱정스럽게 살폈다. 그러고는 조심스럽게 작업을 다시 시작했는데, 연장이라고는 가위와 송곳밖에 없었다.
"왜 우는 겁니까?"
신부가 물었다.
"내가 위로가 될 수 없겠습니까?"
"아! 그냥 두세요."
엘렌이 중얼거렸다.
"울면 속이 시원해져요……. 조금 아까, 조금 아까……."
그녀는 울컥해 대답할 수 없었다. 예전에 바로 그 자리에서 처음 눈물의 발작이 엄습했을 때, 그녀는 혼자였다. 가슴속에 북받치는 감정이 말라버릴 때까지 마음 놓고 어둠 속에서 흐느낄 수가 있었다. 하지만 지금은 특별히 마음 아픈 일이 있는 것도 아니었다. 딸아이는 병이 나았고, 그녀 자신은 단조롭고 평화로운 평소의 규칙적인 생활을 되찾았다. 그런데 별안간 마음속에 찌르는 듯한 느낌이 퍼져갔다. 그것은 몹시 비통한 느낌, 측량할 수 없고 채울 수 없는 공허였으며 소중하던 모든 것들을 우중충하게 만드는 한없는 절망이었다. 자신을 이토록 위협하는 불행이 무엇인지 그녀도 알 수 없었다. 그저 희망이 없었다. 그래서 울었다.

성모의 달에 꽃향기로 싸인 성당에서, 그녀는 이렇게 마음이 약해지는 것을 느낀 적이 있었다. 지평선까지 넓게 펼쳐진 황혼녘의 파리는 그녀에게 깊은 종교적 감명을 주었다. 평평한 대지가 넓어진 것 같았고, 거기 사는 2백만 명의 우울함이 올라와 흩어졌다. 밤이 되어 사그라지는 소음과 함께 도시가 사라져 버리면, 그녀의 답답한 가슴이 뭉클해지면서 이 지극한 평화 앞에 눈물이 넘쳐흘렀다. 그녀는 손을 모아 쥐고 기도를 중얼거렸다. 신앙과 사랑, 성스러운 희생의 욕구가 그녀를 떨게 했다. 별이 하나둘 떠오를 때마다 그 기쁨과 성스러움에 대한 공포가 그녀를 흥분시켰다.

긴 침묵 끝에 주브 신부가 다시 물었다.

"나에게 고백하세요. 무엇 때문에 망설입니까?"

그녀는 아직도 탈진한 어린아이처럼 힘없이 울고 있었다.

"성당은 부인을 무섭게 하지요."

그는 계속했다.

"한때 나는 부인이 완전히 신 앞에 무릎을 꿇었다고 생각했어요. 그러나 그렇지 않았지요. 하느님께서는 당신 방식대로 하십니다······. 좋아요! 신부는 믿지 못하더라도, 적어도 친구에게 속마음을 털어놓는 것도 싫다고 하시렵니까?"

"맞습니다."

그녀는 더듬더듬 대답했다.

"네, 저는 몹시 괴로워서 신부님이 필요해요. 신부님께 고백해야 할 것이 있어요. 저는 어렸을 때, 전혀 성당에 가지 않았어요. 요즈음 저는 몹시 흥분하지 않고서는 미사를 드릴 수가 없어요. 그래요, 조금 전에 제가 흐느낀 것은 파리에서 들려오는 소리가 오르간 소리를 닮아서였어요. 광막한 밤과 아름다운 하늘 때문이었어요. 아! 저는 신앙심을 갖고 싶어요. 도와주세요. 저를 가르쳐주세요."

주브 신부는 그녀의 손에 가볍게 손을 얹어 그녀를 진정시켰다.

"내게 모든 것을 말하시오."

그가 짤막하게 대답했다.

그녀는 괴로움에 잠시 몸부림쳤다.

"아무것도 아니에요. 맹세합니다……. 저는 신부님께 아무것도 감추지 않아요……. 숨이 막히고 저절로 눈물이 솟구쳐서 그냥 우는 거예요……. 신부님께서는 제 생활을 아시잖아요. 저는 요즈음 슬픔도, 잘못도, 후회도 없어요……. 저도 모르겠어요, 저도 모르겠어요……."

그녀의 목소리는 차츰 꺼져 들어갔다. 그러자 신부는 천천히 이 말을 떨어뜨렸다.

"부인은 사랑에 빠졌소."

그녀는 부르르 떨었다. 감히 아니라고 말하지 못했다. 다시 침묵이 깔렸다. 눈앞에 잠들어 있는 어둠의 바다 한가운데에서 빛이 하나 반짝거렸다. 그곳은 발밑의 심연 어딘가이긴 했지만 정확히 꼬집어 말할 수는 없는 곳이었다. 여기저기서 빛이 반짝이기 시작했다. 그 불빛들은 어둠 속에서 갑자기 켜지더니 별처럼 붙박여 반짝거렸다. 어두운 호수의 표면에 새로운 천체가 떠오른 것 같았다. 곧 그 불빛들은 희미한 빛을 던지며 트로카데로에서 파리까지 두 줄로 이어졌다. 또 하나의 빛나는 점으로 이루어진 선이 두 선을 잘라놓았다. 구불구불한 커브가 보이고, 별들은 기묘하고 장엄하게 퍼져갔다. 엘렌은 반짝이는 빛들을 눈으로 쫓으며 여전히 아무 말 않고 있었다. 그 불빛은 지평선과 맞닿은 하늘까지 한없이 펼쳐져 있어서, 땅은 사라지고 어디나 둥근 하늘 같았다. 큰곰자리가 북극성 둘레를 천천히 돌기 시작하자 그녀는 조금 전처럼 다시 가슴이 찢어지는 듯했다. 불이 켜진 파리는 깊은 우수를 담고 펼쳐졌다. 그것은 사람들로 우글거리는 세상에 대한 끔찍한 연상을 불러일으켰다.

한편 신부는 고해성사의 습관에서 얻은 부드럽고 단조로운 어조로 그녀의 귀에 대고 오랫동안 속삭였다. 어느 날 저녁 내가 경고하지 않았냐고, 이렇게 외로운 생활이 좋을 리 없다고, 사람은 절대 평범한 생활에서 벗어나면 안 된다고, 당신은 너무 갇혀 있기 때문에 위험한 몽상에 문을 열어두고 있는 것이나 마찬가지라고.

"나는 나이가 아주 많다오."

그가 중얼거렸다.

"우리에게 찾아와 신앙을 갈구하면서 무릎을 꿇고 울며 기도드리는 여인들을 많이 보았지요……. 하지만 나는 속지 않아요. 그토록 열렬히 신을 찾는 그 여인들은 정열에 휩싸인 불쌍한 영혼들일 뿐이에요. 그 여인들이 성당에서 열렬히 사랑하는 것은 한 남자지요……."

엘렌은 그의 말이 들리지 않았다. 자신의 마음속을 마침내 들여다보려는 필사적인 노력 속에서 그녀는 극도로 격앙되어 있었다. 목이 졸린 것처럼 가라앉은 목소리로 그녀의 입술에서 고백이 새어 나왔다.

"그래요! 저는 사랑하고 있어요……. 그게 전부예요. 그다음은 저도 모르겠어요. 저도 모르겠어요……."

신부는 그녀의 말을 가로막지 않았다. 그녀는 열에 들떠서 토막토막 끊어진 말을 이어 나갔다. 그녀는 제 사랑을 고백하고, 그렇게 오래도록 자신을 짓눌러 왔던 비밀을 이 노인네와 나누며 쓰디쓴 희열을 느꼈다.

"정말이지, 더 이상 저도 제 마음을 알 수가 없어요……. 저도 모르게 그런 일이 일어났어요. 아마 갑자기 그렇게 된 것이겠지요. 하지만 저는 오랜만에 달콤함을 느꼈어요. 게다가 어떻게 제가 현재의 나 자신보다 더 강할 수 있습니까? 피할 수가 없었어요. 너무 행복했어요. 이제 저는 용기를 잃었어요……. 아이가 병에 걸렸을 때 저는 거의 그 애를 잃을 뻔했어요. 그래요, 제 사랑은 제 고통만큼 깊었어요. 그 끔찍했던 날들 이후 그 사랑이 다시 막강한 힘으로 되돌아와 저를 덮쳤고, 저는 제정신을 잃었어요……."

그녀는 떨면서 숨을 돌렸다.

"이젠 지쳤어요……. 맞아요, 신부님. 신부님께 이런 일들을 털어놓으니 마음이 좀 가라앉는군요. 하지만 부탁이에요. 제 마음속에서 무슨 일이 일어나고 있는 건지 말씀해 주세요. 저는 아주 평온하고 행복했었지요. 이건 제 인생에서 날벼락 같은 일이에요. 제가 왜 그래야 하지요? 왜 다른 사람이 아니라 저죠? 저는 그럴 만한 아무 짓도 하지 않았어요. 아주 안전하다고 생각했는데……. 신부님께서는 아세요? 저는 모르겠어요……. 아! 도와주세요. 저를 구해주세요!"

그녀가 잠시 말을 멈추자, 신부는 늘 고해를 들어온 사람답게 거칠 것 없이 자연스럽게 물었다.

"그의 이름을, 이름을 말해주겠소?"

그녀는 주저했다. 그때 이상한 소리가 들려 고개를 돌렸다. 랑보 씨가 고치고 있는 인형이 차차 제대로 작동하려 하면서 내는 소리였다. 인형은 여전히 잘못 작동하는 톱니바퀴 소리를 끽끽 내며 탁자 위에서 세 걸음쯤 걷더니 나동그라졌다. 랑보 씨가 아니었던들 바닥에 떨어졌을 것이다. 팔을 내민 그는 아버지처럼 인형을 받쳐줄 태세를 갖추고 근심스럽게 지켜보고 있었다. 엘렌이 고개를 돌리는 것을 보자, 그는 인형이 곧 걷게 될 것이라고 약속이라도 하듯 자신 있게 미소를 지어 보였다. 그리고 가위와 송곳으로 인형을 다시 쑤시기 시작했다. 잔은 자고 있었다.

엘렌은 그 평화로운 분위기에 마음을 놓고 신부의 귀에 어떤 이름을 속삭였다. 신부는 움직이지 않았다. 어두워서 그의 얼굴이 보이지 않았다. 침묵 끝에 그는 말했다.

"알고 있었어요. 다만 부인 스스로 고백하기를 바라고 있었지요……. 얼마나 괴로우시겠소."

그는 의무에 대한 상투적인 말은 한 마디도 하지 않았다. 기진맥진한 엘렌은 신부의 조용한 연민에 죽고 싶을 만큼 슬퍼져 검은 망토 같은 파리에 금빛으로 명멸하는 불빛들을 다시 바라보았다. 불빛이 무수히 많아졌다. 그 불들은 검은 재만 남기고 타버린 종이에서 흩어지는 것 같았다. 그 빛나는 점들은 트로카데로 쪽에서 시작되어 시내로 퍼져갔다. 곧 또 다른 화로가 왼쪽에 있는 몽마르트르에서 나타났다. 그리고 오른쪽의 앵발리드 뒤에서 다른 하나가, 훨씬 먼 팡테옹 부근에서 또 하나가 나타났다. 모든 화로가 동시에 작은 불꽃을 날리며 내려왔다.

"우리가 했던 얘기를 기억하시지요?"

신부가 천천히 말을 이었다.

"내 의견은 바뀌지 않았소……. 부인께서는 결혼해야 합니다."

"저는!"

그녀는 짓눌린 듯 말했다.

"저는 방금 말씀드렸어요……. 그럴 수 없다는 것을 잘 아실 텐데요."

"결혼해야 합니다."

그는 좀 더 강하게 되풀이했다.

"정직한 사람과 결혼하는 겁니다."

낡은 사제복을 걸친 신부가 갑자기 거대해 보였다. 늘 한쪽 어깨로 기울고 반쯤 감긴 눈이던 우스꽝스러운 머리가 꼿꼿해졌다. 그 눈은 한층 커지고 맑아져, 어둠 속에서도 빛나는 듯했다.

"당신은 잔에게 아버지가 되어주고, 당신에게 언제나 충실할 정직한 사람과 결혼하는 겁니다."

"하지만 저는 그분을 사랑하지 않습니다……. 맙소사! 그분을 사랑하지 않아요……."

"사랑하게 될 겁니다……. 그는 선량한 사람이고 당신을 사랑합니다."

등 뒤에서 랑보 씨가 부스럭거리는 소리가 들려와 엘렌은 목소리를 낮추며 몸부림쳤다. 그는 희망을 가지고 참을성과 굳건함을 보여주었고, 지난 여섯 달간 단 한 번도 자신의 사랑으로 그녀를 귀찮게 하지 않았다. 그는 자연스럽게 영웅적인 헌신을 할 준비가 되어 있었으며, 확신을 가지고 조용히 기다렸다. 신부는 돌아섰다.

"저 사람에게 전부 말해도 되겠습니까……? 저 사람은 손을 내밀어 당신을 구해줄 겁니다. 부인에게 헤아릴 수 없는 기쁨을 안겨줄 겁니다."

그녀는 필사적으로 그를 말렸다. 그녀의 마음은 반발했다. 이토록 평화롭고 부드러운, 사랑의 열병에 이토록 냉정한 이성을 유지하고 있는 이 두 사람 모두가 그녀를 질리게 했다. 나의 한없는 괴로움을 이렇게 부정해 버리다니, 이들은 대체 어떤 세계에 살고 있는 걸까? 신부는 광막한 공간을 가리키며 손을 크게 휘둘렀다.

"당신이 흔들리고 있는데도 이토록 지고한 평화와 아름다운 밤을 보세요……. 왜 행복해지기를 거부합니까?"

온 파리에 불이 켜졌다. 춤추는 듯한 작은 불꽃이 지평선 이 끝에서 저 끝까지 어둠의 바다에 흩뿌려져 있었다. 이제 그 수백만의 별은 여름밤의 고요 속에서 확고한 빛을 내며 타올랐다. 공중에 매달린 듯한 그 불빛들은 한 점 바람이나 떨림으로 깜빡거리지 않았다. 보이지 않는 파리는 창공처럼 넓게 펼쳐진 채 무한한 심연 속으로 물러나 있었다. 트로카데로 언덕 아래에는 소형 마차나 승합마차의 불빛인 듯 빠르게 움직이는 빛이 별똥별처럼 꼬리를 끌며 어둠을 갈랐다. 노란 수증기처럼 퍼져 보이는 가스등에 비쳐 안개에 젖은 듯한 건물의 정면이며 배경처럼 보이는 초록색 나무 귀퉁이가 보였다. 앵발리드 다리 위에서는 별들이 끊임없이 교차했다. 아래에선 훨씬 짙은 어둠의 띠를 따라서 금빛 꼬리를 반짝이는 비처럼 길게 늘어뜨린 혜성의 무리가 기적처럼 떠올랐다. 센 강의 검은 물 위에 반사된 다리의 등불들이었다. 그러나 그 너머로는 미지였다. 하천의 완만한 굴곡은 드문드문 비끄러매인 두 줄의 가스등으로 알아볼 수 있었다. 그것은 빛의 사다리처럼 파리를 가로질러 양 끝이 하늘 가장자리의 별 속에 걸쳐져 있었다. 왼쪽에는 다른 협로가 뻗쳐 내려와 있었다. 개선문에서 콩코르드 광장으로 이어진 샹젤리제 대로에는 별들이 규칙적으로 줄지어 있었고, 광장에는 수많은 별이 반짝거렸다. 튈르리, 루브르 궁과 강가의 뒤섞인 집들, 저 안쪽 시청은 어두운 막대를 이루고 드문드문 밝은 네모꼴 광장으로 구획 지어져 어두운 줄무늬를 이루고 있었다. 훨씬 멀리 어지러운 지붕들 사이로 빛은 흩어져 버리고, 거기서는 후미진 길이나 도로의 모퉁이, 확대되어 보이는 불타는 듯한 네거리 외에는 보이지 않았다. 저쪽 강둑 오른쪽에는 앵발리드 앞 광장만이 중앙의 세 별이 없는 겨울밤 오리온성좌처럼 직사각형으로 뚜렷이 보였다. 생제르맹 지역의 긴 거리에서 서글픈 빛이 드문드문 빛났다. 그 너머로는 작은 불들로 촘촘히 밝혀진 인구 밀집 지역이 희미한 혼돈 가운데 반짝이며 빛났다. 저 멀리 교외에는 가스등과 불 밝혀진 창문이 지평선 근처까지 개미 떼처럼 바글거렸다. 무수한 태양으로 밝혀진 도시 너머는 인간의 눈으로는 볼 수 없는 우주적 티끌로 가득 채워진 것 같았다. 건물들은 초롱 하나 돛대에 걸려 있지 않은 배처럼 어둠에 잠긴 채였다. 가끔 환하게 밝혀져 있는 외눈 거인 같은 건물에서는 무슨 커다란 축제가 열리고 있는 것만 같았다. 계단과 난간, 창문과 박공, 테라스까지, 그 돌로 된 세계는 수많은 등불의 줄들이 거대하고 기이한 건축의 형태를 형광색 선으로 그려낸 듯했다. 정신을 차리면 새로 태어난 별자리와 계속 넓어지는 하늘이 눈에 들어왔다.

엘렌은 신부가 멀리 가리키는 대로 불 켜진 파리를 훑어보았다. 지금도 그녀는 그 별들의 이름을 몰랐다. 마음 같아서는 매일 저녁 저 아래 왼쪽에 보이는 강렬한 빛이 무엇이냐고 묻고 싶었다. 다른 것들도 그녀의 관심을 끌었다. 어떤 것들은 사랑스러웠지만, 어떤 것들은 묘하게 불안하고 불쾌하게 느껴졌다.

"신부님······."

다정하고 존경심이 어린 이 호칭을 쓰면서 그녀가 말했다.

"저를 이대로 내버려두세요······. 저를 흥분시킨 것은 이 밤의 아름다움이었어요······. 잘못 아신 거예요. 신부님은 지금 저를 위로하실 수 없어요. 왜냐하면 저를 이해하지 못하시니까요."

신부가 두 팔을 벌렸다. 그러고는 체념한 듯 천천히 팔을 떨어뜨렸다. 잠깐의 침묵 끝에 그가 낮은 목소리로 말했다.

"틀림없이 이럴 줄 알았소. 부인은 도움은 구했지만 구제는 받아들이지 않는군요. 나는 수많은 절망적인 고백을 들었지만 수

많은 눈물을 막을 수는 없었다오……! 들어봐요, 내게 한 가지만 약속해 주시오. 인생이 부인에게 너무 짐이 된다면 정직한 한 사나이가 당신을 사랑하며 기다리고 있음을 생각하시오……. 안정을 찾으려면 그의 손에 당신의 손을 맡기기만 하면 됩니다."

"약속드리겠어요."

엘렌이 신중하게 대답했다.

그때, 방 안에서 가벼운 웃음이 일었다. 방금 잠에서 깨어난 잔은 탁자 위에서 걷는 인형을 보았다. 랑보 씨는 수리를 마치고 매우 기뻐하며 무슨 사고가 있을까 봐 여전히 손을 내밀고 있었다. 그러나 인형은 끄떡없었다. 인형은 작은 발꿈치를 탁탁 부딪치면서 한 걸음마다 앵무새 같은 목소리로 똑같은 말을 반복하며 고개를 돌렸다.

"아이, 귀여워!"

아직 잠에 취한 채 잔이 중얼거렸다.

"그런데 어떻게 이렇게 고쳤어요? 망가졌었는데 이제 살아났어요……. 잠깐 이리 줘봐요. 보게 해줘요……. 정말 친절하세요……."

그동안 불 켜진 파리 위로 빛나는 구름이 떠올랐다. 화로의 붉은 숨결이라고 할 만했다. 그것은 처음에는 어둠 속에서 창백하고 아주 간신히 분별할 수 있는 반사광일 뿐이었다. 그러다가 밤이 깊어감에 따라 점점 핏빛으로 변했다. 도시 위 허공에 움직이지 않고 걸려 있는, 도시가 뿜어내는 으르렁거리는 모든 삶과 불길로 이루어진 구름은 화산 입구에 걸린 벼락과 불로 뭉쳐진 구름 같았다.

사랑의 한 페이지

4부

1

 손가락을 헹굴 물이 나왔다. 부인들이 조심스럽게 손가락을 씻었다. 식탁 주위에 잠시 침묵이 흘렀다. 드베를 부인은 모두 끝냈는지 훑어보았다. 그러고는 말없이 일어섰고, 손님들 역시 요란하게 의자 끄는 소리를 내면서 그녀를 따라 일어섰다. 그녀의 오른편에 있던 노신사가 부랴부랴 팔을 빌려주었다.
 "괜찮아요, 괜찮아요."
 그녀는 오히려 그를 문으로 끌고 가며 속삭였다.
 "작은 살롱에서 커피를 드시지요."
 사람들은 쌍쌍이 그녀를 뒤따랐다. 끝으로 두 부인과 두 신사가 따라왔는데, 그들은 그 행렬에 낄 생각이 없는 듯 얘기를 계속하고 있었다. 작은 살롱에서는 어색함이 사라지고 후식의 즐거움이 되살아났다. 커피는 넓은 옻칠 쟁반에 담겨 벌써 탁자 위에 대령해 있었다. 드베를 부인은 연회에 참석한 손님들의 제각기 다른 기호를 염려하는 여주인답게 상냥한 우아함으로 좌중을 둘러보았다. 사실 남자 손님들을 가장 소란스럽게 접대하고 있는 사람은 폴린이었다. 살롱에는 열두 명쯤 있었는데, 12월부터 수요일마다 드베를 집안이 초대하던 늘 같은 손님들이었다. 저녁 10시쯤 되면 많은 사람이 찾아왔다.
 "기로 씨, 커피 드세요."
 폴린이 키 작은 대머리 신사 앞에 멈춰 서서 말했다.
 "아! 아니죠, 당신은 커피를 안 드시죠······. 그러면 샤르트뢰즈[1] 한 잔 어때요?"

그러나 그녀는 헷갈린 나머지 코냑을 가져왔다. 폴린은 웃음 띤 얼굴로 태연자약하게 사람들의 눈을 바라보면서 긴 옷자락을 끌고 좌중을 한 바퀴 돌았다. 그녀는 백조 털을 달고 등을 네모지게 판, 눈부시게 흰 인도산 캐시미어 드레스를 입고 있었다. 남자들이 모두 커피잔을 손에 들고 턱을 살짝 들며 한 모금씩 음미하고 있을 때, 폴린은 한 청년에게 눈길을 돌렸다. 드베를 부인이 '아들 티소'라 부르는 키 크고 잘생긴 젊은이였다.

엘렌은 커피를 마시지 않았다. 그녀는 엄격해 보이는 장식 없는 검은 벨벳 옷을 입고 다소 싫증이 난 표정으로 외따로 앉아 있었다. 작은 살롱 안에서 사람들은 시가를 피워댔고, 시가 상자는 그녀 옆에 있는 까치발 달린 테이블 위에 놓여 있었다. 의사가 다가와 시가를 집으며 물었다.

"잔은 잘 있습니까?"

"잘 있어요."

그녀가 대답했다.

"우리는 오늘 숲에 갔었어요. 아이가 정신없이 놀았지요. 아! 지금은 곯아떨어졌을 거예요."

두 사람 모두 매일 만나는 사이답게 친근한 미소를 띠고 다정하게 이야기했다. 그러던 중 드베를 부인의 목소리가 높아졌다.

"아, 그랑장 부인은 기억할 거예요. 내가 9월 10일쯤 트루빌에서 돌아왔지요? 비가 내려서 해변은 정말 견딜 수 없었어요."

그녀가 해변에서 지내던 이야기를 하자 서너 명의 부인이 그녀를 둘러쌌다. 엘렌도 일어서서 그 무리에 섞였다.

"우리는 디나르에서 한 달을 지냈어요."

---

1 프랑스 그르노블 북쪽 그랑드 샤르트뢰즈 수도원에서 생산했던 녹색 허브 리큐어.

셰르메트 부인이 말했다.

"오! 기분 좋고 멋진 곳이었어요!"

"오두막 뒤에 정원이 있고, 바다 쪽으로는 테라스가 있었지요."

드베를 부인이 말을 이었다.

"내가 마차와 마부를 데려간 걸 아시지요……. 그러면 산책할 때 훨씬 편해요……. 그런데 르바쇠르 부인이 우리를 보러 왔어요."

"그래요, 어느 일요일이었지요."

르바쇠르 부인이 말했다.

"우리는 카부르에 있었어요……. 오! 거기서는 아주 근사하게 묵을 수 있지요. 그렇지만 좀 비싼 것 같아요……."

"그런데……."

베르티에 부인이 쥘리에트에게 이야기를 걸며 끼어들었다.

"말리농 씨가 당신에게 헤엄치는 법을 가르쳐주지 않았나요?"

엘렌은 드베를 부인의 얼굴에 갑자기 난처한 기색이 떠오르는 것을 알아챘다. 벌써 몇 번인가 말리농의 이름이 그녀 앞에서 불쑥 거론되면 그녀가 불쾌해하는 모습을 본 듯했다. 그러나 젊은 여인은 다시 표정을 가다듬고 말했다.

"그 사람은 수영을 정말 잘하죠!"

그녀가 외쳤다.

"하지만 그 사람이 누구한테 수영을 가르친다고요? 말도 안 돼요! 나는 찬물이라면 끔찍이 무서워해요. 해수욕하는 사람들을 보기만 해도 덜덜 떨리는걸요."

그녀는 통통한 어깨를 으쓱하며 물에 젖은 새가 깃을 털 듯 귀엽게 진저리를 쳤다.

"그러면 지어낸 얘기인가요?"

기로 부인이 말했다.

"물론이에요. 아마 그 사람이 만들어낸 이야기겠죠. 거기서 우리와 한 달 동안 함께 지낸 후로 나를 몹시 미워하거든요."

사람들이 도착하기 시작했다. 머리에 꽃술을 단 부인들은 팔을 벌리고 고개를 흔들며 웃었다. 정장 차림에 손에 모자를 든 남자들은 머리를 숙이고 할 말을 찾느라고 애쓰고 있었다. 드베를 부인은 이야기하면서 허물없는 손님들에게는 손가락 끝만 내밀며 인사를 건넸다. 많은 사람이 아무 말 없이 인사하고 지나갔다. 그때 오렐리 양이 들어왔다. 오자마자 그녀는 쥘리에트가 입은 바다색의 눌린 벨벳 드레스에 경탄을 보냈다. 거기 있던 부인들은 그제야 겨우 그녀가 새 옷을 맞췄음을 알아챈 듯했다. "오! 매혹적이에요. 정말 매혹적이에요!" 보름스 양장점에서 맞춘 드레스였다. 사람들은 옷에 대해 5분쯤 이야기했다. 커피를 다 마신 손님들은 벽에 붙은 장식 테이블 위며 쟁반 위를 가리지 않고 아무 데나 빈 잔을 놔두었다. 노신사만이 어떤 부인과 이야기하느라고 한 모금마다 쉬면서 아직 다 비우지 못하고 있었다. 희미한 화장 냄새와 커피 향이 섞인 더운 공기가 감돌았다.

"당신도 아시겠지만 저는 그 사람의 작품은 한 점도 가지고 있지 않습니다."

아들 티소가 폴린에게 말했다. 그녀는 아버지가 자신을 데리고 한 화가의 화실에 갔던 이야기를 하고 있었다.

"어머나! 한 점도 없어요……? 제가 커피를 가져다드릴게요."

"아닙니다, 아가씨. 정말 괜찮아요."

"그렇지만 저는 당신이 꼭 뭘 좀 마셨으면 좋겠는걸요……. 잠깐만요, 샤르트뢰즈가 있어요!"

그때 드베를 부인이 고갯짓으로 남편을 살짝 불렀다. 눈치를 챈 의사가 직접 큰 살롱의 문을 열었고 사람들은 그리로 몰려갔다. 하인이 쟁반을 날랐다. 넓은 방은 거의 한기가 느껴질 지경이었는데, 여섯 개의 램프와 열 개의 초가 켜진 샹들리에가 강렬한 흰빛으로 실내를 비추고 있었다. 부인들은 이미 벽난로 앞에 둘러앉아 있었고, 남자들은 펼쳐진 치마폭 사이에 서 있는 두세 명뿐이었다. 열려 있는 회녹색 살롱 문을 통해 아들 티소와 단둘이 남은 폴린의 날카로운 목소리가 들렸다.

"제가 이걸 따라드리면 꼭 마셔야 해요……. 이걸 어쩌면 좋지? 피에르가 쟁반을 가져가 버렸군요."

그러고는 백조 털이 달린 흰 드레스를 입고 몹시 창백한 얼굴로 나타난 그녀를 볼 수 있었다. 그녀는 성성한 입술 사이로 이를 드러내고 웃으면서 알렸다.

"멋쟁이 말리뇽이에요."

악수와 인사말이 이어졌다. 드베를 씨는 문 가까이 있었다. 드베를 부인은 부인들 한가운데 낮은 쿠션 의자에 앉아 있다가 시시때때로 일어섰다. 말리뇽은 아주 단정한 차림새였고, 가르마를 타서 살짝 지진 머리카락을 목덜미까지 늘어뜨리고 있었다. 문턱에서 그는 약간 얼굴을 찌푸리고는 폴린의 표현대로 '잔뜩 멋을 부리며' 단안경을 오른쪽 눈에 가져다 댔다. 그는 살롱을 한 바퀴 둘러보았다. 그러고는 아무 말 없이 무심하게 의사와 악수를 나누고 드베를 부인에게 다가가 검은 양복을 말쑥하게 차려입은 긴 몸을 구부렸다.

"아! 당신이군요."

그녀는 일부러 주위 사람들도 들을 수 있을 만큼 크게 말했다.
"당신은 지금도 해수욕하는 것처럼 보이는데요?"

그는 알아듣지 못했다. 그런데도 재치 있게 보이려고 대답했다.

"물론입니다······. 어느 날 가라앉고 있는 신대륙을 구했지요."

부인들은 그 말이 멋지다고 생각했다. 드베를 부인조차 무장이 해제된 듯 보였다.

"당신에게 신대륙을 허락해 드리죠."

그녀가 대답했다.

"다만 제가 트루빌에서 한 번도 해수욕한 일이 없다는 걸 잘 아셔야 해요."

"아! 제가 당신을 가르쳐드린 일이요!"

그가 외쳤다.

"그렇지요! 어느 날 저녁 식당에서 제가 팔과 다리를 이렇게 저렇게 흔들어야 한다고 말씀드리지 않았던가요?"

부인들은 모두 웃기 시작했다. 그는 매혹적이었다. 쥘리에트는 어깨를 으쓱했다. 그와는 진지한 이야기를 나눌 수 없었다. 그녀는 일어서서 오늘 저녁 처음 초대된 재능 있는 여성 피아니스트 앞으로 갔다. 엘렌은 불가에 평온하게 앉아서 차분한 얼굴로 그 모든 광경을 지켜보고 있었다. 특히 말리뇽은 그녀의 흥미를 끌었다. 그녀가 앉아 있는 안락의자 뒤에서 말소리가 들렸는데, 드베를 부인에게 접근하려고 말리뇽이 교묘하게 수를 쓰는 것 같았다. 갑자기 어조가 바뀌었다. 그녀는 좀 더 잘 듣기 위해 허리를 젖혔다. 말리뇽의 목소리가 들렸다.

"어제 왜 오지 않았죠? 6시까지 기다렸습니다."

"나를 가만 놔두세요. 당신 미쳤군요."

쥘리에트가 속삭였다.

여기서 말리뇽의 음성이 굵어지면서 톤을 높였다.

"아! 당신은 제 신대륙 이야기를 믿지 않으시는군요. 그렇지만 저는 메달을 받았답니다. 그것을 보여드리지요."

그리고 그는 아주 낮게 덧붙였다.

"당신은 내게 약속했어요. 기억해 보세요……."

손님들이 모두 도착했다. 드베를 부인은 인사말을 던지고, 말리농은 한쪽 눈에 단안경을 댄 채 다시 부인들 가운데 있었다. 엘렌은 방금 주위들은 짤막한 대화에 완전히 기가 질려 있었다. 그녀에게 그것은 날벼락이었으며, 예상치 못한 무서운 일이었다. 차분하고 하얀 뺨과 그토록 평온한 얼굴을 한 이 행복한 여인이 어떻게 남편을 배신할 수 있을까? 엘렌은 쥘리에트가 늘 생각이 짧은 여자라고 여겼지만, 귀엽게 느껴질 만큼의 이기심 덕분에 어리석은 일로 곤란을 겪는 법은 없을 거라고 생각해 왔다. 그런데, 말리농 같은 사람과! 그녀는 문득 의사가 머리카락을 스치며 키스하면 쥘리에트가 다정하게 웃음을 띠던 정원의 오후들을 다시 떠올려보았다. 그러자 설명할 수 없는 어떤 감정이 치밀었고, 마치 저 자신이 배신을 당하기라도 한 듯 쥘리에트에 대한 분노로 휩싸이는 것을 느꼈다. 그것은 앙리에 대한 그녀의 긍지를 손상하는 일이었다. 질투심 섞인 분노가 그녀를 뒤덮었다. 그녀의 얼굴에 불편한 기색이 너무나 뚜렷이 드러나자 오렐리 양이 물었다.

"무슨 일 있어요……? 몸이 안 좋으세요?"

노처녀는 그녀 옆에 앉아 그것을 알아차린 유일한 사람이었다. 그녀는 침착하고 아름다운 이 여인이 몇 시간이나 잡담을 들어주는 데 감격해 엘렌에게 강한 우정을 느끼고 있었다.

그러나 엘렌은 대답하지 않았다. 지금 앙리를 보고 싶었다. 무엇을 하고 있는지, 어떤 얼굴을 하고 있는지 알아야 할 필요가 있었다. 그녀는 일어서서 살롱으로 그를 찾으러 갔고, 마침내 그를 발견했다. 그는 창백하고 뚱뚱한 남자 앞에 서서 이야기를 나누고 있었다. 아주 차분해 보였고, 만족스러운 표정으로 특유의 엷은 미소를 띠고 있었다. 그녀는 잠시 그를 관찰했다. 그리고 그를 다소 초라하게 만드는 듯한 동정심을 느끼는 한편, 막연한 보호심이 섞인 애정으로 그를 더욱 사랑했다. 아직 몹시 막연한 감정이기는 했지만, 그의 곁에서 그가 잃어버린 행복을 채워주어야 한다는 생각이 들었다.

"그래요!"

오렐리 양이 속삭였다.

"재미있겠는데요. 기로 부인의 여동생이 노래를 부른다는군요……. 〈투르트렐〉[1]을 듣는 게 열 번쯤 되네요. 올겨울 레퍼토리가 그 노래밖에 없나 봐요……. 그녀가 남편과 헤어진 거 아시죠? 저쪽 문 옆에 갈색 머리 남자를 보세요. 저 사람들 아주 다정해 보이죠? 쥘리에트는 할 수 없이 저이를 받아들인 거예요. 그렇지 않으면 여자가 오지 않거든요……."

"아!"

엘렌이 대꾸했다.

드베를 부인은 기로 부인의 여동생이 노래를 부를 테니 조용히 해달라고 부탁하면서 이쪽저쪽 활발하게 오갔다. 살롱은 꽉 차 있었다. 30명 정도의 부인들이 수군거리고 웃기도 하면서 중앙을 차지하고 앉아 있었다. 그중에서 두 부인은 근사하게 어깻짓을 하면서 한층 높은 소리로 이야기를 주고받으며 서 있었다. 대여섯 명의 남자들은 치마폭에 파묻혀 있었지만 제 집에 있는 것처럼 몹시 편해 보였다. 여기저기서 "쉿!" 하는 조심스러운 소

---

[1] 당시 상류사회의 아가씨나 젊은 부인들이 야회에서 애창하던 곡.

리가 퍼져갔고, 웅성거림도 차츰 잦아들었다. 얼굴들은 태연하지만 지루해하는 표정을 띠고 있었다. 더운 공기 속에서 부채질 소리만이 들렸다.

기로 부인의 여동생이 노래를 불렀지만 엘렌은 듣고 있지 않았다. 그녀는 음악에 대한 과장된 사랑을 가장하며 〈투르트렐〉을 음미하는 척하는 말리농을 바라보고 있었다. 그럴 수가! 저런 젊은 남자와! 그들은 트루빌에서 위험한 장난을 저지른 것이 틀림없었다. 엘렌이 주워들은 말로 비추어볼 때 쥘리에트가 아직 완전히 굴복한 것 같지는 않았다. 그러나 타락은 얼마 남지 않은 듯했다. 앞쪽에서 말리농은 매혹적으로 몸을 흔들며 박자를 맞추고 있었고, 드베를 부인은 신이 나서 찬탄하고 있었다. 의사는 창백한 뚱뚱보와 대화를 계속하려고 노래가 끝나기를 기다리면서 상냥하고 참을성 있게 입을 다물고 있었다.

가수가 노래를 마치자 가벼운 박수가 일어났다. 그리고 자지러진 찬사가 일었다.

"감미로워요! 매혹적이에요!"

미남 말리농은 부인들의 곱게 빗은 머리 위로 팔을 뻗었다. 그러고는 다른 소리를 제압하면서 노래하듯 "브라보! 브라보!"를 반복해 외치고 장갑 낀 손가락을 소리 없이 부딪쳤.

그의 과장된 정열이 금세 방 안의 분위기를 풀어놓았다. 몇몇 부인들은 일어섰고 분위기가 전반적으로 진정된 가운데 대화가 다시 이어졌다. 방 안의 열기는 점점 높아졌다. 부채가 팔락거리자 화장한 부인들에게서는 사향 냄새가 피어났다. 때때로 웅성거리는 대화 소리 가운데 웃음소리가 까르르 울려 퍼졌고, 어떤 말 한마디가 크게 들리면 사람들의 머리가 일제히 그쪽으로 돌아갔다. 쥘리에트는 벌써 세 번이나 연거푸 작은 살롱에 틀어박혀 있는 남자들에게 이런 식으로 부인들을 내팽개치지 말아달라고 사정하러 다녀왔다. 남자들은 그녀를 따라왔다가는 10분 뒤에 또 사라졌다.

"참을 수 없는 일이야."

그녀가 화난 얼굴로 중얼거렸다.

"한 사람도 붙들어 둘 수가 없으니."

그동안 오렐리 양은 엘렌에게 부인들의 이름을 가르쳐주었다. 엘렌은 의사 집에서 열리는 야회에 겨우 두 번째 왔을 뿐이었다. 파시 지역의 상류층과 큰 부자들은 모두 와 있었다. 오렐리 양이 몸을 굽히고 말했다.

"정말 그렇다는군요……. 셰르메트 부인이 18개월 동안이나 붙어 다니던 그 키 큰 금발 머리랑 자기 딸을 혼인시킨대요……. 어쨌든 장모는 사위를 사랑해 주겠지요."

그러다가 몹시 놀란 듯 말을 중단했다.

"저런! 르바쇠르 부인의 남편이 제 마누라 애인이랑 얘기하고 있네……! 쥘리에트는 이제 저 사람들을 한 자리에 초대하지 않겠다고 다짐했었는데."

엘렌은 천천히 시선을 끌며 살롱을 한 바퀴 둘러보았다. 그러면 이 점잖은 모임에 참석한 이렇게 정직해 보이는 부르주아들이 실은 부정한 여인들일뿐이란 말인가? 시골에서 자라나 엄격한 도덕관을 지닌 그녀로서는 파리 사회가 이런 관계의 뒤섞임을 아무렇지 않게 받아들이는 현실에 놀랐다. 그리고 그녀는 쓴웃음을 지었다. 쥘리에트가 자기 손을 잡을 때마다 괴로워하던 그 지난날의 고통이 이제는 우스워 보였다. 그래! 그렇게까지 양심의 가책을 느끼다니 정말 어리석었어! 여기 이 부정한 여인은 세련된 애교까지 살짝 부리며 축복받은 듯 부르주아 생활을 만끽하고 있었다. 이제 드베를 부인은 말리농과 화해한 듯했다. 그녀는 아늑하고 부드러운 갈색 안락의자에 자그마한 몸을 웅크리고 청년의 재담에 웃고 있었다. 드베를 씨가 지나치며 물었다.

"오늘 저녁에는 다투지 않습니까?"

"아니에요."

쥘리에트는 아주 명랑하게 대답했다.

"이 사람은 너무나 어리석은 소리를 해요……. 그 소리들을 당신이 죄다 듣는다면……."

다시 노래가 시작되었다. 그러나 조용해지기는 더욱 어려웠다. 아이들 같은 머리 모양을 한 꽤 나이 든 부인과 〈총희〉[1]의 곡을 듀엣으로 부르고 있는 사람은 아들 티소였다. 폴린은 문 앞의 검은 정장들 사이에 서서 예술작품을 바라보듯 대놓고 찬탄하는 표정으로 노래하는 청년을 바라보고 있었다.

"오! 미남이야!"

반주만 들리는 소악절 도중 그녀가 내뱉은 감탄이 너무 커서 살롱에 있는 사람들 전부에게 들렸다.

야회는 계속되었고 사람들의 표정은 권태에 잠겼다. 부인들은 3시간 전부터 같은 안락의자에 앉아 있었기 때문에 은연중에 지루한 표정을 짓고 있었으나, 그래도 여기서 지루한 것이 행복했다. 한쪽 귀로 흘려듣고 있는 곡과 곡 사이에는 잡담이 이어졌다. 피아노의 공허한 울림이 그 뒤를 잇는 듯했다. 르텔리에 씨는 견직물 주문 때문에 리옹에 갔던 일을 이야기했다. 손 강물은 론 강물을 세차게 치기 때문에 서로 섞이지 않는다는 것이었다. 법관 기로 씨는 파리의 악을 억제해야 한다고 주장하며 판결

---

[1] 1840년 초연된 도니체티의 4막 오페라.

조의 문장을 내뱉었다. 한편 한 남자는 사람들에 둘러싸여 자신에게 중국인 친구가 있다며 그와 관련된 여러 가지 세세한 이야기를 늘어놓고 있었다. 구석에 있는 두 부인은 하인들에 관한 속내를 서로 털어놓았다. 말리농이 군림하고 있는 한 무리의 부인들은 문학 얘기를 하고 있었다. 티소 부인이 발자크는 읽을 수가 없다고 단언했다. 그는 이의를 제기하지 않았고 단지 발자크도 가끔 잘 쓴 페이지가 있다고 지적했을 뿐이었다.

"좀 조용히 해주세요!"

폴린이 소리를 질렀다.

"연주가 있겠습니다."

그 부인은 썩 훌륭한 솜씨를 지닌 피아니스트였다. 모든 고개가 예의상 그쪽을 향했다. 그러나 피아니스트가 호흡을 가다듬는 동안 작은 살롱에서 토론을 벌이는 남자들의 굵직한 목소리가 들려왔다. 드베를 부인은 무던히 애를 썼건만 모든 걸 포기한 듯 보였다.

"못 말리는 사람들이야."

그녀가 중얼거렸다.

"오기 싫은 사람은 거기 있으라고 해요. 하지만 적어도 조용히는 해야지!"

그녀는 폴린을 보냈다. 폴린은 기쁜 듯 명을 이행하러 달려갔다.

"신사분들, 연주가 시작됩니다."

여왕 같은 옷차림을 한 폴린이 아가씨다운 자신만만한 자유분방함으로 말했다.

"조용히 해주시길 부탁드리겠어요."

무척 큰 목소리였다. 게다가 카랑카랑하기까지 했다. 그러나 그녀가 거기 눌러앉아 남자들과 웃고 농담하기 시작해 오히려 소음이 훨씬 커졌다. 토론은 계속되었고, 그녀도 함께 어울렸다. 살롱에 있는 드베를 부인은 가시방석에 앉은 것 같았다. 이미 음악을 충분히 들었기 때문에 청중들은 냉랭했다. 여주인은 피아니스트에게 의무적으로 과장된 찬사를 보냈지만, 피아니스트는 뾰로통한 얼굴로 자기 자리에 돌아가 앉았다.

엘렌은 고통스러웠다. 앙리는 그녀를 보지 않는 것 같았다. 그는 더 이상 그녀에게 가까이 오지도 않았다. 가끔 멀리서 미소를 지을 뿐이었다. 야회가 시작될 때 그녀는 그가 그렇게 지각 있게 행동하는 걸 보고 마음이 놓였다. 그러나 다른 두 사람의 이야기를 알게 된 후로 그녀는 자기도 모르는 그 무언가를, 평판이 더럽혀져도 좋으니 애정의 표시 같은 것을 바라고 있었다. 온갖 종류의 좋지 않은 감정들과 혼란스러운 욕망이 그녀를 들뜨게 했다. 저리도 무심하다니……. 더 이상 나를 사랑하지 않는 걸까? 분명 그는 적절한 기회를 찾고 있는 것이리라. 아! 그에게 모든 것을 말할 수 있다면, 그의 아내가 그의 이름을 더럽혔음을 알릴 수 있다면! 피아노가 밝고 경쾌한 음을 훑고 있는 동안 그녀는 가만가만 마음을 어루만져 주는 꿈에 몸을 싣고 있었다. 앙리는 쥘리에트를 쫓아냈고, 자신은 그의 아내로서 그와 함께 말도 알아들을 수 없는 먼 나라에 가 있었다.

한 목소리가 그녀를 움찔하게 했다.

"아무것도 안 드세요?"

폴린이 물었다.

살롱은 비어 있었다. 사람들은 차를 마시려고 식당으로 건너간 참이었다. 엘렌은 힘들게 일어섰다. 머릿속의 모든 것이 복잡하게 얽혀 있었다. 아까 들은 말이라든지, 쥘리에트의 임박한 타락이라든지, 미소 지으며 눈썹 하나 까딱 않는 부정한 부르주아 여인들이라든지, 이 모두가 꿈 같았다. 전부 사실이라면, 앙리는 제 옆에 있을 것이고 두 사람은 벌써 이 집을 떠났을 것이었다.
"차 한 잔 드시겠어요?"
그녀는 웃었다. 그리고 그녀를 위해 식탁에 자리를 잡아둔 드베를 부인에게 감사를 표했다. 과자와 사탕이 놓인 접시가 식탁을 덮고 있었고 커다란 빵과 두 개의 케이크가 굽 달린 그릇 위에 대칭으로 담겨 있었다. 기다란 술 장식이 달리고 폭이 좁은 회색 냅킨으로 두 개씩 분리되어 있는 찻잔은 자리가 비좁아서 서로 닿을 지경이었다.
부인들만 앉아 있었다. 그녀들은 크림 단지를 건네주기도 하고 품위 있는 자태로 따르기도 하면서 장갑을 벗은 손끝으로 작은 비스킷과 설탕에 절인 과일들을 집어 먹었다. 그렇지만 서너 명은 헌신적으로 남자들을 접대했다. 남자들은 벽을 따라 서 있었는데, 무심코 부딪쳐 오는 팔꿈치를 피하려고 여러모로 조심하면서 차를 마셨다. 다른 사람들은 살롱의 다른 두 공간에 남아서 케이크가 나오기를 기다렸다. 이때야말로 폴린이 가장 빛난 순간이었다. 사람들은 더 크게 얘기했고, 웃음소리와 은 식기가 쟁강거리는 소리가 울렸다. 사향 냄새는 코를 찌르는 듯한 차 향기로 더욱 뜨거워졌다.
"빵 좀 이리 주세요."
엘렌 바로 옆에 있던 오렐리 양이 말했다.
"사탕은 좀체 든든하지가 않거든요."
벌써 두 접시를 비운 그녀는 한입 가득 물고서 말했다.
"사람들이 물러나는군……. 이제 편해지겠어."
정말로 부인들은 드베를 부인과 악수를 나눈 다음 가버렸다.

남자들도 하나둘 슬그머니 떠나버렸다. 집 안이 점점 비어갔다. 이번에는 남자들이 식탁에 앉았다. 그러나 오렐리 양은 자리를 떠나지 않았다. 그녀는 펀치[1]를 한 컵 마시고 싶었다.

"제가 한 컵 가져다 드리지요."

엘렌이 일어서면서 말했다.

"오! 괜찮아요……. 그러실 필요 없는데."

엘렌은 잠시 말리농을 살폈다. 그는 의사에게로 가서 악수한 다음 지금은 입구에서 쥘리에트에게 인사하고 있었다. 그녀는 순결한 얼굴에 맑은 눈을 하고 있었고 남자는 온화한 미소를 짓고 있었는데, 그 표정만 보면 그가 그날 저녁 파티에 대해 그녀를 칭찬하는 걸로만 보일 터였다. 피에르는 문가에 놓인 이동식 찬장 위에서 펀치를 따랐고, 엘렌은 살짝 다가가 문에 드리워진 휘장 뒤에 몸을 숨겼다. 그리고 귀를 기울였다.

"모레에는 꼭 오세요……."

말리농이 말하고 있었다.

"3시에 기다리겠습니다……."

"좀 점잖게 구실 수 없어요?"

드베를 부인이 웃으며 대답했다.

"그런 바보 같은 얘길 하다니!"

그러나 그는 여전히 되풀이하면서 고집을 피웠다.

"기다리겠습니다. 모레……. 어딘지 아시죠?"

그러자 그녀가 급히 속삭였다.

"그래요, 좋아요. 내일모레."

말리농은 고개를 숙이고 떠났다. 셰르메트 부인이 티소 부인

---

[1] 과일즙에 설탕, 양주 따위를 섞은 음료.

과 자리를 떴다. 쥘리에트는 명랑하게 그녀들을 현관까지 배웅하면서 셰르메트 부인에게 최대한 상냥하게 말했다.
"모레 꼭 찾아뵐게요……. 그날 방문할 곳이 많거든요."
엘렌은 그 자리에 굳은 채 서서 창백해졌다. 그동안 피에르는 잔에 펀치를 따라 그녀에게 내밀었다. 그녀는 기계적으로 잔을 받아 과일 절임에 덤벼들고 있는 오렐리 양에게 가져갔다.
"아! 무척 친절하시군요."
노처녀가 외쳤다.
"피에르에게 눈짓하면 되었을 것을. 그런데 부인들에게 펀치를 내놓지 않는 것은 잘못이에요……. 내 나이가 되면……."
그러나 그녀는 엘렌의 창백한 안색을 알아채고 말을 멈췄다.
"부인은 틀림없이 어디 아픈 것 같군요. 펀치 한 잔 마셔봐요……."
"고마워요. 아무것도 아니에요……. 더위가 너무 심해서……."
그녀는 비틀거리며 아무도 없는 살롱으로 돌아가 안락의자에 주저앉았다. 램프가 불그스름하게 타오르고 있었다. 촛대의 초는 거의 타들어가 촛농받이에 닿을락 말락 했다. 식당에서 마지막 남은 손님들이 작별을 고하는 소리가 들려왔다. 돌아가는 것을 잊은 엘렌은 그대로 앉아 깊이 생각해 보고 싶었다. 이것은 꿈이 아니었다. 쥘리에트는 그 청년에게 갈 것이었다. 내일모레, 날짜까지 알았다. 아! 더 이상 거리낄 게 없어. 내부에서 그러한 외침이 들려왔다. 그러면서 그녀는 쥘리에트에게 주의를 줘서 실수를 피하도록 하는 것이 의무라는 생각이 들었다. 그러나 그런 착한 생각은 그녀를 얼음처럼 굳어지게 했다. 그녀는 그 생각을 걸리적거리는 방해물이라도 되듯 옆으로 치워놓았다. 그녀가 뚫어져라 보고 있는 벽난로에서 타버린 장작개비가 탁탁 소리를 냈다. 공기는 머리카락의 향기로 가득한 채 묵직하게 잠들어 있었다.

"어머! 여기 계셨군요."

쥘리에트가 들어오면서 외쳤다.

"아! 친절하게도 곧장 떠나지 않으셨네요……. 이제야 좀 숨을 돌릴 수 있겠어요!"

엘렌은 놀라서 일어서려는 시늉을 했다.

"좀 앉으세요. 급할 거 없잖아요……. 앙리, 내 약병 좀 줘요."

두세 명 친한 사람들이 떠나지 않고 늑장을 부리고 있었다. 사람들은 꺼져버린 불 앞에 앉아, 벌써 졸린 듯한 넓은 방의 나른한 분위기 속에서 허식 없이 유쾌하게 이야기했다. 문이 열려 있어서, 비어 있는 작은 살롱과 식당, 아직도 환하게 불이 켜져 있지만 무거운 침묵에 잠겨 있는 온 집 안이 보였다. 앙리는 아내에게 아주 온화한 태도를 보였다. 그는 방금 침실로 약병을 찾으러 갔다 온 참이었고, 그녀는 천천히 눈을 감으며 약병의 냄새를 맡았다. 그는 아내에게 너무 피곤하지 않은지 물었다. 그녀는 다소 피곤하지만 오늘 저녁에는 모든 일이 잘 진행되어서 기쁘다고 말했다. 그러면서 매번 손님을 초대한 날엔 잠이 오지 않아 새벽 6시까지 뒤척이곤 한다고 덧붙였다. 앙리가 웃었고 손님들은 가볍게 농담을 주고받았다. 엘렌은 그들을 바라보았다. 집 전체에 점점 졸음이 덮치는 것 같았고 그녀는 무감각 상태에 빠져 부르르 떨었다.

그동안 두 사람밖에는 남지 않았다. 피에르는 마차를 찾으러 갔다. 엘렌은 마지막 남은 손님이었다. 시계가 1시를 쳤다. 앙리는 더 이상 체면을 차리지 않고 몸을 일으키더니 촛농받이를 뜨겁게 만들고 있는 촛대의 두 양초를 입으로 불어 껐다. 마치 해가 지듯 조명이 하나둘 꺼지고, 방은 벽감처럼 그윽한 그늘 속으로 잠겨들었다.

"주무시는 걸 제가 방해하고 있군요."

엘렌은 갑자기 일어서며 더듬거렸다.

"이만 가보겠어요."

그녀는 몹시 빨개져 있었다. 얼굴이 화끈거리면서 숨이 막혔다. 부부는 현관까지 그녀를 따라 나왔다. 그러나 제법 추웠기 때문에 의사는 가슴께가 벌어진 옷을 입은 아내를 걱정했다.

"들어가요, 병 나겠어요······. 당신은 열이 심해요."

"그러지요! 안녕히 가세요."

달콤한 기분에 젖어 있는 쥘리에트는 엘렌을 포옹하며 말했다.

"좀 더 자주 놀러 오세요."

앙리가 털 코트를 집어 들고 엘렌에게 입혀주려고 펼쳤다. 그녀가 팔을 끼우자 그는 깃을 세워주었고, 현관 한쪽 벽을 덮고 있는 커다란 거울 앞에서 웃으면서 옷을 여며주었다. 오직 둘뿐이었다. 그들은 거울을 통해 서로를 바라보았다. 그러자 갑자기 코트에 싸여 앞을 보고 있던 그녀가 남자에게 안긴 채 고개를 뒤로 젖혔다. 석 달 전부터 두 사람은 우정 어린 악수밖에는 나누지 못했다. 그들은 더 이상 서로 사랑하는 감정을 내비치지 않으려 해왔다. 그의 웃음이 사라졌다. 그의 얼굴은 벅차도록 뜨겁게 달아올랐다. 그는 여자를 미친 듯이 끌어안고 목에 키스했다. 그녀는 남자의 키스에 답하기 위해 고개를 뒤로 젖혔다.

2

 엘렌은 밤새도록 잠을 이루지 못했다. 열이 오른 듯 몸을 뒤척이다가, 막 잠이 들려 하면 언제나 같은 불안이 덮쳐와 놀라 깨어났다. 그 악몽 같은 반수 상태 속에서 한 가지 생각이 달라붙어 그녀를 괴롭혔다. 그녀는 밀회 장소를 알고 싶었다. 그래야 성이 찰 것 같았다. 드베를 집에서 종종 화제에 오르던, 테부 가에 있는 말리농의 작은 이층집일 리는 없었다. 그러면 어디란 말인가? 도대체 어디란 말인가? 의지와는 상관없이 그녀의 머리는 끊임없이 회전했다. 그녀는 채워질 수 없는 욕망으로 안절부절못하면서 그 생각에 몰두하느라고 다른 일은 모두 잊어버렸다.

 날이 새자 그녀는 옷을 입었다. 그리고 큰 소리로 "바로 내일이야." 하고 말하고는 스스로 놀랐다. 구두 한쪽만 신은 채 두 손을 늘어뜨린 그녀는 그 밀회 장소가 혹시 가구 딸린 호텔 아니면 한 달 단위로 세를 든 외딴 방일지도 모른다고 생각했다. 그러한 추측은 혐오감을 일으켰다. 대신 그녀의 머릿속에는 두꺼운 휘장, 가득한 꽃, 그리고 모든 벽난로마다 환하게 타오르는 불빛이 있는 근사한 아파트가 그려졌다. 그러나 거기 있는 사람은 더 이상 쥘리에트와 말리농이 아니었다. 바깥의 소리가 전혀 들리지 않는 그 포근한 은신처에서 그녀는 앙리와 함께 있는 자신을 보았다. 느슨하게 풀린 실내복을 걸친 채로 그녀는 몸을 떨었다. 그러면 그곳이 어딜까? 도대체 어딜까?

 "좋은 아침이야, 엄마!"

 잔이 깨어났다.

 잔은 건강을 되찾은 후로 다시 작은 방에서 자게 되었다. 아이는 언제나처럼 맨발에 속옷 바람으로 다가와 엘렌의 목에 매달렸다. 그리고 다시 뛰어가 아직도 온기가 남아 있는 침대에 잠시 파고들었다. 아이는 그게 재미있는지 이불 밑에서 웃었다. 그리고 다시 와서 "좋은 아침이야, 엄마!" 하고 말하고는 뛰어갔다. 이번에는 깔깔거리고 웃으면서 머리 위로 이불을 뒤집어썼다. 그러고는 그 밑에서 눌린 듯한 목소리로 크게 말했다.

"나 없어졌어……. 이제 없어……."

그러나 엘렌은 다른 날처럼 장난치지 않았다. 그러자 심심해진 잔은 다시 잠이 들어버렸다. 너무 이른 새벽이었다. 8시쯤 로잘리가 나타나 아침나절에 나갔다 온 이야기를 시작했다. "오! 바깥은 온통 진창이에요. 우유를 가지러 가다가 진창에 신발이 빠질 뻔했지 뭐예요. 이젠 진짜 얼음이 녹을 때예요. 그런 데다 바람도 따뜻해서 숨이 막힐 것 같아요." 그러다가 문득 생각난 듯 부인에게 어떤 늙은 여자가 찾아왔다고 말했다.

"보세요!"

초인종이 울리자 그녀가 외쳤다.

"내기를 해도 좋아요. 그 여자가 틀림없어요."

그 여자는 페튀 할멈이었다. 흰 보닛을 쓰고 가슴 부분에 격자무늬가 있는 새 옷을 입고 있어서 제법 말쑥하고 그럴듯해 보였다. 그렇지만 징징거리는 목소리는 여전했다.

"선량하신 부인, 저예요. 실례합니다……. 부인께 물어볼 게 좀 있어서……."

엘렌은 할멈이 그렇게 잘 차려입고 나타난 데 다소 놀라서 바라보았다.

"좀 나아지셨나요, 페튀 할머니?"

"네, 네, 말하자면 좀 나아진 거죠……. 아시다시피 뱃속에 뭔가 이상한 게 들어 있는 건 여전해요. 그게 돌아다니고 있지만 어쨌든 나아졌어요······. 그리고 재수 좋은 일이 있었어요. 놀라운 일이에요. 글쎄, 나도 운이 좋을 때가 있으니. 어떤 신사분이 내게 집안일을 맡겼어요. 아! 그런데 사연이 있어요······."

그녀의 목소리가 점점 느려졌고, 잔주름으로 뒤덮인 얼굴의 교활한 작은 눈동자가 이리저리 굴렀다. 엘렌이 물어봐 주기를 기대하는 눈치였다. 그러나 엘렌은 로잘리가 방금 지펴놓은 불가에 앉아서 다른 데 정신이 팔린 듯한 괴로운 표정으로 대충 듣고 있었다.

"나한테 물어볼 게 뭐예요, 페튀 할머니?"

그녀가 말했다.

노파는 곧바로 대답하지 않았다. 그녀는 방 안의 자단목 가구와 푸른 벨벳 벽지를 살펴보았다. 그리고 궁기가 낀 비굴하고 아첨하는 표정으로 중얼거렸다.

"정말 집이 예쁘군요. 부인, 실례했어요······. 우리 신사분도 이런 방을 갖고 있지요. 그 방은 장밋빛이지만······. 오! 전부 지어낸 얘기 같지요! 점잖은 집안의 총각이 내가 사는 건물에 방을 빌리러 오다니 말이에요. 그래서 하는 얘기는 아니지만 그 건물의 2층과 3층에 있는 아파트는 썩 괜찮아요. 그리고 아주 조용하지요! 마차 한 대 안 지나가니까, 마치 시골에 사는 듯한 기분이 든답니다······. 일꾼들은 보름도 넘게 일했어요. 그래서 그 방을 아주 보석처럼 만들었지요······."

그녀는 엘렌이 관심을 보이자 말을 멈췄다.

"일 때문이래요."

노파는 일부러 말끝을 더 늘이며 계속했다.

"그 사람 말이 일 때문이래요······. 아시다시피 우리 건물에는 문지기가 없어요. 그게 그 사람 마음에 들었지요. 그 사람은 문지기를 좋아하지 않더군요. 그래요, 그 말도 일리가 있죠⋯⋯."

그러나 그녀는 갑자기 생각이 난 것처럼 다시 말을 멈췄다.

"가만있자! 부인은 우리 신사분을 아실 거예요⋯⋯. 그분이 부인 친구 중 한 분을 만나시거든요."

"아!"

엘렌이 새파랗게 질린 얼굴로 말했다.

"틀림없이, 이 옆에 사는 부인이에요. 당신과 성낭에 같이 갔던 부인⋯⋯. 하루는 그 부인이 왔었지요."

페튀 할멈의 눈은 선량한 부인의 감정을 엿보느라고 가늘어졌다. 엘렌이 애써 차분한 어조로 물었다.

"부인이 그분 집에 올라갔나요?"

"아니에요. 갑자기 잊고 있었던 게 생각났는지 올라가려다 말았어요⋯⋯. 나는 문에 나와 있었지요. 부인이 내게 뱅상 씨가 있느냐고 물었어요. 그러더니 마부에게 '너무 늦었어요. 돌아갑시다!' 하고 외치며 마차 안으로 다시 몸을 감추었지요. 오! 정말 말할 수 없이 활기차고 친절한 부인이에요. 그런 사람들은 그리 흔치 않지요. 당신 말고는 그 부인뿐이죠⋯⋯. 하느님께서 당신들에게 복을 내려주시길!"

노파는 묵주신공을 올리다 방해를 받은 열성 신도처럼 내용 없는 문장들을 술술 늘어놓으며 말을 이었다. 게다가 얼굴 주름 속에서 일어나는 말 없는 작업도 계속되었다. 얼굴은 빛이 나고 매우 만족한 기색을 띠었다.

"그런데⋯⋯."

그녀는 쉴 새 없이 말했다.

"좋은 구두 한 켤레 있었으면 좋겠어요. 우리 신사분은 몹시 친절하지만 그것까지 달라고 할 수는 없지요⋯⋯. 이렇게 새 옷을 얻어 입었거든요. 그저 구두 한 켤레만 있으면 되는데. 내 것은 구멍이 나서, 이렇게 땅이 질척거리는 때면 배를 아프게 한답니다……. 정말 어제는 배가 아파서 오후 내내 몸을 뒤틀었지요……. 그저 좋은 구두 한 켤레만 있으면…….."

"제가 한 켤레 가져다드릴게요, 페튀 할머니."

엘렌은 손짓으로 노파를 내보내며 말했다.

노파가 감사의 말과 함께 절을 하며 뒷걸음으로 물러나려 할 때, 그녀가 물었다.

"몇 시에 혼자 계세요?"

"신사분은 6시 후에는 절대 집에 안 계세요."

노파가 대답했다.

"하지만 그러실 필요 없어요. 내가 와서 이 집 문지기한테 구두를 받아 가면 될 텐데요……. 어쨌든 좋으실 대로 하세요. 당신은 낙원의 천사예요. 하느님께서 복을 내리실 거예요."

층계참에서는 아직도 탄성이 들렸다. 엘렌은 이상하게도 때맞춰 노파가 가져다준 정보에 얼이 빠진 채 앉아 있었다. 그녀는 이제 밀회 장소를 알게 되었다. 그 황폐한 낡은 집에 장밋빛 방이라니! 그녀는 축축한 습기가 배어 나오는 계단, 층마다 기름 묻은 손때로 까맣게 얼룩진 노란 문들, 지난겨울 페튀 할멈을 찾아 올라갈 때마다 연민을 자아내던 그 온갖 궁핍의 풍경을 다시 떠올렸다. 그리고 그 추한 가난의 한복판에 놓인 장밋빛 방을 상상해 보려 애썼다. 그러는 사이 불면으로 벌겋게 상기된 그녀의 눈 위로 따뜻한 작은 두 손이 살짝 얹혔고, 장난기 어린 웃음이 섞인 목소리가 물었다.

"누구게? 누구게?"

방금 혼자 옷을 입은 잔이었다. 페튀 할멈의 목소리 때문에 깨어난 터였다. 제가 자는 방문이 닫혀 있는 걸 보자 아이는 어머니를 놀래주려고 잽싸게 서둘렀던 것이다.

"누구게? 누구게?"

점점 웃음 섞인 소리가 되면서, 잔은 계속 같은 말을 반복했다. 그때 로잘리가 아침을 가지고 들어왔다.

"너는 알지, 그렇지만 말하면 안 돼……. 너한테 아무것도 안 물어봤어."

"그만해, 이 장난꾸러기!"

엘렌이 말했다.

"넌 줄 안단다."

아이는 슬그머니 어머니의 무릎에 앉아 고개를 젖히고 제가 생각해 낸 장난에 기분이 좋아져서는 몸을 흔들며 자신 있는 표정으로 계속 말했다.

"아니야! 이건 다른 아이일걸……. 응? 엄마를 저녁 식사에 초대한다는 제 엄마의 편지를 가지고 온 소녀지……. 그런데 그 아이가 이렇게 엄마의 눈을 가리고……."

"바보 같은 소리 그만해."

엘렌이 아이를 일으켜 세우며 다시 말했다.

"무슨 소리를 하는 거니? 로잘리, 상을 차려라."

그러나 하녀는 소녀를 살피더니 아가씨의 차림이 좀 야하다고 놀렸다. 정말 잔은 서두르느라 신발조차 신지 않은 상태였다. 짧은 플란넬 치마를 입었는데, 옆트임 사이로 속옷자락이 조금 삐져나와 있었다. 부드럽고 짧은 기모 윗도리는 단추를 잠그지 않아 아직 여물지 않은 아이의 나체를 드러내 보였다. 자그마하고 납작한 가슴에는 겨우 맺히기 시작한 장밋빛 젖꼭지와 가냘픈 선이 보였다. 머리칼은 헝클어지고 비뚜름하게 올려 신은 기다란 양말은 치렁치렁한 데다 내의는 부랴부랴 꿰입었지만, 그러고도 아이는 뽀얗고 사랑스러웠다.

아이는 고개를 숙여 제 모습을 보고는 웃음을 터뜨렸다.

"얌전하지? 엄마, 나 좀 봐……! 어때? 이렇게 하고 있을까 봐……. 얌전하지!"

엘렌은 짜증스러운 몸짓을 억누르며 매일 아침 묻는 질문을 건넸다.

"세수했니?"

"오, 엄마……!"

아이가 갑자기 시무룩해져 중얼거렸다.

"오, 엄마……. 비가 오고 너무 흐려서……."

"그러면 아침을 안 먹겠다는 거니? 아이 좀 씻겨주렴, 로잘리."

이런 일에 신경을 많이 쓰는 그녀는 보통 자신이 직접 챙기곤 했다. 그러나 오늘은 정말 몸이 편치 않았다. 몹시 따뜻한 날인데도 그녀는 덜덜 떨면서 불에 바싹 다가갔다. 로잘리는 작은 탁자를 벽난로 가까이 끌어다가 상보를 깔고 두 개의 흰 자기 그릇을 놓았다. 불 앞에서 랑보 씨의 선물인 은제 주전자에서 우유 커피가 보글보글 끓고 있었다. 이른 아침, 아직 잠이 덜 깬 방 안에 어젯밤의 어수선한 흔적이 그대로 남아 있었고, 그 속에서 어떤 다정한 친밀함이 감돌았다.

"엄마, 엄마!"

잔이 작은 방구석에서 소리쳤다.

"로잘리는 너무 세게 문질러. 생채기가 난다고. 아이! 차갑단 말이야!"

엘렌은 뚫어져라 주전자를 바라보며 깊은 생각에 잠겨 있었다. 그녀는 가서 알아보고 싶었다. 파리의 불결한 한구석에 있는 밀회 장소를 생각하자 알 수 없는 분노가 그녀의 머리를 혼란스럽게 했다. 그녀는 그 비밀이 혐오스러운 취미라고 생각했지만, 소설적인 상상력에 사로잡혀 '섭정시대의 작은 집'[1]에 싼값으로 활기를 불어넣는 데 열중했을 말리농의 재기는 인정했다. 불쾌감에도 불구하고 그녀는 그 장밋빛 방에 넘치고 있을 흐릿한 빛과 고요한 분위기에 끌린 듯 열며 있었다.

"아가씨……."

로잘리는 자꾸 중얼대고 있었다.

"씻지 못하게 하면 어머니를 부를 거예요."

"이것 봐! 비누가 눈에 들어갔잖아."

울음 섞인 목소리로 잔이 대답했다.

"됐어. 놔줘……. 귀는 내일 씻을 테야."

하지만 물소리는 이어졌고, 대야에 수건을 짜는 소리도 들려왔다. 그리고 몸싸움하는 소리가 났다. 우는소리가 끝나자 아이는 다시 명랑한 모습으로 나타나 외쳤다.

"끝났어, 끝났어……."

잔은 아직 젖은 머리칼을 털어내며, 문질러 씻은 탓에 볼이 발갛게 상기된 채 상쾌한 비누 향을 풍겼다. 씻는 동안 몸을 이리저리 움직이느라 윗도리가 흘러내리고 속치마의 끈은 풀려 있었으며, 긴 양말이 흘러 내려와 가느다란 종아리가 드러났다. 로잘리가 불쑥 "아가씨는 예수님을 닮았네요." 하고 말했다. 그러나 잔은 깨끗하게 씻은 게 너무나 자랑스러워 다시 옷을 입으려 하지 않았다.

"좀 봐, 엄마. 내 손하고 목하고 귀를 봐……. 으응! 불 좀 쬘게.

---

[1] 풍속이 와해된 섭정시대(1850~1870)의 사회에서 흔히 볼 수 있었던 밀회 장소를 일컫는 은어.

너무 기분 좋아······. 이제 그러지 마. 나 오늘 아침 먹어도 되지?"

아이는 불 앞에 있는 제 작은 안락의자에 몸을 움츠리고 앉았다. 로잘리가 우유 커피를 부었다. 잔은 무릎 위에 그릇을 놓고 어른스러운 표정으로 의젓하게 토스트를 담갔다. 평소 엘렌은 아이에게 그런 식으로 먹지 못하게 했었다. 그러나 그녀는 생각에 골몰해 있었고, 빵에 손대지 않고 커피를 마시는 것으로 식사를 대신했다. 마지막 한입을 삼키고 나서, 잔은 갑자기 마음이 아려왔다. 어머니의 창백한 얼굴을 보자 죄책감이 밀려왔다. 잔은 그릇을 내려놓고 어머니의 목에 안겼다.

"엄마, 어디 아픈 거야······? 내가 엄마를 힘들게 했어, 응?"
"아니다, 아가, 그 반대야. 아주 착하구나."
엘렌이 아이를 껴안으며 중얼거렸다.
"좀 피곤하구나. 잠을 잘 못 잤어······. 가서 놀아라. 걱정하지 말고."

그녀는 하루가 끔찍하게 길 것 같다는 생각이 들었다. 밤을 기다리며 뭘 해야 할까? 얼마 전부터 그녀는 더 이상 바늘을 잡지 않았다. 일하는 게 너무 힘들었다. 몇 시간 동안 그녀는 손을 놓고 앉아 있었다. 방 안은 질식할 듯했고, 바람을 쐬러 밖에 나가고 싶었지만 움직일 수가 없었다. 그녀를 병들게 한 것은 이 방이었다. 그녀는 거기서 산 두 해를 억울해하면서 그 방을 미워했다. 푸른색 벨벳 커튼과 시내가 한눈에 들어오는 조망, 이 모든 것이 지겨워졌으며, 오히려 귀가 먹먹할 정도로 시끄러운 거리의 작은 아파트에서 살아보고 싶다고 생각했다. 세상에! 시간이 어찌 이다지도 느린 걸까! 그녀는 책을 집었다. 그러나 머릿속에 울리고 있는 한 가지 생각이 그녀의 눈과 읽기 시작한 페이지 사이에 자꾸 똑같은 이미지를 그려냈다.

그동안 로잘리는 방을 치웠고, 잔은 머리를 빗고 옷을 입었다. 가구들은 제자리에 놓였다. 어머니는 창가에서 독서하려고 애쓰고 있었으며 아이는 부산할 정도로 기분이 명랑한 날이어서 요란한 놀이를 시작했다. 아이는 혼자였지만 그것은 전혀 문제가 되지 않았다. 아주 우스울 정도로 의젓하게 서너 사람의 역할을 잘 해내곤 했기 때문이다. 우선 아이는 이웃집을 방문한 부인이 되었다. 식당으로 사라졌다가 곧 애교스럽게 둘러보면서 웃음을 띠고 인사를 건네며 등장했다.

"안녕하세요, 부인……. 요즘 어떻게 지내세요, 부인……? 참 오랜만이지요? 정말 놀라워요……. 세상에! 저는 병이 났었다고요, 부인. 그래요, 콜레라에 걸렸었죠. 아주 좋지 않았어요. 오! 전혀 그렇게 보이지 않는데요. 정말이지 젊어지셨어요. 그런데 댁의 아이들은요, 부인? 저는 지난여름 이후로 아이가 셋이 되었답니다."

아이는 탁자 앞에서 인사를 계속했다. 그 탁자는 방문한 집의 부인 노릇을 하고 있는 것이 분명했다. 그리고 아이는 의자를 끌어당겨 앉고는 한 시간 동안이나 정말 비상하게 풍부한 문장을 동원하여 일상적인 여러 얘기를 늘어놓았다.

"바보 같은 짓 말아라, 잔."

소음이 참을 수 없어지면 어머니가 가끔 주의를 주었다.

"하지만 엄마, 나는 친구 집에 있다고……. 그 친구는 나한테 말을 걸고 나는 대답을 해야 하거든……. 차를 대접할 때는 호주머니에 과자를 넣으면 안 되죠?"

그러고는 다시 시작했다.

"안녕히 계세요, 부인. 차 잘 마셨어요. 남편께도 안부 전해주세요……."

갑자기 다른 사람이 되어 아이는 마차를 타고 외출했다. 사내아이처럼 의자에 다리를 벌리고 걸터앉아 쇼핑하러 가는 시늉을 했다.

"장, 그렇게 빨리 몰지 마, 무섭잖아……. 세워줘! 모자점 앞이야……. 아가씨, 이 모자 얼마지요? 3백 프랑이라고요? 비싸진 않군요. 하지만 예쁘지가 않아요. 나는 위에 새가 얹힌 걸 원한다고요. 이만큼 큰 새가요……. 자, 장, 식료품점으로 데려다줘. 꿀 없어요? 있지요, 부인, 여기 있습니다. 오! 좋군요! 그런데 사지 않겠어요. 설탕 2수어치 주세요……. 그런데 조심해야지, 장! 마차가 뒤집어졌잖아! 순경 아저씨, 짐마차가 우리에게 달려들었어요……. 다치신 데 없습니까, 부인? 아니에요, 전혀……. 장! 돌아가자. 자, 어서! 어서! 가만, 내의를 주문해야겠다. 부인용 내의 세 다스요……. 그리고 짧은 장화와 코르셋도 필요한데요……. 어서! 어서! 정말 끝이 없다니까!"

아이는 부채질하면서 집에 돌아와 아랫사람들을 꾸짖는 부인 시늉을 했다. 레퍼토리가 부족한 적은 절대 없었다. 상상력이 열병처럼 끓어오르며 끊임없이 새로운 이야기를 쏟아냈다. 그 작은 머릿속에서는 인생 전체가 농축되어 부글거렸고, 그것이 조각조각 흘러나왔다. 아침나절과 오후 내내 아이는 빙빙 돌고 춤추고 지껄였다. 싫증이 나면 둥근 의자, 구석에서 눈에 띈 우산, 바닥에서 주운 천 조각 따위가 아이에게 새로운 창의력을 계속 불러일으키면서 다른 놀이에 뛰어드는 데 충분한 재료가 되어주었다. 아이는 인물이며 장소, 사건 등 모든 것을 고안했다. 마치 제 또래 아이들 열두 명과 함께 있는 것처럼 재미있게 놀았다.

드디어 저녁이 되었다. 6시가 되려는 참이었다. 엘렌은 오후 내내 불안한 무기력 상태에 있다가 갑자기 몸을 일으켜 급히 숄을 걸쳤다.

"어디 가, 엄마?"

잔이 놀라서 물었다.

"그래, 이 근처에 볼일이 있어. 오래 걸리진 않을 거야. 얌전히 있어라."

바깥에는 얼었던 땅이 계속 녹아내리며 진흙이 내를 이루고 도로에 흘러내렸다. 엘렌은 전에 페튀 할멈을 데려간 적이 있는 파시 가의 한 구두점에 들어갔다. 그리고 다시 레누아르 가로 돌아왔다. 하늘은 잿빛이었고 포장도로에서는 안개가 올라왔다. 그리 늦은 시간이 아님에도 축축한 수증기 속에서 노란 점처럼 드문드문 빛나고 있는 가스등 외에는 인적이 끊겨 을씨년스러운 길이 그녀 앞에 뻗어 있었다. 그녀는 마치 밀회하러 가는 양 몸을 감추려고 집들에 닿을락 말락 스치면서 걸음을 재촉했다. 그러나 오 골목으로 접어든 순간 그녀는 진짜 공포감에 사로잡혀 아치 아래 발을 멈췄다. 골목은 그녀의 발아래 검은 구멍처럼 뚫려 있었다. 골목 끝은 보이지 않았고, 멀리서 희미한 가스등 하나만이 깜빡이며 어둠을 비추고 있었다. 마침내 그녀는 마음을 굳게 먹고 굴러떨어지지 않으려 철제 난간을 잡았다. 그러고는 발끝으로 넓은 계단을 더듬어 내려갔다. 밤이 되자 엄청나게 길어진 듯한 벽들이 양쪽에서 죄어들었다. 위에서는 잎이 떨어진 나뭇가지들이 경련을 일으키며 뻗친 손이 달린 거대한 팔 같은 윤곽을 희미하게 드러냈다. 그녀는 어떤 정원의 문이 곧 열리고 어떤 남자가 덤벼들 것만 같은 생각에 몸을 떨었다. 아무도 지나가지 않았다. 그녀는 최대한 빨리 내려갔다. 갑자기 어둠 속에서 그림자가 튀어나왔다. 그 그림자가 기침을 하자 그녀는 얼어버렸다. 그것은 힘들게 올라오고 있는 늙은 여자였다. 그제야 그녀는 안도하면서 진창에 끌리는 옷자락을 조심스럽게 들어올렸다. 진창이 깊어 걸음을 옮길 때마다 짧은 장화가 푹 박혀버렸다. 맨 아래에 다다르자 그녀는 본능적으로 뒤를 돌아보았다. 나뭇가지 끝에 돋은 물방울이 골목으로 떨어지고, 가스등은 마치 누수로 위험해진 갱도 벽에 매달린 광부의 등불처럼 보였다.

엘렌은 그렇게도 자주 왔었던 골목의 큰 집 위층에 있는 다락방으로 곧장 올라갔다. 그러나 문을 두드려도 아무 기척이 없었다. 그녀는 몹시 당황한 채 다시 내려왔다. 아마도 페튀 할멈은 그 2층 아파트에 있는 것 같았다. 다만 엘렌은 그곳에 직접 가볼 용기가 없었다. 그녀는 석유램프가 비추는 골목에서 5분가량 서 있었다. 그러다 다시 올라가 문들을 바라보며 망설이다가 이제 돌아가야겠다고 생각한 순간, 노파가 층계 난간 위로 몸을 내밀었다.

"저런, 계단에 계셨구려, 부인!"

노파가 외쳤다.

"들어오세요! 거기 계시면 병이 난다고요……. 오! 정말 사악한 날씨예요, 마치 죽음의 입김 같아요……."

"아니에요, 괜찮아요."

엘렌이 말했다.

"여기 구두가 있어요, 페튀 할머니……."

그녀는 페튀 할멈이 열어둔 문을 바라보았다. 화덕 모퉁이가 보였다.

"정말 나 혼자 있어요."

노파는 되풀이했다.

"들어오세요……. 이쪽은 부엌이에요……. 아! 부인은 정말 가난한 사람을 귀하게 대해주시는 분이에요. 누구라도 그렇다고 할 거예요……."

자신이 이런 곳까지 와 있다는 사실이 부끄러웠지만 엘렌은 결국 노파를 따라 안으로 들어갔다.

"여기 구두를 가져왔어요, 페튀 할머니……."

"어머나! 어떻게 감사를 드려야 할까요? 오! 훌륭한 구두야……! 가만, 이걸 신어봐야겠어요. 내 발에 딱 맞는구먼. 장갑처럼 쏙 들어가는데……. 근사해요! 어쨌든 이걸 신으면 잘 걸을 수 있을 거예요. 비도 무섭지 않을 테고……. 부인께서 나를 구해준 거예요. 아마 10년은 더 살 수 있을 거예요, 부인……. 듣기 좋으라고 하는 말이 아니에요. 이건 우리를 비춰주는 저 램프 불빛처럼 확실한 거예요. 나는 아첨꾼이 아니랍니다……."

할멈은 제 말에 감동하여 엘렌의 손을 붙들고 입을 맞췄다. 냄비에는 포도주가 끓고 있었다. 램프 옆 식탁 위에는 반쯤 비우다 만 보르도 와인 한 병이 가느다란 목을 뺃고 있었다. 그 밖에 식기라고는 접시 네 장, 유리컵 하나, 프라이팬 두 개, 그리고 냄비 하나뿐이었다. 페튀 할멈은 총각의 부엌에 임시로 거처하면서 자기 음식을 데울 때만 화로를 쓰고 있는 듯했다. 엘렌의 눈길이 냄비로 향하자 할멈은 기침하면서 청승을 떨었다.

"뱃속이 또 시작이라우."

그녀는 신음했다.

"의사가 하는 말은 소용이 없어요. 뱃속에 벌레가 들어 있는 게 틀림없어요……. 그런데 포도주 한 방울이면 기운을 차리지요……. 나는 몹시 앓고 있어요, 부인. 이런 병은 누구에게도 오지 않길 바라요, 너무 고약하거든요……. 그래도 이제는 저 자신을 좀 챙기기로 했어요. 산전수전을 다 겪었으니, 나이 들어서 조금은 자신을 돌봐도 되는 거 아니겠어요……? 운 좋게도 아주 친절한 신사분과 만나게 되었지요. 하느님, 그를 축복해 주소서!"

그녀는 그렇게 말하며 와인에 각설탕 두 조각을 넣었다. 그녀는 전보다 살이 올랐고 작은 두 눈은 부은 얼굴에 파묻혀 있었다. 사는 게 편해져서인지 그녀의 동작은 느릿해졌다. 삶에 대한 갈망이 드디어 충족된 듯이 보였다. 마치 이러한 삶을 위해 태어난 사람 같았다. 그녀가 각설탕을 집어넣을 때, 엘렌은 찬장 구석에서 잼 단지와 비스킷 봉지, 신사에게서 훔친 시가까지 여러 가지 맛있는 것들을 발견했다.

"됐어요! 안녕히 계세요, 페튀 할머니. 이제 가봐야겠어요."

엘렌이 말했다. 그러나 할멈은 화덕 구석으로 냄비를 밀어내며 중얼거렸다.

"잠깐만요, 이건 너무 뜨겁군요. 좀 있다 마셔야겠어요. 아니에요, 아니에요, 이리로 나가지 마세요. 부인을 부엌에서 맞이해서 죄송하군요……. 한 바퀴 돌아봅시다."

그녀는 램프를 들고 좁은 복도로 들어갔다. 엘렌은 두근거리는 가슴으로 할멈을 따라갔다. 갈라지고 그을린 복도는 축축한 습기로 젖어 있었다. 문 하나를 열고 들어가자 바닥에 두꺼운 양탄자가 깔려 있었다. 페튀 할멈은 조용하고 외진 방 안을 몇 발짝 왔다 갔다 했다.

"자!"

램프를 들어 올리며 노파가 말했다.

"좋지요?"

두 개의 정사각형 방이 서로 통하게 되어 있었고, 양쪽으로 열리는 문짝을 떼어내 문틀만으로 분리되어 있었다. 두 방 모두 루이 14세의 초상 메달과 꽃다발 사이에서 뛰노는 포동포동한 큐피드 무늬가 있는 장밋빛 두꺼운 무명 벽지로 발라놓았다. 첫 번째 방에는 조그만 원탁과 의자 두 개, 안락의자가 있었고 좀 작은 두 번째 방에는 커다란 침대가 전체를 차지하고 있었다. 페튀 할멈은 천장에 금박을 입힌 사슬로 매달린 크리스털 등을 가리켰다. 할멈이 보기에 그 등은 사치의 절정이었다. 노파가 신나게 설명했다.

"그 신사분이 얼마나 웃기는지 부인은 모르실 거예요. 한낮인데도 불을 켜놓고 시가를 피우며 허공을 바라보고 있답니다……. 그게 재미난 모양이에요. 나하고는 상관없지만 그렇게 돈을 써버리다니!"

엘렌은 말없이 두 방을 쓱 둘러보았다. 외설스러운 느낌이 들었다. 방들은 너무 붉었고 침대는 너무 컸으며 가구들은 너무 새 것이었다. 자만심에 상처를 입힐 정도로 유혹하려는 의도가 구석구석에서 느껴졌다. 실내 장식가라면 곧 질리고 말 것이었다. 노파가 눈을 가늘게 뜨고 계속 떠드는 동안 엘렌의 마음에는 점점 설명할 수 없는 동요가 일었다.

"그분이 자기를 뱅상 씨라고 불러달랬어요……. 나한테는 이름이 뭔들 마찬가지지요. 돈만 잘 주면 그만이지……. 그 총각 말이에요."

"다음에 뵐게요, 페튀 할머니."

엘렌은 숨이 막히는 듯한 목소리로 말했다.

그녀는 빨리 자리를 뜨고 싶었다. 문을 열자 아무 치장도 없고 끔찍하게 더러운 조그만 세 개의 방이 한 줄로 늘어서 있었다. 찢긴 벽지가 늘어져 있고 천장은 새까맸으며, 타일이 빠진 바닥에는 회벽토가 흩어져 있었다. 해묵은 가난의 냄새가 배어 있었다.

"그쪽은 아니에요, 그쪽은 아니에요!"

페튀 할멈이 소리쳤다.

"평소에는 그 문이 닫혀 있는데……. 손보지 않은 방이에요. 그럼요, 이것만으로도 벌써 큰 비용을 들였는걸요……. 아! 확실히 거긴 별로 아름답지 않지요……. 이리로 가세요, 부인, 이리로……."

엘렌이 장밋빛 벽지 발린 침실을 다시 지날 때, 할멈은 그녀의 손에 키스하기 위해 그녀를 붙들어 세웠다.

"자, 나는 배은망덕한 인간이 아니에요……. 이 구두를 항상 기억하겠어요. 나한테 잘 맞고 따뜻해서 30리는 걸을 수 있을 것 같군요……! 그런데 하느님께 당신을 위해 뭘 부탁했으면 좋겠어요? 오 하느님, 제 말을 들어주소서. 이 부인을 가장 행복한 여인으로 만들어주소서! 당신께서 제 마음을 읽을 수 있다면 제가 이 부인을 위해 바라는 바를 아실 것이옵니다. 성부와 성자, 성신의 이름으로, 아멘!"

갑자기 열성적인 신앙심에 사로잡혀, 그녀는 거듭 성호를 그으며 커다란 침대와 크리스털 등을 향해 무릎을 꿇었다. 그리고 계단으로 통하는 문을 열면서 전혀 달라진 목소리로 엘렌의 귀에다 대고 속삭였다.

"필요하시면 부엌문을 두드리세요. 나는 거기 늘 있으니까."

엘렌은 멍한 얼굴로 뒤를 돌아보며, 마치 수상한 곳에서 막 나온 사람처럼 계단을 내려갔다. 그리고 오 골목으로 다시 올라가 어디로 가는지 의식하지도 못한 채 비뇌즈 가로 접어들었다. 노파의 마지막 말이 그녀를 놀라게 했을 뿐이었다. 단연코 이 집에 다시 발을 들여놓는 일은 없으리라. 더 가져다줄 것도 없었다. 그런데 무엇 때문에 부엌문을 두드리겠는가? 이제 그녀는 방을 보았고, 만족했다. 그녀는 자신과 타인들에게 경멸감을 느꼈다. 그곳에 가다니 얼마나 비열한 일인가! 무명으로 벽을 바른 두 개의 방이 끊임없이 눈앞에 아른거렸다. 의자가 놓인 자리라든지 침대에 쳐진 커튼의 주름 같은 사소한 것까지도 떠올랐다. 그러나 항상 그 장면에 이어서 다른 세 개의 좁은 방, 더럽고 텅 빈 채 내버려둔 방들이 펼쳐졌다. 볼이 포동포동한 큐피드 아래 감춰진 부스럼 난 벽은 그녀의 마음속에 분노와 욕지기를 불러일으켰다.

"아! 부인!"

계단에서 내다보고 있던 로잘리가 외쳤다.

"저녁밥이 맛있을 거예요! 벌써 반 시간째 끓고 있답니다!"

식탁에서 잔은 어머니에게 어디 갔었는지, 뭘 했는지 질문을 퍼부었다. 짤막한 대답밖에는 얻어내지 못하자 아이는 혼자 소꿉장난을 하면서 놀았다. 아이는 옆에 있는 의자에 인형을 앉히고 다정하게 후식의 반을 덜어서 내밀었다.

"아가씨, 무엇보다도 깨끗하게 먹어야 해요……. 자, 닦으세요. 오! 더러워라. 아직 냅킨도 쓸 줄 모르시잖아요……. 거기 놓아요, 정말 예쁘시네요……. 자, 비스킷 좀 드세요. 뭐라고요? 잼을 얹어드릴까요……? 그렇죠! 그거 좋지요. 내가 사과를 깎아줄게요……."

아이는 인형 몫을 의자 위에 정성스레 올려놓았다. 그러나 제 접시가 비자 인형 노릇을 하면서 단 것을 하나씩 다시 집어먹었다.

"오! 맛있군요……! 이렇게 맛있는 잼은 먹어본 적이 없어요. 부인, 이 잼을 어디서 구하셨나요? 우리 남편에게 한 병 사 오라고 해야겠어요……. 이렇게 좋은 사과는 정원에서 따셨나요, 부인?"

아이는 놀다 잠이 들었다. 팔에 인형을 안은 채 방바닥에 쓰러지듯 잠들었다. 아침부터 쉬지 않고 노느라고 작은 다리는 더 이상 버텨내지 못했고, 놀이의 피로가 아이를 덮쳤다. 자면서도 아이는 웃고 있었다. 꿈속에서도 놀이를 계속하고 있는 듯했다. 어머니는 꼼짝 않고 늘어진 채 천사들의 세계를 날아다니고 있는 아이를 침대에 눕혔다.

이제 엘렌은 방 안에 홀로 있었다. 그녀는 문을 닫고 꺼진 불 옆에서 끔찍한 저녁나절을 보냈다. 의지는 달아나고 말하기 창피한 생각들이 마음속에서 꾸물꾸물 움직였다. 그녀 안에서 자신도 알지 못했던 심술 사납고 육감적인 여인이 나타나 거역할 수 없는 권위를 가진 목소리로 말하는 것이었다. 자정을 알릴 때쯤 그녀는 가까스로 잠이 들었다. 그러나 침대에서 고통은 견딜 수 없어졌다. 그녀는 선잠을 자면서 불타는 숯 위에 누운 듯 몸을 뒤척였다. 불면 속에서 확대된 영상들이 그녀를 따라다녔다. 그리고 두개골 속에 하나의 생각이 자리를 잡았다. 그녀는 그 생각을 밀어내려고 했지만 소용이 없었다. 그 생각은 깊이 파고들어 가슴을 옥죄고 그녀를 온통 삼켜버렸다. 2시쯤 그녀는 몽유병 환자처럼 해쓱해져서는 뻣뻣하고도 단호하게 일어나, 램프를 켜고 필체를 감추려 조심하면서 편지를 썼다. 그것은 모호한 밀고였다. 드베를 의사에게 바로 그날, 어떤 장소에 어느 시간에 가보라는, 설명도 서명도 없는 석 줄짜리 쪽지였다. 그녀는 봉투를 봉한 다음 안락의자에 걸쳐둔 옷 호주머니에 넣었다. 그리고 다시 자리에 눕자 숨소리조차 들리지 않을 만큼 납처럼 깊은 잠 속에 빠져 의식을 잃어버렸다.

3

다음 날, 로잘리는 9시나 되어서야 아침을 차릴 수 있었다. 엘렌은 간밤의 악몽으로 몹시 창백하고 기진맥진하여 늦게 일어났다. 그녀는 호주머니를 뒤져서 편지를 만져보고 그것을 깊숙이 처박은 다음, 말없이 식탁 앞에 앉았다. 잔 역시 머리가 무거웠으며 불안하고 우울한 안색이었다. 그날 아침에는 놀이할 기분이 나지 않아 마지못해 침대에서 일어난 터였다. 하늘은 그을린 듯한 색이었고 희끄무레한 빛이 방 안을 처량하게 비추다가 갑작스러운 폭우가 유리창을 때렸다.

"아가씨는 기분이 좋지 않군요."

로잘리가 혼잣말을 했다. 이틀 연달아 신날 수는 없지……. 어제 그렇게 깡충거리며 놀았으니!

"너 아프니, 잔?"

엘렌이 물었다.

"아니, 엄마."

소녀가 대답했다.

"고약한 날씨야."

엘렌은 다시 침묵에 잠겼다. 그녀는 커피를 마신 다음에도 불꽃을 바라보며 생각에 잠긴 채 그대로 앉아 있었다. 일어서면서 그녀는, 쥘리에트에게 충고하여 오후 약속을 취소하게 만드는 게 자신의 의무라고 생각했다. 그러나 무슨 수로? 그녀는 알지 못했다. 그러나 갑자기 움직여야 한다는 생각이 엄습하면서 머릿속에는 그것을 꼭 해야 한다는 피할 수 없고 강박적인 생각만 남아 있었다. 10시가 되자 그녀는 옷을 입었다. 잔은 어머니를 바라보았다. 어머니가 모자를 집는 것을 보자 아이는 추운 듯 작은 손을 꼭 모아 쥐었고, 아이의 얼굴에 고통의 그림자가 내리덮였다. 평소에 아이는 어머니가 외출할라치면 떨어지지 않으려 하고 어디든 따라가려 하면서 심한 질투심을 드러냈다.

"로잘리."

엘렌이 말했다.

"빨리 방을 치우고……. 여기 있어. 곧 돌아올 테니까."

엘렌은 잔의 슬픈 표정을 알아차리지 못한 채 몸을 숙여 재빨리 입을 맞췄다. 문이 닫히자마자 아이는 불평하지 않고 의젓하게 참으려 했지만 눈물을 떨구고 말았다.

"아이! 울면 미워요, 아가씨!"

하녀는 위로하려고 되풀이했다.

"자! 누가 엄마를 훔쳐 가지는 않아요. 엄마도 볼일을 봐야지요……. 맨날 엄마 치마에 매달려 있을 수는 없잖아요."

그동안 엘렌은 폭우를 피해보려고 벽에 붙어서 비너즈가 모퉁이를 돌고 있었다. 피에르가 문을 열었다. 그러나 그는 어딘가 난처해 보였다.

"드베를 부인 계신가요?"

"네, 부인, 하지만 잘 모르겠는데요……."

엘렌이 허물없이 살롱으로 향하자 그는 실례를 무릅쓰고 그녀를 가로막았다.

"기다리십시오, 부인. 제가 가보겠습니다."

그는 문을 아주 조금만 열고 방 안으로 슬쩍 들어갔다. 곧 쥘리에트의 성난 목소리가 들렸다.

"뭐예요, 들여보냈다고요? 내가 아무도 들어오지 못하게 하라고 일렀잖아요. 어처구니없군요. 1분도 조용히 있을 수가 없다니."

엘렌은 의무로 믿고 있는 일을 해야 한다는 결심으로 문을 밀었다.

"이런, 당신이었군요!"

그녀를 보자 쥘리에트가 말했다.

"내가 잘못 들었어요……."

그러나 쥘리에트는 여전히 기분 상한 표정이었다. 이 방문객이 달갑지 않은 게 분명했다.

"방해를 했나요?"

엘렌이 물었다.

"아니에요, 아니에요. 이해하세요. 사람들을 깜짝 놀라게 하려고 하거든요. 수요일 모임에서 공연하려고 〈변덕〉[1]을 연습하고 있답니다. 정확히 말하면 아무도 눈치채지 못하도록 아침 시간을 고른 거죠……. 오! 그냥 계세요. 당신은 아무 말 않고 계시면 돼요. 그게 전부예요."

그녀는 엘렌에게 더 이상 신경 쓰지 않고 손뼉을 치며 살롱 한가운데 서 있는 베르티에 부인에게 다시 말했다.

"자, 자, 연습합시다……. 당신은 그 문장에 충분히 섬세함을 싣지 않았어요. '남편 모르게 돈주머니를 갖고 있는 것은 사람들 눈에 다소 기이하게 보일 테죠…….' 그걸 다시 해보세요."

엘렌은 그녀가 열중하고 있는 데 몹시 놀란 채 뒤쪽에 앉았다. 의자와 탁자를 벽 쪽으로 밀어놓아서 양탄자는 넓게 비어 있었다. 우아한 금발 머리인 베르티에 부인은 단어를 기억해 내려고 천장을 쳐다보면서 독백을 외웠다. 레리 부인 역을 맡고 있는 아름다운 갈색 머리의 당당한 기로 부인은 안락의자에 앉아 등장

---

[1] 프랑스 작가 알프레드 드 뮈세가 1837년에 집필한 희곡. 방탕한 남편 '샤비니'와 순진한 아내 '마틸드', 그리고 그들을 중재하는 '레리 부인'의 갈등을 그린 작품이다.

할 순서를 기다리고 있었다. 가벼운 아침 치장을 한 부인들은 모자와 장갑조차 벗지 않고 있었다. 부인들 앞에서 뮈세의 책을 손에 든 쥘리에트는 머리가 헝클어진 채 헐렁한 흰색 캐시미어 실내복을 입고 무대감독처럼 자신 있는 태도로 배우들에게 억양이며 연기를 지시했다. 날이 아주 흐려서, 스페인식 자물쇠 고리 위쪽에 엇갈려 말아 올린 수놓은 장식용 망사 커튼 너머로 축축하고 빛을 잃은 정원이 입을 벌리고 있는 광경이 보였다.

"감정이 충분하지 않아요."

쥘리에트가 잘라 말했다.

"좀 더 억양을 넣고, 단어마다 힘을 주세요. 자, 그러면 '나의 소중한 돈주머니, 치장을 끝내드리겠어요…….' 다시 시작하세요."

"나는 역을 망치고 말 거예요."

베르티에 부인이 기운 없이 말했다.

"어째서 당신이 나 대신 이 역을 하지 않죠? 당신이라면 마틸드 역할을 우아하게 해낼 텐데."

"아! 나는 안 돼요……. 무엇보다도 금발이어야 하거든요. 그리고 나는 잘 가르칠 수는 있어도 직접 하지는 못해요……. 연습합시다, 연습해요."

엘렌은 구석에 있었다. 연기 중인 베르티에 부인은 고개조차 돌리지 않았고, 기로 부인은 가볍게 고개만 까딱거렸다. 그녀는 자신이 불청객임을, 앉지 말았어야 했다는 것을 느꼈다. 그녀를 지배하는 것은 더 이상 의무를 완수해야 한다는 생각이 아니라, 때로 이곳에서 느끼곤 했던 마음속 깊은 곳에서부터 피어오르는 혼란하고 이상한 감정이었다. 그녀는 무심하게 맞이하는 쥘리에트의 태도에 마음이 쓰라렸다. 쥘리에트의 우정은 항상 변덕스러웠다. 그녀는 석 달 동안 어떤 사람들에게 푹 빠져서 그 사람들을 열렬히 껴안고 그들 없이는 못 살 것처럼 굴다가도 하루아침에 아무 설명도 없이 더 이상 알은체조차 하지 않았다. 그녀는 틀림없이 다른 일들처럼 그 점에서도 유행을 좇고 있었는데, 다른 사람들이 주위에 있는 누군가를 좋아하면 자기도 그 사람을 좋아해야 한다고 생각하는 것이었다. 이러한 애정의 돌변은 성정이 관대하고 고요하여 언제나 꾸준한 우정을 바라는 엘렌에게 깊은 상처를 주었다. 그녀는 사람들의 호의가 얄팍한 데 절망하면서 종종 슬픔에 가득 차 드베를 저택을 나섰다. 그러나 그날 그녀가 겪고 있는 위기 속에서 그것은 더욱 신랄한 아픔으로 느껴졌다.

"샤비니의 장면은 건너뛰죠."

쥘리에트가 말했다.

"그는 오늘 아침에는 오지 않을 거예요……. 자, 이제 레리 부인이 등장합니다. 자, 기로 부인……. 대사를 하세요."

그리고 그녀는 책을 읽었다.

"내가 그에게 이 지갑을 보여주는 광경을 상상해 보시죠."

기로 부인이 일어섰다. 약간 들뜬 목소리로, 일부러 경박한 표정을 지으며 연기를 시작했다.

"'자, 아주 친절하시군요. 어디 봅시다.'"

아까 하인이 문을 열었을 때, 엘렌은 전혀 다른 상황을 예상하고 있었다. 그녀는 쥘리에트가 밀회에 관한 생각으로 몸을 떨며 한편으로는 망설이고 한편으로는 이끌리면서 신경이 들떠 몹시 창백해 있으리라고 생각했다. 그녀는 자신이 쥘리에트에게 잘 생각해 보라고 간곡히 권하는 광경을, 그리고 젊은 여인이 흐느낌으로 목이 메어 자기 품 안에 뛰어드는 광경을 상상했다. 그러면 두 여인은 함께 눈물을 흘리리라. 나는 이제 앙리를 잃겠지만 그의 행복을 지켜주었다고 생각하며 물러나리라. 그러나 그녀가 마주친 것은 이런 연극 연습 장면이었다. 쥘리에트는 분명히 숙면을 한 듯 평온한 얼굴이었고 베르티에 부인의 연기를 고쳐줄 만큼 정신도 말짱했으며, 오후에 할 일에 대해서는 조금도 괘념치 않고 있었다. 이러한 냉담함과 경쾌함은 열의에 불타서 달려온 엘렌을 얼어붙게 했다.

그녀는 말을 하고 싶었다. 그래서 불쑥 물었다.

"누가 그 샤비니를 하지요?"

"말리농이요."

쥘리에트가 놀란 표정으로 돌아보며 말했다.

"그가 지난겨울 내내 샤비니 역을 연기했거든요······. 문제는, 연습에 좀처럼 얼굴을 비치지 않는다는 거죠······. 자, 여러분, 내가 샤비니의 대사를 읽겠어요. 그러지 않으면 앞으로 나갈 수가 없으니까요."

그러자 그녀는 분위기에 빠져들어 저절로 굵어진 목소리와 기사 같은 표정으로 사내 역할을 연기했다. 베르티에 부인은 목소리를 굴리며 감상적으로 대사를 읊었고, 풍채 좋은 기로 부인은 생동감 있고 재치 있게 연기하려 무던히도 애썼다. 피에르가 난로에 장작을 더 넣으러 들어왔다. 그는 슬며시 부인들을 살피고는 우습다고 생각했다.

한편 엘렌은 비통한 심정에도 불구하고 여전히 마음을 단단히 먹고 쥘리에트와 따로 얘기할 기회를 만들려 애썼다.

"잠깐······ 얘기할 게 있는데요."

"아! 안 되겠는걸요······. 보시다시피 연습 중이라······. 내일은 어때요?"

엘렌은 입을 다물었다. 젊은 여인의 무심한 어조가 그녀를 자극했다. 자신은 지난밤 이래 그렇게도 고통스러운 번민을 겪었건만 상대방은 저토록 평온한 모습이라니. 그녀 안에서 분노가 치밀었다. 한순간 자리에서 일어나 그냥 떠나버리고 싶은 충동이 일었다. 저런 여자를 구하려 하다니 정말 어리석었어. 간밤의 악몽이 되살아났다. 열에 달아오른 듯 뜨거운 그녀의 손이 주머니 속 편지를 더듬어 꼭 거머쥐었다. 다른 사람들이 나를 좋아하지도, 나처럼 고통당하지도 않는 마당에 무엇 때문에 그들을 좋아해야 한단 말인가?

"아! 아주 좋아요."

갑자기 쥘리에트가 소리쳤다.

베르티에 부인은 기로 부인의 어깨에 머리를 기대고 흐느끼면서 되풀이했다.

"'그이는 그 여자를 사랑하는 게 틀림없어요, 틀림없다고요.'"

"이건 대단한 성공일 거예요."

쥘리에트가 말했다.

"잠시 쉬는 게 어때요……? '그이는 그 여자를 사랑하는 게 틀림없어요, 틀림없다고요.' 그리고 머리를 살짝 기대는 거예요. 멋지군요……. 이제 당신 차례예요, 기로 부인."

"아니에요, 그렇지 않아요. 그건 단지 변덕, 한때의 환상일 뿐이에요…….'"

뚱뚱한 부인이 대사를 외웠다.

"바로 그거예요! 하지만 장면이 좀 길군요. 자, 잠시 쉬도록 해요. 그 부분은 조정해야겠어요."

그리고 세 여자는 살롱의 배치를 의논했다. 왼쪽 식당 문은 등장과 퇴장을 하는 데 쓰고, 오른쪽에는 안락의자를, 구석에는 긴 의자를 놓은 다음 테이블을 벽난로 쪽으로 밀어놓기로 했다. 엘렌은 일어서서 무대 배치에 흥미가 있는 듯 그녀들을 뒤따랐다. 쥘리에트를 설득하려는 계획은 단념했으나 그녀가 약속 장소에 나타나는 걸 막으려는 최후의 시도만이라도 해볼 생각이었다.

"당신이 셰르메트 부인을 방문하겠다고 한 날이 오늘이 아닌지 여쭤보러 왔어요."

엘렌은 물었다.

"그래요, 오늘 오후지요."

"괜찮으시면 나도 같이 가겠어요. 그 부인을 찾아뵙겠다고 약속한 지 오래되었거든요."

순간 쥘리에트는 당황했다. 그러나 그녀는 곧 정신을 가다듬고 대답했다.

"그러면 정말 좋겠지요……. 하지만 쇼핑할 게 많아서 단골 가게에 먼저 들러야 해요. 셰르메트 부인 댁에는 몇 시에 가게 될지 잘 모르겠는데요."

"괜찮아요."

엘렌이 대답했다.

"바람도 쐴 겸 같이 가지요."

"아, 솔직히 말하면……. 그래요! 제발 그러지 말아요. 당신이 따라오면 신경이 쓰일 거예요……. 다음 월요일에 가시죠."

아무런 감정도 없이 아주 차분한 미소와 함께 분명한 어조로 말하는 그녀의 모습에 엘렌은 아연실색해서 더는 아무 말도 하지 못했다. 그녀는 쥘리에트를 한 대 올려붙이고 싶은 충동을 느꼈다. 그러나 쥘리에트는 말을 마치자마자 작은 원탁을 벽난로 근처로 옮기려 했다. 연습이 다시 시작되었고 엘렌은 뒤로 물러났다. 아까의 장면에 이어서 독백을 할 차례가 된 기로 부인은 힘차게 다음 두 문장을 내뱉었다.

"하지만 남자의 마음이란 정말 알 수 없는 심연이야! 아, 우리가 진정 그들보다 낫다고!'"

이제 어떻게 해야 할까? 그 물음이 마음속에서 일으키는 격렬한 동요 속에서, 그녀는 오직 혼란스럽고 격정적인 복수의 생각만을 품었다. 쥘리에트의 태연함이 마치 열에 들떠 몸부림치며 괴로워한 자신을 조롱하는 듯 느껴졌고, 그 고요함을 되갚아 주고 싶은 충동이 밀려왔다. 그녀는 쥘리에트가 파멸하기를 바랐다. 과연 그녀가 그때도 냉랭한 무관심을 유지할 수 있을지 보고 싶었다. 그러다 문득 그녀는 쓸데없이 조심스럽고 도덕적인 자신을 경멸했다. 지금이라면 스무 번이라도 앙리에게 말할 수 있으리라. "당신을 사랑해요. 나를 가지세요. 우리 함께 어딘가로 떠나버려요." 그리고 첫 밀회 세 시간 전에 제 집에서 희극을 연습하고 있는 이 여인의 고요하고 흰 얼굴을 까딱 않고 그에게 보여주리라. 그렇지만 이 순간에도 그녀는 쥘리에트보다 더 동요하고 있었다. 갑자기 격정적인 말이 터지지나 않을까 두려워지면서, 이 살롱의 즐거운 평화 속에서 혼자만 흥분하고 있다는 생각은 그녀를 참을 수 없게 만들었다. 나는 겁쟁이란 말인가?

문이 열리고 그녀는 앙리의 목소리를 들었다.

"그냥 계속하세요……. 지나가기만 하면 됩니다."

연습은 끝나려 하고 있었다. 샤비니의 대사를 읽고 있던 쥘리에트가 기로 부인의 손을 잡고 외쳤다.

"에르네스틴, 당신을 사모합니다!"

그녀는 자신 있게 소리쳤다.

"그러면 당신은 블랭빌 부인을 더 이상 사랑하지 않는 건가요?"

기로 부인이 대사를 외었다.

그러자 쥘리에트는 남편이 있는 한 더 이상 연기를 계속할 수 없다며 손사래를 쳤다. 남자들은 알 필요가 없었다. 의사는 부인들에게 몹시 상냥했다. 그는 부인들에게 찬사를 보내고 커다란 성공을 거둘 것이라고 보증했다. 그는 왕진을 마치고 돌아온 참이었다. 검은 장갑을 끼고 단정히 면도한 얼굴이었다. 엘렌에게는 들어오면서 고개를 약간 까딱하는 것으로 인사를 대신할 뿐이었다. 그는 코메디 프랑세즈에서 레리 부인 역을 훌륭히 해낸 여배우를 본 적이 있다며, 기로 부인에게 연기에 관한 조언을 해주었다.

"샤비니가 당신의 발밑에 몸을 던지면, 당신은 벽난로 쪽으로 가서 지갑을 불에 던져 넣으셔야 합니다. 싸늘하게 말이죠. 화를 내지도 말고, 사랑 놀음을 하는 여인답게……."

"됐어요, 됐어, 우릴 내버려두세요."

쥘리에트가 되풀이했다.

"다 안다니까요."

마침내 그가 제 사무실 문을 밀고 들어가자 그녀는 동작을 이어갔다.

"에르네스틴, 당신을 사모합니다!"

앙리는 방을 나서면서 들어올 때와 마찬가지로 엘렌에게 고개를 까딱했다. 그녀는 어떤 파국을 기대하면서 입을 다물고 있었다. 의사가 갑작스럽게 들어왔을 때 그녀는 무슨 일이 일어나리라고 생각했다. 그러나 그가 방을 나가자 아무것도 모른 채 깍듯이 예절을 지키는 그가 우스꽝스럽게 보였다. 그 자신이 이 바보 같은 희극에 한몫 거들다니! 그리고 내가 여기 있는 것을 보고도 눈에 불꽃 하나 일지 않다니! 그러자 이 집 전체가 그녀에게 불친절하고 냉랭해졌다. 모든 것이 와르르 무너졌으며, 그녀를 제지하는 것은 더 이상 없었다. 쥘리에트만큼이나 앙리가 미웠다. 그녀는 부르르 떨리는 손가락으로 호주머니 속 편지를 다시 쥐었다. "안녕히 계세요." 이렇게 중얼거린 엘렌은 주위의 가구들이 빙빙 도는 것 같은 현기증 속에서 방을 나섰다. 기로 부인의 대사가 메아리처럼 울려 퍼졌다.

"'안녕, 당신은 오늘 저를 원망하겠지만 내일은 제게 우정을 느끼게 될 거예요. 저를 믿으세요. 우정은 변덕스러운 애정보다 낫답니다.'"

보도로 나와 문을 닫으면서 그녀는 거칠게 편지를 끄집어냈다. 그리고 기계적으로 편지함에 밀어 넣었다. 다시 닫혀버린 좁은 구리판을 바라보며 그녀는 멍청하게 잠시 서 있었다.

"해버렸어."

그녀가 나지막하게 말했다.

장밋빛 무명을 벽에 바른 두 방과 목동 아가씨들, 커다란 침대가 다시 눈앞에 떠올랐다. 말리뇽과 쥘리에트가 거기 있다. 갑자기 벽이 갈라지며 남편이 들어온다. 그 이상은 상상할 수 없었다. 그녀는 몹시 침착했다. 직감적으로 그녀는 누가 편지를 넣는 광경을 목격하지 않았나 살폈다. 길은 텅 비어 있었다. 그녀는 모퉁이를 돌아 다시 올라갔다.

"얌전하게 있었니, 아가?"

그녀는 잔을 껴안으며 말했다.

소녀는 안락의자에 앉은 채 뾰로통한 얼굴을 들었다. 그러고는 대답 없이 어머니의 목에 두 팔을 감고 긴 한숨을 내쉬며 키스했다. 아이는 매우 상심해 있었다.

점심 식사 중 로잘리가 놀라워했다.

"그런데 마님, 오래 걸으셨나 봐요?"

"그게 어때서?"

엘렌이 물었다.

"마님께서 식사를 잘하셔서요……. 식욕이 통 없은 지 오래되셨잖아요……."

정말 그랬다. 그녀는 몹시 배가 고팠다. 긴장이 갑자기 풀리면서 허기가 졌다. 형용할 수 없는 안도감과 평화가 느껴졌다. 최근 이틀 동안 동요를 겪은 끝에 마음이 가라앉으면서 팔다리는 목욕탕에서 나왔을 때처럼 흐물흐물 풀려 있었다. 다만 어딘가 압박감이, 짓누르는 듯한 막연한 중압감이 느껴졌다.

방에 돌아오자 그녀의 눈길은 곧장 시계에 멎었다. 바늘이 12시 25분을 가리키고 있었다. 쥘리에트의 밀회는 3시로 약속되어 있었다. 아직 두 시간 반이 남았구나. 그녀는 무의식적으로 계산했다. 하지만 전혀 급할 게 없었다. 바늘은 움직이고 있고 이제 와서 누구라도 그것을 멈추게 할 수는 없는 일이었다. 일이 되어가는 대로 내버려두는 거야. 오래전에 시작만 했을 뿐인 아기 모자가 원탁 위에 굴러다니고 있었다. 그녀는 그것을 집어 들고 창가에 앉아 바느질을 하기 시작했다. 방 안에 완전한 정적이 감돌았다. 잔은 평소의 제자리에 앉아 있었으나 지친 듯 팔을 내려뜨리고 있었다.

"엄마……."

아이가 말했다.

"공부하기 싫어. 재미가 없어."

"그래, 아가야, 하지 말려무나……. 자, 바늘에 실을 꿰어주렴."

아이는 아무 말 없이 느릿느릿 그 일에 열중했다. 실 끝을 가지런히 조심스럽게 자른 후 바늘귀에 꿰는 데 시간이 한없이 걸렸다. 아이가 간신히 실을 꿰고 나면 어머니는 곧바로 준비된 바늘을 가져다 썼다.

"애야, 좀 더 빨리해야겠다. 오늘 저녁에는 아기 모자 여섯 개를 끝내야 하거든."

그녀는 시계를 보려고 고개를 돌렸다. 1시 10분이군. 아직도 두 시간가량 남았어. 지금쯤 쥘리에트는 옷을 입기 시작했을 거야. 앙리는 편지를 받았을 테고. 아! 그는 틀림없이 거기 갈 거야. 때와 장소가 정확하게 지시되어 있으니 금세 깨닫게 될 거야. 그러나 그런 것들은 아직 너무 아득한 일로 느껴졌고, 그녀는 담담했다. 그저 여직공처럼 열심히 또박또박 바느질을 했다. 일 분 일 분 시간이 흘렀다. 시계가 2시를 쳤다.

초인종 소리가 그녀를 놀라게 했다.

"누구지, 엄마?"

의자 위에서 소스라치며 잔이 물었다.

랑보 씨가 들어오자 아이는 말했다.

"아저씨군요……! 왜 그렇게 벨을 세게 눌렀어요? 무섭잖아요."

이 점잖은 사나이는 어쩔 줄 모르는 듯했다. 실제로 그는 어정쩡하게 손을 늘어뜨리고 있었다.

"오늘은 기분이 좋지 않아요. 몸이 아파요."

잔이 말을 이었다.

"나를 무섭게 하면 안 돼요."

랑보 씨는 염려했다. 이 어린아이에게 또 무슨 일이 있단 말인가? 로잘리의 말마따나 아이가 지금 기분이 안 좋은 상태라고 엘렌이 가볍게 눈짓하는 것을 보고서야 그는 안심하고 자리에 앉았다. 평소 그가 낮에 방문하는 경우는 아주 드물었다. 그래서 그는 곧 자신이 방문한 이유를 설명하려 했다. 고향 사람인 늙은 노동자 하나가 나이 때문에 일자리를 얻지 못하고 그의 아내는 손바닥만 한 방에서 중풍에 걸려 누워 있는데, 그 비참함이 상상하기 힘들 정도라는 것이었다. 그날 아침도 어찌 지내나 보려고 그 집에 다녀온 터였다. 지붕 밑 다락방의 천창 유리가 깨져 비가 새고 있었다. 짚으로 만든 매트 위에 낡은 커튼을 덮은 아내가 드러누웠는데, 얼이 빠진 남편은 바닥에 쭈그리고 앉아서 빗자루질할 엄두조차 못 내는 모습이었다.

"아! 불쌍한 사람들이군요. 불쌍한 사람들……!"

엘렌은 눈물이 날 만큼 측은해서 되풀이했다.

랑보 씨를 어찌할 바 모르게 하는 사람은 늙은 노동자가 아니었다. 그를 제 집에 데려다 일을 시킬 수 있을 것 같았다. 그러나 남편은 중풍 환자인 아내를 한순간이라도 혼자 내버려둘 수가 없었다. 보따리나 다름없는 그녀를 대체 어디에 둬야 한단 말인가?

"저는 부인 생각을 했답니다."

그가 말을 이었다.

"그 여자를 빨리 자선기관에 보내야겠어요……. 제가 직접 드베를 씨를 찾아갈 수도 있겠지만 부인이 그분을 더 잘 아니까 직접 한마디 해주시면 더 영향력이 있으리라고 생각했지요. 그분이 도와줄 생각이 있다면 내일이라도 일을 처리했으면 합니다."

잔은 몹시 창백해진 채 동정심으로 몸을 떨며 귀를 기울이고 있었다. 그리고 손을 모으고 중얼거렸다.

"오! 엄마, 도와줘요. 그 불쌍한 여자를 도와줘요……."

"그럼, 물론이고말고!"

엘렌은 감정이 북받쳤다.

"되도록 빨리 의사 선생님께 말하겠어요. 그분이 일을 처리해 줄 거예요……. 랑보 씨, 이름과 주소를 주세요."

그는 작은 원탁에 대고 메모를 적었다. 그리고 몸을 일으키며 말했다.

"2시 35분이군요. 아마 의사 선생님은 지금 댁에 계실 겁니다."

일어서던 그녀는 소스라치면서 시계를 보았다. 벌써 2시 35분이었다. 바늘은 계속 움직이고 있었다. 그녀는 더듬거리면서 의사 선생은 왕진을 나갔을 거라고 말했다. 그녀의 시선은 시계에서 떨어지지 않았다. 그동안 랑보 씨는 모자를 들고 선 채로 다시 이야기를 이어갔다. 그 불쌍한 사람들이 하다못해 화로까지 팔아버려서 겨울이 되었는데도 불도 피우지 못한 채 지내고, 12월 말에는 나흘이나 굶었다는 것이었다. 엘렌은 고통스러운 한탄을 내뱉었다. 바늘은 3시 20분 전을 가리키고 있었다. 랑보 씨는 떠날 때까지 2분은 더 이야기했다.

"좋아요! 부인만 믿겠습니다."

그가 말했다.

그리고 잔을 안아주기 위해 몸을 굽혔다.

"안녕, 아가."

"안녕히 가세요……. 안심하세요. 엄마는 잊어버리지 않을 거예요. 내가 기억하도록 할게요."

엘렌이 랑보 씨를 현관까지 배웅하고 돌아오자 시계 바늘은 45분에 가 있었다. 15분만 있으면 모든 것이 끝난다. 벽난로 앞에 꼼짝 않고 앉아 있는 그녀에게 갑작스러운 광경이 떠올랐다. 쥘리에트는 벌써 거기 가 있을 것이다. 앙리가 들어와 그녀를 보게 될 것이다. 엘렌은 그 방을 잘 알았다. 그녀는 놀랄 만큼 확실하게 아주 세세한 것까지도 파악하고 있었다. 랑보 씨의 비감한 얘기에 마음이 흔들려 온몸 깊숙이서부터 치밀어 오른 서늘한 전율이 얼굴에까지 이르렀다. 그러자 마음속에서 비명이 터져 나왔다. 수치스러운 짓을 한 거야. 내가 쓴 편지는 비열한 밀고이지 않은가. 눈이 멀 듯한 빛 속에서 망치로 한 대 맞은 것처럼 그런 생각이 들었다. 그래, 그따위 수치스러운 짓을 하다니! 그녀는 편지를 우체통에 넣던 순간을 떠올렸다. 마치 다른 누군가가 악행을 저지르는 걸 얼빠진 채 지켜만 본 사람처럼, 자신의 행동이 믿기지 않았다. 그녀는 꿈에서 깨어났다. 무슨 일이 일어났을까? 왜 여기서 시계 판 위의 바늘만 지켜보고 있단 말인가? 다시 2분이 더 흘러갔다.

"엄마……."

잔이 말했다.

"엄마가 괜찮으면 오늘 저녁 같이 의사 선생님을 만나러 가. 산책도 할 겸. 나는 오늘 답답해."

엘렌은 듣고 있지 않았다. 또 3분이 지나갔다. 그토록 가증스러운 일이 벌어지도록 놔둘 수는 없었다. 차츰 정신이 들며 오직 그것을 막아야겠다는 맹렬한 의지로 마음이 가득 찼다. 꼭 막아야 했다. 그러지 못하면 더 이상 살 수 없으리라. 그녀는 미친 듯이 방으로 달려갔다.

"아! 나를 데려가는 거지!"

잔은 좋아서 소리쳤다.

"지금 당장 의사 선생님을 보러 가는 거야, 엄마?"

"아니, 아니."

그녀는 짧은 장화를 찾느라고 몸을 숙여 침대 밑을 들여다보며 대답했다.

그러나 장화를 찾지 못했다. 지금 신고 있는 가벼운 실내화를 그대로 신고 나가야겠다고 생각하며 그녀는 대범하게 걱정을 털어버렸다. 그러고는 숄을 찾으려 거울 달린 장롱을 쑤석거렸다. 잔이 어리광을 부리며 다가왔다.

"그럼 의사 선생님 댁에 가는 거 아니야, 엄마?"

"그래."

"응, 그래도 나를 데려가 줘……. 응! 나도 데려가. 그러면 정말 좋을 텐데!"

그녀는 마침내 숄을 찾아 어깨에 둘렀다. 세상에! 10분밖에 남지 않았다. 시간이 그야말로 날아가는 것 같았다. 거기서 뭘 해야 할진 모르겠지만 무엇이든 해야 하리라. 가는 도중 생각이 나겠지.

"엄마, 나도 데려가."

잔은 점점 더 낮고 애절한 목소리로 자꾸 졸랐다.

"너를 데려갈 수 없단다."

엘렌이 말했다.

"애들은 갈 수가 없는 데야……. 모자 좀 줄래?"

잔의 얼굴은 납빛이 되었다. 눈빛은 어두워지고 목소리는 퉁명스러워졌다. 아이가 물었다.

"어디 가는데?"

어머니는 모자 끈을 매는 데 열중하여 대답하지 않았다. 아이는 계속했다.

"엄마는 요새 맨날 혼자 나가……. 어제도 나갔고 오늘도 나갔지. 그리고 또 나가려고. 나는 너무 질렸어. 여기서 혼자 있으면 무서워……. 나를 내버려두면 죽어버릴 거야. 죽어버린다고, 엄마……."

아이는 울먹이면서 비통함과 분노에 휩싸인 채 엘렌의 치맛자락에 매달렸다.

"자, 엄마를 놔라. 얌전하게 굴어야지. 곧 돌아올 거야."

엘렌이 다그쳤다.

"싫어, 싫단 말이야⋯⋯. 싫단 말이야⋯⋯."

아이가 더듬거렸다.

"아! 엄마는 나를 사랑하지 않지. 사랑했다면 나를 데려갔을 거야⋯⋯. 아! 나는 엄마가 다른 사람들을 더 사랑하는 걸 잘 알아⋯⋯. 나도 데려가 줘, 나도 데려가 줘. 안 그러면 나가서 땅바닥에 누워 있을 거야. 엄마는 내가 땅바닥에 있는 걸 보게 될 거야."

아이는 어머니의 다리에 가는 팔을 감고 옷자락에 얼굴을 묻고 울면서 어머니가 가지 못하게 힘주어 달라붙었다. 시곗바늘은 자꾸 움직여 이제 3시 10분 전을 가리켰다. 그러자 엘렌은 이대로라면 여유 있게 도착하지 못할 거라는 생각이 들었다. 제정신을 잃은 그녀는 잔을 휙 밀쳐내며 소리 질렀다.

"도무지 어쩔 수 없는 아이로구나! 정말 버릇없어⋯⋯! 그렇게 울면 혼날 줄 알아!"

그녀는 방을 나가서 문을 꽝 닫았다. 잔은 그 사나움에 눈물을 뚝 그쳤다. 그러고는 하얗게 질린 채 굳은 몸으로 창문까지 비틀거리며 물러났다. 아이는 문 쪽으로 팔을 내밀고 울먹였다. "엄마, 엄마." 그러고는 어머니가 자기를 속이고 있다는 생각에 질투심으로 얼굴을 일그러뜨리고 눈을 크게 뜬 채 의자에 털썩 주저앉았다.

거리로 나선 엘렌은 걸음을 재촉했다. 비는 멎어 있었다. 물받이에서 뚝뚝 떨어지는 굵은 방울들이 어깨를 적실 따름이었다.

그녀는 밖에서 어떻게 해야 할지 생각해 보려 했었다. 그러나 지금은 제시간에 당도해야 한다는 생각밖에는 없었다. 오 골목에 접어들었을 때 그녀는 일순간 망설였다. 계단은 도랑으로 바뀌어 있었고 레누아르 가에서 넘친 물줄기가 휩쓸려 내려왔다. 벽에 에워싸인 계단에서는 물거품이 용솟음쳤다. 포석은 폭우로 씻겨 거울처럼 반질거렸다. 잿빛 하늘에서 내리비치는 희끄무레한 빛이 검은 나뭇가지 사이로 보이는 길을 뽀얗게 뒤덮었다. 그녀는 가까스로 치마를 걷어쥐고 내려갔다. 물이 발목까지 차올랐고 신발은 구덩이에 빠져 벗겨지려고 했다. 내려가는 길 주위에서는 풀밭 아래 졸졸 흐르는 숲속 개울의 속삭임 같은 맑은 물소리가 들려왔다.

문득 그녀는 계단이 있는 문 앞에 서게 되었다. 호흡은 거칠었고, 가슴은 타들어 갔다. 그러다 문득 부엌문을 두드리는 게 낫겠다는 생각이 들었다.

"어머나, 부인이구려!"

페튀 할멈이 말했다.

이번에 노파는 징징거리는 목소리가 아니었다. 가느다란 눈은 반짝거리고 있었고, 주름투성이 얼굴에는 아첨 섞인 웃음이 번졌다. 할멈은 이제 거리낌 없어져서는 더듬거리는 엘렌의 얘기를 들으며 그녀의 손을 살짝 때렸다. 엘렌은 할멈에게 20프랑을 건네주었다.

"복을 받으실 거예요!"

언제나처럼 페튀 할멈이 중얼거렸다.

"마음대로 하세요, 부인."

4

 안락의자에 몸을 깊숙이 파묻은 말리농은 활활 타는 불 앞으로 다리를 뻗은 채 조용히 기다렸다. 그는 세심하게 창문의 커튼을 내리고 초에 불을 붙여놓았다. 그가 있는 첫 번째 방은 샹들리에와 두 개의 촛대로 환하게 밝혀져 있었다. 그와 반대로 침실은 어두웠다. 천장에 매달린 크리스털 등만이 희미한 빛을 발하고 있었다. 말리농은 시계를 꺼냈다.
"제기랄!"
 그가 중얼거렸다.
"오늘도 나를 바람맞힐 건가?"
 그는 가볍게 하품했다. 한 시간 전부터 기다렸지만 조금도 재미가 없었다. 그는 일어나 방 안을 한번 훑어보았다. 안락의자의 배치가 마음에 들지 않았다. 그는 2인용 긴 의자를 벽난로 앞으로 끌어다 놓았다. 촛불은 무명으로 바른 벽에 장밋빛 반사광을 비추며 타올랐다. 바깥에는 돌풍이 불었지만 방 안은 따뜻하고 고요했으며 숨이 막힐 듯했다. 그는 마지막으로 침실을 들여다보았다. 그리고 거기서 허영심의 만족을 맛보았다. 그 방은 벽감처럼 아늑한 것이 아주 고급스럽고 근사해 보였다. 침대는 관능적인 어둠 속에 잠겨 있었다. 그가 베개의 레이스를 바로잡고 있을 때, 누군가가 문을 짧게 세 번 두드렸다. 그게 정해놓은 신호였다.
"드디어 오셨군."
 그가 의기양양한 표정으로 크게 말했다.
 그리고 문을 열러 달려갔다. 쥘리에트는 털 코트에 단단히 싸여 모자의 베일을 내린 채 들어왔다. 말리농이 가만히 문을 닫는 동안 그녀는 말문이 막힐 정도로 요동치는 감정을 그가 눈치채지 못하도록 잠시 멈춰 서 있었다. 그러나 젊은이가 미처 그녀의 손을 잡기도 전에 그녀는 베일을 들어 올리고 다소 창백하지만 아주 침착하게 웃음 띤 얼굴을 드러냈다.

"어머! 불을 켜놓았네요."

그녀가 외쳤다.

"당신이 그런 걸 싫어하는 줄 알았는데요. 대낮에 불을 켜놓는 것 말이에요."

미리 생각해 둔 열정적인 제스처로 그녀를 으스러지게 껴안을 태세를 갖추고 있던 말리농은 당황해서 날씨가 너무 나쁜 데다 창문이 애매하게 뚫려 있어서 그랬다고 설명했다. 게다가 원래 밤을 좋아한다는 것이었다.

"당신은 정말 알 수 없는 사람이에요."

그녀는 그를 놀리듯 말을 응수했다.

"지난봄 제가 아이들을 위한 파티를 열었을 때 당신은 잔소리 하지 않았어요? 굴속에 있는 것 같다느니, 무덤 속에 들어가는 것 같다느니……. 하여튼 당신의 취미가 바뀐 걸로 해두지요."

그녀는 목소리에 다소 힘을 줘 자신 있는 체하면서 평범한 방문객처럼 보이려 했다. 그것이 그녀의 동요를 말해주는 오직 하나의 증거였다. 간간이 목에 뭐가 걸린 것처럼 턱이 살짝 떨렸으나, 그녀의 눈은 빛났고 자신의 무모한 행동에 생생한 쾌감을 맛보았다. 그것은 그녀를 바꾸어놓았다. 애인이 있는 셰르메트 부인을 생각했다. 맙소사! 어쨌든 재미있는 일이야.

"당신이 어떻게 꾸며놓았나 구경 좀 해요."

그녀는 방을 한 바퀴 돌았다. 그는 당장 포옹해야 하지 않을까 곰곰 생각하며 그녀의 뒤를 따랐다. 그러나 지금 그럴 수는 없어. 기다려야 해. 한편 여자는 가구와 벽을 살펴보았으며 고개를 들어 위를 보더니 뒤로 물러서서 말했다.

"이 무명 벽지는 정말 별로예요. 흔해빠졌잖아요. 어디서 이 끔찍한 장밋빛을 찾아냈죠……? 그리고 의자는 나무에 금박을 칠하지 않았으면 괜찮을 뻔했어요……. 그림도 하나 없고 실내 장식품도 하나 없군요. 이 샹들리에와 촛대처럼 멋이 없는 건 처음 봤어요……. 아, 좋아요! 내 일본식 정자를 아직도 비웃어 보지 그래요!"

그녀는 웃었다. 항상 가슴에 맺혀 있었던 과거의 공격에 멋지게 복수한 것이었다.

"당신의 그 취향은 정말 근사해요. 얘기 좀 해보자고요……! 하지만 내 사기 인형이 당신 가구보다는 낫다는 것을 모르시나 보죠……! 풋내기 점원이라도 이런 장밋빛을 고르지는 않을 거예요. 설마 세탁부를 유혹하려는 거예요?"

말리농은 너무 화가 나서 아무 대답도 하지 못했다. 그는 여자를 침실로 데려가려고 애썼지만 그녀는 이렇게 어두운 장소에는 들어가지 않겠노라 말하면서 문턱에 멈춰 섰다. 게다가 그녀는 침실이 거실보다도 한층 못하다는 것을 알아보았다. 모두가 생앙투안[1]에서 사온 것이었다. 그녀가 특히 놀림감으로 여긴 것은 천장에 매달린 등이었다. 그녀는 인정사정없었다. 자꾸 그 싸구려 등 얘기를 끄집어내며 도대체 가구라고는 가져본 적 없는 여공들이 만든 걸 거라고 주장했다. 7프랑 50수만 주면 아무 시장에서나 비슷한 등을 살 수 있을 거라고도 덧붙였다.

"그건 90프랑 주고 산 거란 말이오!"

---

[1] 바스티유에서 나시옹 사이 포부르 생앙투안 거리를 중심으로 한 파리의 지역으로, 루이 14세 때부터 가구점이나 목공소가 밀집해 있었다.

마침내 참다못한 말리뇽이 소리쳤다.

그가 화를 내자 여자는 신난 듯했다. 이내 진정한 그가 은근슬쩍 물었다.

"코트를 벗지 않으시겠습니까?"

"좋아요."

그녀가 대답했다.

"이 집은 덥군요!"

그녀는 모자까지 벗었고, 남자는 그것들을 들고 가 침대 위에 가지런히 올려두었다. 돌아왔을 때, 여자는 주위를 둘러보며 불가에 앉아 있었다. 그녀는 진지한 표정을 짓고 있었으며 화해의 기색을 보였다.

"몹시 흉하기는 하지만 당신 잘못이라는 것은 아니에요. 이 두 방은 아주 멋질 수 있었을 텐데."

"오! 내가 이렇게 꾸미기 위해 얼마나 애썼는데요!"

그는 상관없다는 몸짓으로 말했다.

그러고는 즉시 그 어리석은 말을 후회했다. 그 이상 촌스럽고 서투를 수는 없었다. 여자는 목구멍에 단단한 것이 걸린 듯 고개를 숙였다. 잠시 자기가 왜 여기 와 있는지 잊어버린 듯했다.

그는 최소한 자기가 그녀에게 불러일으킨 혼란을 이용해야겠다고 마음먹었다.

"쥘리에트."

그는 여자 쪽으로 몸을 숙이며 말했다.

그녀는 손짓으로 그를 앉혔다. 그들의 이야기는 트루빌의 해변에서 시작되었다. 대서양을 바라보는 데 싫증이 난 말리뇽은 사랑에 빠졌으면 좋겠다는 생각을 한 참이었다. 이미 3년 전부터 두 사람은 매일 아웅다웅하면서 지내왔다. 어느 날 저녁, 그는 여자의 손을 잡았다. 여자는 화를 내지 않았으며 처음엔 농담으로 여겼다. 그러다 머리는 비고 마음은 경박한 그녀는 자신이 그를 사랑하고 있다고 상상하게 되었다. 여태껏 그녀는 주위 친구들이 하는 일이라면 거의 모두 따라 했다. 그러나 그녀에게는 열애의 경험이 없었다. 호기심과 남들처럼 되고 싶다는 욕망이 그녀를 충동질했다. 처음부터 젊은이가 거칠게 나왔다면 그녀는 꼼짝없이 굴복했으리라. 그러나 그는 재간으로 여자를 정복하겠다는 자만심에 차서 여자가 달콤한 사랑 놀이에 익숙해지도록 내버려두었다. 그리하여 오페라 희극 속 연인들처럼 함께 바다를 바라보고 있던 어느 날 밤, 그가 처음으로 여자에게 달려들자 그녀는 놀란 데다 제가 즐기고 있는 그 공상을 어지럽힌 데 화가 나서 그를 쫓아버렸다. 파리로 돌아온 뒤 말리농은 더 교활해지겠다고 결심했다. 만찬이며 무도회, 무대에 새로 오른 연극 따위의 오락이 그저 그렇게 시들해질 무렵인 지루한 겨울 막바지의 권태로운 시기에 그는 다시 여자에게 달려들었다. 외딴곳에 가구가 완전히 구비된 아파트를 얻어 밀회한다는 비밀스러운 계획이 풍기는 수상한 분위기는 그녀를 끌어당겼다. 그 계획은 별나 보였고, 조금은 위험해 보이기도 했다. 그녀의 내심은 아주 평온해서, 말리농의 집에서도 동정심으로 그림을 사주려고 방문했던 화가의 작업실에서 느낀 이상으로는 흥분되지 않았다.

"쥘리에트, 쥘리에트."

젊은이는 상냥한 어조를 내려고 애쓰면서 되풀이했다.

"자, 좀 현명하게 구세요."

그녀는 그렇게 말할 뿐이었다.

그녀는 벽난로 위에서 중국풍 열 가리개를 집어 들고는 제 집 살롱에서처럼 아주 편하게 말을 이었다.

"오늘 아침 연습이 있었던 걸 아시지요……? 베르티에 부인에게 역할을 맡긴 게 잘못이 아닌지 걱정이에요. 그녀가 하는 마틸드는 너무 징징거려서 견딜 수 없어요……. 마틸드가 자기 지갑을 보면서 하는 그 멋진 독백 있잖아요. '불쌍한 것, 조금 전에도 너한테 키스했었는데…….' 그래요! 그걸 마치 인사말을 외워 온 여학생처럼 읊조린다니까요……. 정말 걱정스러워요."

"기로 부인은 어때요?"

그가 의자를 끌어당기며 그녀의 손을 잡았다.

"오! 그녀는 완벽해요……. 뛰어난 레리 부인을 발굴해 낸 거예요. 신랄하고 활기 넘치고……."

그녀는 그가 손등에 입을 맞추도록 내버려두었다. 그러나 전혀 신경 쓰지 않는 듯 말을 이어갔다.

"하지만 가장 큰 문제는 말이에요, 당신이 안 나온다는 거예요. 우선 당신은 베르티에 부인의 연기를 고쳐줘야 해요. 그리고 당신이 없으면 우리끼리는 호흡을 맞추기가 곤란해요."

그는 여자의 허리에 팔을 감는 데 성공했다.

"나는 내 대사를 잘 알거든요……."

그가 속삭였다.

"그래요, 좋아요. 그래도 연출을 맞출 필요가 있어요……. 우리에게 사나흘 정도는 아침 시간을 내줄 수도 있잖아요, 정말 불친절해요."

그가 목에 키스를 쏟아부었기 때문에 그녀는 계속 말할 수 없었다. 그제야 그녀는 자신이 그의 품에 안겨 있다는 것을 깨달았다. 여자는 들고 있던 열 가리개로 그를 가볍게 때리며 밀어냈다. 그녀는 그 이상의 짓을 하도록 놔두지는 않겠다고 마음먹고 있었다. 그녀의 흰 얼굴은 뜨거운 열을 받아 빨개졌고, 입술은 자신의 감각에 놀란 호기심 많은 여인처럼 가늘게 다물렸다. 정말 여기까지야! 하지만 그다음이 어떻게 될지 끝까지 보고 싶은 유혹이 그녀를 덮쳤다. 동시에 그녀의 마음속에는 이제 막 하려는 일에 대한 두려움이 엄습했다.

"놔줘요."

그녀는 어색한 표정으로 웃으며 중얼거렸다.

그는 여자의 마음이 움직였다고 믿고 냉정하게 생각해 보았다. 제 발로 들어온 이상 나가거나 말거나 모르는 척하고 있으면 굴복하고 말 거야. 그렇게 생각하자 말은 필요 없었다. 그는 다시 여자의 손을 잡고 어깨를 안으려 했다. 한동안 여자는 몸을 맡기려는 듯했다. 단지 눈을 감기만 하면 된다는 것을 그녀는 알았다. 그러고 싶은 욕망이 일어났으나 그녀는 마음 깊이 아주 맑은 정신으로 그것을 가늠해 보았다. 그러자 누군가가 "안 돼!" 하고 소리치는 것 같았다. 미처 결정을 내리기도 전에 그녀는 외쳤다.

"안 돼요, 안 돼요."

그녀는 되풀이했다.

"나를 놔줘요. 내게 나쁜 짓을 하면 안 돼요……. 싫어요, 싫어요."

남자가 자기를 침실 쪽으로 밀면서 아무 대꾸도 하지 않자 그녀는 홱 몸을 빼냈다. 그녀는 욕망을 넘어선 이상한 힘에 복종했다. 그녀는 저 자신과 그에게 화가 났다. 흥분 속에서 토막토막 끊어진 말이 흘러나왔다. 아! 나의 신뢰를 잘도 갚는군요. 이렇게 난폭하게 나오다니 대체 뭘 원하는 거예요? 당신은 비겁한 사람이에요. 영원히 당신을 내 집에 들이지 않을 거예요. 그러나 그는 얼이 빠진 것처럼 그녀가 지껄이는 대로 내버려두었고, 심술궂고 바보스러운 웃음을 띤 채 그녀를 쫓아다녔다. 그녀는 안락의자 뒤에 피해서 말을 더듬었다. 그러다 남자가 자기를 덮치려고 하지는 않았지만 이미 그에게 잡혔다는 사실을 깨닫고 갑자기 좌절감에 빠졌다. 일생에서 가장 불쾌한 순간이었다.

소란을 피우며 두 사람은 수치와 격렬함으로 안색이 변한 채 대치하고 있었다. 그때 문이 열리고 침실을 가로지르는 발걸음 소리가 들렸다. 어떤 목소리가 두 사람에게 외쳤다.

"피하세요, 피하세요……. 그러지 않으면 발각돼요."

그것은 엘렌이었다. 두 사람 다 아연실색하여 그녀를 바라보았다. 하도 놀라서 자신들이 처한 난처한 상황을 잊어버렸다. 쥘리에트는 방해를 받았다는 기색도 없었다.

"피하세요."

엘렌이 다시 말했다.

"잠시 후면 당신 남편이 여기 올 거예요."

"남편이라고요?"

젊은 여인은 중얼거렸다.

"남편이…… 왜요? 무엇 때문에요?"

그녀는 넋이 나가버렸다. 머릿속이 뒤죽박죽이었다. 엘렌이 나타나 남편이 올 거라고 말하다니 이만저만한 일이 아닌 것 같았다. 그러자 엘렌은 분노에 찬 몸짓을 보였다.

"아! 지금 당신에게 자세히 설명할 시간이 있다고 생각하는 거예요……? 남편께서 곧 올 거예요. 누가 당신을 일러바친 거예요. 빨리 가세요. 두 분 모두 가세요."

쥘리에트는 극심한 혼란에 빠졌다. 당황한 그녀는 종작없는 말을 내뱉으며 두 방 사이를 왔다 갔다 했다.

"아! 세상에, 아! 세상에……. 고마워요. 내 외투가 어디 있지?

바보 같으니라고, 이 방은 왜 이리 어두운 거야! 내 외투를 가져 다줘요. 아니, 내가 찾을 테니까 촛불을 가져다줘요……. 고마워 하지 않는다고 생각하지 마세요……. 소매를 낄 수가 없네. 모르 겠어, 안 되겠어요."

두려움이 그녀를 마비시킨 탓에 엘렌은 그녀가 외투 입는 것을 도와줘야 했다. 쥘리에트는 모자를 비뚤게 눌러썼고 끈조차 묶지 못했다. 하지만 더 큰 문제는 모자 베일을 찾느라고 1분은 족히 흘려버린 것이었다. 그것은 침대 밑에 떨어져 있었다. 그녀는 무어라 중얼거리면서 어찌할 바를 모른 채 떨리는 손으로 무언가 위험에 빠질 만한 것을 잊어버리지나 않았나 몸을 여기저기 더듬었다.

"정말 뼈아픈 교훈이야……! 뼈아픈 교훈! 아, 이젠 끝났어!"

말리농은 몹시 창백한 얼굴로 멍청한 표정을 짓고 있었다. 그는 스스로 탓하고 조롱하며 발을 굴렸다. 그가 분명하게 할 수 있는 유일한 생각은 자신이 확실히 운이 없다는 것이었다. 그는 다만 변변치 못한 질문을 했을 뿐이었다.

"그러면 저도 가야 한다고 생각하십니까?"

아무도 그 말에 대답하지 않았으나 그는 짐짓 침착한 체 말을 계속하면서 지팡이를 집어 들었다. 시간은 충분하다. 계단이 또 하나 있다. 인부들이 드나들던 쓰지 않는 계단인데 그리로 나갈 수 있을 것이다. 드베를 부인의 마차가 문 앞에 있을 터인즉 그걸 타고 강가로 내려가면 된다. 그리고 되풀이해서 말했다.

"진정하세요. 모두 잘될 거예요……. 자, 이리로 오십시오."

그가 문을 열었다. 땟국에 전 어둡고 황폐한 세 개의 작은 방이 나란히 보였다. 습기가 확 끼쳤다. 쥘리에트는 그 비참한 곳에 발을 딛기 전에 마지막으로 저항하듯 외쳤다.

"어떻게 이런 데를 올 수 있었을까! 정말 끔찍하군요……! 나 자신을 용서할 수 없을 거예요."

"서둘러요."

쥘리에트만큼이나 불안에 떨고 있는 엘렌이 말했다.

그녀는 쥘리에트를 밀었다. 그러자 젊은 여인은 울면서 엘렌의 목에 매달렸다. 신경질적인 반응이었다. 수치심이 그녀를 덮쳤다. 그녀는 자기가 왜 이 사람 집에 왔는지 변명하고 싶었으리라. 그러고는 본능적으로 개울을 건너는 것처럼 치마를 걷어쥐었다. 앞서가던 말리뇽은 계단에 흩어진 돌조각들을 구두 끝으로 치워버렸다. 문이 닫혔다.

한편 엘렌은 작은 살롱 한가운데 서 있었다. 그녀는 귀를 기울였다. 적막이, 숨 막힐 듯 후덥지근한 적막이 주위에 깔려 있었다. 삭정이로 변한 장작불의 타닥거리는 소리만이 그 적막을 흔들 뿐이었다. 귀가 울릴 정도의 정적이었다. 영원처럼 여겨지는 순간이 지난 후, 다급한 마차 바퀴 소리가 들려왔다. 그것은 쥘리에트의 마차가 떠나는 소리였다. 그제야 그녀는 한숨을 내쉬며 홀로 말없이 감사했다. 비열한 짓을 한 것을 영원히 후회하면서 살지 않아도 된다고 생각하자, 그녀는 뭐라 꼬집어 말할 수 없는 감사와 기쁨으로 가득 찬 감정에 빠져들었다. 안심한 그녀는 몹시 감동한 데다 끔찍한 위기에서 벗어나자 갑자기 맥이 탁 풀려 그 자리를 피할 기운이 도저히 없었다. 그녀는 속으로 생각했다. 앙리가 곧 올 거야. 누군가 여기 있어야 해. 문을 두드리는 소리가 났다. 그녀는 급히 문을 열었다.

무엇보다도 기막힌 놀라움이었다. 앙리는 서명 없는 편지를 받고 불안에 질려 창백한 얼굴이었다. 그러나 그녀를 보자 외침이 터져나왔다.

"당신이군……! 세상에! 당신이었어!"

기쁨보다는 놀라움의 외침이었다. 그렇게 대담하게 밀회를 청하다니 그로서는 기대하지 못한 일이었다. 그러자 이 관능적인 비밀 장소에서 이렇게 예기치 못한 기회를 만남으로써 그의 모든 남성적 욕망이 단숨에 깨어났다.

"당신은 날 사랑해. 날 사랑한다고."

그가 중얼거렸다.

"당신을 여기서 보게 될 줄이야! 나는 전혀 알아차리지 못했소!"

그는 두 팔을 벌리며 그녀를 끌어안으려 했다. 그가 들어왔을 때 엘렌은 그에게 웃어 보였다. 그러나 지금은 창백해져서 뒷걸음질 쳤다. 확실히 그녀는 그를 기다리고 있었고, 둘이 잠깐 대화를 나누면서 적당한 이야기를 들려줄 수 있으리라고 생각했었다. 그런데 상황이 이렇게 된 것이다. 앙리는 그녀가 만나자고 한 줄로 알고 있었다. 그러나 결코 그런 의도가 아니었다. 그녀는 반항했다.

"앙리, 부탁이에요……. 놔주세요……."

그러나 남자는 이미 그녀의 손목을 잡았고 천천히, 그러나 단호하게 끌어당겼다. 그녀를 한 번의 입맞춤으로 굴복시키려는 듯했다. 몇 달 동안 마음속에서 자라왔고 나중에는 두 사람의 친교가 끊어짐으로써 잠잠해진 사랑은 그가 엘렌을 잊기 시작했던 만큼 더욱 격렬하게 폭발했다. 그의 가슴 속에 있는 피가 전부 뺨으로 올라왔다. 그녀는 익히 알고 있던 그의 타오르는 듯한 얼굴을 보자 질겁하여 몸부림쳤다. 이미 두 번이나 그는 이 광기 어린 시선으로 여자를 바라보지 않았던가.

"놔주세요. 저를 겁나게 하시는군요……. 정말 이러시면 안 돼요."

그러자 그는 다시 한번 놀란 듯했다.

"정말 당신이 내게 편지를 보냈소?"

그가 물었다.

여자는 순간 망설였다. 뭐라고 말해야 하나? 뭐라고 대답해야 하나?

"네……."

그녀는 마침내 말했다.

하지만 쥘리에트를 피하게 하고서 이제 와 다시 일러바칠 수는 없었다. 함정에 빠진 기분이 들었다. 앙리는 두 방을 살펴보면서 그 조명과 장식에 놀라워했다. 그가 용기를 내어 물었다.

"당신이 이렇게 한 겁니까?"

그리고 그녀가 아무 대답을 않자 말을 이었다.

"당신의 편지는 나를 몹시 곤혹스럽게 했소. 엘렌, 내게 뭔가를 숨기는군요. 제발, 나를 안심시켜 주시오."

그녀는 듣고 있지 않았다. 그가 착각할 만하다고 생각했다. 나는 여기서 뭘 하려고 했던가? 무엇 때문에 그를 기다렸던가? 그녀는 핑계를 생각해 낼 수 없었다. 스스로 밀회를 요구한 게 아니라고 확신할 수가 없었다. 포옹이 그녀를 감쌌고, 그녀는 천천히 빨려 들어갔다.

남자는 여자를 더욱 꽉 껴안았다. 그리고 여자에게서 진실을 끌어내려는 듯 입술을 거의 닿을 만큼 가까이 가져다 댄 채 물었다.

"나를 기다렸습니까? 나를?"

그러자 그녀는 자신을 무너뜨리는 피로와 달콤한 무력감에 사로잡혀, 그에게 힘없이 몸을 맡기며 그가 말하는 대로 말하고 그가 원하는 대로 원하겠다고 마음먹었다.

"당신을 기다렸어요, 앙리……."

두 사람의 입술은 더욱 가까워졌다.

"그런데 그 편지는 정말 당신이 쓴 겁니까……? 여기서 당신을 만나다니……! 도대체 여긴 어디죠?"

"묻지 마세요. 절대 알려고 하지도 마세요……. 제게 맹세하세요……. 그냥 제가 당신 옆에 있고 당신도 그걸 잘 알고 있어요. 그 이상을 원하시나요?"

"나를 사랑하오?"

"네, 당신을 사랑해요."

"당신은 내 것이오, 엘렌? 완전히 내 것이오?"

"네, 완전히."

입술과 입술을 포개고 두 사람은 키스했다. 그녀는 모든 것을 잊고 초인적인 힘에 굴복했다. 그것이 이제는 자연스럽고 필요한 일로 여겨졌다. 마음속에 평화가 감돌고 젊은 날의 추억과 감정만이 다가왔다. 프티마리 가에 살던 처녀 시절, 지금과 같은 어느 겨울날, 다림질하려고 피워놓은 석탄불 앞에서 질식해 죽을 뻔했었지. 그리고 또 어느 여름날에는 창문이 활짝 열려 있었는데, 어두운 길을 헤매던 방울새 한 마리가 방 안에 들어와 한 바퀴 돌았었지. 그런데 왜 죽을 뻔했던 일이 생각나는 걸까? 왜 그 방울새가 날아다니던 광경이 눈에 보이는 걸까? 온 존재가 감미롭게 녹아 없어지는 것 같은 가운데 그녀는 어린아이 같은 감정에 휩싸였고, 서글픔이 가득 차오르는 것을 느꼈다.

"그런데…… 흠뻑 젖었잖아요."

앙리가 속삭였다.

"걸어서 온 거예요?"

그는 목소리를 낮추며 그녀에게 친근한 어조로 말했다. 마치 누가 듣기라도 하는 것처럼 귓가에 바싹대고 속삭였다. 여자가 몸을 내맡기자 그의 욕망은 도리어 주저했다. 그는 여자를 뜨겁고 수줍게 애무하면서 감히 더 나아가지 못하고 지체했다. 그녀의 건강에 대해 오라비같이 근심하면서, 세심하고 따뜻한 배려를 보여야겠다고 생각했다.

"발이 다 젖었잖아요. 병이 나겠어."

그가 말했다.

"세상에! 이런 신발로 비 오는 거리를 달려오다니!"

그는 여자를 불 앞에 앉혔다. 그녀는 웃으면서 저항하지 않고 그가 신발을 벗기도록 발을 내맡겼다. 작은 실내화는 오 골목의 물구덩이에 빠져서 젖은 솜처럼 무거워져 있었다. 그는 신발을 벗겨서 벽난로 양옆에 놓았다. 양말 역시 젖어 있었고 발꿈치까지 진흙 얼룩이 묻어 있었다. 그녀의 얼굴이 붉어질 새도 없이 그는 이런 일상적인 예의에서 벗어난 와중에도 상냥함이 가득 찬 짐짓 화난 몸짓으로 신발을 벗기며 말했다.

"이러면 감기에 걸려요. 몸을 따뜻하게 해야 해요."

그러고는 작은 걸상을 앞으로 밀어 그녀가 발을 받칠 수 있게 했다. 눈처럼 흰 두 발이 불 앞에서 장밋빛으로 빛났다. 다소 답답한 분위기였다. 커다란 침대가 있는 침실은 한편에서 고요히 잠들어 있었다. 침대 옆등은 꺼져 있었고 경황 중에 흘러내린 입구의 커튼 한쪽이 문을 반나마 가렸다. 작은 살롱에는 높이 타오르는 촛불이 야회가 끝날 무렵 같은 진한 향기를 발산했다. 고요한 가운데 간간이 바깥에서는 많은 비가 쏟아져 철철 흐르는 둔중한 굉음이 들려왔다.

"네, 그래요, 추워요."

그녀는 방 안이 후덥지근한데도 진저리를 치며 속삭였다.

그녀의 하얀 발은 얼음처럼 차가웠다. 그는 손으로 그 발을 감싸주고자 했다. 그의 손은 뜨거웠고, 곧 그녀의 발을 따스하게 녹여주었다.

"감각이 느껴져요?"

그가 물었다.

"당신 발이 아주 작아서 내 손으로 다 감싸 줄 수 있군요."

그는 열에 들뜬 손가락으로 발을 꼭 쥐었다. 장밋빛 발끝만이 살짝 삐져나왔다. 그녀는 뒤꿈치를 살짝 들며, 발꿈치에서 나는 부드러운 마찰음을 들었다. 그는 손을 펴고, 엄지발가락이 다소 벌어진 그 섬세하고 부드러운 발을 잠깐 들여다보았다. 그는 도저히 유혹을 이기지 못하고 그 발에 입을 맞췄다. 그녀는 몸을 부르르 떨었다.

"아니, 아니, 불을 쬐도록 해요……. 따뜻해질 때까지."

두 사람 모두 시간과 장소에 대한 감각을 잃어버렸다. 긴 겨울 밤이 시작되기에는 아직 멀었다고 막연히 느낄 뿐이었다. 방 안의 무겁고 졸린 공기 속에서 타들어 가는 촛불 때문에 그들은 이미 오랜 밤을 함께 새운 듯한 착각에 빠져 있었다. 이제 자신들이 어디에 있는지조차 알 수 없었다. 주위에 무인지경이 펼쳐지고 있었다. 소음도 없고 사람의 목소리도 들리지 않았다. 폭풍이 휘몰아치는 밤바다 같은 느낌뿐이었다. 그들은 지상에서 천리나 떨어진 세상 밖에 있었다. 이 세상 사람들과 사물들에 비끄러매인 관계를 완전히 망각해 버린 채 바로 이 순간, 마치 이 자리에서 막 태어난 사람들처럼 또 이내 서로의 품에 안겨 죽을 것처럼 모든 것을 걸었다.

더 이상 말은 필요 없었다. 말로는 자신들의 감정을 표현할 수 없었다. 두 사람은 이미 서로를 잘 알았지만 이제 과거의 만남은 중요치 않았다. 오직 현재의 순간만이 존재했다. 그들은 사랑에 대해서 말하지 않고 결혼한 지 10년은 되는 이들처럼 익숙하게 그 순간을 천천히 살고 있었다.

"따뜻해졌어요?"

"오! 네, 고마워요."

그녀는 걱정스러운 빛으로 굽어보며 속삭였다.

"신발이 마를 것 같지 않네요."

남자는 그녀를 안심시키려고 작은 신발을 집어 장작 받침쇠에 걸쳐놓으며 나지막하게 말했다.

"이렇게 하면 마를 거예요. 틀림없어요."

그는 몸을 돌려 그녀의 발에 또다시 키스하면서 허리를 안았다. 벽난로에 차 있는 잉걸이 두 사람을 한껏 달구었다. 그녀는 욕망으로 정신을 잃은 남자의 더듬는 손길에 저항하지 않았다. 그녀를 둘러싸고 있는 모든 것이, 그녀 자신조차도 지워지면서, 그렇게 더운 방에서 쇠창살이 달린 커다란 화덕을 굽어보던 처녀 시절의 추억만이 유일하게 남아 있었다. 지금처럼 녹아 없어지는 느낌이었다고 그녀는 회상했다. 그때 그것은 그녀를 뒤덮고 있는 앙리의 키스보다 달콤하지는 않았지만 관능적이며 느리게 덮쳐오는 죽음 같았다. 남자가 그녀를 침실로 데려가기 위해 팔에 안았을 때, 그녀는 마지막으로 일말의 불안감을 느꼈다. 누군가가 소리치는 것 같았고 어둠 속에서 훌쩍이는 누군가를 잊고 있는 것 같았다. 그러나 그것은 짧은 전율처럼 스쳐 지나갔다. 방을 둘러보았지만 아무도 보이지 않았다. 그 방은 낯선 곳이었으며 어떤 사물도 그녀에게 무의미했다. 더욱 세찬 비가 요란한 소리를 내며 쏟아졌다. 그러자 수마라도 덮친 듯 그녀는 앙리의 어깨에 몸을 맡기고 그가 저를 안고 가도록 내버려두었다. 두 사람 뒤로 나머지 한쪽 커튼마저 경황 중에 흘러내렸다.

꺼져가는 불 앞에 놓인 신발을 신으러 맨발로 돌아왔을 때, 엘렌은 오늘처럼 서로 사랑하지 않은 날은 없었다고 생각했다.

5

잔은 문을 뚫어져라 바라보며 어머니가 황급히 나간 데 심히 마음이 상해 있었다. 아이는 고개를 돌렸다. 방은 비어 있었고 고요했다. 그러나 아이에게는 달려 나가는 급한 발소리, 치마가 스치는 소리, 계단의 문이 쾅 닫히는 소리가 아직도 들리는 듯했다. 그러고는 끝이었다. 저 혼자였다.

혼자일 뿐, 완전히 혼자일 뿐. 침대 위에는 아무렇게나 벗어던진 어머니의 실내복이 걸려 있었는데, 치마는 널브러져 있고 소매는 긴 베개에 걸쳐 있는 것이 마치 그 자리에 울부짖으며 쓰러져 거대한 고통 속에서 생명이 빠져나간 사람의 형체처럼 보였다. 내의는 흩어져 있었고 검은 끈이 애도의 상징처럼 바닥에 굴러다니고 있었다. 부딪혀서 비뚤어진 의자며 거울 달린 장롱 앞으로 밀려난 원탁들 사이에서 아이는 혼자였다. 아이는 어머니가 벗어놓은 그 옷, 죽은 사람처럼 납작해진 실내복을 바라보며 눈물로 목이 메는 것을 느꼈다. 아이는 손을 그러잡고 마지막으로 불러보았다. "엄마! 엄마!" 그러나 푸른 벨벳을 두른 방은 잠잠했다. 모든 것이 끝났고 아이는 혼자였다.

그리고 시간이 흘렀다. 시계가 3시를 쳤다. 흐릿한 빛이 비스듬히 창문으로 들어왔다. 잿빛 구름이 스치면서 하늘을 어둡게 뒤덮었다. 엷은 김이 서린 유리창을 통해 안개에 싸인 파리가 보였다. 수증기로 윤곽이 흐릿했고 원경은 짙은 안개에 가려 보이지 않았다. 맑은 날 오후에는 조금만 굽어보면 동네가 손에 잡힐 듯했는데, 오늘은 도시까지도 아이에게 친구가 되어주지 않았다.

뭘 해야 할까? 어쩔 줄 모르는 가느다란 팔로 가슴을 눌렀다. 이렇게 내버려지다니 화가 치밀도록 심술궂고 부당한 일이며, 한없이 처참하게 느껴졌다. 이렇게 끔찍한 일은 당해본 적이 없었다. 모든 것이 사라질 것 같았고, 다시는 아무것도 돌아오지 않을 것만 같았다. 그때 아이는 제 옆 안락의자에 앉아 있는 인형 하나를 보았다. 인형은 다리를 쭉 뻗고 방석에 기대앉아 사람처럼 자기를 바라보고 있었다. 그것은 자동인형이 아니라 마분지로 만든 머리와 곱슬곱슬한 머리칼, 색칠한 눈을 지닌 커다란 인형이었는데, 그 움직이지 않는 시선은 때로 아이를 당황하게 했다. 옷을 벗기고 입히는 2년 동안 인형의 턱과 뺨에는 생채기가 났고, 겨를 넣은 분홍색 팔다리는 늘어졌으며, 낡은 천은 기묘하게 물컹거렸다. 지금 인형은 속치마만 입은 잠옷 차림새였으며 움직이지 않는 두 팔은 한쪽은 허공을, 다른 쪽은 아래를 향하고 있었다. 누군가가 저와 함께 있음을 깨닫자 잔은 순간 덜 불행한 것 같았다. 인형을 팔에 꼭 껴안았다. 그러자 인형의 머리가 꺾인 채 뒤로 덜렁거렸다. 아이가 인형에게 말했다. 나는 아주 친절하고 착하단다. 절대로 너를 혼자 두고 나가지 않아. 너는 내 보물이야, 귀여운 것, 내 사랑. 몸을 떨고 아직도 나오려는 울음을 참으려고 노력하면서 아이는 인형에게 키스를 퍼부었다.

그 격렬한 포옹과 입맞춤의 분노가 잠시 아이를 달래주었다. 그러나 인형은 다시 아이의 팔 위로 넝마처럼 축 늘어졌다. 아이는 일어서서 유리창에 이마를 박고 밖을 내다보았다. 비는 그쳐 있었다. 마지막 비구름이 바람에 날려 희미한 회색 구름에 잠겨 있는 페르라셰즈 언덕 부근의 지평선을 떠다니고 있었다. 소나기가 지나간 파리는 골고루 빛을 받아 빛나면서 외롭고 서글픈 장엄함을 띠었다. 죽어버린 별빛을 받아 드러난 악몽 속의 도시들처럼 사람 하나 없었다. 그것은 결코 아름답지 않았다. 아이는 세상에 나온 이래 사랑했던 것들을 어슴푸레 떠올려 보았다. 마르세유에 살 적 가장 오랜 친구는 커다란 붉은 고양이였는데, 무게가 썩 나갔다. 아이는 그 고양이를 팔로 꼭 껴안아 배에 대고는 이 의자에서 저 의자로 옮기곤 했지만 고양이는 성을 내지 않았다. 그런데 어느 날 고양이가 사라져 버렸다. 그것은 아이가 기억할 수 있는 최초의 심술궂은 행동이었다. 다음에는 참새가 있었다. 그 참새는 어느 날 아침 새장 바닥에 떨어져 죽은 채로 발견되었다. 망가져 버려 마음을 아프게 했던 장난감들은 세지 않았다. 자신은 어리석었고 그로 인해 부당하게 많은 고통을 받았다. 주먹만 한 크기의 인형 하나는 머리가 찌그러져서 특히 아이를 낙심하게 했었다. 아이는 그 인형을 너무 사랑했기 때문에 몰래 마당 한구석에 묻어주었다. 그러나 한참 지난 뒤 그 인형이 다시 보고 싶어 파보았더니 까맣게 썩고 흉하게 변해 있어서 끔찍한 두려움에 병이 날 정도였다. 먼저 떠나는 건 언제나 상대방이었다. 그것들은 망가지거나 떠나갔다. 요컨대 그들이 잘못이었다. 그런데 왜 그럴까? 나는 변한 적이 없는데. 나는 무언가를 사랑한다면 평생 사랑하는데. '단념'이란 것을 이해할 수 없었다. 거대하고 괴물 같은 그것이 아이의 조그만 가슴으로 들어오면 그 가슴은 언제나 터지고야 말았다. 혼란스럽고 막연한 생각들 가운데 한 가닥 전율이 천천히 마음속에서 일어났다. 사람들이란 언젠가는 떠나가는 것이다. 그래서 제 갈 길로 가는 것이다. 그러면 더 이상 볼 수도 없고 더 이상 사랑할 수도 없으리라. 아이는 우수에 잠긴 넓은 파리를 바라보며, 열두 살짜리의 정념으로 예감하게 된 존재의 잔인함에 싸늘해졌다.

그러는 동안 아이의 입김으로 유리창이 흐릿해졌다. 아이는 밖이 보이지 않는 뿌연 창을 손으로 닦아냈다. 멀리 비에 씻긴 건물들이 잘 닦인 거울처럼 반들거렸다. 창백한 외벽의 집들이 단정하게 줄지어 서 있었고, 젖은 지붕들 사이로는 마치 누군가 거대한 황갈빛 초원 위에 빨래를 널어놓은 듯한 풍경이 펼쳐져 있었다. 날이 차츰 개자 아직도 도시를 수증기처럼 덮고 있는 구름의 끄트머리에서 뿌연 햇살이 내비쳤다. 어느 구석에선가 하늘이 미소 짓고 있는 듯 동네들 위로 주저주저하는 명랑한 기운이 느껴졌다. 잔은 강나루와 트로카데로 언덕을 내려다보았다. 사납게 퍼붓던 비가 그친 뒤 거리는 활기를 되찾고 있었다. 마차가 느리게 덜거덕거리며 지나갔고, 아직도 사람이 다니지 않는 고요한 길 가운데로 승합마차가 소리도 요란하게 지나갔다. 우산들이 접히고, 나무 밑에서 비를 피하던 행인들은 개울처럼 물이 흘러 반짝거리는 웅덩이 한가운데를 지나 이쪽 보도에서 저쪽 보도로 조심스레 건너갔다. 아이는 다리 근처 장난감 가게 천막 아래 서 있는 옷을 잘 차려입은 부인과 어린 딸아이에게 특히 흥미를 느꼈다. 비가 오자 놀라서 그곳으로 몸을 피한 것 같았다. 소녀는 이미 여러 가지를 듬뿍 샀는데도 굴렁쇠를 갖겠다고 부인을 조르고 있었다. 이제 그들은 가버렸다. 발이 묶여 있다 풀려난 아이는 보도 위로 굴렁쇠를 굴리며 웃는 얼굴로 뛰어갔다. 그러자 잔은 다시 몹시 서글퍼졌고, 인형도 끔찍해 보였다. 아이도 굴렁쇠를 가지고 싶었다. 저 아이처럼 굴렁쇠를 굴리면서 달리면 어머니가 뒤에서 종종걸음으로 쫓아오며 멀리 가지 말라고 외칠 텐데. 모든 것이 흐려졌다. 아이는 계속 유리창을 닦았다. 창을 여는 것은 금지되어 있었다. 그러나 아이는 반항심이 차오르는 것을 느꼈다. 엄마가 나를 데려가지 않은 이상 나도 밖을 내다보는 것쯤이야 뭐 어때? 아이는 창을 열었고, 어머니가 그곳에서 말없이 팔을 괴고 있던 모습을 흉내 내 어른처럼 팔을 괴었다.

습기를 머금은 부드러운 바람이 아주 기분 좋게 느껴졌다. 지평선에 점차 퍼져가는 어스름이 고개를 들게 했다. 머리 위에 마치 커다란 새 한 마리가 날개를 펼친 듯한 느낌이었다. 처음에는 아무것도 보이지 않았다. 하늘은 맑았다. 그러나 어두운 점 하나가 용마루 위로 솟아오르더니 하늘을 집어삼키기 시작했다. 무시무시한 서풍이 밀어올린 새로운 알갱이였다. 날이 빠르게 어두워졌다. 도시 전체가 납빛 속에 검게 잠겼고 그 빛은 건물 외벽에 오래된 녹이 슨 듯한 색을 입혔다. 그러고는 곧 비가 쏟아졌다. 거리는 빗자루로 쓸어낸 듯 텅 비었다. 우산이 다시 펴졌고, 길옆으로 피한 행인들은 지푸라기처럼 사라져 버렸다. 양손으로 치마를 거머쥔 노부인의 모자 위로 비가 들이붓듯 쏟아졌다. 비는 옮겨가고 있었다. 아이는 파리를 향해 질주하듯 내달리는 비구름을 볼 수 있었다. 굵은 장대비가 먼지를 일으키며 달려가는 말처럼 강나루의 큰길을 휩쓸었다. 그러면 조그마한 흰 연기가 엄청나게 빠른 속도로 지면에서 피어올랐다. 장대비는 샹젤리제를 가로질러 생제르맹 지구의 길고 곧은 길들로 들이쳤고, 넓은 광장과 빈터, 인적 없는 네거리를 단번에 채웠다. 몇 초 사이에 점점 더 촘촘해진 빗줄기에 가려 도시는 희미해졌고 녹아버린 듯 보였다. 그것은 광막한 하늘로부터 땅까지 비스듬하게 쳐진 한 폭의 커튼과 같았다. 수증기가 올라왔다. 빗방울의 무수한 부딪힘은 고철을 움직일 때 나는 둔탁한 소리처럼 귀를 멍하게 울렸다.

잔은 그 야단스러움에 놀라 뒤로 물러섰다. 앞에 희끄무레한 벽이 생긴 것 같았다. 하지만 아이는 비를 좋아했기 때문에 다시 창가로 다가가 팔을 괴었다. 그러고는 손 위에서 부서지는 차가운 굵은 물방울을 만져보려고 팔을 내밀었다. 그게 재미있어서 아이는 소맷부리를 다 적셨다. 인형은 아이처럼 머리가 아픈 게 틀림없었다. 그래서 아이는 인형을 창턱에 걸터앉혔다. 빗방울이 인형에 튀는 모습을 보며 아이는 인형이 즐거워하리라고 생각했다. 뻣뻣한 인형은 조그만 입에 영영 사라지지 않는 미소를 띠고 어깨에 비를 맞았다. 비바람이 속치마를 들어 올렸다. 겨로 채워진 인형의 불쌍한 몸이 덜덜 떨렸다.

왜 엄마는 날 데려가지 않은 걸까? 손을 때리는 물방울을 느끼면서 잔은 또다시 밖에 나가고 싶은 유혹에 사로잡혔다. 거리에 있으면 좋을 텐데. 아이는 비의 장막 뒤에서 보도 위로 굴렁쇠를 굴리며 가는 소녀를 떠올렸다. 그 아이가 어머니와 외출한 거라고 단정할 수는 없었다. 그렇지만 두 사람 모두 매우 만족스러워 보였고, 그걸로 봐서는 비가 오더라도 아이들을 데리고 나갈 수 있다는 게 분명했다. 하지만, 데려가고 싶어야 했다. 왜 엄마는 데려가고 싶지 않았을까? 그러자 꼬리를 치켜들고 맞은편 지붕으로 가버린 붉은 고양이가 생각났다. 모이를 먹이려고 애쓰는데도 모르는 척 죽어버린 바보 같은 작은 새도 생각났다. 그런 일들이 자꾸 떠오르면서 '그들은 나를 그렇게 좋아하지 않았던 거야.' 하는 생각이 들었다. 오! 2분이면 나갈 준비를 마칠 수 있었을 텐데. 기분 좋은 날이면 아이는 빨리 옷을 입을 수 있었다. 로잘리가 벗겨놓은 장화, 반코트, 모자, 그거면 됐다. 엄마가 2분 정도는 기다릴 수 있었을 텐데. 아는 사람들의 집에 갈 때 엄마는 그렇게 서두르지 않았다. 불로뉴 숲에 갈 때도 엄마는 아이의 손을 잡고 천천히 거닐면서 파시 가에 있는 상점들 앞에서 매번 멈춰 서곤 했다. 잔은 짐작이 가지 않았다. 검은 눈썹이 찡그려졌고, 섬세한 얼굴은 심술궂은 노처녀의 창백한 얼굴처럼 질투심으로 딱딱하게 굳어졌다. 어머니가 아이들은 갈 수 없는 어딘가에 갔으리라고 막연히 느꼈다. 무언가를 숨기려고 나를 데려가지 않은 거야. 그런 생각이 들자 가슴이 설명할 수 없는 슬픔으로 죄어들며 아팠다.

비가 점차 가늘어졌고 파리를 가린 커튼은 투명해졌다. 앵발리드의 둥근 지붕이 빛을 진동시키는 빗속에서 가볍게 흔들리듯 먼저 나타났다. 마치 도시 전체가 대홍수에서 막 빠져나오는 것 같았다. 지붕들은 아직 빗물에 젖어 반짝였고, 아직도 거리는 수증기로 자욱한 강을 이루고 있었다. 불현듯 한 줄기 불빛이 터져나오면서 물결 한가운데로 햇살이 쏟아졌다. 눈물에 젖어 있다가 한순간 방긋 웃는 것 같았다. 샹젤리제 구역에는 이제 더 이상 비가 내리지 않았다. 비는 좌안을 스쳐서 시테 섬으로, 그리고 더 먼 외곽으로 물러갔다. 빗방울이 햇빛을 받아 가느다랗고 빽빽한 금속 선처럼 내렸다. 오른편에 무지개가 빛났다. 햇빛이 퍼지면서 장밋빛과 푸른빛 무늬가 아이들이 그린 알록달록한 수채화처럼 지평선에 그려졌다. 크리스털 도시는 황금빛 눈송이가 내린 듯 활활 타올랐다. 그리고 빛이 꺼지면서 구름이 밀려들고 미소는 다시 눈물 속에 잠겼다. 파리는 납빛 하늘 아래 길게 흐느끼며 눈물을 흘렸다.

잔은 기침했다. 소매가 흠뻑 젖어 있었다. 그러나 아이는 어머니가 파리에 내려갔을 거라는 생각에 골몰하여 몸에 스며드는 냉기도 느끼지 못했다. 아이는 이제 앵발리드와 팡테옹, 생자크 탑, 이 세 건물을 구분할 줄 알았다. 그 이름을 반복해서 중얼거리며, 그것들을 가까이서 보면 어떤 모습일지 상상조차 할 수 없었지만 손가락으로 하나씩 가리키곤 했다. 엄마는 틀림없이 저기 있을 거야. 아이는 엄마가 팡테옹에 있다고 상상했다. 도시의 이마에 꽂힌 깃털 장식처럼 가장 놀랍고 거대한 건물이었기 때문이다. 그러고는 의문에 잠겼다. 잔에게 파리는 아이들이 갈 수 없는 곳이었다. 아무도 잔을 거기 데려간 적이 없었다. '엄마는 저기 어딘가에 있어. 이러저러한 일을 하고 있을 거야.' 하고 조용히 상상해 볼 수 있도록 아이는 파리를 알고 싶었으리라. 그러나 그곳은 너무도 넓어 보여서 사람을 찾을 길이 없었다. 아이의 시선이 단번에 넓은 시내의 이 끝에서 저 끝으로 옮겨갔다. 아니, 어쩌면 엄마는 왼쪽 언덕 위의 그 빽빽한 집들 속에 있을지도 몰라. 아니면 저기 가까운 곳, 앙상한 나뭇가지들이 마른 장작더미처럼 엉켜 있는 큰 나무들 아래 있을지도. 지붕들을 벗겨 버릴 수 있다면! 그런데 저 새까만 건물은 뭐야? 그리고 저 길을 따라 달리는 커다란 물체는 또 뭘까? 아이는 사람들이 서로 아옹다옹하고 있는 시내가 무서웠다. 확실히 알 수는 없었지만 아주 북적대고 추해서 소녀들은 봐선 안 되는 곳이었다. 아이의 마음속엔 온갖 막연한 추측이 얽혀서 아이의 유치한 무지를 뒤흔들며 울고 싶게 만들었다. 연기와 끊임없는 굉음, 강한 생명력을 지닌 낯모르는 파리의 입김이 부드러운 해동기를 틈타 아이에게까지 끼쳐왔다. 보이지 않는 찌꺼기가 역한 냄새를 뿜어내는 우물을 들여다보았을 때처럼 고개를 돌리게 하는 쓰레기와 죄, 곤궁의 냄새였다. 아이는 무수한 앵발리드들, 팡테옹들, 생자크 탑들을 불러보고 세어보았다. 그리고 더 이상 알 수는 없지만 어머니가 저 안, 짐작할 수 없는 어딘가 야비한 장소에 있다는 뿌리칠 수 없는 생각에 짓눌린 채 수치스러워했다.

잔은 문득 획 돌아다보았다. 분명 누군가 방 안을 걸어 다니고 있었다. 손끝이 어깨를 가볍게 스친 것 같기도 했다. 그러나 방 안은 비어 있었고, 엘렌이 마구 어질러두고 나간 그대로였다. 실내복은 긴 베개 위에 찌그러진 모습으로 늘어져 여전히 울고 있었다. 잔은 몹시 창백한 얼굴로 방을 둘러보았다. 가슴이 찢어졌다. 저 혼자였다. 오로지 저 혼자였다. 그럴 수가! 엄마는 나가면서 나를 밀어냈어. 바닥에 넘어질 정도로 아주 세게. 그 기억이 고통스럽게 다시 떠오르면서 난폭한 대접을 받은 아픔이 손목과 어깨에 다시 느껴졌다. 왜 나를 밀쳤을까? 나는 고분고분했고 야단맞을 짓도 하지 않았는데. 평소에 아이는 아주 부드러운 말만 들어왔기 때문에 그런 취급을 받자 반발심이 일었다. 잔은 어른들이 늑대가 온다고 위협하면 늑대가 나타나지 않았는데도 그게 보이는 듯 무서워하는 아이들처럼 겁을 먹었다. 어둠 속 어딘가에 자기를 덮치려는 무언가가 있는 것 같았다. 잔의 창백한 얼굴은 차츰 질투 어린 분노로 부풀어 올랐다. 문득 어머니가 저를 그렇게 세게 밀어젖히고 달려간 그곳에는 자신보다 더 사랑하는 사람이 있을 거라는 생각이 스치면서 아이는 가슴에 두 손을 가져다 댔다. 이제 알겠어. 엄마는 나를 배신한 거야.

파리 위에는 새로운 폭풍을 예고하는 불안한 정적이 내려앉았다. 칙칙해진 대기가 술렁거리고 두꺼운 구름이 떠다녔다. 창가에 있는 잔은 심하게 기침했다. 감기에 걸렸다고 생각하자 복수한 듯한 기분이 들었다. 아이는 심하게 아팠으면 했다. 가슴에 손을 대고 불편함이 커지는지 느껴보았다. 고통이 느껴졌고, 아이의 육체는 그 속에 기꺼이 빠져들었다. 아이는 두려움에 떨면서도 다시 방 안을 돌아볼 용기가 나지 않았다. 그 생각만으로도 온몸이 얼어붙었다. 나는 어리고 힘도 없는데. 그런데 이 새로운 아픔은 뭘까? 부끄러움과 쓰디쓴 감미로움으로 나를 채우는 이 아픔의 발작은? 누군가가 장난삼아 간지럼을 태우며 웃게 하려 했을 때 이런 짜증스러운 전율에 빠지곤 했었다. 굳은 채로 아이는 순결하고 때 묻지 않은 사지의 반항을 느끼며 가만히 기다렸다. 존재 깊숙한 데서 성적 충동이 눈을 뜨며 어디선가 한 대 맞은 것처럼 생생한 통증이 용솟음쳤다. 기진맥진한 아이는 꺼져가는 목소리로 "엄마! 엄마!" 하고 외쳤다. 도와달라고 부르는 것인지 자신이 어머니 때문에 아파서 죽어가고 있다고 말하려는 것인지 알 수 없는 외침이었다.

그때 폭풍우가 몰아쳤다. 어두워진 도시 위에 불안스럽게 깔린 무거운 침묵 속에서 바람이 울부짖었다. 파리 전체가 뒤틀리며 삐걱거리는 소리도 들렸다. 덧문이 부딪치고 기왓장이 날아다니며 굴뚝과 물받이가 포석 위에 떨어졌다. 몇 초 동안 잠잠한 뒤 다시 바람이 불어 지평선을 어마어마한 숨결로 채웠고, 흔들리는 지붕의 바다는 물결을 일으키며 소용돌이 속으로 빠져버렸다. 한순간 혼돈뿐이었다. 먹물 자국처럼 번져가는 엄청난 구름이, 바람에 조각조각 갈라져 흩어진 듯 산만하게 떠다니는 더 작은 구름 사이를 치달렸다. 어느 순간에는 두 층운이 부딪쳐 구릿빛 허공에 파편을 흩뿌리며 산산이 부서졌다. 폭풍이 휘몰아칠 때마다 하늘에 흩어진 조각들을 마구 어지르며 하늘이 부서져 내리는 듯한 굉음이 울렸고, 그 너덜너덜한 잔해들이 금방이라도 파리를 짜부라뜨릴 것 같았다. 여전히 비는 내리지 않았다. 갑자기 시내 한가운데 구름이 움푹 꺼지며 물기둥이 센 강 흐름을 거슬러 올라갔다. 초록 띠 같았던 하천은 부딪치는 물방울로 탁해져 무수한 동심원이 수놓인 흙탕물로 변해버렸다. 빗줄기 뒤로 물보라 속에서 다리들이 가느다랗고 가벼워 보이는 모습으로 하나씩 희미하게 모습을 드러냈다. 인적 없는 좌우 강나루에는 회색 선으로만 보이는 보도를 따라 나무들이 사납게 흔들리고 있었다. 저쪽 노트르담 위에는 구름이 갈라지면서 시테 섬이 완전히 잠길 지경으로 폭우가 퍼붓고 있었다. 물에 잠긴 시내에는 탑들만 높이 솟아올라 표류하는 잔해처럼 떠다녔다. 그러나 사방에서 하늘이 열리면서 우안은 세 차례나 물결에 삼켜진 듯했다. 첫 번째 물결은 도시 외곽을 훑고 퍼져가면서 비죽 튀어나온 생뱅상 드 폴과 생자크 탑을 때렸고, 탑들은 포말 아래 하얗게 씻겼다. 다른 두 물결은 차례로 몽마르트르와 샹젤리제에 쏟아졌다. 때때로 빗방울이 튀면서 김이 피어오르는 산업박물관의 유리 지붕, 꺼져가는 달처럼 안개 속을 지나가는 생오귀스탱 교회의 돔을 알아볼 수 있었다. 마들렌 성당의 평평한 지붕은 큰 물줄기로 씻겨 내린 폐허가 된 광장의 포석처럼 빛났다. 앞쪽의 거대하고 거무스름한 덩치 큰 오페라는 몰아치는 폭풍우에 저항하다 밑바닥이 바위틈에 끼어버린 돛대가 떨어져 나간 배를 연상케 했다. 좌안은 물안개에 덮여 있었다. 앵발리드의 돔과 생클로틸드의 첨탑, 습기에 젖은 공기 속에 부드럽게 녹아든 생쉴피스 탑이 보였다. 구름 하나가 퍼지면서 팡테옹의 열주 사이로 폭우가 쏟아져 저지대 구역을 집어삼킬 듯했다. 이내 빗줄기가 온 도시를 때렸다. 하늘이 땅을 덮치는 듯했다. 물에 잠긴 거리가 도시의 종말을 알리는 듯한 격렬한 요동 속에 떠올랐다 가라앉기를 반복했다. 야단스럽게 개울을 이루고 흘러내리는 물소리며 홈통을 타고 내려가는 요란한 물소리가 어우러져 계속 으르렁거렸다. 한편 마구 퍼붓는 소나기 때문에 어디나 누런 흙탕 빛으로 지저분해진 파리 위로 구름이 풀어지면서 창백한 납빛을 띠더니 균열도 얼룩도 없이 골고루 번졌다. 비가 가늘어지면서 방울방울 곧게 떨어졌다. 돌풍이 다시 한번 불어오자 회색빛 줄무늬가 큰 물결처럼 일었다. 거의 수평으로 떨어지는 빗방울이 벽을 때리며 휘파람 소리를 냈다. 바람이 멎자 빗방울은 다시 수직으로 떨어지며 파시 언덕에서 샤랑통 저지대까지 끈질기게 내리꽂혔다. 마치 마지막 경련 끝에 무너져 죽은 듯한 거대한 도시가 뒤집힌 돌밭을 넓게 펼쳐 보이며 흐릿한 하늘 아래 누워 있었다.

잔은 창에 매달려 기진한 채 다시 중얼거렸다. "엄마! 엄마!" 폭풍우가 쓸고 간 파리를 바라보자 엄청난 피로가 아이를 완전히 무력감에 빠뜨렸다. 머리카락은 헝클어지고 얼굴은 빗방울에 젖은 채, 아이는 축 늘어진 상태 속에서 방금 몸을 떨게 했던 쓰디쓴 감미로움의 맛을 느꼈다. 무언가 돌이킬 수 없는 것에 대한 회한으로 마음은 울고 있었다. 모든 것이 끝난 것 같았다. 아이는 제가 몹시 늙어버렸다는 사실을 깨달았다. 시간이 흐르겠지만 나는 이 방을 볼 수 없으리라. 잊히는 거나 혼자 남는 거나 마찬가지였다. 아이의 마음에 가득 찬 절망은 주변을 온통 어둠으로 덮이게 했다. 아픈 아이를 아까처럼 야단치는 건 아주 부당한 일이야. 그 생각은 아이를 활활 태우며 두통처럼 달라붙었다. 틀림없이 어디가 부러진 것 같았다. 아이는 그런 대접을 막을 수 없었다. 그저 사람들이 하는 대로 놔둘 수밖에 없었다. 이젠 너무 질렸어. 아이는 창틀에 엎드려 팔짱을 꼈다. 졸음이 덮쳐 머리를 기댄 채 때때로 비를 보려고 눈을 크게 떴다.

여전히, 여전히 비가 내렸다. 창백한 하늘은 녹아서 물이 되었다. 마지막으로 바람이 지나가고 단조로운 우르릉 소리가 들렸다. 제왕 같은 비는 장엄한 고요 속에 제가 정복한 조용하고 인적 없는 도시를 한없이 때렸다. 엄청난 물이 줄줄 흘러내리는 유리창 너머로 유령 같은 파리가 보였다. 윤곽이 덜덜 떨려 곧 부서질 것 같았다. 그것은 이제 잔에게 병이 나길 고대하면서 잠들고 싶은 욕망밖에는 가져다주지 않았다. 아이가 알지 못하는 악, 미지의 것이 아이에게 스며들어 기침을 하게 만들려고 안개 속에 감돌고 있는 것 같았다. 눈을 뜰 때마다 숨이 넘어갈 듯한 기침이 올라왔다. 아이는 몇 초 동안 파리를 바라보고 있었다. 그러고는 파리의 모습을 간직한 채 다시 머리를 떨구었다. 파리가 제 위에 펼쳐져서 저를 누르는 것 같았다.

비는 여전히 내렸다. 지금 몇 시나 되었을까? 잔은 알 수 없었다. 시계가 가지 않는 건지도 몰랐다. 고개를 돌리는 것조차 너무 피곤한 일로 여겨졌다. 어머니가 나간 지 적어도 일주일은 되는 듯했다. 아이는 기다리는 일을 그만두고, 어머니를 다시 볼 생각을 단념했다. 그러고는 모든 일을 망각했다. 남들이 저에게 저지른 나쁜 짓, 방금 경험한 이상한 아픔, 세상이 저를 내버린 일까지도. 어떤 묵직한 것이 차가운 돌처럼 내부에서 가라앉았다. 다만 몹시 불행할 따름이었다. 아! 자기가 동전을 내주곤 하던 문 아래 쓰러져 있는 가난뱅이들만큼 불행했다. 이런 상태가 그치지 않으리라. 앞으로 몇 년이고 이러하리라. 그것은 어린 소녀에게는 너무 엄청나고 과중한 일이었다. 이런! 사람들이 이제 날 사랑하지 않는다니. 너무 춥고 기침이 나! 아이는 무거운 눈꺼풀을 감았다. 어린 시절의 희미한 추억이 마지막으로 떠올랐다. 누런 밀이며 작은 곡식 알갱이가 집채처럼 커다란 건초더미 아래 굴러다니는 방앗간에 갔던 일이.

백 년처럼 느껴지는 1분이 계속해서 지나갔다. 영원히 쉬지 않고 달리는 고요한 기차 같은 비는 대지를 물에 잠기게 하려는 듯 끊임없이 내렸다. 잔은 잠이 들었다. 아이 옆에는 창턱에 걸쳐진 채 몸이 꺾인 인형이 다리는 방에, 머리는 밖에 두고 있었다. 분홍빛 살갗에 달라붙은 속치마, 움직이지 않는 눈동자, 물이 뚝뚝 떨어지는 머리카락이 꼭 익사한 사람 같았다. 인형은 울고 싶어질 만큼 빼쩍 말라서는 조그만 시체처럼 기묘하고 가슴 아픈 자세를 하고 있었다. 잠이 든 잔이 기침을 했다. 그러나 이제 눈은 뜨지 않았고, 머리는 엇갈린 팔 위에서 흔들거렸다. 기침이 식식거리며 사그라들었다. 아이는 깨지 않았다. 더 이상 아무 일 없었다. 아이는 어둠 속에서 자고 있었다. 발그레해진 손가락을 타고 맑은 물방울이 흐르는데도 아이는 손을 치우지 않았다. 물은 방울방울 창문 아래 입을 벌린 광막한 공간으로 떨어졌다. 이렇게 몇 시간이, 또 몇 시간이 지나갔다. 지평선 쪽은 어둠의 도시처럼 자취 없이 사라져 버리고 하늘은 넓게 펼쳐진 흐릿한 혼돈으로 빠져들었다. 회색 비가 여전히 질기게 내렸다.

사랑의 한 페이지 5부

1

 엘렌이 돌아왔을 때는 이미 밤이 된 지 오래였다. 그녀가 난간에 의지해서 힘겹게 계단을 오르는 동안 우산에서는 물방울이 뚝뚝 떨어졌다. 문 앞에서 그녀는 몇 초 동안 심호흡을 했다. 주위에 쏟아지는 폭우와 옆구리를 부딪치며 뛰어가는 사람들, 물웅덩이에 반사되는 가로등 불빛들로 아직도 멍멍했다. 그녀는 방금 주고받은 키스의 충격에서 깨어나지 못한 채 헤매고 있었다. 열쇠를 찾으면서 그녀는 후회도 기쁨도 없음을 깨달았다. 그저 그랬다. 그녀는 달리할 방도가 없었다. 열쇠를 찾을 수 없었다. 다른 옷 호주머니에 넣어둔 것이 틀림없었다. 그녀는 몹시 속이 상했다. 할멈 집 문 앞에 있는 것 같았다. 어쨌든 초인종을 울려야 했다.
"아! 마님이군요."
 문을 열며 로잘리가 말했다.
"걱정하던 참이었어요."
 부엌 하수구에 가져다 놓으려고 우산을 집으면서 그녀가 말했다.
"어머나! 웬 비가 이렇게 오나……! 제피랭이 방금 왔는데 흠뻑 젖었더라니까요……. 제가 저녁 먹고 가라고 붙들었어요, 마님. 10시까지 시간이 있대요."
 엘렌은 기계적으로 로잘리의 뒤를 따랐다. 엘렌은 모자를 벗기 전에 방들을 둘러봐야겠다고 생각했다.
"잘했다, 애야."

그녀가 대답했다.

그녀는 불을 지핀 화덕을 바라보며 잠시 부엌 문턱에 머물러 있었다. 본능적으로 그녀는 장롱을 열었다가 닫았다. 모든 가구가 제자리에 있음을 볼 수 있었고, 그것은 그녀에게 기쁨을 주었다. 제피랭은 정중하게 일어섰다. 그녀는 그에게 가볍게 고개를 끄덕여 보이며 미소 지었다.

"고기를 구워야 할지 모르겠네요."

하녀가 말했다.

"대체 지금 몇 시지?"

엘렌이 물었다.

"곧 7시예요, 마님."

"뭐? 7시라고!"

그녀는 몹시 놀랐다. 시간 감각이 완전히 사라졌던 것이다. 그제야 현실로 돌아온 듯한 기분이 들었다.

"잔은?"

"아! 아가씨는 아주 얌전했어요, 마님. 하도 소리가 없어서 잠이 든 줄 알았다니까요."

"그 애한테 등불을 가져다주지 않았어?"

로잘리는 제피랭이 가져다준 그림에 빠져 있었노라고 말하고 싶지 않아 잠시 머뭇거렸다. 아가씨는 조용히 있었어요. 아무것도 필요하지 않았던 게죠. 그러나 엘렌은 더 이상 하녀의 말을 듣고 있지 않았다. 그녀는 방으로 들어갔다. 찬 기운이 끼쳤다.

"잔! 잔!"

그녀가 불렀다.

아무 대답도 없었다. 엘렌은 안락의자에 부딪혔다. 그녀가 어중간하게 열어놓은 식당 문으로 들어온 빛이 양탄자 자락을 비추었다. 그녀는 진저리를 쳤다. 공기가 축축하고 계속 줄줄 흐르는 소리가 들리는 걸 보니 방 안에 비가 들이치는 것 같았다. 몸을 돌려 그녀는 잿빛 하늘 가운데 입을 벌리고 있는 희미한 창문틀을 발견했다.

"누가 창문을 열어놓았네!"

그녀가 외쳤다.

"잔! 잔!"

여전히 대답이 없었다. 견딜 수 없는 불안감으로 가슴이 죄어들었다. 그녀는 창문을 보러 갔다. 손으로 더듬자 머리카락이 잡혔다. 잔이었다. 로잘리가 등잔을 가져오자 엇갈린 팔 위에 볼을 대고 잠든 창백한 아이의 모습이 드러났다. 지붕에서 떨어지는 물이 튀어서 아이를 적시고 있었다. 아이는 절망과 피곤으로 기진해서 숨소리조차 없었다. 아이의 푸르스름한 눈동자를 덮고 있는 긴 속눈썹 아래에는 두 개의 굵은 눈물방울이 맺혀 있었다.

"불쌍한 것!"

엘렌은 중얼거렸다.

"이럴 수가……! 세상에, 아이가 차디차네……! 창문을 건드리지 말라고 일렀는데 이 시간에 여기서 잠들다니……! 잔, 대답해, 일어나렴!"

로잘리는 슬며시 자리를 피했다. 어머니가 겨드랑이에 팔을 끼워 들어 올렸지만 아이는 납처럼 무거운 수마에 잠겨 깨어날 줄 모르고 고개를 축 늘어뜨렸다. 마침내 아이는 눈꺼풀을 들었다. 램프 불빛에 눈이 부신 채 얼이 빠진 듯 마비되어 있었다.

"잔, 나야……. 어떻게 된 거야? 봐, 엄마가 돌아왔단다."

그러나 아이는 알아듣지 못하고 멍청한 표정으로 중얼거렸다.

"아……! 아……!"

아이는 미처 알지 못하는 사람을 보듯 어머니를 살폈다. 그러다 갑자기 몸서리를 치며 떨기 시작했다. 방 안의 추위를 느낀 듯했다. 정신이 돌아오자 눈가에 맺혀 있던 눈물방울이 볼을 타고 흘러내렸다. 아이는 저를 건드리는 손길을 싫어하며 발버둥쳤다.

"엄마, 엄마……. 아! 놔, 너무 꽉 껴안았어. 나는 괜찮단 말야."

아이는 어머니가 두려운 듯 그 품에서 빠져나오려 했다. 불안한 눈길로 어머니의 손에서 팔까지 쭉 훑어보았다. 한쪽 손에는 장갑이 벗겨져 있었다. 아이는 낯선 손길의 접촉을 피하려는 야생동물 같은 표정으로 따스한 맨손가락과 축축한 손바닥 앞에서 물러났다. 그것은 더 이상 마편초 향기를 풍기지 않았고, 손가락은 더 길어 보였으며, 손바닥은 더 축축해진 것 같았다. 아이는 변해버린 듯한 그 살갗이 닿는 데 질색했다.

"얘야, 너를 꾸짖는 게 아니야."

엘렌이 계속 말했다.

"그러면 안 되지……? 엄마를 안아줘야지."

잔은 여전히 뒤로 물러났다. 아이는 어머니의 옷과 외투도 처음 본 것만 같았다. 허리띠는 느슨했고 주름도 신경에 거슬리게 잡혀 있었다. 어머니는 갈피갈피 뭔지 모를 슬프고 추레한 꼴을 하고 옷차림도 엉망인 채 어딜 갔다 온 걸까? 어머니의 치마는 진흙투성이였고 신발은 벌어졌으며, 옷 입을 줄 모르는 꼬마들에게 화를 내며 야단칠 때 어머니가 하는 말마따나 제대로 된 것이 없었다.

"엄마를 안아줘야지, 잔."

그러나 아이는 그 목소리가 생소하게 느껴졌다. 목소리가 더 커진 것 같았다. 아이는 얼굴을 쳐다보고는 눈가의 잔주름과 열에 들뜬 듯 붉은 입술, 이상하게 그늘로 뒤덮인 얼굴을 보고 놀랐다.

아이는 그러한 것들이 마음에 들지 않았다. 누군가 괴롭게 했을 때처럼 가슴이 아프기 시작했다. 아이는 미묘하게 눈에 거슬리는 것들을 눈치채고 거기서 무언가 배신의 냄새가 풍기는 것을 깨달았다. 어머니가 다가오자 화를 내며 눈물을 떨구었다.

"싫어, 싫어, 제발……. 아! 엄마는 나를 혼자 놔뒀어. 아! 나는 너무 비참했어."

"하지만 이제 엄마가 오지 않았니? 아가야, 울지 마. 엄마가 왔단다."

"아니야, 아니야, 끝났어. 나는 엄마가 없어도 돼……. 오! 나는 기다리고 기다렸어. 너무 괴로웠어."

엘렌이 아이를 잡고 부드럽게 끌어당겼지만 아이는 고집을 피우며 되풀이했다.

"아니야, 아니야. 이제는 전 같지 않아. 엄마는 전하고 달라."

"뭐라고? 무슨 말을 하는 거야?"

"나도 몰라. 하여튼 엄마는 전하고 달라."

"내가 너를 사랑하지 않는다고 말하려는 거니?"

"모르겠어. 엄마는 전하고 달라……. 아니라고 하지 마……. 이제 엄마 냄새가 나지 않아. 끝났어, 끝났어. 나는 죽고 싶어."

완전히 창백해진 엘렌이 아이를 다시 팔에 안았다. 그러면 내 얼굴에 모두 쓰여 있단 말인가? 그녀는 아이에게 키스했다. 아이가 심히 불쾌한 표정으로 몸서리를 쳐서 그녀는 이마에 두 번째 키스를 하지 못했다. 그래도 그녀는 아이를 안고 있었다. 둘 다 아무 말도 하지 않았다. 신경질적인 발작으로 몸이 굳어진 잔은 조용히 울었다. 엘렌은 아이의 기분을 맞춰주려고 해서는 안 되겠다고 생각했다. 하지만 마음속 깊이 말 못 할 수치심이 자리 잡고 있었다. 어깨에 걸린 아이의 무게에 그녀의 얼굴이 달아올랐다. 그녀는 잔을 내려놓았다. 두 사람 다 마음이 놓이는 것 같았다.

"이제 착하지. 눈물을 닦으렴."

엘렌이 말했다.

"이제 괜찮을 거야."

아이는 고분고분 말을 들으며 다소 겁먹은 듯 눈을 내리깔고 얌전하게 있었다. 그러나 갑작스러운 기침 발작이 일어났다.

"세상에! 병이 났나 보구나. 정말 한시도 집을 비울 수 없네……. 추웠니?"

"응, 엄마, 등이 추웠어."

"자! 이 숄을 둘러라. 식당 난로에 불을 피웠을 거다. 곧 따뜻해질 거야……. 배고프니?"

잔은 망설였다. 아이는 하마터면 아니라고 사실대로 말할 뻔했다. 그러나 다시 눈을 피하며 나지막하게 "응, 엄마." 하고는 물러났다.

"그래, 별일 아니야."

엘렌은 스스로를 안심시키고 싶어서 단호하게 말했다.

"하지만 제발 부탁이다, 심술쟁이야. 엄마한테 겁 좀 주지 말아줘."

로잘리가 식사가 준비되었다고 알리러 오자 엘렌은 하녀를 심하게 야단쳤다. 하녀는 고개를 숙이고 마님 말씀이 옳다고, 아가씨를 잘 돌봐야 했다고 중얼거렸다. 하녀는 마님의 노여움을 풀기 위해 그녀가 옷 벗는 것을 거들었다. 세상에! 마님 꼴이 어찌 이렇담! 잔은 하나씩 떨어지는 옷들을 심문이라도 하듯 지켜보았다. 진흙으로 물든 면직물 사이에서 제게 감추려는 무언가가 미끄러져 떨어지지는 않나 기다리는 듯했다. 치마끈이 유독 잘 풀리지 않았다. 로잘리는 매듭을 풀려고 잠시 끙끙대야 했다. 아이는 왜 그렇게 되었는지 알고 싶은 호기심에 사로잡혀, 매듭에 짜증스럽게 매달리고 있는 하녀의 조바심에 이끌린 듯 다가갔다. 그러나 아이는 가까이 있지 못했다. 옷에서 발산되는 거북한 온기로부터 멀찌감치 떨어져서 안락의자 뒤에 몸을 숨겼다. 아이는 외면했다. 옷을 갈아입는 어머니의 모습이 이토록 거북하게 느껴진 적은 없었다.

"마님, 이제 편하실 거예요."

로잘리가 말했다.

"흠뻑 젖었을 때 마른 옷으로 갈아입으면 기분이 좋은 법이죠."

부드러운 플라넬로 된 푸른색 실내복을 걸친 엘렌은 정말 편해진 듯 가벼운 한숨을 내쉬었다. 이제 질질 끌리던 옷의 무게가 어깨에 느껴지지 않았고, 긴장이 풀리면서 집에 돌아왔다는 생각이 들었다. 하녀가 수프를 식탁에 차려놓았다고 말했지만 그녀는 얼굴과 손부터 씻고 싶었다. 그녀가 말끔하게 씻고 여전히 물기 어린 몸으로 실내복의 단추를 턱까지 잠그고 나자 잔은 그녀에게 다가와 손을 잡고 키스했다.

하지만 식탁에서 모녀는 말이 없었다. 난로는 지글지글 타올랐고 작은 식당은 반들거리는 마호가니와 깨끗한 도자기로 즐거운 분위기가 가득했다. 그러나 엘렌은 다시금 아무 생각도 할 수 없는 일종의 무감각 상태에 빠진 듯했다. 그녀는 배고픈 기색으로 기계적으로 먹고 있었다. 맞은편에 앉은 잔은 어머니의 동작을 하나도 빠뜨리지 않으려고 남몰래 유리잔 너머로 살폈다. 그러다가 기침을 했다. 아이를 잊고 있던 어머니는 갑자기 불안해졌다.

"어머나! 아직도 기침을 하네……! 이제 따뜻하지 않니?"
"아! 엄마, 따뜻해."

그녀는 아이가 거짓말하는 게 아닌지 알아보려고 손을 만지려 했다. 그러다가 아이의 접시가 그대로 있음을 알게 되었다.

"배고프다고 하고선……. 맛이 없니?"
"아니, 엄마. 먹고 있어."

잔은 먹으려고 애쓰면서 한 입을 얼른 삼켰다. 엘렌은 잠시 아이를 지켜보았으나 아까 전 어두운 그 방의 기억이 다시 머릿속을 차지했다. 아이는 어머니의 정신이 다른 데 가 있다는 것을 잘 알았다. 식사가 끝날 무렵 아이의 쇠약한 사지가 의자 위에 축 늘어졌다. 아무도 사랑하지 않는 노처녀처럼 눈에 생기가 없는 게 꼭 애늙은이 같았다.

"아가씨, 잼 안 드세요?"

로잘리가 물었다.

"그러면 상을 치울까요?"

엘렌의 눈에는 초점이 없었다.

"엄마, 잠이 와."

잠긴 목소리로 잔이 말했다.

"자러 가도 돼……? 눕고 싶어."

어머니는 다시 퍼뜩 정신이 들었다.

"아프니? 아가! 어디가 아프지? 말해보렴!"
"아니야, 말했잖아……! 잠이 온다고. 잘 시간이야."

아프지 않다는 것을 증명하기 위해서 아이는 의자에서 몸을 일으켜 세워 보였다. 마비된 발이 마루 위에서 비틀거렸다. 아이는 가구를 짚고서 방으로 들어갔다. 온몸이 타는 듯했지만 울지 않으려고 무진 애를 썼다. 어머니가 아이를 눕히려고 따라왔지만 아이가 이미 스스로 옷을 재빨리 벗어던진 터라 어머니는 잠잘 채비를 위해 머리만 묶어주었을 뿐이었다. 그리고 아이는 혼자 이불 속으로 미끄러져 들어가 눈을 감았다.

"괜찮니?"

엘렌이 이불을 끌어당겨 이불귀를 여며주면서 물었다.

"아주 좋아. 내버려둬. 이제 잘 테니까 불을 가져가도 돼."

아이는 눈을 뜨고 아무도 보지 않는 가운데 혼자 아픔을 느낄 수 있도록 어둠 속에 남게 되기만을 바랐다. 램프가 사라지자 아이는 아주 크게 눈을 떴다.

한편 엘렌은 방 한구석에서 왔다 갔다 했다. 움직이고 싶은 이상한 욕구가 그녀를 서 있게 했다. 드러눕는다는 생각은 참을 수가 없었다. 시계를 바라보았다. 9시 20분 전이었다. 무엇을 할까? 그녀는 뭘 찾는지 의식하지 못한 채 서랍을 뒤졌다. 그리고 서가로 다가가 제목을 읽는 것만으로도 지겨워하며 뭘 고르려는 생각도 없이 책들을 훑어보았다. 방 안이 고요해지자 귀에서 윙윙거리는 소리가 들렸다. 고립감과 가라앉은 공기가 고통스러웠다. 시끄러운 소리, 사람들의 목소리, 주의를 끌 만한 어떤 소리가 있었으면 했다. 두어 번 그녀는 잔이 숨소리조차 내고 있지 않은 작은 방 문에 귀를 대보았다. 모두 잠들어 있었고 그녀만이 아직도 손에 잡히는 물건들을 이리 놓았다 저리 놓았다가 하며 어정거리고 있었다. 그때 갑자기 한 생각이 떠올랐다. 제피랭이 아직도 로잘리와 함께 있을 거라는 생각이었다. 그제야 마음이 놓였다. 혼자가 아니라는 생각에 기뻐진 그녀는 슬리퍼를 질질 끌며 부엌 쪽으로 걸어갔다.

현관에서 작은 복도를 통하는 유리문을 막 열었을 때 그녀는 철썩하고 힘껏 따귀를 올려붙이는 소리에 놀랐다. 로잘리의 목소리가 들렸다.

"아이! 또 꼬집으려고……! 손 치워!"

제피랭은 우물우물 중얼거렸다.

"별것도 아닌데 왜 그래. 좋아서 그러는 건네……. 됐어……."

문이 삐걱거렸다. 엘렌이 들어갔을 때, 군인과 하녀는 조용히 식탁에 앉아 둘 다 접시에 코를 박고 있었다. 조금 전 거리낌 없이 희롱하던 사람들이 아닌 듯했다. 단지 얼굴이 몹시 상기되어 있었고, 눈은 촛불처럼 빛났으며, 그들이 앉은 밀짚 의자에서는 싱싱한 생기가 전해졌다. 로잘리가 일어나 급히 달려왔다.

"마님, 뭐 필요한 게 있으세요?"

엘렌은 적당한 구실을 궁리해 두지 않았다. 단지 그들을 보고 싶어서, 누군가와 이야기하고 싶어서, 사람 속에 있고 싶어서 온 것이었다. 그러나 갑자기 부끄러움이 밀려와 아무 일도 아니라고 말하지 못했다.

"따뜻한 물 있니?"

마침내 그녀가 물었다.

"없는데요, 마님. 불이 꺼졌거든요……. 아! 하지만 괜찮아요. 5분만 계시면 가져다드릴게요. 곧 끓이지요."

하녀는 석탄을 넣고 주전자를 올려놓았다. 그러고는 마님이 문턱에 그대로 있는 것을 보고는 덧붙였다.

"5분만 있으면 돼요. 마님, 제가 가져다드릴게요."

그러자 엘렌은 미적지근한 몸짓으로 말했다.

"바쁘지도 않은데 기다리지 뭐……. 신경 쓰지 말고 어서 들어……. 총각이 곧 부대로 돌아가야 할 텐데."

그 말에 로잘리는 다시 앉았다. 제피랭은 일어서서 군대식으로 경례를 붙이고는 예의범절을 알고 있음을 드러내기 위해 팔꿈치를 벌리고 다시 고기를 잘랐다. 마님이 식사를 마친 후 이렇게 둘이 함께 식사를 할 때면 두 사람은 부엌 중앙으로 식탁을 끌어내지 않고 벽을 바라보면서 나란히 앉는 편을 더 좋아했다. 이렇게 앉으면 부스러기를 흘릴 염려 없이 서로 무릎을 치거나 꼬집거나 따귀를 때릴 수 있었다. 고개를 조금만 들면 반짝이는 냄비와 프라이팬이 보였다. 월계수와 백리향 다발이 드리워져 있고 양념통은 후추 냄새를 풍겼다. 주위에는 미처 정리하지 못한 설거짓감이 되는 대로 늘어져 있었다. 그렇지만 부엌은 식욕이 왕성한 두 연인에게 기분 좋은 곳이었으며 병영에서는 맛볼 수 없는 음식을 선사했다. 톡 쏘는 샐러드의 식초 냄새에 섞여 구운 고기 냄새가 풍겼다. 등잔불빛이 구리와 함석 용기들 위에 일렁거렸다. 화덕이 무섭게 달구어져 그들은 창문을 조금 열었다. 정원에서 불어오는 상쾌한 바람 때문에 푸른 면직 커튼이 부풀어 올랐다.

"정확히 10시까지 돌아가야 하나요?"

엘렌이 물었다.

"그렇습니다, 마님."

제피랭이 대답했다.

"꽤 멀지요……! 승합마차를 타나요?"

"아! 마님, 가끔은요……. 하지만 운동 삼아 달리는 것도 괜찮답니다."

그녀는 부엌을 거닐다가 실내복 위에 깍지 낀 손을 늘어뜨리고 찬장에 기대섰다. 그녀는 험상궂은 그날 날씨와 병영에서는 무얼 먹는지, 그리고 달걀이 비싸다는 이야기를 했다. 매번 그녀가 질문을 하면 그들은 대답했고, 그렇게 대화가 끊겼다. 그녀는 이렇게 등 뒤에서 두 사람을 거북하게 했다. 그들은 어깨를 움츠리고 접시에 대고 말하면서 돌아보지도 못했다. 그리고 깨끗하게 먹으려고 아주 조금씩 먹었다. 엘렌은 차분해져 있었다.

"염려 마세요, 마님."

로잘리가 말했다.

"물이 벌써 끓기 시작하는 걸요……. 불이 조금만 더 세면 금방 될 텐데……."

엘렌은 로잘리에게 신경 쓰지 말라고 일렀다. 조금 지나자 단지 다리에 심한 피로가 느껴질 따름이었다. 그녀는 아무 생각 없이 부엌을 가로질러 창가로 다가갔다. 거기에는 뒤집어서 사닥다리로 쓰는 아주 높은 나무 의자가 있었다. 그러나 그녀는 곧바로 앉지 않았다. 식탁 구석에서 그림 한 무더기를 발견했기 때문이었다.

"어머나!"

제피랭에게 조금이라도 다정하게 보이고 싶어서 그녀는 그림을 집어 들었다.

키 작은 군인이 소리 없이 미소 지었다. 그는 눈으로 그림을 좇다가 마님이 예쁜 그림을 보고 있으면 고개를 끄덕이며 얼굴을 환히 밝혔다.

"그건……."

갑자기 그가 말했다.

"탕플 가에서 주운 거예요. 바구니에 담긴 꽃을 들고 있는 예쁜 여자지요."

엘렌은 의자에 앉아 금박을 입힌 사탕 상자 포장지의 아름다운 여인을 들여다보았다. 제피랭은 그것을 공들여 닦아놓았다.

의자 등에 행주가 걸려 있어 기댈 수가 없자 그녀는 그것을 치워버리고 다시 그림에 빠져들었다. 두 연인은 마님이 이렇게 상냥하게 대해주자 더 이상 거북스러워하지 않았고, 마침내 그녀가 있다는 것을 잊어버리게 되었다. 엘렌은 그림을 보면서 하나하나 무릎 위에 올려놓았다. 보일 듯 말 듯 웃으며 두 사람을 바라보고 그들의 이야기 소리에 귀를 기울였다.

"그런데 말이야."

하녀가 속삭였다.

"양고기는 더 안 먹을 거야?"

그는 좋다거나 싫다고 대답하지 않고, 누가 간지럽히기라도 하는 것처럼 몸을 흔들었다. 그리고 그녀가 접시 위에 두꺼운 고기 조각을 놓아주자 좋아서 헤벌쭉했다. 그의 붉은 견장이 들썩거렸고 헤벌어진 큰 귀가 달린 둥근 머리는 사기 인형의 머리처럼 노란 깃 속에서 흔들렸다. 그는 마님에게 예의를 갖추기 위해 부엌에서는 절대 단추를 풀지 않는 윗옷이 터져 나갈 만큼 등을 들썩거리며 웃었다.

"이건 루베 신부님의 순무보다 낫군."

그는 한입 가득 물고 간신히 말했다.

고향을 생각하자 두 사람은 우스워 숨이 넘어갈 지경이었다. 로잘리는 굴러떨어지지 않으려고 식탁을 붙잡았다. 그들이 첫영성체를 받기도 전인 어느 날, 제피랭은 루베 신부의 밭에서 순무 세 개를 훔쳤다. 그 순무는 너무 딱딱했어. 그래, 이가 부러질 정도로 딱딱했어. 그런데도 로잘리는 학교 뒤에서 제 몫을 깨물어 먹었지. 그래서 두 사람이 함께 뭘 먹게 되면 제피랭은 언제나 잊지 않고 이렇게 말했다.

"이건 루베 신부님의 순무보다 낫군."

그럴 때마다 로잘리는 치마끈이 끊어질 정도로 배꼽을 잡았다. 치마끈이 끊어지는 소리가 들리면 군인은 "아! 또 끊어졌지?" 하고 의기양양해서 말했다. 그는 그것을 확인하려고 손을 내밀었지만 뺨만 살짝 맞았다.

"가만있어. 넌 이걸 바로 할 수 없잖아……. 멍청이, 또 끈을 끊어놓다니. 매주 이걸 새로 달아야 한다고."

그래도 그가 더듬자 그녀는 굵은 손가락으로 그 손을 꼬집어 비틀었다. 그녀는 마님이 저희를 보고 있다고 성난 눈빛으로 가리켰지만 그는 여전히 장난에 들떠 있었다. 별로 저어하는 기색도 없이 그는 뺨이 불룩해지도록 한입 가득 넣고는 훈련받는 신병 같은 표정으로 눈을 깜박거렸다. 여자들은 비록 숙녀일지라도 그런 장난을 싫어하진 않을 거라고 말하고 싶은 듯한 얼굴이었다. 서로 사랑하는 사람들을 바라보는 것은 확실히 즐거운 일이다.

"군 복무가 5년 남았던가요?"

자신의 고통을 잊어버리고 높은 나무 의자에 앉은 엘렌이 물었다.

"그렇습니다, 마님. 경우에 따라서는 4년이 될지도 모릅니다."

로잘리는 마님이 저희의 결혼 문제를 생각하고 있음을 깨달았다. 그러고는 짐짓 성을 내며 소리쳤다.

"오! 마님, 아직도 10년은 남았어요. 저는 이 사람을 제대시켜 달라고 정부에 탄원하지 않을 거예요……. 맨날 간지럼만 태운다니까요. 틀림없이 망나니가 될 거예요……. 그래, 웃어도 소용없어. 나한테는 안 통해. 시장님이 여기 있다고 해도 농담거리만 찾을걸요."

그가 마님 앞에서 유혹자라도 되는 듯 더욱 히죽거리자 하녀는 정말로 화를 냈다.

"이봐, 내가 경고했어……! 마님, 아시다시피 이 사람은 속으로는 아직도 얼간이에요. 군복만 입으면 다 멋져 보인다고 착각하죠. 하지만 사람들은 군복이 그들을 어리석게 만든다고는 생각하지 않을 거예요. 동료들과 같이 있는 분위기가 그래요. 제가 저이를 내쫓으면 아마 계단에서 징징 울걸요……. 네가 뭔데 내가 신경을 쓰겠니! 내가 맘만 먹으면 내 발길질 맛을 보려고 그리 오래 기다리지 않아도 될걸?"

그녀는 그를 아주 가까이서 들여다보았다. 그러나 주근깨투성이 얼굴이 걱정스러워지는 것을 보자 불현듯 마음이 누그러졌다. 그러고는 무심한 투로 이렇게 말했다.

"아! 너한테 아직 말 안 했는데, 아주머니에게서 편지를 받았어……. 기냐르네가 집을 팔려고 한다. 그래, 거의 거저나 다름없이……. 아마 나중을 위해서……."

"세상에!"

제피랭이 활짝 웃으며 외쳤다.

"그거 좋지……. 암소 두 마리도 키울 수 있겠군."

두 사람은 입을 다물었다. 후식을 먹을 차례였다. 군인은 빵 위에 포도잼을 잔뜩 발라 어린애처럼 맛있게 핥아먹었고, 하녀는 어머니 같은 표정으로 조심스럽게 사과껍질을 벗겼다. 그가 다른 손을 식탁 아래로 넣어 하녀의 무릎을 어루만졌다. 그렇지만 살살 어루만졌기 때문에 하녀는 모르는 척했다. 점잖게 구는 한, 그녀도 성을 내지 않았다. 인정하려 들지는 않았지만 그녀도 그런 장난을 좋아하는 것이 틀림없었다. 왜냐하면 만족스러운 듯 가볍게 의자에서 들썩거렸기 때문이다. 그날 저녁은 두 사람 모두에게 완벽한 만찬이었다.

"마님, 물이 끓고 있네요."

이야기가 끊기자 로잘리가 말했다.

엘렌은 움직이지 않았다. 두 사람의 다정함이 주위를 둘러싸고 있는 것처럼 느껴졌다. 엘렌은 그 두 사람의 꿈을 계속 생각했다. 기냐르의 집을 사서 두 마리의 소를 치고 있는 그들의 모습을 상상했다. 사내는 식탁 밑에 손을 넣은 채 시침을 뚝 떼고 있고 어린 하녀는 내색하지 않으려고 뻣뻣하게 서 있는 광경은 그녀를 미소 짓게 했다. 그녀는 자신과 그들 사이의 모든 경계가 사라진 듯한 기분을 느꼈다. 더 이상 자신이나 타인에 대한 구분도, 여기가 어디인지, 왜 여기에 있는지도 뚜렷하게 의식하지 못했다. 부엌 벽에 달린 놋쇠들이 불빛 속에서 활활 타오르듯 빛났고, 그녀는 포근하고 몽롱한 감각에 사로잡혔다. 부엌의 어질러진 풍경도 더는 거슬리지 않았다. 이렇게 허물없는 행동은 마치 어떤 생리적 욕구가 충족된 듯한 깊은 만족감을 선사했다. 다만 그곳은 너무 더웠다. 화덕에서 나는 열기 때문에 창백한 그녀의 이마에 구슬땀이 흘렀다. 뒤쪽 열려 있는 창에서 불어오는 기분 좋은 찬바람이 목덜미를 간질였다.

"마님, 물이 끓어요."

로잘리가 다시 한번 말했다.

"다 졸아붙겠네요."

그러면서 하녀가 그녀의 앞에 주전자를 놓았다. 엘렌은 놀란 듯 잠시 가만히 있다가 결국 일어서야 했다.

"아! 그래······. 고맙구나."

더 이상 머무를 구실이 없었다. 엘렌은 아쉬움을 품은 채 천천히, 그러나 어쩔 수 없이 방으로 돌아갔다. 방에 들어오자 손에 든 주전자가 갑자기 어색하게 느껴졌다. 그 순간, 그녀의 안에서 정념이 한꺼번에 폭발했다. 조금 전까지 그녀를 멍하고 무기력하게 만들었던 마비의 상태가 용암처럼 끓어오르는 생명의 흐름 속에서 녹아버렸다. 그 흐름이 그녀의 온몸을 태웠다. 그녀는 여태 경험하지 못했던 관능적 쾌락에 몸을 떨었다. 기억이 되살아났다. 그녀의 감각은 채워지지 못한 엄청난 욕망을 느끼며 눈을 떴다. 방 가운데 똑바로 선 그녀는 두 팔을 위로 들어 올리고 온몸을 길게 뻗으며, 피로에 전 팔다리를 비틀어 뼈마디를 울렸다. 오! 그녀는 그를 사랑했다. 그를 원했다. 이다음에도 자신을 내던지리라.

그녀가 가운을 벗으며 자신의 드러난 팔을 바라보던 순간 부스럭거리는 소리가 들려 그녀를 불안하게 했다. 잔이 기침을 했다고 생각했다. 램프를 비추어 보았다. 아이는 눈을 감은 채 깊이 잠든 듯 보였다. 그러나 안심한 어머니가 돌아서자 아이는 눈을 크게 떴다. 검은 눈은 방으로 돌아가는 어머니를 뒤쫓고 있었다. 아이는 아직 잠든 게 아니었다. 아이는 누군가 자신을 재워주길 바라지 않았다. 다시 기침 발작이 일어나 목이 아파왔다. 아이는 이불 속에 머리를 처박고 소리를 죽였다. 기침 발작이 차츰 사그라들었고, 어머니는 알아채지 못했다. 어둠 속에서 아이는 눈을 뜨고 있었다. 곰곰 생각한 끝에 이러다가 신음 소리도 없이 죽으리라는 것을 불현듯 깨달은 듯했다.

2

그다음 날, 엘렌은 여러 가지 실질적인 생각을 했다. 혹시 무슨 경솔한 짓으로 앙리를 잃게 되지나 않을까 몸을 떨면서 스스로 자신의 행복을 지켜야겠다는 강렬한 욕구와 함께 눈을 떴다.

해 뜨기 직전의 싸늘한 이 시간, 방 안은 아직도 마비된 듯 잠들어 있는 가운데 그녀는 전 존재를 다 바쳐 그를 사랑하고 갈망했다. 능란하게 처신하려고 이렇게 잔걱정을 한 적은 없었다. 첫 번째는 오늘 아침에라도 쥘리에트를 만나야 한다는 생각이었다. 그렇게 하면 괜히 오해를 불러일으킬 만한 설명이나 추궁을 피할 수 있을 것이었다. 그녀는 모든 것을 망칠지도 모르는 가능성을 미리 차단하고 싶었다.

9시경 드베를 부인 집에 이르자 그녀는 연극의 주인공처럼 붉은 눈자위와 창백한 얼굴로 이미 일어나 있는 부인을 발견했다. 그녀를 보자 그 가엾은 여인은 '나의 천사'라고 부르며 품 안에 몸을 던지고 흐느꼈다. 나는 말리농을 전혀 사랑하지 않아요. 오! 맹세해요! 세상에! 얼마나 어리석은 짓이에요! 나는 죽었을 거예요. 정말이에요! 이제는 맨날 똑같은 불가항력적 감정이라든가 쓰라림, 거짓말 따위는 손톱만큼도 견딜 수 없거든요. 다시 자유로워졌다는 게 얼마나 좋은지 몰라요! 부인은 속이 시원해진 듯 웃었다. 그러고는 엘렌에게 저를 경멸하지 말아달라고 애원하면서 다시 눈물을 흘렸다. 이렇게 열에 들뜬 데에는 두려움이 깔려 있었다. 그녀는 남편이 모든 것을 알고 있다고 생각하고 있었다. 엊저녁 남편이 몹시 흥분한 채 돌아왔기 때문이다. 그녀는 엘렌에게 수많은 질문을 퍼부어 댔다. 그러자 엘렌은 스스로 놀랄 만큼 대담하고도 능숙하게 세세한 사실을 지어내어 장황하게 이야기를 해주었다. 그리고 남편은 전혀 의심치 못할 것이라고 장담했다. 자기가 그 일을 알아차리고 그녀를 구하려고 한 나머지 그런 식으로 밀회를 방해할 생각을 하게 되었다고 설명했다. 쥘리에트는 그 말에 귀를 기울였고, 눈물로 범벅이 된 얼굴이 넘치는 기쁨으로 환해지면서 그 지어낸 이야기를 온전히 믿었다. 그녀는 또다시 엘렌의 목에 매달렸다. 엘렌은 그 포옹이 전혀 거북하지 않았을뿐더러 신뢰를 배반하는 데 고통스러워하며 조마조마했던 감정도 느껴지지 않았다. 쥘리에트에게 진정하겠노라는 약속을 하게 한 다음 그녀와 헤어질 때 엘렌은 마음속으로 자신의 교묘함을 기뻐했고, 기분 좋게 그 집을 나섰다.

며칠이 지났다. 엘렌의 존재는 마치 자리를 바꾼 것 같았다. 그녀의 마음은 더 이상 제 집에 있는 게 아니라 시시각각 앙리만을 생각하면서 그의 집에 있었다. 이웃한 작은 저택 외에는 아무것도 존재하지 않았고 그곳에서만 가슴이 뛰었다. 구실이 생기면 그녀는 그리로 달려갔고 그와 같은 공기를 호흡하는 데 만족해 자신을 망각했다. 이렇게 정신이 홀려 황홀해진 나머지 쥘리에트의 모습조차도 앙리의 한 부속물처럼 그녀의 마음을 감동하게 했다. 하지만 앙리는 아직 한순간도 그녀와 단둘이 만나지 못했다. 엘렌은 조심스럽게 두 번째 밀회를 늦추고 있는 듯했다. 어느 날 저녁, 그가 여자를 따라 현관까지 나오자 그녀는 그에게 다시는 오 골목의 그 집에 가지 말라고 다짐시키면서, 그러면 제 평판이 위태로워진다고 덧붙였을 뿐이었다. 두 사람은 어느 날 밤 어디서일지는 알 수 없지만 다시 가지게 될 열렬한 포옹을 기대하며 몸을 떨었다. 엘렌은 끊임없이 욕망하면서 오로지 그 순간만을 위해 존재했다. 다른 사람은 염두에 없었고, 그것만을 바라며 하루하루를 보냈다. 단지 옆에서 잔이 기침을 하는 것만이 행복한 가운데 유일한 불안이었다.

잔은 마른기침을 자주 했고, 저녁 무렵에는 더 심해졌다. 그러면서 미열이 났다. 자는 동안에는 식은땀을 흘렸다. 그러나 어머니가 물어보면 아이는 병이 난 게 아니고 아픈 데도 없다고 대답했다. 틀림없이 감기 끝 무렵이라 그럴 거야. 엘렌은 이렇게 자신을 스스로 위안하며 마음을 놓고는 아이에게 어떤 일이 일어나고 있는지 확실하게 알아보려 하지 않았다. 하지만 황홀경에 빠져 있으면서도 어딘지 꼬집어 말할 수 없는 데서 피를 흘리는 상처의 아픔처럼 막연하나마 고통스러운 느낌이 감돌았다. 그녀를 부드러움에 잠기게 하는 이유 없는 기쁨 속에서도 때때로 불안감이 엄습했으며, 등 뒤에 불행이 도사리고 있는 듯했다. 그녀는 돌아보고 미소를 지었다. 너무 행복하면 염려가 되는 법이지. 뒤에는 아무도 없었다. 조금 전에 기침하던 잔은 허브차를 마시고 있었다. 별일 아닐 거야.

한편 어느 날 오후, 안부 삼아 방문한 노의사 보댕 씨는 작고 푸른 눈으로 잔을 곁눈질하며 살피느라고 정신을 팔면서 유난히 오래 머물렀다. 그는 아이와 노는 체하면서 질문을 했다. 의사는 그날 아무 말도 하지 않았다. 그러나 열흘 뒤에 다시 나타났다. 이번에는 잔을 살피려 하지 않고, 여러 곳을 구경한 늙은이답게 유쾌하게 여행 이야기를 끄집어냈다. 전에 나는 군의로 복무했었지요. 그래서 이탈리아라면 잘 알고 있어요. 봄이면 찬탄하지 않을 수 없을 만큼 아름다운 나라지요. 그랑장 부인께서는 왜 따님을 데리고 거기 한번 가지 않으십니까? 그는 이런 식으로 은근슬쩍 제 말대로 태양의 나라에 가서 잠시 머물다 오라고 권유했다. 엘렌이 그를 빤히 쳐다보았다. 그러자 그는 목청을 높여 말했다. 물론 둘 다 아픈 건 아닙니다! 하지만 분위기를 바꾸면 젊어지지요. 파리를 떠난다고 생각하자 엘렌은 견딜 수 없는 한기를 느끼며 순식간에 창백해졌다. 세상에! 그렇게 멀리 가다니, 그렇게 멀리! 단번에 앙리를 잃게 될 텐데, 우리의 사랑을 내일도 없이 내버려두다니! 가슴이 찢어질 듯 비통하여 그녀는 혼란을 감추기 위해 잔을 바라보았다. 잔은 가고 싶니? 아이는 추운 듯이 손을 맞잡고 있었다. 아! 좋아, 정말 좋겠어! 햇빛 속을 엄마하고 나하고 단둘이 걸으면 좋겠어. 그래! 우리 둘이서만. 볼에 열이 올라 있는 아이의 파리하게 야윈 얼굴이 새로운 생활에 대한 희망으로 빛났다. 그러나 엘렌은 이 세상 모두, 신부며 보댕 의사며 잔까지도 저를 앙리와 떼어놓기 위해 공모하고 있다고 여기면서 경계심과 반발심에 차 더 이상 듣지 않았다. 그녀가 그렇게 창백해지는 걸 보고 노의사는 자신이 조심하지 못했다고 생각했다. 그래서 그는 다음에 얘기하자고, 급할 건 없다고 서둘러 말하며 물러났다.

마침 그날은 드베를 부인이 집에 머무는 날이었다. 의사가 가자마자 엘렌은 급히 모자를 썼다. 잔은 외출하지 않으려고 했다. 불 옆에 있는 게 더 나아. 얌전히 있을게. 창문은 열지 않을 테야. 얼마 전부터 아이는 어머니를 따라가겠다고 조르지 않았다. 다만 어머니를 오래도록 지켜보고 있을 뿐이었다. 혼자가 되면 의자에 쪼그리고 앉아 몇 시간이나 꼼짝하지 않고 있었다.

"엄마, 거기 멀어? 이탈리아 말야."

엘렌이 안아주려고 다가오자 아이가 물었다.

"그래! 아주 멀단다, 아가야."

그러나 잔은 목에 계속 매달려 있었다. 아이는 어머니가 곧바로 일어서지 못하게 하면서 속삭였다.

"으응? 여기는 로잘리한테 맡기면 되잖아. 우리는 로잘리가 없어도 되고……. 그리 크지 않은 가방 하나만 가져가면 돼……. 아! 얼마나 좋을까, 엄마! 우리끼리만 있으면……! 자, 이것 봐! 나는 이만큼 살이 찔 거야."

아이는 뺨을 부풀리며 팔을 둥글게 벌렸다. 엘렌은 나중에 생각해 보자고 말했다. 그러고는 로잘리에게 아가씨를 잘 보라고 이르고는 나가버렸다. 아이는 벽난로 앞 한구석에 몸을 둥글게 움츠리고 장작이 타는 것을 바라보며 꿈에 잠겼다. 가끔 아이는 불을 쬐기 위해 기계적으로 팔을 뻗었다. 타오르는 불빛이 아이의 커다란 눈을 피곤하게 했다. 아이는 거기에 너무 깊이 빠져 있어 랑보 씨가 들어오는 소리도 듣지 못했다. 그는 여러 번 왔었다. 드베를 의사가 아직 구빈원에 들여보내 주지 않은 중풍 들린 여인을 핑계 삼곤 했다. 잔이 홀로 있는 것을 보자 그는 벽난로 앞 맞은편 구석에 앉았다. 그리고 어른에게 하듯이 잔에게 말을 붙였다. 정말 안된 일이야. 그 불쌍한 여자는 지난주부터 기다렸거든. 하지만 조금 있다 내려가 봐야겠어. 의사를 만나보면 대답을 해줄지도 모르지. 그러면서도 그는 움직이지 않았다.

"그런데, 어머니는 왜 너를 데려가지 않았지?"

그가 물었다.

잔은 몹시 피로한 듯 어깨를 으쓱했다. 남의 집에 가는 건 너무 신경이 쓰여요. 아무것도 즐겁지가 않아요.

그러고는 덧붙였다.

"나는 늙었어요. 계속 놀지도 못해요……. 엄마는 나가는 게 좋고, 나는 집에 있는 게 좋아요. 그래서 같이 있을 수가 없어요."

침묵이 흘렀다. 아이는 몸을 떨더니 장밋빛으로 밝게 타오르는 잉걸불에 두 손을 쬐었다. 정말 아이는 널따란 숄을 둘러쓰고 목과 머리에 목도리를 하나씩 감은 채 할머니처럼 앉아 있었다. 겹겹의 천 속에서 아이의 몸은 깃털을 잔뜩 부풀리고 힘없이 숨 쉬는 한 마리 병든 새처럼 작았다. 랑보 씨는 깍지 낀 두 손을 무릎 위에 얹고 불을 바라보았다. 그러고는 잔을 돌아보면서 어머니가 어제도 외출하셨는지 물었다. 아이는 그렇다고 했다. 그러면 그제도, 그 전날에도 나가셨니? 아이는 턱을 끄덕이며 계속 그렇다고 했다. 랑보 씨와 소녀는 커다란 걱정을 공유하고 있기나 한 듯 창백하고 심각한 얼굴로 오랫동안 마주 보았다. 그러나 그것은 어린 여자아이와 중늙은이가 함께 나눌 만한 얘기가 아니었기 때문에 두 사람은 아무 말 하지 않았다. 그러나 두 사람은 저희가 왜 그렇게 서글픈지, 왜 집이 비면 이렇게 벽난로 양쪽에 앉아 있기 좋아하는지 너무도 잘 알았다. 그것은 퍽 위로가 되었다. 자기들이 버림받았다는 사실을 덜 느끼기 위해 그들은 서로 바싹 다가앉았다. 부드러운 감정이 밀려오면서 서로를 끌어안고 울고 싶어졌다.

"춥죠, 아저씨? 그럴 거예요……. 여기 불 옆으로 와요."

"아니다. 춥지 않아."

"아! 거짓말. 손이 얼음장 같은데. 가까이 오세요. 안 그러면 나 화낼 거예요."

그러자 그는 걱정이 되었다.

"엄마는 네가 마실 허브차를 끓여두지 않았지? 내가 끓여줄까? 어때? 암! 나는 차를 아주 잘 끓이지……. 내가 돌봐주면 말야, 너는 부족한 게 없을 텐데."

그는 감히 그 이상 명확한 암시를 할 수는 없었다. 잔은 허브차는 역겹다고 단호하게 대답했다. 나는 그 차를 너무 많이 마셨어요. 그렇지만 아이는 종종 랑보 씨가 어머니처럼 자기 주위를 맴돌도록 내버려두었다. 그는 아이의 어깨에 베개를 받쳐주기도 하고, 먹는 걸 잊어버릴 뻔한 약을 챙겨주기도 하고, 팔에 매달린 아이를 방으로 부축해 데려가기도 했다. 그런 일들은 두 사람의 마음을 부드럽게 녹이는 작은 선물이었다. 잔은 그 사람 좋은 신사를 당황하게 만드는 불길을 간직한 눈빛으로 무언의 얘기를 했고, 두 사람은 어머니가 없는 틈을 타 아빠와 딸 놀이를 하는 것이었다. 불현듯 슬픔이 북받쳐 올라왔고, 그들은 서로에 대한 연민에 휩싸여 서로 몰래 눈치를 보면서 더 이상 아무 말도 하지 않았다.

그날 긴 침묵 끝에 아이는 이미 어머니에게 했던 질문을 랑보 씨에게 던졌다.

"이탈리아는 멀어요?"

"오! 그럴 게다."

랑보 씨가 말했다.

"저기 마르세유보다 멀지. 그런데…… 왜 나한테 그런 걸 묻지?"

"왜냐하면요."

아이는 진지하게 대답했다.

그러고는 자신이 아무것도 모르는 게 불만이라고 말했다. 늘 아팠고, 기숙학교에 다닌 적도 없었다. 둘 다 입을 다물었다. 난롯불의 후덥지근한 온기가 그들을 졸리게 했다.

한편 엘렌은 일본식 정자에서 드베를 부인과 폴린을 발견했다. 그녀들은 종종 거기서 오후를 보내곤 했다. 무척 더웠다. 온풍구에서 숨 막힐 듯한 더운 김이 뿜어져 나오고 있었다. 넓은 유리창은 닫혀 있었고 창 너머로는 겨울옷을 입은 좁은 정원이 내다보였다. 나무의 검은 잔가지가 갈색 땅에서 도드라져 보여 검은 물감으로 근사하게 그려진 커다란 그림 같았다. 두 자매는 격렬하게 논쟁하고 있었다.

"날 좀 조용히 내버려둬!"

쥘리에트가 소리쳤다.

"물론 우리의 관심은 튀르키예를 유지하는 거야."

"내가 어떤 러시아인하고 얘기했는데……."

폴린이 똑같이 흥분한 목소리로 맞받았다.

"상트페테르부르크에서는 우리를 좋아한대. 우리의 진짜 동맹국은 그쪽이야."

그러자 쥘리에트는 심각한 표정을 지으며 팔짱을 끼고 말했다.

"그러면 유럽의 평화는 어떻게 유지되지?"

동방문제[1]가 파리를 열광시키고 있었다. 지금 주고받는 얘기는 바로 그것이었다. 다소라도 사교계에 드나드는 여성이라면 최근에는 이 주제 말고 다른 얘기는 하지 않았다. 열흘 전부터 드베를 부인 역시 외교 정책 문제에 확신을 가지고 뛰어들었다. 그녀는 발생할지도 모르는 여러 가지 우발적인 일에 대해 확고한 견해를 가지고 있었다. 동생 폴린은 명백히 프랑스의 이익에 반하는 러시아를 지지해야 한다는 독창적인 의견을 제시해 그녀의 심사를 몹시 건드렸다. 그녀는 폴린을 설득하려다가 이내 짜증을 냈다.

"자! 입 좀 다물어. 멍청이 같은 소리를 하는구나……. 네가 나랑 이 문제를 연구했다면……."

그녀는 엘렌이 들어오자 인사를 하느라 말을 멈췄다.

"안녕하세요. 이렇게 와주시다니 정말 친절하군요……. 부인은 모르시죠? 오늘 아침 최후통첩이 발표되었답니다. 하원 회의가 아주 소란했다죠."

"그런가요, 저는 몰라요."

엘렌이 대답했다. 그러한 문제는 그녀를 아연하게 했다.

---

[1] 19세기 오스만제국을 둘러싼 유럽 열강들의 대립을 말한다. 이 때문에 제2제정기에 영국과 프랑스는 동맹하여 러시아와 크림전쟁을 일으켰다.

"저는 거의 외출하지 않거든요!"

하지만 쥘리에트는 대답을 기다리지 않았다. 그녀는 아주 정확한 발음으로 영국 장군들과 러시아 장군들의 이름을 익숙하게 들먹이면서 폴린에게 어째서 흑해를 중립화해야 하는지 설명하고 있었다. 그때 앙리가 손에 신문을 한 뭉치 들고 나타났다. 엘렌은 그가 자기를 보려고 내려왔다는 것을 알았다. 그들의 눈은 서로를 찾았고, 강렬한 시선을 주고받았다. 그러고는 말없이 긴 악수를 함으로써 서로를 완전히 감쌌다.

"신문에 뭐라고 쓰여 있어요?"

쥘리에트가 조바심을 내며 물었다.

"신문에?"

의사가 말했다.

"언제나 별거 없지요."

그러자 잠시 동방문제는 잊혔다. 중요한 사람이지만 아직 오지 않고 있는 누군가에 대한 얘기가 몇 번 오갔다. 폴린은 3시가 다 되어 간다고 환기했다. 오! 그가 오겠군요. 드베를 부인은 단언했다. 그는 지나칠 정도로 정확하게 약속을 지키거든요. 엘렌은 건성으로 듣고 있었다. 앙리와 상관없는 것은 모두 그녀의 흥미를 끌지 못했다. 그녀는 더 이상 일감을 가져오지 않았다. 대화가 낯설었지만 그녀는 늘 되풀이하는 유치한 공상에 정신을 팔면서 두 시간씩 앉아 있었다. 어떤 기적이 일어나서 다른 사람들이 모두 사라진다. 그리고 저와 앙리만 남게 된다. 그러면서도 그녀는 제게 질문을 하는 쥘리에트에게 대답했다. 항상 자신의 눈길을 좇고 있는 앙리의 눈길은 그녀를 달콤한 피곤함에 빠뜨렸다. 그는 난롯불을 뒤적이려는 듯 그녀의 뒤로 지나갔다. 머리카락을 스치는 그의 떨림이 전해져 오자 엘렌은 그가 밀회를 요구하고 있음을 느꼈다. 그녀는 동의했다. 더 이상 기다릴 힘이 없었다.

"초인종이 울리네. 그 사람일 거예요."

갑자기 폴린이 말했다.

두 자매는 무관심한 표정을 지었다. 엄숙하리만치 반듯한 옷차림을 하고 나타난 사람은 말리뇽이었다. 그는 모여 있는 사람들과 악수를 했다. 그러나 평소의 농담은 삼갔다. 얼마 전부터 나타나지 않았던 이 집에 의례적으로 방문한 것이었다. 의사와 폴린이 그에게 방문이 뜸해서 섭섭했다는 인사를 하는 동안, 쥘리에트가 엘렌의 귀에 대고 말했다. 엘렌은 철저한 무관심에도 불구하고 뜻밖의 인물이 등장해 놀란 터였다.

"놀랍지요……? 맙소사! 하지만 나는 저 사람을 원망하지는 않아요. 알고 보면 아주 착한 청년이라서 화를 낼 수 없게 되지요……. 그가 폴린에게 남편감을 찾아준 걸 아세요? 친절하죠, 안 그래요?"

"정말 그렇군요."

엘렌이 상냥하게 중얼거렸다.

"그래요. 저 사람 친구인데, 아주 부자이고 결혼할 생각은 전혀 없다나요. 그가 우리에게 데리고 오겠다고 약속했어요. 오늘 확답을 얻으려고 기다리고 있었지요……. 그러니 이해하시죠? 나는 많은 일을 겪었어요. 오! 이제 위험한 일은 없어요. 우리는 이제 서로 잘 알거든요."

쥘리에트는 예쁘게 미소 지으며 스스로 불러일으킨 지난 기억에 약간 얼굴을 붉혔다. 그러고는 재빨리 말리뇽 쪽을 향했다. 엘렌도 같이 웃고 있었다. 이렇게 쉽게 사는 방식은 그녀에게도 변명이 되었다. 우울한 드라마를 꿈꾸는 것은 잘못이었다. 모든 것이 호감 어린 친절로 해결되었다. 금지된 일이란 없다고 생각하며 그녀가 느슨한 행복을 맛보고 있는 사이, 쥘리에트와 폴린은 정자 문을 열고 말리농을 정원으로 데려갔다. 갑자기 그녀는 목덜미 뒤에서 낮고 열렬한 앙리의 목소리를 들었다.

"부탁이오, 엘렌. 오! 부탁이오……."

그녀는 몸을 떨었다. 그리고 순간적으로 불안하게 주위를 둘러보았다. 두 사람뿐이었다. 다른 세 사람은 산책길을 따라 잔걸음으로 걷고 있었다. 앙리는 대담하게도 그녀의 어깨를 잡았다. 그녀는 몸을 떨었다. 두려움으로 완전히 흥분되었다.

"당신이 좋을 때라면."

그가 밀회를 요구하고 있음을 잘 아는 그녀가 중얼거렸다.

그들은 급히 몇 마디를 나누었다.

"오늘 저녁 오 골목에 있는 그 집에서 기다려요."

"안 돼요. 그럴 수는 없어요……. 제가 설명해 드렸잖아요. 그 집 얘기는 하지 않겠다고 맹세하셨지요……."

"그러면 당신이 마음에 드는 다른 곳으로 합시다. 당신을 보기만 하면 되오……. 오늘 밤, 당신 집은 어떻소?"

그녀는 저항했다. 그러나 두 여인과 말리농이 돌아오자 두려움에 사로잡혀 손짓으로만 거부의 뜻을 표시할 수 있었다. 드베를 부인은 추운 날씨에도 불구하고 놀랍게도 꽃이 만발한 오랑캐꽃 덤불을 보여주기 위해 젊은이를 데려간 척했다. 그녀는 걸음을 재촉하면서 환한 얼굴로 앞장서서 들어왔다.

"됐어요!"

그녀가 말했다.

"뭐가요?"

엘렌은 아직도 심장이 두근거려, 무슨 이야기인지 한순간 알 알아듣지 못했다.

"결혼 말이에요……! 아! 정말 홀가분해졌어요! 폴린은 이제 적당한 나이를 넘기고 있었거든요. 청년이 그 애를 보고 마음에 든다고 했대요. 내일 우리는 아빠 집에서 저녁 식사를 할 거예요……. 이런 좋은 소식을 가져오다니, 말리농을 안아주고 싶을 정도예요."

앙리는 완벽한 침착함을 유지하면서 엘렌에게서 멀어졌다. 그 역시 말리농이 잘했다고 생각했다. 그리고 아내와 함께 마침내 처제가 좋은 혼처를 얻게 된 것을 진심으로 기뻐하는 듯했다. 그리고 엘렌에게 장갑 한 짝을 떨어뜨릴 것 같다고 주의를 주었다. 그녀는 고개를 끄덕이며 감사를 표했다. 정원에서 농담하고 있는 폴린의 목소리가 들렸다. 그녀는 말리농 쪽으로 몸을 숙이고 간간이 들리게 속삭이다가 웃음을 터뜨렸으며 그도 마찬가지로 귓속말로 대답했다. 다가올 일에 대해 속내를 털어놓고 있는 게 분명했다. 열려 있는 정자 문을 통해 엘렌은 황홀하게 찬 공기를 들이마셨다.

바로 그때, 방에서는 잔과 랑보 씨가 잉걸불의 열기에 둔해진 채 말없이 앉아 있었다. 아이가 문득 긴 침묵을 깨고 몽상에 마침표를 찍듯 물었다.

"같이 부엌에 갈래요? 엄마가 보일지도 모르잖아요."

"그러자꾸나."

랑보 씨가 대답했다.

그날은 아이가 훨씬 주도적이었다. 아이는 유리창에 몸을 기대지 않고 얼굴만 가져다댔다. 랑보 씨도 정원을 내려다보았다. 잎이 다 떨어진 나무들 사이로 커다란 맑은 유리를 통해 일본식 정자 안이 훤히 들여다보였다. 스튜를 끓이고 있던 로잘리는 아가씨를 이상하게 여겼다. 그러나 아이는 어머니의 옷을 알아보았다. 아이는 어머니를 가리키면서 더 잘 보려고 얼굴이 찌그러질 정도로 유리창에 바싹 붙었다. 폴린이 고개를 들고 손짓했다. 엘렌이 나타나서 손을 들었다.

"아가씨를 보셨네요."

하녀가 말했다.

"내려오라고 하시는데요."

랑보 씨는 창문을 열어야 했다. 사람들이 그에게 잔을 데려오라고 부탁했다. 모두 아이가 오기를 바랐다. 하지만 잔은 격렬하게 뿌리치고는 일부러 유리창을 두드렸다고 랑보 씨를 나무라며 방으로 달아났다. 아이는 어머니를 보는 것은 좋았지만 그 집에는 더 이상 가고 싶지 않았다. 랑보 씨가 아이에게 애원하듯 여러 번 물어보았지만 아이는 어떤 물음에라도 답이 될 수 있는 '그냥'이라는 막무가내 이유를 댈 뿐이었다.

"억지로 가라고 하지 마세요."

마침내 아이는 어두운 표정으로 말했다.

그러나 그는 아이를 계속 타일렀다. 어머니에게 마음고생을 많이 시키지 않았니? 남들에게 실례되는 어리석은 짓을 해서는 안 된단다. 내가 몸을 잘 덮어줄 테니까 춥지는 않을 거야.

이렇게 말하면서 그는 아이의 몸을 숄로 감쌌다. 그리고 머리에 감고 있는 목도리를 풀고 털실로 짠 작은 두건을 씌워주었다. 준비가 되고도 아이는 여전히 투정을 부렸다. 마침내 아이는 기분이 나빠지면 곧 다시 집에 데려다줘야 한다는 조건으로 따라나섰다. 문지기 아주머니가 정원으로 통하는 문을 열어주었고, 정원에서 모두 즐거운 환호성을 지르면서 그들을 맞아주었다. 특히 드베를 부인은 유난히 다정하게 아이를 맞았다. 그녀는 아이를 난방구 옆 안락의자에 앉히고, 아이에게 공기가 다소 찬 것 같다는 생각이 들자 당장 유리창을 닫도록 했다. 말리농은 돌아갔다. 엘렌은 아이가 숄을 포대기처럼 두르고 머리에는 두건을 쓴 채 사람들 앞에 나타난 게 약간 민망해 소녀의 헝클어진 머리카락을 매만져 주었다. 쥘리에트가 외쳤다.

"놔두세요! 우리는 한 식구 아니에요……? 불쌍한 잔! 우리가 보고 싶었구나."

그녀는 벨을 누르고, 스미스슨 양과 뤼시앵이 산책에서 돌아왔는지 물었다. 아직 안 돌아왔다는군요. 그런데 뤼시앵은 도저히 감당할 수 없는 애가 되어버렸어요. 어제는 르바쇠르 다섯 아가씨를 울렸지 뭐예요.

"우리 '비둘기 난다' 놀이 할래?"

곧 결혼하게 된다는 생각에 황홀해진 폴린이 물었다.

"힘들지 않을 거야."

그러나 잔은 도리질했다. 아이는 눈을 내리깐 채 저를 에워싼 사람들을 차례로 천천히 바라보았다. 의사는 랑보 씨가 돌보는 여인이 구빈원에 들어가게 되었다는 소식을 전해주었다. 랑보 씨는 몹시 감동한 나머지 개인적으로 큰 신세를 진 것처럼 의사의 손을 붙잡았다. 각자 안락의자에 자리를 잡았고, 대화는 화기애애한 분위기 속에서 이어졌다. 목소리들이 낮아지면서 간혹 침묵이 깔렸다. 드베를 부인과 동생이 얘기를 하는 동안 엘렌은 두 남자를 상대했다.

"보댕 선생님이 우리에게 이탈리아 여행을 권했어요."

"아! 그래서 잔이 내게 물었던 거군요!"

랑보 씨가 외쳤다.

"거기 가시면 좋을 것 같은데요?"

아이는 말없이 작은 두 손을 가슴에 대고 우울한 얼굴을 활짝 폈다. 아이의 눈길은 두려운 듯 의사 쪽을 살폈다. 어머니가 그에게 조언을 구하리라는 것을 알았기 때문이다. 그는 가볍게 몸을 떨었지만 침착함을 유지했다. 그런데 늘 그렇듯 어떤 화제에나 참견하고 싶어 하는 쥘리에트가 갑자기 대화에 끼어들었다.

"어디라고요? 이탈리아라고 했어요……? 이탈리아에 갈 거라고 한 적 없었잖아요……? 아, 정말 우연의 일치군요! 바로 오늘 아침 내가 앙리에게 나폴리에 데려다 달라고 졸랐답니다……. 10년 전부터 나폴리에 가보고 싶었거든요. 저이는 봄마다 약속했지만 매번 지키질 않았죠."

"가기 싫다고 하지는 않았잖소."

의사가 중얼거렸다.

"뭐라고요? 싫다고 하지 않았다고요? 환자들을 내버려둘 수 없다면서 딱 잘라 거절했잖아요."

잔은 귀를 기울였다. 커다란 주름살이 아이의 맑은 이마에 그려졌다. 그러고는 무의식적으로 손가락을 하나씩 비틀었다.

"아! 환자들이라면……."

의사가 대꾸했다.

"몇 주 동안 동료 의사에게 맡기면 될 거요. 당신이 그렇게 가고 싶다면 말이오."

"선생님."

엘렌이 말을 잘랐다.

"선생님께서도 여행이 잔에게 좋으리라는 의견이세요?"

"물론이죠. 그러면 다리에 완전히 힘이 되돌아올 겁니다……. 아이들은 항상 여행하면 좋아지죠."

쥘리에트가 외쳤다.

"그럼 우리도 뤼시앵을 데려가요. 모두 함께 가는 거예요……. 좋지요?"

"물론이오. 당신이 원한다면 나도 좋소."

그는 미소를 지으며 대답했다.

잔은 고개를 숙이고 눈시울을 뜨겁게 적시는 고통과 분노의 굵은 눈물을 훔쳤다. 아이는 더 이상 듣지 않고 보지 않으려는 듯 안락의자 깊숙이 몸을 기댔다. 드베 부인은 눈앞에 놓인 뜻하지 않은 기분 전환거리에 황홀해져 수다스럽게 지껄이기 시작했다. 오! 저이는 정말 친절해요! 그녀는 그를 억지로 껴안았다. 그러고는 당장 준비해야겠다고 얘기했다. 다음 주에 떠나요. 저런! 그러면 준비할 시간이 없겠는데! 그러고는 여행 일정을 그려보았다. 이렇게 가야 해요. 로마에서 일주일 묵고 기로 부인이 얘기한 멋진 시골에 머무르는 거예요. 그러다 결국 자기도 남편과 함께 따라갈 수 있도록 여행을 늦추라는 폴린과 다투기 시작했다.

"아! 안 돼, 무슨 소리야!"

그녀는 말했다.

"우리가 돌아오고 나서 식을 올리라고."

그들은 잔을 잊고 있었다. 아이는 뚫어져라 어머니와 의사를 살폈다. 확실히 이제는 엘렌도 앙리와 가깝게 지낼 기회가 될 그 여행을 받아들인 듯했다. 둘이 태양의 나라에 가서 매일 나란히 걷고, 같은 공기를 마시고, 함께 한가한 시간을 보내면 정말 즐거울 거야. 온화한 웃음이 입술에 떠올랐다. 그를 잃게 될까 봐 얼마나 두려워했던가. 이제 내 사랑과 함께 떠날 수 있다니 얼마나 행복한가! 쥘리에트가 그들이 지나갈 지방들을 펼쳐 보이자 두 사람 모두 벌써 꿈같은 봄 속을 거닐고 있는 듯했다. 그들은 눈빛으로 말했다. 그곳에서, 우리가 함께 지나갈 그 어느 곳에서 나 서로 사랑하리라.

한편 슬픔으로 점점 말이 없어진 랑보 씨는 잔의 불편한 기색을 눈치챘다.

"너 기분이 좋지 않구나?"

그가 나지막하게 물었다.

"아! 그래요. 정말 기분이 좋지 않아요……. 집으로 올라가요. 부탁이에요."

"하지만 어머니한테 먼저 얘기하려무나."

"싫어요, 싫어요. 엄마는 지금 얘기 중인걸요. 그럴 틈이 없어요. 올라가요, 올라가요."

그는 아이의 팔을 잡고는 엘렌에게 아이가 좀 피곤해한다고 말했다. 그러자 그녀는 올라가서 기다려달라고 부탁했다. 그녀는 눈길로 그들을 좇았다. 아이는 무척 가벼웠지만 랑보 씨의 팔에서 자꾸 미끄러졌다. 그는 3층에서 멈췄다. 아이가 그의 어깨에 고개를 기댔다. 둘은 가슴 아프게 서로를 바라보았다. 그 어떤 소리도 계단의 얼어붙은 침묵을 깨뜨리지 않았다. 그는 속삭였다.

"이탈리아에 가게 돼서 좋지, 그렇지?"

그러나 아이는 울음을 터뜨렸다. 그러더니 이제는 가고 싶지 않다고, 내 방에서 죽는 게 더 좋다고 중얼거렸다. 오! 나는 안 갈 거예요. 병이 들 거예요. 그러리라는 걸 잘 알아요. 아무 데도, 아무 데도 안 갈 거예요. 내 구두는 불쌍한 사람에게 주면 돼요. 그러고는 눈물을 흘리면서 아주 낮은 목소리로 말했다.

"아저씨가 어느 날 저녁, 나한테 물어본 것 기억하세요?"

"그게 뭐지, 애야?"

"언제나 엄마랑 같이 있겠다는 거요. 언제나 말이에요. 그래요! 아저씨가 지금도 그러고 싶으시다면 나도 좋아요."

랑보 씨의 눈에 눈물이 핑 돌았다. 그는 아이에게 부드럽게 키스했다. 아이는 목소리를 더 낮추어 말했다.

"그때 내가 막 화를 내서 아저씨도 아마 기분이 상하셨을 거예요. 그땐 몰랐어요. 이해하시죠……. 하지만 내가 바라는 사람은 아저씨예요. 오! 지금 말할까요? 지금요……. 나는 누구보다도 아저씨를 좋아해요."

아래쪽 일본식 정자에서 엘렌은 다시 자신을 잊고 있었다. 사람들은 계속 여행 얘기를 했다. 그녀는 터질 듯한 가슴을 열어 보이고, 앙리에게 자신이 얼마나 큰 행복으로 숨 막힐 듯한지 말하고 싶다는 강렬한 욕구를 느꼈다. 쥘리에트와 폴린이 옷을 몇 벌이나 가져가야 하는지 의논하고 있는 동안, 그녀는 앙리 쪽으로 몸을 굽히고 아까 거절했던 밀회를 약속했다.

"오늘 밤 오세요. 기다릴게요."

마침내 집으로 올라가는데, 그녀는 어쩔 줄 몰라 하며 계단을 달려 내려오는 로잘리를 만났다. 주인마님을 보자마자 하녀는 외쳤다.

"마님! 마님! 빨리 와보세요……! 아가씨가 좋지 않아요. 피를 토했어요."

3

식탁을 떠나면서 의사는 어떤 부인이 산기가 있어 오늘 밤은 그 부인 옆에서 지내야 할 것 같다고 아내에게 말해두었다. 그는 9시에 집을 나와서 강가로 내려가 어두운 밤의 인적 끊긴 나루를 따라 걸었다. 축축한 미풍이 불어왔다. 물이 불어난 센 강이 먹물처럼 흘러가고 있었다. 11시가 울리자 그는 트로카데로 언덕을 다시 올라와 집 주위를 배회했다. 네모진 커다란 집채는 짙은 어둠으로 싸여 있었다. 그런데 식당 유리창이 아직도 환했다. 그는 한 바퀴 돌았다. 부엌 창에서도 환한 불빛이 새어 나오고 있었다. 그는 놀라고 점점 불안해졌지만 기다렸다. 커튼 뒤에서 그림자가 보였다. 부산한 기색이 집 전체에 차 있었다. 랑보 씨가 저녁 식사까지 남아 있는 것일까? 하지만 그 점잖은 사람은 10시가 넘으면 집 안에 머무르지 않았다. 그는 올라갈 용기를 내지 못했다. 로잘리가 문을 열면 뭐라고 한담? 마침내 12시가 되자 미칠 듯이 조바심이 난 그는 모든 조심성을 잊고 초인종을 울렸다. 베르제레 부인이 있는 문지기실 앞을 대꾸도 없이 지나쳤다. 위층에서 그를 맞이한 사람은 로잘리였다.

"선생님이시군요. 들어오세요. 오셨다고 말씀드릴게요. 마님은 선생님을 반가워하실 거예요."

하녀는 이 시각에 그를 보고도 전혀 놀라지 않았다. 그가 할 말을 찾지 못하고 식당으로 들어가는 동안, 하녀는 어쩔 줄 몰라 하며 말을 이었다.

"아! 아가씨가 굉장히 아파요, 선생님⋯⋯. 정말 끔찍한 밤이에요! 다리가 어디 붙어 있는지도 모르겠어요."

그녀는 안으로 들어갔다. 의사는 기계적으로 자리에 앉았다. 그는 자신이 의사라는 사실조차 잊고 있었다. 나루를 따라 거닐면서 그는 엘렌이 옆방에 잠든 잔을 깨우지 않으려고 그의 입술에 손가락을 대며 안으로 인도하리라고 상상했다. 희미한 야등이 타오르고 방 안은 어둠에 잠겨 있으리라. 두 사람의 키스는 아무 소리도 내지 않으리라. 그런데 그는 방문객처럼 모자를 무릎에 얹고 기다렸다. 문 뒤에서는 끈질긴 기침만이 정적을 찢고 있었다.

로잘리가 다시 나타나 손에 대야를 든 채 급히 식당을 가로질러 왔다. 그리고 그에게 간단한 전갈을 전했다.

"마님께서 들어오지 마시랍니다."

그는 그냥 갈 수 없어서 앉아 있었다. 그러면, 만나자고 한 날이 다른 날이었던가? 그것은 있을 수 없는 일이었기에 그는 어리둥절했다. 곰곰 생각해 보았다. 불쌍한 잔이 정말 쇠약해진 모양이구나. 아이들은 걱정거리에다 골칫덩어리일 뿐이야. 그러나 문이 다시 열리더니 보냉 의사가 몹시 미안하다고 말하면서 나타났다. 잠깐만에 그는 여러 말을 줄줄이 늘어놓았다. 선생을 찾으러 갔었어요. 명망 있는 동료에게 의견을 구하는 것은 항상 좋은 일이지요.

"그렇습니다, 그렇습니다."

드베를 의사는 귀가 울리는 듯한 혼란 속에서 중얼거렸다.

노의사는 차분했지만 확실한 진단을 내리지 못해 난처한 기색이었다. 그는 목소리를 낮추고 이야기 중간중간 눈을 깜박이면서 의학 용어를 사용해 증상을 설명했다. 가래 섞인 기침과 극심한 쇠약, 고열이 있는데 아마 티푸스 열인 것 같다는 것이었다. 그렇지만 그는 오랫동안 환자가 치료받아 온 빈혈성 신경증이 예기치 않은 합병증을 일으켰을까 봐 우려된다는 얘기는 뚜렷이 하지 않았다.

"어떻게 생각하십니까?"

그는 한 문장을 끝낼 때마다 물었다.

드베를 의사는 어물거리는 태도로 대답했다. 동료가 얘기하고 있는 동안 그는 점점 그 자리에 있는 것이 부끄럽게 느껴졌다. 왜 올라왔던가?

"나는 두 가지 발포제를 처방했어요."

노의사가 말을 이었다.

"그리고 기다리는 중입니다. 선생이라면 어떻게 하시겠소! 하지만 한번 가서 보시오. 그다음에 얘기해 봅시다."

노의사는 그를 방으로 데려갔다. 앙리는 떨면서 들어갔다. 방은 램프로 아주 희미하게 밝혀져 있었다. 비슷했던 밤들이 생각났다. 가구와 벽이 짙은 어둠 속에 잠들어 있는 가운데, 똑같이 후덥지근한 냄새와 똑같이 숨 막힐 듯 가라앉은 공기. 하지만 아무도 전처럼 그를 맞아주지 않았고 손을 내밀지도 않았다. 낙심한 채 안락의자에 앉아 있는 랑보 씨는 마치 조는 것처럼 보였다. 침대 앞에 흰 실내복을 입고 서 있는 엘렌은 돌아보지도 않았다. 창백한 얼굴이 유난히 커 보였다. 그는 1분 정도 잔을 진찰했다. 아이는 너무 쇠약해서 눈을 뜨는 것조차도 힘들어했다. 땀에 젖어 축 늘어져 있었는데 창백한 얼굴에 광대뼈 부근만 몹시 뜨거웠다.

"이건 급성 결핵입니다."

마침내 그는 바라는 바는 아니었지만 큰 소리로 말했다. 오래전부터 이렇게 되리라는 것을 예측이라도 한 듯 아무런 놀라움도 드러내지 않았다.

엘렌이 그 말을 듣고 그를 바라보았다. 그녀는 무서우리만치 침착했고, 눈가에 눈물이 맺혀 있지도 않았다. 그저 아주 싸늘했다.

"그렇지요?"

보댕 의사는 먼저 말하기 싫었을 뿐이라는 듯 동의하는 표정으로 고개를 끄덕이며 짧게 말했다.

 노의사는 다시 아이를 청진했다. 잔은 사지를 늘어뜨리고 저를 왜 귀찮게들 하는지 알지 못하는 듯 몸을 내맡겼다. 두 의사 간에 몇 마디 말이 급히 오갔다. 노의사는 목에 바람이 든 것처럼 금 간 항아리 소리를 내며 몇 가지 단어를 중얼거렸다. 하지만 그는 아직도 망설이고 있는 모양이었다. 이번에는 모세 기관지염이라고 했다. 드베를 의사는 틀림없이 오한 같은 우연한 요인이 병을 유발했을 테지만, 철결핍빈혈이 폐병으로 연결되는 경우도 여러 번 목격했다고 설명했다. 엘렌은 그들 뒤에 서서 기다렸다.

"당신도 들어봐요."

 보댕 의사가 앙리에게 자리를 내주며 말했다.

 드베를 의사는 몸을 굽혀 잔을 안으려고 했다. 아이는 눈꺼풀도 들어 올리지 못했고 열에 한껏 달아오른 채 가만히 있었다. 벌어진 옷 사이로 소녀의 가슴이 살짝 드러났다. 이미 죽음에 닿아 있는 이 사춘기의 징후보다 더 애처롭고 순결한 것은 없었다. 아이는 노의사의 손이 닿았을 때 아무 저항도 하지 않았다. 그러나 앙리의 손가락이 스치자마자 충격을 받았다. 미친 듯이 날뛰는 수줍음이 아이가 빠져 있는 죽음의 무감각 속에서 아이를 일깨웠다. 마치 파렴치한 짓을 당해 놀란 젊은 여인 같은 몸짓이었다. 아이는 바싹 마른 팔로 가슴을 그러잡고 떨리는 목소리로 중얼거렸다.

"엄마……. 엄마."

 아이는 눈을 떴다. 그리고 그 사나이가 거기 있는 것을 알자 경악했다. 제가 벌거벗고 있음을 깨닫자 아이는 이불을 마구 끌어 올리며 수치스러움에 눈물을 흘렸다. 아이는 고통 속에서 단번에 열 살은 더 먹은 것 같았으며, 죽음을 앞두고 이 남자가 저를 만져서는 안 되며 자기를 통해 어머니를 봐서는 안 된다는 것을 이해할 만큼 조숙한 열두 살이 된 것 같았다. 아이는 도움을 구하며 다시 외쳤다.

"엄마…… 엄마…… 제발……."

아직 아무 말 않던 엘렌이 앙리 곁으로 왔다. 그녀는 남자를 대리석 같은 얼굴로 뚫어져라 바라보았다. 그리고 숨 막히는 목소리로 단 한 마디를 내뱉었다.

"가세요!"

보댕 의사는 침대에서 기침의 발작으로 몸부림치고 있는 잔을 진정시키려 했다. 그는 이제 네가 싫어하는 짓은 하지 않을 것이며 네가 조용히 쉬도록 모두 갈 거라고 다짐했다.

"가세요."

엘렌이 애인의 귀에 대고 나지막하고 확고한 어조로 다시 말했다.

"우리가 이 아이를 죽였다는 걸 아시지요?"

앙리는 아무 말도 못 하고 자리를 떴다. 그는 무엇을 기다리는지도 모르면서 아직 오지 않은 무언가를 기다리며 잠시 식당에 머물러 있었으나 보댕 의사가 나오지 않자 방을 나와 로잘리가 불을 켤 겨를도 없이 계단을 더듬어 내려왔다. 자신이 수없이 연구했던 급성 결핵의 벼락같은 진행에 생각이 미쳤다. 좁쌀 모양의 결절이 빠르게 불어나면서 점점 숨이 가빠지겠지. 잔은 분명 3주를 넘기지 못할 거야.

일주일이 흘렀다. 파리 위, 창문으로 보이는 너른 하늘에 해가 뜨고 졌다. 엘렌은 가차 없이 꼬박꼬박 흐르는 시간을 뚜렷하게 느끼지 못하고 있었다. 그녀는 딸아이의 운명이 정해졌다는 사실을 알았다. 그녀는 마음 깊이 일어나는 가슴을 저미는 듯한 공포에 휩싸여 넋이 나가 있었다. 그것은 희망이 끊긴 기다림이었으며, 죽음이 용서치 않으리라는 확신이었다. 그녀는 한 방울의 눈물도 흘리지 않았다. 매번 정확한 동작으로 환자를 간호하며 가만가만 방 안을 걸어 다녔다. 때때로 피로로 지치면 의자에 앉아서 몇 시간이고 아이를 바라보았다. 잔은 약해져 가고 있었다. 몹시 고통스러운 구토가 아이의 기력을 꺾었으며 열은 내리지 않았다. 보댕 의사가 와서 아이를 잠깐 진찰하고 처방을 내렸다. 물러가는 의사의 굽은 등이 너무나 무력해 보여서 어머니는 뭔가를 물어보기 위해 그를 따라 나가지도 않았다.

발작이 일어난 다음 날 주브 신부가 달려왔다. 신부와 그의 동생은 매일 와서 감히 상태를 묻지도 못하고 엘렌과 말없이 악수를 했다. 그들은 돌아가면서 환자를 지키겠다고 제안했지만 그녀는 10시쯤 되면 그들을 돌려보냈다. 밤에 다른 누가 있는 것을 원치 않았다. 어느 날 저녁, 그 전날부터 골똘히 생각에 잠긴 듯하던 신부가 그녀를 한쪽으로 데려갔다.

"한 가지 생각해 봤는데……."

그가 중얼거렸다.

"저 아이는 건강 때문에 영성체를 미뤄왔어요. 여기서 첫영성체를 하면 어떻겠습니까……?"

엘렌은 처음엔 이해하지 못했다. 평소의 관용에도 불구하고 신부가 하늘나라의 일을 걱정하고 있자 그녀는 놀라웠을 뿐 아니라 다소 상처를 입기까지 했다. 그녀는 상관없다는 몸짓으로 말했다.

"아니요, 아이를 괴롭히는 건 바라지 않아요. 천국이 있다면 아이는 곧장 올라가게 될 거예요."

그러나 그날 저녁, 잔은 죽어가는 사람들을 현혹하는 최고의 착란을 경험했다. 환자의 얇은 귀에 신부의 목소리가 들렸다.

"신부님이시군요."

아이가 말했다.

"영성체 얘기하시는 거죠……. 곧 하실 거예요?"

"그렇단다, 아가."

그가 대답했다.

그러자 아이는 이야기를 할 수 있도록 그가 가까이 오기를 바랐다. 어머니는 베개를 받쳐주었고, 아이는 조그맣게 앉아 있었다. 바짝 타들어 간 입술은 미소를 짓고 있었지만 맑은 눈에는 벌써 죽음이 다가와 있었다.

"오! 기분이 좋아요."

아이가 말했다.

"일어날 수도 있을 것 같아요……. 말씀해 보세요. 나는 꽃다발을 들고 흰옷을 입는 거죠? 성당은 성모의 달 축제 때처럼 아름다울까요?"

"더 아름답지."

"정말이에요? 꽃도 많고, 그렇게 고운 노래도 부르나요……? 빨리요, 빨리. 약속하실 거죠?"

아이는 기쁨에 젖어 들었다. 아이는 하느님을 정말 사랑한다고, 찬송가를 부를 때 하느님을 보았노라고 말했다. 그러고는 황홀경에 빠져 눈앞에 드리워진 침대 커튼을 바라보았다. 커다란 화분의 꽃들이 나비처럼 흩날리는 가운데 오르간 소리가 들렸고, 빙빙 돌고 있는 등불이 보였다. 그러나 심한 기침이 일어나 몸부림치면서 침대에 엎어졌다. 아이는 여전히 웃으면서 자신이 기침하는 줄도 모르는 듯 자꾸 말했다.

"나는 내일 일어날 거예요. 교리문답을 틀리지 않도록 공부할 거예요. 그러면 모두 기뻐하겠죠."

엘렌은 침대 발치에서 눈물을 흘렸다. 울지도 못하던 그녀는 잔의 웃음소리를 듣자 봇물 같은 눈물이 목구멍으로 치밀어 오르는 것을 느꼈다. 목이 메었다. 그녀는 절망하는 모습을 감추려고 식당으로 피했다. 신부가 그녀를 뒤따랐다. 랑보 씨는 소녀를 돌보기 위해 급히 일어섰다.

"어머나! 엄마가 소리를 질렀어요. 아픈가요?"

아이가 물었다.

"엄마 말이니?"

그가 대답했다.

"소리 지르지 않았어. 오히려 네가 튼튼해져서 웃었지."

식당 안에서 엘렌은 머리를 식탁에 묻은 채 두 손을 맞잡고 흐느꼈다. 신부가 몸을 숙여 자제하라고 간청했다. 그녀는 눈물이 줄줄 흐르는 얼굴을 들고 자신을 원망했다. 제가 그 아이를 죽였어요. 그녀는 말했다. 떠듬떠듬 모든 고백이 입에서 흘러나왔다. 잔이 제 옆에 있었더라면 그 사람 앞에서 약해지지 않았을 거예요. 그런데 저는 낯모르는 방에서 그를 만났어요. 하느님! 아이와 함께 저도 데려가 주세요. 더 이상 살 수 없어요. 신부는 질겁했지만 용서를 다짐하며 그녀를 진정시키려 했다.

초인종이 울렸다. 현관에서 말소리가 들렸다. 로잘리가 들어왔을 때 엘렌은 눈물을 훔치고 있었다.

"마님, 드베를 선생님이에요."

"그가 들어오는 건 원치 않아."

"아가씨 소식을 물으셨어요."

"그 애가 죽어간다고 말해."

문이 열려 있었기 때문에 앙리는 그 말을 모두 들었다. 그는 하녀를 기다리지 않고 다시 내려갔다. 그러고는 매일 올라와 똑같은 대답을 듣고 사라졌다.
　엘렌의 마음을 상하게 한 것은 방문객들이었다. 그녀가 드베를 집에서 사귄 부인들은 그녀를 위로해야 한다고 생각했다. 셰르메트 부인, 르바쇠르 부인, 기로 부인을 비롯해 여러 부인이 나타났다. 부인들은 들어오겠다고 하지는 않았으나 로잘리에게 너무나 큰 소리로 질문을 해대서 그 시끄러운 목소리가 좁은 아파트의 얇은 벽을 통해 울려 퍼졌다. 짜증이 났지만 엘렌은 부인들을 식당으로 맞아들여서 선 채로 간단한 말을 나누었다. 그녀는 내의를 갈아입는 것도 잊고, 아름다운 머리카락은 대충 틀어올린 채 하루 종일 실내복 차림으로 있었다. 피로에 젠 눈, 붉게 달아오른 얼굴, 말라붙고 쓴맛이 도는 입은 더 이상 할 말을 찾지 못했다. 쥘리에트가 올라왔을 때는 들어오지 말라고 할 수가 없어서 잠시 침대 곁에 있게 했다.
　어느 날, 쥘리에트가 상냥하게 말했다.
　"당신은 몸을 너무 돌보지 않고 있어요. 좀 힘을 내세요."
　쥘리에트는 파리 시민들이 골몰하고 있는 사건들을 말해주며 그녀의 관심을 돌리려고 했다. 하지만 아무런 반응이 없었다.
　"아시죠, 곧 전쟁이 일어날 것 같아요……. 정말 지긋지긋해요. 전쟁에 나가야 할 사촌이 둘이나 있거든요."
　이렇듯 파리 시내에서 오후 내내 수다를 지껄이다가 상기된 채 돌아온 쥘리에트는 긴 치맛자락으로 바람을 일으키며 환자의 가라앉은 방에 올라오곤 했다. 그녀는 목소리를 낮추고 안됐다는 표정을 지으려 했지만 소용이 없었다. 특유의 무심함이 저절로 드러나는 데다 그녀 자신이 건강한 데 대해 만족하고 의기양양해 있음이 뻔히 보였기 때문이다. 엘렌은 그녀 앞에서 기가 죽었고, 질투심으로 고통스러웠다.

"아주머니……."

어느 날 저녁, 잔이 속삭였다.

"왜 뤼시앵은 놀러 오지 않아요?"

쥘리에트는 순간 당황하여 웃기만 했다.

"그 애도 나처럼 아파요?"

소녀는 다시 물었다.

"아니, 아프지 않아……. 그 앤 중학교에 들어갔어."

엘렌이 현관에 배웅하러 따라 나왔을 때, 그녀는 거짓말을 해명하려 들었다.

"오! 나도 마음 같아선 아이를 데려오고 싶어요. 전염되는 것도 아니고……. 하지만 아이들은 곧바로 겁을 먹잖아요. 게다가 뤼시앵은 특히 겁이 많아요! 댁의 가엾은 꼬마를 보면 울지도 몰라요……."

"네, 네, 그럼요."

이 명랑한 여자는 정말 튼튼한 아들을 두었지, 하고 생각하자 가슴이 무너져 내렸다.

두 번째 주일이 지나갔다. 병은 계속 진행하며 순간마다 잔의 생명을 조금씩 앗아가고 있었다. 병은 그 연약하고 귀여운 육체를 한 단계 한 단계 파괴하며 한 번도 자비를 내리지 않았고, 벼락같이 빠르면서도 서두르지 않았다. 피 섞인 가래가 사라지고 때로 기침도 멎었다. 숨이 막히는 듯한 극심한 답답함이 아이를 괴롭혔고, 숨소리만으로도 병이 그 조그만 폐 속을 얼마나 갉아먹었는지 알 수 있었다. 허약한 환자가 견디기에 너무 가혹한 증상이어서 그 소리를 듣고 신부와 랑보 씨는 눈시울을 붉혔다. 며칠간 낮이고 밤이고 씩씩거리는 소리가 커튼 아래서 들려왔다. 일격이면 죽어버릴 불쌍한 존재는 구슬땀을 흘리고 애를 쓰면서 죽지 않았다. 기진맥진한 어머니는 그 헐떡거리는 소리를 견딜 힘이 없어서 옆방으로 가 벽에 머리를 기댔다.

잔은 점점 고립되어 갔다. 아이는 이제 사람을 알아보지 못했고 어느 외딴곳에 홀로 살고 있는 사람처럼 흐릿하고 아득한 표정만 띠었다. 주위 사람들이 이름을 부르며 자신을 알아보게 하려 해도, 아이는 그들을 한참 바라보다가 피곤한 기색으로 조용히 고개를 돌려 벽을 바라보았다. 미소도 반응도 없었다. 어둠이 아이를 둘러쌌고, 질투심으로 화가 나서 뾰로통한 채 아이는 죽어가고 있었다.

하지만 환자의 변덕스러움이 다시 고개를 들었다. 어느 날 아침, 아이가 어머니에게 물었다.

"오늘이 일요일이야?"

"아니."

엘렌이 대답했다.

"금요일이야……. 왜 묻니?"

아이는 방금 물었던 것을 기억하지 못하는 듯했다. 그러나 이틀 뒤 로잘리가 방에 들어오자 나지막하게 말했다.

"일요일이야……. 제피랭이 와 있지? 오라고 해줘."

하녀는 망설였다. 그러나 그 말을 들은 엘렌은 하녀에게 괜찮다는 눈짓을 보냈다. 아이가 되풀이했다.

"그를 데려와. 둘 다 같이 오면 좋겠어."

로잘리가 제피랭과 같이 들어오자 아이는 베개 위에 비스듬히 기대고 있었다. 키 작은 군인은 모자를 벗고 넓적한 손을 늘어뜨리고 주책없는 감정을 숨기려 몸을 좌우로 흔들었다. 그는 아가씨를 좋아했다. 부엌에서도 말했지만 죽어가는 아이를 보는 것은 그를 심히 난처하게 했다. 로잘리가 명랑하게 굴라고 미리 말해두었지만 너무나 창백하고 한 줌도 안 되는 아이를 보자 그는 질린 얼굴로 넋이 나가 있었다. 그에게는 자신만만한 태도와 분별이 있었다. 하지만 지금은 재치 있는 문장들이 뱅뱅 돌기만 하고 하나도 떠오르지 않았다. 하녀가 그를 웃기려고 뒤에서 꼬집었으나 그는 단지 이렇게 중얼거릴 뿐이었다.

"죄송합니다……. 아가씨, 그리고 여러분……."

잔은 여전히 바싹 마른 팔로 몸을 지탱하고 있었다. 퀭한 눈을 크게 뜨고 무언가를 찾는 기색이었다. 머릿속이 진동했고, 아이가 빠져 있는 어둠 속에 갑자기 강한 빛이 비쳐 눈을 멀게 했다.

"가까이 오세요."

엘렌이 군인에게 말했다.

"이 아이가 당신을 보고 싶어 했어요."

햇빛이 창문으로 들어와 커다랗고 노란 원을 만들었다. 그 안에서 양탄자의 먼지가 춤추고 있었다. 3월이 되자 밖에는 봄이 오고 있었다. 한 걸음 다가서자 제피랭은 햇빛 속에 들어오게 되었다. 주근깨투성이의 작고 둥근 얼굴은 익은 보리처럼 황금빛 후광을 띠었고, 윗옷의 단추는 번쩍거렸으며, 붉은 바지는 개양귀비밭처럼 시뻘겠다. 잔은 그를 알아보았지만 아이의 눈은 다시 불안하게 흔들렸다. 확신이 없는 듯 방 이쪽저쪽을 돌아보았다.

"왜 그러지, 아가?"

어머니가 물었다.

"우리 모두 여기 있단다."

이윽고 그녀는 깨달았다.

"로잘리, 이리 와……. 너를 보고 싶어 하는구나."

이번에는 로잘리가 햇빛 속으로 들어왔다. 그녀가 쓰고 있는 보닛 모자의 주름이 어깨 위로 펼쳐져서 나비 날개처럼 날아오르려 하고 있었다. 금빛 가루가 억센 검은 머리카락과 납작한 코와 두꺼운 입술을 지닌 선량한 얼굴에 떨어졌다. 방 안에는 햇빛을 받으며 나란히 서 있는 군인과 하녀밖에 없는 것 같았다. 잔은 그들을 바라보았다.

"됐다! 얘야."

엘렌이 다시 말했다.

"아무 말도 안 할 거니……? 자, 여기 두 사람이 같이 있어."

잔은 아주 나이 먹은 할머니처럼 가볍게 머리를 떨며 그들을 바라보았다. 그들은 고향으로 돌아가기 위해 팔짱을 끼고 채비를 갖춘 남편과 아내처럼 서 있었다. 봄의 온기가 그들을 녹여주었다. 그들은 아가씨를 즐겁게 하려고 어벙하지만 다정한 표정으로 서로 마주 보며 미소를 지었다. 그들의 오동통한 어깨에서는 싱싱한 향기가 풍겼다. 아마 둘만 있었다면, 제피랭은 로잘리를 와락 끌어안고 로잘리는 그의 뺨을 한 대 세게 때렸을 것이다. 그것이 그들의 눈빛에 다 쓰여 있었다.

"좋아, 하고 싶은 말이 없는 거지?"

잔은 더욱 숨을 몰아쉬면서 그들을 바라보았다. 그렇지만 한마디도 하지 않았다. 그러더니 갑자기 울음을 터뜨려서 제피랭과 로잘리는 서둘러 방을 나가야 했다.

"죄송합니다……. 아가씨, 그리고 여러분……."

어리둥절해진 군인은 나가면서 다시 한번 말했다.

그것은 잔이 부린 최후의 변덕 중 하나였다. 우울한 기분에 젖어 있는 아이를 무엇으로도 거기서 끌어낼 수 없었다. 아이는 어머니를 포함해 모두로부터 멀어졌다. 어머니가 아이의 시선을 찾아 침대 위에 허리를 굽히면 아이는 커튼의 그림자 따위가 눈앞을 스쳐 간 것처럼 무표정으로 있었다. 아이는 죽음을 느끼는 버려진 여인이 우울하게 체념하듯 침묵을 지켰다. 가끔 아이는 오래도록 눈꺼풀을 반쯤 뜨고 있었는데, 그 가늘게 뜬 눈이 무슨 고집스러운 생각에 잠겨 있는지 가늠할 도리가 없었다. 아이에게 남은 것은 옆에 누운 커다란 인형뿐이었다. 어느 날 밤 누군가가 아이의 참기 힘든 고통을 덜어주려고 인형을 주었다. 그 후로 아이는 인형을 놓지 않았고, 누가 그것을 치우려 하면 사납게 가로막았다. 인형은 마분지로 된 머리를 베개 위에 얹은 채 어깨까지 이불을 덮어 환자처럼 누워 있었다. 아이는 가끔 뜨거운 손으로 인형을 돌보았고, 속이 비고 뜯긴 분홍빛 팔다리를 어루만졌다. 몇 시간 동안 아이의 눈은 늘 한군데에 고정된 인형의 색칠한 눈동자와 미소를 그치지 않는 흰 이를 떠나지 않았다. 그러면 애정이 치밀면서 인형을 가슴에 꼭 안아주고 작은 가발에 뺨을 대고 싶은 욕망이 생겼고, 그렇게 끌어안고 나면 위로가 되는 듯했다. 아이는 이렇게 커다란 인형에 대한 사랑 속으로 도피했다. 잠에서 깨면 인형이 거기 있나 확인했고, 인형만을 보고 인형과만 얘기했다. 어떨 땐 인형이 귀에다 뭐라고 속삭이기라도 한 것처럼 얼굴에 웃음의 그림자 비슷한 것을 띠기도 했다.

　세 번째 주일이 지나갔다. 어느 날 아침, 노의사가 찾아왔다. 엘렌은 딸아이가 오늘을 넘기지 못하리라는 것을 알았다. 그 전날부터 아이는 제 행동에 대한 의식마저도 없어져 버린 마비 상태에 있었다. 이제 아무도 죽음과 싸우지 않았다. 그저 시간만 재고 있었다. 환자가 극심한 갈증으로 고통스러워하자 의사가 고통을 덜어주기 위해 아편이 든 음료를 주라고 일렀을 뿐이었다. 모든 치료가 포기된 것을 보고 엘렌은 백치가 되어버렸다. 탁자 위에 여러 가지 약이 늘어져 있는 한 그녀는 아직도 아이가 나으리라는 기적을 바랄 수 있었다. 그런데 이제 약병도 약봉지도 없었고, 마지막 믿는 구석도 사라져 버렸다. 그녀에게는 이제 한 가지 본능 외에는 없었다. 잔의 곁에 있는 것, 아이를 떠나지 않는 것, 아이를 바라보는 것. 의사는 끔찍한 광경을 보지 못하게 하려고 자질구레한 심부름을 시키면서 그녀를 멀리 떼어놓으려 애썼다. 그러나 그녀는 봐야 한다는 육감에 이끌린 듯 다시 돌아왔다. 꼿꼿하게 서서 얼굴에 절망을 가득 담은 채 팔을 내려뜨리고 그녀는 기다렸다.

1시경에 주브 신부와 랑보 씨가 왔다. 의사가 그들을 맞으러 나가서 짧게 몇 마디를 전했다. 두 사람의 얼굴은 창백해졌다. 그들은 굳어버린 듯 서 있었고 손이 떨렸다. 엘렌은 돌아보지 않았다.

4월 초의 맑은 오후답게 화창했다. 잔은 침대에서 몸을 뒤척였다. 갈증에 시달려 때때로 입술이 힘들게 달싹거렸다. 아이는 이불 밖으로 투명하고 가련한 손을 내놓았다. 그리고 허공에서 손을 천천히 움직였다. 병이 몸속에서 일으키는 그 보이지 않는 작업은 이제 끝나가고 있었다. 아이는 이제 기침도 하지 않았다. 꺼져가는 목소리는 다만 씩씩거리는 소리처럼 들렸다. 조금 전부터 아이는 고개를 돌려 눈으로 빛을 찾았다. 보댕 의사가 창문을 활짝 열었다. 그러자 잔은 더 이상 움직이지 않고 뺨을 베개에 댄 채 파리를 바라보았다. 짓눌린 듯한 숨결이 조금 부드러워졌다.

이 고통스러운 3주 동안 여러 번 아이는 이렇게 지평선까지 펼쳐진 도시를 향해 누워 있었다. 그럴 때마다 아이의 얼굴은 진지해졌다. 이 마지막 순간, 파리는 4월의 금빛 태양 아래 웃고 있었다. 밖에서 부드러운 바람과 아이들의 웃음소리, 참새 떼 지저귀는 소리가 실려 왔다. 죽어가는 아이는 있는 힘을 다해 먼 교외에서 피어오르는 연기를 눈으로 좇으려 했다. 그리고 제가 알고 있는 세 건물, 앵발리드와 팡테옹, 생자크 탑을 찾았다. 그러고는 알지 못하는 세계가 펼쳐졌다. 지친 눈꺼풀이 드넓은 지붕의 바다를 보며 반쯤 감겼다. 아이는 제가 점점 가벼워져서 새처럼 날아오르게 되길 꿈꾸는 것 같았다. 그러면 알게 되리라. 제가 탑과 돔 위에 있다는 것을. 일고여덟 번 날갯짓하면 어른들이 아이들에게 감추려 하는 금지된 것들을 볼 수 있다는 것을. 그러나 새로운 불안이 아이를 덮쳤다. 아이의 손은 여전히 찾고 있었다. 작은 팔로 가슴에 커다란 인형을 끌어안고 있어야만 진정이 되었다. 아이는 인형을 가져가고 싶었다. 아이의 시선이 햇빛을 받아 온통 장밋빛으로 빛나는 굴뚝 사이로 멀리 비껴갔다.

4시가 되자 저녁이 벌써 푸르스름한 그늘을 드리우기 시작했다. 숨이 막히면서 요동이 없는 느린 고통이 그 끝이었다. 어린 천사에게는 이제 저항할 힘이 없었다. 랑보 씨는 버티지 못하고 털썩 무릎을 꿇었으며, 소리 없는 흐느낌으로 들먹거리면서 비통함을 감추려고 커튼 뒤로 기어갔다. 신부는 환자의 머리맡에 무릎을 꿇고 손을 모아 쥐고는 죽어가는 사람들을 위한 기도를 중얼거렸다.

"잔, 잔."

엘렌은 머리카락이 쭈뼛 서는 공포로 얼어붙어 중얼거렸다.

그녀는 의사를 밀치고 바닥에 몸을 던졌다. 딸아이를 아주 가까이서 보기 위해 침대에 기댔다. 잔은 눈을 떴다. 그러나 어머니를 보지 않았다. 그 눈길은 여전히 저쪽 저물어가는 파리를 향하고 있었다. 아이는 마지막 사랑인 인형을 더욱더 꼭 끌어안았다. 큰 한숨을 쉬고 좀 더 짧은 두 번의 숨을 내쉬었다. 눈이 흐려지고, 얼굴은 순간 생생한 고통을 드러냈다. 그러나 곧 안정된 것 같았다. 아이는 입을 벌린 채 더 이상 숨을 쉬지 않았다.[1]

"끝났습니다."

의사가 맥을 짚어보며 말했다.

잔은 표정 없는 큰 눈으로 파리를 바라보고 있었다. 아이의 야윈 얼굴은 더욱 길게 변해 있었고, 단호하게 굳어진 이목구비 아래로 찡그린 눈썹 밑에 회색 그림자가 내려앉아 있었다. 아이는 이렇게 죽어서도 질투하는 여인의 창백한 얼굴을 하고 있었다. 인형은 고개를 젖히고 머리카락을 늘어뜨리고 있었는데 아이와 마찬가지로 죽은 것같이 보였다.

"끝났습니다."

의사는 차가운 작은 손을 제자리에 놓으며 다시 말했다. 엘렌은 고개를 들고 두개골이 튀어나오려 하기라도 하듯 주먹으로 이마를 눌렀다. 그녀는 울지 않았다. 미친 듯한 시선으로 앞을 두리번거렸다. 그러자 딸꾹질 같은 것이 가슴속에서 터져 나왔다. 그녀는 문득 침대 발치에서 거기 내버려둔 채 잊고 있었던 작은 구두 한 켤레를 보았다. 끝났어. 잔은 이제 저걸 신지 못할 거야. 구두는 불쌍한 사람한테 가겠지. 눈물이 흘러내렸다. 그녀는 죽은 아이의 손에 얼굴을 비벼대며 바닥에 앉아 있었다. 랑보 씨는 흐느꼈다. 신부는 음성이 높아졌고, 로잘리는 빠끔히 열린 식당 문에서 지나치게 큰 소리를 내지 않으려고 손수건을 깨물

---

[1] 잔의 사망 연도는 명시적으로 제시되어 있지 않지만, 에밀 졸라 및 루공 마카르 총서 연구자들은 잔이 1855년에 사망한 것으로 추정한다. [Patterson, J. G. (1912). *A Zola Dictionary: The Characters of the Rougon-Macquart Novels of Émile Zola*. London: George Routledge & Sons.]

고 있었다.

바로 그때, 드베를 의사가 초인종을 눌렀다. 그는 소식을 알고 싶어서 올라오지 않을 수가 없었다.

"아이는 어때요?"

그가 물었다.

"아! 선생님……."

로잘리는 더듬거렸다.

"세상을 떠났어요."

매일같이 예감하던 일이었건만 막상 종말의 순간이 닥치자 의사는 놀라서 꼼짝하지 않고 서 있었다. 그러고는 중얼거렸다.

"맙소사! 가엾은 아이! 이 무슨 불행인가!"

그는 이런 어리석고 비통한 말밖에 하지 못했다. 문이 다시 닫혔고 그는 내려갔다.

4

드베를 부인은 잔의 죽음을 알고 눈물을 흘렸다. 그녀는 48시간 동안이나 제정신을 잃고 극심한 충격에 빠져 있었다. 상식을 벗어난 요란한 절망이었다. 그녀는 엘렌의 팔에 몸을 던지기 위해 올라왔다. 그리고 한두 마디 오가기도 전에, 죽은 아이에게 감동적인 장례식을 마련해 주어야겠다는 생각이 퍼뜩 떠올라 온 정신이 그리로 쏠렸다. 그녀는 헌신적으로 자질구레한 일들을 떠맡았다. 어머니는 눈물로 탈진하여 의자 위에 넋을 잃고 앉아 있었고, 평판에 어울리게 행동해 왔던 랑보 씨도 정신이 나갔다. 그는 진심으로 감사하면서 동의했다. 엘렌은 한순간 퍼뜩 정신이 들어서 꽃이, 많은 꽃이 있으면 좋겠다고 말했다.

드베를 부인은 1분도 허비하지 않고 무한한 수고를 했다. 그녀는 다음 날 하루 종일, 비보를 알리기 위해 아는 부인들의 집을 전부 돌아다녔다. 그녀의 꿈은 흰옷을 입은 소녀들을 줄지어 행진하게 하는 것이었다. 그러려면 적어도 서른 명은 필요했는데, 그녀는 숫자를 다 채우고서야 집에 돌아왔다. 그녀는 휘장을 고르고 갖가지 일을 의논하며 장례식을 지휘하는 데 몰두했다. 정원 철책에 휘장을 치고, 뾰족한 초록 잎이 막 나기 시작한 라일락 나무 한가운데 시신을 놓도록 해요. 그러면 멋질 거예요.

"아이고! 내일 날씨만 좋다면!"

여러 가지 일을 한 다음, 그날 저녁 그녀가 내뱉은 말이었다.

싱싱하고 맑은 봄의 숨결이 끼치고 푸른 하늘과 금빛 태양이 빛나는 화창한 아침이었다. 운구는 10시로 정해져 있었다. 9시부터 휘장이 쳐졌다. 쥘리에트는 인부들에게 지시하려고 내려왔다. 그녀는 나무를 완전히 가리지 않기를 바랐다. 은빛 술이 달린 흰 휘장이 라일락 나무에서 접히면서 두 짝의 철책 문 사이에 입구처럼 벌어지도록 쳐졌다. 그러나 그녀는 곧 살롱으로 돌아가야 했다. 부인들을 맞이해야 했기 때문이다. 그랑장 부인의 두 방이 혼잡하지 않도록 사람들은 그녀 집에 모였다. 단지 그녀를 언짢게 한 일은 남편이 아침에 베르사유로 떠나야 했던 것이었다. 미룰 수 없는 왕진이 있다고 그는 말했다. 홀로 남은 그녀는 용케 해낼 수 있을 것 같지 않았다.

베르티에 부인이 두 딸을 데리고 맨 먼저 도착했다.

"글쎄 말이에요."

드베를 부인은 외쳤다.

"앙리가 나만 놔두고 나가버렸어요! 참! 뤼시앵, '안녕하세요.'

안 하니?"

뤼시앵은 검은 장갑을 끼고 완벽하게 장례식 준비를 마친 채 옆에 있었다. 그는 소피와 블랑슈가 견진례 때처럼 하고 온 것을 보자 놀란 듯했다. 비단 리본이 모슬린 드레스를 졸라매고, 땅까지 끌리는 베일은 작은 망사 비단 모자를 덮고 있었다. 두 어머니가 얘기를 나누는 동안 세 어린이는 옷 때문에 다소 뻣뻣하게 선 채 서로 바라보았다. 그러자, 뤼시앵이 말했다.

"잔이 죽었어."

아이는 마음이 아팠지만 그래도 놀란 듯 웃고 있었다. 잔이 죽었다는 생각은 어제부터 아이를 고분고분하게 만들었다. 어머니가 일에 몰두해서 묻는 말에 대답하지 않자, 아이는 하인들에게 물었다. 사람이 죽으면 움직이지 않는 거야?

"그 애가 죽었어. 그 애가 죽었어."

흰 베일에 싸여 발그레한 두 자매가 말을 따라 했다.

"그 애를 볼 수 있을까?"

아이는 초점을 잃고 입을 벌린 채 잠시 곰곰 생각했다. 제가 아는 것을 벗어난 그 너머에는 무엇이 있을까 짐작해 보려는 듯했다. 그러고는 낮은 소리로 말했다.

"이제 볼 수 없을 거야."

그동안 다른 소녀들도 도착했다. 뤼시앵은 어머니의 눈짓에 따라서 그 애들을 맞으러 갔다. 큰 눈에 구름 같은 모슬린 옷을 입은 마르그리트 티소는 어린 마리아처럼 보였다. 금발 머리카락이 작은 모자에서 삐져나와서 베일의 흰 빛과 대조되어 금 핀을 꽂은 순례자처럼 보이게 했다. 다섯 명의 르바쇠르 아가씨들이 도착하자 소리를 죽인 웃음이 퍼졌다. 그 소녀들은 선두에 있는 만이와 맨 꼬리에 붙어 있는 막내까지 모두 비슷해서 기숙생들 같았다. 너무 부풀린 치마를 입어서 소녀들은 방 한구석을 다 차지했다. 그러나 어린 기로가 나타나자 속삭임이 퍼졌다. 사람들은 웃으면서 그 애를 구경하고 뽀뽀해 주려고 이리저리 돌렸다. 자신을 커다랗고 둥글게 만들고 있는 하늘하늘한 얇은 천에 덮인 채, 새처럼 조그만 아이는 깃털을 부풀린 비둘기 같은 표정을 하고 있었다. 어머니조차도 아이의 손을 찾을 수가 없었다. 살롱은 점점 눈이 내린 것처럼 되어버렸다. 연미복을 입은 몇 명의 소년들만이 새까만 점처럼 서 있었다. 뤼시앵은 제 어린 파트너가 죽었기 때문에 다른 소녀를 찾고 있었다. 아이는 매우 망설였다. 아이는 잔처럼 저보다 키가 큰 파트너를 바라는 듯했지만 결국 머리칼이 눈에 띈 마르그리트로 정한 것 같았다. 그래서 그 소녀 곁을 떠나지 않고 있었다.

"시신은 아직 내려오지 않았어요."

폴린이 쥘리에트에게 말하러 왔다.

폴린은 무도회 준비로 법석을 떨 때처럼 정신을 빼놓고 있었다. 언니는 그녀가 흰옷을 입고 오지 않은 것을 가까스로 깨달았다.

"어머나!"

쥘리에트는 소리쳤다.

"그 사람들이 어떻게 생각하겠니……? 내가 올라가야겠다. 부인들하고 있어라."

쥘리에트는 칙칙한 옷을 입은 어머니들이 소리 죽여 이야기하고, 아이들은 옷을 구길까 봐 꼼짝도 못 하고 있는 살롱을 급히 나섰다. 올라가서 시신을 안치한 방에 들어서자 냉기가 확 끼쳤다.

잔은 손을 모은 채 누워 있었다. 마르그리트나 르바쇠르 딸들처럼 흰옷과 흰 모자, 흰 구두를 신고 있었다. 모자 위에 놓인 흰 장미 화환은 아이를 밑에서 기다리는 사람들이 모시는, 꼬마 숙녀들의 여왕처럼 보이게 했다. 창문 앞에는 수자직을 이중으로 깐 참나무 관이 보석함처럼 열린 채 두 의자 위에 걸쳐 놓여 있었다. 가구들은 가지런했고 촛불이 타고 있었다. 문을 닫아놓은 방은 어두침침했고 오래전부터 격리된 동굴처럼 습기가 섞인 냄새와 평화가 감돌고 있었다. 햇볕과 바깥의 밝은 분위기로부터 들어온 쥘리에트는 감히 재촉하지 못하고 말없이 딱 멈춰 섰다.

"벌써 사람들이 많이 모였어요."

마침내 그녀는 중얼거렸다.

그리고 대답이 없자, 그녀는 뭔가 말하기 위해서 덧붙였다.

"앙리는 베르사유에 왕진을 가야 했어요. 양해해 주세요."

침대에 앉아 있던 엘렌은 그녀를 향해 퀭한 눈을 들었다. 누구도 그녀를 이 방에서 나가게 할 수 없었다. 36시간 전부터 그녀와 함께 밤을 새워 온 랑보 씨와 주브 신부의 간청에도 불구하고 그녀는 여기 그대로 있었다. 끝없는 비통 속에서 지낸 이틀 밤은 그녀를 산산이 부숴놓았다. 끔찍한 고통 속에서 마지막 옷 입히기가 끝났다. 그녀는 고집을 부려서 손수 죽은 아이의 발에 흰 비단신을 신겼다. 그러고는 극심한 상심으로 마비된 듯, 기진맥진하여 꼼짝하지 않고 있었다.

"꽃이 준비되었나요?"

그녀는 드베를 부인을 쳐다보며 애를 써서 입을 열었다.

"그럼요."

드베를 부인은 대답했다.

"염려 마세요."

딸의 마지막 숨이 끊긴 후로 그녀는 그 걱정밖에는 하지 않았다. 꽃, 탐스러운 꽃다발. 새로운 사람을 볼 때마다 그녀는 불안해했고 충분한 꽃을 구하지 못할까 봐 두려워하는 듯했다.

"장미도 있어요?"

잠시 침묵이 흐른 후 그녀는 또 물었다.

"네······. 틀림없이 만족할 거예요."

그녀는 머리를 끄덕이고 다시 움직이지 않았다. 그렇지만 장의사 일꾼들이 층계참에서 기다리고 있었다. 일을 마쳐야 했다. 술에 취한 사람처럼 몸을 흔들고 있던 랑보 씨는 쥘리에트에게 그 가엾은 여인을 데려가도록 도와달라는 애원의 눈짓을 했다. 두 사람은 가만히 엘렌의 팔을 꼈고 그녀를 일으켜 세워 식당으로 데려갔다. 그녀는 왜 그러는지 깨닫고는 격렬한 절망의 발작을 일으키며 그들을 뿌리쳤다. 그것은 비통한 광경이었다. 그녀는 침대 앞에 무릎을 던지고 시트를 움켜잡고 소란한 반항으로 방 안을 가득 채웠다. 잔은 영원한 침묵 속에 차갑게 굳어져 누운 채 돌 같은 얼굴을 하고 있었다. 얼굴은 약간 검어졌고 입은 뾰로통하게 앙다물고 있었다. 질투하는 딸의 용서 없고 음울한 이 마스크는 엘렌을 미치게 했다. 36시간 전부터 그녀는 회한에 얼어붙어 무덤에 들어갈 시간이 다가올수록 사나워지는 그 얼굴을 바라다보았다. 잔이 마지막 순간 웃어주었다면 얼마나 위로가 될까!

"안 돼요, 안 돼요!"

그녀는 외쳤다.

"부탁이에요. 잠깐만 내버려두세요······. 그 애를 데려갈 수 없어요. 그 애를 안아주고 싶어요······. 오! 잠깐만, 잠깐만······."

그녀는 떨리는 팔로 아이를 안고, 지루한 듯 등을 돌리고 현관에 숨어 있는 인부들에게 아이를 뺏기지 않으려 했다. 그러나 그녀의 입술은 차가운 얼굴에 온기를 주지 못했다. 그녀는 잔이 고집부리며 거절하고 있음을 느꼈다. 마침내 그녀는 저를 에워싼 손에 몸을 맡겼다. 그녀는 식당 의자에 털썩 주저앉으며, 스무 번이나 희미한 탄식을 되풀이했다.

"하느님…… 하느님……."

랑보 씨와 드베를 부인도 감정적 동요로 힘이 하나도 없었다. 짧은 침묵 끝에 부인이 문을 열었고, 일은 끝났다. 들릴락 말락 한 가벼운 스침 외에는 아무 소리도 없었다. 미리 기름을 발라둔 나사못이 영원히 뚜껑을 닫아버렸다. 방은 비었고 흰 휘장이 관을 덮었다.

문은 열린 채였고 사람들은 엘렌을 가만 내버려두었다. 그녀는 다시 들어와 벽에 둘러싸인 가구들을 정신 나간 눈빛으로 바라보았다. 방금 시신을 들어낸 참이었다. 로잘리는 방금 떠난 아이의 가벼운 자국까지 지워버리려고 이불을 잡아당겼다. 그러자 엘렌은 미친 사람처럼 팔을 벌리고 손을 내밀며 계단으로 곤두박질쳤다. 그녀는 내려가려고 했으나 랑보 씨가 붙들었다. 드베를 부인이 아직 끝나지 않았다고 설명했다. 그녀는 침착하게 굴겠으며 매장하는 데는 따라가지 않겠다고 다짐했다. 볼 수 있게 해주세요. 정자 안에 조용히 있을게요. 두 사람은 그 말을 들으며 눈물을 흘렸다. 그녀에게 옷을 입혀줘야 했다. 쥘리에트는 검은 숄로 실내복을 가려주었지만 모자가 눈에 띄지 않았다. 마침내 모자를 하나 찾아내서 거기 달린 붉은 마편초 꽃다발을 잡아 뜯었다. 장례 행렬을 인도하게 될 랑보 씨가 엘렌의 팔을 꼈다. 정원으로 내려가자 드베를 부인이 속삭였다.

"부인 곁을 떠나지 마세요. 저는 할 일이 많아서……."

그녀는 가버렸다. 엘렌은 앞을 바라보며 힘들게 걸었다. 밝은 햇빛 속에 나서자 한숨을 쉬었다. 세상에! 얼마나 아름다운 아침인가! 그러나 눈길이 철책을 똑바로 향하자 그녀는 흰 천 아래 놓인 작은 관을 곧 알아보았다. 두세 걸음 떼어놓자 랑보 씨가 붙잡았다.

"자, 용기를 내세요."

자신도 몸서리를 치면서 랑보 씨가 말했다.

그들은 앞을 바라보았다. 좁은 관이 빛을 담뿍 받고 있었다. 발치에 있는 레이스 방석에는 은 십자가가 놓였고, 왼쪽에는 성수채가 성수반에 담겨 있었다. 큰 초들은 춤추듯 날아오르는 작은 정령처럼 태양에 얼룩무늬를 만들 뿐 불꽃조차 없이 타올랐다. 장막 아래에는 보랏빛 도는 싹이 난 나뭇가지들이 요람을 이루고 있었다. 그곳은 봄이 한창이었다. 휘장이 벌어진 틈으로 넓은 광선의 금빛 먼지가 떨어져서 관을 덮은 꽃들을 피어나게 했다. 그곳에는 꽃 사태가 난 듯했다. 흰 장미 다발과 흰 동백, 흰 라일락, 흰 카네이션 등 흰 꽃잎이 눈처럼 쌓여 있었다. 시신은 천에서 미끄러진 꽃송이들로 묻혀버렸다. 바닥에는 흰 빙카, 흰 히아신스가 흩어져 꽃잎을 뿌리고 있었다. 어쩌다 비뇌즈 가를 지나는 행인들은 놀란 듯 웃음을 머금고 어린 주검이 꽃 속에 잠들어 있는, 태양이 빛나는 정원 앞에 걸음을 멈췄다. 모든 흰색은 노래하는 듯했으며 찬란한 순수함이 밝게 빛났다. 태양이 장막과 꽃다발과 화관을 생명의 떨림으로 따뜻하게 내리쪼였다. 장미 위에서 벌 한 마리가 윙윙거렸다.

"꽃이에요…… 꽃이에요……."

다른 할 말을 찾지 못하고 엘렌이 중얼거렸다.

그녀는 손수건으로 입을 막았다. 눈물이 가득 고였다. 잔이 더울 것 같았다. 그 생각은 아이를 온통 꽃으로 덮어준 사람들에 대한 고마움으로 연약해진 마음을 더욱 무너지게 했다. 그녀는 다가가려 했고 랑보 씨도 더 이상 만류할 생각을 하지 않았다. 장막 아래는 얼마나 좋은가! 향기가 올라왔다. 미지근한 공기가 조용히 감돌고 있었다. 그녀는 몸을 굽혀 장미 한 송이를 골랐다. 그녀는 그것을 가슴에 꽂으려고 이리로 온 것이었다. 그녀가 몸을 떨자 랑보 씨는 겁을 먹었다.

"거기 계시지 마십시오."

그는 엘렌을 잡아끌면서 말했다.

"병이 납니다. 그러지 않겠다고 약속하셨지요."

살롱 문이 활짝 열렸을 때, 그는 엘렌을 정자로 데려가려는 중이었다. 폴린이 먼저 나타났다. 그녀는 행렬을 지휘하는 일을 떠맡았다. 어린 소녀들이 하나씩 하나씩 내려왔다. 그것은 기적과 같이 만발한 산사나무처럼 철 이르게 활짝 핀 꽃들이었다. 흰 드레스가 햇빛 아래 부풀어 올라 투명하게 비쳐 보였고, 백조의 날개에서처럼 흰색의 미세한 농담이 스쳐 갔다. 사과나무 한 그루가 꽃잎을 흩날리고, 천사들이 떠다녔으며, 드레스들은 봄의 순진함 그 자체였다. 소녀들은 계속 나와서 벌써 현관 앞 계단을 둘러쌌다. 소녀들은 솜털처럼 나는 듯 사뿐사뿐 계속 계단을 내려오다가 밖에 나오면 갑자기 활짝 피어났다.

정원이 온통 하얘지고 어린 소녀들로 이루어진 느슨한 대열이 눈앞에 보이자 엘렌은 추억이 떠올랐다. 어린 발들이 즐거이 춤추며 돌아가던 지난봄의 무도회. 허리띠에 우유통을 단 젖 짜는 소녀 옷을 입은 마르그리트며 방울을 딸랑거리는 '쾌활'의 정령으로 분장한 언니 블랑슈와 팔을 끼고 돌아가던 말괄량이 하녀 옷을 입은 소피가 다시 눈에 보였다. 르바쇠르 다섯 딸은 까만 벨벳 띠를 두른 진홍색 작은 모자를 쓰고 '빨간 모자' 차림을 했었고, 어린 기로는 머리에 알자스 아가씨처럼 나비를 달고 저보다 두 배는 키가 큰 광대 차림 소년과 미친 듯이 팔짝팔짝 뛰었다. 오늘은 모두 흰옷이었다. 잔도 흰옷을 입고 흰 수자직 베개를 베고 꽃 속에 누워 있었다. 긴 핀을 찔러 머리를 틀어 올리고 새가 수놓인 자줏빛 긴 옷을 입은 아리따운 일본 아가씨는 흰옷을 입고 떠나가 버렸다.

"애들이 많이 컸구나!"

엘렌은 눈물을 뿌리며 중얼거렸다.

모두 거기 있는데 제 딸만 없었다. 랑보 씨는 그녀를 정자 아래 들어가게 하려 했으나 그녀는 문턱에 서 있었다. 행렬이 시작되는 것을 보고 싶었다. 부인들이 그녀에게 조심스럽게 인사를 하러 왔다. 아이들은 놀란 푸른 눈으로 그녀를 바라보았다.

그동안 폴린은 주위를 돌면서 순서를 정해주었다. 그녀는 상황이 상황이니만큼 목소리를 죽이고 있었으나, 가끔 그것을 잊어버렸다.

"자, 말을 들어야지……. 여기 봐, 이 바보, 너는 벌써 옷을 더럽혔구나. 내가 너희들을 데리러 올게, 움직이지 마."

영구차가 도착했다. 떠나야 했다. 드베를 부인이 나타나서 외쳤다.

"꽃다발을 잊었어……! 폴린, 빨리 꽃다발 좀!"

그러자 약간의 혼란이 일어났다. 소녀들에게는 각자 흰 장미 꽃다발이 준비되어 있었는데 그것을 나누어주어야 했다. 아이들은 신이 나서 촛불처럼 커다란 꽃다발을 앞에 들었다. 마르그리트 곁을 떠나지 않고 있는 뤼시앵은 소녀가 얼굴에 꽃을 대주자 달콤하게 냄새를 들이마셨다. 손에 꽃을 든 어린 여자아이들은 햇빛을 받으며 웃다가 인부들이 영구차에 싣고 있는 관을 눈으로 좇더니 금방 심각해졌다.

"그 애가 저 안에 있어?"

소피가 아주 조그맣게 물었다.

언니 블랑슈가 고개를 끄덕였다. 이번에는 언니가 말했다.

"어른들 것은 이만하다구."

소녀는 관 얘기를 하는 것이었다. 아이는 팔을 최대한 넓게 벌려 보였다. 그러나 어린 마르그리트는 코를 장미 속에 박고 간지럽다고 말하며 웃었다. 다른 아이들도 그걸 시험해 보기 위해 따라서 코를 박았다. 누군가 주의를 주었고 아이들은 다시 얌전해졌다.

장례 행렬이 밖으로 줄지어 나갔다. 비뇌즈 가 모퉁이에서 맨머리 바람에 헌 신을 신은 한 여인이 눈물을 흘리며 앞치마 자락으로 뺨을 훔치고 있었다. 몇몇 사람들이 창문에 붙어 있었고 혀를 끌끌 차는 소리가 조용한 거리에 울렸다. 영구차는 은빛 술을 단 흰 휘장을 드리우고 소리 없이 굴러갔다. 다져진 땅에 부딪히는 두 마리 흰 말의 따그닥따그닥 발굽 소리만이 둔하게 들렸다. 마차가 나르는 것은 꽃다발과 화환 더미 같았다. 관은 보이지 않았고 마차가 가볍게 덜컥거리자 쌓아 올려진 꽃다발이 흔들거리면서, 라일락 가지가 마차 뒤에 흩뿌려졌다. 네 귀퉁이에는 흰 물결무늬 천으로 된 긴 리본이 나부꼈다. 소피, 마르그리트, 르바쇠르 다섯 딸 중 하나, 어린 기로 이렇게 네 소녀가 리본을 잡았는데 어린 기로는 너무 어려서 뒤뚱거렸기 때문에 어머니가 따라가고 있었다. 다른 소녀들은 바싹 붙어서 손에 장미 다발을 들고 영구차를 에워쌌다. 소녀들은 가만가만 걸어갔다. 베일이 나부끼고 마차 바퀴는 어린 천사들의 귀여운 얼굴들이 웃고 있는 구름 위에 얹힌 것처럼 모슬린 사이를 굴러갔다. 뒤에는 창백한 얼굴을 숙인 랑보 씨를 따라 부인들과 몇몇 소년들, 로잘리, 제피랭, 드베를 부인 집 하인들이 걸어왔다. 상장을 두른 다섯 대의 빈 마차가 그 뒤를 따랐다. 햇빛이 가득한 길로 이 봄의 마차가 지나가자 흰 비둘기가 푸드덕 날아올랐다.

"아유! 난감한 일이야!"

드베를 부인은 움직이는 행렬을 보면서 말했다.

"앙리는 왕진을 미뤘어야지! 내가 그렇게 얘기했건만."

그녀는 정자 안 의자에 주저앉아 있는 엘렌을 어찌해야 할지 몰랐다. 앙리가 있었다면 그녀를 좀 위로해 줄 수 있었을 텐데. 남편이 없으니 딱한 일이었다. 다행히도 오렐리 양이 그 일을 자청했다. 드베를 부인은 슬픈 일을 좋아하지 않았을뿐더러 아이들이 돌아올 때를 맞춰 간단한 간식을 준비시켜야 했다. 드베를 부인은 성당으로 향하는 장렬을 따라잡으려고 파시 가로 바삐 달려갔다.

이제 정원은 비었고 인부들이 장막을 걷고 있었다. 모래 위 잔이 지나간 자리에는 흩어진 동백 꽃잎밖에는 없었다. 갑자기 적막과 외로움에 빠져들면서 엘렌은 새삼 영원한 이별의 찢어지는 고통을 느꼈다. 한 번만이라도 더 그 애 옆에 있었으면, 단 한 번만이라도! 잔이 앙심을 품고 무표정한 얼굴로 화가 난 채 가버렸다는 생각이 끈질기게 떠오르면서 그녀를 벌겋게 단 인두로 지져댔다. 오렐리 양이 옆에서 지키고 있는 걸 보았지만 그녀는 살짝 빠져나가서 묘지로 달려가야겠다고 마음먹었다.

"그래요, 정말 커다란 슬픔이에요."

안락의자에 편안하게 앉아서 노처녀는 되풀이했다.

"나도 애들을 좋아하지요. 특히 여자아이들을요. 하지만 이런 일을 생각하면 결혼하지 않길 잘했어요. 마음 아픈 일을 겪지 않아도 되거든요."

그녀는 나름대로 엘렌을 위로하고 있다고 믿었다. 그녀는 여섯 명의 자녀를 두었으나 모두 잃어버린 한 친구 얘기를 했다. 어머니한테 손찌검하는 큰아들만 하나 남아 있는 다른 부인 얘기도 했다. 그런 자식은 죽었어야 해요. 그러면 어머니는 고생 없이 마음을 달래며 살아갈 텐데. 엘렌은 듣고 있는 척했다. 그녀는 조바심으로 몸을 한 번 떨었을 뿐 움직이지 않았다.

"이제 좀 안정이 되신 것 같네요."

오렐리 양이 말했다.

"그럼요, 늘 사리에 맞게 행동해야지요."

일본식 정자 안에는 식당으로 통하는 문이 나 있었다. 오렐리 양은 일어서서 문을 열고 목을 내밀었다. 케이크 접시가 식탁을 뒤덮고 있었다. 엘렌은 잽싸게 정원으로 달아났다. 철문은 열려 있었고 장의사 인부들은 사닥다리를 나르고 있었다.

비뇨즈 가는 왼쪽에서 레제르부아르 가와 만나는데 그리로 가면 파시 묘지가 있었다. 거대한 버팀벽이 뮈에트 대로에 솟아 있고, 묘지는 언덕과 트로카데로, 대로들, 파리 전체가 내려다보이는 넓은 테라스처럼 자리 잡고 있었다. 스무 걸음쯤 가서 엘렌은 입을 벌리고 있는 문 앞에 당도했다. 그 뒤로는 흰 무덤과 검은 십자가들의 황량한 벌판이 펼쳐져 있었다. 그녀는 안으로 들어갔다. 첫 번째 길모퉁이에 서 있는 두 그루 키 큰 라일락에는 싹이 트고 있었다. 장례식이 드물게 있기 때문에 풀들이 마구 자라 있었으며, 푸르스름한 가운데 실편백 몇 그루가 칙칙한 가지를 드러내고 있었다. 엘렌은 똑바로 걸어 들어갔다. 참새가 쩍쩍거리고 무덤 파는 인부 하나가 흙을 한 삽 떠서 던진 다음 고개를 들었다. 아직 장례 행렬이 도착하지 않았는지 묘지는 비어 있는 듯했다. 그녀는 오른쪽으로 질러가서 테라스의 난간에 이르렀다. 한 바퀴 둘러보자 아카시아나무에 핀 꽃다발 뒤로 흰옷을 입은 소녀들이 눈에 띄었다. 미리 파놓은 구덩이에 잔의 시신을 내려놓은 참이었고 소녀들은 그 앞에 무릎을 꿇고 있었다. 주브 신부는 팔을 내밀며 마지막으로 축복했다. 그녀는 구덩이를 다시 메우는 돌의 둔탁한 소리만을 들을 수 있었다. 모든 것이 끝났다.

한편, 폴린이 먼저 그녀를 보았고 드베를 부인에게 손가락질했다. 드베를 부인은 화가 난다는 듯 중얼거렸다.

"저런! 저 사람이 여기 왔네. 그러면 안 되는데, 정말 못 말리겠네!"

그녀는 앞으로 나가서 불만스러운 표정을 지어 보였다. 다른 부인들이 무슨 일인가 하고 다가왔다. 랑보 씨는 엘렌 옆으로 다가가 말없이 서 있었다. 그녀는 피곤하고 쓰러질 것 같아 아카시아나무에 기댔다. 그녀는 온순하게 고개를 끄덕였지만 오직 한 가지 생각으로 가슴이 미어질 듯했다. 너무 늦게 왔어. 구덩이에 떨어지는 돌소리가 들렸지. 그녀의 눈은 자꾸 구덩이를 쳐다보았다. 묘지 지키는 사람이 발자국을 쓸고 있었다.

"폴린, 애들을 지켜보아라."

드베를 부인이 말했다.

무릎을 꿇고 있던 어린 소녀들은 흰 참새들이 날아오르는 것처럼 일어섰다. 너무 작은 아이들 몇 명은 치마가 다리에 감긴 채 바닥에 주저앉아 있었다. 그래서 그 아이들을 일으켜 주어야 했다. 잔을 구덩이에 내려놓는 동안 큰 아이들은 구덩이 속을 보기 위해 고개를 뺐다. 그 속은 너무 어두웠고 아이들은 몸서리를 치면서 창백해졌다. 소피가 아주 작은 소리로 저 속에서 몇 년이고, 몇 년이고 있는 거라고 잘라 말했다. 밤에도? 르바쇠르 딸 중 하나가 물었다. 그래, 밤에도 계속 있는 거야. 오! 밤이 되면, 블랑슈는 무서워 죽을 거야. 모두 도둑 이야기를 들을 때처럼 눈을 크게 뜨고 서로 바라보았다. 그러나 아이들은 구덩이 주위에 흩어져 서 있게 되자 다시 발그레해졌다. 그건 사실이 아니야. 우스갯소리지. 날씨는 너무 좋았고 키 큰 풀이 자란 정원은 아름다웠다. 이 돌 뒤에 숨어서 술래잡기하면 얼마나 좋을까! 어린 발들은 벌써 춤을 췄고 흰 드레스가 날개처럼 팔락거렸다. 침묵하는 무덤들 사이로 햇빛이 한가하고 따스하게 어린 것들을 내리쪼였다. 뤼시앵은 마르그리트의 베일 밑으로 손을 쑤셔넣기에 이르렀다. 아이는 머리카락을 만져보면서 머리카락이 그렇게 노란데 무얼 바르지 않았는지 알아보려고 했다. 소녀는 머리를 뒤로 젖혔다. 그러자 아이는 소녀에게 우리 결혼하자, 하고 말했다. 마르그리트도 그러고 싶었지만 남자애가 머리를 잡아당기지나 않을지 겁이 났다. 아이는 계속 머리카락을 만졌다. 그것은 편지지처럼 부드러웠다.

"멀리들 가지 말아라."

폴린이 소리쳤다.

"좋아! 이제 가자꾸나."

드베를 부인이 말했다.

"이제 할 일 없어. 애들이 배가 고플 거야."

소풍 나온 기숙생들처럼 흩어져 있는 소녀들을 불러 모아야 했다. 아이들을 세어 보니 어린 기로가 없었다. 마침내, 오솔길 저 끝에서 어머니의 양산을 받고 심각하게 산책하고 있는 아이를 발견했다. 부인들은 흰 드레스의 물결을 앞세우고 문 쪽으로 향했다. 베르티에 부인은 폴린에게 다음 달로 날이 정해진 혼인을 축하했다. 드베를 부인은 남편과 함께 뤼시앵을 데리고 사흘 예정으로 나폴리로 떠날 것이라고 말했다. 사람들은 몰려 나갔다. 제피랭과 로잘리가 맨 뒤에 남았다. 그들도 멀어져 갔다. 그들은 매우 마음이 아팠지만 팔을 끼고 황홀한 기분으로 산책했다. 느릿느릿 걸음을 떼어놓으면서, 길모퉁이에 이르자 밝은 빛 속에서 한순간 두 연인의 등이 춤추듯 으쓱거렸다.

"가시지요."

랑보 씨가 중얼거렸다.

그러나 엘렌은 손짓으로 기다려달라고 부탁했다. 이제 그녀 홀로 남았고 인생의 한 페이지가 뜯겨 나간 듯한 느낌이 들었다. 그녀는 마지막 사람들이 사라지는 것을 보자 고통스럽게 구덩이 앞에 무릎을 꿇었다. 주브 신부도 아직 일어서지 않고 있었다. 두 사람은 오랫동안 기도했다. 그리고 신부는 아무 말 없이 자애와 용서를 담은 아름다운 눈으로 그녀가 일어서는 걸 도와주었다.

"부인을 부축해 드리게."

그는 랑보 씨에게 그렇게 말할 뿐이었다.

파리는 화창한 아침 봄볕 아래 지평선이 금빛으로 물들어 있었다. 묘지에서 방울새 한 마리가 노래했다.

5

2년이 흘렀다. 12월 아침, 작은 묘지는 매서운 추위 속에 잠들어 있었다. 어제부터 북풍이 불어 가는 눈발을 뿌렸다. 뿌예진 하늘에서 가끔 눈송이가 깃털처럼 가볍게 날아서 떨어졌다. 쌓인 눈은 벌써 굳어가고, 테라스 난간에는 백조 목털 같은 눈이 쌓였다. 이 흰 선 너머에는 안개 낀 듯 창백한 지평선까지 파리가 펼쳐져 있었다.

랑보 부인은 잔의 무덤 앞에 무릎을 꿇고 아직도 기도를 올리고 있었다. 그녀의 남편은 방금 말없이 일어섰다. 두 사람은 11월에 마르세유에서 결혼했다. 랑보 씨는 레알에 있는 집을 팔았는데 매매를 마무리 짓기 위해 사흘 전부터 파리에 와 있었다. 레제르부아르 가에 대기 중인 마차는 호텔에 가서 짐을 실은 후 기차역으로 그들을 데려가기로 되어 있었다. 엘렌은 여기 와서 무릎을 꿇어야겠다는 일념으로 여행을 떠났었다. 그녀는 무릎을 얼게 만드는 바닥의 냉기를 느끼지 못하는 듯 고개를 수그리고 가만히 있었다.

그동안 바람이 그쳤다. 랑보 씨는 그녀가 조용히 고통스러운 추억에 잠길 수 있도록 테라스로 나섰다. 저 먼 파리에서 안개가 피어올랐다. 거대한 파리는 희미하고 창백한 구름 속에 가라앉았다. 트로카데로 언덕 기슭에 보이는 납빛 도시는 느릿느릿 떨어지며 그쳐가는 눈발 아래 죽은 것 같았다. 바람은 점점 잠들고, 도시는 감지할 수 없게 계속 명멸하는, 어두운 바탕의 창백한 점으로 보였다. 마뉘탕시옹 하역소 굴뚝의 벽돌 탑은 오래된 구릿빛을 띠었고 그 너머로 흰빛이 끝없이 펼쳐지며 두꺼워졌다. 나부끼는 얇은 천을 겹겹이 펼쳐놓은 듯했다. 공중에서 마술에 걸려 잠든 채 흔들흔들 떨어지는 꿈의 빗속에서 숨 쉬는 것이라곤 하나도 없었다. 눈송이는 지붕이 가까워지면 나는 걸 늦추는 듯했다. 하나씩 하나씩 끝도 없이 수도 없이, 휘날리는 꽃잎보다도 조용하게 쌓였다. 발걸음 소리도 없이 공간 속에서 움직이는 이 무리로부터 대지도 생명도 망각해 버리는 절대적인 평화가 찾아왔다. 하늘은 아직도 연기가 일렁이는 우윳빛으로 여기저기 동시에 점점 밝아졌다.

조금씩 반짝이는 집들의 작은 섬이 솟아나고, 도시는 거리와 광장으로 분할된 조감도처럼 드러났다. 그 단면과 음영이 각 구역의 거대한 뼈대를 그려내고 있었다.

엘렌은 천천히 일어섰다. 바닥의 눈 위에 그녀의 두 무릎 자국이 남아 있었다. 가장자리를 털로 댄 짙은 색 풍성한 코트로 몸을 감싼 그녀는 온통 흰색을 배경으로 당당히 어깨를 펴고 훤칠해 보였다. 모자에 달린 검은 벨벳을 꼬아 만든 리본 장식이 이마 위에 왕관 모양의 그늘을 드리웠다. 그녀는 아름답고 고요한 얼굴을 되찾고 있었다. 잿빛 눈과 흰 이, 다소 억센 둥근 턱은 분별 있고 확고한 인상을 풍겼다. 고개를 돌리자, 그녀의 옆모습은 다시금 조각의 엄격한 순수함을 띠었다. 더운 피는 창백한 기운이 어린 볼 속에 잠들어 있었다. 원래의 정숙하고 고상한 생활로 돌아갔음이 느껴졌다. 두 줄기 눈물이 눈꺼풀에서 흘러내렸다. 그녀의 차분함은 지나간 고통에서 만들어진 것이었다. 그녀는 무덤 앞에 서 있었다. 잔의 이름과 그 밑에 열두 살 어린 주검의 짧은 생애를 말해주는 두 개의 날짜가 단순한 기둥에 새겨져 있었다.

그녀 주위에는 묘지가 흰 포목처럼 펼쳐져 있었다. 헐어빠진 무덤 모서리며 상복을 입은 팔과 흡사한 철 십자가가 그 포목에 구멍을 뚫어놓았다. 엘렌과 랑보 씨의 발자국만이 이 버려진 구석에 한 줄기 나 있었다. 주검들이 티 하나 없는 완전한 고독 속에 잠들어 있는 곳이었다. 오솔길에는 나무들의 가벼운 환영이 드리워져 있었다. 가끔 가지에 너무 많이 쌓인 눈 더미가 소리 없이 떨어질 뿐 움직이는 것은 없었다. 반대편 끝은 검게 짓밟혀

뭉개져 있었다. 이렇게 눈이 쌓였는데도 장례식이 있는 모양이었다. 두 번째 장례 행렬이 왼쪽에서 왔다. 관과 행렬이 창백한 목면 위를 도려낸 그림자처럼 말없이 지나갔다.

엘렌은 제 옆에서 다리를 끄는 거지를 보고 몽상에서 깨어났다. 그 사람은 폐튀 할멈이었다. 터져서 끈으로 얽어맨 커다란 남자 구두에 눈이 묵직하게 붙어 있었다. 엘렌은 할멈이 이렇게 처참한 몰골로 떨고 있는 걸 본 적이 없었다. 할멈은 한층 더 러운 누더기를 걸치고 아직도 비곗살이 붙은 채 멍한 얼굴을 하고 있었다. 서리가 내리고 비가 몰아치는 궂은 계절이 오자 할멈은 너그러운 사람들의 동정에 기대를 걸고 장례 행렬을 따라다녔다. 묘지에서는 죽음에 대한 두려움이 동전을 내밀게 한다는 것을 할멈은 알았다. 그녀는 무덤들을 찾아다니며 무릎을 꿇고 있는 사람들이 눈물을 떨굴 때 다가갔다. 그러면 그들은 거절하지 못했다. 조금 전 두 번째 장례 행렬을 따라 들어온 노파는 멀리서 엘렌을 엿보았다. 그녀는 엘렌을 전혀 알아보지 못하고 손을 내밀면서 집에서 두 아이가 배고파 죽어가고 있다고 눈물을 찔끔거렸다. 엘렌은 이 유령 앞에서 말없이 듣고 있었다. 애들은 불도 없는 방에 있어요. 큰 애는 폐병으로 가버렸어요. 갑자기 폐튀 할멈이 말을 멈추었다. 얼굴에 잡힌 쪼글쪼글한 주름살 속을 무언가 스치고 지나갔다. 가느다란 눈이 깜박거렸다. 어머나! 부인이군요! 하느님이 기도를 들어주셨나 봐요! 할멈은 아이들 얘기를 바로잡지도 않고 끊임없이 홍수처럼 지껄이며 신세타령을 시작했다. 이가 더 많이 빠져서 그녀의 얘기는 겨우 알아들을 수 있었다. 신이 만든 모든 비참함이 제 머리에 떨어졌어요. 저는 겨우 석 달 정도 그 집에 있었을 뿐인데 신사분은 저를 해고 하셨답니다. 그래요, 뭔가 늘 붙어 다니고 지금도 여기저기 스멀

거려요. 옆집 여자는 자는 동안 입으로 거미가 들어간 게 틀림없다고 합디다. 땔감만 좀 있으면 배를 따스하게 할 수 있을 텐데. 낙이라고는 그것밖에 없어요. 그런데 정말 아무것도, 성냥 끄트머리 하나도 없어요. 부인은 여행을 다녀오셨나 보지요? 뭐 일이 있었겠지요. 어쨌든 아주 건강하고 생기 있고 아름다우시군요. 하느님께서 복을 내리실 거예요. 엘렌이 지갑을 꺼내자, 페튀 할멈은 잔의 무덤 철책에 기대어 숨을 돌렸다.

장례 행렬은 사라졌다. 어디선지 가까운 구덩이에서, 보이지는 않지만 무덤 파는 인부가 곡괭이를 내리치는 규칙적인 소리가 들려왔다. 하지만 노파는 지갑에서 눈을 떼지 않고 숨을 들이켰다. 그리고 동냥을 더 받으려고 아첨하면서 또 한 부인에 대해 얘기했다. 그 부인은 너그러운 분이라고는 할 수 없어요. 그럼요! 그 부인은 줄 줄을 몰라서 돈이 쓸모가 없어요. 이 말을 하면서 노파는 조심스럽게 엘렌을 바라보았다. 그리고 대담하게도 의사의 이름을 입에 올렸다. 아! 그 의사 선생은 정말 훌륭하고도 훌륭한 분이에요. 지난여름, 그분은 부인과 함께 또 여행했어요. 아드님도 많이 자랐어요. 잘생긴 어린애지요. 그러나 지갑을 여는 엘렌의 손가락이 떨리자 페튀 할멈은 갑자기 목소리를 바꾸었다. 어리석고 질겁을 한 노파는 그 부인이 딸의 무덤 옆에 있다는 사실을 그제야 깨달았다. 그녀는 더듬거리고 한숨을 쉬면서 부인에게 눈물을 자아내려고 애썼다. 아주 착한 귀염둥이였지요. 흰 동전을 내미는 사랑스러운 작은 손이 아직도 눈에 선한걸요. 머리칼이 아주 길었지요. 커다란 눈에 눈물을 가득 담고 불쌍한 사람을 바라보곤 했는데! 아! 그런 천사는 다시없을 거예요. 온 파시를 다 찾아봐도 그런 애는 없어요. 날이 좋아지면 일요일마다 방죽에서 따 모은 데이지 꽃다발을 가져오겠어요.

그녀는 엘렌이 말을 막으려는 몸짓을 하자 불안해져서 입을 다물었다. 더 이상 할 말을 찾지 못한 걸까? 그 착한 부인은 울지 않았다. 20수짜리 동전을 내밀 뿐이었다.

한편, 랑보 씨는 테라스 난간에 다가서 있었다. 엘렌은 그에게로 갔다. 랑보 씨를 보자 페튀 할멈의 눈이 갑자기 빛났다. 그녀는 랑보 씨를 알지 못했다. 이 사람은 새 애인이 틀림없어. 노파는 모든 덕담을 외치면서 발을 질질 끌고 엘렌의 뒤를 따라갔다. 랑보 씨 옆에 이르자 노파는 다시 의사 얘기를 끄집어냈다. 선생님이 돌아가시면 멋진 장례식이 치러질 거예요. 그분께서 거저 치료해 준 가난뱅이들이 시신을 뒤따를 테지요! 그런데 그분은 좀 바람기가 있죠. 아무도 아니라고는 못 할걸요. 파시의 부인들은 선생님을 잘 알지요. 하지만 그렇다고 아내를 사랑하는 데 문제 될 게 있겠어요. 정말 상냥한 부인이라 사이가 나빠질 수도 있었겠지만 그냥 넘어가고 말았지요. 정말 비둘기 같은 부부예요. 부인께서는 그분들에게 인사를 하셨어요? 그분들은 댁에 계실 거예요. 방금 비뇌즈 가에서 덧창이 열려 있는 것을 보았거든요. 그분들은 전에 부인을 참 좋아하셨지요. 부인을 만나면 얼마나 기뻐하시겠어요? 마지막 문장들을 우물거리며 노파는 랑보 씨의 눈치를 살폈다. 그는 점잖은 사람답게 조용히 그 말을 듣고 있었다. 제 앞에서 옛날 기억을 들쑤시는데도 그의 평화로운 얼굴에는 그림자조차 스치지 않았다. 그는 다만 이 악착스러운 거지가 엘렌을 귀찮게 한다는 생각이 들었다. 이번에는 그가 주머니를 뒤져서 동냥을 주며 저리로 가라는 몸짓을 했다. 두 번째 흰 동전을 보자 페튀 할멈은 감사를 연발했다. 장작을 좀 사서 아픈 데를 따뜻하게 할 수 있겠군요. 뱃속을 가라앉히는 데는 그것밖에는 없어요. 그래요, 정말 비둘기 같은 부부예요. 지난겨울, 부인이 두 번째 아기를 낳은 것만 봐도 그게 확실하지요. 장밋빛 오동통한 예쁜 여자 아기인데 아마 14개월쯤 되었을 거예요. 세례식 날, 성당 문에서 의사 선생님은 100수를 제게 주셨지요. 아! 좋은 분들끼리는 서로 만난다니까요. 여기 계신 부인께서 그분에게 행운을 가져다주신 거예요. 부디 부인께서 상심하시지 않도록 하세요. 부인을 호강시켜 드리시고요. 성부와 성자와 성신의 이름으로 아멘!

페튀 할멈이 주기도문과 성모경을 세 번씩 중얼중얼 외우면서 무덤 사이로 사라지는 동안 엘렌은 파리를 마주하고 똑바로 서 있었다. 눈이 그치고 마지막 눈송이가 지친 듯 천천히 지붕 위에 내려앉았다. 흩어지고 있는 안개 뒤로 회색 진주 같은 광대한 하늘에 금빛 도는 태양이 해맑은 장밋빛으로 빛났다. 몽마르트르 위에는 푸른색 테두리가 지평선의 경계를 만들고 있었다. 그 푸른색은 깨끗이 씻기고 부드러워서 흰 새틴으로 된 그늘 같았다. 파리는 안개를 헤치고 나와 확 트인 눈 덮인 벌판을 드러냈다. 그것은 움직이지 않는 죽음 속에 파리를 가두려고 몰려왔다가 패퇴한 군대였다. 이제 날아다니는 반점들은 도시를 깜박거리게 하지 않았고, 그 창백한 파도는 녹슨 듯한 건물 정면에서 일렁이고 있었다. 거대한 흰 덩어리 속에 잠들어 있는 집들은 수 세기 동안의 습기로 곰팡이가 슨 것처럼 까맣게 도드라져 보였다. 거리 전체가 초석으로 뒤덮여 파괴된 것같이 보였다. 지붕은 휘어졌고 창문은 움푹 들어갔다. 석고로 덮인 사각형처럼 보이는 광장에는 오만 가지 잔해가 가득했다. 그러나 몽마르트르 쪽의 푸른 테두리가 넓어지면서, 밝은 빛이 샘물처럼 투명하고 차갑게 흘렀다. 파리는 거울 아래 놓인 듯, 원경이 동양화 같은 산뜻함을 띠었다.

털 코트의 소맷부리에 손을 넣고 엘렌은 생각에 잠겼다. 단 한 가지 생각만이 마음속에서 메아리처럼 울렸다. 그들이 아이를 가졌다지? 장밋빛 오동통한 여자아이를. 잔이 말을 시작하던 무렵의 깜찍한 모습이 떠올랐다. 14개월 된 여자애들이란 정말 귀엽지! 그녀는 개월 수를 세어보았다. 14개월이면 아이를 가진 게 어림잡아 2년 전쯤 되었겠군. 바로 그때이거나 보름쯤 후거나. 그러자 햇빛이 비치는 이탈리아가 떠올랐다. 향기로운 밤에 연인들이 허리에 팔을 감고 어디론가 사라지는 곳, 황금빛 과실이 열리는 이상향. 앙리와 쥘리에트가 밝은 달빛을 받으며, 저 앞에서 걸어가고 있었다. 두 사람은 연인으로 되돌아간 듯 서로 사랑했을 거야. 장밋빛 오동통한 여자아이의 맨살이 햇빛을 받아 웃음 짓고, 아이가 옹알이하려고 애쓰면 어머니는 키스로 아이를 덮었겠지! 그녀는 화가 나지도 않고 별 느낌도 없이 그런 것들을 생각했다. 슬픔 속에 고요함이 번져갔다. 태양의 나라가 사라지고, 그녀의 시선은 파리를 천천히 오락가락하고 있었다. 겨울은 파리의 거대한 몸체를 뻣뻣하게 해놓았다. 거대한 대리석상은 지고의 평화를 간직한 채 차갑게 누워 있었고, 해묵은 고통으로 더 이상 감각이 없어진 지친 팔다리를 하고 있었다. 팡테옹 위로 푸른 구멍이 뚫렸다.

  그녀의 추억은 여러 날을 거슬러 올라갔다. 그녀는 마르세유에서 일종의 마비 상태에 빠져 있었다. 어느 날 아침, 프티마리가를 지나가다가 어린 시절의 집 앞에서 흐느끼기 시작했다. 그것이 마지막으로 운 기억이었다. 랑보 씨는 자주 들렀다. 그녀는 그가 주위에 쳐진 보호벽 같다고 생각했다. 그는 아무것도 요구하지 않았고, 절대 속마음을 열어 보이지 않았다. 가을 무렵의 어느 저녁, 그녀는 랑보 씨가 커다란 슬픔에 짓눌려 눈자위가 빨개져 들어오는 것을 보았다. 형님인 주브 신부가 돌아가신 것이었다. 이번에는 그녀가 그를 위로해 주었다. 그러고는 분명하게 기억이 나지 않았다. 신부는 끊임없이 두 사람 뒤에 있는 것 같았고, 그녀는 체념으로 자신을 감싸고 있는 랑보에게 자신을 내맡겼다. 그가 다시 얘기를 끄집어냈을 때, 그녀는 거절할 이유를 발견할 수 없었다. 승낙하는 것이 현명하다고 여겨졌다. 상을 마치고 그녀 쪽에서 랑보 씨와 세부적인 일을 확실하게 정했다. 오랜 친구의 손은 주체할 수 없는 애정으로 떨렸다. 그녀가 하자는 대로 그는 몇 달을 기다렸다. 그에게는 의사표시만으로도 충분했다. 두 사람은 검은 옷을 입고 결혼했다. 결혼식 날 밤, 그 역시 벗은 발에 키스했다. 조각 같은 그녀의 발은 다시 대리석처럼 되었다. 그리고 새로운 생활이 펼쳐졌다.

푸른 하늘이 지평선까지 퍼지는 동안, 기억이 살아나면서 엘렌은 놀랍다는 생각이 들었다. 나는 1년 동안 미쳤던 걸까? 지금 와서 비뇌즈 가의 방에서 3년 가까이 살던 그 여인을 돌이켜 보니 낯선 사람처럼 여겨졌다. 그 여인의 행동은 경멸감과 놀라움을 느끼게 했다. 미친 짓이었어. 맹목적이고 추악한 짓이었어! 하지만 그녀가 그런 일을 불러들인 것은 아니었다. 그녀는 한구석에 숨어서 딸을 애지중지하며 조용히 살고 있었다. 앞에는 신기할 것도, 욕망도 없는 길이 뻗어 있었다. 바람이 한 번 불자 그녀는 땅에 넘어졌다. 지금도 그녀는 스스로 해명하지 못했다. 자기라는 존재가 자신에게 속하지 않고 어떤 타인처럼 속에서 움직이고 있었다. 그럴 수가 있다니? 내가 그런 짓을 하다니! 오싹한 추위가 그녀를 얼어붙게 했다. 잔은 장미꽃에 덮여 가버렸다. 고통으로 마비되어 그녀는 다시금 욕망도, 호기심도 없이 똑바로 난 길을 천천히 걸어가면서 차분함을 되찾았다. 그녀의 삶은 정숙한 여인의 자존심과 엄격한 평화를 회복했다.

랑보 씨는 한 걸음 내디뎠다. 이 슬픈 장소에서 아내를 데리고 나가고 싶었다. 그러나 몸짓으로 엘렌은 잠시 더 머물고 싶다는 의사를 표시했다. 그녀는 난간에 다가서서 아래를 내려다보았다. 뮈에트 대로의 마차 대기소에는 오래되어 낡아빠진 차체들이 꼬리를 물고 길가에 줄지어 있었다. 허예진 바퀴와 뚜껑, 더께가 앉은 말들은 아주 오래전부터 거기에서 썩어가고 있는 듯했다. 마부들은 서리가 앉은 외투 속에 뻣뻣하게 굳은 채 움직이지 않았다. 눈 위로 마차 몇 대가 하나씩 하나씩 힘들게 전진했다. 짐승들은 미끄러지면서 목을 쭉 내밀었고, 사람들은 자리에서 내려와 욕지거리하며 고삐를 잡았다. 유리창 뒤로는 10분 거리를 45분 동안 가는 데 이골이 난 승객들이 참을성 있게 고개를 쿠션에 기대고 있는 것이 보였다. 솜처럼 쌓인 눈이 시끄러운 소리를 흡수하고 있었다. 목소리만이 얼어붙은 것처럼 이상하게 명료한 울림을 지니며 죽은 듯이 조용한 거리에서 올라왔다. 외쳐 부르는 소리, 빙판에 미끄러져 놀라는 사람들의 웃음, 채찍을 휘두르는 짐 마차꾼의 고함, 두려움으로 씩씩거리는 말의 콧바람 소리. 오른편 저 멀리에는 나루의 키 큰 나무들이 멋진 모습을 드러내고 있었다. 그 나무들은 유리 세공품이라고 할 만했는데, 예술가다운 변덕으로 꽃송이로 장식된 팔을 비틀어 놓은 거대한 베네치아제 촛대 같았다. 북쪽 면은 바람이 나무 둥치를 기둥처럼 바꾸어 놓았다. 높은 데에는 흰 선으로 테두리를 두른 까만 잔가지들의 섬세한 윤곽이 깃털 장식들, 솜털로 덮인 잔가지들과 헝클어져 있었다. 날씨는 얼어붙었고 투명한 공기 속에는 한 줄기 숨결도 지나가지 않았다.

엘렌은 앙리가 모르는 사람이라는 생각이 들었다. 1년 동안 그녀는 그를 거의 매일 보다시피 했다. 몇 시간씩 바싹 붙어 앉아 눈을 들여다보며 이야기하기도 했지만 그녀는 그를 알지 못했다. 어느 날 저녁, 그녀는 몸을 내맡겼고, 그는 그녀를 안았다. 그래도 그녀는 그를 알지 못했다. 그녀는 알지도 못하면서 무진 애를 썼다. 그는 어디서 왔을까? 어떻게 그가 내 옆에 있게 되었을까? 외간 남자에게 굴복하느니 차라리 죽어버렸을 그녀가 굴복한 그 사람은 어떤 남자인가? 그녀는 그를 몰랐다. 현기증이 일어나 사리 분별이 흔들렸다. 마지막 순간에도 맨 첫날처럼 그는 낯선 사람으로 남아 있었다. 그녀는 흩어진 작은 것들, 그의 말이며 그의 행동이며 그를 연상케 하는 모든 것들을 헛되이 주워 모았다. 그는 아내와 아이를 사랑했고, 섬세한 표정으로 미소를 지었으며, 교육을 잘 받은 사람답게 단정한 태도를 지니고 있었다. 그러자 그의 타는 듯한 얼굴과 욕망으로 떨리는 손이 떠올랐다. 시간이 흘러 그는 사라져 버렸다. 이제 그녀는 맨 처음 어디에서 그에게 말을 걸었던가 알지 못했다. 그는 가버렸고 그의 그림자도 함께 가버렸다. 그들의 이야기는 다른 결말이 있을 수 없었다. 그녀는 그것을 몰랐었다.

도시 위에는 티 한 점 없는 푸른 하늘이 펼쳐졌다. 엘렌은 추억이 싫증 나 고개를 들었다. 깨끗한 하늘이 기분 좋았다. 그것은 투명하고 아주 창백한 푸른 빛, 햇빛이 환한 가운데 살짝 감도는 푸른빛이었다. 지평선 위에 낮게 걸린 별이 은제 램프처럼 반짝 빛났다. 그것은 눈이 반사되어 얼어붙은 공중에서 온기 없이 타올랐다. 아래쪽에는 넓은 지붕들이며 마뉘탕시옹 하역소의 기와며 강변에 서 있는 집들의 판암이 검은색 단을 덧댄 이불보를 널어놓은 듯했다. 강 저편에는 샹드마르스 광장이 초원처럼 펼쳐졌고 그곳에 보이는 칙칙한 점들과 한가로운 마차들은 방울

소리와 함께 줄지어 가는 러시아의 썰매를 생각나게 했다. 한편, 멀어서 조그마해 보이는 오르세 나루의 느릅나무는 바늘이 비죽비죽 솟고 섬세한 수정꽃이 만발한 채 줄지어 있었다. 이 움직이지 않는 얼음 바다 가운데, 흰 담비 털을 두른 강둑 사이로 센 강의 흙탕물이 흘러가고 있었다. 어제부터 강에 얼음이 떠내려왔다. 얼음덩어리가 앵발리드 교각에 부딪혀 으스러지면서 아치 아래로 휩쓸려 들어가는 것이 뚜렷이 보였다. 다리들은 하얀 레이스처럼 가늘어지면서, 노트르담의 탑이 눈 덮인 꼭대기를 삐죽 드러내고 있는 시테 섬의 반짝이는 바위까지 층을 이루었다. 왼쪽에도 뾰족한 것들이 평평한 지역 위로 고르게 솟아 있었다. 생오귀스탱, 오페라, 생자크 탑은 만년설을 인 산봉우리 같았고, 훨씬 가까이에 새 건물을 잇대어 지은 튈르리 궁과 루브르 궁의 별채들은 사슬처럼 때 묻지 않은 정상의 산마루를 이루었다. 오른쪽에는 또 앵발리드와 생쉴피스, 팡테옹의 하얀 봉우리가 있었다. 멀찍감치 있는 팡테옹은 짙푸른 하늘 위로 솟아 푸르스름한 대리석 빛을 띠면서 꿈의 궁전 같은 윤곽을 드러냈다. 목소리도 올라오지 않았다. 갈라진 회색 틈 사이로 거리가 보였고, 네 거리는 와지끈 균열이 일어난 것 같았다. 줄지어 있는 집들은 사라져 버렸다. 오직 가까운 데 있는 건물의 정면에서만 창문이 수천 개의 가느다란 줄처럼 눈에 들어왔다. 새하얀 천 조각들이 뒤섞이면서 환하게 빛나는 먼 곳, 푸른 그림자가 푸른 하늘로 이어지는 호수 속으로 사라져 버렸다. 파리는 꽝꽝 얼어붙어서 드넓고 맑게 은빛 태양 아래 빛나고 있었다.

엘렌은 마지막으로 냉정한 도시를 감싸듯 응시했다. 이 도시 역시 그녀에게는 미지의 것으로 남아 있었다. 이곳을 떠날 때처럼, 3년 동안 매일 바라보던 때처럼, 도시는 눈 속에서 고요하게 불멸의 모습을 지니고 있음을 그녀는 다시 발견했다. 파리는 그녀의 과거로 가득 찬 곳이었다. 파리와 함께 그녀는 사랑했고, 파리와 함께 잔은 죽었다. 그러나 지난날들을 같이했던 이 친구는 측은한 표정도 없이 거대한 얼굴에 고요함을 띠고 있었다. 그 얼굴은 센 강 물결이 실어 가는 눈물과 웃음의 말 없는 증인이었다. 그것은 때로는 사나운 괴물이었고, 때로는 선량한 거인이었다. 오늘, 그녀는 너르고 무심한 이 도시가 여전히 알 수 없는 것임을 느꼈다. 그것은 그냥 펼쳐져 있었다. 그것이 인생이었다.

한편, 랑보 씨는 그녀를 데려가려고 가볍게 건드렸다. 그의 선량한 얼굴은 걱정스러운 빛을 띠고 있었다. 그는 중얼거렸다.

"괴로워하지 말아요."

그는 모든 것을 알고 있었고, 그 말밖에는 할 수 없었다. 랑보 부인은 그를 보자 마음이 가라앉았다. 그녀의 얼굴은 추위로 발그레했고 눈은 맑았다. 그녀는 이미 멀리 있었고, 인생은 다시 시작되었다.

"큰 가방을 제대로 꾸렸는지 모르겠네요."

그녀가 말했다.

랑보 씨는 확인해 보겠다고 약속했다. 기차는 정오에 떠날 것이고 그들에겐 시간이 있었다. 사람들이 길에 모래를 뿌리고 있었다. 마차를 타면 가는 데 한 시간도 걸리지 않을 것이다. 문득 그가 목소리를 높였다.

"당신은 낚싯대를 잊고 있는 게 분명해요!"

"아! 정말 그렇군요!"

그녀는 그걸 잊은 데 놀라고 애석해서 소리쳤다.

"어제 그걸 사러 갔어야 했어요."

그것은 아주 평범한 낚싯대였으나 마르세유에서는 팔지 않는 모델이었다. 그들은 바닷가에 작은 시골집을 갖고 있었고 그곳에서 여름을 지내기로 되어 있었다. 랑보 씨는 손목시계를 보았다. 역으로 가는 길에 낚싯대를 살 수 있을 것 같았다. 그것을 우산과 함께 묶어놓으리라. 그는 그녀와 함께 무덤 사이를 가로질러 바쁜 걸음으로 걸어갔다. 묘지는 텅 비었고 눈 위에는 그들의 발자국만이 남았다. 잔은 죽어서, 영원히 파리를 바라보며 홀로 남았다.

초판
옮긴이의 말

 프랑스 자연주의의 대표자인 졸라는 우리나라 독자들에게 낯설지 않은 작가이다. 그렇지만, 그의 수많은 작품 가운데 우리말로 번역되어 독자들이 쉽게 읽을 수 있는 것의 수효는 많지 않다. 『나나』, 『목로주점』, 『제르미날』과 몇몇 단편이 그 전부이다.
 지금 새로 소개하는 이 작품은 루공 마카르 총서 중 여덟 번째 소설로, 졸라가 서른여덟 살이 되던 1878년에 발표한 소설이다.
 루공 마카르 총서는 한 어머니에게서 난 피에르 루공, 위르쉴 마카르, 앙투안 마카르, 이 세 남매의 자손을 주인공으로 하는 스무 편의 소설을 일컫는다. 이 총서의 부제인 '제2제정기 한 집안의 사회적·유전적 역사'에서 짐작할 수 있듯이 졸라는 유전과 사회적 환경의 영향 아래 한 집안의 변천사를 그렸다.
 이 작품에 앞서 1876년, 졸라는 총서 일곱 번째 소설인 『목로주점』을 연재하기 시작했다. 그러나 파리 하층 노동자들의 생활상을 그린 이 작품은 그 적나라한 묘사로 물의를 빚은 나머지 연재를 중단해야 했다. 졸라는 다음 해에 이 소설을 훨씬 부드럽게 수정하여 단행본으로 출판했다. 그럼에도 한 비평가는 『목로주점』이 '사실적이 아니라 추잡하며, 노골적이 아니라 외설'이라고 혹평했다.

이때까지 루공 마카르 총서의 초기 작품들은 성직자, 정치가, 부자들의 음모와 이전투구, 노동자들의 비참한 생활 등을 소재로 다루었으며 사회·정치적 비판의 성격이 강했다. 졸라 자신도 그 점을 인정하고 전혀 새로운 세계를 펼쳐 보이려는 생각을 갖게 된다. 자신을 비난하는 비평가들에게 유명해지거나 돈을 벌고 싶어서 자극적인 소설들을 쓴 게 아니라는 것을 보여주고, 자신의 작가적 재능이 폭넓은 것임을 증명할 필요가 있었다.

그래서 쓰여진 작품이 『사랑의 한 페이지』이다. 파리 변두리에서 어린 딸과 함께 외롭게 살고 있으며 '헤라 여신'처럼 당당한 아름다움을 지닌 미망인 엘렌과 옆집에 사는 의사의 사랑 이야기는 졸라의 이름에 붙어 다니는 자연주의가 우리에게 연상시키는 추악한 인간 현실과는 거리가 먼 서정적 분위기 속에서 전개된다.

엘렌이 살고 있는 고지대에서는 파리 시내가 한눈에 들어온다. 엘렌은 창가에 앉아 눈앞에 펼쳐진 파리를 바라보며 사랑을 꿈꾸기도 하고, 정열을 불태우기도 하며, 절망에 몸부림치기도 한다. 엘렌의 감정이 이입된, 시시각각 변화하는 파리 광경의 묘사는 이 작품에서 정적인 아름다움을 드러내는 중요한 부분이다. 번역하는 데 다른 장면보다 두 배의 시간과 정성을 쏟았지만 아름다운 원문을 훼손하지나 않았는지 염려스럽다.

하지만 이 감미로운 사랑 이야기도 '한 집안의 사회적·유전적 역사'라는 루공 마카르 총서의 대의를 벗어나지는 않는다. 엘렌의 열두 살짜리 딸인 잔은 외증조모인 아델라이드, 외조모인 위르쉴을 닮아 신경증을 앓고 있는 병약한 소녀이다. 병 때문에 나이보다 훨씬 조숙한 이 아이는 제 어머니와 의사의 사랑을 막연하게 감지하고 병적으로 어머니를 질투하고 감시한다. 또, 엘렌이 드나드는 드베르 의사 집의 파티나 거기 모이는 사람들을 통해서 당시 부르주아들의 생활상을 엿볼 수 있다. 특히 의사 부인 쥘리에트가 사교계 청년 말리뇽과 벌이는 경박한 사랑 놀음은 당시의 문란한 풍속을 엿보게 해주는 동시에 엘렌의 진지한 사랑과는 사뭇 대조를 이룬다.

외롭게 홀로 사는 과부가 딸의 병 때문에 젊은 미남 의사를 알게 되어 사랑에 빠진다는 설정은 어찌 보면 진부하기도 하다. 하지만 작품을 읽다 보면 어느덧 엘렌이 품고 있는 불륜의 사랑을 따뜻한 눈으로 감싸주게 되고 그녀를 애틋하게 여기게 된다. 그런 점에서 졸라가 창조해 낸 여인 엘렌은 역시 불륜의 사랑을 다룬 플로베르의 유명한 작품 『보바리 부인』의 여주인공 엠마와는 대조적이다. 엘렌과 달리 엠마는 이해할 수는 있지만 선뜻 동화되기는 어려운 인물이기 때문이다.

이 작품이 자신의 여느 작품에 비해 혹시 지루하지나 않을까 걱정하는 졸라에게 바로 그 플로베르가 다음과 같이 말했다고 한다.

"내가 어머니라면 딸에게 그걸 읽으라고 권하지는 않겠소! 이렇게 나이를 많이 먹었는데도 그 소설은 나를 설레게 하고 흥분시켰다오. 누구라도 사족을 못 쓰고 엘렌을 원할 것이오. 당신의 의사 선생을 정말 잘 이해할 수 있소. (…) 당신은 진짜 수컷이오. 내가 그걸 안 게 어제오늘 일은 아니지만."

개정판
옮긴이의 말

 이 소설이 번역 출판된 지도 30년이 되었고, 절판된 지도 꽤 오래되었다. 이번에 빛소굴의 제안으로 새로 단장하고 독자들 앞에 나서게 되었다. 번역은 시간이 흐르면 다시 할 필요가 있다. 언어는 고정되어 있지 않고 우리가 알지 못하는 사이에 끊임없이 바뀐다. 어투나 자주 쓰는 어휘도 달라지고, 같은 단어라도 의미가 변형되고, 표기법도 개정된다. 다시 읽어보니 어색하고 뻑뻑해서 거의 다시 번역하는 기분으로 수정하고 문장을 다듬었다. 그 사이 책을 죽 집필했으므로 우리말을 다루는 감각은 나아지지 않았나 생각한다. 젊었을 때는 자구에 얽매여 끌려갔다면 지금은 전체 리듬을 타면서 원작자의 의도를 살리고 독자들을 배려하게 되었다고 할까.
 작업을 하면서 새삼 '참 섬세하고 아름다운 소설이구나!' 하는 생각이 들었다. 세월이 흘러 졸라의 작품이 여러 편 번역되었지만, 『사랑의 한 페이지』만큼 서정적이고 마음을 안타깝게 하는 작품은 없는 것 같다. 묻혀 있던 책을 발굴해 새로 빛을 보게 해준 빛소굴에 감사한다.

2025년 12월
이미혜

작가 연보

에밀 졸라(1840-1902)

1840. 4. 2.   파리에서 프랑수아 졸라와 에밀리 오베르 사이에서 에밀 졸라가 태어난다(아버지와 어머니의 나이 차이는 24세이다). 아버지가 이탈리아인이어서 졸라는 1862년에 프랑스로 귀화한다.

1843   토목기사인 아버지의 업무 관계로 엑상프로방스로 이사한다. 프로방스 지방의 자연에 깊이 물든 어린 시절을 보낸다. 엑상프로방스 시청이 졸라의 아버지가 제안한 운하 건설 계획을 받아들인다.

1847   운하 공사가 시작된 지 두 달도 못 되어 아버지가 갑자기 병사한다. 졸라 모자의 경제적 어려움이 시작된다.

1848   어머니는 운하 공사와 관련한 아버지의 업적을 인정받기 위해 운하 회사 대주주와 소송에 들어간다. 어린 졸라는 사회적 불의에 분루를 삼킨다.

1852   부르봉 중학교에 입학하여 미래의 위대한 화가 폴 세잔을 친구로 사귄다.

1854   아버지가 착공했던 운하가 '졸라 운하'라는 이름으로 드디어 완공된다.

1856	파리에서 온 교사 덕분에 미슐레, 위고, 라마르틴, 뮈세 등 낭만주의자들의 작품을 읽고 그들을 예찬한다. 처음으로 드라마와 시를 습작한다.
1857	운하 회사 대주주와의 소송 문제로 어머니가 파리에 간다.
1858	어머니는 졸라를 파리로 올라오게 한다. 생루이 고등학교에 장학생으로 입학하고, 시와 희곡을 습작한다.
1859	가족이 극심한 경제적 어려움을 겪는다. 처음으로 미술전람회 살롱전을 관람한다. 바칼로레아에 응시하지만 두 번이나 낙방한다. 습작을 계속하며 미슐레를 탐독한다.
1860	어머니의 경제적 짐을 덜어주기 위해 직업전선에 뛰어든다. 생활고를 겪는 와중에도 셰익스피어를 읽고, 습작 시편들을 거장 위고에게 보낸다.
1861	위고와 몽테뉴의 책을 읽으며 습작을 계속한다.
1862	유명 출판사인 아셰트 출판사 직원으로 채용된다. 출판사는 문자 그대로 졸라에게 '대학'의 역할을 한다. 프랑스 국적을 취득한다. 세잔이 졸라에게 여러 화가를 소개한다. 출판사 일로 작가, 비평가, 기자와 교류한다.
1863	몇몇 신문에 최초의 기고문, 서평, 콩트 등을 싣는다.
1864	미래의 부인 알렉상드린 멀레를 만나 동거에 들어간다. 최초의 창작집 『니농에게 주는 이야기』*Les Contes à Ninon*가 출간된다.
1865	주요 신문에 비평문을 기고하면서 진정한 저널리스트로서 데뷔한다. 첫 번째 소설 『클로드의 고백』*La Confession de Claude*이 출간된다.

1866	아셰트 출판사를 떠난다. 『레벤느망*L'Événement*』에 마네와 인상파 화가들을 옹호하는 글을 싣는다. 그동안 발표한 소론들을 양분하여 『나의 증오*Mes haines*』와 『나의 살롱*Mon Salon*』이라는 책으로 묶어 출간한다.
1867	『테레즈 라캥*Thérèse Raquin*』이 출간된다. 마네가 살롱전에 출품하기 위해 자신의 열렬한 지지자인 졸라의 초상화를 그린다.
1868	하나의 시대, 하나의 사회에 대한 거대한 벽화를 담을 소설 시리즈를 구상한다.
1869	대가 플로베르와의 우정이 시작된다. 라크루아 출판사가 『루공-마카르 총서*Les Rougon-Macquart*』 출간 기획을 받아들인다.
1870	알렉상드린 멜레와 결혼한다. 에드몽 드 공쿠르와의 우정이 돈독해진다. 제2제정과 프로이센-프랑스 전쟁에 반대하는 글을 신문에 기고한다.
1871	『루공-마카르 총서』 제1권 『루공가의 행운*La Fortune des Rougon*』이 출간된다. 파리코뮌 봉기를 피해 잠시 글로통으로 갔다가 돌아온다.
1872	라크루아 출판사의 파산으로 샤르팡티에 출판사와 『루공-마카르 총서』 출판을 계약한다. 알퐁스 도데, 투르게네프, 모파상 등과 친교를 맺는다. 총서 제2권 『이전투구*La Curée*』가 출간된다.
1873	총서 제3권 『파리의 배*Le Ventre de Paris*』가 출간된다.
1874	총서 제4권 『플라상의 정복*La Conquête de Plassans*』과 『니농에게 주는 새로운 이야기*Les Nouveaux contes à Ninon*』가 출간된다.
1875	투르게네프의 소개로 러시아 문예지 『유럽의 메신저』에 단

	편소설을 비롯한 여러 글을 기고하는데, 이 일은 5년 동안 계속된다. 총서 제5권 『무레 신부의 잘못La Faute de l'abbé Mouret』이 출간된다.
1876	자연주의 유파의 일원이 될 앙리 세아르, 위스망스, 레옹 에니크와 교류한다. 총서 제6권 『외젠 루공 각하Son Excellence Eugène Rougon』가 출간된다.
1877	총서 제7권 『목로주점L'Assommoir』이 출간된다. 출간 즉시 노골적 언어와 외설적 내용을 이유로 비난이 쏟아진다. 어쨌든 소설이 일으킨 공전의 스캔들 덕분에 엄청난 인세와 명성을 얻는다.
1878	『목로주점』의 인세로 파리 근교 메당에 별장을 산다. 총서 제8권 『사랑의 한 페이지Une Page d'amour』가 출간된다.
1879	『목로주점』을 각색한 연극이 성공을 거둔다.
1880	플로베르, 어머니의 죽음이 잇따르면서 정신적·육체적 침체를 겪는다. 총서 제9권 『나나Nana』, 자연주의 소론을 모은 『실험소설Le Roman expérimental』이 출간된다. 졸라, 모파상, 위스망스, 세아르, 에니크, 알렉시가 단편집 『메당의 야회Les Soirées de Médan』를 발표한다.
1881	『연극에서의 자연주의Le Naturalisme au théâtre』가 출간된다.
1882	졸라의 명성이 이탈리아, 영국, 독일, 러시아 등 외국까지 이른다. 총서 제10권 『살림Pot-bouille』이 출간된다.
1883	총서 제11권 『부인들의 행복 백화점Au Bonheur des dames』과 단편소설집 『나이스 미쿨랭Naïs Micoulin』이 출간된다.
1884	총서 제12권 『삶의 기쁨La Joie de vivre』이 출간된다.

| 1885 | 총서 제13권 『제르미날*Germinal*』이 출간된다. |

| 1886 | 총서 제14권 『작품*L'Oeuvre*』이 출간된다. |

| 1887 | 총서 제15권 『땅*La Terre*』이 출간된다. 무명의 청년 작가 다섯 명이 졸라의 자연주의를 비판하는 「5인 선언*Manifeste des cinq*」을 발표한다. 졸라는 이 선언이 도데와 공쿠르의 사주로 이루어졌으리라고 의심한다. |

| 1888 | 총서 제16권 『꿈*Le Rêve*』이 출간된다. 졸라 부인이 데려온 가정부 잔 로즈로가 졸라의 정부情婦가 된다. |

| 1889 | 졸라와 잔 사이에서 딸 드니즈가 태어난다. |

| 1890 | 총서 제17권 『인간 짐승*La Bête humaine*』이 출간된다. |

| 1891 | '문인협회' 회장에 피선되어 로댕에게 발자크 동상 제작을 의뢰한다. 졸라와 잔 사이에서 아들 자크가 태어난다. 총서 제18권 『돈*L'Argent*』이 출간된다. |

| 1892 | 총서 제19권 『패주*La Débâcle*』가 출간된다. |

| 1893 | 제20권 『의사 파스칼*Le Docteur Pascal*』이 발표됨으로써 『루공-마카르 총서』가 완간된다. |

| 1894 | 『세 도시*Les Trois villes*』 시리즈 제1권 『루르드*Lourdes*』가 출간된다. |

| 1895 | '문인협회' 회장직에 재선된다. |

| 1896 | 『세 도시』 시리즈 제2권 『로마*Rome*』가 출간된다. 『사법적 오판, 드레퓌스 사건의 진실』이라는 소책자를 쓴 베르나르 라자르의 방문을 받는다. |

작가 연보

1897	드레퓌스의 무죄를 확신한 졸라는 정의와 진실을 위한 투쟁을 결심한다.
1898	1월 13일 『로로르』지에 프랑스 언론사상 가장 유명한 기고문이 된 '펠릭스 포르 대통령에게 보내는 편지' 「나는 고발한다!*J'accuse!*」를 발표한다. 고등사범학교 학생들, 작가들, 예술가들, 과학자들, 교수들의 대대적 지지가 잇따른다. 국방부 장관이 졸라를 명예훼손으로 고소한다. 중죄재판소로 소환된 졸라는 열다섯 차례의 공판 끝에 법정 최고형인 징역 1년 벌금 3천 프랑을 선고받는다. 선고 당일, 런던으로 원하지 않는 망명을 떠난다. 『세 도시』 시리즈 제3권 『파리*Paris*』가 출간된다.
1899	드레퓌스 사건의 재심이 확정된다. 졸라는 영국에서 파리로 돌아온다. 사건의 재심 결과 놀랍게도 드레퓌스의 유죄가 원심대로 확정된다. 『네 복음서*Les Quatre Évangiles*』 시리즈 제1권 『풍요*Fécondité*』가 출간된다.
1900	의회가 드레퓌스 사건 관련자들을 모두 사면하는 사면법을 통과시킨다.
1901	드레퓌스 사건 관련 기고문을 모은 『멈추지 않는 진실*La Vérité en marche*』과 『네 복음서』 시리즈 제2권 『노동*Travail*』이 출간된다.
1902	메당의 별장에서 여름을 보낸 졸라 부부가 9월 28일 파리의 집으로 돌아온다. 날씨가 추워서 벽난로에 불을 피웠는데, 벽난로 통풍이 원활하지 않았던 탓에 졸라는 가스중독으로 사망한다. 졸라의 질식사에 대해서는 반드레퓌스파가 저지른 암살이라는 주장이 끊임없이 제기되고 있다. 10월 5일 장례식에서 아나톨 프랑스가 "인류 양심의 한 획"인 졸라를 기린다.
1903	『네 복음서』 시리즈 제3권 『진실*La Vérité*』이 유작으로 출간된다.

	제4권 『정의/*Justice*』는 영원히 미완성으로 남는다.
1906	의회가 졸라 유해의 팡테옹 이장 법안을 가결한다.
1908	졸라의 유해가 시민의 애도 속에서 위인들의 안식처 팡테옹으로 이장된다.

 빛소굴과 유월서가의 뉴스레터,
〈유월빛레터〉의 전 회차를 열람할 수 있는 QR 코드입니다.
문학과 우리 삶의 다채로운 이야기를 만나보세요.

사랑의 한 페이지

초판 인쇄	2025. 12. 15.
초판 발행	2025. 12. 22.
저자	에밀 졸라
역자	이미혜
편집	강지수
발행인	이재희
출판사	빛소굴
출판 등록	제251002021000011호 (2021. 1. 19.)
팩스	0504-011-3094
전화	070-4900-3094
ISBN	979-11-93635-59-9(04800)
	979-11-93635-25-4(세트)
이메일	bitsogul@gmail.com
SNS	인스타그램 instagram.com/bitsogul
	X(트위터) x.com/bitsogul
	네이버 블로그 blog.naver.com/bitsogul

빛소굴 세계문학전집 목록

1	바질 이야기 소설집	F. 스콧 피츠제럴드 지음 · 이영아 옮김
2	닉 애덤스 이야기 소설집	어니스트 헤밍웨이 지음 · 이영아 옮김
3	방앗간 공격 소설집	에밀 졸라 지음 · 유기환 옮김
4	성 장편소설	프란츠 카프카 지음 · 강두식 옮김
5	도리언 그레이의 초상 장편소설	오스카 와일드 지음 · 이근삼 옮김
6·7	위대한 유산 1·2 장편소설	찰스 디킨스 지음 · 이세순 옮김
8	오만과 편견 장편소설	제인 오스틴 지음 · 김지선 옮김
9	창백한 말 중편소설	보리스 사빈코프 지음 · 정보라 옮김
10	검은 말 중편소설	보리스 사빈코프 지음 · 연진희 옮김
11	테러리스트의 수기 회고록	보리스 사빈코프 지음 · 정보라 옮김
12	사랑의 한 페이지 장편소설	에밀 졸라 지음 · 이미혜 옮김